HEYNE BÜCHER

SCIENCE FICTION

Herausgegeben
von Wolfgang Jeschke

Von Gregory Benford erschienen in der Reihe
HEYNE SCIENCE FICTION & FANTASY:

Im Meer der Nacht · 06/3770
Durchs Meer der Sonnen · 06/4237
Artefakt · 06/4363

(zusammen mit David Brin)
Im Herzen des Kometen · 06/4236

GREGORY BENFORD

ARTEFAKT

Science Fiction Roman

Deutsche Erstveröffentlichung

WILHELM HEYNE VERLAG
MÜNCHEN

HEYNE SCIENCE FICTION & FANTASY
Band 06/4363

Titel der amerikanischen Originalausgabe
ARTIFACT
Deutsche Übersetzung von Walter Brumm
Das Umschlagbild schuf Klaus Holitzka nach dem amerikanischen Original von Dan Gonzales
Die Karten und Zeichnungen im Text fertigte Christine Göbel an

Redaktion: Wolfgang Jeschke

Printed in Germany 1986
Umschlaggestaltung: Atelier Ingrid Schütz, München
Satz: Schaber, Wels
Druck und Bindung: Ebner Ulm

ISBN 3-453-31366-6

Für
Eloise Nelson Benford

Die Vergangenheit ist nicht tot.
Sie ist nicht einmal vergangen.

WILLIAM FAULKNER

Prolog

Griechenland

etwa 1425 v. Chr.

Sie begruben den großen König, als das Scharlachrot im Westen verblich. In der Grabkammer legten die heiligen Männer den eingeölten und gewachsten Leichnam auf sein hölzernes Ruhebett. Die Prozession derer, die das Totengeleit gegeben hatten, verharrte wartend. Ein Falke kreiste am dunkelnden Himmel, flatterte auf der Stelle und stieß auf die Beute herab. Das Dorf in der Talsenke war ein regelloses Durcheinander brauner Hütten. Leute standen auf den Gassen und bestaunten den Fackelzug, der in Kehren den Hang hinaufzog.

Im Innern der Grabkammer verschlossen die Priester und ihre Helfer den schmucklos behauenen Stein hinter der Innenwand der Grabkammer. Es war ein übernatürliches Ding, das summte und einen immerwährenden unheimlichen Lichtschein durch das Bernsteinornament dringen ließ. Der Wohnsitz eines Gottes oder eines dämonischen Ungeheuers.

Einige aus dem Gefolge hatten die Meinung geäußert, es solle im Ort aufbewahrt und verehrt, nicht aber mit dem König begraben werden. Doch der König hatte befohlen, daß es in seine Grabstätte gebracht werde. Um sein Volk vor dem fleckigen, fiebernden Tod zu bewahren, hatte er gesagt.

Ein hohler, unverständlicher Ruf drang aus dem Innern, gefolgt von heftiger Bewegung. Männer kamen aus der hohen Türöffnung gestürzt, die Augen aufgerissen, den Mund verzerrt.

»Tod vom Stein!« rief eine Stimme.

Unzusammenhängende Schreie waren die Antwort.

»Verschließt die Grabkammer!« rief ein Priester laut vom Eingang.

Die schwere eichene Tür wurde zugeschlagen.

»Nein! Mein Sohn ist noch drinnen!«

»Zu spät!« erwiderte der Priester. »Laßt zurück, die der Stein zu Boden gestreckt hat!«

»Mein Sohn! Du kannst ihn nicht ...«

»Versiegelt die Tür!«

Die dicken Riegel wurden vorgeschoben, die Türritzen mit Pech verschmiert. Dann fingen die Arbeitstrupps damit an, den langen, korridorartigen Zugang zum Kuppelgrab mit Sand und Geröll zuzuschütten. Diese abschließende Arbeit war geplant, aber nun schaufelten sie wie rasend, angetrieben von panischem Schrecken.

Der Priester und sein Gefolge eilten wild blickend und gestikulierend den Hang hinab und riefen der verstörten Gemeinde zu, was geschehen war: »Die Werkleute setzten die Deckplatte ein, als es geschah. Sie arbeiteten rasch, versahen die Platte mit Mörtel und setzten sie ein. Aber etwas ...« Der Priester schnappte nach Luft. »Es ist zum Besten. Sie sind jetzt alle von uns gegangen. Das Volk ist sicher, wie unser König es wollte.«

Die Arbeiter oben am Hang füllten den Zugangsweg mit dem Aushub, den sie bei seiner Anlage zu beiden Seiten angehäuft hatten. Bald würde er ganz eingeebnet sein und der Hang des Höhenrückens, unter dem sich das Kuppelgrab verbarg, unberührt scheinen.

»Nein! Bitte! Ich flehe euch an, öffnet für einen Augenblick nur! Ich werde ...«

Erschöpfung zeichnete das weise Gesicht des Priesters. »Der Stein ist in die Unterwelt zurückgekehrt, wo der König ihn fand. Wir müssen ihn dort lassen. Er wird den Menschen keinen Schaden mehr zufügen.«

ERSTER TEIL

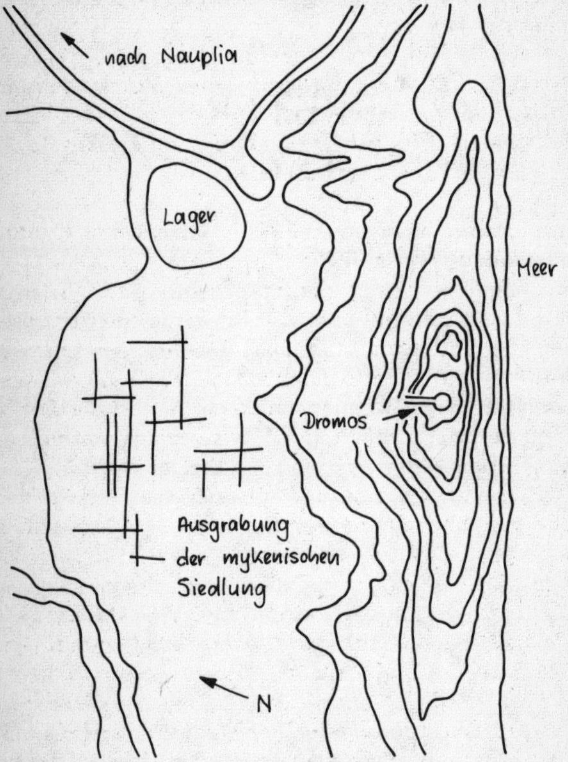
nach Nauplia
Lager
Meer
Dromos
Ausgrabung
der mykenischen
Siedlung
N

1

Tief im Innern der Grabkammer war das Motorengeräusch des näherkommenden Fahrzeugs nur schwach zu hören.

»Das wird Kontos sein«, sagte George und legte den Greifzirkel aus der Hand.

»Hört sich aber nicht nach seinem Wagen an.« Aber Claire drückte vorsichtshalber auf die Speichertaste des Eingabegeräts für ihr Computerinventar.

»Wer sonst würde hier herauskommen? Dieser Schwachsinnige von der Gewerkschaft?«

»Möglich.«

»Kann ich mir nicht denken. Ich wette, es ist Kontos.«

»Warte einen Augenblick!«

Claire schaltete das Inventurprogramm aus. Sie verglich die letzten Katalognummern von Keramikscherben mit dem Ausdruck, ein mühsames Geschäft. Das Feldinventar war ein Wunderding – ein zylindrisches Magazin mit Mikrodisketten, das in den tragbaren Datenanschluß eingesetzt werden konnte. Knapp von der Größe eines Wasserglases, enthielt es die archäologischen Daten von sechs Monaten Arbeit.

Sie wischte sich die Hände ab und ging hinaus auf die Schwelle des hohen steinernen Eingangs, wo die Vormittagssonne schien. Jeder Tag war jetzt ein wenig kühler als der vorausgegangene, und sie dachte in Liebe der grünen Lauben entlang den Ufern des Charles River, des stillen, glasigen Wassers und des frischen Rotes der Backsteinmauern. Sie war der Farben Griechenlands überdrüssig, so klar und durchsichtig sie auch sein mochten. Landeinwärts spießten junge Zypressen den blassen Herbsthimmel auf. Der Hitzedunst des Sommers war gewichen, und sie konnte die fernen Schluchten ausmachen, die das Bergland zerrissen und zur Ägäis hin abfielen. Trockene Bachbetten schlängelten sich in knochenbleichen Windungen am Grund jeder Schlucht dahin und schimmerten wie abgestreifte Schlangenhäute.

Hoch oben kreiste ein Bussard ohne einen Flügelschlag in der Thermik über der Küste. Claire beschirmte die Augen gegen das grelle Licht und überlegte, wie unbedeutend das enge kleine Tal von dort oben aussehen mußte – gelbbraune Hügel, ausgedörrt von der Sonne und den Winden, ein graues Schachbrettmuster, wo die griechisch-amerikanische Ausgrabung im Gange war, die braungrauen, staubigen und ausgefahrenen Zufahrtswege, alles eingegrenzt von einem weiten Blick über die stahlblaue See. Oder vielleicht glitt der Bussard mit absoluter Gleichgültigkeit über solche Zeichen menschlicher Tätigkeit hin, gerade so wie damals, als die längst eingefallenen Steinmauern pulsierendes Leben beherbergt hatten. Die Begleitgeräusche menschlichen Strebens würden sich von dort oben wie bloßes Hintergrundgeräusch ausnehmen, verglichen mit dem leisen Piepsen und Rascheln der Beute.

Der Bussard legte sich auf die Seite und zog einen engeren, absinkenden Kreis, konzentriert auf das Wesentliche.

Sie gingen den steinigen Weg hinunter. Mehrere hundert Meter entfernt, wo die ungeteerte Straße das Lager erreichte, bremste geräuschvoll ein Jeep. Eine gelbbraune Staubwolke hüllte ihn ein.

»Sieh an«, sagte sie. »Hat sich einen schmucken kleinen Jeep zugelegt.«

»Sehr modebewußt, der Oberst.«

Als sie sich dem Lager näherten, hörten sie schnelles, aufgeregtes Reden. Am Tonfall erkannte sie Dr. Alexander Kontos, den griechischen Kodirektor der Ausgrabung, ehe sie ihn neben dem Jeep stehen sah. Er sprach zornig auf eine wettergegerbte braune Gestalt ein – den Verwalter des Lagers, der den Wortschwall ohne Wimpernzucken über sich ergehen ließ.

Kontos blickte nicht zu Claire und George auf, als sie die Kehren des Weges zu den wenigen verbliebenen Zelten des Lagers herabkamen und auf den Jeep zugingen. Claire war es unmöglich, den Schwall von umgangssprachlichen Wendungen und Jargon zu verstehen, der Kontos über die Lippen ging, aber es schien sich darum zu handeln, daß er den Verwalter für die Abwesenheit der Arbeiter verantwortlich machte. Sein Gegenüber zuckte bloß die Achseln und erklärte, daß die Männer entweder an den sich ausbreitenden politischen Versammlungen und Demonstrationen teilnähmen oder sich fürchteten, für die Amerikaner zu arbeiten, weil sie mit der Mißbilligung ihrer Freunde rechnen müßten.

Kontos schlug mit der flachen Hand auf den Jeep. »Sorgen Sie dafür, daß die Leute zurückkommen!« rief er auf griechisch. Dann sah er Claire, und seine Miene wie seine Haltung wandelten sich von einem Augenblick zum nächsten. »Ah! Die wunderschöne Claire. Ich hoffe, die Abwesenheit dieser unwissenden Bauern hat Sie nicht beunruhigt.«

»Nicht im mindesten. Wir hatten nicht mehr viel zu tun, als ...«

»Ausgezeichnet. In Athen bereitet sich Großes vor, und ich werde nicht viel Zeit für diese Ausgrabung erübrigen können. Es ist gut, daß die Arbeiten weit fortgeschritten sind.«

»Was geht in Athen vor?« fragte George.

Kontos' Miene wurde wieder etwas unfreundlicher, als er sich zu George wandte und das kräftige Kinn vorschob. »Nichts, was Sie billigen würden, des bin ich sicher.«

George zeigte ein schiefes Lächeln. »Vielleicht nicht.«

»Die Zeiten der Zwietracht und Zerrissenheit haben ein Ende. Die Parteien der Mitte sind auf unsere Seite getreten.«

»Wohin wird das führen? Zu einem Einparteienstaat?«

»Zum wahren Sozialismus.«

»Und die anderen Parteien?«

»Sie werden mit der Zeit folgen.«

Kontos trug eine maßgeschneiderte Armeeuniform, die seine dicken Oberarmmuskeln und die breite, kräftig gewölbte Brust gut zur Geltung brachte. Seine mit schimmernder Goldlitze verzierte Schirmmütze saß auf einer schwarzglänzenden Haarmähne. Das lange, schmale Gesicht wurde durch die Unterbrechung eines buschigen Schnurrbarts vor Hagerkeit bewahrt. Seine Sonnenbräune versteckte das feine Geflecht von Fältchen um die Augen, das sein Alter – Mitte vierzig, vermutete Claire – besser verriet als alles andere.

George nickte mit nüchterner Miene. »Kein Zweifel.«

»Darum muß ich meinen Aufenthalt hier bei Ihnen abbrechen.« Er wandte sich zu Claire, und seine Miene hellte sich wieder auf. »Es wird traurig sein. Abschied zu nehmen. Sehr traurig.«

Claire sagte: »Aber es gibt noch einiges zu tun!«

»Ich werde die Arbeiter zurückholen. Diese Eidechse ...« – er zeigte mit dem Daumen zum Verwalter – »wird aufhören, in der Sonne zu liegen. Er wird ins Dorf gehen und die Leute zusammentrommeln.«

»Es sind noch chemische Analysen vorzunehmen, Bodenuntersuchungen, die restliche Inventarisierung ...«

»*Oichi, oichi.*« Er schüttelte energisch den Kopf. »Das erledigen wir in Athen.«

»Wer soll das übernehmen? Labortechniker der Hochschule oder des Ministeriums? Diese Leute kennen den Grabungsort nicht, wissen nicht alles richtig zu deuten.« Claire stemmte trotzig die Hände in die Hüften.

»Sie werden Instruktionen schreiben, wo dies nötig sein sollte.«

»Es gibt immer Merkmale, die den Uneingeweihten zu Irrtümern verleiten, Proben, die individuell behandelt werden müssen. Es gibt keinen Ersatz für die Anschauung ...«

»Ihr Griechisch ist ausgezeichnet«, versicherte ihr Kontos auf griechisch und lächelte. »Man wird verstehen.«

»Hören Sie«, warf George ein, »die Bodenanalyse ist im Plan, Sie können selbst nachsehen.«

»Der Grabungsplan ist jetzt eine sekundäre Überlegung.«

»Es war vereinbart«, sagte Claire. »Und wir haben noch annähernd einen Monat Zeit.«

»*Oichi!*« Kontos kniff die Augen zusammen, und Claire sah, daß die von den schweren Lidern ausgehenden Krähenfüße, die fast bis an seine Ohren reichten, von diesem Ausdruck herrührten. »Dieser Grabungsplan ist kein Vertrag«, sagte er mit einiger Schärfe. »Er kann abgeändert werden.«

»Die Bodenuntersuchung ist ...«, fing Claire an.

»Ich persönlich habe dafür nie viel übrig gehabt. An Grabungsstätten wie dieser erbringen sie selten etwas.«

»Nun, das mag richtig sein«, sagte George, »aber hier gibt es vieles, was Sie nicht ...«

»Ich kann nicht verstehen, Alexandros, warum wir es auf einmal so eilig haben sollten?« Claire unterbrach Georges mit erhobener Stimme vorgebrachten Einwand in einem Versuch, die Diskussion in Grenzen zu halten. Zum Beispiel half es immer, wenn sie ihn mit seinem vollen Vornamen anredete; Griechen waren da ganz merkwürdig.

Kontos lehnte sich gegen den Jeep und nahm wieder Notiz vom Verwalter, den er mit einer Handbewegung entließ. »Wir versuchen – wie sagen Sie? – von solchen Dingen kein Aufhebens zu machen.«

»Von welchen Dingen? Archäologie?«

»Nein, nein. Von gemeinsamen Unternehmungen.«

George nickte verdrießlich. »Verstehe. Also setzt das Ministerium die Franzosen unten in Kreta und die Deutschen oben im Norden genauso unter Druck?«

Kontos schenkte ihm einen undurchdringlichen Blick. »Nicht genauso.«

»Dann gilt diese Politik speziell uns Amerikanern?« sagte Claire.

»Das habe ich nicht gesagt.«

»Aber darauf läuft es hinaus!« sagte George hitzig.

»Das Ministerium hat ein *tilegraphima,* ein Kabel an die Universität Boston gesandt ...«

»Was?« Claire wich unwillkürlich zurück.

»Darin wird versucht, diese Ausgrabung so rasch wie möglich zum Abschluß zu bringen.«

»Ich frage mich, wer das Ministerium dazu veranlaßt hat«, sagte George sarkastisch.

Kontos errötete, aber nicht vor Verlegenheit, wie Claire sah, sondern vor Zorn. »Entscheidungen werden gemeinsam getroffen.«

»Gewiß. Wer entschied, daß Sie mit einem Jeep zurückkommen würden?« fragte George.

»Er wurde mir zur Verfügung gestellt. Ich bin Offizier des Heeres und habe Anspruch darauf.«

»Interessant, wie man das ganze Personal des Ministeriums in Uniformen steckt.«

»Unsere Gesellschaft mobilisiert ihre Kräfte. Sie verleiht jedem Bürger ein Bewußtsein der Pflicht und Ehre seines Dienstes.«

Kontos stand hochaufgerichtet und konfrontierte George in einer Haltung bewußter Herausforderung – die Arme vor der Brust verschränkt, das Kinn emporgereckt, um Georges

Vorteil von fünf Zentimetern Körperlänge auszugleichen. Claire beschloß einzugreifen und die beiden, die einander mit wachsender Feindseligkeit anstarrten, abzulenken. Mit einem munteren Lächeln sagte sie: »George, sei so gut und sperr die Tür zur Grabkammer zu! Ich lasse sie nicht gern so offen, wenn niemand in der Nähe ist.«

George schaute sie verständnislos an, noch ganz auf sein Hin und Her mit Kontos fixiert. »Ah ... zusperren?«

»Ja, richtig. Ich möchte dem Oberst etwas von diesen Tonwaren zeigen.«

George sagte nichts. Während die gespannte Stille noch andauerte, begann ein Vogel irgendwo im nahen Oleanderdickicht aus voller Kehle zu singen. Claire warf George einen Blick zu, und endlich verstand er und schluckte.

»Ich habe den Eindruck, daß wir hier hinausgeworfen werden«, sagte er bitter, dann stapfte er davon. Auf dem Weg hinauf blickte er gelegentlich über die Schulter zu ihnen zurück.

Kontos' Ärger schien verflogen. Er schüttelte bedauernd den Kopf und murmelte: »Dieser Mann ist ein Hitzkopf.«

»Sie waren auch nicht gerade ein Ausbund von Mäßigung.«

Er seufzte tief. »Ich werde unter Druck gesetzt. Sie verstehen, Sie sprechen unsere Sprache, das muß Kenntnisse unserer Denkart mit sich bringen. Kommen Sie!« Er winkte ihr, und sie gingen ins Lager. »Dieses Kabel ist notwendig, um – wie sagt man? In der Diplomatie heißt es – um ein Zeichen zu setzen.«

»Aber wem? Sie können es uns hier an Ort und Stelle sagen.«

»Den Leuten, die Sie regieren, Claire, auch wenn Sie es nicht wissen mögen.«

»Die Universität Boston ›regiert‹ mich nicht, Alexandros.«

»Nein, nein. Ihre Regierung. Die Hintermänner.«

»Eine kleine gemeinsame Ausgrabung ...«

»Man wird das Zeichen verstehen. Die Diplomatie arbeitet mit subtilen Mitteln, meine Liebe.«

So subtil wie du? dachte Claire höhnisch, ließ sich aber nichts anmerken.

Sie erreichten das Zelt, wo die Tonscherben sortiert wurden. Er schlug die Zeltplane am Eingang zurück und ließ ihr mit galanter Gebärde den Vortritt. Sie zogen den Kopf ein und kamen in das gelbliche, von stickiger Hitze erfüllte Dämmerlicht des Zeltes. »Mögen Sie gekühlten Tee?« fragte Claire und öffnete den kleinen Kühlschrank.

Er nickte. »Ich hoffe, Sie verstehen, daß es sich nicht um eine Politik handelt, die ich gemacht habe.«

»Sie waren daran beteiligt.«

Er hob die Schultern. »Ich versichere Ihnen, ich wünsche Ihnen nichts Schlechtes.«

»Gewiß«, sagte Claire sarkastisch, bevor ihr einfiel, daß mit dieser Reaktionsweise nichts zu gewinnen war, wie George bewiesen hatte.

»Wahrhaftig, wie könnte ich? Nicht einer so reizenden, wunderschönen Frau! Das wäre unmöglich für einen Mann, für einen Griechen.«

»Und alle Nichtgriechen sind Barbaren, wie?« sagte Claire. Sie schenkte den Tee ein und setzte sich an einen Sortiertisch. Tonscherben waren nach Größe, Rundung, Glanz, Farbe und Zeichnung auf der Tischplatte angeordnet. Ihr Blick schweifte wie von selbst über die Stücke hin und suchte nach Gemeinsamkeiten und zusammenpassenden Bruchkanten. Die Vergangenheit war ein Puzzlespiel, bei dem man niemals alle Stücke hatte.

Kontos lächelte breit; diese Verlagerung des Gesprächsthemas gefiel ihm. »Was mich betrifft, ich denke nicht wie Aristoteles. Meine ausländischen Kollegen stehen mir sehr nahe.« Er bekräftigte die Worte, indem er sich an die Brust schlug.

»Aber nicht so nahe, daß Sie sich beim Ministerium für uns eingesetzt hätten.«

Er breitete mit vielsagender Gebärde die Hände aus. »Ein bloßer Mensch kann das Unmögliche nicht bewirken.«

»Wie ...« – beinahe hätte sie *schlimm* gesagt – »ist es wirklich in Athen?«

»Die Entwicklung schreitet rasch voran. Wir haben jetzt wirklich Fortschritte gemacht.«

»Diese Demonstrationen ...«

»Viele davon sind für uns. Einige wenige gegen uns. Aber auch jene, die heute noch auf der anderen Seite stehen, werden lernen.«

»Wer wird sie lehren?«

»Die Polizei, falls nötig. Sie können nicht die Straßen in Besitz nehmen und sie zu einem Forum für ihre reaktionären Stimmen machen.«

»Die Demonstranten vor unserer Botschaft waren keine ›Reaktionäre‹, glaube ich.«

»Ja, das war bedauerlich. Aber verständlich. Die Menschen sind erbittert.«

»Die Tore eindrücken, Fenster zerschlagen – das Verbrennen des Sternenbanners ist heutzutage ein weltweit beliebtes Spektakel. Warum hat Ihre Polizei diese Dinge nicht verhindert?«

»Die Polizei kann nicht überall in der nötigen Stärke präsent sein.«

»Weil sie zu beschäftigt ist, reaktionäre Schädel einzuschlagen?«

»Davon kann überhaupt nicht die Rede sein. Und die Ausschreitungen gegen Ihre Botschaft werden sich nicht wiederholen. Wir sind ein zivilisertes Land.«

»Warum fangen wir dann nicht damit an, daß wir uns an unsere Vereinbarung halten?«

Kontos seufzte theatralisch und schlürfte seinen Tee. »Sie müssen verstehen, daß ich nur eine Stimme habe. Gleichviel ... vielleicht könnte ich etwas tun.«

»Gut.«

»Nur wegen unserer persönlichen Beziehung, verstehen Sie. Sie sind eine reizende Frau, und die Arbeit mit Ihnen an dieser Ausgrabung hat mir sehr viel Freude gemacht. Die Reibungen mit Leuten wie George und den anderen Amerikanern – nun, die sind nicht wie Sie. Sie können nicht über ihren kleinen Horizont hinwegsehen, erfassen nicht das Bild einer sich verändernden Welt.«

»Daran ist etwas Wahres«, sagte Claire höflich. Jahrelange Erfahrung im Mittelmeerraum hatte sie auf die nach links tendierende Entwicklung in Griechenland vorbereitet. Die amerikanische Presse malte das Schreckensgespenst eines

»sozialistischen Unterleibs«, der sich von Spanien bis Griechenland erstreckte. Italien hatte eine sozialistische Regierung, deren Wirken von den Amerikanern »kosmetischer Marxismus« genannt wurde, duldete aber seine NATO-Basen. In Griechenland war die Rhetorik schärfer, drohender. Die Automatisierung der europäischen Industrie hatte viele griechische Gastarbeiter heimgeschickt, wo sie zu einem Faktor der Unzufriedenheit und Unruhe wurden und nach durchgreifenden sozialen Verbesserungen verlangten. Die Parteien der Mitte hatten ihnen wenig zu bieten. Der von den Vereinigten Staaten unterstützte – manche sagten, beherrschte – Weltwährungsfonds, von der chronischen internationalen Schuldenkrise voll in Anspruch genommen, zeigte keine Neigung, einer linksgerichteten griechischen Regierung unter die Arme zu greifen. Von den Mitgliedsstaaten der Euroäischen Gemeinschaft hatten die meisten mit eigenen Rezessionsproblemen zu kämpfen und konnten Griechenland nur in geringem Maße Hilfe leisten. Die einzige Macht im nördlichen Mittelmeerraum, die als politisch und militärisch zuverlässiger Vasall der Vereinigten Staaten gelten konnte, war die Türkei, deren Verhältnis zu ihrem NATO-Verbündeten Griechenland noch immer denkbar schlecht war. Claire hatte miterlebt, wie die Griechen Koalitionsregierungen gebildet und Parteienschacher getrieben hatten; sie kümmerte sich wenig um konventionelle Politik, und Kontos' Nachricht bestätigte nur, was sie längst erwartet hatte.

»Sie sind in diesem Sommer der einzige Lichtblick gewesen. Sie sind eine Dame, eine Wissenschaftlerin, und es ist mir eine Freude gewesen, mit Ihnen zusammenzuarbeiten.«

Claire fühlte sich immer ein wenig unbehaglich, wenn sie auf plumpe Komplimente antworten mußte. »Ah, danke, aber …«

»Unsere Freundschaft ist das einzige Element, das ich vermissen werde, wenn die Grabungsstätte diese Woche geschlossen wird.«

»Diese Woche?«

»Gewiß. Das sagte ich eben dem Lagerverwalter.«

»Unmöglich.«

»Aber notwendig. Es gibt Kräfte in unserer Regierung, die diese Sache nur zu gern als Vorwand benutzen würden, um einen Zwischenfall zu inszenieren.«

Auf Claires ungläubigen Blick nickte er mit bekümmerter Miene. »Es ist leider so.«

»Dies ist ein international vereinbartes Forschungsvorhaben, wir haben alle Papiere, wir haben jedes Recht ...«

»Sie haben es auch zur denkbar größten Unbeliebtheit in den umliegenden Dörfern gebracht.«

»Wer sagt das? Wieso?«

»Sie sind Amerikaner. Die Bevölkerung kritisiert, daß Sie sich als Herrenmenschen benehmen, nicht wie Gäste.«

»Vor ein paar Tagen war ich in Nauplia. Die Verkäufer in den Läden waren genauso freundlich wie sonst.«

»O ja, die. Sie hängen von Ihrem Geld ab.«

»Alexandros! Sie wollen doch nicht im Ernst behaupten, daß die Dorfbewohner ringsum den Übertreibungen dieser Fanatiker in Athen Glauben schenken? Sie sind ...«

»Sie kennen die Seelen dieser Menschen nicht, Claire. Sie sind stolz, und es erbittert sie, was Jahre der Unterdrückung in diesem Land angerichtet ...«

»Ich glaube es nicht.«

Er sagte ruhig: »Ihre Arbeiter sind gegangen, nicht wahr?«

»Und wer hat sie dazu angestiftet?«

»Dazu bedurfte es keiner Anstiftung, Claire. Es gibt seit längerem örtliche Unruhen, Unzufriedenheit unter den Arbeitern ...«

»Wenn dies zuträfe, so wäre es Ihre Pflicht, die Ausgrabungsstätte zu beschützen.«

Kontos lächelte. »So ist es. Ich werde hier eine Wache postieren. Und Sie werden nach Athen zurückkehren.«

»Aber meine Arbeit ist hier!«

»Sie können die Laboruntersuchungen in Athen überwachen. George mag dableiben und abschließen, was getan werden muß.«

»Diese Regelung gefällt mir nicht. Wir müssen erst die Arbeit beenden, es gibt eine Grabung hinter der Wand des Kuppelgrabes ...«

»Ich mache Ihnen dieses Angebot als Freund, nicht als Unterhändler«, sagte Kontos und legte die Hände vor sich auf dem Tisch ineinander. »Um das Ministerium zur Billigung selbst dieser Regelung zu bewegen, werde ich meinen ganzen Einfluß auf bestimmte Leute geltend machen müssen.«

Daß Kontos Einfluß hatte, wußte sie. Er hatte mit der Tauchexpedition nach den marmornen Parthenon-Skulpturen internationales Ansehen erworben. Die berühmten Plastiken im British Museum stellten tatsächlich die zweite Schiffsladung dar, die Lord Elgin nach England gesandt hatte; die erste war auf See verlorengegangen. Kontos und mehrere seiner Landsleute hatten eine Menge Geld gesammelt, technisches Gerät und Tauchspezialisten eingesetzt und die unschätzbaren marmornen Kunstwerke geborgen, die nun Glanzstücke des Athener Museums waren. Was Kontos sagte, war seither in der kleinen Welt der griechischen Archäologie Gesetz.

»Hören Sie, Alexandros ...«

»Nein, sprechen Sie nicht so!« Er stand auf, ging um den Tisch und blieb neben einer von Claires teilweise zusammengesetzten Schale stehen. Sein Blick ruhte nur flüchtig auf den Scherben, obwohl sie wußte, daß er seine Dissertation über archäologische Routinearbeit wie diese geschrieben hatte. Aber das lag jetzt weit hinter ihm. Sie witterte seinen Geruch, eine Mischung von Schweiß und herbem Duftwasser.

»Sehen Sie, ich habe gefunden ...«

»Soviel Geschäftliches, nein, nein«, sagte er mit breitem Lächeln. »Ich möchte nicht, daß unser Umgang miteinander so ... so formell ist, Claire. Wir sind besondere Freunde, wir können uns verständigen.« Er legte ihr die Hand auf die Schulter. »Kollegen, natürlich. Aber auch mehr als Kollegen.«

Claire saß still, noch im Zweifel, ob sie ihn recht verstanden hatte.

»Es wird mich Einfluß und Zeit kosten«, fuhr er in gewinnendem Ton fort. »Es ist nicht leicht, wissen Sie, etwas zu erreichen.«

»Ich würde gewiß zu schätzen wissen, wenn Sie etwas tun könnten.«

»Ich hoffte, Sie würden nach Athen kommen, wo wir einander ... ah ... besser kennenlernen könnten.«

»Ich denke, wir wissen bereits genug.«

Er drückte ihre Schulter. »Claire, diese Dinge erfordern Zeit.«

»Was für Dinge?« Sie blickte prüfend auf. Er stand hinter ihrer Schulter, und das machte es schwierig, ihn ins Auge zu fassen. Eine schlaue Taktik, dachte sie. Es wäre viel einfacher für sie, den Kopf zu neigen und schüchtern auf seine Avancen einzugehen, indem sie ihre Wange auf seine Hand legte.

»Ganz unter uns ...«

»Ganz unter uns, ja: Es gibt hier nichts, was über kollegiale Höflichkeit hinausginge!« unterbrach sie ihn scharf. Sie entzog sich seiner knetenden Hand, stand rasch auf und trat von ihm zurück.

»Ich glaube das nicht«, sagte er heiter, »und Sie auch nicht.«

»Also wissen Sie jetzt, was ich denke? ›Die kleine ungebildete Amerikanerin, kennt sich in ihren eigenen Gefühlen nicht aus, braucht eine feste Hand, ein wenig Unterweisung in der Kunst der Betörung?‹« Sie schnaufte geringschätzig.

Aber er trat unbeeindruckt näher, setzte die imponierende Massigkeit seiner Schultern unter dem frisch gebügelten Uniformtuch ein, vertrieb ihren sarkastischen Ausbruch mit einem abwehrenden Wedeln der Hand, ein kühl herablassendes Lächeln um die Mundwinkel.

Sie schnitt eine Grimasse und sagte mit forcierter Lautstärke: »Vielleicht braucht sie bloß einen ordentlichen griechischen Schwanz?«

Dies hatte die gewünschte Wirkung. Er verhielt, sein Mund zuckte in gekränkter Gereiztheit. »Das ist ... beleidigend.«

»Richtig.«

»Ihr Verständnis ist ...«

»Ich verstehe vollkommen.«

»Sie sind ganz und gar ...«

»Wissen Sie, was Sie gerade versucht haben?«

»Ich denke schon. Aber ich bin nicht so sicher, daß Sie es wissen.«

»Sie sind bereit, uns mehr Zeit zu geben, wenn ich nach Athen komme«, sagte sie und faßte ihn scharf ins Auge. »Ich möchte wetten, Sie haben dort bereits ein kleines Hotelzimmer reserviert, nicht wahr? Nicht weit vom Ministerium, aber unauffällig? Leicht während der langen Mittagspause erreichbar. Oder geeignet als Zwischenstation auf dem abendlichen Heimweg zur Ehefrau.«

Seine Züge versteinerten.

»Ich habe recht, nicht wahr?«

»Sie sind ein Kind.«

»Vielleicht, nach Ihrer Definition«, sagte sie rasch, fühlte aber, daß ihr der Wind aus den Segeln genommen war. Hatte sie die Situation falsch verstanden? Nein ... aber schon kritisierte sie ihre Reaktion als zu hart, zu beleidigend.

»Ich bot Ihnen einen Kompromiß an, eine Vereinbarung zwischen Gelehrten. Ich kann nichts dafür, wenn meine persönlichen Empfindungen hineinspielen.«

»Die werden Sie heraushalten müssen«, sagte sie kühl.

Er breitete die Hände in einer südländischen Geste der Selbstbescheidung aus. »Ich kann mich nicht zerteilen.«

»Nun, da ist nichts zu machen, ist das klar?«

»Sie werden nicht ...«

»Ich werde nicht Ihre kleine Gespielin, nur um für diese Grabung ein paar Wochen mehr herauszuholen.«

Sein Gesicht lief rot an. »Sie sind ein kaltes Frauenzimmer!«

»Kalt, sagen Sie? Haben Sie schon daran gedacht, daß es an Ihrer Technik liegen könnte?«

Er bebte vor Zorn, und auf einmal spürte sie die komprimierte Gewalt des Mannes, und erkannte, daß sie zu weit gegangen war.

Er trat auf sie zu, die Fäuste geballt.

Sie wich zurück, dann kam ihr ein Gedanke, sie trat an den Tisch und hob einen Tonkrug auf. Er war fast komplett, sorgfältig gekittet. Sie hielt ihn in einer Hand.

»Wenn Sie näherkommen, lasse ich ihn fallen.«

»Sie ...« Er fluchte auf griechisch.

Kontos war noch immer Archäologe, obwohl er die meiste Zeit dieser Grabung mit politischen Spielen in Athen verbracht hatte. Die frühen Jahre seiner Berufslaufbahn, die er mit dem mühseligen Zusammensetzen von Tonscherben verbracht hatte, bedeuteten ihm noch immer etwas.

Das hoffte sie jedenfalls.

Ein langer Augenblick verging. Dann veränderte sich etwas in seinen Augen.

»Lassen Sie Ihre Hände von dem Erbe meines Vaterlandes!« sagte er steif.

»Erbe?« Sie unterdrückte ein Lachen. Die Stimmungsumschwünge des Mannes waren unglaublich.

»Sie sind hier, weil wir unsere Zustimmung gegeben haben.«

»Das ist richtig.«

»Und ich werde Ihre ... Ihre Beleidigungen nicht dulden.« Er spuckte in den Staub.

»Alexandros ...«

Er zog die Zeltplane mit einem Ruck beiseite und ging hinaus, ohne sich umzusehen.

2

Kurz vor Mittag fanden sie etwas Seltsames.

Claire war mit Aufräumungsarbeiten beschäftigt und bemerkte George Schmitt nicht, der den staubigen Pfad herangetrottet kam, bis er rief: »He! Ich habe die Platte draußen!«

Sie blickte auf, ungläubiges Staunen in den braunen Augen. »Draußen? Ich dachte, du wolltest den Mörtel untersuchen.«

»Habe ich getan. Er ist nur ein paar Finger dick, ebenso wie die Platte.«

Kopfschüttelnd verließ sie den Schatten des wellblechgedeckten Sortierschuppens. »Du solltest nachsehen, ob der zentrale Stein sich von den anderen unterscheidet, nicht? Es war keine Rede davon, ihn aus dem Mauerwerk zu lösen.«

»Ja, aber es war einfacher als wir dachten.«

»Mit dem Entfernen dieses Steins könnte die ganze Grabkuppel einstürzen.«

Er lachte. Sein blondes Haar schimmerte im schräg einfallenden Sonnenlicht des klaren Morgens. »Ich habe das Loch gut abgestützt. Mit Brecheisen, Stahl und Holz. Es war nicht allzu schwierig – der Stein erwies sich als eine Platte von nur fünf Zentimetern Stärke.«

Claire schnitt ein Gesicht. »Komm mit!« sagte sie knapp.

Sie hätte es besser wissen sollen, als ihn die Arbeit allein tun zu lassen. Und wenn sie danach urteilte, wie er vor ein paar Monaten die Oberschwelle des Eingangs abgestützt hatte, wäre es ein Wunder, wenn seine Stütze halten würde. Die einheimischen Arbeiter hatten die Abstützung damals von Grund auf neu aufbauen müssen. Wären die verdammten Griechen nicht in diesen Streik getreten, hätte sie George niemals eine solch knifflige Aufgabe anvertraut. Schließlich war er Archäologe und nicht Maurer oder Statiker.

Sie hegte den starken Verdacht, daß Kontos die Leute vorsätzlich von der Ausgrabungsstätte fernhielt. Er war in tiefer Verärgerung nach Athen zurückgekehrt, und wahrscheinlich beeinflußte er die Gewerkschaftsleitungen der benachbarten Städte.

Andererseits waren Streiks in letzter Zeit so häufig, daß man sich daran gewöhnte, ihren Auswirkungen durch Improvisation zu entgehen. Dieser Streik war ein Proteststreik mit dem Ziel, die Archäologen zur Einstellung weiterer Arbeiter zu zwingen, statt die Beschäftigten Überstunden machen zu lassen. Für Claire war es eine eigentümliche Art von Solidarität; die Forderungen amerikanischer Gewerkschaften beschränkten sich gewöhnlich auf Lohnerhöhungen.

Sie gingen den ausgetretenen Pfad um die Flanke des Hügels. Jeder Schritt wirbelte Staub auf. Eine einsame Zypresse hielt sich gegen die Ungunst der Verhältnisse, ein schwarzgrünes Fanal im struppigen, ausgedörrten Busch. Claire mochte den frischen, würzigen Duft, und aus Gewohnheit richtete sie ihren Blick zu den entfernten Höhen, wo Baumreihen den Horizont belebten. Bis zum Beginn der Herbstregen würde das Land sich nicht von der sengenden Trockenheit des gerade zu Ende gegangenen Sommers erholen können. Eine willkommene Brise wehte; sie trug ein Gewisper leiser Brandungsgräusche von der anderen Seite des Hügels herüber, wo das Land in steilen Kliffs zur Ägäis abfiel.

Nun, da die meisten Expeditionsmitglieder heimgekehrt

waren, schien die Gegend verlassen. Claire vermißte die Stütze des Gemeinschaftsgefühls, die lockere, kollegiale Organisation der Vermesser, Feldarchäologen, Fundauswerter, Vorarbeiter und Hilfskräfte. Jetzt waren die sandfarbenen Zelte leer, die gesammelten Früchte der sommerlichen Arbeiten erwarteten ihre Reise nach Athen.

Vom Lager ging man nur fünf Minuten zum Eingang der Grabkammer. Auf dem ansteigenden Weg gewannen sie bald einen Blick auf die ausgegrabene alte Siedlung wo die Saison über der größte Teil der Arbeit geleistet worden war. Obwohl die freigelegten Mauerreste und eingestürzten Bauwerke zahlreiche Töpferscherben und Gebrauchsgegenstände ergeben hatten, war wenig davon eigentümlich. Das Verständnis des mykenischen Griechenland hatte durch diesen heißen, konfliktgeladenen Sommer keine wesentlichen Impulse erfahren. Immerhin legte das Tholos-Kuppelgrab über der Siedlung den Schluß nahe, daß die Gegend zur damaligen Zeit von politischer Bedeutung und vielleicht sogar wohlhabend gewesen war, regiert von einem Herrscher, den man eines aufwendigen Begräbnisses würdig erachtet hatte. Das Kuppelgrab mochte sogar diese letzten Untersuchungen am Ende der Feldexploration rechtfertigen. Das war wenigstens ihre Hoffnung. Sie hatte ihren Forschungsauftrag von der Universität Boston um ein Semester verlängern lassen, um die Grabungsstätte zu schließen und ihre eigenen Projekte zu beenden. Bisher hatte sich ihre sorgfältig kalkulierte Investition von Zeit und Arbeitsaufwand nicht ausgezahlt.

Ein paar Schritte vor ihrem Helfer marschierte sie zwischen den massiven Kalksteinquadern durch den freigelegten Zugang. Ihre Bewegungen waren rasch und energisch, und bei jedem Schritt hörte man den derben, khakifarbenen Stoff ihrer Hosenbeine aneinanderstreifen. Mit achtundzwanzig hatte sie an sieben größeren Ausgrabungen in Griechenland und der Türkei teilgenommen und die Arbeit hatte sie sehnig und muskulös gemacht.

Die Wände des langen, ungedeckten Korridors stiegen zu beiden Seiten an und bildeten einen Einschnitt in den Hang, der bis zum hohen, rechteckigen Eingang der Grabkammer führte. Sie traten unter dem mächtigen Türsturz durch und sahen sich unvermittelt in tiefem Halbdunkel. Ihre Schritte hallten unter dem falschen Gewölbe des Kuppelgrabes.

Claire blieb bei einigem herumliegenden Werkzeug stehen. »Dieser Raum ist wirklich armselig.« Vorsichtig bewegte sie sich weiter. »Gott, was für ein Gewurstel.«

»Es wird halten«, sagte George trotzig. Er schlug mit der flachen Hand gegen eine der Verstrebungen. Die aus der Wand entfernte Steinplatte baumelte in einer aus knarrenden Seilen geknoteten Halterung. Sie sah, daß er sich seiner Aufgabe auf die einfachste Art und Weise entledigt hatte, ohne die Platte seitlich zu sichern. Der wichtigste Teil aber war die Abstützung der entstandenen Wandöffnung. Das schien in Ordnung zu sein. Er hatte mit den Standard-Stahlstreben gearbeitet und sie fest eingekeilt, damit sie das Gewicht trugen. Sie beugte sich zur Steinplatte.

Drei konzentrische Kreise waren in die der Grabkammer zugekehrte Oberfläche gemeißelt. Dies hatte von Anfang an ihre Neugier erregt. An den Rändern waren da und dort Kratzspuren zu sehen, die nach ihrem Urteil wahrscheinlich nicht von Bedeutung waren. Sie besah die andere Seite. Grauer Mörtel haftete an den Kanten, zerbröckelte zwischen den Fingern. Die Rückseite der Platte war leer, uninteressant.

»Zu dumm«, sagte sie.

»Ja.« George brachte eine Handlaterne und kauerte bei ihr nieder. »Aber sieh mal durch die Öffnung!«

Sie drehte sich unbeholfen in dem engen Raum zwischen der Platte und der Innenwand des Kuppelgrabes, bückte sich und spähte in die große Öffnung. Ein bernsteinfarbener, matt schimmernder Zapfen wies zu ihr heraus. Er war irgendwie auf schwarzem Gestein befestigt.

Ihr Stockte der Atem. »Was …?«

»Eine Pracht, wie? Wir dachten, die Platte könnte auf beiden Seiten bearbeitet sein, aber wer hätte gedacht, sie würden etwas dahinter einmauern?«

»Mykenische Gräber hatten keine Hohlräume in den Wänden …« fing sie an und verstummte. Soviel für die konventionelle Weisheit.

»Sieh nur, wie symmetrisch es ist!« sagte George liebevoll.

»Vollkommen. Nur, ein vollkommenes Was?«

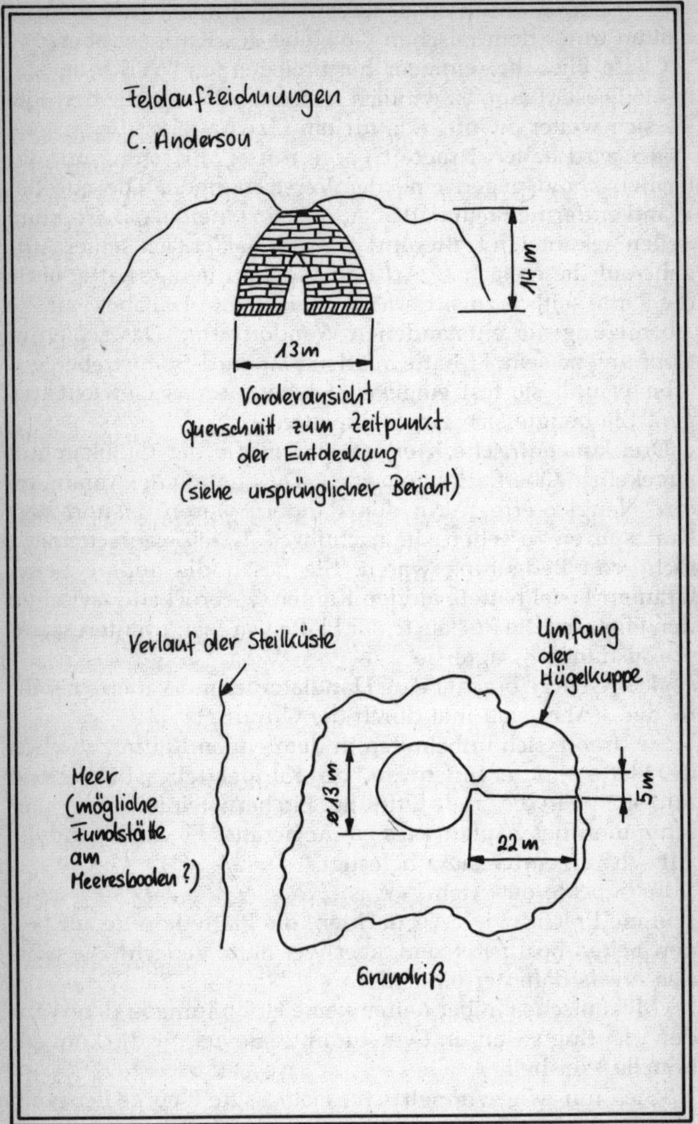
Feldaufzeichnungen
C. Anderson
14 m
13 m
Vorderansicht
Querschnitt zum Zeitpunkt
der Entdeckung
(siehe ursprünglicher Bericht)
Verlauf der Steilküste
Umfang
der
Hügelkuppe
Meer
(mögliche
Fundstätte
am
Meeresboden ?)
ø 13 m
5 m
22 m
Grundriß

»Ich habe nie Vergleichbares gesehen.«
»Ein Ornament, das ist gewiß.«
»Aber kein Loch darin, soweit ich sehen kann, also konnten sie es nicht um den Hals getragen haben.«
»Richtig. Dafür ist es sowieso zu lang – muß mindestens zehn Zentimeter sein. Ich frage mich, wie es befestigt ist.«
Er streckte den Arm durch die Öffnung und berührte das Gestein um die Basis des Zapfens. »Scheint in den Stein eingelassen zu sein. Ja, siehst du? An der Basis hört die Verdikkung des Zapfens auf; dort hat man ihn in den dunklen Kalkstein eingesetzt.«
»Ein ziemlich seltenes Material, vor allem hier. Komisch, daß sie es verborgen haben.«
»Ja, man sollte meinen, sie würden es zur Schau stellen. Ich bin wirklich froh, daß ich nicht den Zapfen traf, als ich die Stahlstreben einsetzte.«
Wahrscheinlich war es seine Art zu sagen, daß ihm bewußt war, welches Glück er gehabt hatte. Ganz allein, im Kampf mit Gewichten, die er kaum handhaben konnte, auf gut Glück Verstrebungen hineinschlagen ... Sie schüttelte den Kopf.
George drückte ihr die Lampe in die Hand. »Leuchte mal!«
Er zwängte sich in den engen Raum zwischen der hängenden Steinplatte und der Wandöffnung. Der Lichtschein zeigte, daß das schwarze Gestein die Öffnung nicht ganz ausfüllte. Er ließ auf einer Seite fünf Zentimeter und auf der anderen noch etwas mehr Raum. Oben und unten gab es keine Abstände.
Claire sagte: »Sieht so aus, als wären die Quader oben und unten auch nur Steinplatten.«
»Aber sieh dir die Seiten an! Einen halben Meter dick, mindestens.«
»Um das Gewicht der Kuppel zu beiden Seiten dieser dünneren Einsätze aufzufangen«, meinte Claire. Sie berührte die dunkle Oberfläche. Sie war ein wenig uneben, vielleicht mit der gleichen routinierten Effizienz behauen, die ein Steinmetz auf Pflastersteine wenden mochte. »Große Meißelspuren«, murmelte sie.
»Ja, man sollte meinen, daß jemand, der einen Kunstge-

genstand anfertigt, feinere Arbeit leisten würde. Es sieht schlampig aus.«

»Gib mir die Lichtröhre, sei so gut! Vielleicht können wir hinter dieses Ding sehen.«

Er kroch zurück und nahm die Handlampe mit. Im Halbdunkel glaubte Claire ein goldenes Glimmen in dem Zapfen zu sehen, als enthielte er winzige reflektierende Einschlüsse. Unreinheiten, vielleicht. George murmelte hinter ihr, hantierte mit dem Licht, dessen tanzende Schatten die Lichterscheinungen anwachsen und verblassen ließ.

Wahrscheinlich Bernstein, dachte sie. Feine Arbeit, älter als 3500 Jahre. Die Jahre ihrer Ausbildung hatten ihre Fähigkeit zu ehrfürchtigem Staunen nicht verkümmern lassen.

Der Zapfen war ungefähr so lang wie ihre Hand und mündete gleichmäßig und glatt in einer gerundeten Spitze. Als sie den Stein berührte und die Hand auf seine Oberfläche legte, überkam sie ein leises Unbehagen, ein prickelndes Gefühl, und sie zog die Hand zurück.

»Hier.« George reichte ihr die Lichtröhre. Sie war bei dieser Ausgrabung seine Vorgesetzte. Obwohl die Archäologen gewöhnlich kein großes Aufhebens um die Hackordnung machten, hatte Claire nun, da die großen Namen die Ausgrabungsstätte verlassen hatten, das Recht auf die erste Inspektion. Das war bisher noch nie der Fall gewesen, und sie war erfüllt von aufgeregter Erwartung. Es war ein Glück, daß Kontos nach Athen zurückgefahren war.

Sie schob die dünne, flexible Kunststoffröhre in die Mauerlücke rechts neben dem schwarzen Kalkstein. Die Röhre enthielt neben der Optik eine dünne Entladungslampe und trug am Ende einen um 45 Grad zur Längsachse geneigten Planspiegel mit einem Objektiv, durch welches man um Ecken sehen konnte.

George schaltete die Handlampe aus. Claire setzte das Okular ans Auge, drehte die Lichtröhre und sah eine rauhe Oberfläche. Langsam drehte sie die Röhre seitwärts. »Erde und Felsgeröll. Ursprünglicher Boden.«

George kauerte neben ihr, während sie die Inspektion fortsetzte.

»Der Hohlraum endet rechts nach ungefähr zehn Zentimetern. Nein, warte – da ist ein kleines Loch. Sieht wie Wassererosion aus.«

»Kannst du nicht hinter diesen schwarzen Kalkstein sehen?«

»Ich versuche es. Die Perspektive ist ungünstig ... vielleicht kann ich die Röhre noch ein Stück hineinschieben.«

In der Dunkelheit wirkten die beiden kauernden Gestalten geisterhaft. Licht drang aus der schmalen Öffnung und warf riesige Schatten, die bei jeder Bewegung über die gekrümmten Wände des Kuppelgrabens taumelten, um sich in der tintigen Schwärze höher oben zu verlieren.

»So. Wenn ich es jetzt noch in die richtige Position drehen kann ...« Ihre etwas gepreßte Stimme hallte von den Wänden wider, die dem Klang eine beinahe metallische Note verliehen. »Der Stein endet. Markierungen kann ich aus dieser Perspektive nicht erkennen. Jedenfalls hat er eine flache Rückseite.«

»Ist etwas dahinter?«

»Offener Hohlraum.«

»Wie groß?«

»Nicht zu erkennen.«

»Dann muß er wenigstens einen halben Meter oder mehr haben.«

»Wahrscheinlich Wassererosion. Hier, sieh selbst!«

Als George das Auge am Okular hatte, drehte er die Röhre hierhin und dorthin und pfiff leise durch die Zähne. »Ein ziemlich großer Block. Er scheint rückseitig freizuliegen.«

Er studierte ihn noch eine kleine Weile, dann richtete er sich auf. Claire erwiderte sein Lächeln. »Entschieden seltsam, Watson«, sagte sie.

»Ein guter Fund, nicht?«

»Kein mykenisches Grab hat eine falsche Wand wie dieses. Von diesem Bernsteinzapfen ganz zu schweigen. Eine echte Erstentdeckung.«

3

Auch am nächsten Tag ließen die griechischen Arbeiter sich nicht blicken.

Das wäre ein ernstes Problem gewesen, wenn es sich während der eigentlichen Ausgrabungsarbeiten ereignet hätte. Nun, nach Abschluß der Grabungen, war es nur lästig. Niemand hatte weitere wichtige Funde erwartet, sonst wäre Direktor Hampton an Ort und Stelle geblieben und hätte einen der Assistenten nach Boston zurückfliegen und dort seine Vorlesungen übernehmen lassen, da das Semester inzwischen begonnen hatte.

Claire war ursprünglich nur geblieben, um ihre Analyse der aufgefundenen Töpferwaren zu beenden. Als dienstälteste amerikanische Wissenschaftlerin mußte sie mit den Griechen zusammen die Inventur fertigstellen, die Verpakkung und den Versand der Fundstücke überwachen und das Grab verschließen, um es vor Vandalismus zu schützen.

Sie und George waren als einzige, die zu Ausgrabungsarbeiten qualifiziert waren, im Lager zurückgeblieben. Ursprünglich hatte Kontos diese letzte Phase leiten sollen, doch hatte er seit Ende Juni die meiste Zeit in Athen verbracht. Durch seine Abwesenheit waren die Amerikaner weitgehend auf sich selbst gestellt, sah man von dem Verwalter des Lagers und einer Frau aus dem Dorf ab, die im Küchenzelt ihres Amtes waltete.

Claire räumte widerwillig ein, daß Georges Verstrebungen in der Wand des Kuppelgrabes wahrscheinlich ausreichten. Dennoch verstärkten sie seinen Rahmen in der Öffnung und untersuchten die herausgenommene Steinplatte.

Bis auf die sorgfältig eingemeißelten konzentrischen Kreise war sie ohne Besonderheit, doch stellten diese Kreise das einzige Schmuckwerk im gesamten Innern des Kuppelgrabes dar. Auch hier waren Meißelspuren an den Rändern zu erkennen, und der Mörtel war teilweise abgefallen. George trug die Überlegung vor, daß diese Zeichen möglicherweise auf mißlungene Bemühungen von Grabräubern zurückgin-

26/9

Ausgrabungsnotizen — Schnitt
-oberer Block entfernt

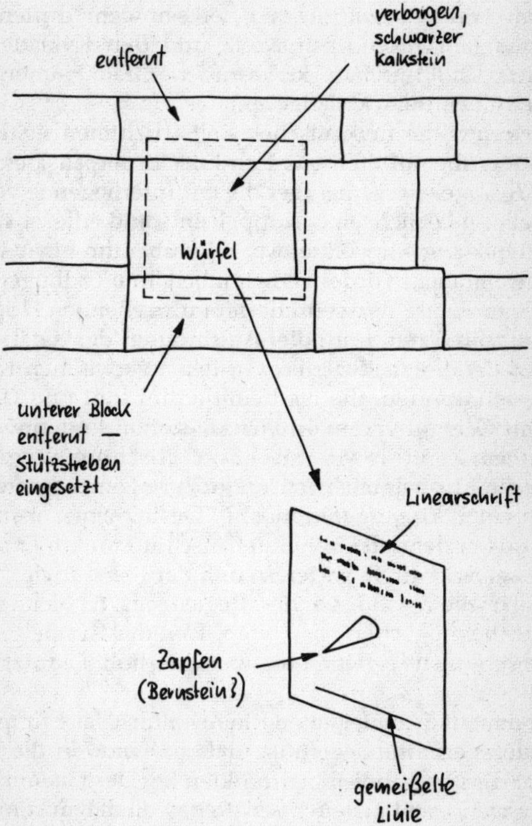

siehe Fotos
Rolle 86, Nr. 2–24

gen, die Platte herauszuziehen. Im ersten Jahrhundert nach dem Begräbnis mußte der Mörtel hart und zäh genug gewesen sein, um mehr oder weniger flüchtigen Anstrengungen zu widerstehen.

Mykenische Gräber waren nüchtern und schmucklos, Bauwerke eines Volkes, das niemals Überfluß gekannt hatte. Sie waren Weiterentwicklungen der seit dem dritten vorchristlichen Jahrtausend auf Kreta und den Kykladen beheimateten Tholosgräber, kreisrunden Grabkammern mit Mauergewölben oder Holzdecken.

Die Griechen der mykenischen Zeit errichteten sie, indem sie die Baugrube mit Steinquadern kreisförmig auskleideten, wobei jede Lage ein wenig über die darunterliegende vorragte, so daß schließlich eine Kuppel entstand, die entweder ganz in den Hang eingebettet war oder über ihn hinausragte. Die Kuppelgräber wurden gewöhnlich mit Erdhügeln bedeckt, die im Laufe der Zeit mit dem umgebenden Hügelgelände verschmolzen und die Auffindung der Gräber erschwerten. Während der Blütezeit der mykenischen Kultur, welche aus Gründen, die bis heute unbekannt und Gegenstand vieler Vermutungen und Diskussionen sind, unvermittelt zu einem Zentrum von Macht und Reichtum wurde, gewannen die Kuppelgräber immer größere Dimensionen und erhielten einen Zugang (Dromos) in Gestalt eines oben offenen Korridors, der den Grabhügel anschnitt und in Einzelfällen Längen bis zu dreißig Metern und darüber aufwies. Diese Zugänge blieben während der Regierungszeit der jeweiligen Dynastie möglicherweise offen, weil das Kuppelgrab für aufeinanderfolgende Begräbnisse wiederholt benutzt wurde.

Die in den Stein gemeißelten Ringe hatten Claire ursprünglich zu der Vermutung geführt, daß sie einen in die Wand eingelassenen Begräbnisplatz markierten. Der Gedanke war ihr selbst nicht recht geheuer gewesen, weil die mykenischen Griechen ihre Schachtgräber gewöhnlich offen in der Grabkammer angelegt hatten. Es bestand keine Verwandtschaft mit den schlauen Bemühungen der ägyptischen Pyramidenerbauer, die tote Stollen, Fallen, falsche Begräbniskammern und andere Täuschungsmittel anwendeten, um Grabräuber irrezuführen. Die Herren der mykenischen Welt erwarteten nicht, daß jemand sich jemals an ihren Gräbern vergreifen werde. Claire fand dieses Zeichen argloser Unschuld reizend. Dieses vor langer Zeit untergegangene Volk hatte mit einer wuchtigen Einfachheit gebaut und seine unterirdischen Kuppeln mit einer Genauigkeit und Massivität berechnet und errichtet, der in den meisten Fällen nicht einmal 3500 Jahre Verwitterung, Wassererosion und Erdbeben etwas hatten anhaben können.

Die schwache Stelle eines Kuppelgrabes war gewöhnlich der Scheitelpunkt der Kuppel. Wenn dieser brüchig wurde und einstürzte, entstand ein Loch, das ein vorbeiziehender Hirte früher oder später bemerkte. So kam es, daß die meisten der bekannten Gräber ausgeraubt wurden, lange bevor es eine neuzeitliche Archäologie gab.

Dieses Grab war ein typischer Fall, obwohl es eine ungewöhnlich reiche Ausbeute ergeben hatte. Ein Bewohner der nahen Kleinstadt Salandi hatte das Ministerium für Altertümer und Restauration angerufen und von einem Loch berichtet, das in einem Hügel über der Küste und ungefähr zehn Kilometer außerhalb der Stadt entdeckt worden sei. Er habe in einem Café davon gehört.

Grabräuber waren schon vor langer Zeit dagewesen. Kuppelgräber waren in mykenischer Zeit den Königen und adligen Herren vorbehalten geblieben, und die darauf folgenden Generationen hatten es noch gewußt; wenige waren ungeöffnet geblieben. Hier hatten die Grabräuber Urnen und Schachtgräber aufgebrochen und den größten Teil der Beigaben verstreut und zerschlagen. Es war kein Goldschmuck übriggeblieben, keine Wertgegenstände, nichts, was sich rasch zu Geld machen ließ.

Reisende erinnerten sich vor allem solcher Wertgegenstände wie der berühmten Goldmaske des Agamemnon, die von Schliemann irrtümlich so gedeutet worden war, als er sie im Gräberkreis des Palastes von Mykene entdeckte. Sie war herrlich, ein prachtvolles Stück, und verriet viel über das Leben der Herrscher jener Zeiten. Archäologen aber sind gleichermaßen an Fundstücken interessiert, die Einblick in das Alltagsleben gewähren, und in dieser Hinsicht war das

Grab eine gute Fundstelle. Die pflichtschuldigen Diener der toten Herren hatten ihnen als Grabbeigaben Werkzeuge, Siegelsteine, Dolche, bronzene Kurzschwerter, Gebrauchsgegenstände, Keramikgefäße, Spiegel, Kämme, Sandalen auf die lange Reise mitgegeben – alles, was sie benötigen würden, um im Jenseits einen Haushalt zu gründen.

Die Gebeine der Bestatteten waren achtlos durcheinandergeworfen worden, als dic Grabräuber auf der Suche nach Schmuck und Juwelen die zerfallenden Gewänder auseinandergerissen hatten. Die sterblichen Überreste wurden zu gleichen Teilen den Laboratorien in Athen und an der Universität Boston übergeben, wo sie eingehenderer Untersuchung harrten. Die Gebeine gehörten zu mehreren Skeletten, die alle auf der selben Ebene gefunden worden waren. Dies konnte bedeuten, daß die mykenischen Herren dieses Ortes das Grab mehrere Generationen hindurch verwendet hatten, oder daß mehrere Familienmitglieder gleichzeitig dort bestattet worden waren, oder sogar, daß Schäfer nach dem Einsturz des Schlußsteines durch das Loch gefallen und hier unten elend umgekommen worden waren.

Kleinere Gegenstände – Keramikscherben, kleine Teile von Schmuckstücken, Amethystperlen – fand man begraben unter den herabgefallenen Steinen und den Haufen nachgerutschter, mit Geröll vermischter Erde. Die Plünderer hatten sich augenscheinlich nicht die Mühe gemacht, alles gründlich auszuräumen. Rußstreifen an den Wänden sprachen von jahrhundertelangem Gebrauch als Notunterkunft in Unwettern, wahrscheinlich durch Hirten. Die Verwitterung erweiterte allmählich das Loch in der Kuppel, Erde wurde hereingespült, Staub setzte sich ab. Die Rußstreifen begannen mehrere Fuß über dem ursprünglichen Boden, stumme Zeugnisse, daß die Feuer auf dem angesammelten Schutt von Jahrhunderten angezündet worden waren.

Die interessantesten Fundstücke hatte Kontos meist schon kurz nach ihrer Entdeckung einpacken lassen und nach Athen geschafft. Den Grabungsteilnehmern der Universität Boston war dabei nur wenig Zeit geblieben, die besten Stücke zu studieren, und spätere Versuche, sie während des Reinigungsprozesses und der eingehenden Untersuchung in den

Laboratorien in Athen zu sehen, waren gewöhnlich an technischen Schwierigkeiten gescheitert.

Im vergangenen Jahr hatte die linksgerichtete griechische Regierung verlangt, daß Ausgrabungen nicht länger wie bisher unter der verantwortlichen Leitung des Amerikanischen Instituts für klassische Studien stehen dürften, sondern nur noch in gleichberechtigter Kooperation mit den Landesbehörden durchgeführt würden. Kontos wurde Kodirektor mit Vetorecht. Wegen dieser und anderer Fragen war es vom Frühsommer an zu Reibungen mit Kontos gekommen, die im Lager der Ausgräber zu einer gespannten Atmosphäre geführt hatten.

»Darum möchte ich mir alles genau ansehen, so bald als irgend möglich«, sagte Claire am nächsten Tag zu George.

»Nur wegen Kontos? Ich weiß, er ist schwierig im Umgang, aber hier haben wir eine Besonderheit und müssen vorsichtig sein, sonst ...«

»Wenn wir uns nicht beeilen, wird die Zeit knapp.«

»Nun, sobald Kontos dieses Ding zu Gesicht bekommt, wird er uns gewiß noch den ganzen Monat bleiben lassen.«

Claire hatte George nicht von ihrem Zusammenstoß mit Kontos im Zelt der Töpferwaren gesagt. Kontos war in schwelendem Zorn weggefahren, was für die Zukunft nichts Gutes erwarten ließ. »Vergiß nicht, daß unsere Grabungserlaubnis zurückgezogen worden ist!«

»Bloß eine Formalität.«

»Ha! Wir haben noch eine Woche, mehr nicht. Kontos wird sich auf die Vorschriften berufen, darauf kannst du dich verlassen.«

»Du übertreibst. Es ist wahr, daß wir nicht gut miteinander ausgekommen sind, aber er ist ein Wissenschaftler, um Gottes willen ...«

»Und ein Oberst in ihrer tatendurstigen neuen Miliz.«

»Und? Die Regierung teilt zur Zeit Titel und Ränge mit vollen Händen aus. Komische Befreiungspolitiker.«

»Hör zu, ich habe hier die Leitung.« Claire stand auf und musterte ihn mit einem finsteren Blick. Sie erinnerte sich, daß es ein nützliches Manöver war, vor dem sitzenden Gegenspieler zu stehen und ihn zu sich aufblicken zu lassen. Der Schein der Morgensonne schuf im Innern des Zeltes ein diffuses gelbliches Licht, das den Staub auf den umherstehenden Kisten mit Keramikscherben überdeutlich hervorhob. »Laß uns den oberen und den unteren Block aus der Wand ziehen, damit wir an unser Fundstück herankommen können. Jetzt gleich.«

George erwiderte verdrießlich ihren Blick, dann zuckte er die Achseln. Claire verspürte eine Anwandlung von Triumphgefühl, ließ es sich aber nicht anmerken.

»Es wäre einfacher, wenn wir auf die Arbeiter warteten«, sagte er mißmutig.

»Wenn sie kommen. – Zur Zeit sind sie scharf auf Politik, nicht auf mühsame Arbeit.«

»Steht was in der heutigen Zeitung?«

»Immer das gleiche. Japan und Brasilien haben die griechische Handelsschiffahrt durch Schutzbestimmungen behindert. Athen behauptet, daß eine Verschwörung des internationalen Kapitals dahinterstecke.« Claire hielt sich über internationale Angelegenheiten auf dem laufenden, doch tat sie es mehr aus Pflichtgefühl denn aus Neigung. Die Anstrengungen zur Förderung ihrer beruflichen Laufbahn nahmen genug Energie in Anspruch.

»Klar. Wer will schon, daß die Kommunisten Geschäfte machen? Nachrichten von drüben?«

»Der Präsident hat die Vereinten Nationen benachrichtigt, daß wir uns in drei Jahren ganz aus der Weltorganisation zurückziehen werden.«

»Wirklich? Ich habe nicht geglaubt, daß es soweit kommen würde.«

»Die Vereinten Nationen haben die Wahl, ihre Satzung unseren Wünschen anzupassen, oder ihren Sitz von New York ins Ausland zu verlegen.«

»Ein starkes Stück.«

»Und dieser Volksentscheid in Kalifornien ist durchgekommen – sie werden es in zwei Staaten aufteilen.«

»Verrückt! Alles wegen der Wasserrechte?«

»Die Ökoleute gegen die Großverbraucher: Städte und Farmer.«

»Und wir finden die Griechen aufsässig.«

»Du hättest den Blick sehen sollen, den der Ladenbesitzer mir dabei zuwarf, als ich hineinging und die Zeitung kaufte.«

»Das kann man verstehen. Eine gutaussehende alleinstehende Frau in einer Kleinstadt. Da wird er nicht der einzige gewesen sein.«

Sie schüttelte unwillig den Kopf und ignorierte wie gewöhnlich das Kompliment. »Es war nicht solch ein Blick. Er war feindselig.«

»Ach so. Trotzdem, zur Abstützung der Wand brauche ich Hilfe, es ist ...«

»Ich werde dir helfen. Komm mit!«

Sie entfernten zuerst den unteren Steinquader. Es war die weniger gefährliche Operation, da er augenscheinlich keine tragende Funktion im Gesamtverbund hatte. Sie zogen ihn mühsam aus der Wand und legten den unteren Teil des schwarzen Felsblocks frei. In die Basis war eine einzelne gerade Linie gemeißelt.

»Komisch«, sagte George. »Eine Bedeutung ist darin nicht zu erkennen.«

»Vielleicht handelt es sich bloß um eine Markierung, daß diese Seite unten ist.«

»Kann sein. Nicht jedes Zeichen muß bedeutsam sein.« Er kauerte nieder und untersuchte die eingekerbte Linie im Licht seiner Handlampe. »Am Grund der Meißelspuren ist ein hellfarbener Staub zu erkennen.«

»Vielleicht ist es alte Farbe? Aber das herauszufinden, überlassen wir der chemischen Analyse.«

»Ja. Was nun?«

George wollte offenbar, daß die Verantwortung allein auf sie fiel. Nun, es war ihm nicht zu verdenken. Also: »Laß uns den oberen Quader herausnehmen!«

»Wie? Die ganze Wand könnte nachgeben und uns unter sich begraben.«

Sie schürzte die Lippen und überlegte. »Wir müssen die Öffnung durch einen Rahmen aus Streben sichern, der oben eine Steinlage über unserem Quader ansetzt. Dann ist dieser entlastet und kann mit einem Flaschenzug herausgezogen werden.«

George seufzte. »Um die Streben oben anzusetzen, muß die höhere Steinlage angebohrt und mit Stahlwinkeln abgefangen werden. Wenn wir warteten, bis wir mehr Hilfe bekommen, würde es bestimmt sicherer sein.«

»Und später. Vielleicht zu spät. Fangen wir an!«

Als der Steinquader Stunden später aus dem Mauerverbund herausgelöst war und in seiner Halterung aus Ketten und Seilen hing, stockte beiden der Atem.

»Das ist Linearschrift!« rief George.

»Auf Stein!« Claire starrte die drei freigelegten Zeilen mit Schriftsymbolen an. Die Zeichen waren mit dem Meißel in den Stein gehauen. »Niemand hat jemals mykenisch-kretische Linearschrift anders als auf Tontafeln gefunden.«

»Und sieh dir die eingemeißelten Zeichen an! Wie sie das Licht reflektieren.«

Claire duckte sich unter dem hängenden Steinquader und zog die Lampe näher. »In den Meißelspuren ist wieder dieser hellfarbene Staub. Er hat noch ein feuchtes, glänzendes Aussehen.«

Nachdem der obere Quader entfernt war, kam die volle Größe des Kalksteinblocks erst gebührend zur Geltung. Er hatte eine Kantenlänge von mehr als einem Meter. Ein muffiger Geruch drang aus der Öffnung, der Geruch feuchter Erde, die seit Jahrtausenden nicht mit offener Luft in Berührung gekommen war. Claire rümpfte die Nase. Sie verband diesen schweren, moderigen Geruch immer mit einem Grab in Messenien, an dessen Öffnung sie teilgenommen hatte. Nach zweitausend Jahren hatten den Gebeinen des Toten noch faserige, vertrocknete Reste von Fleisch angehaftet. Die Berührung mit der feuchten und warmen Luft hatte bereits nach kurzer Zeit einen Geruch entstehen lassen, der sie vertrieben hatte. Der Grabungsleiter hatte ihr Überempfindlichkeit vorgeworfen, aber hinterher hatte sie ihre Kleider verbrannt.

Hier war es nicht annähernd so schlimm. Der Geruch rührte von organischen Bodenbestandsteilen her, die nun an der Luftzirkulation teilnehmen konnten. Sie ermahnte sich, daß hinter den Blöcken der Wand kein Toter bestattet liegen konnte. Der Modergeruch würde sich nach einer Weile verflüchtigen. »Das – diese Schrift.«

»Muß Linear B sein. Du kennst sie, nicht?«

Claire runzelte die Stirn. »Die Zeichen ja, aber ich kann sie nicht lesen.«

Niemand hatte jemals Linear B auf etwas anderes als Tontafeln geschrieben gesehen, die für Abrechnungen verwendet wurden. Die ägäische Bronzezeit war in ihrem Schriftgebrauch nicht über die Aufzeichnung von Inventarlisten und Geschäftsvorgängen hinausgelangt, wie sie schon früher in Syrien und Mesopotamien entwickelt worden war. Die Schreiber auf Kreta und der Peloponnes hielten geschäftliche Transaktionen, Warenvorräte und ihre Verteilung auf ungebrannten Tontafeln fest. Da gab es Listen von Schöpfkellen, Kochtöpfen, Badewannen, Tischen mit eingelegten Elfenbeinverzierungen, Fußschemeln aus Ebenholz, von Dienern, Waffen, Streitwagen und vielen anderen Dingen. Auf Regalen in den Archivräumen der Paläste verwahrt, blieben die Tontafeln der Nachwelt nur durch Zufall erhalten. Sie wurden nach der Beschriftung nicht gebrannt und nach dem Gebrauch weggeworfen. Nur die Feuersbrünste bei der Zerstörung der Paläste hatten die Tafeln hartgebrannt und so erhalten, die zur Zeit jener kriegerischen Umwälzungen, die den Untergang der mykischen Kulur bedeuteten, gerade vorhanden gewesen waren.

Claire erinnerte sich aus Büchern und Museen an diese Tontafeln, auf denen in dünn eingeritzten Zeichen die Mengen von Getreide, Schafen, Rindern und Weinkrügen angegeben gewesen waren. Solche Zeichen hier in einem Grab zu finden, in Stein gemeißelt, war bemerkenswert. Sie hätte hocherfreut sein sollen. Aber etwas ...

»Das ist nicht Linear B«, sagte sie.

George wandte sich ungläubig zur Öffnung und betrachtete mit ihr die Zeichen. »Ich habe mich nicht viel damit beschäftigt, aber ich glaube verschiedene Elemente wiederzuerkennen.«

»Schau genauer hin! Es gibt zwar Ähnlichkeiten, aber sie

könnten von der verschiedenartigen Technik herrühren, denn hier mußte in Stein gemeißelt werden, was sonst in weichen Ton geritzt wurde.«

»Aber in der mykenischen Welt wurde Linear B gebraucht.«

»Das stimmt.« Sie legte die Finger an den Mund und überlegte, dann bemerkte sie, daß ihre Hände voll von Staub und Erde waren. Sie erschauerte, spuckte aus, schüttelte sich. »Äh!«

»Ja, ziemlich eng und modrig hier drinnen, wie?«

»Du könntest ein paar Aufnahmen machen, George. Ich ... ich geh' hinunter ins Lager und schlage es nach.«

Sie eilte aus der Grabkammer hinaus durch den Dromos, der über zwanzig Meter lang war. Tief atmete sie die reine Luft, die ihr einen Hauch vom würzigen Duft der Zypresse zutrug. Auf dem Weg zum Lager begrüßte sie den willkommenen Anblick von Stechpalmen und dichten, buschigen Zerreichen mit dicken Eicheln in großen Fruchtbechern. Sie hatte sich schon oft vorgenommen, die mediterrane Pflanzenwelt besser kennenzulernen, war aber nie dazu gekommen; die meisten Sträucher der Macchien waren ihr unbekannt. Im Augenblick aber beschäftigten sie andere Fragen.

Zehn Minuten später hatte sie die Antwort. »Nun, du hattest halb recht«, rief sie, als sie unter dem mächtigen Türsturz hindurch in die hallende Grabkammer trat.

George löste einen weiteren Blitz aus und sah sich nach ihr um. »Welche Hälfte?«

»Es ist natürlich linear. Aber nicht B. Es ist A.«

Er starrte sie skeptisch an. »Kann nicht sein.«

»Es ist aber so. Ich habe acht Zeichen verglichen.« Sie hielt ihm das mitgebrachte Buch hin. »Vergleiche selbst!«

»Es kann einfach nicht sein«, murmelte er, nahm aber das Buch und hielt die darin abgebildeten Tontafeln ins Licht. Selbst ein wenig verwirrt, sah sie zu, wie sein blonder Kopf sich bald über das aufgeschlagene Buch beugte, bald die Zeichen im Stein betrachtete. »Nun ... ich sehe, was du meinst. Aber ... aber wie kommt das hierher?«

Claire zwängte sich neben ihm in die Maueröffnung und streckte die Hand aus, um die gemeißelten Zeichen zu befühlen. Als ihre Hand sie berührte, ging ein leises Prickeln durch ihren Arm, und wieder fing sie den schweren, moderigen Geruch auf und zog sich mit einem Gefühl des Unbehagens zurück.

»Ein Mitbringsel aus Kreta, vielleicht«, sagte sie nachdenklich. »Oder ein kretischer Steinmetz hat den Block hier an Ort und Stelle behauen und die Inschrift angebracht.« Linear A war die Transkription der unbekannten, vorindogermanischen Sprache des monoischen Kreta.

»Das ist Pech. Linear B wurde Anfang der fünfziger Jahre entziffert. Aber das konnte nur gelingen, weil Linear B die bekannte Sprache der mykenischen Griechen war, die nach 1400 v. Chr. Kreta eroberten. Die Frage ist, wann wird jemand Linear A entziffern?«

Sie schüttelte den Kopf, vertieft in die rätselhaften Schriftzeichen. Die Farb- oder Lehmreste in den Vertiefungen der Meißelhiebe verlangten nach einer Analyse. Die aber war nach Lage der Dinge nur in Athen möglich. Also mußte Kontos eingeweiht werden ... »Wahrscheinlich nie.«

»Es gibt Computer, Spezialprogramme für die vergleichende Sprachwissenschaft.«

»Du brauchst einen Bezug. Etwas, das dir erlaubt, eine Verbindung herzustellen.« Claire versuchte sich auf Vorlesungen zu besinnen, die sie vor sechs oder sieben Jahren gehört hatte. Wie Alice Kober zeigte, daß es in den Silbenendungen von Worten in der Linear B Veränderungen gab, was bewies, daß es sich um eine flektierte Sprache handelte. Wie M. Ventris und J. Chadwick nach Übereinstimmungen in den Vokalen suchten und neue Tafelfunde in Pylos ihre Vermutungen bestätigten, daß Linear B die Sprache der Griechen um 1200 v. Chr. war. Von da an war es relativ einfach gewesen, die zahlreichen Begriffs- und rund achtzig Silbenzeichen zu entziffern. Gleichwohl schien es gewagt, den mykenischen Griechen die Urheberschaft an dieser Schrift zuzuschreiben, denn vieles sprach dafür, daß die minoischen Kreter durch die Entwicklung der viel älteren Linear A die entscheidende Vorarbeit geleistet hatten. Genaueres war nicht bekannt. »Wir haben so wenig Information über Linear A, daß mit dem vorhandenen Material kaum weiterzukommen ist. Bisher sind rund dreihundert Tontafeln oder Fragmente mit Linear A gefunden worden. Und kein Mensch weiß, wie das minoische Kretisch klang und welcher Sprachfamilie es angehörte.«

»Vielleicht wird diese Inschrift Aufschlüsse ergeben.« George verlängerte das Stativ und bereitete die Kamera für Nahaufnahmen vor.

»Dies ist die einzige bekannte Steininschrift in Linear A«, sagte Claire.

»Vielleicht ist es eine Art Sarkophag.« George schwitzte, und Tropfen rannen unbemerkt über sein staubiges Gesicht. Seine Jeans und das Arbeitshemd waren blaß vom feinen Staub.

»Mag sein. Aber mit dieser merkwürdigen Dekoration aus Bernstein? Und die Mykener kannten zwar in den Fels gehauene Schachtgräber, aber keine Sarkophage. Und selbst wenn sie Sarkophage kannten und wir bloß noch keine gefunden haben sollten – warum verstecken sie sie hinter einer Mauer?«

George blickte sie über die Schulter an. »Das könnte die Antwort sein: sie haben ihn versteckt.«

»Vor wem? Dem toten König?«

»Warum nicht? Aus irgendeinem Grund wurde einer außerhalb des Kuppelgrabes bestattet, aber die Wand auf der Innenseite markiert. Würde das keinen Sinn ergeben? Früher begrub man Selbstmörder und Ungetaufte außerhalb der Friedhofsmauern.«

»Richtig, doch sollten wir mit der Verallgemeinerung solcher Bräuche vorsichtig sein. Zunächst müssen wir Messungen machen, Tests. Besonders von diesem hellen Material in den Meißelspuren.«

»Am Felsblock selbst scheint nichts von besonderem Interesse zu sein. Einfacher alter Kalkstein, geschwärzt von Wasser.«

Claire machte sich daran, im Umkreis der Maueröffnung für ihre Geräte Platz zu schaffen. »Es scheint so. Bei Vaphio liegen die Ruinen eines alten Landhauses, von dem nur noch ein paar Halbwände aus Kalksteinquadern stehen. Schafhirten benützten das alte Gemäuer ein paar tausend Jahre lang als Pferch, und durch die Reibung der Wolle an den Wänden wurde der Kalkstein geglättet und glänzte wie Marmor. Es gab einheimische Geschichten, die besagten, es handle sich um die letzten Überreste eines prächtigen Marmorpalastes. Die Ausgrabungsmannschaft, die das Gebäude freilegte, verbrachte ein Jahr mit Untersuchungen, bis sie darauf kam.«

»Meinst du, daß wir eine Metallanalyse vornehmen sollten?«

»Allerdings. Ich möchte wissen, was in diesen Meißelspuren ist.«

»Oberst Dr. Kontos wird dir nicht viel Zeit für deine I-Tüpfelchen geben«, sagte er ironisch. »Er wird das Ding in eine Lattenkiste stecken, und in einer Woche ist es in Athen. Vollgestempelt mit seinem Namen.«

Claire hob den Kopf. »Hörst du was?«

»Wie? Nein. Paß auf, da sollten wir uns keinen Illusionen hingeben. Kontos wird die Bergung selbst übernehmen. Schließlich ist er scharf darauf, Generaldirektor für Altertümer und Restaurierungen zu werden.«

»Kontos ist ein guter Wissenschaftler«, sagte sie mit nachdenklicher Miene. »Zwar hat er eine Schwäche dafür, in dieser Uniform umherzustolzieren, aber ...«

»Der Mann ist ein Verrückter!«

»Er ist bloß ein Patriot. Er hat sich von der Entwicklung der letzten Monate mitreißen lassen. Ich kann seine Argumente auch verstehen. Er setzt sich einfach für sein Vaterland ein. Ich bin überzeugt, daß er uns zusätzliche Zeit einräumen wird, wenn ich ihm von diesem Fund berichte.«

George zog die Brauen hoch. »He, das hört sich wie dieser Jeep an ...«

Sie fuhr herum. »Ach nein! Er kann nicht schon heute zurück sein!«

»Jetzt hast du Gelegenheit, dem Oberst mit Vernunft beizukommen.«

Georges undiplomatischer Sarkasmus war nur geeignet, Kontos in Rage zu bringen. Sie mußte die beiden auseinanderhalten.

»Bleib hier und arbeite weiter!«

»Ich möchte mir dies nicht entgehen lassen.«

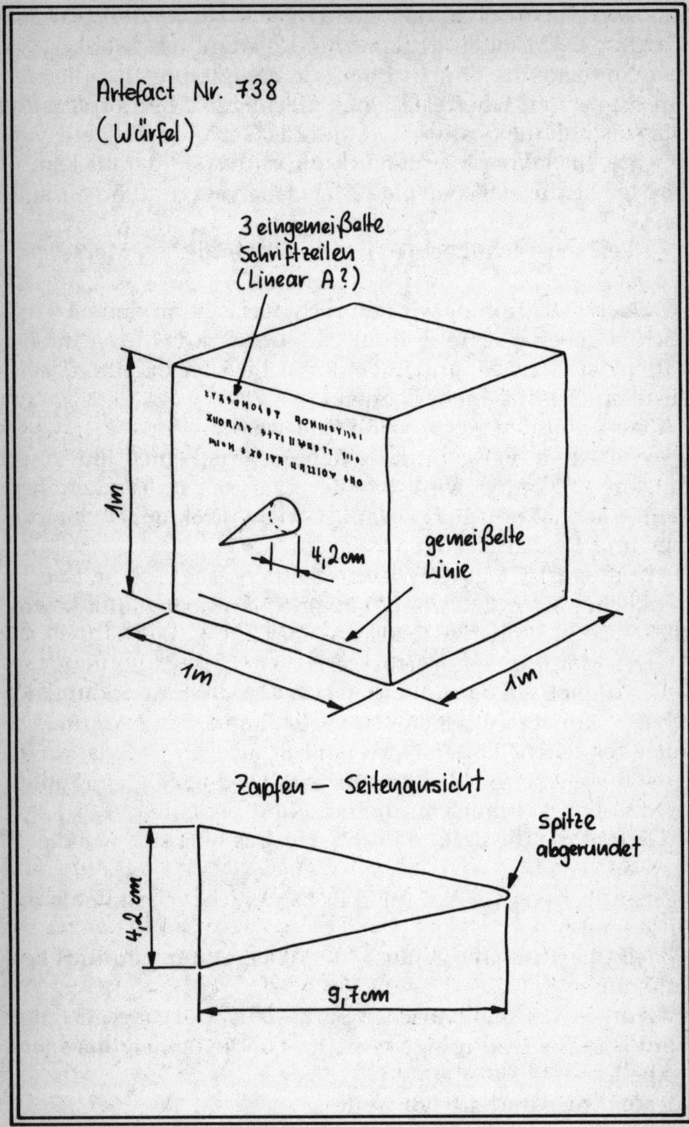
Artefact Nr. 738
(Würfel)
3 eingemeißelte
Schriftzeilen
(Linear A?)
1m
4,2cm
gemeißelte
Linie
1m
1m
Zapfen – Seitenansicht
Spitze
abgerundet
4,2 cm
9,7cm

»Nein! Wenn ich draußen bin, schließt du die hölzerne Tür. Diplomatie ist nicht deine Stärke. Ich will ihn nicht hier oben haben.«

George zuckte die Achseln. »Glaubst du, daß du mit ihm fertig werden kannst?«

»Selbstverständlich«, sagte sie unsicher.

4

Kontos kommandierte Arbeiter herum, die er offenbar mitgebracht hatte. Sie luden Lattenverschläge auf einen grauen Nissan-Lastwagen.

»Was geht vor?« fragte sie.

»Ich hole unsere Ausrüstung ab. Auch die restlichen Artefakte.«

»Wieso? Wir haben Wochen ...«

»Nein. Ich habe mit anderen gesprochen, wir sind übereingekommen: Sie können nicht darauf zählen, daß Ihnen die volle Zeit zugestanden wird.« Er schenkte ihr ein humorloses Lächeln, dann ließ er sie stehen und marschierte zum Zelt, wo die Keramik aufbewahrt wurde.

Claire eilte ihm nach. »Wie lange?«

»Ich habe zwei Wochen für Sie herausgeholt.«

»Zwei ...«

»Maximal.«

Kontos schlug die Zeltplane am Eingang zur Seite und schritt in die dumpfe Wärme des Innern. Ein Teil der Keramikfunde war bereits verpackt; er markierte die Kisten für die Arbeiter mit einem breiten Filzschreiber, dann marschierte er, noch immer lächelnd, rasch durch die Gänge zwischen Arbeitstischen und Regalen. Offensichtlich bereitete es ihm Vergnügen, daß sie ihm wie eine Bittstellerin nachlief. Claire biß die Zähne zusammen.

»Das können Sie nicht tun!«

»Meine Regierung tut es, nicht ich.«

»Sie werden den Beziehungen zwischen uns schaden, sie werden ...«

»In dieser Welt gibt es noch andere Gelehrte. Andere Quellen für Ihr kostbares Geld.«

»Das ist es nicht! Wir haben ...«

»Unsere arabischen Verbündeten haben es begrüßt, daß wir die Zionisten ausgewiesen haben. Schon heute geben sie uns das Öl billiger als Ihnen. Vielleicht werden wir bald auch etwas mehr Hilfe zur Entdeckung unserer eigenen Geschichte erhalten. Ich bin sehr zuversichtlich.«

»Alexandros, es muß eine Möglichkeit geben, zu einer Lösung zu finden.«

Er hielt inne, den Filzschreiber in der Luft. »So? Meinen Sie?«

»Wir brauchen Zeit. Wir haben etwas gefunden; es gibt wichtige Aspekte ...«

»Wir Griechen werden uns ihrer annehmen.«

»Rufen Sie Hampton an! Er wird ...«

»Das wäre zwecklos. Dies ist zwischen uns beiden.«

»Uns?«

Er trat auf sie zu. Sein Lächeln war um ein Geringes wärmer. »Wir hatten ein Mißverständnis, vielleicht.«

»Wenn Sie das meinen«, sagte sie, ein wenig verwirrt, »dann hoffe ich, daß ein Gelehrter von Ihrem Ruf ...«

Er kam noch einen Schritt näher und umfaßte ihren Oberarm. »Es ist noch nicht zu spät.«

Seine andere Hand legte sich auf ihre Brust und knetete sie. Es war so unerwartet, daß sie erstarrte. Sie war unfähig zu glauben, daß dies so abrupt geschehen konnte. Dann keuchte sie vor Schreck, denn er zog sie fest an sich, und sie bekam seinen unvermischten schweißigen Körpergeruch in die Nase. Sie spürte, wie er sein halb erigiertes Glied gegen ihren Bauch preßte.

»Sie ... nein!«

Sie wand sich an ihm. Seine großen Hände hielten ihre Arme fest, und er sagte, das Gesicht kaum eine Handbreit von ihrem entfernt: »Wir hatten ein Mißverständnis. Das läßt sich bereinigen.«

»Nein!«

»Sie lassen keine Möglichkeit.«

»Nein, nicht auf diese Weise.«

Sie riß sich los und stieß schmerzhaft gegen einen Tisch. Scherben fielen zu Boden.

»Wie dann?« fragte er.

»Niemals!«

Er reckte die Schultern. »Ich habe es ein zweites Mal mit Ihnen versucht. Ich hätte mir die Mühe ersparen sollen.«

»Verdammt richtig!« Noch keuchend, wischte sie sich Schweiß von der Stirn. Sie war staubig, erhitzt und fassungslos.

»Wir sind keine Kinder, Sie und ich.«

»Nun, ich jedenfalls nicht.«

Seine Backenmuskeln ballten sich zusammen. »Sehr gut. Ich verstehe. Selbst wenn Sie es nicht tun.« Er blickte umher, und seine Uniform spannte sich über dem gewölbten Brustkorb. »Sie werden die Ausgrabungsstätte innerhalb einer Woche, von heute an gerechnet, vollständig räumen.«

»Innerhalb *einer* Woche?«

»Das ist amtlich.«

»Schweinekerl!«

»Haben Sie verstanden?«

»Und ob ich verstanden habe!«

»Ich erwarte das gesamte Material sachgemäß sortiert und in bezeichnete Kisten verpackt.«

»Gewiß.«

»Sie fügen der Sendung einen vollständigen Katalog bei, ferner Kopien Ihrer Aufzeichnungen.«

»Ja.«

»Alles zu meinen Händen.«

»Ich werde tun, was ich kann.«

Er lächelte streng. »Das mag nicht ausreichen.«

»Es wird Ihnen ausreichen müssen«, sagte sie trotzig.

»Wir werden sehen.«

George starrte sie ungläubig an. »Was sagtest du?«

»Nun gut, vielleicht wurde ich ärgerlich.«

»Vielleicht? ›Diplomatie ist nicht deine starke Seite‹, sagtest du.«

»Er beleidigte mich! Betastete mich in unverschämter ...«

»Er verspürte das Bedürfnis, seine Beherrschung des Englischen zu ergänzen?«

»Ihr seid alle gleich!« fuhr sie auf.

»Nur im Dunkeln. Aber sag mal, will er uns wirklich auf dieser einwöchigen Frist festnageln?«

Sie nickte, plötzlich betrübt. »Ich fürchte, so ist es.«

»Ach du lieber Gott.«

»Wäre ich nicht so wütend geworden ...«

»Na, so solltest du nicht denken. Wenn dieser schmierige Kerl sich unter Ausnutzung seiner Position an dich herangemacht hat, hast du richtig gehandelt.«

Sie lächelte wieder. »Hat der ein Gesicht gemacht! Er ist nicht gewohnt, daß seine Schoßtierchen ihn in die Hand beißen.«

Claire hatte zugesehen, wie Kontos in den Jeep gestiegen und mit aufbrüllendem Motor davongejagt war, daß eine brodelnde gelbbraune Staubfahne zurückblieb. Dann war sie den Hügel hinauf zum Grab gegangen.

George ging beim Eingang auf und ab und ließ den Kopf hängen. »In der Zeit können wir nicht viel tun. Nicht annähernd genug.«

»Wäre dies eine gewöhnliche Ausgrabung, könnten wir nächstes Jahr ...« Sie brach ab und beobachtete den Himmel. Es war ein windiger, trockener Tag, und von Zeit zu Zeit trug eine auffrischende Brise das Rauschen entfernter Brandung herüber. Mit einem Bewußtsein neuer Gewißheit sagte sie: »Ein nächstes Jahr wird es hier nicht geben.«

George wiegte den Kopf. »Nun, es war bloß ein Zwischenfall. Und er ist nur einer unter mehreren, die dazu etwas zu sagen haben.«

»Darauf können wir nicht zählen.«

George hakte die Daumen in die Gesäßtaschen seiner Jeans und stieß nach einem Stein. »Allein das Abbrechen des Lagers wird einen guten Teil der Woche in Anspruch nehmen.«

»Du kannst dafür mit den Arbeitern rechnen. Bevor Kontos wegfuhr, instruierte er den Verwalter entsprechend.«

»Schön, das ist besser als nichts. Aber was soll mit diesem Ding dort werden, es wird Monate dauern ...«

»Eine vorläufige Untersuchung ließe sich durchführen. Du kannst den seitlichen Spalt verbreitern, durchkriechen und sehen, ob es hinter dem Block noch etwas gibt. Den Boden dort sieben und nach Gegenständen oder Spuren untersuchen.«

»Ja, sicher, aber wozu? Wenn Kontos diese Ausgrabung versiegelt, wird er uns nicht zurückkommen lassen und den Ruhm selbst einheimsen. Die Laboruntersuchungen, Zeit, nach anderen Artefakten zu suchen – er verfügt über alles.«

»Mit einer Ausnahme. Er weiß nichts davon.«

George starrte sie an. »Was? Du hast ihm nichts davon gesagt?«

»Ich kam nicht dazu. Er brachte das Gespräch ziemlich rasch zu dem Punkt, wo er einen neuen Versuch machen konnte. Und von da an übernahm der Macho in ihm die Regie. Ich konnte mich überhaupt nicht zur Sache äußern.«

»Aha.«

»Teil meiner Taktik. Ich dachte, daß ich ihn herumkriegen könnte, sobald er wüßte, daß wir etwas Wichtiges gefunden haben, und daß er uns daraufhin mehr Zeit geben würde.«

»Es hätte klappen können.«

Sie seufzte. »Ja. Aber ich kam nicht dazu, die Taktik zu erproben.«

»Der Verwalter weiß etwas. Er wird es den Arbeitern erzählen, und bald wird Kontos davon erfahren.«

»Ja, aber er weiß nur, daß wir etwas gefunden haben, nicht was es ist.«

»Das ist gut. Ich kann ihn beiseite nehmen und ihm sagen, er solle den Arbeitern gegenüber nichts verlauten lassen, weil Dr. Kontos die Sache nicht publik machen wolle.«

»Nein, genau das Gegenteil. Sag dem Verwalter, der Oberst wolle die Arbeit hier rasch vorantreiben, weil wir bald schließen.«

»Richtig. Dann wird jeder annehmen, daß Kontos Bescheid weiß.«

»Das könnte uns ein paar Tage Frist geben ...« Claire starrte nachdenklich und mißmutig hinüber zum benachbarten Höhenzug, dessen Kamm sich scharf vom Himmel abhob. »Aber nichts ist mir so verhaßt wie der Gedanke, daß wir ihm nächste Woche das ganze verdammte Ding übergeben müssen.«

»Ja, er wird den wichtigsten Fund der ganzen Grabung auf dem Präsentierteller bekommen, damit er ihn seinen Laborlakaien übergeben und den eigenen Ruhm mehren kann.«

»Und in Anbetracht seiner Stimmung und der politischen Lage ...«

»Natürlich. Er wird den Fund selbst veröffentlichen.«

»Es sei denn, wir tun etwas.« Claire machte plötzlich kehrt und ging den Zugangskorridor hinaus.

»Aber was?«

»Wir besorgen Spezialgeräte. Legen ein paar Nachtschichten ein. Machen vielleicht etwas Druck durch die Universität.«

»Wie?« rief George ihr nach.

»Ich fliege nach Boston. Nehme Fotos, mein Grabungstagebuch mit und bin in zwei Tagen zurück.«

»Und ich soll hier alles allein machen?«

»Ja. Laß die Arbeiter das Lager abbrechen! Du – du gräbst einfach weiter!«

ZWEITER TEIL

ÄGÄISCHES
MEER
Lesbos
Theben
Patras
Athen
Andros
Korinth
Mykene
Nauplion
Argolis
Peloponnes
Mikonos
KYKLADEN
ARGOLISCHER
GOLF
Sparta
Thira (Santorin)
Heraklion
Kreta
Knossos
MITTELLÄNDISCHES
MEER

1

John Bishop fand es unnatürlich, einen Schirm zu tragen. Bostoner hatten ihm gesagt, dies sei der erste Schlechtwettereinbruch einer langen Reihe von Regenschauern, die in der nun anbrechenden Jahreszeit bevorstünden, also hatte er sich einen stabilen Schutz gekauft, dessen Spannautomatik sich mit alarmierender Energie aus seiner Hand entlud. Der Umfang des Schirms schien unnötig für den leichten grauen Nieselregen, der die Luft diesig machte und den Backsteinhäusern der Commonwealth Avenue einen surrealistischen Glanz verlieh. Er bog nach rechts in die Massachusetts Avenue und rümpfte die Nase über den penetranten Geruch von Pommes frites, Bratwürsten und tagealtem billigem Fett, der in Wolken aus der Reihe von Imbißstuben und Schnellrestaurants, in denen sich die Studenten drängten, über den rissigen Asphalt heraustrieb.

Er verlagerte seine Aufmerksamkeit auf die jungen Frauen, die durch die Beacon Street zur Universität Boston gingen. Wie er selbst, schleppten auch sie schwere Aktentaschen. Es war eine Gewohnheit, die er im ersten Semester an der Rice-Universität angenommen hatte, vielleicht in unbewußter Gleichsetzung körperlicher Anstrengung mit produktiver Arbeit. Eine langbeinige Frau, die ihre Jeans in schwarze halblange Stiefel gesteckt hatte, erweckte sein Interesse.

Er hatte immer eine Schwäche für große Frauen und die ihnen eigene, elegant schwingende Gangart gehabt. Er war knapp einen Meter achtzig groß, hatte sich aber nicht gescheut, mit Frauen auszugehen, die volle zehn Zentimeter länger als er gewesen waren. Ein Freund hatte ihn einmal mit der Anschuldigung betroffen gemacht, daß dies in Wahrheit keine natürliche Vorliebe sei, sondern eine Strategie, die auf der bekannten Tatsache beruhe, daß es langwüchsigen Frauen an Verehrern mangele und sie somit fügsamer seien. Die Erklärung hatte etwas Einleuchtendes, dachte John, da er ziemlich unauffällig aussah, mit wenig bemerkenswertem braunem Haar und blaugrauen Augen. Vielleicht hätten seine athletischen Fähigkeiten, die in der Oberschule ihren Gipfelpunkt erreicht hatten und seitdem einen stetigen Niedergang erlebten, zu seinen Gunsten gesprochen, wenn er sich mehr für gesellschaftlich ergiebige Betätigungen interessiert hätte, statt allein durch Parks zu traben oder gelegentlich an Wochenenden auf einer Stadiontribüne zu sitzen und dem Gerangel der Footballspieler zuzusehen. Aber nein, der Vorwurf des Freundes ging an der Sache vorbei; er mochte sie einfach groß, solange sie Haltung bewahrten und nicht in einem vergeblichen Versuch, kleiner zu erscheinen, die Schultern hängen ließen. Es schien ihm offensichtlich, daß keine Frau gut aussehen konnte, wenn sie sich bemühte, etwas zu sein, was sie nicht war.

Der Berufsverkehr der Pendler auf dem Storrow Drive war in vollem Gange und erfüllte die Luft mit ungeduldigen Hupkonzerten, als gelte es, sich auf den beginnenden Arbeitstag einzustimmen. Er überquerte die Schnellstraße auf der Harvard Bridge – so benannt, dachte er ironisch, weil sie direkt in die Mitte des MIT stieß. Die Brücke war ein niedriges, häßliches Ding, das den Charles River mit spartanischer Nüchternheit überwand. Unten auf dem Fluß beugte und streckte sich eine Rudermannschaft in ihrem pfeilschnellen schmalen Boot, das ein schnurgerades Kielwasser durch die ölige Fläche zog. John erinnerte sich, in einer Informationsschrift gelesen zu haben, daß »Personen, die unbeabsichtigt in den Charles River fallen, gut beraten sind, ihre Tetanusimpfung auffrischen zu lassen«. Das Kielwasser der Ruderer löste sich in einem jähen, böigen Regenguß auf. Sie gaben auf und steuerten ihr Fahrzeug zum MIT-Bootshaus. John zog die Schultern ein, hielt den Schirm dicht über den Kopf und überlegte, daß es wahrscheinlich eine schlechte Idee gewesen sei, seinen Wagen zu verkaufen, als er Berkeley verlassen hatte. Vorbeifahrende Wagen bespritzten ihn für seine Untreue zu ihrer Art reichlich mit Pfützenwasser, als er den Rest des Weges mit Schirm und Aktentasche zu traben versuchte.

Die betongraue Phalanx des MIT war kahl, efeulos und imposant. Die schwarzgerahmten Fenster der älteren Gebäude zogen den Blick aufwärts. Das Hauptgebäude belohnte diesen vertikalen Drang mit einer nüchternen, bekrönenden Kuppel, die von einem römischen Vorbild kopiert war. Jeder Granitsims proklamierte wortkarg selbstverständliche Prinzipien und bereitete im Unterbewußtsein eingeschüchterter Passanten den Boden für die Erkenntnis, daß Wissenschaft nicht etwa ein Wust trockener Formeln und unverständlicher Regeln war, sondern das kunstvolle Werk lebendiger Menschen. Die Namen Aristoteles, Newton und Darwin waren in großen Blockbuchstaben eingemeißelt, und in geringerer Größe die Namen der Maxwells und Boyles und Lobaschewskis, die Gleichungen zur Welt gebracht, Elemente gefunden oder Rätsel gelöst hatten. Eine hochmütige Werbung: Wir schaffen die Männer, sie schaffen die Gesetze. (Dabei erschien tatsächlich kein einziger MIT-Absolvent in der Liste der Gesetzgeber.) Nahebei erhoben sich graue Steinmassen über mächtigen, kannelierten Säulen, deren Giebelfeld die Inschrift MASSACHUSETTS INSTITUTE OF TECHNOLOGY trug und den Eindruck eines weltlichen Tempels der Hochtechnologie vermittelte. Im Zweiten Weltkrieg hatte man auf dem Campus Flakbatterien aufgestellt, obwohl sie an den Kriegsfronten nicht immer zahlreich genug zur Verfügung gestanden hatten.

John schüttelte den Schirm aus und stapfte in die stickige Wärme des Pratt Building. Die Unbekümmertheit der Studenten hier gefiel ihm besonders. Unweit von seinem Arbeitszimmer hing ein religiöses Flugblatt am Schwarzen Brett, dessen Überschrift feierlich proklamierte: ES GIBT DINGE, DIE ZU WISSEN DEM MENSCHEN NICHT BESTIMMT IST. Darunter hatte jemand über die Druckspalten gekritzelt: *Ja? Nenne ein paar!* John gefiel diese Einstellung: Karten auf den Tisch oder Mund halten. Es war erfrischend, nach den höflich aufmerksamen, langweiligen Studenten, die er vor seiner Promotion als Lehrbeauftragter an der Rice-Universität unterrichtet hatte.

Er ließ seinen Regenmantel an einem alten hölzernen Kleiderständer tropfen und öffnete sein Fenster ein wenig. Er arbeitete gern mit dem böigen Rauschen des Regens im Hintergrund, einem willkürlichen Element, welches bezeugte, daß draußen ein vielfältiges, chaotisches Leben seinen

Gang nahm, während er sich in seine Gleichungen vergrub.

Er blickte von der Arbeit auf, als rasch und kurz an seine Tür geklopft wurde. »Herein!« Die Frau öffnete und kam drei Schritte ins Zimmer, blickte umher und sah ihn stirnrunzelnd an.

»Dr. Sprangle sagte, ich sollte mit jemandem von der Metallurgischen Abteilung sprechen. Ich bin Claire Anderson.«

Sie streckte ihm die Hand hin, und John Bishop kam hinter seinem Schreibtisch hervor, sie zu schütteln. Bei diesem Manöver hätte er beinahe den vollen Papierkorb umgestoßen, weil er den Blick nicht von ihrem Gesicht wenden konnte. Ihre Erscheinung hatte ihn wie ein körperlicher Schlag getroffen. Sie war keine schöne Frau, aber der kantige Schnitt ihres Gesichts fesselte ihn. Die Strenge ihres Kinns wurde im letzten Moment von einer besänftigenden Rundung ausgeglichen, die von der Kälte noch ein wenig gerötet war und seine Aufmerksamkeit über die Flächen ihrer Wangen aufwärts zu den hohen feinen Brauenbogen lenkte, die gleich Bollwerken die blitzenden blauen Augen beschützten. Und ja, sie war groß.

Sie ließ ihren Blick durch das Büro schweifen und nur kurz auf seinem mit Arbeit überhäuften Schreibtisch ruhen; ihre vollen Lippen verzogen sich in einem fast geringschätzigen Lächeln. »Ich bin von der Archäologischen Fakultät, drüben an der Universität Boston.« Der Händedruck war fest und geschäftsmäßig. »Macht es Ihnen was aus, wenn ich rauche?«

»Nein«, log er.

Sie wandte sich mit einer Bewegung, die ihren roten Rock zum Schwingen brachte, zum Fenster und setzte sich auf das breite eichene Fensterbrett. »Ich versuche fachmännische Hilfe zu bekommen. Man sagte mir, Watkins sei der Mann in Ihrer Abteilung, der gewöhnlich die metallurgischen Probleme behandelt, die aus dem Rahmen fallen.«

»Ja?« John hatte vor Jahren schon die Entdeckung gemacht, daß eine einfache Zustimmung, verbunden mit fragendem Tonfall, unweigerlich weitere Informationen erbrachte, ohne daß er selbst irgend etwas zur Sache sagen mußte.

»Ja, ich habe ein solches Problem. Ich brauche jemanden,

der die geeigneten Geräte zur Materialuntersuchung nach Griechenland bringt, mir bei ihrem Gebrauch hilft und die Verantwortung trägt, daß alles wieder zu Watkins zurückkommt, wenn ich fertig bin.«

»Watkins ist in ...«

»China, ich weiß. Auf Urlaub.« Sie paffte energisch an ihrer Zigarette, hatte im Nu einen Zentimeter Asche daran, und klopfte mit dem Fuß nervös auf das abgenutzte Ahornparkett. Er rümpfte die Nase, als ihm der Rauch um den Kopf zog.

»Ah ... ich bin wahrscheinlich nicht die am besten geeignete Person, um ...«

»Sehen Sie, es ist eine einfache Arbeit. Ich brauche bloß jemand, der sich auf Metallurgie versteht. Von der archäologischen Seite brauchen Sie nichts zu verstehen, darum kann ich mich kümmern.«

»Trotzdem, ich ...«

»MIT verlangt, daß ein qualifiziertes Mitglied der Fakultät mit der Ausrüstung reist und diese bedient. Ich weiß das auch. Ich bin bereit, all Ihre Ausgaben zu übernehmen. Unser Forschungsbudget wird das verkraften. Überlegen Sie, es ist eine kostenlose Reise nach Griechenland! Aber Sie müssen die Reise sofort antreten können.« Sie unterstrich dies mit einem weiteren tiefen Zug an ihrer Zigarette. Sie stieß eine große blaue Rauchwolke aus und klopfte die Asche aus seinem halbgeöffneten Fenster.

»Nun, ja.« John rang mit widerstreitenden Empfindungen und tarnte dies, indem er ihr einen Aschenbecher anbot.

»Nein danke«, sagte sie und lächelte. »Dieser ist noch nicht voll.«

»Griechenland? Welcher Teil?«

»Die Peloponnes, unweit von Mykene.«

Er nickte.

»Noch nie dort gewesen?«

»Nein. Ich hatte immer den Wunsch.«

»Mykene, das sind die Ruinen eines alten Palastes. Er war einst eines der Zentren dessen, was wir die mykenische Kultur nennen. Die Griechen der mykenischen Kultur wurden reich und mächtig, und es gibt Anzeichen dafür, daß sie nach etwa 1400 v. Chr. zur beherrschenden Macht in der Region aufstiegen.«

Er stützte sich mit den Ellbogen auf den Schreibtisch und legte das Kinn in die Hände, und während er vorgab, in Gedanken versunken zu sein, versuchte er beiläufig, die Umrisse ihrer Beine unter dem Rock zu verfolgen.

»Unsere Ausgrabung liegt ungefähr vierzig Kilometer von Mykene entfernt, an der Küste des Argolischen Golfes. Sie ist ...«

»Am Meer? Wie ist das Tauchen dort?«

Sie sah ihn verdutzt an. »Ich ... ich weiß nicht.«

»Das Wasser wird um diese Jahreszeit noch warm sein, nehme ich an?«

»O ja, Sie ... tauchen?«

Er nickte nachdrücklich. »Ich lernte es unten in Texas. Dort gab es nicht viel zu sehen, aber es machte eine Menge Spaß.«

»Ich bin überzeugt, daß es unweit der Ausgrabungsstelle ausgezeichnete Gelegenheiten gibt«, sagte sie mit Wärme. »Wir sind nahe an der Küste, und es ist eine felsige Steilküste. Matthews von der Brown-Universität hat archäologische Tauchexpeditionen vor Spetsai gemacht, einer Insel in der Nähe.«

Seine verstohlene Inspektion ihrer Körperumrisse war beendet, und das Ergebnis gefiel ihm. Sie war schlank wie ein Fisch, doch mit einer reifenden Anschwellung der Hüften, die eine üppige Wildnis versprach. Frauen, die ihn interessierten, kamen ihm immer so vor: als unbekanntes Territorium, reich und versöhnlich, vielgestaltig wie ein Kontinent.

»Klingt gut«, war alles, was er sagen konnte.

Sie schnippte den Zigarettenstummel aus dem Fenster. »Die einzige Bedingung ist, Sie müssen morgen abreisen.«

»Morgen?« Das riß ihn aus seinen Betrachtungen. »Das ist un ...«

»Ich werde alles im Flugzeug erklären. Die Plätze sind bereits gebucht. Hier.« Sie angelte in ihrer Handtasche und hielt ihm eine TWA-Flugkarte hin.

»Sie vergeuden keine Zeit«, sagte er anerkennend.

»Nein. Habe ich nie getan.« Sie stand auf. »Können Sie kommen?«

»Nun ...« Seine Gedanken wirbelten zwischen ungezählten Einzelheiten, hoben sich über sie, sanken herab. »Ja. Ich gehöre zum Forschungspersonal, also brauche ich mich nicht wegen Vorlesungen zu sorgen.«

Sie lächelte. »Das dachte ich mir. Ich sah es auf dem Wegweiser. Sie waren das erste aufgeführte Mitglied, das nicht zum Lehrkörper der Fakultät gehört. Da der Lehrkörper ausschied, dachte ich mir, der Nächst-Dienstälteste sei die geeignete Wahl.«

Er lächelte. »Ich nehme es als eine glückliche Fügung, daß Sie das Aufstellungsschema nicht bemerkt haben: das Forschungspersonal ist allein nach den Zimmernummern aufgeführt.«

»Oh.« Die vollen Lippen kräuselten sich in einem selbstironischen Lächeln.

»Sagen Sie mal, ist die politische Situation dort drüben nicht ziemlich unsicher?« Er hatte irgendwo gelesen, daß die Griechen der Sowjetunion eine Art Handelsabkommen mit der Meistbegünstigungsklausel anbieten wollten. Vor mehreren Jahren hatten sie sich bereits geweigert, die Stationierungsverträge für die amerikanischen Luftwaffen- und Marinestützpunkte zu verlängern, und natürlich gab es Spekulationen, daß die Sowjets dort vielleicht einziehen und einen guten Preis für das Vorrecht zahlen würden. Unterdessen versuchten die Vereinigten Staaten, ihre Truppenstärke in Europa aus wirtschaftlichen Gründen abzubauen, was von ihren rezessionsgeplagten NATO-Verbündeten mit gemischten Gefühlen betrachtet wurde. Der Verlust der griechischen Stützpunkte bedeutete eine ernste Schwächung der amerikanischen Politik im Mittelmeerraum und im Nahen Osten. Dort arbeitete die Zeit eindeutig gegen Israel, den Hauptverbündeten der USA, der sich einer erstarkenden und zur Einigkeit drängenden arabischen Welt gegenübersah. Dies alles vermittelte das Bild einer Supermacht, die in Schwierigkeiten geraten war. Besiegte und Vasallen haben nichts lieber, als ihre frühere Sieger-Vormacht auf dem Rückzug zu sehen. Amerikaner im Ausland bekamen den in Jahren aufgestauten Groll nun zu spüren.

Sie zuckte beiläufig die Achseln. »Es ist ein Auf und Ab.

Und wie ich sagte, es wird nur ein paar Tage in Anspruch nehmen.« Sie ging zur Tür.

»Warten Sie – was soll ich mitbringen? Und um Watkins' Ausrüstung mitzunehmen, werde ich ...«

»Was werden Sie tun müssen? Packen Sie die Sachen einfach ein und bringen Sie alles zum Gepäckschalter der TWA.«

Er zögerte. Dann, um seine Verwirrung zu tarnen, nickte er und dröhnte: »Kein Problem. Sie haben recht.«

Sie musterte ihn zweifelnd. »Gut. Übrigens brauchen Sie sich nicht mit allzuviel persönlichem Gepäck zu belasten. In Griechenland ist es noch ziemlich warm. Ach ja, und hier.«

Sie warf ihm ein Päckchen zu. »Medizin?« fragte er nach einem Blick auf das eng bedruckte Etikett.

»Es ist dieses neue mikrobiotische Zeug. Nehmen Sie eine Kapsel pro Tag. Es lebt in ihren Gedärmen und verzehrt die Dysenterieerreger.«

»So?« John hielt nichts von der Idee, an seinem Körper herumzupfuschen. Selbst bei Krankheiten und Sportverletzungen hatte er sich standhaft geweigert, Pillen zu nehmen.

»Keine Nebenwirkungen, seien Sie unbesorgt«, sagte Claire mit distanzierter Erheiterung. »Vertrauen Sie der Wissenschaft!«

»Ich dachte, das Hauptargument der Wissenschaft sei, daß man sich nicht mit Vertrauen allein zu begnügen brauche«, sagte John.

Sie schmunzelte. »Seien Sie ruhig wählerisch, aber nehmen Sie die Dinger.«

»Gut.«

»Dann sehen wir uns am TWA-Abflugschalter. Seien Sie zeitig dort.«

»In Ordnung«, sagte er in einem Ton, von dem er hoffte, daß er sich zuversichtlich anhöre. Er öffnete den Mund, um noch mehr zu sagen, aber sie war schon draußen, ohne sich zu verabschieden. Er ließ sich in den Sessel zurückfallen, blies die Wangen auf und pustete den Atem aus. Im Büro war jetzt der schale Gestank von Zigarettenrauch, den er haßte. Aber das war ein kleiner Preis, den er für ein Gespräch mit solch einer herrlichen Frau gern zahlte. Sie hatte ihn vom ersten Augenblick an fasziniert. Das war ihm seit Jahren nicht mehr passiert, nicht seit Ann. Eine derart berauschende, aufrüttelnde Bewegung mußte weiterverfolgt werden. Geringere Aspekte – seine eigenen Vorhaben, ihr lästiges Rauchen – mußten zurücktreten.

Er würde Sprangle sagen müssen, daß er einen Kurzurlaub nehmen wolle. Glücklicherweise stand in den nächsten Wochen nichts Entscheidendes bevor. Er war noch nicht lange genug in Boston, um Verpflichtungen anzuhäufen. Aber er mußte Watkins' Meß- und Prüfgeräte ausfindig und sich mit ihrem Gebrauch vertraut machen.

Er sammelte seine Papiere ein und ordnete sie. Die Berechnungen schienen auf einmal wie etwas, was er vor Wochen geschrieben hatte.

»Hier im Norden«, murmelte er bei sich, »geht alles schnell.«

2

Die ganze Geschichte bekam er erst zu hören, als sie von Athen zur Ausgrabungsstätte fuhren. Der TWA-Flug nach Paris war ausgebucht gewesen; der Dollarkurs stand wieder hoch, und Touristen ergossen sich nach Frankreich, obwohl die Feriensaison längst vorüber war. Er hatte eine stattliche Summe für Übergepäck zahlen müssen, um alle Geräte an Bord zu bringen. Und Claire war es nicht gelungen, zwei Sitze nebeneinander zu bekommen.

Auf dem Flug von Paris nach Athen hatte sie geschlafen, während er über Watkins' Geräte nachgelesen hatte. Nun blinzelte er schläfrig in die Helligkeit des sonnigen Tages und versuchte die vorbeigleitenden Landschaften in sich aufzunehmen, während Claire ihm einen kurzen Abriß der bisherigen Ereignisse gab. Sie schweifte häufig vom eigentlichen Thema ab und erweiterte es gnadenlos um alle möglichen Einzelheiten und Nebensächlichkeiten, wobei sie sich unbekümmert archäologischer Fachausdrücke bediente und offenbar annahm, daß er weit mehr wußte, als es tatsächlich der Fall war.

»Den ganzen Sommer haben wir Schwierigkeiten mit Kontos gehabt. In allem. Angefangen von politischen Diskussionen bis zu Meinungsunterschieden über die Organisation der Sammlungskästen und die Verpackung, also ist es nicht überraschend, daß es nun – oh, sehen Sie dort? Diese Insel mit einem Buckel draußen in der Bucht? Das ist Salamis. Dort vernichtete Themistokles die persische Flotte und rettete Athen.«

Die Außenbezirke Athens schienen eine nichtendenwollende Reihe von Zementfabriken zu sein. Ein Stück weiter standen die grauen Betongehäuse zweistöckiger Häuser wie die abgenagten Knochen eines mechanischen Ungeheuers in der trostlosen Wüstenei von Schuppen, Bauhöfen, Werkstätten, qualmenden Industriebetrieben und Autofriedhöfen. Die Erdgeschosse waren teilweise bewohnt, mit Blumen und Fernsehantennen bestückt, während darüber die skeletthaften Versprechungen künftigen Reichtums aufragten. Sie sausten westwärts, die glitzernde Bucht zur Linken, und überquerten den Durchstich des Kanals von Korinth. Sie hielt an, und beide aßen dreieckiges Gebäck mit Honig und Nüssen, während John auf die Brücke hinausging und den geometrisch präzise durch den anstehenden Fels geschnittenen Kanaldurchstich bewunderte. »Als die Deutschen im Zweiten Weltkrieg die Peloponnes räumten, verstopften sie den Kanal mit Eisenbahnwaggons, Lastwagen, allem, was sie finden konnten.«

»Nette Kerlchen. Wie lange dauerte das Ausräumen?«

»Jahre. Es frischte den zweitausendjährigen Groll gegen die Barbaren, die Ausländer, wieder auf.«

»Einschließlich der Amerikaner?«

Sie seufzte. Ein Schlepper zog einen Frachter in die Mündung des Kanals, mehr als einen Kilometer entfernt. »Es sieht so aus. Fahren wir weiter!«

Genauso war sie am Flughafen von Athen gewesen, hatte einen Mietwagen beschafft, während er die acht Tragkisten mit Watkins Ausrüstung übernommen und aufgestapelt hatte, dazu sein Handgepäck mit der Taucherausrüstung. Die

Sachen füllten Kofferraum und Rücksitze des kleinen Wagens. Er hoffte, daß sich Zeit und Gelegenheit bieten würden, noch einmal Watkins' Bedienungsanleitungen zu lesen, ehe sie die erste Testreihe von ihm verlangte.

Von Korinth aus fuhren sie südwärts die Küste entlang. Die Halbinsel der Poloponnes ist eine vierfingrige Hand, die südwärts ins Mittelmeer greift. Sie fuhren den östlichsten Finger entlang, über Straßen, die zusehends schmaler und staubiger wurden. Hinter einem Karren, der mit dicken grünen Trauben voll beladen war, mußten sie auf Schrittempo verlangsamen. Claire fluchte verhalten und überholte das Fahrzeug, kurz bevor ein alter Lastwagen wild hupend aus der Gegenrichtung heranbrauste.

»Allmächtiger Gott!«

Sie lachte. »Ich dachte, solche Flüche gäbe es nur in Filmen.«

»Es war ein Gebet. Fahren Sie langsamer, um Himmels willen! Dieses Ding liegt seit mehr als dreitausend Jahren dort, da werden einige Minuten keinen Unterschied machen.«

»Ich fürchte, so einfach ist es nicht. Kontos war fuchsteufelswild; er könnte uns zwingen, vorzeitig zu schließen. Vielleicht weiß er, daß ich in Boston war.«

»Wie?«

»Noch bevor ich Griechenland verließ, rief er Hampton an, den Vize-Direktor an der Universität Boston. Ich weiß nicht, was er ihm erzählt hat, aber als ich mich bei Hampton meldete, war er höflich, anständig und frostig. Nein, bedaure, zusätzliche Hilfe? Nicht um diese Zeit, wo die Vorlesungen begonnen haben. Er hielt mir einen Vortrag über den sparsamen Umgang mit Budgetgeldern und grämte sich wegen meiner zusätzlichen Flugreise. Er erwähnte die vorzeitige Schließung der Ausgrabungsstätte und sagte, ich müsse etwas getan haben, was Dr. Kontos herausgefordert oder gar beleidigt habe, er könne sich nicht vorstellen, was es gewesen sein könnte, aber ob ich nicht auch dächte, daß wir die Dinge einfach liegenlassen und uns zurückziehen sollten, wenn das Ministerium es wünschte. Alles sehr ernst und gewichtig, mit tiefsinnigem Paffen an der Pfeife, einem Ausdruck wie ein bekümmerter Jagdhund, und so weiter.«

»Was haben Sie gesagt?«

»Ich sagte ihm, ich würde es überdenken und am nächsten Tag noch einmal zu ihm kommen.« Sie lächelte selbstzufrieden und steuerte den Wagen durch enge Kurven, während die Straße sich in gelbbraunes Hügelland emporwand.

»Heute?«

»Richtig. Er könnte mir die Gelder sperren, wenn er wollte. Also kaufte ich gleich nach meinem Besuch bei ihm unsere Flugkarten durch das Universitätsbüro, belastete das Konto unseres Ausgabenbudgets und hob einen großen Reisevorschuß ab.«

»Und er wartet immer noch, daß Sie bei ihm aufkreuzen?«

Sie lachte. »Ja. Sehen Sie, dadurch gewann ich einen Tag Vorsprung. Als nächstes ging ich hinüber zum MIT, um einen von Watkins' Gefolgsleuten zu rekrutieren.«

»Und ich dachte, es sei mein Charme gewesen.«

»Ich beschloß Ihre fehlenden Gliedmaßen und Geburtsfehler zu übersehen. Als Hampton mir sagte, er werde keinen unserer Leute, die sich auf Metallurgie verstünden, für den Zweck freigeben, wußte ich, daß es ...«

»Zeit war, das Weite zu suchen.«

»Richtig. Ich hoffe nur, daß Hampton nach meinem Besuch nicht Kontos angerufen hat. Er soll nichts von meiner Abwesenheit wissen.« Sie schnippte mit den Fingern und wich einem Esel aus. »Verdammt! Ich hätte vom Flughafen Boston anrufen und mich krankmelden sollen, sagen, ich hätte die Grippe und wollte die Besprechung ein paar Tage verschieben. Das hätte den alten Hampton hingehalten.«

»Ein hoher moralischer Standard ist das Fundament unserer Gesellschaft«, erwiderte er in einem abgehackten, schalkhaften Ton.

»Was war das?«

»Kennedy-Akzent.«

»Gut, daß Sie es mir gesagt haben. Ich dachte schon, sie hätten plötzlich was mit der Zunge.«

»Woher stammt Ihrer?«

»Mein was?«

»Ihr Akzent.«

»Ich habe keinen Akzent.«

»Ha. Ich dachte, vielleicht Englisch.«

»Ich bin in der Marlborough Street aufgewachsen.«

»Das ist der Originalakzent von Snob Hill?«

Sie lächelte und warf ihm einen Seitenblick zu.

»Ganz gleich, wie faszinierend ich bin«, sagte er nüchtern, »wenden Sie Ihren Blick nicht von der Straße. Nicht bei dieser Geschwindigkeit.«

»Die Kennedys sprechen, was mein Vater Englosch nannte. Das ist das Englisch von Leuten, die aus einer Gegend stammen, wo man Gulasch ißt. Er starb in dem Glauben, daß Irish Stew eine Bastardform des Gulasch sei.«

»Originell.«

Die Landstraße führte in scharfen Kehren und Windungen über gefaltete Kämme, dann ging es wieder abwärts, und in der Ferne glänzte die Ägäis. Der Ausgrabungsort befand sich in zerklüftetem, bergigem Gelände, das steil zur See hin abfiel, und war nur über eine ausgefahrene staubige Schotterstraße erreichbar. Mit verlangsamter Fahrt rumpelten sie südwärts, und der Ford schlingerte und schwankte durch Schlaglöcher und Spurrinnen, daß John sich festhalten mußte. Sie umfuhren eine felsige Anhöhe, und John seufzte in angenehmer Überraschung. In einem engen Tal erstreckte sich ein Wald von Olivenbäumen, silbrig schimmernd wie die Oberfläche eines Flusses, und sogar die strömende Bewegung war darin, denn der Seewind bewegte die Äste, und das silbrige Graugrün der Blätter schimmerte wie Gischt, wenn die Windstöße wie Brandungswellen durch das Tal fuhren. »Schön«, sagte er.

»Ja. Ich liebe Griechenland. Es ist mein bevorzugter Grabungsort.«

»Wo sonst haben Sie gearbeitet?«

»Im Irak, in Ägypten und der Türkei. Jeden Sommer seit meinem zweiten Studienjahr.«

»Es gefällt Ihnen wirklich.«

»Selbstverständlich.« Sie blickte ihn verwundert an. »Viel besser als das ganze Jahr in einem Laboratorium zu sitzen.«

»Riskieren Sie nicht einen Rückschlag in Ihrer Laufbahn«, sagte er, »wenn Sie so sorglos mit Reisegeldern umgehen und Ihrem Vorgesetzten Schnippchen schlagen?«

Sie schürzte die Lippen und schwieg eine Weile. »Vielleicht. Aber ich will verdammt sein, wenn ich mich von ihm herumschubsen lasse.«

»Und Kontos?«

»Das gleiche gilt für ihn und – na, für alle Männer«, sagte sie mit einer Grimasse und einem weiteren Seitenblick.

3

George kam zum Wagen, noch ehe die Staubwolke der Ankunft sich gelegt hatte. John sah das Lager als eine schäbige Ansammlung von Zelten, mit Arbeitern in Blue Jeans und verschwitzten Hemden, die Kisten und Lattenverschläge auf wartende Kleinlastwagen verluden. Bevor er sich George zuwandte, ließ er seinen Blick durch das Tal schweifen und hatte bald die Ausgrabungsstätte entdeckt. Sie bestand, wie erwartet, aus niedrigen bleichen Mauerresten, braunen Erdhaufen und einer Anzahl rechteckiger Eintiefungen unter einem Gitternetz aus Markierungsstangen. Der Ort schien in keiner Weise außergewöhnlich, und John vermochte sich nur mit Mühe vorzustellen, daß er Geheimnisse aus vergangenen Jahrtausenden bergen könnte.

Er suchte den gelbbraun verbrannten Busch an den Hängen zur Linken ab und fand den Eingang zum Kuppelgrab, einen offenen, von Mauern flankierten Korridor, der in den Hang einschnitt. Dies war etwas völlig anderes. Selbst aus der Entfernung verhießen die eindrucksvollen Abmessungen nicht nur einen Weg in eine Grabkammer, sondern den Eingang zu einer unergründlichen Welt ferner Vergangenheit.

Er schnupperte, als die frische Brise ihm willkommenen Salzgeruch von der See zutrug. Als Junge hatte er einmal mit seiner Mutter eine Fahrt nach Atlanta unternommen und war dort sehr beeindruckt gewesen, als sie ihm Gebäude gezeigt hatte, die für amerikanische Verhältnisse wirklich alt gewesen waren, nämlich über hundert Jahre.

George musterte den Neuankömmling ein wenig höh-

Vorläufige Skizze – Schnitt

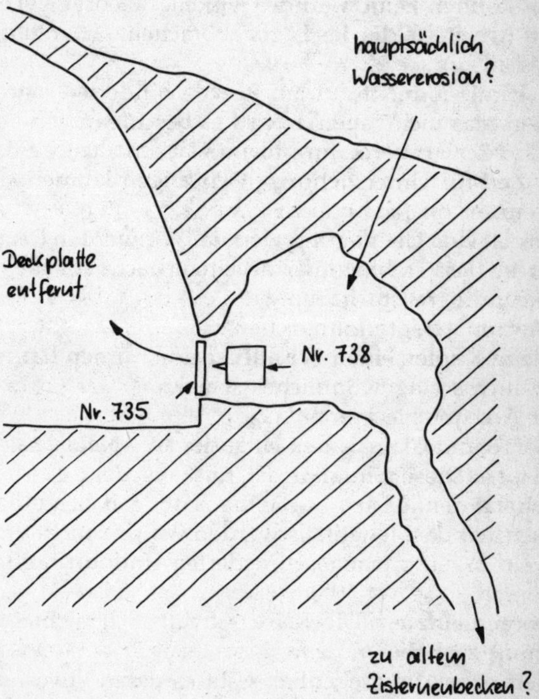

nisch, wie es schien, als sie einander vorgestellt wurden, dann aber wurde er von Claires Bericht über die Ereignisse in Boston mitgerissen, und seine verdüsterte Miene verriet nur zu deutlich, was er von der Politik des Fachbereichs und Prof. Hampton dachte.

»Verdammt typisch«, war sein Urteil.

»Wenn Hampton ihn zurückruft, bleiben uns vielleicht nur ein oder zwei Tage, bis Kontos hier auftaucht«, sagte Claire.

»Wir können keine Wunder wirken.« George gestikulierte zu den Arbeitern, die das Lager abbrachen. »Hier gibt es noch einiges zu tun.«

»Er kann sie nicht gut am Packen hindern«, sagte John.

»Nein, das nicht, aber er wird es beschleunigen«, antwortete Claire. »Und er kann uns im Nacken sitzen. So daß wir keine Zeit für Untersuchungen erübrigen können.«

»Wenn er mich hier sieht ...«

»Das ist eine Überlegung wert, ja. Wir werden heimlich bei Nacht in der Grabkammer arbeiten, nachdem die Arbeiter Feierabend gemacht haben.«

»Warum?« fragte John.

»Wenn Kontos einen Schnüffler unter ihnen hat, wird der Mann nichts Ungewöhnliches sehen.«

»Ist Archäologie immer so?«

George und Claire sahen einander an. »Nein«, sagte Claire kleinlaut. »Diese Situation ist uns aus dem Griff geraten. Manchmal denke ich ...« Sie brach ab, gab sich einen Ruck. »Lassen wir das! Jedenfalls werden wir uns nicht von einem Schwein in einer maßgeschneiderten Uniform herumschubsen lassen.«

George seufzte. »Die Reise scheint dich nicht friedlicher gestimmt zu haben.«

»Nein, ganz im Gegenteil. Gibt es daran etwas auszusetzen?«

Er trat zurück und hielt beide Hände in komischer Verzweiflung hoch. »He, keinen Streit! Ich hatte nur auf ein Wiedererwachen deines berühmten diplomatischen Talents gehofft, das ist alles.«

»Wozu?«

»Nun ...« Er hakte die Daumen in die Gesäßtaschen und

betrachtete den Staub. »Ich hatte gehofft, diese Sache zwischen dir und Kontos würde vorübergehen. Dann könnten wir hier vielleicht mehr Zeit bekommen. Nur eine kleine Atempause ...«

»Ausgeschlossen. Kontos wird nicht nachgeben.«

»Wir brauchen die Zeit. Ich habe mehr gefunden. Bin hinter diesen Block gekrochen und habe mich umgesehen.«

Claires Schwungkraft schien sich plötzlich aufzulösen. Sie seufzte. »Wirklich? Was ist dort?«

»Allerhand. Komm mit.«

Sie mußten das eiserne Tor am Dromoseingang aufsperren und zurückziehen. George hielt es verschlossen, solange die Arbeiter in der Nähe waren. Die massive hölzerne Tür, die das Kuppelgrab selbst verschloß, stand offen. Für John war das Eintreten ein jäher Übergang von einem sonnenheißen Tal, wo Vögel zwitscherten und Zikaden schrillten, in eine düstere Welt kühler, dumpfiger Grabesstille. Die mächtige Kuppel war oben mit einer Holzkonstruktion verschlossen, die das Eindringen von Regenwasser verhindern und weiteren Einstürzen vorbeugen sollte, aber sie vermochte das lastende Gefühl der über ihnen konvergierenden, einschließenden Gesteinsmassen nicht lindern. Hier hatte die Geschichte ein fühlbares, brütendes Gewicht.

Als Claire die neuen Abstützungen sah, die George angebracht hatte, machte sie ein bedenkliches Gesicht, bevor sie sich darunterwagte. »Sieht wie eine Brücke aus, die jemand zusammengesetzt hat, dem der Bauplan abhanden gekommen ist.«

»Unsinn. Es hält, verlaß dich darauf! Ich habe die oberen Lagen zusätzlich abgestützt. Der ganze Quadrant ist durch ineinander verschränkte Stützen abgesichert.«

»Und das alles hast du allein gemacht?«

George schüttelte den Kopf. »Mußte zwei Arbeiter einsetzen. Aber vorher deckte ich den Block und das Loch mit Planen ab. Sagte den beiden, die Abstützungen seien nötig, um sicher zu gehen, daß die Kuppel während unserer Abwesenheit in diesem Winter nicht einstürzt.«

Die Planen waren noch an Ort und Stelle. Claire stieg durch die Abstützungen und machte ein Seil los.

Auf der rechten Seite der Öffnung hatte George einen Quader vorgezogen und genug Raum geschaffen, daß man durchkriechen konnte. Claire nahm eine Taschenlampe auf und richtete sie auf das Loch.

John folgte ihr vorsichtig durch das Rahmenwerk der Träger. In seinen Augen nahm sich der schwarze Block ziemlich gewöhnlich aus, abbesehen von dem wundersamen Bernsteinzapfen und den eingemeißelten Schriftzeichen. Claire hatte ihm unterwegs eine beinahe lyrische Beschreibung davon gegeben, eine der wenigen Ausnahmen von ihrer sonst vorherrschenden spröden Nüchternheit.

»Nicht viel Raum hier drinnen«, rief sie.

»Das kann man sagen«, sagte George. »Zwei Tage lang war ich halb drinnen und halb draußen, während ich die Erde wegscharrte.«

Man sah es ihm an. John hatte sich schon gewundert, warum der Overall des Mannes vom Hals bis zu den Stiefeln so schmutzig war.

Claire grunzte. »Viel gefunden?«

»Überhaupt nichts.«

»Wie tief hinunter?«

»Ich habe einen halben Meter weggenommen.«

»Dann kann man also hineingehen?«

»Klar.«

John sah zu, wie sie sich durch die Öffnung wand. Ein gedämpftes »Huh!« drang heraus. Er erwartete, daß George als nächster folgen würde, aber nach einem Augenblick rief sie: »John, kommen Sie!«

Er bückte sich, zog den Kopf ein und manövrierte seinen steifen Körper durch die Engstelle auf den kalten harten Boden dahinter. Claires Taschenlampe erhellte die Mitte der unregelmäßigen Höhlenkammer, die von etwas Schwarzem in der Wand gegenüber beherrscht wurde. Es dauerte eine kleine Weile, bis John merkte, daß dieser tintige Flecken ein Loch war. Er kroch vorsichtig näher. Aus der Öffnung wehte ein modriger, salziger Geruch herauf. Ein Grab? Dann vernahm er ein entferntes, rauschendes Gurgeln. Ein ferner Widerhall von Seewasser und Brandung.

»Was ist das? Ein Teil der Grabkammer?«

Claire ließ den Lichtkegel der Taschenlampe über die Wände wandern. »Nein, ich glaube, es ist natürlich. Sehen Sie hinauf!«

Über ihnen war eine graubraune Schicht hartgebackener Erde, die in Brusthöhe auf einer härteren Gesteinsschicht lagerte. Sandstein, vermutete John. Aus diesem Gestein bestand die gesamte untere Hälfte der Höhlung und die Wandungen des Loches.

»Wahrscheinlich gruben die Mykener die Grabkammer aus, bis sie auf diesen Sandstein stießen«, sagte Claire. »Da hörten sie auf und bauten die Quaderwand des Kuppelgrabes unmittelbar daran. Aber wo wir sind, muß Lehm oder Erde gewesen sein.«

»Sie gruben die Erde aus?«

»Nein ... nein, das sind Erosionsmerkmale. George?« Sie beugte sich zur Öffnung, und gleich darauf steckte er den Kopf durch die Zugangsöffnung.

»Du fragst dich, wohin das Loch führt, stimmt's?« sagte er. »Ich weiß es auch nicht. Ich habe ein Seil hinuntergelassen und bin ungefähr drei Meter hinabgeklettert. Keine Bearbeitungsspuren an den Wänden. Wie du sagtest, es sieht nach Wassererosion aus.«

John spähte hinunter. »Von der See?«

»Sicherlich nicht«, sagte George. »Bis zum Meeresspiegel sind es sechzig oder siebzig Meter. Mindestens. Keine noch so stürmische Brandung könnte ihre Wellen bis hier heraufschicken.«

Claire nickte und zeigte hinauf zu der fest zusammengebackenen Erde. »Das Wasser kam von oben. Regen, Sickerwasser.«

»Es muß viel Wasser gewesen sein«, konterte George, »um soviel Gestein abzutragen.«

»Die Kliffs sind weicher Kalkstein; die Brandungserosion hat viel davon abgetragen. Dieser Sandstein hier ...« Sie streckte die Hand aus und rieb daran. Die Oberfläche zerbröckelte in Sandkörner. »In Griechenland fällt eine Menge Regen – die Niederschlagsmenge ist höher als man glaubt für ein trockenes Klima. Alles ruht auf Kalkstein. Im Laufe der Jahrtausende hat die Wassererosion riesige Karsthöhlen entstehen lassen. Sie durchlöchern den Untergrund wie einen Schweizer Käse. Weil die Menschen das Land entwaldet haben, wird das Regenwasser nicht im Boden festgehalten, sondern sickert durch und verliert sich in den unterirdischen Höhlen und Wasserläufen des Karstes. Die Oberfläche trocknet rasch aus, und die Landwirtschaft leidet unter Wassermangel. Diesen Vorgang können wir hier beobachten.«

»Vielleicht wußten die Erbauer das«, sagte George.

»Das ist nicht wahrscheinlich. Vergiß nicht, daß sie vor 3500 Jahren lebten. Damals muß es hier noch viel natürlichen Wald gegeben haben, der günstigere Klimabedingungen schuf und einen ausgeglichenen Wasserhaushalt bewirkte. Die Aushöhlung reichte vielleicht kaum tiefer als bis hierher.«

»In Mykene legten sie die Stadtmauern so an, daß sie unterirdische Quellen umschlossen. Dann schlugen sie einen zwanzig Meter tiefen Brunnenschacht, um an eine zu allen Jahreszeiten verläßliche Wasserversorgung zu kommen.«

»Ja, aber die Leute hier lebten Hunderte von Metern entfernt hangabwärts. Wir sind fast auf der Kammhöhe. Hier oben kann niemals genug Wasser zusammengeflossen sein, um eine größere Siedlung zu versorgen. Und eine Verbindung durch ein Grab – alles was recht ist.«

John sagte: »Sie glauben also, die Leute damals hätten diese Höhle nur als einen geeigneten Ort benutzt, um den Block hier unterzubringen.«

Seine Handbewegung lenkte ihre Aufmerksamkeit auf den Steinblock. Er war würfelförmig, und seine rückwärtige Hälfte ruhte auf einer Steinplatte. Die Rückseite trug keine Inschrift, keine Dekoration irgendwelcher Art. In der Mitte der Rückseite war ein Fleck gelblichen Materials, das eine etwa handtellergroße Fläche bedeckte.

John stand gebeugt, um nicht mit dem Kopf gegen die überhängende Höhlenwand zu stoßen, und war sich mit Unbehagen des gähnenden Loches bewußt, das nur ein paar Schritte entfernt war. Er berührte den Steinblock mit einem Finger. »Ich frage mich, was das ist.«

»Nicht anfassen!« Die Akustik der Höhle verstärkte Claires Ruf so sehr, daß John erschrocken zurückzuckte.

»Warum, zum Teufel, nicht?« fragte er gereizt.

»Es könnten Zeichen daran sein, sogar Fingerabdrücke«, sagte Claire schnell, aber mit gedämpfter Stimme.

»Das sieht nach einem gewöhnlichen Steinblock aus, und sonst gibt es hier nichts als Geröll und Erde, weiß Gott was. Nichts Besonderes.«

»Wir wissen nicht, was ›besonders‹ ist, bis wir es analysieren«, sagte sie.

George war zu ihnen hereingekrochen und stand auf. Der Platz reichte kaum für drei, ohne daß man zu nahe an die Öffnung gedrängt wurde. John schob sich sicherheitshalber in eine Sandsteinnische.

»Das scheinen Inkrustationen zu sein«, sagte George und richtete den Kegel seiner Handlampe auf die gelbliche Masse. »Ich habe den Block bereits auf Fingerabdrücke und dergleichen untersucht. Nichts. Das Zeug sieht schwefelhaltig aus. Riech mal daran!«

Claire bückte sich und schnupperte. »Salzig.«

»Klar. Feuchtigkeit vom Salzwasser ist so lange durch diesen Höhlengang gezogen, daß man sich nicht zu wundern braucht. Diese Seite des Blocks ist mit Salz überzogen – hier.«

Der Lichtkegel zeigte winzige glitzernde Kristalle in der rauhen Oberfläche.

Claire nickte. »Du hast wahrscheinlich recht. Wir können es wegwischen und sehen, ob wir darunter vielleicht etwas finden.«

George seufzte. Sein Vorrat an Überraschungen war erschöpft. »Ich dachte, ich hätte wirklich etwas gefunden, als ich das erste Mal durchkroch. Eine verborgene Schatzkammer, unentdeckt von den Grabräubern, etwas von der Art.«

»Es gibt noch das Loch hier unten, nicht wahr?« sagte John.

»Ja, ich werde es mir ansehen, glaube aber, daß es nur ein natürlicher Wasserlauf ist, der irgendwo in den Ozean mündet.«

John kauerte bei der Öffnung nieder. Die Seiten waren von der Wassererosion geglättet und schimmerten feucht. Keine einladende Oberfläche, da sie kaum Halt für Griffe bot. An den Seiten waren schwärzliche Streifen, die den Blick steil abwärts lenkten. Sie schienen wie Ruß, doch erinnerte er sich, daß ablaufendes Regenwasser aus höheren Schichten gelöste Mineralien mit sich führen und ältere, unterliegende Schichten verfärben kann. Vielleicht war das hier geschehen. Es war sowieso nicht sein Gebiet. Nichts von all dem fiel in sein Fach, sagte er sich kläglich. Und er hatte hier herumgestochert und Fragen gestellt und unter diesen Leuten, die wirklich wußten, was sie taten, eine Pose von Sachverstand hervorgekehrt ...

Er stand auf. Die anderen beiden sprachen über etwas, dem er nicht folgen konnte. Er war wenigstens einen Schritt vom Rand des Loches entfernt, aber er konnte sich nicht davon abwenden, denn es gähnte dort im Halbdunkel zu seinen Füßen und wartete auf einen Fehltritt oder daß jemand ihn anstieß. Nein, sagte er sich, seine Nervosität war gänzlich unangebracht; sie mußte mit der Atmosphäre dieses Ortes zu tun haben, schließlich war es ein Grab, und es herrschte ein feuchter, modriger Geruch, weil dieser Teil niemals Gelegenheit gehabt hatte, wie das eigentliche Kuppelgrab auszutrocknen: dies war der echte Geruch des Alters. Er wischte sich die Stirn und zwang sich zu regelmäßigem Atmen. Die Lichtkegel der Lampen glitten über die Höhlendecke, wo Spalten und Vertiefungen das Licht verschluckten, schufen eine seltsam indirekte Dunkelheit, die auf seine Schläfen zu drücken, die Luft zu verdichten und den feuchten Modergeruch dieses engen, ungelüfteten Ortes zu verstärken schien ...

»Es ist ... ah ... drückend hier drin.«

Claire wandte den Kopf und blickte im trüben, reflektierten Widerschein der Wände zu ihm her. Sein Gesicht fühlte sich erhitzt an. War es ihm anzusehen?

»Ich möchte draußen die Geräte aufbauen«, sagte er mit rauher Stimme. »Helfen Sie mir mit den Koffern, George?«

4

John nahm das Mikroskop von den Linear A-Zeilen zurück. »Es ist tatsächlich Metall in diesen Kerben.«

»Meißelspuren«, korrigierte Claire automatisch. »Silber? Es sieht wie Silber aus.«

»Sehen Sie selbst!« Er wies mit einer Verneigung auf das Stativ mit dem imponierenden Mikroskop. Um den schwarzen Zylinder war eine Scheibe mit Linsen und Punktlichtlampen gruppiert. Sie spähte durch das Okular.

»Was sehe ich?«

»Korrosionsprodukte, würde ich sagen. Oxide. Allerdings nicht sehr viel Korrosion, das ist wohl ein glücklicher Zufall.«

»Sind diese grünlichen Flecken Bronze?«

»Vielleicht. Eine Silber-Kupferlegierung würde auch so aussehen.«

»Und diese rötlichen Adern?«

»Rost.«

»Was ist das unterliegende Metall?«

»Das ist im Moment schwierig zu sagen. Es könnten mehrere sein. Das Metall mit dem höchsten Elektrodenpotential korrodiert als erstes. Das schützt die anderen Metalle gewöhnlich vor der Zersetzung, bis das erste aufgebraucht ist. Wenn Sie hier Eisen, Silber und Stahl haben ...«

»Dies war späte Bronzezeit.«

»Ach so. Nun, nur als Beispiel: das Eisen würde zuerst zersetzt. Es würde eine Rostschicht bilden, aber das Silber ...«

»Ich sehe etwas Glänzendes.«

»Gewiß, weil es in der Tiefe der Kerbe – ich meine, der Meißelspur nicht viel Oxidation gibt.«

Claire hob den Kopf vom Okular und betrachtete nachdenklich den Bernsteinzapfen. »Ich frage mich, warum ... *He!*«

»Was?«

»In dem Bernstein – da war eben ein blauer Lichtblitz.«

»Eine Reflexion, vermutlich.«

»Nein, es war wirklich hell.«

Er hatte vorher etwas Ähnliches gesehen. »Etwas Glimmer im Bernstein. Wenn der Lampenschein im richtigen Winkel einfällt, wirkt er wie ein Prisma ...«

»Aber es war so hell«, beharrte sie.

»In einem düsteren Loch wie diesem sind die Augen sehr empfindlich.«

»Hmm. Nun, zuerst geht es mir um die Analyse der Metallspuren. Der Bernstein kann warten.«

Er versuchte sich an weitere Einzelheiten aus Caleys *Analyse von historischen Metallen* zu erinnern. Vieles davon war lediglich fachmännischer gesunder Menschenverstand, aber manches von der Oxidationschemie war kompliziert. Er entsann sich, als Junge über Sherlock Holmes gelesen zu haben, wie er eine Monographie über hundert verschiedene Arten von Zigarettenasche geschrieben hatte und wie man sie identifizierte. Damals war es ihm abwegig vorgekommen; nun begann er sich seine Gedanken zu machen. Vielleicht würde zusätzliches Gerät helfen. Im dritten Gerätekoffer war noch etwas ...

»Können Sie den Metallgehalt nicht an Ort und Stelle studieren? Es ist wichtig.«

Er zuckte die Achseln. »Ich werde eine Bohrung machen müssen.«

Sie wandte den Kopf. »Nein. Nicht in die Schrift.«

»Ich verstehe, daß Sie nichts beschädigen wollen. Aber ich glaube, ich kann ein millimetertiefes Loch bohren und diesen Film von Unreinheiten durchschneiden.«

Besser gesagt, er könnte, wenn er genug Zeit gehabt hätte, das Handbuch zu lesen. Es war von einer wunderschönen Ausführlichkeit; Watkins hatte für wohlmeinende Idioten geschrieben, die daran gehindert werden mußten, bei der Feldarbeit Proben zu beschädigen, und doch brauchbare Resultate erzielen sollten. Für Leute wie ihn, mit anderen Worten. Zweifellos aber hatte selbst ein gewissenhafter Wissenschaftler wie Watkins nicht mit seiner Ebene von Ignoranz gerechnet.

Sie fragte zweifelnd: »Welche Technik werden Sie gebrauchen?«

»Nun, Röntgenfluoreszenz scheidet aus«, sagte er vorsichtig. »Sie erfordert zuviel Raum. Dann gibt es die elektronische Mikroproben-Untersuchung. Die wäre geeignet, und das Gerät habe ich in einem der Koffer, aber die Proben sind so winzig – ein paar Mikron im Durchmesser –, daß die Untersuchung sich nur für homogene Stoffe eignet; sie wird uns nichts über die durchschnittliche Zusammensetzung sagen.« Er behielt sie im Auge, während er sprach, und es schien ihr einzuleuchten. »Ich würde sagen, daß wir es mit der Neutronen-Aktivationsanalyse versuchen sollten. Sie verursacht keine bleibenden Beschädigungen.«

Es war auch die einzige, deren Anleitungen er ganz verstehen konnte. Bis vor kurzem war die Neutronen-Aktivation eine Technik gewesen, die nur zugänglich war, wenn man einen Kernreaktor als Neutronenquelle verfügbar hatte. Watkins hatte mit anderen ein tragbares Gerät für die Feldarbeit entwickelt, und dazu ein Handbuch geschrieben, das einfach genug für Geologen und Archäologen war, die mit der neuen Methode keine Erfahrung hatten. Das Gerät war nicht viel mehr als ein schwarzer Kasten, der mit Batteriestrom als Energiequelle gespeist wurde. Die Quelle schoß Neutronen hinein, und Gammastrahlen kamen zurück. Ein kleiner Computer analysierte das Spektrum der Gammastrahlen. Von der Höhe der Spitzen und ihrer Stellung im Energiespektrum sollte es möglich sein, auf die vorhandenen Metalle zu schließen.

So las es sich jedenfalls im Handbuch, das er fleißig im Flugzeug gelesen hatte, statt zu schlafen. Dafür mußte er jetzt zahlen: er gähnte. Seine einzige Hoffnung lag in der Reduzierung der Schritte auf mechanische Handhabungen. Er kannte sich ein wenig mit Elektronik aus und konnte das als Tarnung benutzen.

Sie grübelte. Er bewunderte die Art und Weise, wie sie einen Zeigefinger an die Wange legte und die Lippen schürzte, so daß sie noch voller wurden. Sie wechselte das Standbein, und die Bewegung schien sie leichter und auf wunderbare Weise noch schlanker zu machen, sobald sie die Ebene ihrer Hüften verkantete.

»Gut. Tun Sie es!«

Seine Aufmerksamkeit kehrte zurück zum vorliegenden Problem. »Jetzt?«

»Gewiß.« Sie stemmte die Hände in die Hüften. »Wir haben nur noch Tage, vielleicht Stunden. Ich kann helfen.«

Er nickte. Sein vom Flug durcheinandergebrachtes inneres Zeitempfinden und der Schlafentzug hatten eine Benommenheit hinterlassen, als sehe er alles durch eine dicke Scheibe staubigen Glases. Er hätte auch Georges Hilfe brauchen können – wie die meisten Akademiker war er der Meinung, daß Männer, die mit den Händen arbeiteten, und zu diesen gehörten für ihn auch Archäologen, ein besseres Verständnis von technischen, elektrischen und mechanischen Dingen haben würden. Aber George sagte, er verstehe nichts von metallurgischer Analyse, geschweige denn von Elektronik, und für ihn sei die Arbeit mit Erde, Töpferscherben und Gesteinsfragmenten das Gegebene. Außerdem brauchten sie ihn draußen im Lager, wo er die Arbeiter abzulenken hatte, die mit dem Verladen bald fertig sein würden.

In der kühlen, halbdunklen Grabkammer packten sie aus und setzten zusammen, und die metallischen Geräusche hallten von den Wänden und der Kuppel wider und gaben jedem Klang eine verlängerte Gegenwart. Er ließ sich Zeit, denn er befürchtete, Fehler zu machen, und hoffte bei der Arbeit seine Müdigkeit zu überwinden. Es war schwierig, das Gerät zwischen den Steinblöcken aus der Wand, die noch in ihren Seilen hingen, an Ort und Stelle zu manövrieren. John stieß gegen einen und fragte, hauptsächlich, um einen Vorwand für eine Unterbrechung zu haben: »Woher kommt der?«

Claire blickte auf. »Das ist die Steinplatte, die vor dem Bernsteinzapfen in die Wand eingelassen war. Sehen Sie die Markierung?«

»Ein religiöses Symbol?«

»Wir wissen es nicht. An den Wänden waren auch Bronzefiguren befestigt, jedenfalls sehen wir es so, weil sie unter dem Schutt begraben waren, als wir sie fanden.«

Er betrachtete die Steinpatte, berührte sie vorsichtig. »Darf ich?«

Sie lächelte. »Natürlich. Es tut mir leid, daß ich Sie gestern angefahren habe.«

»Schon gut. Wie kommt es, daß sie begraben waren?«

»Die Bronzen? Von Grabräubern heruntergerissen und für wertlos gehalten. Es kann auch durch ein Erdbeben geschehen sein, oder durch Achtlosigkeit bei späteren Begräbnissen.«

Er runzelte die Stirn. »Sie entweihten die Gräber ihrer eigenen Vorfahren?«

Sie lächelte wieder. »Tun wir etwas anderes? Wie viele Familiengräber werden schon in der nächsten oder übernächsten Generation aufgelassen? Hier wie in vielen anderen Kulturen war es Sitte, den Verstorbenen Grabbeigaben für die Reise ins Jenseits mitzugeben – Werkzeuge und Waffen, Nahrung und Kleider. Aber sobald das Fleisch verwest war, glaubten sie die Reise abgeschlossen. Die Toten brauchten dann die Grabbeigaben nicht mehr. Die meisten dieser Kuppelgräber waren Familiengrabstätten herrschender Dynastien. Bei einem neuen Begräbnis nahmen sie die alten Gebeine aus ihren Schachtgräbern und warfen sie beiseite, um Platz für den Neuankömmling zu schaffen. Das vermuten wir jedenfalls, weil wir überall und auf verschiedenen Ebenen Gebeine verstreut gefunden haben. Andererseits ist es möglich, daß die Grabräuber dafür verantwortlich waren.«

»Die Geschenke wurden also bei den Toten zurückgelassen, so daß diese sie ... gebrauchen konnten?« Er fand das Thema ein wenig beklemmend.

»Ja, die Nahrungsmittel meistens in Gefäßen.«

»Wie kommt es dann, daß sie Dinge versteckten?«

»Das taten sie nicht. Die Grabräuber hatten allem Anschein nach keine Mühe, zu finden, was sie suchten. Es sei denn, es war unter Erde begraben, die als Aushub bei der Anlage neuer Gräber anfiel und manchmal nicht hinausgeschafft wurde.«

»Warum haben sie dann diesen Block versteckt?« Er zeigte zu dem Kalksteinklotz, der noch immer an seinem Platz außerhalb der Quaderwand ruhte.

»Das weiß ich nicht.«

»Und warum meißelten sie dann Schriftzüge hinein, wenn niemand es sehen sollte?«

Claire starrte den schwärzlichen Kalksteinklotz an und sagte: »Das ist einer der Punkte, die mich auch beschäftigen.«

Er strich mit der Hand über die in ihren Seilen hängende Steinplatte und fühlte die kleinen Kerben an den Schmalseiten, wo ein seit Jahrtausenden toter Handwerker Splitter abgeschlagen hatte, um die überraschend genauen Winkel und Kanten zu formen. »Außen eine Art Zeichnung, die etwas besagen muß ... aber kein Grab hinter dieser Platte, nur ein Steinklotz mit einer gemeißelten Inschrift. Und diese Dekoration, dieser Zapfen. Komisch ...« Er bückte sich, um die Platte genauer in Augenschein zu nehmen, während Claire ein Bündel Elektrokabel auf eine ausgebreitete Decke legte. Er bestand auf einer systematischen Anordnung der Teile, bevor sie mit dem Zusammenbau begannen.

»Wie datieren Sie die Ebenen?« fragte er.

»Was?« Sie hatte nicht zugehört und seine Frage völlig verpaßt.

»Wie datieren Sie die verschiedenen Begräbnisse, die verschiedenen Ebenen ...«

»Ach ja, durch die Analyse der beigegebenen Keramik. Wir kennen die Stilformen und wie sie sich entwickelten. Und wenn Holzreste vorhanden sind, können wir sie an Hand der C 14-Methode datieren.«

»Richtig.« Er fuhr mit dem Zeigefinger über die Kante der Steinplatte. »Und dieses bröcklige Zeug?«

»Mörtel.«

»Und diese Spuren hier?«

»Ich weiß nicht. Jemand hat den äußeren Mörtel weggehackt. Sie sind alle nahe der Kante.«

»Ich finde, sie sehen wie Kratzer aus, nicht wie Meißelspuren.«

»Ja, das denke ich auch.«

»Als ob jemand ein Messer oder was verwendet hätte.«

»Mmm?« Sie blickte nicht von der Arbeit auf.

»Man sollte meinen, daß jemand, der eine ernsthafte Arbeit verrichtet, das richtige Werkzeug verwenden würde.«

»Schon im Altertum wurden Leute gedrängt und leisteten schlampige Arbeit.«

»An Gräbern? Nun – vielleicht. Soviel für die guten alten Zeiten. Trotzdem, mit einem Messer ...« Er untersuchte die scheinbar willkürlichen Kratzer im Licht einer Taschenlampe.

»Vielleicht verwendete der Betreffende eines von den Messern, die hier bei den Toten zurückgelassen wurden.«

»Grabräuber bringen gewöhnlich ihr eigenes Werkzeug mit.«

»Ein Messer taugt nicht für diese Art Arbeit.« Er stand auf. »Gibt es eine Möglichkeit, den Zeitpunkt, als dieser Klotz hinter die Wand gesetzt wurde, zu datieren?«

»George fand Anzeichen dafür, daß es ziemlich spät erfolgte. Wir wissen aus Schmuckfunden in der obersten Schicht, daß der letzte hier Bestattete eine bedeutende und reiche Persönlichkeit war.«

»Der letzte seines Geschlechts, wie? Also hat man diese Steinplatte und den Klotz dahinter vielleicht gleichzeitig mit ihm hier hergebracht.«

»Oder mit ihr.«

»Freilich. Oder mit ihr.« Er rieb sich das Kinn.

»Es könnte sogar ein Kleinkönig gewesen sein.«

»Ja? Erzählen Sie!« Zerstreut stieß er mit der Stiefelspitze in die festgetretene Erde.

»Es gab ein ungewöhnliches Zeremoniell. An manchen Stätten gibt es unbedeutende und ungewisse Hinweise, daß Diener des Königs mit ihm begraben wurden. Es ist ein strittiger Punkt.«

Das riß ihn aus seinen Gedanken. »Wirklich? Homers Helden sollen solche Wilden gewesen sein?«

Sie schüttelte den Kopf. »Eine andere Kultur. Wohlgemerkt, es ist keineswegs gesichert, daß sie es taten, und wenn es sich so verhielt, dann ging es wahrscheinlich auf orientalische Vorbilder zurück, denn es war keine Eigenheit der frühen Griechen. Sie bauten diese schönen Kragsteinkuppeln, als Ihre und meine Vorfahren noch Mastodonten jagten.«

»Ich dachte, Mastodonten seien schon vor zehntausend Jahren ausgestorben.« Er grinste; dies war eine der wenigen Tatsachen, an der er sich aus der Schulzeit erinnerte.

Sie lächelte gegen ihren Willen. »Ich sehe, ich werde auf jedes Wort achtgeben müssen. Aber wenn Sie indianische Vorfahren haben, könnte ich dennoch recht haben.«

»Jeder Südstaatler hat ein bißchen Indianerblut in den Adern.«

»In Amerika wurden die letzten Mastodonten vor ein paar tausend Jahren von Idianern ausgerottet. Aber um wieder zur Sache zu kommen: sehen Sie diese dreieckige Öffnung über dem Türsturz? Sie nahm das Gewicht der darüber lastenden Quader auf und leitete es seitwärts um die Tür. Fortgeschrittene Statik. Und draußen errichteten sie eine Fassade aus bemaltem Mauerwerk, schön herausgemeißelt.«

»Sie meinen wirklich, die Leute hätten mit diesem König ein paar Diener begraben?«

»Nun ... vielleicht.«

Er dachte nach, versuchte sich in jene ferne Zeit zurückzuversetzen und die verwitterten Steine frisch gestrichen und geschmückt zu sehen, Zeugen eines pomphaften Rituals. »Großer Gott – wenn ich mir das vorstelle! Hier drinnen gefangen sein ...«

»Nach dem letzten Begräbnis füllten sie den Dromos mit Erde und Geröll, schütteten die ganze Anlage zu, nach den Anzeichen, die wir finden konnten. Ungewöhnlich. Sie wußten, daß sie hier drinnen niemand mehr begraben würden. Dieser König, oder wer immer er war, muß eine besondere Persönlichkeit gewesen sein. Ein Held, ein Gesetzgeber, ein Eroberer. Agamemmnon kennen wir durch Homer, aber dieser König könnte genauso wichtig gewesen sein.«

»Ja. Und seine Diener, wenn es wahr ist, daß sie mit ihm gehen mußten. Gefangen hier drin, ohne Licht – und wenn man ein Feuer macht, um zu sehen, würde es den Sauerstoff aufbrauchen. Aber das werden sie nicht gewußt haben. Etwas Holz oder Kleider anzünden, das wäre einfach. Hatten sie damals schon Kerzen?«

»Öllampen. Wir haben hier allerdings keine gefunden.«

Er stand da und blickte umher, aufwärts in die düstere Höhe der Kuppel. »Ich frage mich, wie es gewesen sein mag. Hier drin zu stecken und zu wissen, daß nun die letzten Stunden angebrochen sind ...«

»Nun, sollte sich hier so etwas abgespielt haben, so muß man sich vergegenwärtigen, daß die Betreffenden ihrem König in dem festen Glauben an ein Weiterleben in einer anderen Welt in den Tod folgten, und daß sie womöglich unter Drogen gesetzt worden waren.«

»Sicherlich. Das leuchtet ein. Aber wie berauscht kann einer sein, wenn er weiß, was ihm bevorsteht?«

Claire wandte sich wieder der Arbeit zu. »Spekulationen machen Spaß, aber dies ist eilig und ...«

»Aber Sie müssen auch etwas erklären«, sagte er hartnäkkig. »Diese Kratzspuren.«

»Grabräuber.«

»Vielleicht Grabräuber. Mir scheint aber, daß jeder Plünderer, der etwas auf sich hält, weiter an diesem Mörtel herumhacken würde, um zu sehen, was hinter dem Stein ist. Dem einzigen markierten Stein in der ganzen Grabkammer.«

»Gewiß, ja, es kann alles mögliche geschehen sein ...«

»Das ist das Rätsel.« Er fuhr mit dem Finger die Kreismuster nach, und seine Müdigkeit war wie weggeblasen. »Angenommen, ein Diener wacht auf. Benebelt vom Rausch oder von Drogen. Begreift, wo er ist, weiß, daß ihm nicht viel Zeit bleibt. Er würde doch versuchen, sich einen Weg ins Freie zu bahnen, meinen Sie nicht?«

»Vielleicht. Aber der Dromos war mit Erde und Geröll gefüllt. Er hätte sich durch vier oder fünf Meter aufwärtsgraben müssen ...«

»Durch frisch eingefülltes Material? Das meiste wäre gleich zur Öffnung hereingerutscht, sobald er die Tür aufgebracht hätte.«

»Es war ein versiegeltes Grab. Sie hätten mehrere Quader aus der Türöffnung ziehen und sich dann ins Freie hinaufgraben müssen.«

Er breitete die Hände aus. »Würden Sie es nicht wenigstens versuchen?«

»Ich schon. Aber ich glaube nicht an ein Weiterleben in einem Jenseits, und mir hat man nicht die ehrenhafte Vorstellung eines rituellen Opfers eingeprägt. Wie ich sagte, die Leute dachten anders.«

Er hob die Hände mit einer Miene gespielter Ernsthaftigkeit. »Entschuldigen Sie, Sie haben völlig recht, ferne Kultur und all diese gebildeten, großzügigen Überlegungen. Hinterwäldler wie ich sind eben nicht imstande, das in Betracht zu ziehen.«

Sie lächelte knapp. »Das haben Sie gesagt, nicht ich.«

»Trotzdem, wenn wir die Theorie der Grabräuber einmal außer acht lassen, kommen wir zu der Folgerung, daß jemand hinauszukommen versuchte.«

»Gut. Weiter!«

Er antwortete mit einer übertriebenen Verbeugung, doch als er sich wieder aufgerichtet hatte, führte er die Fingerspitzen wieder über die Linien der Kratzspuren entlang den äußeren Kanten der Steinplatte. Mit schräggehaltener Taschenlampe zeigte er, wo eine Spitze tiefer gebohrt hatte, abgeglitten war und gleich daneben wieder nachgebohrt hatte. »Nachlässige Arbeit. Waren ähnliche Spuren auch am Eingang?«

»Da müßte ich in den Aufzeichnungen nachsehen. In diesem frühen Stadium der Ausgrabung war Rowland beteiligt, mein Vorgänger hier. Aber ... – nein, ich glaube es nicht.«

»Gut. Dann ist die Frage, warum einer an dieser Platte herumhackt, wenn er hinaus will?«

»Um zu dem natürlichen Höhlengang zu gelangen, den wir gefunden haben.«

»Aber Sie und George sagten, der Höhlengang sei noch nicht dagewesen, als das Grab erbaut wurde. Andernfalls hätten sie niemals so nahe daran gebaut.«

»Nun ... vielleicht.«

»Kommen Sie, folgen Sie meiner Prämisse! Die Diener, arme Leute, die in völliger Finsternis gefangen sind, wissen, daß ihnen nicht mehr viel Zeit bleibt. Warum versuchten sie also diese Platte zu entfernen?«

»Das Wasser?«

Er schlug mit der flachen Hand auf den Stein. »Jedenfalls wollten sie etwas. Und was ist hinter der Platte? Nichts außer diesem Steinklotz.«

5

Am selben Abend machte Claire eine weitere wichtige Entdeckung. John war nach einem hastigen Abendessen zum Grab zurückgekehrt, wo er noch eine oder zwei Stunden arbeiten wollte, bevor der Schlaf sein Recht verlangte. Claire half ihm, wo sie konnte, aber er überredete sie, ihn seiner Elektronik zu überlassen. Sie machte eine Anzahl Aufnahmen von dem Raum hinter dem Kalksteinwürfel, dann ging sie unruhig unter der Grabkuppel auf und ab.

»Seien Sie so gut, Claire, und setzen Sie sich irgendwo hin!« sagte John nervös.

»Ich denke gerade daran, daß wir den Klotz noch nicht bewegt haben.«

»Er ist zu schwer.«

»Nicht, wenn Sie und George helfen. Ich würde mir gern die linke Seite vornehmen und sehen, ob es Markierungen gibt.«

»Gute Idee«, sagte John erleichtert.

Sie brauchte eine Stunde, um Schutzpolster anzubringen und die richtigen Ansatzpunkte für die Hebel zu kennzeichnen. Dann stemmten die Männer sich langsam in die Hebelarme und konnten den Block grunzend vor Anstrengung eine Handbreit seitwärts bewegen.

»Keine Markierungen«, sagte Claire enttäuscht, nachdem sie mit der Taschenlampe in die Lücke geleuchtet hatte. »Nur Staub – nein, Moment!«

Nach einer weiteren halben Stunde des Messens und Fotografierens zog sie das Ding heraus. Es war ein quadratisches Elfenbeinplättchen, dünn und mit einer Kantenlänge von kaum fünf Zentimetern. Die Oberfläche zeigte eine schwache, in Jahrtausenden verblaßte Zeichnung oder Markierung.

»Anscheinend wurden diese Linien übermalt, um die Wirkung zu verstärken – da kann man noch rötliche Spuren sehen«, sagte Claire. George stimmte ihr zu. Das Elfenbeinplättchen hatte aufrecht im Staub gestanden. »Es muß an die

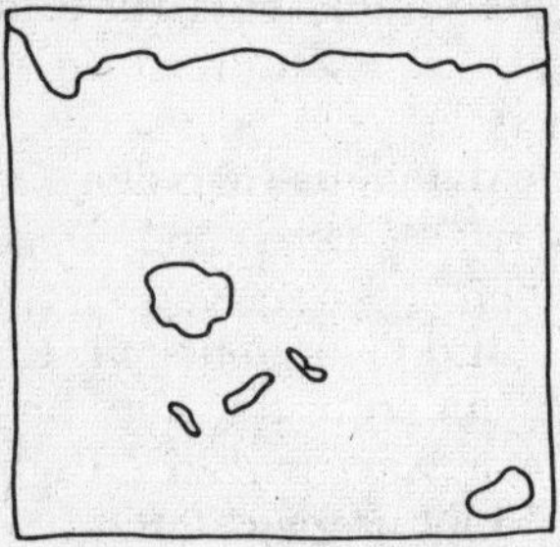

Elfenbeinplättchen, neben
Würfel gefunden

Einzelheiten schwach ausgeprägt,
einzelne anhaftende Farbspuren

Seite des Blocks geklebt oder geheftet gewesen und später herabgefallen sein«, sagte er.

»Ein Schmuck? Was zeigt es?« fragte John.

Claire legte es vorsichtig in eine saubere Probenschale aus Kunststoff. »Nicht viel. Es ist so schwach. Eine figürliche Zeichnung oder dergleichen kann es nicht sein – zu unregelmäßig.«

»Vielleicht ist es zu sehr verblaßt«, sagte John. Ein Gähnen überwältigte ihn.

»Ich werde es morgen reinigen und versuchen, den Kontrast zu verstärken«, meinte Claire. »Selbst wenn wir die Linien nicht besser hervorheben können, bleibt es doch ein bedeutsamer Fund.«

»Wieso?«

»Elfenbein war in Mykene selten. Der Umstand, daß es als Schmuck dieses Artefakts verwendet wurde, bedeutet, daß der hier Bestattete sehr wichtig war.«

»Ein König?«

»Wahrscheinlich.«

»Und der Block war auch wichtig«, fügte George hinzu.

Schläfrig fragte John: »Warum haben Sie ihn dann versteckt?«

Am nächsten Vormittag, als George und John ein paar Quader bewegten, um Raum für die Geräte zu schaffen, erregte anschwellendes Motorengeräusch ihre Aufmerksamkeit.

George wandte den Kopf und hielt lauschend inne. »Verdammt!« murmelte er. »Wir hätten am Plan festhalten und letzte Nacht durcharbeiten sollen.«

»Schauen Sie, ich war vollkommen übermüdet. Und dazu ...« John sah George aufspringen und zum Eingang des Kuppelgrabes laufen. »Oh – das ist er, wie?«

»Ja. Bleiben Sie, wo Sie sind!« George winkte ihn zurück. »Ich gehe hinunter und erkläre ihm, daß Sie ein Tourist sind, ein Freund von Claire.«

»Wollen Sie ihn hierherbringen?«

»Nein, nein, das fehlte noch ... Verhalten Sie sich ruhig!« George ging in gemächlichem Schritt den Zugang hinaus und zum Lager hinunter.

John setzte die Arbeit an der Metallanalyse fort. Er hatte in die Seite des Kalksteinblocks gebohrt. Es war nicht einfach gewesen, und der winzige Bohrer hatte im Stein gesummt wie eine gefangene Biene. Er bemerkte nicht ohne Stolz, daß das Loch sauber und fachmännisch aussah.

Nun mußte er die schwarzen Kästen dreifach überprüfen. Sie nahmen in dem engen Raum um den Block viel Platz ein. Mit Georges Hilfe hatte er die schweren Quader aus dem Weg geschafft, was ihm Zeit gab, seine Unvertrautheit mit dem Schaltschema zu tarnen. Die Anschlüsse sahen jetzt gut aus. Er schaltete die Geräte ein und sah sich von einem befriedigenden, nicht beunruhigenden Summen belohnt. Es würde ein Weilchen dauern, bis sie angewärmt wären.

Er las wieder im Handbuch nach und wartete. Nicht lange, und die Neugierde überwand seine Vorsicht. Was, zum Teufel! Seit Stunden hatte er sich sozusagen auf Zehenspitzen durch die Prozedur bewegt; er brauchte eine Pause. Er verließ die Grabkammer, schloß die große hölzerne Tür und schlug den Pfad zum Lager ein.

Schon von weitem sah er einen nur etwa mittelgroßen, aber athletisch gebauten Mann zu George sprechen. Während er redete, machte er rasche, ungeduldige Gesten zu den Arbeitern, die ihre Kleinlastwagen beluden. Es schien nicht gerade Übereinstimmung zu herrschen. Der Mann sprach griechisch und so laut, daß seine Stimme weit trug, und John konnte sehen, daß die Arbeiter ihm zuhörten, während sie sich geschäftig gaben.

Er kam zwischen den letzten noch stehenden Zelten ins Lager und überlegte, ob er in einen Streit hineinlaufen solle, dessen Hintergründe er nicht verstand. Er befand sich hier ohnedies auf unsicherem Boden, außerhalb seines Gebietes ...

Plötzlich erschien Claire im Eingang von einem der Zelte. Schweißperlen standen ihr auf Stirn und Oberlippe. Hatte sie auf ihn gewartet?

»Warten Sie, bevor sie mit Kontos sprechen«, sagte sie mit seltsam gepreßter Stimme.

»Nun, wenn es Ihnen lieber ist; ich bin sowieso nicht scharf darauf.«

»Nein, hören Sie zu! Er hat mich noch nicht gesehen, und ich möchte ihm nicht in die Quere kommen. Ich glaube auch nicht, daß er Sie vom Grab kommen sah. Tun Sie einfach so, als wären Sie von einem Spaziergang zur Küste hinunter zurückgekehrt.«

»Was? Sie ...«

»Und dann sagen Sie ihm, daß wir heute nachmittag wegfahren, Mykene besichtigen wollen.«

»Ich kann Ihnen nicht folgen.«

»Sie können nicht im Grab arbeiten, solange er hier ist. Und ich möchte nicht gezwungen sein, Kontos etwas ... etwas zu sagen, solange keine Notwendigkeit besteht.«

»Meine Güte, Sie sind ja ganz aufgeregt!« Er klopfte ihr begütigend auf die Schulter. »Hatte keine Ahnung, daß er Sie so sehr stört.«

»Es ist ... – nicht er allein. Ich habe ihm nichts von dem Block erzählt.«

»So?«

»Und ich werde es auch nicht tun.«

Er zog die Brauen hoch.

»Sie wissen nicht, wie es war«, sagte sie heftig. »Ich habe gute Gründe.«

»Wie lange, glauben Sie, können Sie das machen, bevor er darauf kommt?«

»Lang genug, um wenigstens unsere Neugierde zu befriedigen. Glauben Sie mir, Kontos würde das Ding mit Beschlag belegen und alles Verdienst an der Entdeckung für sich beanspruchen.«

»Nun, trotzdem ...«

»Lassen Sie die guten Ratschläge, ja?!« sagte sie ungeduldig. »Ich weiß genau, was ich tue. Und nun gehen Sie und sprechen Sie mit ihm! Aber denken Sie daran, Sie wissen nichts!«

»Wie könnte ich es vergessen? Es ist wahr.« Er lächelte und schlenderte weiter.

Dr. Alexandros Kontos erinnerte John an einen guten Rugbyspieler – breitschultrig, muskulös, doch weder zu groß noch zu schwer, mit einer gesammelten Energie, die von berechnender Intelligenz im Zaum gehalten wurde.

John war groß und breit genug, um von der Körpergröße eines anderen Mannes nicht beeindruckt zu sein. In der High School hatte er Verteidiger gespielt und war bald darauf gekommen, daß Schnelligkeit mehr bewirkte als Masse. Er war gut im Zuspielen gewesen, ein schneller Läufer, und in seinem letzten Schuljahr hatte die Mannschaft, der er angehörte, die Stadtmeisterschaft errungen. Je mehr aber die gegnerischen Mannschaften seine Gefährlichkeit erkannt hatten, desto wachsamer waren sie geworden, und nachdem er ein gutes Dutzend Male von schweren Abwehrspielern mit voller Wucht gerammt worden war, hatte er genug vom Spielen gehabt. Das waren Erfahrungen, die man nicht vergaß. Wenn man nach einem Mitspieler Ausschau hält, dem man das Ei zuspielen kann, ist es nicht immer möglich, schon auf das Zweizentnertier gefaßt zu sein, das im Begriff ist, einen in den Dreck zu schmettern. Wenn man zurückzuckt, geht das Zuspiel daneben. Solange man im Ballbesitz ist, muß man von der absoluten Überzeugung der eigenen Unsterblichkeit durchdrungen sein. Als John gemerkt hatte, daß diese Überzeugung zerbrochen war, hatte er gewußt, daß er als Spieler nichts mehr wert sein würde, und aufgegeben.

Kontos strotzte vor selbstsicherer, harter Unerbittlichkeit. Er hätte einen guten Abwehrspieler abgegeben.

John war auf der Hut, während er näherging. Einen Mann wie Kontos zu täuschen, erforderte Geschick; er hoffte, Claire hatte nicht vor, es längere Zeit durchzuhalten.

George machte sie bekannt. Kontos zeigte augenblicklich eine unbewegliche Miene, die nichts preisgab. Auch sein Händedruck war neutral. »Ich fürchte, Sie kommen ein wenig spät; alles geht gerade zu Ende.«

»Ach, das macht nichts. Ich wollte hauptsächlich die Landschaft sehen, nicht bloß alte Gebeine.«

Zu seinen Gunsten muß gesagt sein, daß Kontos über den sanften Stich lächelte. »Wir Griechen haben in unserer Erde mehr ›Gebeine‹ als sonst jemand. Vielleicht werden Sie einen Blick in das Museum in Athen werfen, nachdem Sie sich an unseren schönen Landschaften gesättigt haben. Es ist lohnend selbst für den, der nur das Vergnügen sucht. An unserem Land ist mehr als Sonne und Wein und Strände, wissen

Sie.« Die gutgeölte Stimme hielt genau das richtige Gleichgewicht zwischen Herzlichkeit und Herablassung. Und während er sprach, musterte er Johns Kleider, die Hände, das Gesicht und machte sich ein Bild von ihm.

»Ja, das werde ich sicherlich tun. Wollte nur Claire einen kleinen Besuch abstatten, während ich hier bin.«

»Sind Sie schon lange genug im Land, um andere Orte auf der Peloponnes zu besuchen?«

»Nein ... bin gerade erst eingetroffen«, sagte John und nutzte die gedehnte Sprechweise des Südstaatlers, um zu denken. »Ich hatte gedacht, Claire könnte mir dies und das zeigen.«

»Ja?« Höfliches Interesse.

»Wir wollten gerade nach Mykene.«

»Sehr gut. Ein herrlicher Ort, eine unserer ältesten Kulturstätten.« Er blickte umher. »Ist sie ...«

»Sie zieht sich um.«

»Ich verstehe. Und ihre nächste Station?«

»Ich dachte, daß ich vielleicht die Ägäis besuchen und etwas tauchen werde.«

»Ausgezeichnet. Die Kykladen, also?«

»Ich denke.«

Kontos verlor sichtlich das Interesse an weiteren Sondierungen und wandte sich an George. »Vielleicht sollten Sie auch einen Urlaub einplanen, wie?«

»Was meinen Sie?«

»Auf Ihrer Rückreise in die Vereinigten Staaten könnten Sie irgendwo haltmachen. Vielleicht ist im Forschungsbudget noch etwas Geld übrig.«

»Ist das Ihre Vorstellung von Bestechung?«

Zu Johns Überraschung nahm Kontos keinen Anstoß daran, was ein bezeichnendes Licht auf die Atmosphäre innerhalb des Ausgrabungsteams warf. Kontos begnügte sich mit einem ironischen Lächeln und sagte: »Eine unglückliche Bezeichnung. Bevor Mr. Bishop erschien, äußerten Sie den Wunsch, länger zu bleiben. Ich mache nur auf die Möglichkeit aufmerksam, daß Sie solche Tage an einem geeigneteren Ort unter entspannteren äußeren Umständen zubringen könnten.«

»Hören Sie auf!« sagte George verdrießlich. »Ich will keinen Urlaub. Ich will diese Arbeit beenden.«

»Sie wird zur rechten Zeit zu Ende geführt werden.« Kontos' Ton war plötzlich kalt. »Einstweilen werden Sie abreisen.«

»Nun ...«

»Nein! Ich wünsche, daß Sie alle abreisen! Innerhalb von zwei Tagen!«

»Das ist verrückt«, sagte George.

»Ich fürchte, die Situation rechtfertigt es.«

»Welche Situation?«

Kontos zuckte die Achseln. »Ich tue mein Bestes, aber wer kann für den guten Willen dieser Arbeiter garantieren? Die Erbitterung über die letzten Maßnahmen Ihrer Regierung ist so groß, daß sie als Reaktion darauf zu allem imstande sind.«

»Diese Kerle? Hören Sie schon auf!«

»Was Sie denken, ist belanglos. Sie werden den Anweisungen des gastgebenden Direktors folgen.«

»Ihre Erklärung gefällt mir nicht. Ich halte sie für vorgeschoben.«

»Ich habe es überhaupt nicht nötig, Ihnen gegenüber Erklärungen abzugeben. Aber ich bin jetzt höflich. Können Sie ebenso höflich sein?«

George biß sich auf die Lippe.

Kontos stemmte die Hände in die Hüften. »Haben Sie mich verstanden?«

»Ja. Aber das sind zwei ungestörte Tage, richtig? Ich möchte nichts, was die Arbeit verlangsamen würde.«

Kontos lächelte. Sein Schnurrbart schimmerte im Sonnenlicht. »Selbstverständlich können Sie arbeiten – solange die Verpackungs- und Aufräumungsarbeiten rechtzeitig beendet werden. Und ich werde wiederkommen, um die Materialien, die Inventarlisten für das Museum und alles andere zu überprüfen. Ich persönlich.«

»Na, großartig«, sagte George grimmig.

6

Als sie nach Nauplia fuhren, sagte John zu Claire: »Ich dachte, wir wollten zu diesen Palastruinen fahren, nach Mykene.«

Sie lächelte. »Das war die erstbeste plausible Erklärung, die mir einfiel. Für Ruinen wird uns später noch genug Zeit bleiben.«

»Also nicht Mykene?«

»Ich dachte, Sie wollten tauchen. Und Ihre Ausrüstung ist noch im Kofferraum.«

»Sie sagten mir, ich solle sie drinlassen. Sie meinten, sie könnte sonst gestohlen werden.«

Sie warf ihm einen schnellen Seitenblick zu, und ihre Wangen zeigten Grübchen. »Ich hatte Pläne.«

»Und die sind?«

»Sie werden sehen.«

Er schmunzelte; sie war nicht so spitzfindig, wie sie dachte. Sie bogen in die Hauptstraße, die sich die Küste des Argolischen Golfes hinaufwand. Claire kommentierte Land und Leute mit der mühelosen Beredsamkeit, die aus langjähriger Faszination erwächst. Ihr Haar wehte im Fahrtwind, und ihre Augen blitzten.

Hier wies die Küste zahlreiche sandige Buchten auf, die im Altertum ideale Ankerplätze geboten hatten. Im Norden erhoben sich zerklüftete Bergketten, die zum Meer hin allmählich in niedrigere Höhen übergingen und die Ebene von Argos mit steinigen Hügeln umrahmten. Dies war die felsige Bühne für die großartigen Mythen von Perseus, dem Gründer Mykenes, die Aufgaben des Herakles, für den Trojanischen Krieg, der von hier seinen Ausgang genommen hatte. Aus diesen ungezählten sandigen Buchten waren die »Tausend Schiffe« gekommen, angelockt von Helenas Schönheit und den Reichtümern Trojas. Agamemmnon führte die Achäer in ihren schwarzen Schiffen über die Ägäis zur Küste Kleinasiens, um Jahre später siegreich zurückzukehren und von seiner Frau und ihrem Liebhaber ermordet zu werden. Dieses Land war getränkt vom Blut tausender Schlachten,

Verrätereien, Opfer. Sein Boden war karg und arm an Eisen, zwei Umstände, die den Blick der Bewohner schon im Altertum auf die See gerichtet hatten. Auch hatten sie sich auf die Herstellung bemerkenswert schöner Keramik aus gelbem und hellrotem Ton verstanden. Dies waren ihre Kennzeichen: wagemutige Seefahrt auf schlanken, flachbödigen Schiffen, mit denen sie die schönen Keramikwaren, Olivenöl und ihren dunklen, herben Wein beförderten – ein Volk, das von Kleinasien über Kreta bis Ägypten bekannt war.

Mit Claires gewohnter Geschwindigkeit brausten sie nach Nauplia hinein, daß ein paar auf der Straße träumende, schmutzige Ziegen erschreckt davonstoben.

»Warum sind die Hinterbeine auf einer Seite mit den Vorderbeinen zusammengebunden?« fragte er, als ihre Staubwolke die eilig davonhumpelnden Tiere verhüllte.

»Es hindert sie daran, ins Bergland hinaufzuklettern. Sie können die Beine nicht hoch genug heben. Das ist einfacher, als Zäune zu errichten.«

Er nickte. Sein Mathematikerauge wußte eine sowohl vernünftige wie elegante Lösung zu würdigen.

Der Hammelbraten zum Mittagessen war reichlich und gut mit Fett marmoriert. Cafés und Andenkenläden für Touristen säumten die Straße am Kai. John hatte weißen gekochten Fisch, der in leicht gewürztem Öl serviert wurde. Die Tunke aus Sauermilch und Knoblauch war so scharf, daß er schnaufte.

»Ein Teil der einheimischen Kultur«, sagte sie und lachte.

»Wie diese Postkarten?« Er zeigte.

In einem Ständer mit gewöhnlichen Ansichtskarten steckte eine Anzahl Karten mit Karikaturen, die auf den ersten Blick den Bildern klassischer griechischer Vasenmalerei ähnelten. Herakles leistete die vierte der Arbeiten, die ihm vom König Eurystheus auferlegt worden waren, und brachte einen riesigen gefangenen Eber vor den König und seine Frauen. Auf den ersten Blick gute Wiedergaben in Schwarz auf rotem Grund, so charakteristisch, daß man die morderne Hinzufügung geschwollener Genitalien und lüsterner Blicke zunächst übersehen konnte.

»Ach, die«, sagte Claire geringschätzig.

»Einheimische Pornographie?«

»Einfach schlechter Geschmack. Manche Touristen kaufen eben alles. Insbesondere Amerikaner.«

»Ihre Bostoner Zurückhaltung kommt zum Vorschein.«

»Ganz und gar nicht. Für schlechten Geschmack gibt es keine Entschuldigung.«

»Und wie steht es mit dem eigentlichen Thema?«

»Pornographie? Ich mag Bohnen, aber nicht jemanden, der sagt: ›Wenn ich Bohnen esse, nehme ich drei oder vier und zerdrücke sie zwischen den Zähnen, dann verreibe ich sie mit der Zunge am Gaumen, bis sie eine gleichmäßige, gut durchspeichelte Masse sind ...‹ Verstehen Sie?«

Er lachte. »Sie haben recht.«

Nach der Mahlzeit schlenderten sie den Kai entlang. John mit seiner Taucherausrüstung, die er aus dem Kofferraum genommen hatte. Zu seiner Überraschung gab es ein Spezialgeschäft, das ganze Ausrüstungen, aber auch Sauerstoffbehälter verlieh. Er ließ sich zwei Flaschen geben, überprüfte sie mit seinem eigenen Regulator und ging hinaus zu den Booten. Dutzende lagen im Hafen, meistens Fischkutter mit Netzen. Die Männer flickten ihre Netze, saßen beisammen und schwatzten oder beschäftigten sich mit Reparaturarbeiten.

Er betrachtete eine kleine vorgelagerte Insel, die alte Befestigungswerke trug, während Claire mit dem Eigner eines roten Motorboots aus Fiberglas verhandelte. Die grauen Quadermauern beherrschten den Hafen; über ihnen ragte ein hoher eckiger Turm und ein halbkreisförmiges Fort empor. »Eindrucksvoll«, sagte er zu Claire.

Sie wandte den Kopf. »Die Venezianer erbauten die Festung, als sie Griechenland in Besitz hatten. Sie konnten den Hafen schließen, indem sie eine ungefähr achthundert Meter lange Kette über die Bucht spannten. Nach Griechenlands Unabhängigkeit wurde die Festung von der Regierung als Hinrichtungsort verwendet.«

»Bezaubernd.«

»Konsenspolitik ist im Mittelmeerraum nicht die Regel«, sagte sie leichthin. »Nun kommen Sie. Ich habe diesen Kerl so weit heruntergehandelt, wie ich kann, ohne meine Kleider zu zerreißen.«

»Dann machen Sie noch weiter! Vergessen Sie nicht, ich muß innerhalb des Budgets bleiben.«

Sie machte ein Gesicht. »Da werden Sie sich schon mehr anstrengen müssen.«

»Es wird mir ein Vergnügen sein.«

Das rote Motorboot schnitt ein weißes V über die azurblaue Fläche des Golfs. Die Halbinsel Hermionis, auf deren Höhe ihre Grabungsstätte lag, diente als Wellenbrecher für den Golf und hielt die sanften Mittelmeerwellen fern. Jedesmal, wenn Claire dem Bootseigner Anweisungen gab, biß der dunkel gebrannte Mann auf seine immerwährende Zigarette und gab dem Steuer einen Ruck, selbst wenn keine Kurskorrektur nötig war. »Griechische Macho-Tradition«, bemerkte Claire.

»Sie lassen sich nicht gern von einer Frau herumkommandieren?«

»Wer tut das schon gern?« sagte Claire mit einem Seitenblick.

Er brummte nur.

»Aber das Geld nehmen sie«, sagte sie.

Sie hielten südöstlichen Kurs, vorüber an kahlen kleinen Felsinseln. Salzige Gischtspritzer näßten Claires weiße Bluse. Sie zog sie aus, und es zeigte sich, daß sie einen Badeanzug darunter trug. John zog im Heck den Taucheranzug über und bewunderte sie verstohlen. Sie war schlank und in einer Weise proportioniert, die man, dachte er bei sich, in künstlerischen Kreisen als bewundernswerte Beschränkung bezeichnet hätte.

Als sie an einem zerklüfteten, felsigen Uferstreifen verlangsamten, spähte er über Bord und hielt nach Seetang und sandigen Stellen Ausschau, irgendeinem Zeichen, das gute Tauchplätze verriet. »Würden Sie heute abend gern Fisch essen?«

»Das ist mir gleich«, sagte sie. »Jedenfalls sind wir nicht deshalb herausgefahren.«

»So?«

Es verwunderte ihn nicht.

»Erkennen Sie die?« Sie zeigte zu den nahen Kliffs.

»Nein.«

»Unser Ausgrabungsort ist ganz in der Nähe, hinter diesem Hügel.«

»Und Sie möchten, daß ich ...«

»Richtig.«

Er ließ sich über Bord in das warme Salzwasser gleiten. Die Sicht war ausgezeichnet. Er schwamm abwärts zum Schlickboden. Zwischen inselartigem Wasserpflanzenbewuchs und Felsblöcken ruhten große Fische, und eine überraschende Zahl seltsam geformter, mit Seemuscheln besetzter Auswüchse übersäte den Meeresboden. Er vermutete, daß es Trümmer alter Schiffswracks waren. Alles, was von Jahrtausenden der Katastrophen, Plünderungen und tapferen, blutigen Abenteuern geblieben war.

Die ruhig das Wasser durchkreuzenden Schulen kleiner und größerer Fische schienen keine Furcht vor ihm zu haben, keine Erfahrung mit Menschen. Er fühlte sich beinahe schuldig, so einfach war es, drei große, elfenbeinfarbene Flossenträger mit der Harpune zu erlegen. Er brachte sie hinauf zum Boot, und Claire rief: »Haben Sie Zeichen davon gesehen?«

Er schüttelte den Kopf.

»Versuchen Sie es näher am Ufer!«

Er unterdrückte seine Gereiztheit über ihre Zielbewußtheit, nickte und tauchte wieder.

Der Schlick machte sandigem Boden Platz, als er sich dem Ufer näherte. Wasserpflanzen hatten sich auf unterseeischen Felsen festgesetzt. Ein rostiger Schaft wie eine Lastwagenachse fesselte kurze Zeit seine Aufmerksamkeit, und er versuchte sich vorzustellen, wie das Ding hierher gelangt sein konnte, dann setzte er seine langsame, systematische Suche fort. Er fühlte sich natürlich und frei, während er mühelos durch das klare Wasser glitt, das wie ein Bad war, verglichen mit den meisten Tauchunternehmungen, die er erlebt hatte. Daß er den Atem durch eine enge Röhre drücken mußte, schien irgendwie nicht beengend, weit weniger jedenfalls als das klaustrophobische Gefühl, das sich in engen Räumen einstellte, wie vor einigen Tagen in der kleinen Höhle neben der Mauer des Kuppelgrabes. Unter Wasser war alles anders – er konnte sich in alle Richtungen bewegen, durch Ströme goldenen Sonnenscheins dahingleiten. Es war wie Fliegen. Die meisten Leute fürchteten sich unter Wasser, aber er war seit seinem zweiten Lebensjahr Schwimmer und hatte den Ozean immer mit Ferien und Freiheit und zeitlosem Vergnügen in Verbindung gebracht. Hätte er in einem Schwimmbecken wie dem düsteren, gechlorten, freudlosen vom MIT schwimmen gelernt ...

Dort! Zwei parallel verlaufende Gesteinsrücken.

Er war im schrägen Winkel auf sie gestoßen. Sie erhoben sich kaum einen Meter aus dem Sand des Meeresgrundes und umschlossen ein Durcheinander von Felstrümmern. Er folgte den Kämmen seewärts. Sie verliefen gerade, parallel wie Eisenbahnschienen und verengten sich kaum merklich. Er folgte ihnen mehr als fünfzig Meter weit, bis sie unter einer Schlickdecke verschwanden. Er schwamm zurück. Die Felsbrocken zwischen beiden Kämmen waren relativ groß, wirkten auf sein ungeübtes Auge jedoch nicht ungewöhnlich. Er nahm einen kleineren an sich und steckte ihn in seinen Jutefischsack.

Ein Schwarm grauer Stäubchen blitzte silbrig auf und verblaßte wieder zu Grau, schwebte in sicherer Entfernung und beobachtete ihn aus tausenden Augen. Die Fische wahrten immer einen genauen Sicherheitsabstand, und als er sich wieder näherte, machte der große Schwarm mit blinkenden Leibern kehrt und floh, um sich am Rand seines Gesichtsfelds wieder zu formieren. Die Präzision ihrer gleichzeitigen Manöver war ein Wunder. In solch scheinbar gewöhnlichen Dingen schien die Mathematik auf die beiläufigste und zugleich eleganteste Weise verwirklicht. Wie bestimmte die Natur die gleichzeitigen abrupten Manöver von tausenden kleiner Individuen, wie regelte sie ihren Zusammenhalt in den Strömungen, mit welchem Maß bestimmte sie den Augenblick, da er ihnen zu nahe kam? Das war, was ihn zur Mathematik gezogen hatte. Nicht weil es eine abstrakte, theoretische Wissenschaft war, sondern weil er darin eine Sonde zu ungesehenen tieferen Wirklichkeiten sah. Die Leute sagten, Mathematiker seien weltfremd, und verbreiteten sich darüber, daß Einstein sich beim Einkaufen mit dem Kleingeld verrechnete. Unsinn. Es war ihm einfach gleichgültig. Ihn beschäftigte das Subtile, die Schönheit der mathematischen Logik.

Er schwamm auf den Schatten des Kliffs zu. Die Gesteinsrücken verliefen noch immer gerade, und nun begannen sie sich aus dem sandigen Boden zu erheben; stufenweise geschichtet, verrieten sie die Lage und Neigung alter Sedimente.

Er blickte auf. Er war noch immer wenigstens sieben Meter unter der Oberfläche. Er glitt in den Schatten des Kliffs. Hier war die Klarheit gedämpft, und Algen und Seetang klammerten sich in jeden Spalt, grün und rötlich und zimtfarben wedelten sie schläfrig in der Strömung und verhüllten die zerbrochenen Konturen der steinernen Röhre.

Der Winkel der beiden Gesteinsgrate wurde steiler, als John sich den Felsbastionen des Kliffs näherte. Hier war die Erosion stärker, wahrscheinlich durch die Einwirkung der Brandungswellen. Durch das regelmäßige Gurgeln und Blubbern seiner ausgeatmeten Blasen vernahm er jetzt das dumpfe Murmeln von Turbulenzen über sich. Im Dämmerlicht verlor er die Gesteinskämme aus den Augen. Inzwischen war er unter überhängendem Fels, und die Riffel des gebrochenen Lichts veränderten die Wahrnehmung. Schatten waren hier tiefer, der glattgeschliffene Fels steiler und höher. Er schwamm aufwärts, in Dunkelheit.

Eine Höhle. Ein vom Wasser gebildeter Durchlaß, der aufwärts in den massiven Fels des Kliffs führte. Er erinnerte sich, wie er neben dem Block in der engen kleinen Höhle gestanden hatte, einen halben Schritt vom Rand der dunklen Öffnung entfernt. Dort hatte man das ferne Rauschen von Wasser gehört. Also ging dieser Kanal durch das Gestein der Landzunge aufwärts und hatte Verbindung mit jener Höhle.

John hakte seine Lampe los und schaltete sie ein. Die Höhlenwände waren glatt und im gelblichen Licht ohne besondere Merkmale. Er schwamm langsam weiter aufwärts. Steilheit und Winkel des Durchlasses blieben unverändert. Claire meinte, daß abfließendes Regenwasser von oben in den 3500 Jahren, seit die Mykener das Kuppelgrab ihres Königs versiegelt hatten, allmählich diesen unterirdischen Höhlengang ausgewaschen hatte. Vielleicht eine interessante Entdeckung für Geologen, obwohl er wußte, daß unterirdische Höhlensysteme im Kalk eher die Regel als die Ausnahme waren.

Etwas streifte seine Schulter, und er warf sich herum. Das Herz schlug ihm im Halse. Ein Strang Seetang. Die Brandungstätigkeit war hier in der Abgeschlossenheit nur schwach, aber jedesmal, wenn ein plötzlicher Strömungsschwall ihn weiter die Höhle hinauftrug, versteifte er sich unwillkürlich und suchte Halt, um nicht zu weit hineingetragen zu werden.

Seine Sauerstoffbehälter schlugen gegen moosigen Stein. Der Lampenschein zeigte nicht mehr als ein glattes, ziemlich rundes Loch voraus, das in unregelmäßigen Windungen aufwärts führte. Tintige kalte Strömungen kamen aus finsteren Winkeln. Er beschloß umzukehren. Für diesmal hatte er genug erkundet.

Claire sprang auf, als er neben dem Boot die Oberfläche durchbrach. »Mein Gott! Sie waren so lange aus – was ist geschehen?«

»Ich habe ein Abflußloch gefunden.«

Der Bootseigner half ihm an Bord. Er befreite sich von den Schultergurten der Sauerstoffflaschen.

»Sind Sie sicher?«

»Ganz gewiß. Ich weiß, was Sie denken – daß es ein Tunnel war, ausgehöhlt von den Erbauern des Grabes.«

»Ah, ja.«

»Also, wenn es so war, müssen sie Leute gewesen sein, die von der Arbeit nicht genug kriegen konnten. Der ausgewaschene Höhlengang setzt sich zum Meeresboden hin fort, man kann ihn unter Wasser ungefähr hundert Schritte weit verfolgen. Der Durchmesser beträgt stellenweise kaum einen Meter. Sieht wie ein zusammengefallenes Rohr aus. Zuletzt verschwindet es im Schlick.«

»Verstehe. Dann ist es wahrscheinlich zu eng, um von Menschen ausgehöhlt zu sein.«

»Sie sind scharf auf einen großen Fund, wie?«

Sie schien gekränkt, ihre dunklen Brauen zogen sich zusammen. »Ich überprüfe jede Möglichkeit. Archäologie ...«

»Ich weiß, Sie sagten es schon – ist die Wissenschaft endloser Details.«

»Es bestand immerhin die Chance ...«

»Passen Sie auf«, unterbrach er sie ungeduldig, »dieses Sickerloch muß entstanden sein, lange bevor Menschen diese Gegend besiedelten. Es führt weit in den Golf hinaus. Die See hat den größten Teil davon nach und nach weggespült und zum Einsturz gebracht ...«

»Ja, Sie haben sicherlich recht. Bei Anabalos gibt es auch eine unterirdische Strömungsröhre, die vor der Küste in die See hinausführt. Es muß viele von den Dingern geben ... Was ist das?«

»Ein Muster vom eingestürzten Gestein.«

»Ah.« Das Geschenk eines schleimigen, nassen Brockens schien sie zu erfreuen. Sie befühlte ihn vorsichtig.

»Nächstes Mal werde ich es mit Rosen versuchen.«

Sie lachte. »Sie sind ein sonderbarer Mensch. Und – ich danke Ihnen. Daß Sie dies getan haben.«

»Ich konnte nicht gut zulassen, daß dieser Kontos Sie den ganzen Tag grob anfährt.«

Sie nickte. »Ich hasse ihn«, sagte sie nüchtern.

Als sie am Kai anlegten, spielte eine Musikkapelle am Hafen.

»Welch ein Empfang!« sagte John, als er den Blick über die Menge schweifen ließ. Es dämmerte bereits, und am Himmel zogen Wolken auf.

»Gilt nicht uns, das kann ich Ihnen versichern«, sagte Claire. »Sehen Sie diese Schilder und Transparente?«

»Politik?«

»Ja. Mal sehen – Nationalsozialistische Arbeiterpartei.«

»Ist das diejenige, für die Kontos sich so begeistert?«

Sie nickte. Die Musik brach ab, und ein Lautsprecher dröhnte über den Kai. Auf einer Plattform stand ein Mann hinter dem Rednerpult, umringt von einer Menschenmenge, und die Menge antwortete in einem aufbrandenden Chor, der wie ein dumpfes Echo seiner Stimme klang. Er rief ein paar Sätze, und wieder antwortete das Volk, kräftiger diesmal. So ging es mehrere Minuten lang weiter, und der Redner schien sich mehr und mehr in Erregung hineinzusteigern. Vor den weißgetünchten kleinen Cafés entlang der Hafenstraße saßen alte Männer, nippten von ihren Gläsern und verfolgten das Spektakel mit ausdruckslosen Mienen. John bemerkte, daß die Menge überwiegend aus jungen Leuten in Jeans bestand. Er hörte das Wort »Amerika« in Sätzen, deren Betonung sich steigerte und mit einem Ausruf endete. Immer wieder rissen Zuhörer die Arme hoch und schüttelten die Fäuste. Sie schienen die anderen mitzureißen.

»Worum geht es?«

»Die Rückgabe früher ins Ausland geschaffter Kunstwerke, Luftwaffenstützpunkte, den Olivenpreis.«

Mehrere Leute in ihrer Nähe hörten sie englisch sprechen, wandten die Köpfe und starrten sie an.

»Ich schlage vor, daß wir etwas essen«, sagte John, die Taucherausrüstung auf der Schulter.

»Griechen essen nicht so früh zu Abend.«

»Wie? Ich kann in diesem Lärm kaum hören ...«

»Ich möchte wissen, worauf er hinauswill.«

Die donnernde Rede verstummte. Sie waren mehr als hundert Meter von der Rednertribüne entfernt. Die Uferstraße füllte sich mit Männern in ausbeulten Arbeitskleidern. Mehrere Armeeoffiziere erstiegen die Plattform und winkten in die Menge. Einer von ihnen ergriff das Wort.

Die tiefe, leidenschaftliche Stimme dröhnte über den Hafen hin und wurde von den schadhaften Stuckfassaden der Gebäude verzerrt zurückgeworfen. Die Zuhörer brüllten ihre Zustimmung. Die Stimmen klangen heiser und zornig. John bemerkte, daß die Männer noch immer herübersahen, andere anstießen und sprachen.

»Dann wollen wir wenigstens etwas trinken.«

»Wie? Etwas von nationaler Einheit und Würde.«

Einer der Männer machte eine Kopfbewegung zu Claire und machte eine schmunzelnde Bemerkung zu seinen Freunden. John faßte ihn ins Auge, und der Mann schob kriegerisch das Kinn vor.

»Ich muß etwas essen.«

»Zu viele politische Parteien, sagt er.«

Mittlerweile war ein gutes Dutzend Leute auf sie aufmerksam geworden und achtete nicht mehr auf den Redner. Ihre Mienen und ihre Haltung verhießen nichts Gutes.

Er warf seine Taucherausrüstung grunzend auf die andere Schulter und stieß Claire an. »Kommen Sie!«

»Nein, ich möchte ...«

»Kommen Sie!« Er faßte sie beim Ellbogen und steuerte sie fort. Einer der Männer folgte ihnen. John blickte finster zu ihm zurück, und Claire wachte endlich auf und erkannte die Lage. Sie gingen eilig davon. Der Mann blieb nach einigen Schritten stehen und gab sich mit einer obszönen Geste zufrieden.

»Dieser Westentaschenhitler versteht es, die Leute mitzureißen.«

»Das kann man sagen. Komisch, auf den Fremdenverkehrsplakaten habe ich nichts davon gesehen.«

»Ich habe nie Leute so erregt gesehen. Die waren wirklich zornig auf uns.«

»Die gerechtfertigte Erbitterung der Unterdrückten«, sagte John, bemüht, Kontos' Akzent zu imitieren.

Claire lachte. »Dieses Café ist geöffnet – setzen wir uns hinein.«

John ließ die Last mit einem Seufzer der Erleichterung von der Schulter gleiten. Sein blondes Haar war wirr und verklebt, und sein ganzer Körper juckte von dem Salz, das noch an seiner Haut haftete. Trotz allem, es war aufregend gewesen, exotisch. Wie Claire selbst, dachte er, als sie Retsina bestellten. Sie war, ohne sich dessen bewußt zu sein, eine typische Bostonerin. Er beobachtete sie, als sie dem Wirt die harpunierten Fische zeigte und ihn in fließendem Griechisch fragte, ob er sie zubereiten könne. Der Mann schien das Ansinnen nicht ungewöhnlich zu finden. Sie las die Karte und stellte dem Wirt Fragen, ohne ihn anzusehen, mit einer ungezwungenen Selbstverständlichkeit, die keinen Augenblick in Erwägung zog, John die Dinge in die Hand nehmen zu lassen. Das gefiel ihm. Es war eine Sache, sich augenblicklich von einer Frau angezogen zu fühlen, eine ganz andere aber, ihre Unabhängigkeit zu schätzen, die Art und Weise, wie sie keine Notiz davon nahm, was er von ihr dachte, so oder so. Sie war tatsächlich eine moderne Frau – nicht aggressiv, aber auch nicht unterwürfig. Eine selbstbewußte Absonderung, keine Spur von Anlehnungsbedürfnis. Weit entfernt von den

Mädchen des Südens, mit denen er gegangen war und die ihn gelangweilt hatten.

Ihre Lippen schürzten sich, als sie ihre Wahl überdachte und mit dem Zeigefinger am Rand der Speisekarte entlangfuhr, blind gegen die träge sinnliche Unterströmung in der Bewegung. Ja, das war es, was seine Aufmerksamkeit fesselte: ihre Zurückhaltung. Das Versprechen von Tiefen, die man nicht einfach erraten konnte, wenn man sie in einem Badeanzug sah.

»War es eines von Ihren Jugendhobbies?«

»Was?«

»Tauchen.«

»Ach so. Nein, das einzige Hobby, das ich als Heranwachsender hatte, war Amateurgynäkologie.«

Sie lachte ein wenig und warf ihm einen wachsam-distanzierten Blick zu. »Mit diesen sorglos und heiter aussehenden Südstaatenmädchen?«

»Unter der Krinoline sind sie nicht so verschieden«, sagte er.

Sie schwieg, und ihr Blick verriet deutlich, daß sie seine Flapsigkeit mißbilligte. Er verzichtete darauf, ihr von seinen kurzen Abenteuern in Berkeley zu erzählen und über die kalifornischen Frauen zu sprechen. Verallgemeinerungen waren sowieso unsinnig. Er hatte ein paar unglückliche Affären und ein paar von der guten, aber zum Scheitern verurteilten Art hinter sich, und sie wahrscheinlich auch. Es war schwierig und meist unergiebig, aus der erbarmungslosen Analyse einer gescheiterten Beziehung tröstende Lektionen zu destillieren. Und was noch schlimmer war, es war schwierig, irgend etwas Intelligentes zu sagen.

Er wechselte das Thema und fragte munter: »Was haben Sie für uns bestellt?«

»Ein Nebengericht von Calamari. Das ist Tintenfisch. Konnten Sie etwas von meinem Griechisch verstehen?«

Er schüttelte den Kopf. »Ich bin zweisprachig in Englisch und Rechnen.«

»Wenn Sie aufpassen, werden Sie sich rasch ein paar Brokken aneignen.«

»Weiter als ich jetzt bin, werde ich es schwerlich bringen.«

»Man sollte meinen, Sie würden wenigstens Spanisch oder was lernen, da unten in ...«

»Georgia.«

»Ach ja. Ich stelle mir immer vor, daß es nahe bei Miami liegt, und mit all den Kubanern, die es dort gibt ...« Sie brach ein Stück von einer Stange Weißbrot und biß in die knusprige Rinde. »Ist während des Bürgerkriegs nicht irgend etwas in Georgia passiert?«

»Sie beziehen sich auf den Sezessionskrieg?« sagte er gedehnt.

»Großer Gott, davon habe ich nie gehört.«

»Ein Begriff, den mein Vater stets gebrauchte.«

»Sheridans Vormarsch, das war es.«

»Sie meinen Shermans Plünderungszug.«

»Ja, mag sein. Er gewann eine große Schlacht vor Atlanta, war es nicht so?«

»Brannte eine Menge Häuser nieder und vernichtete die Ernte, wenn Sie das meinen«, sagte er scharf.

Sie hob die Brauen. »Mein Gott. Sie empfinden es noch immer schmerzlich, wie?«

Er zwang sich zu einem Lächeln. »Verlierer vergessen nicht so rasch wie Gewinner.«

»Das ist wahr. In Boston spricht kein Mensch davon. Ich glaube, mein Urgroßvater kaufte sich vom Militärdienst frei.«

»Ja, für die Yankees war es bloß eine kleine Unterbrechung zwischen der Unabhängigkeit und Kennedy.«

»Bürgerkrieg«, murmelte Claire. »Ich frage mich, ob es hier dazu kommen wird.«

»Diese Versammlung, meinen Sie?« Er blickte zurück zum Kai, wo inzwischen die Straßenlaternen brannten und der Lautsprecher verstummt war.

»Es gab da allerhand Jargon, den ich nicht verstehen konnte, aber der Redner schien die Bevölkerung aufzurufen, daß sie sich der ›obstruktionistischen‹ politischen Gruppen entledigen solle.«

»So?«

»Ja. Und vor allem gelte es, sich diesen Mann vom Hals zu schaffen, der ... der ...«

»Mit uns zusammengearbeitet hat, meinen Sie?«

»Ja. Die Art und Weise, wie der Redner über den Mann hergezogen ist ... nun, ich habe in Griechenland nie ein solches Maß an öffentlicher Unhöflichkeit erlebt.«

»Es liegt wohl in der Natur der Dinge, daß im Laufe einer politischen Auseinandersetzung der Ton schärfer wird. Aber wozu die ganze Aufregung?«

»Die Wirtschaft liegt darnieder. Da ist es immer verlockend, einem ausländischen Sündenbock die Schuld zu geben.«

»Mit anderen Worten: uns.«

»So sieht es aus. Es scheint so, daß Kontos in vielen politischen Fragen die Situation richtig beurteilt. Na, er war auch immer ein scharfsinniger Archäologe.«

»Also, recht oder unrecht, er ist und bleibt ein Ekel.«

»Es ist nicht so, als ob wir schuldlos wären ...«

Er zuckte die Achseln. »Wer ist es?«

Der Kellner kam mit Wein. John schenkte ein. Er war an Claire viel mehr interessiert als an Politik. Da empfahl es sich, das Gespräch in erfreulichere Bahnen zu lenken.

»Wissen Sie«, fing er an, »je weiter man herumkommt, desto mehr gleicht eines dem anderen. Griechenland erinnert mich in vielem an Mexiko. Die gleiche schrille Musik im Radio, die gleiche kahle Schmucklosigkeit der Häuser, elektrische Birnen ohne Lampenschirme, der gleiche Geruch von ranzigem Olivenöl und Knoblauch, der gleiche ... *awk!*«

Sie lachte. »Der gefürchtete Retsina schlägt wieder zu!«

7

Als sie zur Ausgrabung zurückkamen, waren Kontos und seine Leute gerade angekommen. Er leuchtete mit seiner Taschenlampe in ihren Wagen.

»Wo sind Sie gewesen?«

»Herumgefahren«, sagte John. »Die Gegend angesehen.«

»Der aufsichtführende Beamte in Mykene hat keine Besucher gesehen, auf die Ihre Beschreibung zutraf.«

Claire öffnete den Schlag und sagte ruhig: »Wir waren in

Nauplia. Als John das Wasser sah, wollte er einen kleinen Tauchausflug einlegen. Danach war es zu spät, um noch nach Mykene zu fahren.«

»Ich halte es nicht für klug, irgendwohin zu fahren, wo Sie nicht erwartet werden«, sagte Kontos.

»Was bedeutet ›erwarten‹?« fragte John.

»Ich rief den Aufsichtsbeamten an, daß er eine besondere Führung für Sie machen sollte.«

»Sehr freundlich von Ihnen«, sagte John. Sie gingen den dunklen Weg zum Lager hinunter.

»Vielleicht haben Sie in Nauplia meine Rede gehört?«

»Das waren Sie?« platzte Claire heraus.

»Ich bin auch Parteifunktionär. Es war notwendig, eine vereinigte Front zur Schau zu stellen, die Armee und das Volk. Ich war mit meinen Offizierskollegen aus der Stadt dort.« Die Erinnerung entlockte ihm ein warmes Lächeln. »Ein großer Abend für unser Land. Ich berichtete von der freudigen Aufbruchsstimmung in Athen.«

»Jedenfalls haben Sie die Leute mächtig in Fahrt gebracht«, sagte Claire kühl.

»Sie sind es nicht gewohnt, ein Land geeint zu sehen? Kommen Sie, trinken Sie ein Glas Tee.« Er führte sie zu einem Tisch vor einem Zelt nahebei. Vier Soldaten begleiteten sie.

»Wer sind diese Leute?« fragte Claire.

»Helfer«, sagte Kontos beiläufig. »Ich brauche Unterstützung bei der schwierigen Aufgabe, politische Verbindungen mit der Landbevölkerung herzustellen.« Er zeigte zu zwei abgestellten Limousinen. »Ich hoffe, daß auch ich für das Kultusministerium einen Beitrag zur Mobilisierung unserer Gesellschaft leisten kann.«

Während er mit einem Spirituskocher und einem Topf hantierte, schilderte Claire, mit welch feindseligen Blicken sie in Nauplia gemustert worden waren.

»Was können Sie erwarten? Sie sind offensichtlich Ausländer, Amerikaner. Die Menschen hier sind arm, sie sind erbittert. Die wichtigsten Exportgüter der Landwirtschaft dieser Gegend sind Orangen und Aprikosen, die hauptsächlich an die Sowjetunion geliefert wurden. Aber die Russen schränken jetzt ihre Einkäufe ein.«

»Und?«

»Es kann sein, daß dies nicht geschehen wird, wenn wir das Verhältnis zu Ihnen und zur NATO in Zukunft weniger eng gestalten.«

»Den Russen geht es zur Zeit selbst nicht glänzend«, sagte John. »Sie haben keine Devisen. Es ist klug von Ihnen, das zu einem Verhandlungsvorteil zu machen.«

Kontos Backenmuskeln gerieten in Bewegung. »Wir sind nicht so kindisch, zu glauben, daß die Welt so einfach ist.«

»So?« fragte John mit aufreizender Milde. Kontos' Miene verfinsterte sich, doch ehe er etwas sagen konnte, fuhr John fort: »Ihre Stimme wurde von den Lautsprechern so verzerrt, daß ich sie nicht erkannte. Was war das mit den Marmorplastiken?«

»Es handelt sich um wertvolle Bildwerke von unserer Akropolis. In Athen sind diejenigen, die ich retten konnte.«

»Ah. Ich habe mich in Athen nicht aufgehalten.«

»Um die anderen zu sehen, müssen Sie nach London gehen. Die Engländer brachten sie 1803 an sich, vor unserer Unabhängigkeit von den Türken. Wir verlangen seit langem ihre Rückgabe, doch nun tun wir es mit größerem Nachdruck als bisher. Notfalls sind wir bereit, bis zum Abbruch der diplomatischen Beziehungen mit den Briten zu gehen.«

»Ist es nicht ein wenig spät?« fragte Claire. »Schließlich nahmen die Engländer sie in ihre Obhut, als sich niemand um die Akropolis und ihre Kunstschätze kümmerte und alles zu verfallen drohte.«

»Sie sind unser Eigentum. Lord Elgin, der sie seinerzeit raubte, fragte niemand um die Erlaubnis.«

»Die Türken ließen den Parthenon verkommen, die Venezianer beschossen ihn, und die Briten bargen Marmorstatuen daraus. Ist das nicht ein Verdienst?«

»Es mag damals verdienstvoll gewesen sein, zumindest für die Kunst«, erwiderte Kontos. »Aber als Gegenleistung haben die Briten diese Plastiken seit bald zweihundert Jahren in ihrem Besitz gehabt. Nun wollen sie sie nicht hergeben, obwohl seit langem auch in Griechenland alle Voraussetzungen für eine sachgemäße Unterbringung gegeben sind. Es handelt sich einfach darum, daß die Engländer ihre leichte Beute von damals als ihr Eigentum betrachten und nicht herausgeben wollen. Für uns aber sind diese Marmorplastiken ein Symbol. Ein Symbol für ausländische Ausbeutung und Bedrückung. Wenn wir Griechen zusammenstehen und unser Recht verlangen, werden wir uns Gehör verschaffen.«

»Das glaube ich«, bemerkte John. »Sie haben nicht gerade viel getan, um die Leute zu beruhigen.«

Kontos schenkte Tee ein und reichte Zucker. »Das politische Bewußtsein unserer Bürger ist gewachsen. Sie haben begriffen, daß es dem Land nicht nützt, wenn die Amerikaner hier Fabriken bauen, ihre billige Arbeitskraft ausbeuten und die Umwelt belasten, während die Profite in die USA transferiert werden.«

»Wohin sollten die Profite gehen?«

»An unsere Regierung. An unser Volk.«

»Die beiden sind nicht zwangsläufig identisch.«

»Bald werden sie es sein. Bald.«

»Warum haben Sie die Fabriken nicht selbst gebaut, wenn Sie die Gewinne daraus wollen?«

»Heute würden wir so verfahren. Aber die Banken verfügen über das große Kapital. Die Banken, die Sie beherrschen.«

»Ich bestimmt nicht«, sagte John, um die Spannung abzubauen. Er blickte zu Claire, aber sie hielt sich heraus.

»Ich verstehe«, sagte Kontos. »Sie sind auch ein Opfer. Sie haben Ihr Leben einem technischen Gebiet gewidmet, ja? Nur um die Entdeckung zu machen, daß in der realen Welt nicht die Techniker und Naturwissenschaftler herrschen, habe ich recht?«

»Wer herrscht?«

»Die Banken, selbstverständlich. Das Großkapital.«

Kommen Sie!«

»Ihre Filme, Ihr Fernsehen zeigen es nicht, verhüllen die Wahrheit, befinden sie sich doch im Besitz des Großkapitals. Aber wir wissen es. In Ihrem Land halten die Rüstungsindustriellen nach Kriegen Ausschau und versuchen im Verein mit der CIA und dem Pentagon Konflikte anzuzetteln, um den Waffenexport zu fördern, während die Wanderarbeiter in Kalifornien und anderswo sich keine neuen Schuhe leisten können.«

»Wo ich herkomme, macht das Barfußlaufen Spaß. Früher bin ich den ganzen Sommer barfuß gelaufen.«

Kontos bedachte John mit einem Blick ernster Mißbilligung. »Ich spaße nicht, wissen Sie. Die Menschenmenge, die Sie heute abend in Nauplia sahen, war zornig über die Arroganz Ihres Landes.«

»Sollen sie doch alle Fabriken zurückkaufen, die wir hier haben.«

»Wieso? Kaufen, was sie mit ihrer Arbeit erst geschaffen haben, was auf unserem Boden steht?«

»Wegnehmen ist einfacher, wie?«

Kontos schlug mit der Faust auf den Tisch. »Unsere Menschen haben ein Vielfaches des Preises entrichtet! Mit ihrem Schweiß! Mit ihrer Armut, die den Fabrikbesitzern erst die hohen Profite ermöglicht hat!«

Claire schaltete sich ein und sagte sanft: »Was sagten Sie in Nauplia über Obstruktionisten?«

»Daß es keine geben sollte. Daß wir einen Einparteienstaat brauchen.«

»Die Opposition eliminieren, meinen Sie?« fragte John. »Wie?«

»Wir müssen für die Dauer der gegenwärtigen Schwierigkeiten das Parlament auflösen.«

»Ich dachte«, sagte John ironisch, »dies sei der Geburtsort der Demokratie?«

Kontos lächelte kalt. »Wir werden genau wie die Vereinigten Staaten sein. Nur werden wir aufrichtiger sein.«

»Wir haben zwei Parteien.«

»Nein, die haben Sie nicht. Sie haben nur die Partei der Banken, der Geldleute und der Industrie, und sie haben sich einfach zwei politische Aushängeschilder zugelegt, damit der Schein gewahrt bleibt und die Wähler glauben, sie hätten mitzubestimmen.«

John ging mit einer abwehrenden Handbewegung darüber hinweg. »Ich weiß, daß Sie hier in Griechenland harte Zeiten haben, aber mit dem Aufhetzen dieses pöbelhaften Gesindels …«

Kontos ergriff ohne Warnung Johns Hand und schlug sie auf die Tischplatte. »Sie werden über dieses ›Gesindel‹ nicht hinweggehen, wenn es Männer hat, die das Wort erheben können!«

John war erschrocken über den Ausbruch von Jähzorn. Er versuchte den Arm zurückzuziehen und strengte sich an, daß die Muskeln knotig hervortraten. Kontos preßte die Hand nur noch flacher auf die Tischplatte, als ob sie sich im Endstadium eines Wettbewerbs im Armdrücken befänden. Er stand lächelnd über den Tisch gebeugt und sah zu, wie der Amerikaner ein rotes Gesicht bekam und vor Anstrengung grunzte. »Strengen Sie sich mehr an«, sagte er keuchend.

Unter Aufbietung aller Kräfte unternahm John einen Befreiungsversuch und hob den Arm dreißig Zentimeter von der Tischplatte. Weiter kam er nicht, dann zwang Kontos die Hand wieder abwärts und drückte sie auf das rauhe Holz. John konnte sich nicht befreien. »Verdammt, lassen Sie los!«

»Selbstverständlich«, sagte Kontos ruhig und ließ ihn los. »Ich habe Ihnen gezeigt, was für ein Gefühl es ist, machtlos zu sein. Sehen Sie?« Wieder zeigte er das kalte Lächeln.

»Was, zum Teufel ...?«

»Eine Illustration, Mr. Bishop, der Stimmung in meinem Land.«

John ballte die Fäuste. »Am liebsten würde ich Ihnen ...«

»Ja?«

Claire schaltete sich ein, indem sie John beim Arm nahm. »Hören Sie auf, alle beide! Das ist albern.«

John wandte unwillig den Kopf. »Ich werde nicht zulassen ...«

»Lassen Sie gut sein! Glauben Sie mir, er ist es nicht wert.«

»Ich fürchte mich nicht vor einem ...«

»John, ich bitte Sie! Kommen Sie mit!« Sie zog an seinem Ärmel.

»Nun ...« Er trat einen Schritt zurück, und Kontos folgte seinem Beispiel. »Verdammt feine Gastfreundschaft haben Sie hier, Kontos«, rief John.

Kontos, noch immer lächelnd, legte in ironischer Ehrenbezeigung die Hand an den Schirm seiner Mütze.

Noch Stunden später konnte Johns sich nicht beruhigen. Es erbitterte ihn zusätzlich, daß er bei Nacht zum Grab hinaufschleichen mußte.

»Ich sage immer noch, daß ich dem Kerl eine hätte knallen sollen.«

»Was nur bewirkt hätte, daß wir aus dem Land gejagt worden wären.«

»Und? Besser als ...«

»Sie sind hier als *mein* Gast. *Ich* bezahle Ihnen die Reisekosten, also tun Sie, was ich ...«

»Verdammt noch mal, Frau, dieser Mann läßt Sie sowieso nicht viel länger bleiben.« Gereizt wandte er sich wieder seinen Oszilloskopspuren zu. Sie hatten schon zweimal darüber gestritten, und er wußte, wohin es führte – zu dem Eingeständnis, daß er eingeschüchtert worden war; er im entscheidenden Augenblick erkannt hatte, daß seine eigene Wut nichts gegen den Zorn war, der in Kontos brannte. So hatten ihn, als er gezögert hatte, Claires Worte erreichen können, und sein gottlob noch nicht im Adrenalin untergegangener Verstand hatte sie so verstanden, daß er nichts in Gefahr bringen sollte. Nur darum hatte er klein beigegeben.

Eine wahrscheinlich vernünftige Entscheidung. Aber die Gründe gefielen ihm nicht, und der Gesichtsverlust war wie ein Stachel in seinem Fleisch.

»Ursprünglich«, sagte Claire beschwichtigend, »hielt ich es für eine kluge Taktik von Ihnen, Kontos gleich in eine politische Diskussion zu verstricken, bevor er eine Gelegenheit fand, sich nach Ihrem Tauchunternehmen zu erkundigen.«

Er notierte Zahlen und nickte. »Gewiß. Großartig. Dafür mußte ich es mir von diesem Scheißkerl zeigen lassen.«

Sie hockten vor den Instrumenten, und eine einsame Lampe warf scharfe Schatten auf die Vorderseite des Steinblocks. Sie waren eine Stunde zuvor, kurz nach Mitternacht, aufgestanden. Im Lager hatte sich nichts geregt, und sie waren leise hinausgeschlüpft und ohne Taschenlampen den vertrauten Pfad zum Grab hinaufgestiegen. Claire hatte einen der beiden Schlüssel zum Vorhängeschloß. Die Tür war aus frischen Holzplanken gezimmert und knarrte schrecklich, als sie geöffnet wurde.

Claire wollte sichergehen, daß seine Messungen bis zum Morgen abgeschlossen wären, falls sie keine weitere Gelegenheit bekämen, das Grab aufzusuchen. Während er die langwierige Routinearbeit der Analysen und dreifachen Überprüfungen durchführte, nagelte sie eine stabile Packkiste zusammen, die den Kalksteinblock aufnehmen sollte.

Als George ihn am Vortag mit Hilfe seines Systems von Seilen und Flaschenzügen emporgehoben hatte, waren sie alle von seiner Masse beeindruckt gewesen. Claire hatte immer wieder die Kantenlängen nachgemessen, erstaunt, daß sie mit 94,6 Zentimetern auf jeder Seite, mit kaum fünf Millimetern Abweichung irgendwo, so genau waren. Nun lag der Klotz auf dem vorbereiteten Packmaterial als Unterlage, und seine gedrungene schwärzliche Masse hätte in keiner Weise auffallend gewirkt, wäre nicht der feingearbeitete Bernsteinzapfen an der Vorderseite gewesen.

»Ich hoffe nur, sie hören unten im Lager unser Gehämmer nicht«, sagte John.

»Die Tür schluckt das meiste davon, glaube ich.«

»Dieses Herumschleichen gefällt mir nicht.«

»Bleiben Sie noch eine Weile dabei. Ich möchte nicht, daß Kontos von diesem Stück erfährt, bis ich Gelegenheit habe, Ihre Resultate zu sehen und zu überdenken.«

»Er wird den Klotz in einer Woche oder so in Athen sehen, sobald sie ihn dort auspacken.«

»Vielleicht nicht. Ich vermute, daß er zu sehr von seiner politischen Karriere in Anspruch genommen wird.«

»Wunschdenken. Jeder, der diese Kiste aufmacht, oder den Bericht sorgfältig liest . . .«

»Er ist noch nicht im Grabungskatalog.«

»Wieso?«

»Ich warte damit bis zum letzten Augenblick.«

»Ich muß sagen, Sie haben diese Sache ziemlich zielstrebig vorbereitet.«

»Den ganzen Sommer hindurch hat Kontos anzügliche Bemerkungen gemacht und versucht, kleine tête-à-têtes mit mir zu arrangieren. Damit nicht genug, übertrug er mir die langweiligsten, am wenigsten erfolgversprechenden Arbeiten. Ich werde es ihm heimzahlen.« Und sie schlug den nächsten Nagel so heftig ein, daß John zusammenschrak.

»He, nicht so laut!«

»Oh. Tut mir leid. Gibt es schon Ergebnisse?«

»Zu viele, das ist das Problem.« Er zeigte auf die Kurve des Oszilloskops, eine gelbe, von schmalen, steilen Ausschlägen unterbrochene Linie. »Dutzende von kleinen Emissionsspitzen. Jedes verdammte Element, das im Buch steht.«

»Metalle?«

»Jede Menge. Kupfer, Zinn, Zink, Indium ...«

»Eine Legierung?«

»Wenn es eine ist, dann ist sie verdammt raffiniert.«

»Die alten Griechens wußten ziemlich viel über Metallurgie. Vielleicht erinnern Sie sich, wie Homer in der *Odyssee* das Abenteuer mit dem Riesen Polyphem schildert, den Odysseus und seine Gefährten betrunken machen? Dann blenden sie ihn, um aus der Höhle, wo er sie gefangenhält, zu entkommen. Homer gebraucht da einen interessanten Vergleich: Der im Feuer erhitzte Knüppel aus frischem Olivenholz dringt in das Auge des schlafenden Riesen, und dieses zischt, wie wenn ein kluger Schmied die Holzaxt aus der Esse in den kühlenden Trog wirft und härtet.«

»Ah, ein hübscher Vergleich«, sagte John unbehaglich.

»Aber wir können daraus ersehen, daß ein Schmied, der ein bearbeitetes Eisenstück in Wasser abfrischt, um es zu härten, für Homer schon eine vertraute Erfahrung ist.«

John sagte nichts, weil er nicht zugeben wollte, daß er nie etwas von Homer gelesen hatte. In den Naturwissenschaften hatte man keine Zeit, viel zu lesen, und wissenschaftliche Prosa war so gedrängt und kondensiert, daß die Lesegeschwindigkeit im Laufe der Jahre absank. Er konnte sich erinnern, daß er in Georgia während eines verregneten Nachmittags zwei Taschenbücher gelesen hatte; jetzt verbrachte er eine Woche mit der Lektüre eines Romans von mittlerem Umfang – vorausgesetzt, er kam überhaupt zum Lesen.

»Nun ja, Verbindungen, gut«, sagte er, »aber im Innern von Kalkstein?«

Claire hatte die Kiste bis auf die Abdeckung fertig. »Dann ist es eben ein erzreicher Stein. Dunkler Kalkstein kann aus

Meeressedimenten im Mündungsgebiet von Flüssen stammen, die dort ihre Fracht an ausgewaschenen Mineralien absetzten.«

»Ich weiß nicht. Es gibt Anzeichen, daß sie geschmolzen waren. Man bekommt ein charakteristisches dendritisches Muster, wenn gegossene Legierungen abkühlen. Die Verästelungen entstehen durch die unterschiedliche Erstarrung verschiedener Komponenten.«

»Kommen Sie, das kann nicht gegossen sein, nicht in den Meißelspuren.«

»Natürlich nicht.«

»Was können Sie aus all diesen Daten noch entnehmen?«

Er tastete einen Speicherbefehl. »Nichts. Ich habe alles auf Diskette. Wir werden es zu Hause im MIT analysieren müssen.«

»Gut. Nun helfen Sie mir mit dem Deckel.«

Er sah, daß sie den Block mit Kreuzverschnürungen und Styroporpolstern gegen Stöße gesichert hatte. »Ja, sowohl gegen Stöße als auch gegen Tölpel«, sagte sie. »Sie würden sich wundern, wie manche von diesen ...«

»Hören Sie was?«

Sie erstarrten. Stille.

»Vorwärts!« flüsterte sie.

Gemeinsam brachten sie den schweren hölzernen Deckel an. Das Bernsteinhorn war gut gepolstert; John überprüfte es ein letztes Mal. Die reflektierenden Punkte tief im Innern waren orangefarbene Stäubchen, die im schwachen Lampenschein luftig und leicht zu schweben schienen. Es hatte den Anschein, als sei das goldene und rubinrote Gefunkel nicht durch seine Lampe ausgelöst, sondern durch eine momentan aufleuchtende innere Glut. Die Strahlung kam nur ungleichmäßig, wie eine Wärmeausstrahlung im Inneren. John bewegte sich ein wenig und verlor den richtigen Gesichtswinkel; nun erschien der Zapfen stumpf, passiv. Ein schöner Effekt.

»Er ist verdammt hübsch, muß man sagen.«

»Mmh.«

»Ich wette, sie werden den Block gleich ausstellen.«

»Wahrscheinlich.«

»Und Kontos wird einen Wutanfall kriegen, wenn er ihn sieht.«

»Zu dumm, daß ich nicht dabei sein kann. Ich gäbe was darum, sein Gesicht zu sehen.«

»Er wird mächtig Stunk machen.«

»Lassen wir ihm die Freude! Er wird wissen, daß er die Entdeckung nicht für sich selbst beanspruchen kann.«

»Richtig. Aber er wird das Fundstück haben und vorzeigen können.«

»Und ich werde meinen Anteil am wissenschaftlichen Verdienst haben«, sagte Claire beim Anziehen der Holzschrauben. »Ich hätte in jedem Fall Anspruch darauf, als Entdeckerin genannt zu werden. Aber auf diese Art und Weise kann er mich nicht beiseite schieben.« Sie drehte den großen Schraubenzieher mit beiden Händen und ächzte vor Anstrengung.

»Hier, lassen Sie mich das tun.« Er konnte noch immer nicht mit ansehen, daß eine Frau sich mit einem Werkzeug abmühte, während ein Mann untätig dabeistand. »Also wird jeder in gleichem Maße Anteil am Verdienst haben, nicht wahr? Kontos wird sich den Ruhm nicht allein an die Fahne heften können.«

»Schon die Vorstellung, unsere Namen zusammen in einem wissenschaftlichen Fundbericht zu sehen, ist mir zuviel Kontakt. Ich ...«

Die Eingangstür ging knarrend auf.

Dr. Kontos stand in der Türöffnung, eingerahmt von den massiven Steinblöcken. Seine Augen glitzerten vor Erregung, ein höhnisches Lächeln spielte um seine Lippen. Mehrere Soldaten drängten sich hinter ihm.

»Eine kleine Party?«

8

Die graue Militärlimousine überholte schlingernd einen langsamen Lastwagen, daß Claire und John auf den Rücksitzen hin und hergeworfen wurden.

»Paß auf da vorn, verdammt noch mal!« rief John durch den Motorenlärm. Der Soldat zu seiner Rechten ließ ihn nicht aus dem Auge. Der Fahrer trat wieder aufs Gaspedal, und sie brausten weiter.

Oberst Kontos wandte sich auf dem Beifahrersitz um und musterte John mit kaltem Blick. »Sie haben Angst?«

»Dummheit macht mir immer Angst«, sagte John.

Kontos' Augen wurden schmal. »Es ist noch nicht zu spät, um Sie zum Hauptquartier zu bringen. Ein paar Tage in der Zelle würden Ihnen gut tun.«

Sie rasten die Schnellstraße zum Athener Flughafen entlang. Zur Rechten schimmerte die Insel Salamis wie unbehauener Marmor in der Juwelenfassung der See. Salamis, wo die Griechen die Eindringlinge besiegten. Obwohl er sie erst vor ein paar Tagen gesehen hatte, schien es ihm, als sei seither eine lange Zeit vergangen.

»Sie würden unsere Botschaft verständigen müssen«, sagte Claire.

»Das würde ich tun. Aber ich könnte Sie dessen ungeachtet alle zwei Tage in ein anderes Gefängnis verlegen lassen. Sehr schwierig, mit solchen Leuten Verbindung aufzunehmen.«

»Typisch«, knurrte John.

Kontos ignorierte das. »Außerdem hat Ihr Botschafter zur Zeit andere Sorgen. Wir haben heute morgen eine Regierungserklärung über unseren bevorstehenden Austritt aus der NATO abgegeben.«

»Eine überwältigende Dummheit«, sagte Claire.

»Glauben Sie, wir würden mit unseren Ausbeutern in einem Bündnis bleiben?«

»An uns brauchen Sie dabei nicht zu denken, aber was ist mit den Türken?«

»Mit denen werden wir schon zurechtkommen«, sagte Kontos steif.

Claire seufzte. »Immer derselbe alte Groll, bis zurück zu Agamemmnons Zeiten.«

»Sie wollen sich zur Fürsprecherin internationaler Zusammenarbeit machen?« Kontos lachte rauh. »Eine sogenannte Wissenschaftlerin, die ihre Forschungsresultate verbirgt und ohne Zustimmung des Direktors Grabungen durchführt ...«

»Dr. Hampton hat zugestimmt! Er gab mir grünes Licht, bevor er abreiste.«

»Mit dem Augenblick seiner Abreise wurde ich leitender Direktor der Ausgrabung. Ganz abgesehen davon bin ich nach dem Vertrag der erste Direktor, weil ich Grieche bin und die Ausgrabung auf unserem Boden stattfindet. Sie wissen dies alles recht gut.«

»Sollte ich Sie um Erlaubnis bitten, wenn ich damit rechnen mußte, daß Sie mich als erstes in Ihr Zelt einladen würden, um die Angelegenheit zu besprechen?«

»Ich weiß wirklich nicht, was Sie damit sagen wollen«, erwiderte Kontos unbeeindruckt. Er blickte zu John. »Aber ich weiß, wie mit sogenannten Wissenschaftlern zu verfahren ist, die gegen internationale Vereinbarungen verstoßen. Sie werden Griechenland verlassen – für immer, seien Sie dessen versichert!«

Claire erbleichte. »Sie können solch eine Sache doch nicht zu einer internationalen Affäre aufblasen ...«

»Eine kluge Frau hält den Mund. Sie beweisen nur, daß es Ihnen an Vernunft fehlt.«

»Hören Sie auf«, sagte John. »Diese persönlichen ...«

»Ruhe jetzt!« sagte Kontos drohend, »oder Sie holen sich wieder einen blutigen Kopf!«

John biß die Zähne zusammen und war drauf und dran, etwas zwischen ihnen hervorzustoßen, als der Wagen ruckartig die Fahrspur wechselte und ihn gegen Claire warf. Der Soldat zu seiner Rechten hielt sich am Türgriff fest. Der Wagen schoß in die Abzweigung zum Flughafen. John war froh über die Unterbrechung. Eine neuerliche Konfrontation mit Kontos würde ihm das gleiche eintragen wie letztes Mal; darin hatte Kontos verdammt recht.

Vor dem internationalen Flughafen, einem anonymen Kasten aus Stahl und Glas, kamen sie mit quietschenden Bremsen zum Stillstand. Zwei Soldaten, die am Haupteingang Wache hielten, nahmen Haltung an und brachten ihre Maschinenpistolen in Präsentiergriff. John half Claire hinaus. Unmittelbar hinter ihnen hielt eine zweite Limousine und entließ George sowie ihr gemeinsames Gepäck. John ging hinüber, um sich zu vergewissern, daß seine Taucherausrüstung dabei war.

»Ihre Flugkarte«, sagte Kontos in Befehlston. John bückte

sich, hob die Tasche mit der Taucherausrüstung auf die Schulter und sagte: »Wozu? Ich nehme ein Schiff in die Ägäis.«

»Ich habe meine Meinung über Sie geändert. Ich glaube nicht mehr daran, daß Sie mit dieser Sache nichts zu schaffen hatten. Darum erkläre ich Sie zur *persona non grata.*«

»Das können Sie nicht machen, Freundchen, ganz gleich, wer Sie sind. Das ist ein diplomatischer Akt, und Sie sind bloß irgendein kleiner Militärheini mit einem Deckel auf dem Kopf.«

Mitten im Satz sah er Kontos kaum merklich zu jemandem hinter ihm blicken, aber es war zu spät. Hände ergriffen seine Arme. Vielleicht hätte er den Soldaten hinter sich abschütteln können, aber er war mit dem Gepäck beladen.

Kontos ohrfeigte ihn fachmännisch rechts und links. John warf sich zur Seite, versuchte den Mann in seinem Rücken abzuschütteln, und Kontos schlug wieder zu – mit einem schallenden Rückhandschlag ins Gesicht, der voll auf die Nase traf.

Für einen Augenblick brachte der Schmerz die Welt in einen Zustand unnatürlicher Klarheit. Dann schoß ihm das Wasser in die Augen, und er spürte, wie ihm das Blut aus der Nase über Mund und Kinn floß. Er sagte nichts; das hätte Kontos nur zusätzliche Befriedigung verschafft.

Griechische Stimmen plapperten aufgeregt durcheinander. Kontos machte mit knarrender Stimme eine Bemerkung zu seinen Soldaten.

John zwinkerte. Claire kam aus der zu hellen Umgebung geschwommen, ein Taschentuch in der Hand. Es wurde größer, eine weiße Wolke, die sein Gesicht umschloß. Er wollte sich umwenden, aber die Hände hielten ihn noch immer fest. Claire fluchte auf griechisch, und Kontos antwortete ihr. Sie gab die Bemühungen mit dem Taschentuch auf, wandte sich um und schrie Kontos an. Die Soldaten grinsten. Den Amerikaner ohrfeigen, das war gut, endlich die richtige Außenpolitik in Aktion. Und ihm einen auf die Nase geben, ja, das war noch besser. John sah ihnen an, daß sie Kontos am liebsten nacheifern würden.

Nun starrten sie alle Claire an, und John, der die Tränen

aus den Augen gezwinkert hatte, sah den gefährlichen Ausdruck in ihre Augen kommen. Noch besser wäre es, eine eingebildete Amerikanerin zu ohrfeigen. Ja, ein Vergnügen. Er sah, wie gern sie es tun würden, wie ihre Blicke von Kontos zu Claire und zurück zuckten, wie die Augen in den schwitzenden Gesichtern glänzten und warteten, daß Kontos es dieser amerikanischen Ziege zeigen würde.

»Schon gut, Claire«, ächzte er. »Lassen Sie es sein!«

Sie wandte den Kopf. »Er kann nicht einfach – es ist empörend, daß ...«

»Lassen Sie es gut sein!«

Kontos gab John einen halb versöhnlichen Blick und entließ ihn mit einer Handbewegung aus den Händen des Soldaten. »Ich kann nicht erlauben, daß diese Uniform entehrt wird. Selbst Sie sollten das verstehen.« Eine weitere beiläufige Handbewegung. »Geleiten Sie diese drei ins Abfertigungsgebäude!«

Hände stießen ihn vorwärts. Er stolperte, ließ seine Reisetasche fallen und hob sie in der Erwartung auf, einen Tritt ins Hinterteil zu bekommen. Nicht so schlimm wie letztes Mal, dachte er bei sich. Vielleicht gewöhne ich mich noch daran.

Kontos hatte einen gewaltigen Wutanfall bekommen, nachdem er sie entdeckt hatte. Die Abstützungen waren noch an Ort und Stelle, also hatte er augenblicklich bemerkt, daß einige Quader entfernt worden waren, daß sie etwas gefunden und ihn nicht verständigt hatten. John hatte erwartet, daß er sofort die Kiste würde aufmachen lassen, aber Kontos achtete kaum darauf, sondern zog es vor, die Abstützung zu untersuchen und Johns halb eingepackte Ausrüstung mit Fußtritten zu bedenken, wobei er laut auf griechisch schimpfte. John stieß ihn von den Geräten fort, worauf die Soldaten ihn festnahmen. Einen von ihnen hatte er zu Boden geworfens, aber die anderen stießen ihn an die Wand und hielten ihn dort fest. Kontos versetzte ihm einen Faustschlag in den Magen und einen zweiten ins Gesicht. Johns Lippe platzte auf, und das Blut besudelte sein Hemd. Dann ließ Kontos von ihm ab und fing wieder an zu toben.

Claire hatte versucht zu erklären, um die fatale Situation im bestmöglichen Licht erscheinen zu lassen, aber Kontos wollte nichts davon wissen. Sobald er sich hinreichend beruhigt hatte, nachzudenken und Entschlüsse zu fassen, versteifte er sich auf die Idee, George und Claire des Landes zu verweisen. Die Behauptung, John habe Claire bloß ausgeholfen und sich da und dort nützlich gemacht, weil sie ihn gebeten habe, bei der beschleunigten Abwicklung mit Hand anzulegen, und daß Claire nur versucht habe, alle Arbeiten zu der von Kontos gesetzten Frist abzuschließen, ließ er nicht gelten. Doch konnte er nicht beweisen, daß John sich in irgendeiner Weise schuldig gemacht hatte, und mußte sich damit zufrieden geben, ihn von der Ausgrabungsstätte zu weisen.

Kontos war nicht der Mann, mit dem sich verhandeln ließ – jedenfalls nicht, wenn er in Offiziersuniform an der Spitze eines Trupps bewaffneter Soldaten kam. John packte die MIT-Ausrüstung zusammen, während Claire ihre Habseligkeiten zusammensuchte. Kontos erlaubte ihr nicht einmal, in das Kuppelgrab zurückzukehren, und auf halbem Weg zum Flughafen merkte sie, daß sie mehrere von ihren Notizbüchern mit Grabungsaufzeichnungen dort zurückgelassen hatte.

Kontos ließ sie zu den wartenden Limousinen abführen, und sie brausten davon. Die Schließung des Lagers und der Ausgrabung blieb Kontos überlassen. Er telefonierte voraus und beschaffte ihnen mit Hilfe seines Ranges Plätze für einen Flug am nächsten Morgen. Claire und George waren für TWA gebucht, von Athen über Paris nach Boston. John sollte nach Kreta fliegen.

George brachte ein paar Papiertaschentücher zum Vorschein und stillte Johns Nasenbluten, während sie in der Schlange vor dem TWA-Schalter warteten. Die Leute glotzten. In der Halle waren viele Uniformen zu sehen, aber die Soldaten und Polizisten beachteten sie nicht sonderlich. Statt dessen standen sie meist in kleinen Gruppen beisammen und diskutierten angeregt.

Claire sagte, was ihr geeignet schien, aber John spürte den bebenden Zorn hinter ihrem Mitgefühl. Kontos stand am TWA-Schalter und verlangte lautstark eine zusätzliche Flugkarte für John. Der Schalter war belagert von hunderten Fluggästen. Viele warteten offenbar schon seit Stunden, waren halb verzweifelt und erhoben ein lautes Stimmengewirr von Fragen und Protesten, aber Kontos' Uniform verschaffte ihm die ungeteilte Aufmerksamkeit der Angestellten.

George hatte nicht viel gesagt und getan. Er schien eingeschüchtert von den Soldaten, beobachtete sie aus den Augenwinkeln und beeilte sich zu tun, was sie ihm mit Gesten und Fingerzeigen und knappen Befehlen bedeuteten. Sie hießen ihn hinausgehen und das gesamte Gepäck hereintragen, und dann mußte er es zur Zollüberprüfung und Gewichtskontrolle schaffen. Kontos schien seinen Spaß daran zu haben und schnippte mit den Fingern, daß George sich beeile.

John behielt seine zwei Taschen bei sich. Er wollte nicht, daß jemand seine Taucherausrüstung herumwarf, und er befürchtete, daß jemand die Taschen stehlen würde, selbst nachdem sie als Reisegepäck aufgegeben wären.

Kontos kam mit drei Flugkarten. »Ihre Maschine geht in einer Stunde. Ich werde die Soldaten vor dem Warteraum für Abreisende Posten beziehen lassen. Kommen Sie nicht ins Abfertigungsgebäude zurück!«

»Warum plötzlich so förmlich, Oberst?« fragte Claire in bitterem Spott. »Möchten Sie mich nicht auch schlagen?«

»Solange Sie diese Uniform nicht beleidigen, besteht kein Anlaß dazu«, erwiderte Kontos steif.

Vielleicht befürchtete er, daß er sich übernommen haben könnte, dachte John. Selbst politisch einflußreiche Leute können sich nicht alles erlauben.

»Oh, es käme mir nie in den Sinn, die Uniform zu beleidigen. Allenfalls das Würstchen, das sich darin versteckt.«

Kontos funkelte sie an. »Drängen Sie mich nicht zum Äußersten!« Die Stimme war fast tonlos und eigentümlich ruhig.

John erkannte die Zeichen einer kaum noch gezügelten Wut. Kontos verhielt sich klug, doch kostete es ihn große Überwindung. John beschloß die Konfrontation zu beenden.

»Was ist geschehen?« fragte er, sich zwischen die beiden schiebend. »Warum sind hier so viele Armeeangehörige?« Er wies zu den Gruppen der diskutierenden Militärs.

»Das Parlament ist aufgelöst«, sagte Kontos. »Unsere Regierung hat den Ausnahmezustand verhängt.«

»Ausnahme ...?« Während Kontos zu ihm hersah, machte John durch verstohlene Gesten zu Claire deutlich, daß sie endlich still sein solle.

»Wir können mit einigen reaktionären Elementen nicht zu einem annehmbaren Kompromiß gelangen, darum suspendieren wir die normalen politischen Verfahrensweisen, bis es uns gelungen ist, innerhalb der gesamten Gesellschaft ein ... ah ... solidarisches Bewußtsein zu erzeugen.« Die Worte kamen heraus wie eine Presseverlautbarung.

»Verstehe.«

»Nun – ich fahre zurück in die Stadt. Große Ereignisse bereiten sich vor. Ich werde meine Zeit nicht mit Ihnen vergeuden.« Kontos schnaubte, machte mit militärischer Zackigkeit auf einem Absatz kehrt und marschierte davon.

Claire seufzte. »Wenn man es sich vorstellt, daß dieser Mann ein guter Archäologe war ...«

»Na und? Er wird es noch sein. Die Menschen sind in ihrem Verhalten nicht konsequent.«

Sie schaute ihn ein wenig trübe an, und er sah zu seiner Bestürzung, daß sie den Tränen nahe war. Der Firnis zäher Härte war nur so dick und nicht mehr. Er nahm sie beim Arm. »Kommen Sie, wir warten auf unseren Flug. Vielleicht können wir ein kleines Frühstück auftreiben.«

Er nickte George zu, und sie reihten sich in die Schlange der Wartenden vor der Paßkontrolle ein, sahen mit benommener Gleichgültigkeit zu, wie ein verschlafener Abfertigungsbeamter die Seiten stempelte, ohne hineinzusehen. Die Spannung ließ jetzt nach, und sie waren übermüdet und verbittert von den Auseinandersetzungen, dem erzwungenen Kofferpacken, der langen Fahrt durch Dunkelheit und Morgengrauen. Kontos hatte sie bei jeder Verzögerung angetrieben und herumkommandiert, sie ihrer Würde als Wissenschaftler beraubt und Claire so verwirrt, daß sie Aufzeichnungen zurückgelassen hatte. Vor allem aber wurmte John – und wahrscheinlich auch Claire –, daß er seine Position ausgenutzt hatte, sie zu demütigen.

Freundlich sagte er zu Claire: »Es hat keinen Sinn, sich hier in einen politischen Aufruhr zu verstricken. Vielleicht ist es gut, daß wir aus dem Land kommen.«

Sie schnupfte und nickte. »Anscheinend wollten viele Leute mit diesem Flug weg.«

»Nach alledem wird es gut sein, wieder nach Hause zu kommen.«

»Ja.«

Sie saßen schweigend im Warteraum. George ging hinaus und brachte Kaffee und ein paar sonderbare Dreiecke aus Nüssen und Sesam, zusammengehalten von Honig. John schlang zwei hinunter und fühlte sich besser. Claire aß mechanisch, den Blick niedergeschlagen. Er wußte, was sie dachte, aber es gab nichts, was er sagen konnte, um diese Dämonen zu vertreiben.

Sie kehrte geschlagen in die Heimat zurück. Kontos würde ein großes Aufhebens von dieser Geschichte machen und Hampton von der Universität Boston erzählen, wie sie ihn hintergangen hatte. Das würde ihrem wissenschaftlichen Ruf den Rest geben. Es war durchaus möglich, daß sie dadurch für immer von der archäologischen Arbeit in Griechenland, die ihre Spezialität war, ausgeschlossen würde.

Er lehnte sich zurück und wünschte, er hätte etwas zu lesen. Nun, er hatte, unten in seiner Reisetasche. Aber irgendwie brachte er nicht die Energie auf, ein Buch auszugraben. Er schloß die Augen und versuchte sich zu entspannen. Vielleicht konnte er im Flugzeug schlafen. Nein, nicht vielleicht, ganz sicher.

Claire schüttelte seinen Arm. »Wachen Sie auf!« sagte sie. »Ich brauche Kleingeld.«

»Ist die Toilettenbenutzung hier nicht kostenlos?« Er suchte in seinen Taschen.

»Nein, es ist für ein Telefongespräch.«

»Wen wollen Sie anrufen?«

»Olympic Airways.«

Er gab ihr eine Handvoll Münzen. »Warum?«

»Praxis.«

»Was?«

»Warten Sie ab!«

DRITTER TEIL

KARTE VON SANTORIN

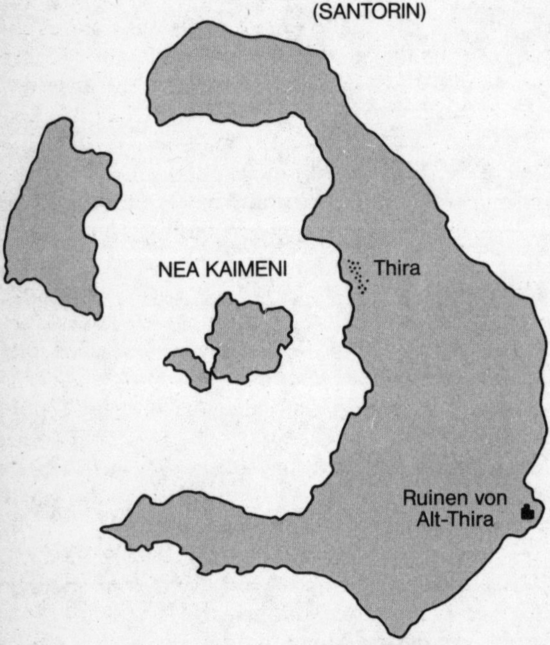

1

Claire kritzelte Flugnummer und Zeit auf die Rückseite ihres TWA-Umschlags mit den Flugkarten. Sie biß ärgerlich auf das Bleistiftende und hängte ein.

Es würde sehr knapp sein. Sie hatte zuviel Zeit mißmutig und niedergeschlagen im Warteraum verbracht und einstudiert, was sie zu Hampton sagen würde, wie sie beschreiben könnte, was geschehen war, wie sie das Beste aus einer Sache machen könnte, die, ganz gleich, wie man sie drehte und wendete, eine totale Niederlage war. Zeit, die sie mit anderen Überlegungen hätte verbringen sollen, während die Minuten bis zum Abflug verstrichen. Die Griechen des klassischen Zeitalters sprachen vom passenden Gleichgewicht zwischen dem Denken, *theoria,* und dem Handeln, *praxis.* Aber sie hatte weder das eine noch das andere getan.

Sie hatte sich geärgert und gesorgt, ohne einen Schritt weiterzukommen, und ihr ruheloser Blick war dabei durch den überfüllten Warteraum geschweift – und plötzlich war sie auf die große Routenkarte der Olympic Airways an der Wand aufmerksam geworden. Wie elektrisiert hatte sie die Karte angestarrt, denn ihr war eine Idee gekommen. Plötzlich war ihr die viereckige kleine Elfenbeinplatte eingefallen, ihre undeutlichen Zeichen, und sie wünschte, sie hätte wenigstens eine Skizze davon gemacht, um zu vergleichen. Und ebenso plötzlich hatte sie gewußt, daß sie dieser Idee nachgehen mußte. Sie konnte jetzt nicht aufgeben.

Der Rest war einfach gewesen. Sie brauchte eine Möglichkeit, in Griechenland zu bleiben. Das zu erreichen, gab es nur eine erfolgversprechende Methode.

Sie kaute weiter am Bleistiftende, bis sie zu einem Entschluß kam. Ein Mann, der nervös an einer Zigarette paffte, fing ihren Blick auf und lächelte. Sie blickte finster zurück. Er schaute beleidigt drein.

Als sie zu George und John zurückging, sagte eine monotone Stimme ihren Flug an. John betastete vorsichtig seine Nase und die geschwollenen Lippen.

»Kommen Sie, stellen wir uns an«, sagte sie, nahm ihre leichte Reisetasche und überlegte fieberhaft.

»Laß die anderen zuerst zur Tür hinaus«, meinte George. »Es wird ein langer Flug, und wir kommen noch rechtzeitig an Bord.«

»Nun mach schon!«

»Wozu die Eile!« George stand auf. John schloß sich ihm an.

»Nein, warte!« sagte sie plötzlich. Der Warteraum war voller Menschen, und viele drängten bereits zum Ausgang. Sie nahm George beiseite und flüsterte: »Paß auf, George. Wenn ich dir zunicke, spielst du krank!«

»Wozu?«

John warf ihr einen fragenden Blick zu. »Ich habe eine gute Idee«, sagte sie. »Bitte tue es! Wir können hier nicht reden.«

George reihte sich murrend vor ihnen ein. Sie schoben sich in der Schlange vorwärts. Claire hätte ihnen ihre Idee verraten, aber es gab zu viele Ohren ringsum.

Ein Angestellter der Luftlinie kontrollierte am Ausgang die Flugkarten. Claire sah sich um und bemerkte zwei von Kontos' Soldaten, die jenseits der Glaswand standen und sie beobachteten. Sie schienen nicht sehr aufmerksam, aber sie waren noch da.

George voran, gingen sie hinaus auf das Flugfeld. Die große Düsenmaschiene wartete ungefähr hundert Meter entfernt. Die frische salzige Luft war befreiend nach dem schalen Zigarettengestank im Warteraum. Claire wartete bis zum letzten möglichen Augenblick, bis ungefähr ein Dutzend Passagiere hinter ihnen war. George setzte den Fuß auf die unterste Stufe der Gangway und blickte zu ihr zurück. Sie nickte.

George zuckte wie unter einem Schlag zusammen, ließ seine Tasche fallen und preßte die Hände an seine rechte Seite. Seine Knie knickten ein, er fiel glaubhaft stöhnend vornüber.

»Ach du lieber Gott!« schrie Claire. »George! Ist es wieder das gleiche wie vorher?«

»Ja ... ja«, schnaufte er. »Nur ... schlimmer.«

Passagiere drängten sich hinter ihnen. Ein amerikanischer

Angestellter der Luftlinie drängte sich durch und kniete neben George, der das Gesicht verzerrte und stöhnte.

»Er hat das vorher schon einmal gehabt«, erklärte Claire. »Wir hatten gehofft, wir könnten ihn nach Boston zurückbringen, aber ...«

»Was hat er?« fragte der andere.

»Nun, es sind kolikartige Anfälle, wir wissen es nicht genau, aber er hat furchtbare Schmerzen.« Claire plapperte weiter, während George mühsam schaufte. »George, du kannst nicht fliegen, das sagte ich dir schon im Hotel, du mußt einfach hier zu einem Arzt, ganz gleich, wie sehr du nach Haus zu Dr. Oberman möchtest, es hilft nun mal nichts, du mußt jetzt behandelt werden! Meinen Sie nicht auch?« Und sie blickte den TWA-Angestellten flehentlich an.

Der Mann biß sich auf die Lippe und sagte: »Nun, ich denke ... ah ... ich werde einen Krankenwagen rufen und ...«

»Nein, nein«, sagte Claire schnell, »keinen Krankenwagen, ich weiß, welche Preise die Krankenhäuser hier von Ausländern verlangen. Sagen Sie uns einfach, wo hier die Erste Hilfe-Station ist, bitte!«

Der Angestellte schüttelte den Kopf. »Meine Dame, er kann nicht gehen, und unser Grundsatz ist ...«

»Doch, doch ... es geht schon«, ächzte George. Er faßte nach dem Geländer der Gangway und zog sich daran hoch. »Sehen Sie?« Er tat einen unsicheren Schritt.

»Mach dir nichts vor«, sagte Claire. »Du bist nicht in der Verfassung ...«

»Ach, laß nur!« schnaufte George. »Wo ist die Erste Hilfe?«

Der Angestellte blickte zum Abfertigungsgebäude hinüber. »Sind Sie sicher, daß Sie es schaffen können?«

»Ja«, sagte George. »Führen Sie uns einfach hin, und stützen Sie mich ein wenig! Sie ... ah ... mein Gott – sie hat recht, ich sollte lieber auf diesen Flug verzichten.«

»Geben Sie unsere Plätze jemand anders«, sagte Claire.

Der Stau der Passagiere hinter ihnen blockierte nun jede Sicht von den Warteräumen, so daß Claire nicht sehen konnte, ob die Soldaten noch da waren. Sie überquerten die Fläche aus Teerbeton, und George, der immer noch eine Hand an den Bauch preßte und eine gekrümmte Haltung bewahrte, ging so rasch, daß der TWA-Angestellte kaum dazu kam, ihn zu stützen. Statt dessen erklärte er die Grundsätze seiner Firma in bezug auf stornierte Buchungen und über die Schwierigkeiten, einen anderen Flug zu buchen. Wie Claire erwartet und gehofft hatte, führte der Angestellte sie durch die Tür mit der Aufschrift NUR FÜR FLIEGENDES PERSONAL. Drinnen blickte sie rasch umher. Keine Soldaten.

»Könnten Sie uns zu einem Ihrer Transportwagen bringen?« fragte sie.

Sie taten es. Fluggesellschaften vermeiden nach Möglichkeit jede Verstrickung in medizinische Probleme ihrer Passagiere und ziehen es vor, jegliche Schwierigkeiten einer Erste Hilfe-Station im Flughafen zu überlassen und sich nicht weiter darum zu kümmern. Der halb offene Flughafentransporter beförderte sie eine schmale Zufahrt entlang und draußen über die Hauptstraße. Ein zweiter TWA-Angestellter hatte sich zu ihnen gesellt und erläuterte nachdrücklich, die Gesellschaft könne nicht garantieren, daß das Reisegepäck nicht nach Paris geflogen würde, da der Flug bereits abgerufen sei und der Start unmittelbar bevorstehe. Claire nickte und blickte starr geradeaus. Sie erinnerte sich von irgendwo, daß die Leute leichter auf einen aufmerksam wurden, wenn man in ihre Richtung blickte, also heuchelte sie Gleichgültigkeit gegenüber den Gruppen uniformierter Männer auf der Straße.

In der Erste Hilfe-Station simulierte George widersprüchliche Symptome. Der diensttuende Arzt knetete ihm den Leib, kam mit Fieberthermometer und Stethoskop und versuchte eine Augendiagnose. John und Claire bestanden darauf, bei dem Patienten zu bleiben. Als die Krankenschwester mit seiner Urinprobe hinausgegangen war, schmunzelte George und sagte: »Na, wie habe ich das gemacht?«

»Großartig«, sagte Claire. »Aber wir sind sie noch nicht los. Ich habe vorhin die Olympic Airways angerufen und zwei Plätze für einen Flug buchen können, der in fünfundfünfzig Minuten nach Kreta startet. Das waren die letzten zwei Sitze in der Maschine. George, du hast eine Buchung für den nächsten Flug.«

John nickte. »Auf diese Weise wird man uns drei nicht zusammen sehen.«

»Daran hatte ich nicht gedacht, aber Sie haben recht. Gut.«

»Sag mal, was soll das alles?« fragte George stirnrunzelnd. »Ich habe bis jetzt mitgemacht, aber, was zum Teufel, hast du vor?«

»Wir brauchen uns solch eine Behandlung nicht gefallen zu lassen. Ich werde Griechenland nicht verlassen, bis ich Gerechtigkeit bekomme.« Sie blickte wild entschlossen zu den beiden Männern. »Für uns alle!«

John hatte bis dahin nichts gesagt. Nun räusperte er sich. »Also, ich habe es nicht gerade gern, mich verprügeln zu lassen, aber Claire – Sie müssen uns schon sagen, was Sie eigentlich vorhaben.«

»Ich werde ... ich möchte zurück zur Ausgrabungsstätte und meine Aufzeichnungen holen. Vorhin im Warteraum ist mir etwas in den Sinn gekommen. Da war doch dieses Elfenbeinplättchen, nicht wahr? Die Zeichnung darauf könnte eine Karte sein.«

»Gewiß, ja, wir sprachen über diese Möglichkeit«, sagte George.

»Ich nahm sie nicht ernst, weil es aus dem mykenischen Zeitalter keine bekannten Karten gibt. Doch als ich die Übersichtskarte der Olympic Airways an der Wand des Warteraums sah, wurde mir klar, daß ich unbewußt angenommen hatte, die große Landmasse müsse oben, im Norden sein, wenn es sich um eine primitive Darstellung von Mykene und der Argolis handle. Daß Norden oben ist, ist aber nur eine heute gebräuchliche Darstellungsweise. Nach allem, an was ich mich erinnere, ähnelt die größte eingezeichnete Linie auf dem Elfenbeinplättchen ungefähr einem Teil Griechenlands. Aber nicht des Festlandes, sondern Kretas. Demnach wäre die große Masse identisch mit der Küste Kretas, und die kleinere Darstellung eine Insel. Vielleicht Santorin oder Melos.«

George grunzte skeptisch.

»Aber ich brauche meine Aufzeichnungen, um eine wirklich haltbare These zu machen.«

John fragte: »Und Sie meinen, ein gelehrter Artikel sei dieses Risiko und alles wert?«

»Ja, das meine ich. Aber vor allem möchte ich es Kontos irgendwie heimzahlen. Ich werde von Kreta ein Telegramm nach Hause schicken. Professor Hampton muß erfahren, was geschehen ist. Ich bin überzeugt, daß Kontos ihm die Ohren vollsabbern wird ...«

»Sie hätten Hampton nach unserer Ankunft in Boston einen Vortrag halten können«, sagte John.

Ihre Augen blitzten. »Ja, und mit leeren Händen, ohne irgendwelche Resultate, ohne etwas vorzeigen zu können ...«

»Nun, das war nur eine Feststellung«, erwiderte John. »Ich verstehe, daß Sie versuchen, Ihren wissenschaftlichen Ruf zu retten, nachdem Kontos Ihnen auf die Schliche gekommen ist. Was mich angeht, ich bin bereit, nach Kreta zu gehen, wenn Sie das wollen. Schließlich bin ich auf Urlaub.«

George nickte. »Kontos hat keine offiziellen Maßnahmen gegen uns eingeleitet. Noch nicht. Ich meine, daß uns nicht viel passieren kann, wenn es uns gelingt, ihm und seinen Soldaten aus dem Weg zu gehen.«

Claire atmete auf. Sie sah, daß in George etwas von dem zu Streichen aufgelegten Schuljungen wachgeworden war, etwas, das ihr zustatten kam. Für ihn, der während der Ausgrabungen ihr unterstellt war und keine Verantwortung für ihre Handlungsweise trug, konnte dies ein Streich sein, ein bißchen Räuber und Gendarm, besser als in ein winterliches Boston und die Universitätsroutine zurückzukehren.

»Gut. George, du bleibst hier, erholst dich in ungefähr einer Stunde und gehst über die Straßen zur Abfertigungshalle für Inlandsflüge. Das ist der Eingang links. Hier ...« – sie gab ihm ein Bündel Banknoten –, »damit kannst du dir eine Flugkarte kaufen. Nach der Landung auf Kreta gehst du zum Hauptplatz in Heraklion. Dort werden wir dich erwarten.«

»In Ordnung.«

»Bis dahin werde ich Zeit gehabt haben, mit Hampton zu telefonieren. Er kann bei Kontos intervenieren. Ich möchte die Erlaubnis erwirken, zur Ausgrabungsstätte zurückzukehren, dafür zu sorgen, daß alles fachmännisch abgeschlossen wird, und meine Aufzeichnungen zu holen.«

»Hampton könnte Kontos veranlassen, sie nach Boston zu schicken.«

Wieder blitzten ihre Augen zornig auf. »Damit er davon einbehält, was ihm gefällt? Ich will nicht, daß er meine Aufzeichnungen durchwühlt!«

John schüttelte zweifelnd den Kopf. »Und Sie glauben, Kontos werde uns nicht suchen lassen? Er wird davon hören und ...«

»Sind Sie bereit, dieses Risiko zu tragen?«

Langes Stillschweigen. John wich ihrem Blick aus. Sie wußte, daß er an die Prügel dachte, die er bezogen hatte, und es war ihr verhaßt, ihm in dieser Form die Pistole auf die Brust zu setzen, aber sie hatte keine Zeit.

Seine Haltung straffte sich ein wenig. »Ich denke schon, ja.«

»Dann ist alles in Ordnung«, sagte sie munter. »Ich werde zuerst hinübergehen.«

»Warum nicht zusammen?«

»Sie werden nach einer Gruppe Ausschau halten. Und ich kann mich besser herausreden, weil ich griechisch kann.«

John gefiel das nicht besonders, aber er willigte ein, in zehn Minuten zu folgen. Sie verließ die Erste Hilfe-Station. Es fiel ihr nicht schwer, wie eine müde, besorgte Reisende auszusehen, denn genauso war ihr zumute. Als sie mitten auf der Straße war, kamen zwei Jeeps wild hupend auf sie zugerast. Sie sprang aus dem Weg, die Wagen brausten vorbei, jeder mit drei Mann besetzt, die sie nicht beachteten. Vor dem Abfertigungsgebäude kurvten sie mit pfeifenden Reifen und blockierten den Eingang zur Abfertigungshalle für internationale Flüge. Die Soldaten sprangen heraus und überprüften ihre Maschinenpistolen. Claire hatte ihre Tasche abgestellt, um das Geschehen zu beobachten. Soldaten kamen auf die Neuankömmlinge zu und überschütteten sie mit Fragen. Claire nahm ihr Gepäck auf und bemerkte, daß fast alle Passanten in Sichtweite das Weite gesucht hatten und die Straße fast menschenleer war. Sie war auffällig. Sie eilte zum Eingang für Inlandsflüge.

In der Halle war es ruhig. Während einer Krisensituation in der Hauptstadt schien niemand interessiert, in die Provinzen zu fliegen. Sie ging zum Schalter, sprach griechisch, bekam ihre zwei Flugkarten und ließ sie für den Flug eintragen.

Niemand schenkte ihr besondere Beachtung. Als sie sich vom Schalter umwandte, stand plötzlich ein Soldat vor ihr.

»Wohin fliegen Sie denn, meine Dame?« fragte er auf griechisch.

Er war hager und drahtig, und seine dunklen Augen musterten sie prüfend. Sie hatte im ersten Augenblick den Atem angehalten und unvernünftig an Flucht gedacht. Aber wohin? »Ich ...? Kreta.«

»Sie haben eine Buchung für diesen Flug?«

»Ja. Ich bin im Urlaub und ...«

»Dann würde ich es als eine große Gefälligkeit betrachten, wenn Sie dies mitnehmen könnten.« Er zog einen Brief aus der Brusttasche und reichte ihn ihr. »Bitte stecken Sie ihn am Flughafen in den Briefkasten. Er wird dann am nächsten Tag in Heraklion zugestellt.«

Die Erleichterung war so groß, daß ihre Knie wankten. »Aber ... aber warum geben Sie ihn nicht hier auf?«

Die dunklen Augen blickten sie forschend an. »Die Post von Athen wird Heraklion erst morgen oder übermorgen erreichen«, sagte er. »Zur Zeit bestehen ... politische Spannungen. Da kann es bei der Post länger dauern. Dieser Brief ist für meine Angehörigen ...«

»Und Sie befürchten ...«

»Ich kann Sie nur bitten, es zu tun; ich werde Sie für die Mühe bezahlen, wenn Sie ...«

»Nein, natürlich werde ich ihn mitnehmen und einwerfen. Aber glauben Sie wirklich ...«

Er ließ sie nicht ausreden, sondern bedankte sich überschwenglich und eilte davon, als sei es ihm unangenehm, im Gespräch mit einer Ausländerin gesehen zu werden.

Als John einige Minuten später in die Halle kam, meldete er, daß die Halle für internationale Flüge von Soldaten abgesperrt sei, die alle Reisenden sorgfältig überprüften. Die Einschienenbahn von Athen schien wie gewöhnlich ausgefallen zu sein, und die Reisenden trafen in überladenen Bussen ein und stauten sich vor dem Eingang. »Typisch«, sagte er. »Maschinenpistolen und Sturmgewehre, als ob jemand fliehen würde, indem er einen Überfall auf den Flughafen durchführte.«

»Geben Sie sich unbekümmert, und niemand wird Sie beachten. Wir sind bloß Touristen.«

»Bei diesen Sicherheitsvorkehrungen werden sie uns erwischen.«

»Nicht unbedingt. Außerhalb von Athen geht es viel ruhiger zu.«

»Wie in Nauplia?«

»Schon recht. Ich habe eben einen optimistischen Zug.«

»Dies alles, nur um an die Aufzeichnungen zu kommen?«

»Sie repräsentieren die Arbeit von Monaten. Ich kann meinen Teil des Projekts ohne sie nicht beenden. Und auf Kreta kann ich vielleicht einen Hinweis auf dieses Elfenbeinplättchen finden. Archäologie besteht zu einem guten Teil daraus, daß Assoziationen zwischen Gegenständen gemacht werden, und jede Entdeckung eröffnet mögliche Verbindungen zu Dingen, die wir bereits haben. Manchmal braucht man bloß durch ein Museum oder über eine Ausgrabungsstätte zu wandern, und es werden einem die Augen geöffnet.«

Er seufzte.

Sie verstummte; seine Skepsis weckte in ihr selbst unwillkommene Überlegungen. Aber es war jetzt zu spät. Praxis.

Sie legte ihm mit aufmunterndem Lächeln die Hand auf die Schulter. »Ich bin ganz sicher, daß ein Anruf bei Hampton alles ins Lot bringen wird«, sagte sie munter, obwohl sie selbst kein Wort davon glaubte.

2

John lehnte sich zufrieden zurück. Eine Mahlzeit von knoblauchbeladenem Souvlaki, ein voller Teller mit öligem Moussaka und eine Flasche herben Rotweins hatten zusammengewirkt, um ihn mit der Welt zu versöhnen und alles in einen angenehmen und wohlwollenden Glanz zu tauchen. Er saß im warmen Schein der Herbstsonne, die ihm durch silbrige Olivenblätter zublinzelte, und vom Meer wehte frische, reine Luft herein. Dies also war die legendäre Luft Griechenlands. Er prostete ihr mit einem zweiten Glas Metaxa zu. Die Müdigkeit war von ihm gewichen, aber er fühlte, daß sie im Hintergrund lauerte, bereit, ihn mit Schlaf zu überwältigen, wenn er sie herausforderte.

Claire kam aus dem Hotel jenseits des kleinen Parks, blickte in beide Richtungen – immer eine gute Idee in dem Bienenschwarmverkehr Heraklions – und schritt herüber. Ihr schlanker, in seiner Kraft gesammelter Körper hatte einen ausladenden Hüftschwung, eine unbewußte Sinnlichkeit der Gangart, die über mechanische Notwendigkeit hinausging und des strengen Schnitts ihrer roten Bluse und der grauen langen Hose spottete. Die unvermeidlichen Müßiggänger auf den Bänken, arbeitslos und unrasiert, verfolgten ihren Weg wie rotierende Radarschirme.

»Sie haben Verehrer.«

»Was? Ach, die. So ist es immer.«

»Ein Berufsrisiko bei der Arbeit im Mittelmeerraum?«

»Sie wissen nicht viel über Bostoner Iren, nicht wahr?«

Er lächelte. »Wie ist es gegangen?«

»Ich habe zwei Einzelzimmer bekommen. Und Boston angerufen.«

Er richtete sich auf. Es war leicht zu sehen, daß sie sich ärgerte.

»Ich bekam gleich Verbindung, wahrscheinlich über die neue Satellitenverbindung.« Sie trank von ihrem Metaxa.

»Und?«

»Hampton ... war nicht kooperativ. Er hatte noch nichts von Kontos gehört, Gott sei Dank, überging aber, was ich ihm erzählte. Er sagte, wenn ich Kontos erzürnt hätte, werde er, Hampton, das schon ausbügeln.«

»Sagten Sie nicht, daß ...«

Ihre Augenbrauen gingen hoch. »Ich konnte ihm nicht alles erzählen. Gebrauchen Sie Ihren Kopf! Es würde nur schaden, wen Kontos hörte, daß ich dieses Artefakt für wichtig halte.«

»Oder daß Sie selbst zur Ausgrabungsstätte zurückkehren und Ihre Aufzeichnungen holen wollen.«

»Genau. Ich schilderte Hampton, wie Kontos mit seinen Militärgorillas kam und Ihnen übel mitspielte und eine

Menge von unseren Aufzeichnungen konfiszierte – okay, eine Abtönung der Wahrheit, das gebe ich zu –, und uns ohne amtliche Autorität des Landes verwies. Hampton schnalzte mit der Zunge und sagte mir, es gebe politische Unruhen, das sei ja bekannt, und ich solle alles seinen großen, tüchtigen Händen überlassen.« Sie zog eine Grimasse.

»Er wird sofort Kontos anrufen.«

»Vielleicht nicht. Ich sagte, daß ich aus Paris anriefe und ein paar Tage Urlaub wolle. Dann bat ich ihn, irgendwelche Reaktionen zurückzustellen, bis ich nach Boston käme und ihm in allen Einzelheiten schildern könne, was geschehen sei. Hampton schreibt gern lange, gedankenvolle Briefe, die er in Fachkreisen zirkulieren läßt – ›Ein Forum schaffen‹, nennt er das. Und ich glaube, daß er damit auch dieser Sache beikommen möchte.«

»Vielleicht ist das der beste Weg.«

»Nein, es ist bloß eine Methode, es ... *mich* unter den Teppich zu kehren. Hampton und Kontos werden diese Sache durch das Netzwerk ihrer Alter-Knabe-Kumpanei ventilieren, bis ich mich bei der Arbeit in irgendeinem syrischen Lehmdorf wiederfinde, während sie die mykenischen Ausgrabungen weiterführen.«

»Nun ... vielleicht sollten Sie nicht allzuviel Gewicht auf diese Aufzeichnungen legen.«

»Unsinn! Bedenken Sie, zu den Aufzeichnungen gehören auch Ihre Daten, die ich in meine Unterlagen aufnehmen wollte. Hätte ich Zeit gehabt, sie zu kopieren und Ihnen zurückzugeben, würden Sie sie jetzt haben.«

»Trotzdem ...«

»Nach diesen Spektrallinien, die Sie gefunden haben? Sie sagten selbst, daß Sie auf eine Art Legierung, oder zumindest auf ein ungewöhnliches mineralisches Konglomerat hindeuten. Hinzu kommt die Tatsache, daß der Block einzigartig ist, ein Relikt, wie niemand es je in einer Grabstätte gefunden hat. Wer weiß, was es zu bedeuten hat, versteckt wie es ist? Nächstes Jahr können wir die Höhle dahinter ausgraben, den unterirdischen Wasserlauf erforschen, vielleicht Dinge finden, die sie hinuntergeworfen haben, und ich will dabei sein!« Ihre Augen funkelten.

Er holte tief Luft. Der Augenblick der Wahrheit war gekommen. »Ich wollte damit sagen, daß meine Ergebnisse vorläufig sind und ... ah ... falsch sein könnten.«

Sie sah ihn verblüfft an. »Aber warum? Sie waren sorgfältig, ich habe Sie beobachtet.«

»Ja, aber ... nun, es ist nicht mein Gebiet.«

»Metallurgie des Altertums hat zweifellos ihre Besonderheiten, aber Sie ...«

»Die Sache ist die, daß ich kein Metallurge bin.«

Sie sperrte den Mund auf. *»Was?«*

»Ich hatte Ausrüstungen, wie wir sie verwendeten, vordem nie gesehen.«

»Was sind Sie dann?«

»Mathematiker.«

Sie starrte ihn ungläubig an.

»Ich ... ich arbeite an einem neuen mathematischen Modell von Unreinheiten in Metallen. Anwendungen der Gruppentheorie.«

»Ihr Büro ...«

»Sie hatten Platz, also steckten sie mich dort hinein. Ich rede mit den Metallurgen, versteht sich, aber ansonsten ...«

»Sie haben mich belogen!«

»So kann man es nicht nennen. Ich sagte nie, daß ich auf diesem Gebiet gut wäre, Sie werden sich erinnern.«

»Ich hatte selbstverständlich angenommen, Sie seien ... Sie seien ...«

»Ich weiß, und ich bitte um Entschuldigung. Ich dachte, es würde ein Spaß sein, wissen Sie, eine Art Urlaub.«

»Also waren Sie auf die kostenlose Reise aus!« Sie knallte ihr Brandyglas so heftig auf den Tisch, daß es zerbrach. Sie achtete nicht darauf.

»Wirklich nicht. Hauptsächlich waren Sie der Beweggrund.«

»Ich?«

»Ich ... ah ... ich fühlte mich vom ersten Augenblick zu Ihnen hingezogen.« Er ließ den Kopf hängen. »Ich weiß, das klingt einfältig. Ich glaube, ich ... ich ließ mich einfach von meinen Gefühlen mitreißen.«

Zu seiner Überraschung legte sich ihre Erregung. »Und so

beschlossen Sie, einfach die Rolle des Metallurgen zu spielen?«

»Ja. Die Ausrüstung konnte ich als Angehöriger der Fakultät gegen Unterschrift leicht bekommen. Dann suchte ich in der Bibliothek zusammen, was ich an Nachschlagebüchern finden konnte. Die las ich auf dem Flug.«

»Das alles ...« Sie sah ihn an, als wäre er ein Fremder. »Meinetwegen?«

In diesem *›Meinetwegen?‹* sah er eine momentane Blöße in ihrer blendenen Rüstung. Hegte sie, ehrgeizig, unermüdlich und selbstsicher in ihrem Berufsleben, womöglich Zweifel an ihren weiblichen Qualitäten? Er mußte da etwas tun. Irgendwie.

»Ich tat, was ich konnte«, sagte er kläglich. »Ich verstehe ein bißchen von Elektronik, habe selbst einmal Stereokomponenten gebaut, aber ich ... ich kann nicht garantieren, daß die Arbeit akkurat ist. Ich weiß, Sie sind enttäuscht, aber ich möchte, daß Sie auch wissen, daß ... nun ...« – er blickte ihr direkt in die Augen – »ich es nicht bin. Es war der Mühe wert.«

»Zum Teufel!« sagte sie gereizt, »Sie hätten mich einfach um eine Verabredung bitten können.«

»Ich wollte Sie nicht so vorbeigleiten lassen. Ich ließ mich in meinem Handeln einfach, nun, vom Herzen leiten.«

»Sie sind mir ein kalter, analytischer Mathematiker!«

»Ich hätte es zugeben sollen, als ich zur Ausgrabung kam und sah, was für eine Arbeit es war, mehr als ich erwartet hatte. Aber dann hätten Sie niemanden als Hilfe gehabt. Wäre ich nicht solch eine Memme gewesen ...«

»Me ... – was?«

»Memme. Feigling.«

Das erweichte sie sichtlich. »Nein, das ist nicht ... Sie haben sich angestrengt. Ohne Ihre Hilfe wäre ich nicht so weit gekommen.«

»Es tut mir leid. Aber ich würde es wieder tun. Es hat sich gelohnt.«

Sie schlug den Blick nieder, entdeckte plötzlich den verschütteten Metaxa und begann ihn mit der Serviette aufzutupfen, ohne John anzusehen. Nach einer kleinen Weile lachte sie ein wenig, schüttelte den Kopf und blickte von der Seite zu ihm hin. »Wissen Sie, ich habe auch ... anders ... für Sie empfunden.«

Er blickte sie in ungläubigem Staunen an. »Oh, das ist ja ...«

Sofort war wieder eine gewisse Reserve in ihren Zügen, und sie befeuchtete sich die Lippen. »Vielleicht ist es so, weil wir vieles gemeinsam haben. Es ist Ihnen doch klar, nicht wahr, daß wir beide gemeine, lügnerische Halunken sind?«

Er hörte Frauen nicht gern so reden, doch mußte er ihr zustimmen.

George brachte schlechte Nachrichten. Das Militär war offenbar wieder einmal dabei, die Macht zu übernehmen. Durch die verworrene allgemeine Lage war es zu einer Verspätung seines Fluges gekommen. Am Flughafen von Athen waren Truppentransporte eingetroffen, und alle Passagiere wurden kontrolliert, sogar die Fluggäste der Inlandsrouten. George war nur durchgekommen, weil das Hauptaugenmerk der Kontrolleure auf die Passagiere der ankommenden Flüge gerichtet war, wahrscheinlich wegen Befürchtungen, daß die Opposition Kräfte nach Athen ziehen und einen Gegenputsch versuchen könnte. George hatte mehrere Festnahmen beobachtet.

Dies alles ließ erkennen, daß eine Rückkehr über Athen wenig aussichtsreich war. Dennoch beharrte Claire auf ihrem Vorhaben; sie müsse zu den Ausgrabungen zurückkehren und ihre Aufzeichnungen bergen.

Sie konnten versuchen, eine Privatmaschine zu chartern. Aber die Flughäfen wurden streng überwacht – George hatte die Ankunft von Polizeiverstärkungen am Flugplatz von Heraklion gesehen, als er sein Gepäck abgeholt hatte.

Damit blieb nur der Seeweg. Die beste und billigste Art und Weise würde eine Kreuzfahrt nordwärts an Bord eines der regulären Touristenschiffe sein. Und da Kontos sie an Hand der Passagierliste der Luftlinie nach Kreta verfolgen konnte, taten sie gut daran, rasch von Heraklion fortzukommen. Dies war nicht sofort möglich. Die Behörden hatten nie aufgehört, den Fremdenverkehr zu fördern, weil er von jeher eine wesentliche Deviseneinnahmequelle war. Alle Plätze auf den nächsten nach Norden auslaufenden Schiffen waren ausgebucht. Indem sie einen Schiffskartenverkäufer bestach, gelang es Claire, zwei Plätze an Bord eines Schiffes zu bekommen, das am nächsten Morgen nach Santorin auslaufen sollte. Einen Platz gab es schon für eine Abfahrt an diesem Nachmittag.

Wenn sie sich trennten, würden sie weniger auffällig sein. George zog es vor, die Einzelkarte zu nehmen, statt zu warten. Claire und John wollten am nächsten Morgen folgen und George im Hotel Atlantean auf Santorin treffen.

Einstweilen war es klug, so unauffällig touristisch wie möglich auszusehen. Polizeistreifen patroullierten in den Straßen und ließen sich Ausweise zeigen, behelligten aber keine offensichtlichen Ausländer. George ging, sein Schiff zu erreichen. Er war guter Dinge; das Abenteuer machte ihm Spaß.

John versuchte sich entspannt zu geben, aber die Gruppen von Polizei- und Armeeuniformen an jeder größeren Kreuzung verursachten ihm Unbehagen. Angenommen, Kontos hatte erfahren, daß sie nicht an Bord der TWA-Maschine gegangen waren? Sicherlich ließe sich daraus eine Anklage wegen Verstoßes gegen diese oder jene Bestimmung konstruieren, und im gegenwärtigen Klima war eine Verurteilung nicht auszuschließen.

Sie schlenderten über den Wochenmarkt, widerstanden aber den schmeichelhaften Worten der Verkäufer. Claire kaufte etwas Safran – eine absolut exzentrische Idee, wie er fand, da sie nur die Kleider hatte, die sie trug, dazu etwas Unterwäsche, zwei Taschenbücher und ein paar Toilettenartikel.

Sie führte ihn durch enge Straßen, in denen sich hupende Wagen und aufdringliche Verkäufer drängten, in die gewölbte Stille des Museums. »Sehen Sie sich um«, sagte sie. »Die Fresken sind im Obergeschoß. Ich werde inzwischen mit meiner Kreditkarte Bargeld holen und ein paar Notwendigkeiten besorgen. Und ein Telegramm an die TWA schikken, daß sie unser Gepäck in Boston aufbewahren sollen.«

John konzentrierte sich bewußt auf die ausgestellten Altertümer und verdrängte die staubig, unordentliche Außenwelt.

Die eleganten Formen der Vasen und Schalen sagten ihm besonders zu. Einige hatten mit Juwelen besetzte Handgriffe. Die meisten Kunstgegenstände wie Gemmen und Halsketten erinnerten ihn an die mykenischen Kunstwerke, die Claire ihm gezeigt hatte, und so war er nicht überrascht, aus dem Museumsführer zu erfahren, daß die Spätphase der minoischen Kultur unter dem Einfluß der mykenischen Herrschaft gestanden hatte.

Das goldene Zeitalter der minoischen Kultur lag zwischen 2000 und etwa 1550 v. Chr. Nach der Eroberung durch die indogermanischen mykenischen Griechen erlebte sie, nun auf Knossos beschränkt, noch einmal eine späte Blüte. Diese relativ kurze Epoche endete um 1425 v. Chr. in einer die ganze Insel heimsuchenden Katastrophe, die von späteren Geschichtsschreibern als »alles verschlingende Erdbeben und Flutwellen« geschildert wurde. Ein vorzüglich gearbeiteter goldener Anhänger faszinierte John. Zwei Bienen krümmten sich zueinander und bildeten die Kreisform des Anhängers, der deutlich zeigte, wie sie Pollen in einer Bienenwabe speicherten. Die kleinen Tierkörper schienen erfüllt von zweckbestimmtem, innerem Leben, und er spürte plötzlich die Realität dieser Vergangenheit, die Millionen von ringenden, sich abmühenden, schönheitsliebenden Menschen, die eine erste europäische Hochkultur geschaffen hatten, die als eine unsichtbare Gegenwart bis heute in diesen eleganten Gegenständen fortlebte. Er hatte die Vergangenheit oft als eine rohe, primitive Zeit angesehen, aber hier in diesen geschmackvollen, künstlerisch wie handwerklich hochstehenden Erzeugnissen fand er einen stummen, überwältigenden Gegenbeweis. Er wanderte zwischen den Fundstücken umher, die vom Untergang der großen Paläste kündeten, verkohlten Holzstücken und Getreidekörnern, Resten von Mobiliar, und atmete in einem Sinne den Hauch der Geschichte.

»Sieht wie eine kalifornische Modetorheit aus, nicht?«

Er erschrak, als er Claires Stimme hinter sich hörte. Er hatte die Statue einer Schlangengöttin betrachtet, die mit ausgestreckten Armen stand, sich windende Schlangen in den Händen, während andere sich um ihre Arme und ihren Körper und sogar um den Kopfschmuck ringelten. Ein enges

Mieder über einem langen weiten Schürzenrock ließ die Brüste frei.

»Einige Themen bleiben ewig aktuell«, sagte er.

»Man vermutet, daß zu kultischen Zwecken Schlangen in Tonröhren – denen dort – gehalten und mit Milch ernährt wurden.« Als er sie verwundert anschaute, fügte sie hinzu: »Es ist sehr gut möglich, daß Schlangen in der Götterverehrung eine Rolle spielten, aber ich glaube, man hielt Schlangen zu medizinischen Zwecken. Ihr Gift kann für manche Leiden als Heilmittel Verwendung gefunden haben.«

Sie führte ihn durch Räume mit Keramik. »Gebrannter Ton überdauert alles.«

»Selbst moderne Materialien?«

»Sicherlich. Unsere Toilettenschüsseln werden in zehntausend Jahren noch brauchbar sein. Oh, sehen Sie nur!«

Die blaue Freskomalerei zeigte einen im Galopp angreifenden Stier mit drohend gesenktem Kopf. Eine Frau hatte ihn bei den langen, gebogenen Hörnern gepackt. Ein brauner Mann, der Schmuck trug, vollführte einen Salto über den Rücken des Stieres. Hinter dem Tier war eine Frau gerade auf den Füßen gelandet, die Arme noch von ihrem Überschlag angehoben. Die drei Phasen des »Todessprungs«. Die Darstellung war lebendig und lebensnah, die Komposition vibrierte von Energie.

»Das machten die tatsächlich«, bemerkte Claire. »Es war ein Sport.«

»Keine religiösen Zusammenhänge?«

»Nun, das ist ohne schriftliche Überlieferungen schwer zu beurteilen. Diese Ereignisse könnten in Zusammenhang mit dem Mythos des legendären Helden Theseus stehen, der mit anderen jungen Männern und Frauen von Athen hierhergeschickt wurde um dem Minotauros geopfert zu werden. Wir wissen wenig über die Religion der alten Minoer, aber es gibt Anhaltspunkte dafür, daß sie im Matriarchat lebten und von den Priesterinnen der Mondgöttin regiert wurden. Bis die eindringenden mykenischen Griechen mit der Eroberung Kretas das Patriarchat durchsetzten.«

»Und wir halten es für eine große Sache, wenn sich einer mit einem roten Tuch vor solch einen Stier hinstellt.«

Sie lächelte. »Tun Sie den Matadoren nicht unrecht. Jeder versucht das Risiko zu verringern, wenn er kann. Angeblich hat man bei Ausgrabungen Stierschädel gefunden, bei denen die Spitzen der Hörner abgesägt waren.«

»Das findet man auch bei Viehhaltern, wenn sie einen Stier im Stall halten, wissen Sie. Es verhindert, daß sie die Wände beschädigen oder Menschen und andere Tiere verletzen. Leider geht man heutzutage immer mehr dazu über, die Rinder überhaupt zu enthornen. Eine Form von Verstümmelung, die Folge der Massentierhaltung ist.«

»Tatsächlich? Woher wissen Sie das alles?«

»Ackerbau und Viehzucht liegen den Leuten aus Georgia im Blut. Was stellte der Minotauros eigentlich dar?«

»Dem Mythos nach war er halb Mensch, halb Stier. Der Meeresgott Poseidon gab dem König von Kreta, Minos, einen Stier, daß er ihn opfern sollte. Statt dessen behielt Minos ihn, und seine Frau verliebte sich in ihn.«

»Sie haben recht, es war wie in Kalifornien.«

Sie warf ihm einen Seitenblick zu. »Nein, Poseidon brachte sie dazu.«

»Ich glaube, ich habe davon gehört.«

»Sie bekam ein Kind von dem Stier – den Minotauros. Minos sperrte ihn in ein Labyrinth. Später, nachdem sein Sohn in einem Krieg von den Athenern getötet worden war, verlangte Minos, daß sie ihm als Tribut junge Leute als Opfergaben schickten. Die warf er dem Minotauros zum Fraß vor.«

»Ein netter Mensch. Das ist der Punkt, wo Theseus ins Spiel kommt, nicht wahr?«

»Richtig. Er war eines der Opfer. Allerdings hatte er sich bewaffnet und tötete den Minotauros. Er fand den Weg zurück aus dem Labyrinth, weil er einen Faden abgewickelt hatte, der ihm den Weg wies.«

»Wie tötete er den Minotauros?«

»Das wissen wir nicht. Er scheint bereits Übung gehabt zu haben – die Legende sagt, er habe vorher den feuerschnaubenden Stier von Marathon erschlagen.«

»Zwei Stiere? Und wo war das Labyrinth?«

»Ich werde es Ihnen zeigen.«

Knossos lag eine kurze Taxifahrt außerhalb der Stadt, fern von den allgegenwärtigen Polizeiuniformen. Unterwegs wurden sie von einem Armeeposten kontrolliert.

»Was machen wir, wenn sie unsere Pässe sehen wollen?« fragte John. »Die sind im Hotel.«

»Dann werden wir das sagen.«

Ein Uniformierter blickte in den Wagen, sah, daß sie Touristen waren und winkte sie durch. »Sehen Sie?« sagte Claire. »In der Provinz geht alles viel weniger hektisch zu.« Sie zeigte auf einen Esel, der im Schatten einer Stechpalme neben den Resten einer Mauer graste, unbeeindruckt von dem Fliegenschwarm, der ihn wie eine Wolke umgab.

»Wozu soll die Verkehrskontrolle dann gut sein?«

»Wahrscheinlich hat sie psychologische Gründe. Ich könnte mir denken, daß die Kreter von der neuen Einparteienherrschaft nicht sonderlich begeistert sein werden.«

»Ich wollte, wir wären schon in Santorin. Wenn ich mir vorstelle, daß wir mit unseren vollen Namen auf der Passagierliste in Athen stehen, wird mir mulmig.«

»Unser Schiff geht erst morgen früh um acht.«

In dem weitläufigen Ruinengelände von Knossos begann John jedoch zu bedauern, daß er Kreta so bald verlassen mußte. Die ausgegrabenen Ruinen des ausgedehnten, teilweise rekonstruierten Palastes umfingen einen mit ihrer durchsonnten Stille, mit den vielfach verwinkelten Räumen, die sich auf immer neue Innenhöfe und Plätze öffneten, mit dem Duft von Wacholder und Pinien und dem unaufhörlichen Singsang der Zikaden. Eidechsen huschten über die weißen Mauerreste, und hoch am Himmel kreisten Raubvögel und ließen ihre hellen Rufe ertönen.

»Schwer zu glauben, daß dies ein Labyrinth war.«

»Dies ist nur der ausgegrabene Teil. Der Palastkomplex umfaßte fünfzehnhundert Räume.«

»Deswegen glauben die Historiker, daß er von den Griechen zum Gegenstand einer Legende gemacht wurde?«

»Nun, er war ohne Zweifel das komplizierteste Bauwerk, das ein Grieche je gesehen hatte. Und Minos ist die dynastische Bezeichnung für die Reihe der Heiligen Könige von Knossos. Sie waren sozusagen die Prinzgemahle der herrschenden Hohenpriesterin der Mondgöttin und wurden ursprünglich nach einjähriger Herrschaft der Göttin geopfert. Später durften sie am Leben bleiben, und man opferte an ihrer Statt Tiere.«

»Und diese Leute hielten sozusagen zum Vergnügen einen menschenfressenden, feuerschnaubenden Stier im Haus?«

»Es ist eine Legende, keine gesicherte Überlieferung, und hat im Laufe des Altertums sicherlich allerlei Veränderungen und Ausschmückungen erfahren.«

»Dieses Labyrinth war der eigentliche Palast?«

»Vermutlich. Man legte im Felsgestein Schachtgräber an, aber sie waren weder groß noch aufwendig. Die späten Gräber gleichen denen der mykenischen Griechen und sind ein Indiz für die Eroberung der Insel durch die Mykener.«

Sie stiegen breite Treppen hinab, gingen zwischen dicken, rotbraunen Säulen. Die Minoer, erzählte sie ihm, waren eine kleinwüchsige, schwarzhaarige Rasse.

»Sie wurde von den Mykenern unterworfen?«

»Ja, nach der zweiten Zerstörung dieses Palastes.«

»Aber ich dachte, die Athener seien die griechische Großmacht gewesen.«

»Ach nein, das war sehr viel später. Zu dieser frühen Zeit war Athen ein unbedeutendes Provinznest. Platon, Perikles – die lebten erst tausend Jahre nach dieser Zeit.«

»Aber Kreta lag offenbar im Konflikt mit den Athenern, und war es nicht der Athener Theseus, der den Minotauros tötete?«

»Nun, man muß sich klarmachen, daß die Geschichte von den Überlebenden geschrieben wird, das heißt, gewöhnlich von den Siegern. Die Geschichte vom Minotauros geht sicherlich auf eine mykenische Überlieferung zurück, nicht auf eine athenische. Die Athener übernahmen einfach die bestehende Legende.«

»Junge, kein Wunder, daß Henry Ford sagte, Geschichte sei Quatsch.«

»Wer einer Kulturnation angehören will, muß sich auch zur Geschichte bekennen«, erwiderte sie ein wenig gereizt. »Im übrigen ist es nicht wichtig, ob es Griechen aus Attika oder Mykene waren. Ein namenloser Held vom Festland kam hierher. Vielleicht war er ein berühmter Athlet, der den Todessalto über den anstürmenden Stier besonders gut beherrschte. Oder er war Spezialist im Erlegen gefürchteter Ungeheuer. Zu Haus wurden seine Abenteuer zu einer beliebten Geschichte, die von einer Generation zur anderen weitergegeben und ausgeschmückt wurde. Homer gebrauchte solche Überlieferungen.«

»Also ist der ganze Homer eine Sammlung von Märchengeschichten oder Übertreibungen?«

»So könnte man sagen, das ist natürlich noch längst nicht alles. Zum einen enthalten Homers Werke einen Kern historischer Wahrheit, wie zumindest im Fall der *Ilias* erwiesen ist. Zum anderen sind sie die ersten Zeugnisse schriftlich niedergelegter Überlieferung im abendländischen Kulturkreis, und schon dadurch von unschätzbarem Wert. Und schließlich – und das verdient am meisten Bewunderung – sind sie vollendete Dichtung von höchster Vollkommenheit, das Vermächtnis eines Genies.«

»Oh.«

Sie gingen zwischen Treppen und Säulenstümpfen und dachten über die Botschaft in den stummen Steinen nach. Claire schien unruhig.

»Sagen Sie mal, beobachten uns die Polizisten dort drüben?«

Claire schrak zusammen, blickte umher. »Was? Wo?«

Er schmunzelte. »Na, eben schauten sie noch herüber. Sie sind nicht so ruhig, wie Sie sich den Anschein geben.«

Sie warf ihm einen unfreundlichen Seitenblick zu. »Natürlich bin ich auch nervös. Fahren wir zurück in die Stadt!«

Am Nachmittag ging er noch einmal ins Museum, angezogen von seiner Atmosphäre. Selbst die Eintrittskarten waren ungewöhnlich, bedruckt mit Strichzeichnungen von Gelehrten und Staatsmännern des Altertums und Zitaten aus großen Werken der Vergangenheit. In den Glasvitrinen lagen die stummen Jahrtausende dem Auge dargeboten. Wie nie zuvor fühlte er vor dem Abgrund der Zeit das unwiederbringlich Verlorene, die vergessenen großen Werke und Taten zu Staub gewordener Menschen.

Aus einer der Vitrinen blickte ihn ein Stierkopf aus schwarzem Speckstein über die Jahrtausende hinweg an. Seine glänzenden Seemuschel-Nüstern waren zornig gebläht, und Augen aus Bergkristall und Jaspis betrachteten ihn unheilvoll. Der erklärende Text lautete: *Rhyton aus dem Palast von Knossos. Das Fell ist durch Einschnitte geschickt imitiert. Der Stil und das verwendete Werkzeug legen einen Ursprung kurz vor der engültigen Katastrophe nahe. Bei Homer finden sich Hinweise, daß Opferstiere vergoldete Hörner trugen. Die Hörner dieses Fundstücks sind nicht gefunden worden, waren aber wahrscheinlich aus vergoldetem Holz wie jene des berühmten Rhyton ähnlichen Typs, der in den Königsgräbern von Mykene gefunden wurde.*

Der feindselige steinerne Blick schien ihm zu folgen, als er sich um den Stierkopf herumbewegte und die Ausführung bewunderte. Die in der Neuzeit hinzugefügten hölzernen Hörner waren kunstvoll geschwungen und mit Goldfarbe bestrichen. Sie glänzten im kühlen Licht des Museums, und er stellte sich vor, wie er im Geruch von Staub und Schweiß mit pochendem Herzen dastand, und wie der mächtige Stier im Geschrei der Menge mit polternden Hufen angriff, die gekrümmten spitzen Hörner zum Aufwärtsstoß gesenkt und schimmernd im Sonnenschein, Tod in den rollenden Augen; wie seine Arme sich spannten, um blitzschnell mit beiden Händen die Hörner zu packen, sich mit dem Hochwerfen des massigen Schädels emporzuschwingen und im Salto über den Rücken des Stiers hinwegzufliegen.

Lange bewunderte er den Kopf, geistesabwesend auf der Unterlippe kauend, und dachte, daß er ihn an etwas erinnere, doch konnte er sich nicht besinnen, was es war.

3

Als die *Attika* aus dem Hafen von Heraklion lief, machte Claire ihn auf eine mit Farbsprühdosen auf den grauen Beton der Pier gemalte Aufschrift aufmerksam: YANKEE GO HOME.

»Ein alter Hut«, grunzte John.

»Aber es ist ihnen ernst.«

»Ja. Ich dachte schon, dieser Kerl im Hotel würde uns unser schmutziges Ausbeutergeld gleich wieder ins Gesicht werfen.«

»Er war ziemlich unhöflich, nicht?«

»War das der Grund, daß Sie ihm erzählten, wir wollten unseren Mietwagen abholen?«

Sie nickte. »Wenn die Polizei nachprüfen kommt, wird sie zuerst alle Autovermieter fragen und Zeit verlieren.«

»Das dachte ich mir. Ich nehme solche Zeichen von Feindseligkeit sowieso nicht persönlich.« Er lehnte bequem an der Reling, ließ sich das Haar von der weichen Brise zausen und betrachtete die vorbeifahrenden Fischerboote. »Sie sind auf mich nicht anwendbar.«

»Warum nicht?«

Er sagte im gedehnten Tonfall des Südens: »Ich bin kein Yankee.«

Sie mußte lachen. Er legte so großen Wert darauf, sich von ihrer Herkunft aus Neuengland zu distanzieren, doch geschah es stets mit einer Portion Selbstironie. Als wüßte er, daß er einer rasch dahinschwindenden Tradition und ihrer Vergangenheit verhaftet war. Vielleicht war es dieses Bewußtsein, das ihm erlaubte, sich so leicht zu entspannen; sie beneidete ihn darum. Am vergangenen Abend hatte sie über die Geschehnisse geplappert und Überlegungen angestellt, was sie tun könnten, hatte ihre eigenen Ängste und Sorgen in einem Sturzbach von Sätzen Luft gemacht, die alle mit ›wenn‹ und ›angenommen‹ und ›vielleicht‹ angefangen hatten. Er hatte aufmerksam zugehört, aber wenig zum Gespräch beigetragen, beinahe so, als wollte er nur auf sie eingehen. Sie hatte ihn und George und sich selbst in diese Sache hineingeritten, und nun bekam sie Bedenken. John schien sich nichts daraus zu machen. Er hörte sich einfach die Möglichkeiten an, um die sie sich sorgte, und nickte, als ob er ähnliche Gedankengänge hätte, aber nicht darüber zu sprechen brauchte. Ein seltsamer Mann.

Die griechische Sonne löste den Morgendunst auf, die gleiche harte Helligkeit, die schon im Altertum auf diesen Küsten gelegen hatte und nun von neuem ihre Fähigkeit bewies, alles zu erwärmen und zu überstrahlen. Sie ging hinein, um gesüßten Kaffee und ein Brötchen mit Honig zu bekommen. Das Schiff war voll von Deutschen, die alle aufgeregt diskutierten und mit Zeitungen wedelten. John fragte sie, ob sie verstehe, was sie sagten.

Sie las die Schlagzeilen der griechischen Zeitungen. »Es ist ein neues Zensurgesetz in Kraft getreten. Einstweilen werden nur Verlautbarungen der Regierung abgedruckt. Mmm ... Die Grenzen sind für alle geschlossen, ausgenommen Touristen. Der Geld- und Kapitalverkehr mit dem Ausland unterliegt ab sofort strengen Kontrollen.«

»Das übliche. Die Banken geschlossen?«

»Ja, einstweilen. Ich bin froh, daß ich mein Geld gestern abgehoben habe.«

»Was sagen die Deutschen dazu?«

»Ich spreche nicht deutsch.«

»Sie, das Sprachgenie?«

»Ich bin wirklich nicht so gut. Ich kann deutsch gut genug lesen, um archäologische Veröffentlichungen zu verfolgen, aber das ist alles. Wenn ich in ein anderes Land als Griechenland gehe, verbringe ich den Monat vorher damit, daß ich mich mit den Grundzügen der Sprache und des Vokabulars vertraut mache. Ich lerne die Gegenwartsform von ein paar Verben – sein, haben, und so weiter. Dann versuche ich jemand aufzutreiben, der die Sprache kennt, und übe ein paar Abende praktische Verständigung. Es ist nicht allzu schwierig. Was das Deutsche betrifft, so beschloß ich allerdings, mich mit der Kenntnis des Lesens zu begnügen, als ich entdeckte, daß das Wort Mädchen im Neutrum steht – *das* Mädchen.«

»Und?«

»Nur durch Heirat könnte ich einen weiblichen Artikel bekommen, *die* Frau. Das sagte mir genug über die deutsche Mentalität.«

»Du meine Güte!«

Sie hatte es schon mehreren Männern erzählt, aber keiner von ihnen hatte sich wie John einfach zurückgelehnt, die Hände im Nacken verschränkt und gegähnt. Die anderen –

ernste, scharfsinnige Cambridge-Typen – hatten sofort Verständnis und Unterstützung bezeugt. Nach diesem Lackmustest hatten sie jedoch alle entweder das Interesse verloren oder sie in dieser oder jener Weise abgewiesen. Sie war nie darauf gekommen, ob der Grund dieses Verhaltens an ihr oder an ihnen lag, doch war sie im Laufe der Zeit dahin gelangt, daß sie Männern mißtraute, die sofort bereitwillig ihre Position unterstützten und nach Hinweisen Ausschau zu halten schienen, welche Haltung sie einnehmen sollten, um ihre Billigung zu gewinnen. Johns Gleichgültigkeit – oder war es gar keine? – ließ sie im Zweifel.

Zwei Stunden später sahen sie die roten Arme von Santorin langsam aus der See emporkommen, um die *Attika* zu umarmen. Schichten grauer Asche, rötlicher Lava und weißlichen Bimssteins streiften die hohen Kliffs. Claire lehnte an der Reling und nahm die unglaublich intensiven Blautöne des Wassers in sich auf.

Durch den türkisfarbenen Schimmer kam ein Fischerboot mit rauhen Planken und einem bauchigen weißen Segel, dessen Bug in einer reinen, stolzen Kurve über sein geriffeltes Spiegelbild im Wasser dahinglitt. Sein Kapitän rief Befehle in einem rauhen, durchdringenden Bellen, das so alt wie die Seefahrt sein mußte.

Das Schiff glitt nahe der felsigen Erhebung von Nea Kaimeni vorüber, die in der Mitte der Bucht lag. Schwacher Schwefelgeruch kitzelte Claires Nase. Pechschwarze Lavablöcke lagen durcheinandergeworfen am Ufer, verstockt und drohend, die eckigen Flächen und Kanten vom Wellenschlag ungeformt.

»Ist das der Vulkan?« fragte John.

»Ja, der aktive. Die letzte große Eruption war 1956. Danach verließ die Hälfte der Bevölkerung die Insel.«

»Wie leben sie dort?« Er beobachtete mit zusammengekniffenen Augen das öde, felsige Land hoch über der Bucht.

»Vulkanische Asche ergibt fruchtbaren Boden. Und der Bimstein wird exportiert. Sehen Sie diese Anlegebrücken, die ins Meer hinausführen? Dort werden Frachter mit dem Zeug beladen.«

Er wandte sich wieder dem zurückbleibenden niedrigen Profil von Nea Kaimeni zu. »Das sieht nicht gerade nach einem gefährlichen Vulkan aus. Wie groß ist der offene Krater?«

»Wir können später mit einem Motorboot hinüberfahren und ihn besichtigen. Aber wenn Sie die Caldera des ganzen Vulkans meinen – dies ist sie.«

»Nein, ich meine ...« Dann verstand er. »Diese Bucht ist die Caldera?«

Sie nickte. »Die Explosion von 1426 v. Chr. jagte die Hälfte der Insel in die Luft. Das Datum läßt sich an Hand von Ablagerungsschichten, Fundstücken aus Holz und anderen Merkmalen errechnen, so zum Beispiel an den Wachstumsringen kalifornischer Grannenkiefern, die in der Höhenwüste der Gebirge viertausend Jahre überdauert haben. Sie zeigten in jenem Jahr verringertes Wachstum. Die vom Ausbruch in die Atmosphäre geschleuderten Staubmassen verringerten die Sonneneinstrahlung auf der gesamten Nordhalbkugel der Erde und verursachten einen kalten Sommer.«

»Dies alles ... in Stücke geblasen?«

»Der alte Name für die ganze Insel bedeutete ›rund‹. Die Eruption riß mehr als die Hälfte der Insel fort. Jetzt ist sie sichelförmig.«

»Mein Gott, der Durchmesser beträgt acht oder zehn Kilometer, mit Leichtigkeit.«

»Es muß wie eine Wasserstoffbombe gewesen sein«, sagte sie. »Deshalb wollte ich hierher. Erinnern Sie sich an das Elfenbeinplättchen?«

»O ja. Sie meinen, es könnte eine Landkarte darstellen.«

»Wenn wir die Zeichnung verkehrt herum betrachten, dann stellt die große Landmasse unten Kreta dar. Santorin ist die einzige größere Insel im Norden, also stellt die rundliche Form weiter oben wahrscheinlich diese Insel dar.«

»Nach dem, an was ich mich erinnere, scheinen die Entfernungen nicht zu stimmen.«

»Das ist gut möglich; im Altertum kannte man keine genauen Vermessungsmethoden und berechnete die Entfernungen auf dem Meer nach Segelzeit, die von den vorherrschenden Winden abhängt. Im linken oberen Teil des Plättchens waren weitere, undeutliche Markierungen zu erkennen, die möglicherweise mit anderen Inseln übereinstimmen; die Lage ist ungefähr richtig. Sollte es sich tatsächlich um eine kartenähnliche Darstellung handeln, dann ist ihr sicherlich bedeutsamstes Merkmal, daß Santorin annähernd rund eingezeichnet ist.«

»Ich verstehe.« John blickte sinnend über die weite, azurblaue Bucht. »Sie stammt also aus der Zeit, bevor der Vulkan diese Insel auseinandersprengte.«

»Sehen Sie jetzt, warum ich entschlossen bin, dieser Sache weiter nachzugehen? Die Katastrophe von Santorin hat mit großer Wahrscheinlichkeit zu der Legende des versunkenen Atlantis gehört, wohl auch zu manchen Mythen der frühen Griechen, zu allem.«

John nickte und entfaltete die Übersichtskarte von Santorin, die er vor der Abreise gekauft hatte. »Eine verdammt interessante Aufzeichnung, wenn es eine ist«, sagte er respektvoll.

Das Schiff ankerte unweit von den Kliffs. Die Deutschen drängten sich am Fallreep, grimmig entschlossen, unter den ersten zu sein, die in die kleinen Fährboote stiegen. Claire hatte das allgemeine Gedränge schon miterlebt und blieb bis zum letzten Boot an Deck. Sobald sie den Boden der Insel betraten, wanderten sie hinter dem Touristenschwarm den Kai entlang und hinauf zur Eselstation. Die Tiere trugen ihre menschlichen Lasten bemerkenswert rasch und sicher die Kehren des gepflasterten Weges hinauf, in Bewegung gehalten von schreienden und Schläge austeilenden Treibern. Wenn ihre Riemen auf den dichten, verfilzten Fellen der Tiere landeten, erhoben sich Staubwolken daraus. John stieß seinem Esel automatisch die Fersen in den Leib, überholte die lachenden und fröhlich rufenden Deutschen und handelte sich einen finster-vorwurfsvollen Blick von einem Fremdenführer ein.

Thira, eine verschachtelte kleine Stadt aus weiß und blau getünchten Würfelhäusern, bekrönte das Kliff. Andenkenläden säumten die gewundenen Gassen. Terrassen und Höfe waren so angelegt, daß die ständigen böigen Winde in enge

Gassen abgelenkt und gedämpft wurden. Lange, mit Blütendolden behangene Zweige blauer Glyzinien schmückten Tore und Fassaden, blühende Winden überrankten Mauern und vereinten Nachbarhäuser. Scharlachrote Geranien lugten aus Fensteröffnungen und Mauernischen.

Claire hatte in dieser Insel immer die Verkörperung des griechischen Geistes gesehen. Die getünchten Häuser öffneten ihre Höfe dem durchbohrenden Sonnenlicht, offen aber unnachgiebig. Jedes der verschachtelten Häuser fügte der Herausforderung, die Thira über die schimmernde Bucht hinweg Nea Kaimeni zuschleuderte, etwas hinzu. Menschen waren wieder auf die Lavainsel zurückgekehrt und hausten unerschrocken auf dem alten Schlachtfeld, wo Gott Vulkanos einmal gewonnen hatte und zweifellos wieder gewinnen würde. Die Griechen waren immer zurückgekehrt, geschlagen aber unvermindert, ein schönes, aufragendes Testament zu machen, das in der ewigen Sonnenglut funkelte.

Das Hotel Atlantean war ein mit Balkonen besetzter Klotz, so nahe am Rand des Kliffs, daß es sich vorwärts zu neigen und den Abgrund mit seiner Kühnheit in Versuchung zu führen schien. Claire und John luden ihre Reisetaschen im Foyer ab, und verhandelten wegen Zimmern. Ja, es waren noch ein paar frei. (Hotelangestellte ließen immer durchblikken, daß man froh sein sollte, überhaupt noch etwas zu bekommen.) Nein, keins mit Aussicht auf die Bucht. (Es sei denn, Sie wünschten mehr zu zahlen ...?) Nun, wenn nur für einen Tag, ließ sich vielleicht etwas finden. (Die Saison war vorbei, und sie standen wahrscheinlich leer.) Der Mann an der Rezeption rümpfte die Nase, als sie verlangte, die Zimmer vorher zu sehen.

Sie waren untadelig sauber, und der Blick vom Balkon mit seinem Eisengeländer war herrlich. Während der Angestellte mit John in dessen Zimmer war und ihm die Aussicht erklärte, eilte sie den Korridor entlang zu dem Schild mit der Aufschrift NOTAUSGANG. Es gab eine Hintertreppe. Sie kehrte zurück und begeisterte sich gleichfalls für die Aussicht, um der Touristenrolle gerecht zu werden. John gab dem Mann ein Trinkgeld. Claire händigte ihm die Pässe aus und bat um baldige Rückgabe, damit sie in den Geschäften Reiseschecks einlösen könnten. Der Mann nickte knapp und ging. Anscheinend hatte ihn überrascht, daß ein amerikanisches Paar, das zusammen reiste, nicht auch zusammen schlief.

»Nicht gerade der liebenswürdigste Typ, wie?«

»Vielleicht hat die Touristensaison diese Leute erschöpft. Gewöhnlich sind die Griechen höfliche und aufmerksame Gastgeber. Ich liebe dieses Land, aber in den letzten paar Jahren ...« Sie schüttelte den Kopf.

»Warum fragten Sie ihn nicht nach George?«

Sie setzte sich auf das mit frisch gestärktem Leinen bezogene Bett. »Ich möchte nicht, daß wir drei in seinem Gedächtnis miteinander in Verbindung gebracht werden. Sollte Kontos eine Suchmeldung oder einen Haftbefehl oder was auch immer aussenden, wird er uns darin als eine Gruppe von drei Personen beschreiben.«

Er lächelte wissend. Sie hatte längst erkannt, daß er die Hoffnung hegte, sie habe ihre Abspaltung von George aus romantischen Gründen vollzogen, und ermutigte sie mit einem spröden Lächeln, ohne etwas zu sagen. John war attraktiv, ja, aber sie hatte andere Sorgen. Immerhin war es gut, John abzulenken, damit er sich nicht um den Ernst ihrer Lage sorgte. Sie hatte keine klare Vorstellung, wie sie zum Grab zurückkehren konnte, war aber entschlossen, die Männer daran zu hindern, einfach aufzugeben und in die Staaten zurückzukehren. Vielleicht war es kaltherzig, aber sie steckte jetzt in diesem Unternehmen, und lieber wollte sie verdammt sein als aufgeben.

»Und Sie sprachen nur englisch mit dem Angestellten, um wie eine Touristin zu wirken ...«

Es klopfte. »Die Pässe, nehme ich an«, sagte John und forderte zum Eintreten auf. George kam herein. Er sah hager und braungebrannt aus.

»Du hast es geschafft!« Claire umarmte ihn, selbst überrascht über ihre Wiedersehensfreude.

»Ja. Dein Westentaschen-James Bond.« Er grinste und schüttelte John die Hand.

»Gab es Schwierigkeiten?«

George schüttelte den Kopf. »Kein bißchen. Ich nahm das

Schiff, mietete mich hier ein, besichtigte die Insel. Für morgen habe ich Plätze auf einem Rundfahrtschiff reserviert, das nach Norden fährt.«

Claire nickte. »Großartig. So rasch wird Kontos einem Zickzackkurs wie diesem nicht folgen können.«

»Das darf man annehmen«, sagte John. Er reckte sich und gähnte, schien völlig unbesorgt und strahlte eine träge Selbstsicherheit aus. »Ich habe Hunger«, sagte er. »Gehen wir etwas essen!«

Nach einem Abendessen mit Tintenfisch, grünem Pfeffer, gewürzten Würstchen, gebratenen Zucchini, Reis mit Pinienkernen und zwei Flaschen eines feurigen einheimischen Rotweins, der den passenden Namen Lava trug, blieben sie noch müßig im Restaurant sitzen. Zwei amerikanische Mädchen kamen herein und setzten sich an einen Tisch bei der Tür. Abgesehen davon, daß sie die übliche Uniform aus schäbigen Jeans und schwer beschreibbaren Blusen bemerkte, schenkte Claire ihnen keine Aufmerksamkeit, bis eine plötzlich seitwärts vom Stuhl fiel und schwer auf den Boden schlug. Der Restaurantbesitzer kam herbeigeeilt, brachte eine in Wasser getauchte Serviette und drückte sie dem gefallenen Mädchen an Kehle und Stirn.

»He, machen Sie kein solches Aufhebens davon«, sagte ihre Gefährtin. »Ich meine, es ist ihre eigene Schuld, wissen Sie. Ich sage ihr dauernd, he, warte mit deinem Schuß, bis du was gegessen hast.« Sie blickte auf der Suche nach Unterstützung umher, und ihr Blick blieb an Claire hängen. »Habe ich recht? Mein Gott!«

Sie sahen zu, wie das andere Mädchen zu sich kam, etwas murmelte und, gestützt vom Restaurantbesitzer, auf den Stuhl zurückkroch. Kaffee erschien, und das Mädchen trank ihn in einem Zug aus.

»Ich fange an, etwas mehr Mitgefühl für unseren Hotelangestellten zu empfinden«, sagte John.

»Mehr Munition für Kontos und seinesgleichen«, erwiderte Claire. »Die Mißachtung einheimischer Sitten und Moralvorstellungen drängt die Griechen nur noch mehr in eine politische Richtung, die ihre mediterranen orientalischen oder orthodoxen Wertvorstellungen spiegelt: Patriarchalisch, zentralistisch, dogmatisch.«

»So fällt es ihnen in harten Zeiten leichter, sich für autoritäre Bewegungen zu entscheiden, weil sie etwas von der alten Religion an sich haben?« fragte John.

»Das kann gut sein. Kontos sieht nicht gerade wie ein Thomas Jefferson aus.«

»Nun hört schon auf, ihr zwei!« sagte George. »Ihr deprimiert mich.«

Sie schlenderten ins Abendlicht hinaus. Am Rande der Stadt hing ein Balkon über das Kliff, stummes Zeugnis der Eruption und Bergstürze von 1956. Claire sog die frische, salzige Luft tief in die Lungen. Hermes, der Gott der Kaufleute und Diebe, war mit ihnen.

Auf dem Rückweg zum Hotel nahmen sie den gewundenen Pfad, der dem Kliff folgte. John konnte nicht genug tun, die umfassende Aussicht zu bewundern, und sagte: »Dies also war Atlantis, wie?«

»Nun, das wäre Sonntagsbeilagen-Archäologie. Sicherlich war dies auch Atlantis, aber nur gemeinsam mit Kreta kann man diesen Begriff gebrauchen. Kreta und Santorin waren offenbar eine kulturelle Einheit. Die Ägypter brachten es irgendwie durcheinander. Sie erzählten den Griechen tausend Jahre später, daß eine große Inselkultur durch eine Explosion vernichtet wurde und in den Wellen untergegangen sei. Nun, Kretas Kultur ging damals tatsächlich unter. Die Insel wurde mit Staub- und Aschenregen überhäuft, erlitt Erdbeben und wurde von gewaltigen Flutwellen verwüstet. Das war der Ursprung der Legende.«

»Aber Kreta ist hundertfünfzig Kilometer von hier«, sagte John.

George machte eine Armbewegung zur Bucht. »Hat nichts zu sagen. Frage mich, wie viele Wasserstoffbomben nötig wären, um solch eine Wirkung zu erzielen?«

»Ich habe es ausgerechnet«, erwiderte John. »Mindestens ein halbes Dutzend der großen Hundert-Megatonnen-Bomben.« Er wandte sich zu Claire. »Wenn es auf einmal geschehen ist. Aber Sie sagten, der Palast von Knossos sei zweimal zerstört worden.«

»Das erste Mal offenbar durch ein Vorbeben«, sagte Claire. »Dieses Beben muß mehrere Jahre vor der großen Eruption gewesen sein, ähnlich wie es in Pompeji vor dem berühmten Ausbruch des Vesuv geschah. Man hatte den Palast bereits wieder aufgebaut, als Santorin explodierte. Das war die größte Katastrophe in der Menschheitsgeschichte.«

Und, dachte sie bei sich, als eine seltsame Art von Entschädigung ließ sie eine schöne Insel zurück. Die anderen Kykladen waren Teil der Kalksteinketten, die durch Euböa, Attika und die Peloponnes südostwärts verliefen und zwischen ihren Höhen zur See hin offene Täler schufen, die den alten Griechen gute Häfen lieferten und ihren Blick südwärts nach Kreta lenkten. Die Geologie förderte die geschichtliche Entwicklung. Santorin war ein jüngeres Element, das in diese Welt emporgedrungen war, eine vulkanische Intrusion.

Sie wandte sich ab und folgte dem steilen Weg hinab nach Thira und zum Hotel. Ihr Blick suchte ihr Zimmer, zählte die Stockwerke und identifizierte es durch das filigranartige Balkongeländer aus Schmiedeeisen. Am nächsten Tag war noch Zeit genug, das Museum aufzusuchen und nach Verbindungen mit dem Elfenbeinplättchen zu suchen. Einstweilen war sie müde von den Anspannungen der letzten Tage. Sie brauchte ein wenig Ruhe und Ablenkung, eine stille Stunde im frühen Sonnenuntergang, ein erholsames Nickerchen, bis es Zeit wäre zu einem weiteren Spaziergang, einem Einkaufsbummel, einer späten Mahlzeit der wunderbar zubereiteten Meeresfrüchte ...

Ein Mann in dunklem Anzug trat auf ihren Balkon hinaus. Er schien auf die Bucht hinauszublicken. Claire blieb wie angewurzelt stehen, hielt nach Deckung Ausschau. Es gab keine.

»Umkehren!« sagte sie in unterdrückter Panik. Die beiden blieben stehen und starrten sie an. »Den Weg entlang! Vorwärts!«

Johns Augen weiteten sich, als er an ihr vorbei zum Hotel sah. Ohne ein Wort machte er kehrt, und George folgte.

»George, geh du voran!« sagte sie. »Es muß aussehen, als ob wir nicht zusammengehörten.«

George eilte schon voraus. »Trägt die Polizei nicht Uniform?« fragte John.

»Nicht immer. Wie bei uns gibt es auch hier Sicherheitsabteilungen, die in Zivil gehen.«

Es schien eine Ewigkeit zu dauern, bis sie wieder die Höhe erreichten und auf der anderen Seite außer Sicht vom Hotel kamen. Hinter einem ausgedörrten Strauch spähte sie zurück. Ihr Balkon war leer. Nun, wenn der Mann sie erkannt hatte, waren sie erledigt; es gab kein Versteck.

»Es könnte der Hotelangestellte oder ein anderer Bediensteter gewesen sein«, meinte George.

»Darauf können wir uns nicht verlassen«, sagte John.

»Wenn sie uns suchen, ist Thira jedenfalls zu klein, um darin Unterschlupf zu finden«, sagte George.

»Besser als im Freien zu stehen«, entschied Claire. »Kommt mit!«

Bei der ersten Wegkreuzung wandten sie sich landeinwärts. Es war grotesk, wie sie hier durch die Bilderbuchlandschaft wanderten und diskutierten, wie sie der Polizei entgehen könnten. Unwirklich. Sie beschleunigten ihren Schritt und beobachteten wachsam alle Einheimischen, die irgendwo in ihren Gesichtskreis kamen.

»Ich habe unsere Pässe abgeholt, als wir zum Essen gingen«, sagte John. »George hatte seinen schon. Wir könnten einfach zum Flugplatz gehen und auf die erstbeste Maschine warten ...«

George schüttelte den Kopf. »Dieser Flugplatz ist eine ganz kleine, einfache Anlage. Wir würden auffallen, und die Polizei würde uns sofort schnappen. Außerdem glaube ich nicht, daß vor unserem Schiff ein anderes auslaufen wird.«

»Und das werden sie im Auge behalten«, fügte Claire hinzu.

John sagte: »Dann laßt uns die *Attika* zurück nach Kreta nehmen.«

Claire schüttelte den Kopf. »Die werden sie genauso überwachen.«

»Dann sitzen wir in der Falle«, sagte George.

John überlegte. »Nicht, wenn wir ein Boot mieten können.«

»Um selbst zu segeln?« fragte George. »Ich kann das nicht.«

»Ich auch nicht«, sagte Claire.

»Ich könnte, glaube ich. Jedenfalls bis zur nächsten Insel«, fügte John hinzu.

»Dies ist eine gefährliche Jahreszeit für Segelfahrten«, sagte Claire, die sich nun erinnerte, in einer Geschichte des ägäischen Handelsverkehrs darüber gelesen zu haben. »Unverläßliche, wechselnde Winde, ich glaube, man nennt sie *Meltemi.*«

»Gut, dann bleibt Schwimmen«, sagte John.

»Ich überdachte nur alle Möglichkeiten«, entgegnete Claire spröde.

»Wo können wir ein Boot bekommen, einen Fischkutter oder was?« fragte George.

»Nicht hier in Thira«, sagte John. »Ein Polizist, der unten auf der Pier steht, würde uns fünfzehn Minuten lang vom Ort herunterkommen sehen.«

»Richtig«, sagte Claire. »Wir müssen über die Insel gehen.« Sie hatten einen Bogen geschlagen und kamen von Osten in die weißgetünchten Gassen Thiras. »Vielleicht kann ich ein Taxi finden.«

»Augenblick!« sagte John. »Angenommen, wir schaffen es bis zur nächsten Insel. Was dann?«

»Von dort suchen wir eine Überfahrt nach Kreta zu finden und nehmen einen Flug nach Ägypten«, sagte George.

»Und sollen am Ende für all dies Hin und Her nichts vorzuzeigen haben?« sagte Claire aufgebracht.

»Also gut«, erklärte John. »Es gibt nur eine Möglichkeit – auf dem Seeweg. Zurück zur Peloponnes.«

Claire nickte. »Und dann?«

»Dann müssen wir Griechenland verlassen. Sie werden uns an jedem Flughafen, auf jedem Passagierschiff und an jedem Grenzübergang schnappen. Also müssen wir segeln.«

Sie blieben unwillkürlich stehen und sahen einander an.

»Hör mal«, sagte George, »allmählich gerät diese Sache außer Kontrolle.«

»Hast du eine bessere Idee?« fragte Claire.

»Nein.«

»Ich möchte euch nicht erschrecken«, sagte Claire, »aber ich habe noch ein Erfordernis. Ich will meine Aufzeichnungen.«

»Die in der Reisetasche?« fragte John.

»Richtig.«

»Wie willst du ungesehen ins Hotel kommen?« fragte George.

»Ich werde meine Aufzeichnungen nicht hier lassen.«

»Hör mal, du läufst denen in die Arme ...«

»Ich weiß«, sagte Claire. »Ihr zwei bleibt hier. Ich werde es machen.«

John zögerte. »Nun, nicht so schnell. Vielleicht kann ich helfen.«

»Gut! Suchen wir ein Telefon.«

»Sie haben eine Idee?« John schien überrascht.

»Gewiß.« Sie steuerte ein Restaurant an.

George und John gingen zur Theke und bestellten Bier, während sie das Hotel anrief. Der Angestellte im Empfang meldete sich. »Hallo? Hier ist Miß Anderson, die Amerikanerin. Zimmer 308. Ich hatte ein Taxi bestellt, das uns dort um diese Zeit abholen sollte.«

»Ja?« Die Stimme klang interessiert.

»Es sollte uns zu der Ortschaft im Norden fahren. Nach Oia, so heißt sie, glaube ich.«

»Ja?«

»Nun, wir werden uns verspäten. Wir haben hier im Hotel Delphi Freunde getroffen und sitzen beisammen, und ich glaube nicht, daß wir heute noch Zeit haben werden, nach Oia zu fahren. Könnten Sie dem Taxifahrer das bitte ausrichten, wenn er kommt?«

»Selbstverständlich, ja.«

Claire bedankte sich und plapperte noch ein wenig, und während sie sprach, hörte sie ihn auf griechisch flüstern: »Ja, das ist sie.« Sie bedankte sich noch einmal und hängte lächelnd ein.

Vorsichtig näherten sie sich dem Hotel durch eine gewundene enge Gasse zwischen weißgekalkten Häusern. »Das ist zu riskant«, sagte George.

»Dann bleiben Sie hier«, sagte John. »Wenn wir nicht zurückkommen, dann versuchen Sie Ihr Glück einfach mit dem Schiff.«

Claire sah, wie die beiden einander beäugten. George erkannte die Herausforderung, schüttelte jedoch den Kopf. »Ich finde einfach nicht, daß dies eine gute Idee ist.«

»Gut«, sagte John. »Warten Sie hier!«

»Nein, Moment!« sagte Claire vermittelnd. »George, warte, bis wir hinter dem Hotel sind. Siehst du die Terrasse auf der linken Seite? Von dort werde ich dir ein Zeichen geben. Dann rufst du das Hotel an und verwickelst den Empfangsangestellten in ein Gespräch. Das wird ein nützliches Ablenkungsmanöver sein.«

George war froh über diesen Ausweg. »Klar, kann ich machen.«

Es dauerte nicht lange. Sie und John erreichten ungesehen den rückwärtigen Eingang zum Hotel, wo sie nur eine alte Frau trafen, die ihnen eine Halskette aus Obsidianperlen zu verkaufen suchte. Im Erdgeschoßkorridor war niemand.

»Ich gehe zuerst hinauf«, sagte John.

»Nein, ich will nicht hier unten bleiben.«

»Ich sagte nicht, daß Sie es sollten.« Er warf ihr einen forschenden Blick zu. »Ich dachte nur, sie würden rascher aufmerksam, wenn sie Sie zuerst sehen, das ist alles.«

Claire folgte ihm. Das Herz schlug ihr im Halse, und sie atmete rascher als die steile, gewundene Treppe rechtfertigte. Eine prickelnde Stille herrschte, und in der Luft lag noch der ölige Essensgeruch vom Mittag. Sie trat vorsichtig mit den Zehen auf, bemüht, jedes unnötige Geräusch zu vermeiden. Gleichzeitig horchte sie auf die Geräusche von Schritten in den Korridoren.

Dann vernahm sie eine entfernte Stimme, die in gereiztem Ton mit Unterbrechungen sprach. Der Hotelangestellte, der mit George telefonierte.

Der Korridor, der zu ihren Räumen führte, war leer. John winkte ihr, und sie eilten über den Läufer zu ihren Zimmern und öffneten. Nichts. Kein Zeichen von fremder Anwesenheit. Für einen Augenblick war Claire überzeugt, daß es ein alberner Irrtum sei, daß der Mann auf dem Balkon ein harmloser Hotelangestellter gewesen sein müsse. Schon dabei, eine

Bluse in die Reisetasche zu stecken, hielt sie inne und dachte daran, John mit ihrer neuen Einsicht bekannt zu machen, dann aber sah sie den Zigarettenstummel im Aschenbecher. Ein rascher Blick sagte ihr, daß es eine einheimische Zigarette der Marke ENOE war, die bis auf einen zentimeterlangen Rest aufgeraucht worden war. Kein Hotelangestellter würde solch ein auffallendes Zeugnis seines Eindringens hinterlassen.

Sekunden später hatten sie ihre und Georges Reisetaschen beisammen und eilten die Hintertreppe hinab, erhitzt und stolz auf ihren Erfolg.

Als sie in einem Bogen zu Georges Standplatz zurückkehrten, hatte er bereits ein Taxi aufgetrieben. Claire war nervös, spähte in alle Richtungen und John riß die Tür des Taxis auf und schob sie hinein. Sie nahmen die einzige Straße zur Ostküste der Insel und drängten den Fahrer zur Eile.

Das kleine Dorf Perissa verfügte über einen kurzen Kai aus verwittertem Beton und Bruchsteinmauerwerk. Wo er begann, stand ein einsamer Schuppen, und der Mann dort antwortete verschlafen auf ihre Fragen und ließ sich Zeit, bis er aufstand.

Ob es jemanden gebe, der eine längere Fahrt mit ihnen machen könne, mehrere Tage, vielleicht nordwärts zu den anderen Inseln? Der Mann war im Zweifel. Vielleicht der Fischkutter draußen am Ende der Pier. Der Eigentümer, ein Fischer, sei an Bord; es könnte sein, daß er so etwas tun würde. Aber das Boot sei natürlich nur klein, nicht für so viele Leute. Nicht für Amerikaner, die Komfort gewohnt seien und von allem nur das Beste wollten, ja?

Sie versicherte ihm, daß sie trotzdem interessiert seien. Der Mann setzte sich wieder und griff von neuem nach der Zeitung. Die Überschriften enthielten Anklagen gegen die USA.

Sie gingen den Kai entlang zu dem bezeichneten Fischkutter, der die Netze zum Trocknen hochgezogen hatte. Es war ein gewöhnlicher Fischkutter, dessen Name, *Skorpio,* durch Entfärbung und abgeblätterte Farbe halb ausgelöscht war. Eine rostige Winsch und ein Hebebaum brauchten Schmiere. Der Kutter lag mit dem Heck an blauen und gelben Diagonalstreifen, die auf den Beton gemalt waren.

John zeigte darauf. »Wenn sie hier die üblichen Hafenmarkierungen verwenden, bedeuten diese Streifen, daß der Liegeplatz für fremde Boote reserviert ist. Muß ein Fischer von einer anderen Insel sein.«

»Südlich von hier gibt es keine Inseln von Bedeutung. Er muß also aus dem Norden sein.«

»Gut«, sagte George. »Aber ehe wir an Bord gehen, müssen wir uns klar sein, was wir wollen. Wir haben Bargeld; ich schlage vor, wir zeigen ihm davon. Je eher wir auslaufen, desto besser.«

»Er wird aber Vorräte brauchen.«

»Wir können ihm helfen, welche an Bord zu bringen.«

»Die Polizei wird nicht wissen, daß wir hierher gekommen sind. Wir haben etwas Zeit.«

»Nein, haben wir nicht. Wenn sie vom Delphi zurückkommen und unsere Räume überprüfen, werden sie sehen, daß unser Gepäck fehlt. Ein Anruf bei diesem Mann im Schuppen dort, und wir sind geliefert.«

»Oh.« Sie zog die Stirn in Falten. Es ging alles so schnell. Was als ein Abenteuer begonnen hatte, als eine lange Nase, die sie Kontos gedreht hatte, verstrickte sie immer tiefer und ließ ihr keine Zeit zum nachdenken. Noch vor einem Tag hatte sie leichtfertig angenommen, daß, sollten sie gefaßt werden, die Polizei sich ganz gewiß damit begnügen würde, sie des Landes zu verweisen. Aber inzwischen gab es neue Gesetze und Beschränkungen, und sie hatte nicht einmal Gelegenheit gehabt, eine Zeitung zu lesen und zu überlegen, was die neuen Bestimmungen in ihrem konkreten Fall bedeuteten. Konnte man sie eines ernsten Vergehens beschuldigen? Kontos wußte, daß sie noch im Lande waren, er hatte die Polizei aufmerksam gemacht. Was würde er tun, wenn sie zu ihm gebracht würden?

Claire hatte gedacht, sie seien mit etwas davongekommen; nun sah sie, daß es erst losging.

4

Nach Mitternacht bekam man ein Gefühl für die verschiedenen Dichten, sogar für die verschiedenen Farben der Dunkelheit.

John stand auf dem Heck der *Skorpio* und spürte die murmelnde Dunkelheit der lebenden See ringsum. Einige hundert Schritte entfernt ragte die schwarze Masse des Kliffs und warf ein leises Echo klatschender Wellen und schläfrig rauschender Brandung zurück. Am Himmel waren dichte Wolken aufgezogen und schienen der tintigen Finsternis eine eigentümliche Stille mitzuteilen. Unter dieser Decke markierte ein schwach erkennbarer Schaumstreifen den Saum, wo die Wellen sich an den Blöcken des schmalen, aschgrauen Uferstreifens der Brandungsplatte brachen.

Sie würden ein wenig weiter rechts landen, wo ein Pfad zum körnigen Sand hinabführte. Er hatte die Stelle am Nachmittag zuvor durch den Feldstecher des Kapitäns studiert und sich zu erinnern versucht, wo das Lager und der Ausgrabungsplatz auf der anderen Seite der Anhöhe lagen. Es war ein seltsames Gefühl gewesen, nur wenige hundert Schritte vom Grabungsort vor Anker zu liegen, aber sicher in dem Wissen, daß niemand der See auf der anderen Seite des felsigen Rückens Aufmerksamkeit schenken würde. Das jedenfalls dachten sie.

Als sie die Küste der Peloponnes erreicht hatten, war der Kapitän, ein wortkarger Mann namens Ankaros, darauf verfallen, mehr Geld zu verlangen. Das Bordradio hatte von atmosphärischen Störungen überlagerte Nachrichten von weiteren Maßnahmen der Regierung gebracht. Ausländer wurden höflich aber entschieden aufgefordert, das Land innerhalb von zwei Wochen zu verlassen. Ausnahmen waren zugelassen, doch die Absicht war klar. Die Regierung hatte ihren Austritt aus der NATO formell bekanntgegeben und ratifiziert; dies mit der Begründung, die Politik des Bündnisses werde allein von den Vereinigten Staaten bestimmt, sei gegen Friedensbemühungen gerichtet und bereite den Krieg vor. Die bereits bestehenden Beschränkungen im Zahlungsverkehr mit dem Ausland waren weiter verschärft worden. Auf der internationalen Ebene war es zu weiteren Grenzstreitigkeiten in Südostasien gekommen, in der Sowjetunion stand eine weitere Mißernte bevor, und die Vereinigten Staaten hatten ihr neues Weltraumlabor in Betrieb genommen.

Claire hatte Kapitän Ankaros überzeugt, daß sie bloß Individualtouristen seien, die das wahre Griechenland kennenlernen wollten, ein paar Tage ungewöhnlicher Erfahrung, einen Geschmack davon, wie die Einheimischen wirklich lebten. John war nicht ganz sicher, daß Kapitän Ankaros ihren ernsten Erklärungen Glauben schenkte, aber er nahm das Geld, das sie ihm gaben, und hatte sich sogar bereit erklärt, sie um die Peloponnes und weiter nach Italien zu fahren. Am Vortag hatten sie eine überzeugende Schau von Badevergnügen im Argolischen Golf über die Bühne gebracht, und er und George waren zu einer kleinen Wanderung auf der Insel Spetsai an Land gegangen. Claire hatte darauf bestanden, wenigstens einen vollen Tag touristischen Aktivitäten zu widmen und so in Kapitän Ankaros' Bewußtsein den Eindruck zu festigen, er habe es mit ein paar ziemlich exzentrisch Reisenden zu tun, die ihren Urlaub nicht auf den ausgetretenen Pfaden des üblichen Fremdenverkehrs verbringen, sondern auf dieser Kreuzfahrt durch wenig befahrene Gewässer die frische Luft, die Stille und den milden Sonnenschein des Spätherbstes genießen wollten.

Ohne ein besonderes Ziel anzugeben, hatten sie ihn gedrängt, tiefer in den Golf einzulaufen, hatten die kathedralenhaften Kliffs und den Verlauf der Höhenzüge beobachtet, bis sie sich darin einig waren, daß sie sich unterhalb des Kuppelgrabes befanden. Dann wurde gemeinsam zu Abend gegessen. Kapitän Ankaros hatte Fisch zubereitet, den sie tagsüber gefangen hatten, Gemüse, das sie in Spetsai gekauft hatten, zusammen mit drei Flaschen Wein.

John rülpste vernehmlich und hoffte, der schlafende Kapitän fühlte sich nicht gestört. Noch ehe die zweite Flasche geleert war, hatte der Fischer zu singen begonnen, und seine drei Passagiere hatten unauffällig dafür gesorgt, daß er von dem kräftigen Roten viel mehr bekam als sie, und lange mit ihnen aufblieb. John setzte sich ungern mit auch nur leicht benebeltem Kopf mitten in stockfinsterer Nacht in ein kleines Beiboot, um an Land zu rudern, aber es war notwendig. Sie hatten alle drei Stunden voll angekleidet geschlafen und sich dann zum Heck des Fischkutters begeben. John und George schliefen sowieso auf Deck, vor und hinter dem Lukendeckel, weil unter Deck nur Raum für zwei war. Kapitän Ankaros hatte seine Koje in der Kajüte des Vorschiffs, und Claire genoß die Zurückgezogenheit der daran anschließenden kleinen Kabine auf Backbord.

Sie hatten die fischig riechende, unsaubere Enge des Kutters während der drei Tage, die sie gebraucht hatten, um hierher zu kommen, wohl oder übel ertragen. Der Gedanke an vier oder fünf weitere Tage und Nächte, die sie in gleicher Weise würden verbringen müssen, ehe sie Italien erreichten, war nicht ermutigend. John war froh über diese Gelegenheit, an Land zu gehen und etwas zu tun, was sie dem Ende dieser ganzen Angelegenheit näher bringen konnte.

Es hatte als ein toller Streich angefangen, aber drei Tage und zwei Nächte auf See mit den anderen hatten ihn davon geheilt. George hatte sich den ganzen ersten Tag übergeben und den Rest der Fahrt entweder krank auf dem Deck liegend oder wehklagend verbracht. Claire hatte, nachdem sie in der ersten Stunde nach dem Auslaufen von Santorin von heftiger Übelkeit befallen worden war, den Rest der Fahrt in stoischer Geduld ertragen. Wenn die beiden erklärt hatten, daß sie nicht segeln könnten, hatten sie nicht zuviel gesagt. Sie konnten den Bugspriet nicht vom Hauptmast unterscheiden. Und drei Tage auf See – selbst einer so sanften See wie der Ägäis – hatten sie beide überzeugt, daß sie nie, nie irgend etwas mit der Seefahrt zu tun haben wollten.

George murmelte ihm zu: »Warum warten wir noch?«

»Daß der Wind mehr nach vorn dreht. Ich möchte, daß er unsere Geräusche von ihm forträgt.«

Das traf zu, aber er wollte sich auch an die Nacht gewöhnen, ein Gefühl dafür bekommen und sehen, ob das Wetter umschlug. Es wäre genau das rechte, wenn sie eine kabbelige, hoch auflaufende See bekämen, die sie an den trümmerübersäten Strand setzte. Nächtliche Operationen waren immer riskant, und noch schwieriger wurde es, wenn sie mit einem Minimum von Geräuschen durchgeführt werden sollten. Er bedauerte bereits, daß er auf Claires Beharren, dem Kapitän nichts zu erzählen, eingegangen war. Gewiß, er hatte keinen plausiblen Grund für ihren nächtlichen Landausflug finden können, doch als er nun die anschwellende Macht der dunklen See fühlte, waren die Konsequenzen eines Fehlschlags realer, die Risiken bei weitem größer als ihre ruhigen, vernünftigen Diskussionen jemals zugaben. Seine sonnigen Segelwochenenden vor Galveston waren eine lächerlich unzulängliche Vorbereitung für dies.

Er seufzte, versuchte die Nachwirkungen der reichhaltigen Mahlzeit und des Weines abzuschütteln und zog das Beiboot näher heran. Claire und George standen als schattenhafte Umrisse neben ihm und warteten. »Sie steigen zuerst ein. Ich halte das Boot an der Leine.«

Sie kletterten vorsichtig über Bord und schafften es, nicht gegen die hölzerne Bordwand zu poltern. John stieg zuletzt ein und stieß das Boot gleichzeitig ab. Er suchte im Dunkeln nach den Riemen, setzte sich auf die Ruderbank und nahm Kurs auf das Kliff. Während er ruderte, prägte er sich die Positionslampen der *Skorpio* für später ein. Da die Ruderdollen quietschten, nahmen er und George je ein Ruder und paddelten.

Obwohl die Entfernung nicht groß war, schien es viel Zeit und Mühe zu kosten, bis sie das Ufer erreichten. Sie navigierten nach dem leisen Brandungsrauschen und dem schwach sichtbaren Weiß der Gischt an vorgelagerten Felsblöcken. Eine schräg auflaufende Welle drehte das Boot seitwärts, und die nächste traf es breitseits; einen Augenblick dachte John, sie würden kentern. Aber dann konnten sie den Bug wieder landwärts drehen, und plötzlich glitten sie, von einem Wellenkamm getragen, schnell vorwärts und abwärts, den Gischtkamm der Brandungswelle im Rücken, und gleich darauf lief der Kiel auf Grund. Zur Linken erhob sich ein schwarzer Keil.

»Aussteigen!« John sprang in das überraschend warme Wasser und zog das Boot am Bug vorwärts, als die nächste Brandungswelle auslief und den Bootskörper hob. Die anderen platschten neben ihm durchs Wasser und zogen. Mit dem nächsten Wasserschwall beförderten sie das Boot auf den steilen Strandstreifen aus faustgroßem Geröll. John sicherte es vorn und achtern mit Seilen, die er um größere Felsbrokken knotete. Als er fertig war, hatte George die Ausrüstung geschultert und den Uferstreifen erkundet. Rasch fanden sie den kaum erkennbaren Pfad.

Langsam arbeiteten sie sich in der Dunkelheit aufwärts, still bis auf geflüsterte Warnungen: »Vorsicht, Loch!« oder »Achtung Stufe!«. George schaltete die Taschenlampe nur ein, um den weiteren Verlauf des Pfades festzustellen. »Achtung, lose Steine!« Ihre Hauptsorge galt dem Lostreten des lockeren Gerölls.

Sie erreichten die Höhe und kauerten hinter einer Deckung nieder. Ein paar nackte Glühbirnen beleuchteten das Lager. Nichts regte sich.

»Sieht so aus, als wären sie gerade gegangen«, sagte George.

»Kontos hat noch nicht genug Zeit gehabt, zurückzukommen und das Lager abzubrechen«, flüsterte Claire.

»Vielleicht«, sagte John. »Ich wette, seine Leute sind noch hier. Der Ausgrabungsplatz ist nicht gegen Vandalismus gesichert.«

Claires Flüstern wurde zu einem alarmierten Zischeln. »Glauben Sie, daß jemand Wache hält?«

»Wahrscheinlich. Das sind Soldaten, keine Wissenschaftler.«

»Was sollen wir tun?« Der Gedanke an einen Wachtposten hatte offenbar nicht Eingang in ihre Überlegungen gefunden.

»Wir arbeiten uns zum Kamm und folgen ihm auf der anderen Seite bis zur Grabkammer. Dort überqueren wir ihn und steigen direkt zum Dromos ab. Aber Vorsicht! Niemand darf Steine lostreten.«

Die See lag in Dunkelheit gehüllt unter ihnen, als sie durch steile Erosionsschluchten aufstiegen. John blickte auf die Uhr. Erst fünfzehn Minuten waren vergangen, seit sie von der *Skorpio* abgelegt hatten. Es kam ihm wie eine Stunde vor.

Auf dem Höhenrücken kamen sie rasch voran, aber der Abstieg zum Kuppelgrab war mühsam und schwierig, da jedes unnötige Geräusch vermieden werden mußte. Der trübe Lichtschein vom Lager half ein wenig; von ihrem Standort konnten sie den ganzen Hang überblicken, und John war ziemlich sicher, daß niemand zwischen den Zelten stand oder ging.

Sie erreichten den Zugangsweg und suchten eilig die Dekkung des Dromos. Die große hölzerne Tür war durch ein Vorhängeschloß gesichert.

»Wenigstens haben sie daran gedacht«, sagte Claire und zog ihren Schlüssel hervor.

Die Tür knarrte und quietschte unmöglich laut. Ehe sie die Handlampe, die George vom Schiff mitgebracht hatte, einschalteten, zogen sie die Tür wieder zu. Dann leuchtete er umher.

»Sie haben nichts angerührt!« sagte Claire aufgeregt. Die langen, tanzenden Schatten beeinträchtigten Johns Erinnerung, aber alles schien an Ort und Stelle zu sein, selbst die Planen, mit denen George die Wandöffnung verhängt hatte.

Sie eilte zu den aufgestapelten Kisten mit Material. »Meine Aufzeichnungen und Proben sind in dieser hier. Der verdammte Kontos! Wollte mich nicht mehr hier hineinlassen! Hilf mir, George!«

Er öffnete eine kleine Kiste mit Hammer und Schraubenzieher, während George sich im Kuppelgrab umsah. Irgendwie hatte sich etwas verändert. Im blassen Lampenschein wirkte das Kragsteingewölbe bedrohlich, wie Hände, die sich um ihn schlossen. Wieder drängte sich die unwillkommene Vorstellung in das Bewußtsein, gefangen in dieser Höhle zu sitzen, betrunken oder unter Drogen, aber mit dem Wissen, daß außerhalb der massiven Tür Sand und Geröll fünf Meter hoch lagen, daß die Luft immer schlechter wurde, und verräuchert vom Qualm der Öllampe ...

»Da sind sie!« sagte Claire und nahm mehrere Notizbücher heraus. »Ah, die Aufzeichnungen könnte ich auch noch mitnehmen ...«

Sie bündelte alles zusammen und stand auf. Alle drei strahlten einander an – bis John die Plane vor der Maueröffnung lüftete. »Der Würfel – er ist fort.«

Claire fuhr herum. »*Was?*«

Die Stelle an der Wand, wo die Packkiste gestanden hatte, war leer. »Also hat er das Ding als erstes nach Athen transportiert.«

»Komisch, warum nur diesen einen Gegenstand?« murmelte George nachdenklich. »Man sollte meinen, auf dem Lastwagen wäre noch Platz genug für das übrige Zeug gewesen.« Er deutete mit einer Handbewegung zu den anderen Kisten.

»Halten wir uns nicht länger auf!« sagte John.

»Nur einen Augenblick ...« George ging zu seinem Flaschenzug und untersuchte die Befestigung der Seile. »Das hier sieht nicht so aus, wie ich es zurückgelassen hatte. Bei mir waren die Seilenden anders befestigt.« Er zog ein Ende heraus. »He, Claire, bring die Lampe herüber, ja?«

Er spähte durch die Maueröffnung. »Nanu! Es ist hier drinnen.«

Sie drängten sich zu ihm hinein. Die Kiste mit dem Kalksteinklotz stand wieder außerhalb der Mauer, in der Höhle, wo sie ihn gefunden hatten.

»Warum mag Kontos das getan haben?« fragte John.

Claire schürzte die Lippen. »Um ihn aus der Inventurliste der Expedition herauszuhalten?«

»Wozu?«

»Dann könnte er nächstes Jahr wieder herkommen, den Klotz ›finden‹ und die Entdeckung für sich selbst beanspruchen.«

»Sich den Umstand zunutze machen, daß Sie den Fund verschwiegen haben, meinen Sie?« sagte John.

Sie warf ihm einen mißbilligenden Blick zu. »Ja, so ungefähr. Wahrscheinlich hat Kontos bemerkt, daß der Block in der Inventurliste unter ›Verschiedenes‹ aufgeführt ist.«

»Er hat ihn nicht ausgepackt«, sagte George. »Also kann er nicht wissen, was in der Kiste ist.«

»Richtig«, sagte John. »Vielleicht hat er alles, was unter ›Verschiedenes‹ aufgelistet ist, zur genaueren Prüfung zurückgestellt.«

Claire stemmte die Hände in die Hüften und blickte zu den Packkisten. »Das würde ich ihm ohne weiteres zutrauen. Verdammt!«

»Es würde ihm ein leichtes sein«, meinte George. »Angenommen, er schickt ein paar Leute herauf, die sich nicht auskennen, und sagt ihnen, daß sie alles fortschaffen sollen, was in der Grabkammer steht, aber nicht das mit Planen verhängte Zeug bei der Wand. Und nächstes Jahr ...«

John nickte. »So könnte es gewesen sein.«

»Ich werde ihm einen Strich durch die Rechnung machen!« sagte Claire heftig. »Wenn diese Kiste in Athen auftaucht, kann er sie nicht verstecken. Seine Kollegen werden sie sehen.«

George zog die Brauen hoch. »Wie?«

Auch John begriff, was sie wollte. »Wir haben keine Zeit.«

Heftig wandte sie sich zu ihm. »Kontos bewerkstelligte es offensichtlich mit Georges Flaschenzug. Wie lang würde es dauern – zehn Minuten?«

»Selbst wenn wir die Kiste wieder zu den anderen stellten, wäre damit nicht gesagt, daß Kontos sie nicht abfangen würde ...«

»Ach, Unsinn! Komm, George!« Sie fing an, ungeduldig mit den Seilen zu hantieren.

»Also«, fing George an, »ich weiß nicht, ob ...«

»Will keiner von euch helfen? Gut, dann tue ich es allein. Geh schon! Sie auch, John!«

»Nur keine Aufregung.« John resignierte, zog einen Flaschenzug in Position. »Machen wir es schnell.«

George sah sofort, wie Kontos die Kiste aufgehängt hatte: vier Ränder waren mit Schraubenhaken versehen. »Er muß die Kiste mit einer der hölzernen Rampen durch das Loch geschoben haben. Da, mit der wird es gehen. Wir kehren den Prozeß einfach um.«

Während sie die Seile und Flaschenzüge anordnete, blickte John auf die Uhr. Wieder waren fünfzehn Minuten vergangen. Bis zum Morgengrauen war noch viel Zeit. Die Ebbe dauerte an, also bestand keine Gefahr, daß das Boot von der Flut erfaßt und gegen die Felsen gedrückt wurde.

»Ich werde durchkriechen und die Seile durch die Haken fädeln«, sagte George. John brachte die Rampe in Position und reichte die Seile durch. Trotz des Gewichts der Kiste mit dem Kalksteinblock stand zu erwarten, daß die ehrwürdigen mechanischen Prinzipien die Umsetzung rasch und problemlos gestalten würden.

»Fertig!« rief George. »Nun die vorderen zwei Haken anheben, wie ich gezeigt habe.« Claire löste die Sperren, und John hielt die Seile. Die Kiste wurde vorn angehoben. John schob das Ende der Rampe darunter. Indem sie vorwärtszogen, konnten sie die Last über die Rampe bewegen. John nahm das Zugseil und legte sich ins Zeug.

»Recht so!« rief George. »Noch ein bißchen mehr!«

John und Claire zogen miteinander. Die Kiste schwankte ein wenig.

»Das Seil hat sich irgendwo verhakt«, sagte George. »Spannung halten! Ich werde nachsehen, was es ist.«

Er kniete neben der Kiste nieder und hantierte mit den Seilen. »Ein paar Gesteinsbrocken, müssen aus dem Boden gerissen sein ...«

Plötzlich verlagerte sich die Kiste seitwärts. Die gespannten Seile kippten sie weiter zurück. In einer schrecklichen Zeitlupenbewegung kippte sie rückwärts, kam auf Georges linkes Bein herab, ehe er es in Sicherheit bringen konnte, und schwankte heftig zur Seite. Dann krachte sie gegen die Höhlenwand.

George schrie. Die Kiste torkelte. Holz platzte auf. Die Höhlenwand hatte ihren Schwung nur umgelenkt, aber nicht absorbiert, und nun polterte sie auf dem unebenen Boden rückwärts und in das offene Loch.

John hörte sie einmal, zweimal aufprallen; Holz splitterte. Die Lampe war George aus der Hand gefallen, und John schien es, daß ihr Lichtschein in einem wilden Tanz über die Wände fuhr und von überall gleichzeitig zu kommen schien. Lautes Dröhnen, wie Kanonenschüsse. Ein Rattern, als ob etwas weit unter ihnen durch einen Schacht fiele. Ein Summen, das bald verstummte, ein entferntes Aufklatschen. Dann Stille.

5

Claire richtete den Lichtkegel auf Georges entblößtes Bein. »Es wird dunkler.« Behutsam strich sie mit den Fingern über den zitternden Wadenmuskel. »Vielleicht ist es bloß eine Quetschung, aber ...«

»Kommt mir ... eher wie ein ... Bruch vor«, schnaufte George.

Claire nickte. Ihr Herzschlag pochte dumpf in den Schläfen. »Fühltest du etwas brechen?«

»Ich weiß nicht ... vielleicht. Es war nur eine Sekunde auf mir, aber es schmerzte höllisch.«

»Wie schlimm ist der Schmerz jetzt?« fragte John.

George versuchte das Bein zu bewegen. »Ah! Es schmerzt, aber nicht ... richtig scharf.«

Claire nahm seinen Knöchel und zog behutsam daran. »Wie ist das?«

»Nicht schlimm. Ich meine, keine Veränderung.«

»Das könnte bedeuten, daß es kein schwerer Bruch ist. Vielleicht nur ein Haarriß. Und ein massiver Bluterguß mit Muskelquetschung.«

»Ich wälzte mich fort, als das Ding auf mich viel.«

»Ein Glück, daß Sie nicht mit hinuntergerissen wurden«, sagte John.

»Ja ...« George blickte ohne Vorwurf zu ihnen auf. »Das haben wir fein hingekriegt, wie?«

»Ich ...« Claire zögerte. »Ich weiß nicht, was schiefging. Vielleicht zog ich zu lange und zu fest am Seil, oder was.«

»Wenn schon, dann wir beide«, sagte John.

Sie winkte ab. »Wie auch immer, es war meine Idee, und ich übernehme die Verantwortung.«

»Und nun ... liegt es unten, wie? Muß in tausend Stücke zersprungen sein.«

»Es hörte sich fürchterlich an«, gab Claire zu. »Ich hörte das Splittern von Holz.«

»Ich werde nachsehen.« John bewegte sich vorsichtig zum Rand des Loches und leuchtete hinunter. »In einer Spalte tief unten sind ein paar Bretter hängen geblieben. Kratzspuren an den Wänden.«

»Ich glaube, ich möchte es lieber nicht sehen«, sagte Claire. Die Ernüchterung überkam sie mit einer Art Übelkeit. Ein unschätzbarer Gegenstand aus der Vergangenheit, ruiniert und verloren durch ihre ehrgeizigen Spielchen. Es war, als hätte man ihr einen Guß kalten Wassers über den Kopf gegeben, und die Erkenntnis, daß sie egozentrisch, unfachmännisch, leichtsinnig, selbstgerecht, achtlos gewesen war, bedrückte sie.

»Da wird es nicht mehr viel zu sehen geben«, sagte John und gab ihr die Lampe. Er wandte sich halb zur Seite, dann blickte er stirnrunzelnd in die dunkle Öffnung. »Bis zur Seehöhe müssen es an die hundert Meter sein, aber ...«

»Das ist jetzt nicht wichtig«, sagte Claire. »Wir müssen George in ein Krankenhaus bringen.«

George hob den Kopf. »Ach nein. Ich meine, wir können es mit dem Kutter nach Italien schaffen, nicht wahr? Ich habe kein Verlangen, in ein griechisches Krankenhaus zu kommen und anschließend ins Gefängnis.«

»Sie brauchen ärztliche Hilfe«, sagte John.

»Sehen Sie, so schlecht bin ich nicht dran. Ich sage, wir verschwinden schleunigst von hier.«

John sagte: »Sie können nicht gehen.«

»Wer sagt das? Sie können mich stützen. Helfen Sie mir auf!«

Claire stützte George, als John ihn vorsichtig emporzog, daß er sich auf seine Schulter stützen konnte. George wurde aschfahl, aber er hielt sich.

»Sehen Sie? Ich kann sogar einen Schritt tun.«

»Nein, lassen Sie das lieber ...«

George wankte vorwärts und trat unsicher auf seinen linken Fuß. »Da! Sehen Sie?«

»Hast du sehr starke Schmerzen?« fragte Claire.

»Nein ... eigentlich nicht. Es scheint hauptsächlich der Wadenmuskel zu sein.«

»Nun, vielleicht nur eine Muskelquetschung und vielleicht ein angebrochener Knochen«, sagte John zögernd. »Trotzdem sollte man es nicht verharmlosen.«

Claire überlegte. »Wir könnten dich nach Nauplia bringen, George. Sind wir erst an Bord des Kutters, ist es eine kurze Fahrt. Dort können sie dich wahrscheinlich innerhalb einer oder zwei Stunden verarzten, wenn es nichts Ernstes ist. Dann können wir wieder auslaufen.«

»Gut«, sagte John. »Aber wir werden darauf achten müssen ...«

»Pst!« zischte Claire.

Ein Knarren.

»Die Tür!« Claire bückte sich und schaltete die Handlampe aus. Völlige Dunkelheit hüllte sie ein.

Die Planen waren von der Öffnung zurückgeschlagen. Jeder konnte direkt hereinsehen. Sie tastete sich ganz vorsichtig zur Maueröffnung. Da. Nun, wenn sie sich richtig erinnerte ...

Eine rauhe Oberfläche, dann glattes, kaltes Metall. Darüber mußte irgendwo die Plane sein. Sie streckte die Hand aus und fühlte.

Eine Männerstimme. Die Tür schwang auf. Schwacher Lichtschein von einer Taschenlampe zeigte ihr, daß sie in die falsche Richtung gefühlt hatte. Sie faßte die Plane und zog sie über die Öffnung herab.

Dann kauerte sie nieder und spähte in die Richtung, aus der das Knarren und ein anwachsendes Gemurmel männlicher Stimmen kamen.

Ein dumpfer Schlag. Das mußte die Tür gewesen sein, die gegen die Wand zurückschlug.

Ein Lichtkegel tastete durch die Grabkammer.

Eine undeutliche Stimme sagte auf griechisch: »Siehst du? Nichts.«

»Hätte ja sein können.«

»Du hast vergessen zuzusperren, sage ich dir.«

»Ich erinnere mich richtig. Ich habe ja auch die Tür geschlossen, nicht wahr?«

»Als der Oberst wegfuhr, hattest du es eilig, zum Essen ins Lager zu kommen. Du wirst es vergessen haben.«

Der Lichtschein verging.

»Du hast dieses Geräusch vorhin selbst gehört.«

»Die Wellen, eine große, das ist alles.«

Wieder knarrte es, ein Schlag von Holz auf Metall, und die Tür war geschlossen.

Einen Augenblick herrschte völlige Stille. Sie lauschte angestrengt. Als John hinter ihr seufzte, schien es erschreckend laut. »Soweit Räuber und Gendarm.«

Sie schaltete die Lampe ein. Der enge Höhlenraum wurde lebendige Realität. »Was?«

»Sie hörten den Absturz der Kiste.«

»Ja«, sagte George, »laut genug war es. Was mag dieses Dröhnen gewesen sein?«

»Das Artefakt, als es in Schutt verwandelt wurde«, sagte John verdrießlich.

Claire biß sich auf die Lippe. Er hatte mit an Sicherheit grenzender Wahrscheinlichkeit recht. Und nur weil sie eine letzte Karte hatte ausspielen und Kontos übertrumpfen wollen. Johns Miene zeigte wenig Mitgefühl.

»Das war schnell, wie Sie die Plane heruntergezogen haben«, bemerkte er. »Nicht, daß es etwas nützen könnte. Wir werden jetzt gegen die Tür schlagen und versuchen müssen, ihre Aufmerksamkeit zu erregen.«

Sie starrte ihn stirnrunzelnd an. »Warum?«

»Weil sie uns eingesperrt haben.«

Er hatte recht. Auf eine demütigende, erbitternde Weise recht. Sie stieß gegen die massiven Planken der Tür. Von draußen kam der Widerstand des Vorhängeschlosses. Es ließ der Tür einen Spielraum von kaum einem Zentimeter.

Sie sackte gegen die Wand, dann setzte sie sich auf den Boden. Also blieb ihr nichts übrig, als sich zu ergeben, all die schrecklichen Fragen und Beschuldigungen über sich ergehen zu lassen, die sie sich in diesen letzten Tagen immer wieder quälend vorgestellt hatte. Kontos, und wahrscheinlich Männer, die viel schlimmer waren als er. Die Regierung würde den Vorfall hochspielen und zum Instrument ihrer Propaganda machen: Ausländer, die Verschwörungen zum Diebstahl von Kunstwerken anzettelten und heimlich herumschlichen, die Griechen um ihr nationales Erbe zu bringen.

Sie war müde. Das Schlimmste war, daß sie die Verantwortung für Georges Beinverletzung trug. Alles war so planmäßig abgelaufen, trotz der strapaziösen drei Tage an Bord der *Skorpio,* und nun war dieses aufregende Manöver plötzlich in Verletzung und Verlust umgeschlagen. Wenn es nur eine Möglichkeit zu entkommen gäbe …

»Wir müssen etwas tun können«, sagte sie ohne echte Hoffnung. »Ich habe den Schlüssel hier. Wenn es irgendeine Möglichkeit gibt …«

»Scharniere und Beschläge sind an der Außenseite.«

Sie seufzte. »Wenn wir Werkzeuge nähmen und außen um den Rahmen arbeiteten …«

»Ohne soviel Lärm zu machen, daß die Wachen zurückkommen?«

Sie blickte an den dicken Planken auf und nickte schließlich. »Wahrscheinlich haben Sie recht. Aber es ist eine Chance. Unsere einzige.«

John trat zu George, der am Boden saß und ihnen die Lampe hielt. »Darf ich mal?« Er stieg durch die Öffnung. George saß an die Wand gelehnt, das verletzte Bein auf einer zusammengelegten Plane, und nickte stumm.

Claire rang mit ihren stürmisch widerstreitenden Gefühlen, aber gleichzeitig durchdrang sie eine lähmende Schwäche und Hoffnungslosigkeit. Sie könnte John überreden, daß er den Spalt zwischen Tür und Rahmen verbreiterte, bis sie die Hand durchstrecken und von außen aufsperren konnten, aber da sie kein Messer bei sich hatten, würde es ein langwieriger und geräuschvoller Prozeß sein. Sie fröstelte. Vor sechs Tagen hatte sie noch hier gearbeitet, vor sich die Aussicht auf baldige Heimkehr, hatte auf dem hohen Roß gesessen, stolz auf ein Bündel von Forschungsergebnissen. Und nun? Wieder überlief es sie.

John ließ von der Untersuchung der Tür ab und wandte sich zu ihr um. »Claire? Helfen Sie mir mit den Seilen. Vielleicht gibt es einen anderen Ausweg.«

6

Das erste Schwindelgefühl stellte sich ein, als er das Seil umfaßte. Die Arbeitshandschuhe halfen es festzuhalten, und er hatte es im Abseilsitz unter dem linken Oberschenkel durch und von vorn über die Schulter und den Rücken hinabgeführt, da er aber keine Übung hatte, war ihm mehr als unbehaglich zumute.

Es war nicht so sehr der steil abfallende, ausgewaschene Höhlengang, der ihn störte; die Perspektive verengte den Durchlaß, aber im Schein der Lampe, die Claire in den Händen hielt, um ihm zu leuchten, konnte er sehen, wie die Röhre sich ungefähr zehn Meter unter ihm seitwärts krümmte und zugleich verengte.

Er schnitt eine Grimasse und verdrängte die besorgten Gedanken. Er wollte nichts riskieren, nur einen Blick hinab tun. Einen Augenblick lang, als der Lichtkegel der Lampe zufällig den richtigen Winkel gehabt hatte, glaubte er tief unten im Loch einen blauen Lichtschimmer gesehen zu haben. Es mußte das Licht des frühen Morgens sein, durch Meerwasser gefiltert und durch Brechung aufwärts gelenkt. Solch schwaches Licht würde rasch absorbiert werden; wenn er es also von oben sehen konnte, mußte es bedeuten, daß am Grund des Höhlenganges sehr wenig Wasser war. Bei seinem Tauchunternehmen hatte er den Eingang auf wenigstens vier Meter unter der Oberfläche geschätzt, wahrscheinlich war es aber mehr. Gab es größere Unterschiede durch Ebbe und Flut? Er glaubte sich zu erinnern, daß der mittelmeerische Tidenhub gering war.

Es war alles Mutmaßung. Die einzige Möglichkeit zur Überprüfung war, sich durch den Höhlengang abzuseilen und Gewißheit zu verschaffen, und wenn es möglich war, hinauszutauchen, würde er es tun.

»Sollte es zu riskant werden, kommen Sie lieber wieder herauf«, sagte Claire ängstlich.

»Darauf können Sie sich verlassen«, sagte John mit einer Unbekümmertheit, die er nicht fühlte.

»Wo haben Sie den Schlüssel?«

Er klopfte auf seine zugeknöpfte Brusttasche und seilte sich weiter ab, die Füße gegen das Gestein gestemmt. Er zog Georges Taschenlampe aus dem Hosenbund und schaltete sie ein. Ihr Schein war matt, verglichen mit dem der Handlampe.

Claire las seine Gedanken. »Sie glauben nicht, daß Sie mit dieser Lampe ...?«

»Nein, ich würde sie gern nehmen, habe aber keine Hand frei.«

Er merkte, daß er redete, um den weiteren Abstieg aufzuschieben. Und auf einmal wurde ihm klar, daß er nicht entschieden hatte, ob er es wirklich tun wollte. Die Idee war ihm durch den Kopf gegangen, und er hatte darüber geredet, und dann hatten sie die Seile zusammengeknotet und festgemacht, und nun war er hier im steilen Höhlenschlund, ohne die Sache wirklich durchdacht zu haben.

Zuerst hatte Claire nichts davon wissen wollen; nach allem, was geschehen war, wünschte sie keine weiteren Risiken. Gleichwohl hatte er bemerkt, daß mit der Idee ein neuer Hoffnungsfunke auf sie übergesprungen war, und so hatte er auf seinem Plan bestanden, teils, weil die Idee ihn tatsächlich reizte, vor allem aber, weil er selbst angesichts dessen, was schon geschehen war, kühn und wagemutig aussehen konnte. Wie die meisten Männer, die ein ruhiges, nachdenkliches Leben führen, enthielt echte Aktion eine exotische Würze, in deren Genuß sie selten kamen.

Wie hatte sie es genannt? Ja, Praxis. Er hatte sogar auf seine bergsteigerische Erfahrung hingewiesen, obwohl er tatsächlich nur an einem Wochenendkurs teilgenommen und ein wenig in den steinigen Hügeln von Texas herumgekrabbelt war. So war er in gewisser Weise bestürzt gewesen, als Claires Miene sich von einem maskenhaften Skeptizismus zu vorsichtiger, hoffnungsvoller Neugierde und dann zu freudiger Zustimmung gewandelt hatte, obwohl sie bemüht gewesen war, sich die Erleichterung nicht anmerken zu lassen. So war er ein Opfer seiner Aufschneiderei und Gefallsucht geworden. Und der gleiche Impuls, in ihren Augen gut auszusehen, bewog ihn nun zum soundsovielten Mal, seinen Sitz in der Abseilschlinge zu überprüfen und darin herumzurutschen. Doch war er außerstande, sie anzusehen und zu sagen, daß er diese Idee doch nicht für so großartig und erfolgversprechend hielt, besten Dank, gnädige Frau.

»Ich bin in den Grotten entlang der Küste von Amalfi gewesen«, sagte Claire. »Das Licht dort war viel heller als hier.«

»Vorhin kam es mir auch stärker vor. Wahrscheinlich ziehen Wolken auf.«

»Ja, das könnte es sein.«

Weiteres Hinhalten. Nun, genug davon. »Sie bleiben oben am Flaschenzug und geben das Seil aus, verstanden? Dreimal ruckartig ziehen bedeutet, daß ich hinauf will.«

Sie nickte, den Mund halb geöffnet, sagte aber nichts. Er grinste und warf ihr eine Kußhand zu. Für einen Augenblick erstarrte ihre Miene, dann stahl sich ein Lächeln in ihre angespannten Züge, und sie erwiderte die Geste andeutungsweise.

»Ich werde darauf zurückkommen.«

Er winkte George zu, der herangehumpelt war, und ließ sich weiter hinab.

Die ersten fünf oder sechs Meter waren einfach. Er hielt das Seil über und unter sich und ließ es durch die Sitzschlinge und über seine Schulter laufen, während er sich mit den Füßen am feuchtglänzenden Gestein abstützte. Der Höhlengang war durch die Handlampe noch hell von oben beleuchtet. Das Gestein strömte einen halb salzigen, halb moderigen Geruch aus.

Bei der ersten Windung achtete er darauf, daß das Seil sich nicht verhängen konnte, und hielt sich rechts. Der Schacht verengte sich, aber nicht beängstigend. Er kam überall bequem durch, doch war seine Nervosität so groß, daß sein Herzschlag sich sofort beschleunigte, als er sich mit dem Rücken gegen den nassen Stein stieß.

Unterhalb der Krümmung war der Lichtschein von oben gedämpft und gelblich. Er hatte die Taschenlampe eingeschaltet in den Hosenbund gesteckt, und ihr Lichtschein half.

Er passierte zwei zersplitterte Bretter der Kiste, die sich in einer Spalte verfangen hatten. Tiefe Kratzspuren in der Wand lenkten seinen Blick abwärts. Mittlerweile hatten seine Augen sich an das Zwielicht gewöhnt, und er konnte weiter unten eine weitere Krümmung ausmachen, eine Verzweigung in mehrere Abflüsse. Der Verlauf des Höhlengangs war hier weniger steil, und eine wulstige Felsbank bildete eine Art Plattform. Auf ihr lagen weitere Bretter und etwas Packmaterial. Zwei Bretter hingen noch zusammen, andere waren zersplittert und in einen Seitengang geschleudert, der links hinabführte.

Über ihm schrammte das Seil jetzt über das rauhe Gestein der Felsbank, und er beobachtete die Stelle besorgt, hoffte jedoch, daß die Feuchtigkeit ein Durchscheuern verhindern würde. Er beruhigte sich mit der Überlegung, daß es ein starkes Seil sei, das sich nicht rasch abnutzen würde. Darauf ließ er sich weiter hinab und landete auf einem wasserüberronnenen Sims.

»Absatz hier!« rief er hinauf, damit Claire sich nicht beunruhigte, wenn sein Gewicht plötzlich aus dem Seil verschwand. Er setzte sich auf den naßkalten Fels, der so schlüpfrig war, daß er dem Fuß keinen sicheren Halt geben konnte. Der Hauptkamin fiel schräg nach unten ab, eingezwängt zwischen Gesteinsbildungen, die wie Tropfstein aussahen. Er zog die Taschenlampe aus dem Hosenbund und kroch über klammes, schlüpfriges Gestein zum Seitengang. Ein scharfer, fast beißender Geruch erfüllte das steil abstürzende Loch. Einige Holzsplitter waren in diese Richtung geflogen, aber er vermutete, daß die Kiste den geraderen Weg hinab genommen hatte, und schaltete die Taschenlampe aus.

War das ein blauer Lichtschein in dem Seitenkamin? Er wartete, bis die Lichtreflexe vom Schein der Taschenlampe verblaßt waren. Ja, das war wirklich, keine Einbildung.

Aber schwach. Zu schwach, soviel war klar, um von oben gesehen zu werden.

Andererseits war dieser Seitengang vielleicht der Weg ins Freie. Wieder leuchtete er hinein. Dieser Seitengang war nicht so naß und grau wie der Hauptkamin. Das Gestein war bräunlich, und scharfkantige Ecken verhinderten Einblick in die ganze Länge.

Eine Spur von Wärme wehte ihn an. Eine Brise aus diesem Nebenloch? Schwer zu sagen. Und dieser säuerlich-beißende Geruch in der Luft, wie von Feuerstein, von etwas Verbranntem. Die Sinne konnten einem hier unten Streiche spielen. Er kroch zurück auf den Sims. Hier gab es kein loses Gestein, was mit der Theorie des unterirdischen Abflusses übereinstimmte. Das abfließende Regenwasser von Jahrtausenden hatte alles ausgeräumt und einen unterirdischen Bachlauf eingeschnitten. Dies war zweifellos nicht von Menschen gemacht; nirgendwo hatte er Spuren von Bearbeitung gesehen, noch irgendwelches Werkzeug, das hereingefallen oder liegengeblieben war.

Von dem Sims aus untersuchte er den Steilabfall des Hauptschachtes. Vier oder fünf Meter unter ihm bog er in einer verdrehten Windung nach links. Er schaltete die Taschenlampe aus und wartete, bis die Augen sich an die Dunkelheit gewöhnt hatten. »Noch bei der Suche!« rief er hinauf.

»In Ordnung!« erklang Claires hoher, hallender Ruf von weit oben.

Dort unten war Helligkeit. Ein deutliches, blaß elfenbeinfarbenes Leuchten, das von den nassen Wänden reflektiert wurde.

Er lauschte nach Brandungsgeräuschen. Nichts. Absolute, vollkommene Stille.

Aber war dieses schwache Licht stärker als jenes, das er in dem seitlichen Gang gesehen hatte? Obwohl es augenscheinlich zwei Wege hinab gab, mochten sie nicht begehbar sein. Es schien am besten, sich nach der größeren Helligkeit zu richten. Dieser war entweder näher oder besser begehbar, oder beides.

Er versuchte die zwei undeutlichen Helligkeiten zu vergleichen und einen Entschluß zu fassen. Schwer zu sagen. Die feuchte Luft machte ihn husten.

Zum Teufel damit! Der direkte Weg sah gut genug aus, und die seitliche Abzweigung hatte ihm von Anfang an nicht recht gefallen. Zu viele scharfe Kanten und Kriechstellen. Sich dort hineinzuzwängen, wenn hier ein vergleichsweise weiter Schacht offen lag – nein, dies war der richtige Weg.

Er ließ sich über den Rand und langsam weiter abwärts. Wie der Köder am Ende einer Angelschnur, dachte er. Unter ihm schwang das Seil in der dunklen Röhre und schlug mit leisem Klatschen an den Fels. Die Biegung war enger, als er gedacht hatte. Er mußte sich zusammenkauern und seitwärts durchschlüpfen. Glitschige Nässe erleichterte das Durchkommen. Die Luft roch wie nach fauligem Seetang.

Sein abwärtstastender Fuß blieb an etwas hängen. Sein Atem ging plötzlich keuchend, als er mit dem Fuß unter sich umherfühlte, und plötzlich überwältigte ihn die Erkenntnis seiner Lage – eingezwängt zwischen zwei abschüssigen Platten lastenden Felsgesteins, unmöglich verkantet, ausgekühlt, die Hände vom Halten des Seils schmerzend, in feuchter Dunkelheit, nur durch ein Seil mit der Welt des Lichts und der Luft verbunden ...

Nein, solche Gedanken führten zu nichts. Er mußte weiter.

Vorsichtig ließ er sich tiefergleiten. Der rechte Fuß geriet in eine enge Spalte, während der linke abrutschte und im leeren Raum baumelte, aber es gab Raum zum Manövrieren, wenn der Fels auch von allen Seiten heranzudrängen schien, als wollte er mit seinem Gewicht und seiner Masse jeden Fluchtweg blockieren.

Er befreite seinen Fuß und glitt über einen feuchtkalten Felswulst, baumelte unter einem Überhang, bis er nach wenigen Metern wieder Fels unter den Füßen fühlte. Die Röhre führte nun weniger steil abwärts.

Mehr graue Felswülste glitten vorüber. Die Luft wurde unangenehm feucht und klamm. Es war ein wahrer Abstieg in die Unterwelt.

Nun aber zeigte sich Helligkeit unter ihm. Er ließ sich weiter hinab. Licht durchdrang den unteren Teil des Höhlengangs, der hier beinahe eben verlief. Vorsichtig bewegte er sich die schräge, schlüpfrige Bahn entlang. Nach ungefähr dreißig Schritten stieß er auf ein wie von innen trübe erhelltes azurblaues Wasser, eingerahmt von einem Streifen aus Geröll. Die tintigen Schatten großer Blöcke und ausgewaschener Gesteinswülste bildeten die Wände. Holzsplitter am Strandstreifen und lange Kratzer am nassen Gestein darüber markierten den Weg der Kiste. Er ließ sich über die letzte Stufe hinab, und seine Füße knirschten auf Geröll.

Das Wasser, von außen in leiser Bewegung gehalten, leckte an den Steinen. Wie tief mochte es sein? Er könnte ein kurzes Stück tauchen und die Situation erkunden.

Er legte beide Hände an den Mund und rief: »Ich bin unten!«
Eine helle, unverständliche Antwort.
Er ließ das Seil los. Seine Arme schmerzten und prickelten, die Schultern waren schmerzhaft verkrampft.
Er stieg ins Wasser. Nach der Kälte im Höhlengang war es warm, beinahe angenehm. Er watete den steilen Geröllhang hinein, holte einige Male tief Luft, um Sauerstoff zu speichern, dann tauchte er.
Das Gurgeln war laut in seinen Ohren. Er schwamm abwärts, auf einen Bereich leicht bewegter, matter Lichtreflexe zu. Klumpige Steinmassen glitten mit entnervender Langsamkeit vorüber.
Er kämpfte sich durch den felsigen Schlund hinab, während sich in seiner Brust eine Enge und Spannung bemerkbar machte, die nur bedeuten konnte, daß er wenig Luft übrig hatte. Sollte er umkehren? Nein, es sah so nahe aus, so leicht ...
Er schwamm jetzt so schnell er nur konnte, denn das Brennen kam in seine Kehle, das verrückte Verlangen, den Mund zu öffnen und einzuatmen. Sein Blick fiel auf etwas Bräunliches unter ihm. Und auf einmal war das Licht heller, der Felsenschlund öffnete sich, und er war draußen frei. Über ihm tanzten schimmernde Spiegel. Er öffnete den Mund, ließ Blasen hinaus, stieß sich aufwärts. Mit einem rauhen Keuchen durchbrach er die Oberfläche.
Es war noch nicht ganz Morgen. Der Osthimmel verfärbte sich von Rot zu Orange. John blickte über die See hinaus. Wie lang würde er brauchen, um an Land zu kommen, den Hügel hinaufzusteigen? Er hielt Ausschau nach einem Aufstieg durch das steile Felsgelände der Kliffs, und ihm fiel das Ding unter Wasser ein.
Er holte Luft und tauchte, und ja, da war es – die Kiste. Eine Seite war glatt abgerissen, die Ecken zersplittert, doch sonst schien sie intakt. Die offene Seite war die rückwärtige. Das bedeutete, daß die Vorderseite mit der Linear-A-Schrift und dem Zapfen, noch durch das Packmaterial geschützt war.
Er tauchte wieder auf und schwamm zum Ufer.

7

Das jähe Rütteln an der Tür erschreckte sie. Sie stand beim offenen Loch, bereit, Rufe zu beantworten oder am Seil zu ziehen. Aber seit wenigstens zehn Minuten hatte es kein Lebenszeichen von John gegeben.

»Verdammt!« flüsterte George. »Hier, hilf mir da hinein.«

»Diese Männer?« Es schnürte ihr die Kehle zu.

»Das müssen sie sein«, meinte George.

Claire eilte zu George und half ihm auf. Mehr Gerüttel, ein metallischer Klang.

Knarren. Sie zog den humpelnden George zur Öffnung, so schnell sie konnte. Mattes Tageslicht drang in die Grabkammer. Die Tür schwang weit auf.

»Presto!«

Sie starrte mit schreckgeweiteten Augen zur Türöffnung. Dort stand John. »Sie ... sie ...«

»Richtig ... ich«, schnaufte er. Er wankte herein und drückte die Tür zu.

»Was haben Sie gefunden, wie sind Sie ...«

»Es wird rasch hell draußen. Wir müssen fort!«

»Nun, ich ...« Verwirrt blickte sie umher, sah ihre Sachen, nahm sie an sich. George lehnte aufrecht an seinen Abstützungen. »Ich kann hinken, wenn Sie mir die Schulter zum Festhalten geben«, sagte er. »Mann, das war schnell.«

John nickte, außer Atem. »Im Lager ist noch alles ruhig.«

»Verschnaufen Sie, ich werde hier aufräumen«, sagte Claire und stürzte zur Öffnung, um das Seil über den Flaschenzug einzuholen.

»Keine Zeit. Ist sowieso unwichtig«, sagte John.

»Wir können tarnen ...«

»Hören Sie schon auf!« sagte er scharf. »Die Kiste ist weg, liegt in acht Metern Wassertiefe. Die werden auf jeden Fall merken, daß wir hier waren.«

»Ich ... ja, das kann sein.«

»Also los!« sagte John, trat zu George und stützte ihn. »Den Hang hinauf und über die Höhe, wie wir gekommen sind. Wir müssen schnell außer Sicht kommen. George, ich werde zählen, damit wir Gleichschritt halten.«

Claire spähte hinunter; das Lager lag still und wie verlassen. Sie stieg den steilen Hang hinauf, zog sich an Gestrüpp und Oleandersträuchern aufwärts, und die ganze Zeit war sie überzeugt, daß jeden Augenblick Rufe hinter ihnen laut werden müßten. Schüsse, rennende Schritte im Geröll.

Sie erreichte die Höhe und brachte sich hinter dem Kamm in Sicherheit, dann kroch sie zurück und spähte hinüber. Auch die beiden Männer erreichten wankend und vor Anstrengung keuchend den Bergrücken, und noch immer schlief das Lager. Unglaublich, nach all ihren düsteren Gedanken aus dieser Grabkammer befreit zu sein. Ihre Aufzeichnungen bei sich zu haben und im Morgenrot unter dem weiten Himmel zu stehen, zu ihren Füßen die friedlich vor Anker liegende *Skorpio.* Alle Umrisse zeichneten sich in der klaren Luft ungewöhnlich scharf und präzise ab.

John und George überwanden die Höhe und machten keuchend halt. Sie faßte John beim Kragen und küßte ihn wortlos. Ein überraschter Ausdruck ging über seine Züge, er zog eine Grimasse, dann überblickte er den Hang und suchte die Wegspur hinunter zu ihrem Boot. »Weiter!«

Sie ruderten hinaus zur *Skorpio,* als ihr wieder einfiel, was er gesagt hatte. »Sie – du hast die Kiste gesehen?«

George saß im Bootsheck, und auf ihrer Seite mußte sie mit dem langen Ruder paddelnd alle Kräfte aufbieten, um mitzuhalten.

»Wie? Ja, gewiß. Sieht ziemlich gut aus, zieht man den Absturz in Betracht.« Er überblickte den Steilhang hinter ihnen.

»Dieses Ding am Heck der *Skorpio,* ist das nicht eine Winde?«

»Was? Ja, eine Art Winsch. Wird gebraucht, um die Schleppnetze einzuholen.«

»Wieviel kann sie heben?«

»Ich weiß nicht – o nein – ich weiß, was du denkst.«

»Wir können das Ding nicht einfach da unten liegen lassen.«

»Mit der ganzen griechischen Armee im Nacken?«

»Wenn sie jetzt nachsehen, werden sie nichts als einen Fischkutter bei der Arbeit sehen.«

»Vergiß es!«

George sagte: »Hör mal, meinst du nicht, daß wir allmählich genug ...«

Zwischen ihren Paddeleinsätzen schnaufte Claire: »Verdammt, ich werde nicht zulassen ... daß ein einzigartiges Artefakt ... am Meeresgrund zerstört wird.«

»Was die Wachen betrifft, so könntest du recht haben«, sagte John nachdenklich. »Ich habe die Tür wieder zugesperrt, so daß von außen nichts darauf hindeutet, daß wir dort waren. Aber ich kann mit dieser Winsch nicht umgehen, und wir können das auf keinen Fall ohne Wissen des Kapitäns tun.«

»Wir werden ihm sagen, wir seien früh aufgewacht, mit dem Boot hinausgefahren und hätten unter Wasser etwas entdeckt, das wir bergen wollen.«

John schnaubte. »Sehr einleuchtend.«

»Viel glaubhafter als die Wahrheit!«

»Und Georges Bein?«

»Er glitt aus, als er ins Boot steigen wollte.«

George ächzte. »Auch das noch.«

Claire beobachtete John von der Seite, während sie das Ruder durchs Wasser zog. Sie sah, daß er müde war; die Energie, die seine triumphale Rückkehr begleitet hatte, hatte sich verflüchtigt. Vielleicht war es zuviel verlangt, dem Berg der Dankesschulden, den sie aufgehäuft hatte, eine weitere hinzuzufügen.

Leise näherten sie sich dem Kutter. An Bord regte sich nichts.

»Ich kann es nicht glauben«, murmelte George.

Darauf aber kam ein zugleich erheiterter und resignierter Ausdruck in Johns Züge. »Ich schon«, sagte er.

VIERTER TEIL

1

John Bishop zog den Gürtel um seinen Mantel zu, als er, aus dem Pratt-Gebäude kommend, in gelbes Sonnenlicht blinzelte, das vom dünnen Schnee reflektiert wurde. Cambridge geruhte nicht, auf seinen Gehwegen Schnee zu räumen, aber eine Armee von Studenten hatte ihn bereits zu Matsch getrampelt. Die Kälte des Spätnachmittags verhieß grimmigen Nachtfrost.

Er schnüffelte die Luft. Das automatische System der Wettervorhersage, das jeder Angehörige des MIT sich früher oder später aneignete, kündigte Wetterumschwung und vielleicht sogar ein Gewitter an. Ein süßlicher Geruch bedeutete, daß der Wind von einer nahen Zuckerwarenfabrik im Süden herüberwehte, was warmes Wetter und weniger dickbäuchige Wolken versprach. Stank es von Lever Brothers im Nordwesten herüber, so drohten finstere Tage und weitere Schneefälle und Kälte aus Kanada.

Die Examen näherten sich dem Ende. John hatte bei den Einführungskursen in theoretischer Physik geholfen und war erfüllt von ruheloser Müdigkeit. Die Beurteilung einer endlosen Reihe von mechanischen und rechnerischen Problemen betäubt den Geist, verlangt aber Wachsamkeit für den geringsten Fehler, manchmal nur ein falsches Vorzeichen, das signalisiert, wo ein geplagter Student in die Irre gegangen war. Professoren beklagten die Examen allenthalben als eine archaische Technik, ein Fossil, das an einklassige Dorfschulen und das Aufsagen der Hauptstädte aller Bundesstaaten erinnerte. Regelmäßige Fortschritte und täglicher Fleiß bedeuteten in ihren Augen mehr als eine Stunde, die damit verbracht wurde, das in Monaten Gelernte auf ein paar Blättern Papier zu komprimieren. Viel vernünftiger, auf die notwendige Arbeit zu Hause hinzuweisen, auf die regelmäßige Teilnahme an Vorlesungen und Seminaren und auf die Beachtung professoraler Urteile. Bedauerlicherweise sorgten die hohen Studentenzahlen und das Verlangen der Gesellschaft nach halbwegs objektiven Maßstäben für den ungefährdeten Fortbestand des überkommenen Systems.

Keine dieser Einsichten hinderte die Professoren jedoch daran, Examen zu ersinnen, die schlaflose Büffelei, Koffeinabhängigkeit und Verzweiflung verursachten. Alte Examensaufgaben füllten dicke Ordner in Studentenverbindungen und -wohnheimen; es gab sogar Dossiers über die Vorlieben jedes Professors. Das Vorhandensein dieses Materials stellte für jeden Universitätslehrer eine Herausforderung dar, galt es doch Probleme zu finden, die jeden Studenten ins Schwitzen brachten, sich zugleich aber als rechtschaffen, klar und in Beziehung zu einem zentralen, gründlich erörterten Thema stehend verteidigen ließ. Am begehrtesten waren Aufgabenstellungen, die den Unvorsichtigen an einem voraussagbaren Punkt zum Straucheln verleiteten, was die spätere Korrektur erleichterte, weil man nur noch diese entscheidenden Wendungen zu überprüfen brauchte, den Fehler ankreiden und weitergehen konnte.

John zog den Schal – für ihn noch immer ein fremdartiges Kleidungsstück, an dessen Gebrauch er sich nicht gewöhnen konnte – zurecht und betrachtete die erschöpften Gesichter der Studenten, die aus dem Gebäude kamen. Es lag eine gewisse Befriedigung darin, an diesem alten akademischen Ritual teilgenommen zu haben, und zwar zum ersten Mal aus der vorteilhaften Perspektive eines Richters. Er wußte, daß die Kinos und Spielsalons an diesem Abend gerammelt voll sein würden, denn alle suchten Ablenkung oder Vergessen. Mehrere tausend benommene und müde junge Männer und Frauen, so sagte er sich, waren sicherlich ein Zeichen dafür, daß die Examen gut vorbereitet und ihrem Zweck gerecht geworden waren.

Nun, genug der müßigen Überlegungen. Er war verabredet und hatte es eilig. So ließ er sich vom Strom der abgestumpften, mißmutigen Studenten durch die Massachusetts Avenue mitnehmen. Sein Büro war im Zentrum für Materialforschung und -prüfung, das in einer verwirrenden Ansammlung von Gebäuden untergebracht war. Diese trugen die Namen vermögender Amerikaner, die sie durch Stiftungen und Geldspenden ins Leben gerufen hatten – Sloan, Guggenheim, Pierce, Bush, Eastman: Namen, welche die Wissenschaft, die Universität und das Selbst ehrten. Er hätte seinen Weg durch diese labyrinthischen Korridore gefunden, die gesäumt waren von Ausstellungsvitrinen mit geologischen Proben, geheimnisvollen Instrumenten, Darstellungen berühmter Experimente, Bildern bedeutender Wissenschaftler. Er zog es vor, draußen an den ehrwürdigen roten Ziegelbauten vorbeizugehen und die Vassar Street zu dem wenig eindrucksvollen grauen Beton und Metall der neueren Laboratorien zu überqueren. Hier, in einer Abteilung des Gebäudes Nr. 42, hatte er einen geeigneten Raum zur Untersuchung des Artefakts bekommen.

Der nüchterne Eingang und die kahlen, kalten Stockwerke waren praktisch leer. Die Einrichtungen zur Materialprüfung von Festkörpern waren in geräumigere, modernere Baulichkeiten nach Albany verlegt worden. Die Materialprüfungsanstalt verfügte aber noch über diese Abteilung, da Territorium, das einmal im Besitz ist, im Universitätsleben wie in der Außenpolitik niemals ohne einen Kampf oder ein Gegengeschäft aufgegeben wird. John hatte eine Benutzungserlaubnis erwirkt, dazu das Vorrecht, verfügbare Einrichtungen zur Durchführung von Experimenten zu benutzen. Da es nur wenige Archäologen gab, die ihren Grabungen das ganze Jahr hindurch nachgingen, war das diagnostische Gerät im Winterhalbjahr gewöhnlich unbenutzt, und er hatte alles, was ihm brauchbar erschien, hierher schaffen lassen. Er stand, die Hände in den Manteltaschen, und beobachtete, wie eine Laufkatze auf ihrer Spur unter der Decke dahinschnurrte. Eine kleine Weile verging, ehe er bemerkte, daß die Männer am anderen Ende des Raumes dieselben waren, die er erst am Morgen bei dem Lastwagen gesehen hatte, der das Artefakt vom Hafen gebracht hatte, und daß darum der Gegenstand, der unter der Laufkatze am Haken hing, die in eine Plane gehüllte Kiste selbst war.

In diesem weiten, kahlen Raum schien sie kleiner als er sich erinnerte. Er hegte keinerlei Bedenken, daß das Ding für die dicken Stahlkabel zuviel wiegen könnte, aber irgend etwas störte ihn. Ja, das war es – der Winkel. Die Kiste hing nicht senkrecht herab. Er hielt einen Finger vertikal vor sich und peilte das Kabel an. Es wich um etwa zehn Grad von der Senkrechten ab. Er zog die Stirn in Falten und zuckte die Achseln. Wahrscheinlich war der T-Haken zum Aufhängen der Kiste nicht ganz zentrisch angebracht, dachte er, oder das Artefakt lag einseitig verrutscht in der etwas zu großen Kiste. Immerhin hätten die Leute für eine bessere Ausrichtung sorgen sollen; schließlich war es ein wertvolles Stück.

Claire hatte das Artefakt in Italien neu verpacken lassen. Ein Mann zog die Plane ab; das helle Holz sah eigenartig frisch aus. Die Laufkatze ließ ihre Last langsam herab. Bunte Luftfrachtaufkleber hafteten an den stabilen Kistenbrettern. Die Männer nickten ihm zu und machten sich daran, die Kiste mit Brechstangen zu öffnen.

»Wo ist das Zubehör?« rief Claires Stimme hinter ihm. Er wandte sich um und merkte verspätet, daß die Leute nicht ihm zugenickt hatten.

»Wir bringen es herüber, sobald wir hier fertig sind«, antwortete der Vormann.

Über einer rüschenbesetzten rosa Bluse trug sie ein marineblaues Kostüm im konservativ-zeitlosen Schnitt der karrierebewußten Frau. Strenges Äußeres, weibliches Versteckspiel darunter. Ihm gefiel es.

»Die haben eine Ewigkeit gebraucht, das Ding hierher zu schaffen«, sagte Claire zu ihm, ohne den Blick von den Arbeitern zu wenden. »Krochen durch jede Nebenstraße, die man sich denken kann.«

»Wissen die Leute damit umzugehen?« Er sah, wie sie das Packmaterial herunterrissen. Einer ließ eine Brechstange auf den Stein fallen, und es gab ein lautes, metallisches Geräusch.

»Es ist ziemlich widerstandsfähig, denke ich; schließlich überlebte es ziemlich unbeschädigt diesen schrecklichen Absturz. Abgesehen von gelegentlichen Lageveränderungen werden wir hier Feinarbeit leisten. Darum werde ich mich schon kümmern.«

»Allein?«

Sie lächelte rätselvoll. »Soweit wie möglich.«

»Hast du Watkins in China angerufen?«

»Ja. Es dauerte die üblichen drei Stunden, bis die Verbindung hergestellt war – ich schwöre, daß jemand mithörte, der Spanner hustete sogar –, aber ich kam durch. Watkins gab mir Blankovollmacht, die Einrichtung zu benutzen, solange sie nicht den geheiligten Boden des MIT verläßt.«

»Und Sprangle? Er ist Abteilungsleiter und könnte dich daran hindern, die teuren Geräte zu gebrauchen, wenn er meint, du würdest sie vielleicht falsch behandeln.«

»Er hat die Verantwortung Watkins zugeschoben.«

»Bravo. Wie hast du es gemacht?«

Wieder das rätselhafte Lächeln. Sie wußte, daß sie charmant sein konnte, wenn sie wollte, das konnte er sehen, aber die merkwürdig verschlossene Art und Weise, wie sie von dieser Gabe Gebrauch machte, verwunderte ihn. Andere Frauen würden verschwenderisch damit umgehen, das hatte er oft genug beobachtet. Claire aber wahrte nach außen eine kühle Zurückhaltung, vielleicht in der Erkenntnis, daß das Dahinschmelzen solch einer Fassade für Männer interessanter war als dauernde Wärme.

»Ich mußte ein Zugeständnis machen«, räumte sie ein.

»Wem? Sprangle?«

»Ja. Anscheinend hat er eine Schwäche für Archäologie. Er möchte über meine Resultate auf dem laufenden gehalten werden. Vielleicht sieht er darin eine günstige Gelegenheit, die Tüchtigkeit seiner Leute zu testen.«

»Und vielleicht etwas mehr Unterstützung von seinem Dekan zu bekommen?«

»Da hast du richtig in den Teeblättern gelesen.« Sie hatte den Blick nicht ein einziges Mal von der Arbeit am Artefakt abgewandt. Nun trat sie näher.

»Ist etwas?«

Die dicke Auspolsterung war entfernt, der goldene Zapfen lag frei. »Nein, nichts. Der Zapfen ... er erinnert mich an was.«

»Woran?«

»Etwas, das ich irgendwo schon gesehen habe ...« Sie zuckte die Achseln. »Es wird mir schon wieder einfallen.«

Sie schlugen einen Bogen um die Arbeiter. Der Kalksteinblock stand jetzt frei. Es war eine große Überraschung für John gewesen, wie wenig Schaden der Sturz durch den Höhlenschacht in die See angerichtet hatte. Die Kiste war natürlich demoliert worden, der rückwärtige Teil völlig weggerissen. Es war eine mühsame, schweißtreibende Arbeit gewesen, das Ding an Bord zu hieven. Er hatte wiederholt tauchen und drei Kabel an den Seiten der verbliebenen Holzverschalung befestigen müssen, ungewiß, ob die Halterung ausreichen würde. Sie hatte ihren Zweck jedoch erfüllt, und es war ihnen mit Hilfe der Winsch gelungen, den Block sicher an Deck zu bringen. Claire hatte sich sorgfältig über die bloßliegenden Teile des Blocks hergemacht und erstaunlich wenig Beschädigungen gefunden: ein paar Kratzer und Absplitterungen an unwichtigen Stellen, und der angesammelte harte Lehm an der Rückseite war verschwunden.

»Was willst du als erstes untersuchen?« fragte John.

»Den Metallgehalt besser bestimmen. Materialanalyse. Und ich möchte diesen Zapfen röntgen.«

»Was ist mit diesem Elfenbeinplättchen?«

Sie seufzte. »Das hat Kontos. Ich hatte es separat verpackt.«

»Zu dumm.«

»Ich habe eine Anzahl Fotos.«

Die Männer räumten das Packmaterial weg und traten zurück, um ihr Werk zu bewundern. »In Ordnung, Dr. Anderson?«

Claire nickte und dankte ihnen.

Der dunkle Kalksteinblock schien das Licht einzusaugen. Auf der Rückseite, wo der hartgetrocknete Lehm gewesen war, sah John ein kleines Loch. Es war mit einem gelbbraunen Zeug gefüllt. Er bückte sich näher. »Was ist das?«

Claire machte ein erstauntes Gesicht. Sie kauerte nieder, streckte einen Finger aus und berührte das Loch. »Es war noch mit einem zähen Ton oder was bedeckt, als die Italiener den Block einpackten. Das muß auf dem Transportweg abgegangen sein. Dies hier ... hmm.«

»Was kann es sein?«

»Eine Art Stöpsel, denke ich. George und ich gaben acht, daß der festgebackene Lehm an der Rückwand unverändert blieb, weil wir befürchteten, beim Abkratzen etwas darunter beschädigen zu können. Komisch, nicht wahr? Ein kleines

Loch, nicht mehr als einen Zentimeter im Durchmesser, gefüllt mit einem harten Material.« Sie klopfte mit dem Fingernagel dagegen.

»Was halten die Sachverständigen für das mykenische Griechenland an der Universität Boston davon?«

Claire stand unvermittelt auf und blickte zu den Männern, die ihr Werkzeug wegräumten. »Laßt uns feiern!« sagte sie munter. »Warst du schon mal im Ritz?«

»Nein. Gibt es eins in Boston?«

Ihr Gesicht zeigte einen Ausdruck gespielten Entsetzens. »Es gibt Einrichtungen, auf die keine Großstadt verzichten kann. Das Ritz Carlton wird noch da sein, wenn alles, was wir kennen, zu Staub geworden ist.«

Ihr Alfa Romeo brummte zornig über den Charles River und stürzte sich ohne zu zögern in den trägen Strom des frühen Abendverkehrs. Sie fuhr die Boylston Street hinunter und vermied Aufenthalte durch das einfache Manöver von Fahrspurwechseln, wenn nötig zwei Spuren auf einmal. Autohupen schmetterten in ihrem Kielwasser. Sie passierten in schneller Fahrt die leere Pracht des Prudential Centers und verlangsamten erst, als sie einen berittenen Polizisten gewahrte. Vor der öffentlichen Leihbücherei hielt sie an.

»Hattest du Schwierigkeiten mit Hampton, als ...«

»Ich hasse diesen neuen Anbau der Bibliothek. Wußtest du, daß eine alte Frau dort in einen der Seitenkorridore ging, weil sie dachte, er führe zu den Toiletten, und eingeschlossen wurde? Sie hatte nicht die Kraft, die Tür aufzustoßen, so schlecht ist der Bau entworfen. Und man kann kein Fenster öffnen.«

»Wie lange war sie dort drinnen?«

»Zwei Wochen, vermutet man.«

»Du meinst ...«

»Richtig. Sie starb. An Wasserentzug, hieß es im Obduktionsbefund.«

Der Springbrunnen auf dem Copley Square schleuderte fröhlich seinen kristallinen Tribut in die kalte Luft, unbeachtet vom trübsinnigen Gemurmel des Verkehrs. Zwei riesige vergoldete Löwen bewachten den Eingang zum Copley Plaza

Hotel. Claire hielt hoffnungsvoll nach den geparkten Wagen Ausschau, beseelt von dem sichtbaren Willen, daß jemand dort die Scheinwerfer aufblinken lassen und damit seine bevorstehende Abfahrt ankündigen würde. Die braunen Spitztürme der Trinity Church waren regennaß und spiegelten die Schwärme von Autoscheinwerfern, und die Flanke des Hancock-Turms, einen Block weiter, gab diesem Bild ein wäßriges Echo.

Schließlich suchte sie Zuflucht in der Tiefgarage unter dem Gemeindeplatz. Beim Aussteigen sagte John: »Du hast ein Strafmandat an der Windschutzscheibe.«

»Oh.« Sie zog daran. Es war mit einer dünnen Schnur am Scheibenwischer befestigt. »Sieh dir das an!« sagte sie mit gemäßigter Bewunderung. »Sie haben eine kleine Schlinge daran gemacht, damit es nicht davonweht, wenn man losfährt. Gute Idee.« Als sie die Tiefgarage verließen, legte sie das Strafmandat sorgsam in einen öffentlichen Abfallbehälter und lachte über den Blick, den er ihr zuwarf.

Es hatte angefangen zu regnen, und der Platz leerte sich. Tropfen trieben im kalten Wind, drohten zu Eis zu gefrieren und schufen mit ihren Reflexen helle Lichthöfe um die Straßenbeleuchtungen. Der Verkehr klang gedämpft, wie aus weiter Ferne. Derselbe Verkehrspolizist kam auf seinem wachsamen, muskulösen Fuchs mit hellem Hufschlag auf sie zu. Sein gelber Regenumhang spiegelte das Lichterchaos der Stadt, aber nicht der Beamte, sondern Claire und er selbst erschienen John als eine Insel, ein fester Halt in der Erscheinungen Flucht.

»Spätabends«, murmelte Claire, »wenn niemand unterwegs ist, kann man sich vorstellen, wie Emerson und Thoreau mit ihren Zylindern hier durchgehen und über Dichtung diskutieren.«

Sie überquerten die Arlington Street und erstiegen die Stufen zum Ritz. Seltsamerweise kam es John nicht mondän vor. Die Gasträume und die Bar waren konservativer Neuengland-Stil, herausgeputzt mit Versatzstücken aus dem Chinahandel, so daß Lackschränkchen und chinesische Tapeten sich mit Lithographien der alten Newbury Street vermischten. Weder Filigran noch Schnörkel, weder Chrom noch Kristall. Im offenen Kamin loderten gelbe Flammen, und unweit davon fanden sie Plätze auf einem buckeligen Sofa. Während sie auf ihre Martinis warteten, machte sie ihn auf die alten Lehnsessel und den preißelbeerfarbenen Teppichboden aufmerksam und erzählte ihm, daß das Hotel einen Angestellten allein damit beschäftige, die Goldfarbe am Mobiliar zu erneuern. »Und nun, da du überzeugt bist, daß dies eine furchterregende Zitadelle der Privilegierten ist, kann ich dir verraten, daß der Gewerkschaftsführer Cesar Chavez hier abzusteigen pflegte, wenn er in die Stadt kam, proletarische Leidenschaften aufzurühren.«

Er lächelte unbestimmt. Sie zeigte eine lebhafte, mädchenhafte Freude, wenn sie ihm Bostoner Eigentümlichkeiten zeigte, und in solchen Augenblicken fiel die ernsthafte Karrierefrau von ihr ab. Seit ihrer Rückkehr waren sie viel zusammengewesen, und er hatte hier auf ihrem Heimatboden eine Veränderung ihrer Stimmungen festgestellt. Bisher wurde er aus den Signalen, die sie ihm gab, noch nicht ganz schlau. Es gab Augenblicke, da sie sich plötzlich verschloß und ganz die zugeknöpfte Bostoner Dame wurde, und dann, kurze Zeit später, zeigte sie sich wieder offen und unbefangen. Vielleicht waren es die anhaltenden Sorgen, die sie bedrückten?«

»Glaubst du, daß Oberst Kontos hier absteigen wird? Obwohl er sich als ein Mann des Volkes begreift?«

Sie seufzte. »Ich sehe, du beginnst dich an meine Ausflüchte zu gewöhnen.«

»Nicht, daß sie unliebenswürdig wären.«

Sie schlug die Beine übereinander, und eine steile Falte erschien zwischen ihren Brauen. Er bewunderte die vernünftigen Schuhe, die der erfreulichen Schwellung ihrer Wade unter dem Nylon nicht abträglich waren. Er wartete ihre Antwort ab und gab sich Spekulationen über die Frage hin, warum sie nicht diese schrecklichen Strumpfhosen trug, sondern statt dessen richtige Strümpfe mit Strumpfgürtel bevorzugte. Die Wahrscheinlichkeit dafür betrug heutzutage ein Prozent, vermutete er. Wie gewöhnlich. Seltsam, wie beharrlich manche Objekte männlicher Phantasie noch überdauerten, lange nachdem ihr praktischer Gebrauch überflüssig geworden war. Sogar in Boston ...

»Ich glaube, ich sollte es offen sagen. Ich habe Hampton nichts von dem Artefakt gesagt.«

Trotz seiner Überraschung hob er nur ein wenig die Brauen. In Reaktion auf ihre Verhaltensweisen begann er auf den Kunstgriff des Herunterspielens zu kommen.

»Er hat mir gestern den Kopf gewaschen, und heute früh wieder.«

»Kein Kuß auf die Wange anläßlich der Rückkehr der Heldin?« Er signalisierte dem Kellner um weitere Martinis. Der Kellner gab zu verstehen, daß sie bereits gemixt würden. John begriff, daß Claire hier offenbar zur Stammkundschaft gehörte. Das Feuer knisterte kräftig, und er wandte sich zur Seite, um der Wärmestrahlung eine größere Fläche darzubieten. Selbst im Ritz zog es.

»Kontos hat einen langen Brief geschickt und meine Verbrechen aufgelistet.«

»Und Hampton nimmt es ihm ab?«

»Selbstverständlich!« Sie schnaubte. »Warum nicht?«

»Hampton sprach ein ernstes Wort mit dir, daß man zu den Vertretern eines Gastlandes höflich sein müsse, und so weiter. Dann bestrittest du die Vorwürfe.«

»So ähnlich.« Die Getränke kamen, und sie tat einen kräftigen Zug.

»Und du gedachtest den Schaden möglichst gering zu halten, indem du die Frage des fehlenden Artefakts einfach übergingst.«

»Richtig. Die Zollformulare werden an die Abteilung an der Universtität Boston adressiert sein. Aber sie werden zuerst zu mir kommen, weil ich meinen Namen über die Anschrift schrieb. Also wird Hampton nicht gleich erfahren, daß wir etwas mitgebracht haben.«

»Er glaubt, wir hätten auf Kontos' Geheiß fügsam den angewiesenen Flug genommen? Er weiß nicht, daß wir nach Kreta entschlüpft sind und was noch kam?«

»Ich sah Kontos' Brief. Er behandelt nur Ereignisse bis zu unserem Abflug von Athen.«

»Aber er muß wissen, daß wir unten auf den Inseln waren.«

»Was wir auf Santorin sahen, war eine Schleppnetzfahndung. Er wußte, daß wir Athen nicht mit dieser TWA-Maschine verlassen hatten und auf Santorin waren, aber er weiß bis heute nicht, was wir danach taten.«

»Er wird das Artefakt vermissen.«

»Aber er kann nicht behaupten, daß wir es genommen haben. Vergiß nicht, er versteckte es. Wenn es nicht bei den übrigen Ausgrabungsergebnissen ist, und auch nicht im Kuppengrab, wie will er erklären, daß wir es haben?«

Er betrachtete sie. Da war noch etwas, etwas, das sie nicht erwähnt hatte. Sie war unruhig.

»Früher oder später wird er es herausfinden und uns festnageln. Laß ihn. Einstweilen hast du das Artefakt sicher hier im MIT und kannst es untersuchen.«

Sie blickte ins Feuer, schüttelte geistesabwesend und zerstreut den Kopf. Er sah den gelben Widerschein der Flammen über die Flächen ihres Gesichts zucken, ohne die Schatten ganz daraus zu vertreiben. »Du kennst dich auf diesem Gebiet nicht aus. Was ich getan habe, ist ... – es war verrückt. Ich habe einen einzigartigen Kunstgegenstand gestohlen!«

»Er hatte dich stark provoziert.«

»Das ist keine Entschuldigung! Ich war einfach so ... so überreizt, daß ich mein Berufsethos, den Respekt vor der Vergangenheit, einfach vergessen konnte.«

»Und wie steht's mit dem Respekt vor anderen Menschen? Kontos zeigte nicht sonderlich viel davon.«

Ihr Ausdruck hatte zwischen Verdruß und ratloser Verwirrung über ihr eigenes Handeln geschwankt. Nun versank er in eine geistesabwesende Traurigkeit. Sie starrte noch immer in das knackende Kaminfeuer, die Augen abwesend und von einem düsteren Blau. »Nein, ich verstehe, was du sagst – ich empfand selbst so. Das erklärt mein Handeln. Aber nun ist die Vernunft zurückgekehrt und ich sehe keinen Ausweg.«

»Woraus?«

»Aus meiner Lage. Früher oder später werde ich mich dem Unvermeidlichen stellen müssen.«

»Was wird geschehen?«

»In griechischer Archäologie werde ich erledigt sein. Wahrscheinlich im ganzen Fach.«

»Keine Chance, die Stellung zu behalten?«

»Selbstverständlich nicht.«

»Andere Wege werden dir offenstehen.«

»Heute bin ich ein Hühnchen. Morgen werde ich Federn sein.«

»Aber es muß nicht gleich sein, oder?«

»Nicht unbedingt. Ich möchte das Artefakt wirklich noch etwas genauer untersuchen, Bibliotheksarbeit darüber leisten und versuchen, Verbindungen mit anderen Grabungen zu finden.«

»Gut. Wir werden daran festhalten. Solange Sprangle nicht mit Hampton zusammentrifft und die Geschichte beim Mittagessen oder sonstwo erzählt, bist du sicher.«

Ihr Blick glitt von ihm fort. »Nun ...«

»Komm schon!« Er beugte sich vor zur Glut des Kaminfeuers, machte eine aufmunternde Bewegung. Er mochte ihre Spannkraft und Vitalität; es schmerzte ihn, sie so niedergeschlagen zu sehen. »In Anbetracht des *Sic transit gloria mundi* hältst du dich doch ganz gut.«

Sie lächelte grimmig. »Hampton will die Angelegenheit zum Gegenstand einer Ausschußsitzung machen. Darin soll die Frage meines Verbleibs als Dozentin an der Universität Boston erörtert werden.«

Das ließ ihm die Luft heraus; er sank zurück. »Oh!« Also war es schlimmer, als er gedacht hatte.

»Und er will dich als Zeugen aufrufen. Er bekam deinen Namen von Kontos.«

Einen Augenblick lang herrschte Stille, unterbrochen nur vom Knacken der Holzkloben im Feuer. John trank sein Glas leer und hätte gern mehr gehabt. »Gut, dann werde ich die Geschichte bis zum Flughafen von Athen beibehalten. Dann werde ich sagen, daß wir nach Italien geflogen sind.«

»Aber ...«

»Gut, ich weiß, es ist unethisch, zu lügen. Aber vielleicht können wir einen Weg finden, uns zu verantworten und doch nicht alles preiszugeben.«

»Mmmh.«

»Was ist mit George?«

»Der Druck liegt auf mir, nicht auf ihm, weil er mir zumindest nominell nachgeordnet war. Außerdem ist er zur Columbia-Universität ausgerissen. Er sollte ab Januar für ein Jahr dorthin gehen, als Lehrbeauftragter für die Behandlung und Konservierung von Fundstücken. Nach unserer Rückkehr sah er, wie sich dieser Sturm zusammenzog, und erreichte eine Vorverlegung des Termins.«

»Tapferer Bursche.«

»Sieh mal, es ist nicht sein Kampf. Er war für die Grabung nicht verantwortlich. Ich traf die fraglichen Entscheidungen.«

Wieder beugte er sich zu ihr, versuchte ihre Stimmung zu heben. »Wenn wir es geschickt genug machen, kommen wir da schon durch. Wäre doch gelacht.«

Ihre Stimmung blieb unverändert. »Das frage ich mich.«

»Ganz bestimmt. Wir müssen uns bloß etwas ausdenken, unsere Taktik planen, das ist alles.«

»Dann denk schnell!«

»Wieso?«

»Der Ausschuß tritt morgen zusammen.«

Er lehnte sich zurück und blies die Backen auf. »Oh!«

2

Als John am nächsten Morgen ins Gebäude Nr. 42 kam, fand er eine Gruppe Techniker an der Arbeit um den Kalksteinblock. Ihr Leiter war Abe Sprangle, ein vierschrötiger Mann mit gelichtetem Haar, den John aus der Metallurgiegruppe ziemlich gut kannte. Er hatte Geschicklichkeit, Sachverstand und gutmütige Verwaltungsfähigkeiten in die Fakultät gebracht, als MIT ihn vor zehn Jahren aus Dänemark geholt hatte. Sprangle hatte das Artefakt bereits auf eine Arbeitsplattform heben lassen. Hier konnte es langsam vor den Mündungen mehrerer ringsum aufgestellter Detektoren gedreht werden.

»Schon angefangen?« fragte John.

Sprangle strahlte glücklich. »Ich wollte zu vorläufigen Daten kommen. Ein aufregendes Objekt, finden Sie nicht?«

»Allerdings«, sagte John im gedehnten Tonfall seiner Heimat. Er hatte ein unbestimmtes Gefühl, daß dies ein wirksames Mittel sei, sich von den verderblichen, selbstgerechten Gewißheiten nördlicher Kultur, als deren Gipfelpunkt Boston sich noch immer betrachtete, zu distanzieren. »Ich hatte höllische Schwierigkeiten damit. Gut möglich, daß all meine Messungen falsch waren – schließlich bin ich kein Fachmann. Also seien Sie auf der Hut! Das ist ein Röntgendetektor, nicht?«

John zeigte zu einer Gruppe miteinander verbundener tragbarer Kästen, deren Zentraleinheit ein rohrförmiges Gerät war.

»Ja, aber etwas stimmt nicht damit. Wir haben es jetzt seit einer Stunde in Betrieb, um Röntgenfluoreszenzmessungen zu machen. Aber wir haben ein Störgeräusch in dem Ding; wahrscheinlich eine Fehlfunktion.«

»Sie versuchen eine Ablesung von diesem kleinen Loch zu bekommen, das ich gebohrt habe? Ich dachte, es sei zu klein.«

»Nicht für gute Geräte, glaube ich. Wohlgemerkt, ich bin bloß ein interessierter Amateur, was Archäologie betrifft, aber mit meinen Diagnosen kenne ich mich aus. Kann natürlich heute noch nichts beweisen. Sehen Sie diese große Ablesung, die Fred verzeichnet?«

Er zeigte auf eine Nadel, die eine gleichmäßige Zählung von Röntgeneinheiten auswies und von Zeit zu Zeit kleine Ausschläge nach oben und unten machte. Ein hagerer Techniker blickte kläglich aus einem Gewirr von Kabeln am Fuß des Geräts. »Eine Fehlfunktion, ganz sicher«, erklärte er.

John versuchte kenntnisreich auszusehen. Er bückte sich, um festzustellen, wohin der Lauf des Detektors wies. Es war die Rückseite des Artefakts, nahe der Mitte. »Wonach suchen Sie?« fragte er.

»Wir ermitteln, welche Metalle in dem Block sind. Ihre Bohrung können wir für Tiefenuntersuchungen gut gebrauchen.«

»Und dieses Geräusch?«

»Das muß irgendein Fehler in der Elektronik sein. Fred wird schon darauf kommen.«

Aber Fred schüttelte den Kopf. »An den Verbindungen

kann es nicht liegen.« Er seufzte. »Das Gerät arbeitete einwandfrei, bevor wir es hier aufstellten. Vielleicht etwas in der Energiezufuhr ...« Er öffnete einen Schrank und begann die zahllosen Anschlüsse zu untersuchen.

John sagte: »Der Gedanke ist, daß Sie das Rohr an den Block setzen und ihm eine Dosis Röntgenstrahlen verabfolgen. Dann schalten Sie das Gerät aus und stellen fest, ob die im Gestein eingeschlossenen Metallatome eigene Strahlung emittieren – richtig?«

»Ja, ja«, murmelte Sprangle zerstreut. »Aber wir haben die Quelle noch nicht eingeschaltet. Es gibt also keine Fluoreszenz festzustellen. Dennoch zeigt unser Meßgerät Ausschläge.«

»Na, viel Glück!« Er wollte die Vorderseite sehen, doch ließen ihm die aufgebauten Geräte wenig Raum. Er zwängte sich zum Sockel des Artefakts durch, eingeengt von Kabeln und Instrumenten, und ein wenig unbehaglich angesichts so viel Maschinerie, deren Funktion er nicht verstand.

Er wußte, daß es alles ziemlich einfach und leicht verständlich war, sobald es jemand sorgfältig erklärte. Er kannte sich auf dem Gebiet der Physik einigermaßen aus, hatte es an der Rice-Universität als Nebenfach belegt. Doch für ihn war Physik im besten Fall eine ideale Welt sauberer Lösungen, Folgerungsketten, mathematischer Folgerichtigkeiten. Wie die meisten Mathematiker war er Platoniker, ein Anhänger des Glaubens, daß die sichtbare Welt ein unvollkommener Ausdruck der unterliegenden kristallinen Ordnung sei, eines mathematischen Plans; hätte man ihn jedoch darauf angesprochen, so würde er jedes derartige Etikett entrüstet zurückgewiesen haben, da er wußte, daß es als unzulässig vereinfachend galt. Seine Instinkte jedoch waren eine andere Sache.

Er bückte sich und betrachtete das Artefakt. In der hellen Beleuchtung schien jedes Detail bedeutsamer, voller versteckter Hinweise. Die Handlampe hatte Schatten auf eine Seite geworfen, während sie eine andere erhellt hatte, und nun, in der gleichmäßigen Ausleuchtung, wirkte die Widersinnigkeit des Bernsteinzapfens um so erstaunlicher. Er legte Hand an die drehbare Plattform des Sockels und drehte den

Block gegen den Widerstand des Gewichts ein wenig weiter, um besser sehen zu können.

»He! Was soll das?« rief Fred hinter seinen Instrumenten.

John hörte Sprangle antworten, ehe er selbst etwas sgen konnte: »Nichts. Ich habe Eichungen überprüft.«

Fred sagte: »Nun, etwas hat das Geräusch unterbrochen.«

Sprangle hob den Kopf. »John, sind Sie auf die Verkabelung gestiegen, oder was?«

John stand auf. »Nein, ich glaube nicht – Augenblick. Ich habe den Klotz ein wenig gedreht.«

»Ja? Nun, das sollten Sie nicht tun, solange die Messung läuft, doch andererseits sollte es nichts ausmachen. Fred, werfen Sie einen Blick auf die Ampèremeter.«

»In Ordnung. Ich dachte, vielleicht ...«

»Abe, Fred, achten Sie auf die Ablesungen!« sagte John, und behutsam drehte er die Plattform in die Stellung zurück, die sie zuvor gehabt hatte.

»Das Geräusch ist wieder da«, sagte Fred.

»Was haben Sie gemacht, John?«

»Ich habe das Artefakt in die Stellung zurückgedreht, die es vorher eingenommen hatte.«

Sprangle kam zu John herum. »Sehen Sie?« John drehte die Plattform ein kleines Stück.

»Geräusch fällt ab«, sagte Fred.

Sprangle murmelte: »Ein Signal ohne ... verdammt! Das Ding ist ja radioaktiv!«

»Ich ... ich habe nie daran gedacht, das zu überprüfen«, sagte John.

»Nun, gewiß – wer würde es tun? Fred, an dieser Rückseite muß eine heiße Stelle sein. Was wir aufnehmen, sind Röntgenstrahlen, die aus dem Klotz kommen – bei Gott!«

Sie versammelten sich um den Detektor und drehten die Sockelplattform langsam vor und zurück. Die Masse des Blocks erforderte einen gleichmäßigen, kräftigen Druck, und John geriet bald ins Schwitzen. »Da!« rief Fred. »Maximale Intensität.«

»Der Detektor zeigt genau auf diesen Stöpsel in der Rückseite des Würfels«, sagte Sprangle. »Es muß Pechblende darin sein.«

»Pechblende?«

»Ein schwarzes, glänzendes Mineral, ein Oxid. Enthält Uran oder Radium. Ein natürlicher Röntgenstrahler.«

»Und davon ist was in dem Stöpsel?«

»Wahrscheinlich. Vielleicht hat man es als Färbemittel verwendet, was weiß ich.«

Die beiden standen auf, Sprangle grunzend und mit gerötetem Gesicht. John bemerkte, daß Sprangles Bauch, gut versteckt unter einer Wollweste, selbst bei dieser geringen Anstrengung kugelig hervortrat. Der Professor schnaufte. »Ich denke mir, Dr. Anderson wird das faszinierend finden, aber für uns ist es ungünstig.«

»Warum?«

»Wir werden Sorge tragen müssen, daß diese Pechblende unsere Messungen nicht verfälscht. Sie sendet das Hundert-, vielleicht Tausendfache dessen aus, was unser Prüfgerät an Röntgeneinheiten ausstrahlt.«

»Drehen Sie doch einfach den Klotz um. Er wird den Detektor abschirmen.«

Sprangles Miene hellte sich auf. »Natürlich. Er ist massives Gestein, das wird zur Abschirmung reichen.« Zu Fred gewandt sagte er: »Achten Sie auf die Emission, während wir den Block drehen! Und geben Sie mir die integrierten Ablesungen!«

Langsam drehten die beiden den Block, während Fred die Werte nannte. Die Rate der Strahlungsintensität fiel um über dreihundert, als sie den Block um neunzig Grad gedreht hatten, was der Mitte der benachbarten Seitenfläche entsprach. Sie blieb niedrig, bis die Frontseite in Sicht kam. Darauf begann sie wieder anzusteigen.

»Hier stimmt was nicht«, sagte Sprangle irritiert. »Die Ablesungswerte sollten weiter sinken.«

»Noch einmal zurück!« sagte John. »Vorsichtig – jetzt!« Der Röntgendetektor war genau auf die Frontseite des Artefakts ausgerichtet, unmittelbar vor dem Bernsteinzapfen. »Wie ist die Ablesung?«

»Nicht hoch.«

»Also?« fragte Sprangle.

»Also enthält der Zapfen keine Pechblende. Der Lauf zeigt

direkt darauf, und wir bekommen nicht viel. Drehen wir den Klotz jetzt herum und sehen wir genau die Achse des Zapfens entlang.«

Sie brachten den Block in Position. »Jede Menge Ablesungen«, rief Fred. »So hoch wie von der anderen Seite.«

»Dann ist die Quelle im Innern des Würfels«, sagte Sprangle schnaufend. »Das werden wir analysieren müssen. Sehr interessant. Wissen Sie, Claire Anderson wird höchst überrascht sein, wenn sie davon erfährt. Wird sie heute kommen?«

John lächelte grimmig. »Sie bereitet sich auf eine Untersuchung vor«, sagte er.

Die bescheidenen Backsteingebäude der Universität Boston liegen an der Commonwealth Avenue, aber die besten Büros sind auf der Rückseite, wo der Charles River sich zu einem schiefergrauen, glatten Kanal verengt. An diesem wolkigen Wintertag nahmen sich seine unbewegten Wasser in Johns Augen sehr wie die asphaltierten ehemaligen Weidewege aus, die von den Bostonern ›Straßen‹ genannt wurden.

Er überquerte den Fluß auf der Universitätsbrücke und fand den Seminarraum am Ende eines mit glatten Terrazzoplatten belegten Korridors und klopfte. Ein stattlicher Mann öffnete, lächelte freundlich und sagte: »Sie müssen Dr. Bishop sein. Ich bin Donald Hampton, wir sprachen am Telefon. Ich war eben dabei, ein paar Bemerkungen zum Ausschuß zu machen.«

John ließ sich bekanntmachen, dann wies Hampton ihm einen Platz am Ende des Tisches zu. Anwesend waren zwei weitere Archäologen, die Professoren Aiken und McCauley, aber Hampton schien die beherrschende Gestalt zu sein. Er erklärte John, daß Claire auf Ersuchen des Ausschusses bereits gegangen sei; er ziehe es vor, Johns Version der Ereignisse ohne ihre »möglicherweise einschüchternde Gegenwart« vor dem Ausschuß zu hören. Darauf gab Hampton einen Überblick über die Geschichte dieser Ausgrabung, sowohl den Ausschußmitgliedern als auch John zuliebe, und verbreitete sich ausführlich über die Verhandlungen und Umstände, die zu einer Vereinbarung der Amerikanischen

Schule für Klassische Studien mit den griechischen Behörden geführt hatten. Offenbar hatten amerikanische Archäologen ihre Ausgrabungen gewöhnlich unter eigener Regie durchgeführt, doch hatte die politische Entwicklung der vergangenen Jahre bewirkt, daß alle ausländischen Ausgräber einen griechischen Co-Direktor akzeptieren mußten – in diesem Fall Kontos. Hampton umschrieb seine eigenen Bemühungen um die Überwindung aller aus dieser Veränderung entstehenden Mißhelligkeiten mit der Wendung »für Dr. Kontos ein übriges tun«, was anscheinend bedeutete, daß er mit Kontos ziemlich intensiven gesellschaftlichen Umgang pflegte, ihn Personal auswählen und an den üblichen akademischen Vorteilen teilhaben ließ, die sich aus seiner Stellung ergaben.

Als Hampton zur eigentlichen Grabungsgeschichte überging, die Aufdeckung der mykenischen Stadt schilderte, Bemerkungen über das Leben der Griechen zu jener Zeit machte und die Erforschung des Kuppelgrabes erwähnte, wurde deutlich, daß Claire von Anfang an Kontos' Unwillen erregt hatte, obwohl dieser Punkt nicht dokumentiert wurde. John erfuhr zu seiner Überraschung, daß das Hauptaugenmerk der Grabungsexpedition der Stadt gegolten hatte, und daß das Grab, sobald es sich als leer erwiesen hatte, Claire und George zugewiesen worden war, weil es nicht sehr vielversprechend ausgesehen hatte und die beiden die jüngsten wissenschaftlichen Teilnehmer gewesen waren. Hampton sagte wenig davon direkt, und John merkte bald, daß dies auch der Stil der anderen war: weitschweifig, indirekt, mit häufigem Gebrauch ausländischer Begriffe, die wie Pfeffer in ein fades Gericht gestreut wurden. Er entsann sich, daß Claire ihm erzählt hatte, Archäologen seien mehr Humanisten als Naturwissenschaftler – geschichtskundig, beschlagen in Literatur und Mythologie, die zur Deutung herangezogen werden konnten, und dazu versierte Kunsthistoriker, zumindest auf ihrem jeweiligen Forschungsgebiet. In diesem Fach hatte sich der alte Brauch gehalten, daß jeder Wissenschaftler stets in seiner Muttersprache veröffentlichte, eine Gewohnheit, die in den Naturwissenschaften der Übermacht des Englischen hatte weichen müssen. Dies bedeutete, daß ein Archäologe Französisch, Englisch, Deutsch und eine oder zwei regionale Sprachen wie Griechisch oder Arabisch beherrschen mußte, um sich auf dem laufenden zu halten.

Der Seminarraum paßte dazu. Er hatte dunkle Holzböden und polierte Messinglampen. Die Stühle waren bequem und gepolstert, mit dicken holzgeschnitzten Armlehnen, von einer Art, wie er sie außerhalb von Antiquitätengeschäften selten gesehen hatte. Zu dieser Einrichtung stand der in einer Ecke aufgebaute hochmoderne Projektor in einem seltsamen Mißverhältnis.

»Sie mögen aus alledem ersehen, Dr. Bishop, daß wir zur Klärung des Sachverhalts gern Ihre Ansicht der Ereignisse hören würden, die zu Ihrer ... ah ... Entlassung von der Grabungsstätte führten.« Hampton lächelte einnehmend, zog eine abgenutzte Pfeife hervor und machte sich daran, sie zu stopfen. Er trug ein Tweedjackett mit ledernen Flecken an den Ellbogen, eine Weste und einen konservativen Schlips. Die beiden anderen waren ähnlich bekleidet, ein Umstand, der in Boston niemandem auffiel. Johns überwiegend auf jüngere Mathematiker und Physiker seiner Generation beschränkte Erfahrung hatte ihn jedoch zu der irrigen Erwartung verleitet, offene Hemdkrägen und ausgeweitete Pullover anzutreffen. Er hüstelte und begann seine Geschichte.

Es war natürlich eine Fiktion im Sinne des Wortes. Er und Claire hatten sie bei einer langen Serie von Martinis ausgearbeitet. Gleichwohl enthielt sein Garn keine ausgesprochene Erfindung, nur Auslassungen und Vereinfachungen. Er beschrieb die Durchführung von Materialuntersuchungen an verschiedenen Gegenständen, was er tatsächlich getan hatte, ohne jedoch zu erwähnen, daß die anderen nur zum Aufwärmen gewesen waren, Tests an Teilen der Ausrüstung, und daß der Würfel sein einziges Versuchsobjekt gewesen war. Dies deckte sich mit Claires Aussagen, die den Würfel überhaupt nicht erwähnt hatte, und zum Ausgleich hob er dann die politischen Differenzen, Kontos' Zudringlichkeit gegenüber Claire und seine Auseinandersetzung mit ihm an jenem letzten Abend hervor.

Hampton sagte: »Sie behaupten also, von Ihrer Seite ...«

»Wir führten in letzter Minute noch ein paar Tests aus und packten zusammen. Wir waren überzeugt, daß er uns am nächsten Morgen des Platzes verweisen würde, und Claire – sie nimmt es mit der Ordnung sehr genau, wie Sie wissen – wollte sicher gehen ...«

»Aber sicherlich müssen Sie vermutet haben, daß Dr. Kontos, in einem Zustand der Erregung über die ... ah ... Beleidigungen, die Sie seinem Empfinden nach gegen sein Land, seine Regierung ausgestoßen hatten, sehr empfindlich auf den geringsten Fehltritt Ihrerseits reagieren würde. Nicht wahr?«

»Ich glaube nicht, daß es irgendeinen Unterschied machte«, antwortete John. »Ich denke mir, daß er auf der Lauer lag.«

»Einen Vorwand suchte?« fragte Prof. Aiken.

»Richtig. Er wollte uns hinaus haben, weil wir Amerikaner waren, nicht weil Claire Obstruktion getrieben hätte.«

Zwei steile Furchen erschienen zwischen Hamptons Brauen, während er nachdenklich an seiner Pfeife paffte und die Luft mit blauem Rauch erfüllte. »Dennoch darf nicht übersehen werden, daß Dr. Anderson weit in die Ferne schweifte, um Hilfe zu suchen, nämlich hierher zu Ihnen, ohne die in Athen verfügbaren Einrichtungen zu benutzen, oder auch nur darum zu ersuchen. Das läßt kaum auf eine ... ah ... kooperative Haltung schließen.«

»Sie war sowieso hierher zurückgekehrt, um Ihnen Bericht zu erstatten.«

»Dazu allein wäre ihre Reise kaum erforderlich gewesen.« Er blickte auf die Uhr.

»Nun, sie dachte es jedenfalls. Kontos saß ihr im Genick, wissen Sie.«

Hampton wedelte mit der Pfeife, wie um die Nichtigkeit dieser letzten Bemerkung deutlich zu machen. Schon in ihrem kurzen Telefongespräch hatte er nicht gut auf Johns flüchtige Erwähnung von Kontos' Zudringlichkeit reagiert, und John vermutete, daß er diesen Punkt zu übergehen versuchte. Das deutete darauf hin, daß Claire, als sie vorher hier zum Verhör erschienen war, diese Karte wahrscheinlich überreizt hatte. John versuchte sich darüber klarzuwerden, ob er auf dem Punkt beharren solle, als an etwas, was John für einen zur übrigen Einrichtung passenden Fernsehschrank gehalten hatte, ein rauher Summton erklang.

»Ah, das wird unser anderer ... äh ... Zeuge sein.«

Hampton erhob sich und beschäftigte sich an dem Fernsehschrank. Er stellte ein Rundummikrophon auf den Tisch und schaltete Lampen ein, die ihn beleuchteten. John bemerkte jetzt, daß aus dem Schrank ein Kameraobjektiv auf sie gerichtet war. Wieder kam der Summton, bevor er etwas fragen konnte, und Hampton rief: »Können Sie mich hören, Alexandros?«

Der Bildschirm füllte sich mit einer qualitativ hervorragenden Wiedergabe von Kontos, der ihnen zulächelte. Er trug Zivilkleidung, und John entnahm seinen Augenbewegungen, daß er ihren Seminarraum überblickte. »Hallo!« erwiderte Kontos. »Ich bin erfreut, Sie wiederzusehen, Donald. Und Dr. Aiken, Dr. McCauley.« Begrüßendes Kopfnicken. Dann sah er John. »Aha. Ich hoffe, Dr. Bishop, Sie haben die Wahrheit gesagt.«

John lächelte kalt. »Selbstverständlich. Nicht, daß es Ihnen viel helfen wird.«

Kontos schmunzelte. »Ich denke, Sie sehen selbst, meine Herren, daß dieser Mann gegen mich eingenommen ist.«

»Wenn man ins Gesicht geschlagen wird, ist das bisweilen die Folge«, sagte John milde.

Kontos zeigte leichte Gereiztheit. »Ich wurde provoziert, wie ich Donald bereits erklärt habe«, sagte er mit einem Blick zu den Ausschußmitgliedern.

Hampton hob eine Hand. »Wir sollten diese unnötigen Zusammenstöße wirklich vermeiden, meine Herren. Sie vernebeln bloß die eigentliche Streitfrage. Lassen Sie mich Dr. Kontos Fragen stellen, Fragen, die geeignet sind, die *Tatsachen* zu erhellen ...« – er funkelte John an »– und persönliche Auseinandersetzungen zu vermeiden.«

Während Hampton seinen griechischen Gesprächspartner mit gezielten Fragen durch eine offensichtlich eingeübte Zeugenaussage führte, verflog Johns Selbstsicherheit. Schon der Umstand, daß er Kontos durch eine Direktschaltung ins Verhör einbezogen hatte, war ein unvorhergesehener und beunruhigender Umstand gewesen, und nun unterminierte Hampton Claires Position mit Suggestivfragen nach ihrer Beliebtheit bei den übrigen Teilnehmern an der Grabung, über ihre notorische Ungeduld mit allen, die nicht mit ihr übereinstimmten, ihrer Müdigkeit und Überreiztheit am Ende eines langen, ungewöhnlich heißen Sommers ... Alles schien darauf abgestellt, Kontos' Position zu stärken. Soviel hatten er und Claire erwartet. Die schwierigen Fragen lagen noch vor ihnen. Als Kontos von einer »nicht autorisierten Ausgrabung« zu sprechen begann, beugte er sich aufmerksam vor.

»Und ohne mich oder die anderen am Grabungsort Anwesenden in irgendeiner Form davon zu unterrichten, setzten sie und George Schmitt diese heimliche Grabung fort und entfernten Teile der Wand. Sie konsultierten niemand wegen der möglichen strukturellen Gefahren für das Kuppelgrab.«

»Sie waren ja die meiste Zeit nicht da«, sagte John. »Und wenn Sie am Grabungsort anwesend waren, sorgten Sie sich um Ihre politischen Versammlungen und Palastrevolutionen.«

»Bitte enthalten Sie sich Ihrer Kommentare!« fuhr Hampton ihn an.

Kontos sprach weiter, als ob nichts geschehen wäre. »Sie fanden einige Gegenstände, wovon ich Ihnen später Meldung machen werde, Donald. Dr. Anderson versuchte dies alles geheimzuhalten, indem sie auf eigene Faust und ohne mich zu konsultieren Dr. Bishop zur Ausgrabungsstätte brachte. Soviel ist offensichtlich.«

John ließ sich nichts anmerken, aber er machte sich Sorgen. Kontos hatte eine Position des geringsten Risikos eingenommen und spielte überhaupt nicht auf das Artefakt an. Jeder Schritt seiner Argumentation war entweder durch Tatsachen belegt oder wahrscheinlich. Vor einem Ausschuß wie diesem war der Ausgang sicher. Die Frage war nur, wie weit er gehen würde.

»Glücklicherweise entdeckte ich dies rechtzeitig. Ich gebe zu, daß es in der so entstandenen Situation zu dem unglücklichen Zwischenfall mit Dr. Bishop kam. Ich bin ein patriotischer Mann, ich lasse mein Vaterland nicht beleidigen. Aber das tut nichts zur Sache. Es beweist nicht, daß ich Dr. Anderson in irgendeiner Form bedrängte. Dies alles sind Vorwände, die ins Spiel gebracht werden, um die Tatsache zu verbergen, daß sie und Bishop einen neuen Fund vor mir verbargen.«

Nun kommt es, dachte John.

Aber Kontos' strenger Ausdruck entspannte sich. »Diesmal war uns das Glück hold. Sie zerstörten nichts mit ihrer Unfähigkeit. Der Fund ist geringfügig, aber interessant. Ein paar einfache Schmuckstücke, ein Elfenbeinplättchen.« Er zuckte die Achseln.

John fragte sich, warum Kontos die Sache mit dem Block bemäntelte.

Hampton nickte. »Ich bin froh, das zu hören. Gleichwohl ändert es nichts an der prinzipiellen Seite.« Zustimmendes Nicken von den beiden anderen.

»Der Fund kam, glaube ich, aus einer Beobachtung, die Sie selbst im August machten«, fuhr Kontos im entspannten Plauderton fort. »Sie sprachen damals zu mir und den übrigen Teilnehmern an der Grabung von den Markierungen an einem bestimmten Steinquader in der Wand der Grabkammer. Es war beim Abendessen, vielleicht erinnern Sie sich?«

Hampton paffte an seiner Pfeife und schien zu nicken.

»Das war die Stelle, wo der Fund gemacht wurde. Sie hatten kaum aufgedeckt, was tatsächlich dahinter lag, kann ich Ihnen heute sagen. Ich selbst ging der Sache weiter nach.«

»Ich nehme an, Sie fanden ein hübsches *objet d'art?* « unterbrach ihn Hampton.

»Ja.«

Die Ausschußmitglieder merkten auf und murmelten interessiert. John versuchte der Taktik auf die Spur zu kommen, die Kontos verfolgte.

»Abgesehen von diesem Verfahren«, sagte Hampton mit Wärme, »würde ich wirklich gern über die Entdeckung diskutieren, wenn Ihre Ergebnisse vorliegen. Worum handelt es sich?«

»Um einen Würfel. Sehr seltsam, er hatte seinen Platz hinter der Wand. Und ganz eigentümlich geschmückt.« Kontos formte mit seinen Händen einen Zapfen. »Ich werde bald Fotografien und eine Beschreibung liefern.«

John begriff plötzlich, daß Kontos noch nicht wieder am Grabungsort gewesen war. Er wußte nicht, daß der Block verschwunden war. Er hatte noch immer vor, ihn zu seiner Entdeckung zu machen und nach Athen zu bringen, um dort Aufnahmen zu machen und eine Beschreibung anzufertigen.

Nun war der Block nicht mehr an Ort und Stelle, und die Aufzeichnungen darüber auch nicht. Kontos würde einige von ihnen unter dem zurückgebliebenen Material finden, aber nicht genug. Claire hatte das meiste gerettet.

Hampton strahlte in die Kamera. »Faszinierend. Warum, meinen Sie, war es außerhalb der Grabkammer versteckt?«

»Ein Todesornament, es ist schwierig, gleich darauf zu kommen. Ich weiß, daß Sie mit Ihrem besonderen Interesse an religiösen Artefakten hier vieles finden werden, mögliche Verbindungen mit Ihrer früheren Arbeit über die Gräber. Vielleicht kommen Sie nach Weihnachten? Ich kann es Ihnen zeigen.«

»Danke, Alexandros, das würde ich sehr gern tun.«

»Vielleicht können wir unsere Kräfte in der Bewegung zur Rückerstattung der restlichen Marmorskulpturen vereinen? Im Frühling werde ich eine neue Resolution einbringen. Mit amerikanischer Unterstützung ...«

»Ich habe gewiß Verständnis für Ihr Anliegen«, sagte Hampton, »aber wir sollten diese Sache zum Abschluß bringen.«

»Augenblick«, sagte John. »Ich wollte ihn fragen, wem das Verdienst an der Entdeckung des Würfels zufallen soll.«

»Wieso? Dr. Kontos selbstverständlich«, sagte Hampton. »Sie hörten ihn feststellen, daß er den Gegenstand hinter der Mauer der Grabkammer fand.«

»Ich bin der Meinung, daß Claire daran teilhaben sollte.«

»Sie sind ein Amateur in diesen Dingen«, sagte Kontos in ruhigem Ton. »Ihre Auffassung ist ohne Belang.«

»Nun, ich weiß, wie Sie alle herumkommandiert haben ...«

»Kommen Sie!« sagte Hampton.

»Und ich werde mich nicht scheuen, es jedem zu erzählen, der zuhören will.«

Kontos' Backenmuskeln traten hervor. »Sie würden gut daran tun, Ihre Zunge im Zaum zu halten. Oder ich werde mich persönlich mit Ihnen befassen.«

»Dr. Bishop!« rief Hampton. »Das ist genug!«

»Jederzeit, Kontos. Ich würde mich liebend gern einmal mit ihnen auseinandersetzen, wenn ich nicht von Ihren Handlangern festgehalten werde.«

»Still! Sagen Sie nichts mehr.« Hampton hob John die Hand entgegen und wedelte abwehrend. Darauf wandte er sich zu den Professoren Aiken und McCauley. »Haben Sie weitere Fragen?«

Sie hatten keine. Kontos verabschiedete sich, der Bildschirm erlosch, und auf einmal schien der Raum winzig, nicht mehr mit der anderen Seite des Planeten verbunden.

»Ich hoffe«, sagte John, »Sie erkennen, daß Claire jeden Fußbreit ihres Weges gegen diesen Mann ankämpfen mußte, um zu den Resultaten zu kommen, die sie hat.«

Hamptons Lächeln hatte wenig von seiner früheren Wärme. John begriff, daß der Mann ein vollendeter Schauspieler war. Ohne Zweifel glaubte er nach den höchsten moralischen Prinzipien zu handeln.

»Ich danke Ihnen, Dr. Bishop, für Ihre Zeit.«

Als er durch die Commonwealth Avenue nach Haus ging, fing es an zu schneien.

3

Claire kam in einer Weise in die Abteilung, die John schon früher aufgefallen war. Es war, als ob das Haus ihr gehörte und sie es durchschlenderte, um zu sehen, was die Mieter machten. Es war erheiternd und zugleich fesselnd, sie so herankommen zu sehen, gekleidet in einen maßgeschneiderten zimtfarbenen einteiligen Anzug unter einem schwarzen Mantel, mit grauen Handschuhen und schwarzen Stiefeln, einen geschlossenen blauen Schirm in einer Hand herumwirbelnd. Der Regen des vergangenen Abends war zu Schnee geworden, und sie hatte sich darauf eingestellt.

Ihre Miene hellte sich auf, als sie ihn zwischen den Geräten stehen sah. Er bemerkte, daß sie ein sorgfältiges Make-up trug: Lidschatten und Lidstriche, Wangenrouge und Lippenstift von einem verwegenen Beinahe-Purpur. Ihr Haar war kunstvoll aufgesteckt. Zur Feier von irgend etwas? Er rief: »Ist Champagner angebracht?«

»Vielleicht zum Essen. Ich bin in der Höhle des Löwen gewesen und hier, die Geschichte zu erzählen.«

»Heute früh? Die verlieren keine Zeit.«

»Sie taten oberpriesterlich und strichen sich die Bärte und beschlossen, einen Eintrag in meine Personalakte zu machen, der ihre ›Unzufriedenheit mit meiner Handhabung der Situation‹, wie sie es nannten, zum Ausdruck bringt. Mit Begründung.« Ihr Lächeln war halb schelmisch, halb schon diebisch; es paßte zu der tanzenden Erregtheit in ihren Augen. Sie war Lichtjahre entfernt von der Frau im Ritz.

»Nicht schlecht.«

»Ich hatte viel Schlimmeres befürchtet«, sagte sie ernst.

»Aber dieser Eintrag wird deinem beruflichen Ansehen schaden.«

»Das nehme ich an. Aber nicht annähernd so sehr wie in dem Fall, daß sie erfahren, was wirklich vorgefallen ist.«

Er sagte so sanft wie möglich: »Du hättest damit herausrücken können.«

»Um das Stück augenblicklich zu verlieren?« sagte sie leidenschaftlich. »Nein danke.«

»Was hast du gewonnen?«

»Zeit.«

Er machte eine Handbewegung zum Kalksteinblock. »Zeit, um daran zu arbeiten?«

»Ja, und um nachzudenken. Wie geht es voran? Diese Röntgenuntersuchungen, die du gestern abend am Telefon beschrieben hast ...«

»Überholt. Abe hat mehr gefunden. Er hat es mir gerade erzählt.«

Bei der Erwähnung seines Namens ließ Abe Sprangle seine elektronischen Instrumente stehen und kam mit einem erwartungsvollen Lächeln herüber. Claire begrüßte ihn mit herzlicher Kollegialität und hörte aufmerksam seiner Zusammenfassung des Problems zu. »Eine vernünftige Folgerung, glaube ich, daß Pechblende die Quelle der Röntgenstrahlen war. Archäologisch wahrscheinlich, meine ich. Finden Sie nicht?«

Als Claire nickte, fuhr er fort: »Aber Pechblende kann es nicht sein. Ich habe das Röntgenspektrum gemessen. Pechblende paßt nicht hinein. Also haben Fred und ich den Gammastrahlendetektor hervorgezogen.«

Claire sah ihn ungläubig an. »Gammastrahlen?«

»In der Tat. Und sie nehmen an Intensität zu.«

»Nichts, kein Isotop, gibt starke Hochenergiestrahlung ab. Sie müssen eine falsche Einstellung am Detektor haben.«

Sprangle lächelte wieder. Seine Geschichte machte ihm Spaß. »Das dachte ich auch. Aber das Röntgenspektrum war verdächtig. Es waren keine Linien, wie Uran oder Radium. Ich bekomme alle Energien daraus – von weichen Röntgenstrahlen bis hinauf zu harten, fast übergangslos. Es besteht nicht die entfernteste Möglichkeit, daß Pechblende solch eine Emission ergeben könnte.«

»Dann ist es kein einzelnes Isotop«, warf John ein. »Es muß eine Mischung verschiedener radioaktiver Minerale darin sein.«

Claire schüttelte den Kopf. »Unwahrscheinlich. Vergessen wir nicht, daß jemand dieses Ding gemacht hat. Wie sollten diese Leute radioaktive Erze ausgewählt haben, wenn sie nicht einmal wußten, daß solche Dinge überhaupt existieren?«

Abe spielte seinen nächsten Trumpf aus. »Sie können aufhören, sich darum zu sorgen, was hätte sein können. Denn ich habe das Gammastrahlenspektrum gemessen. Es ist auch glatt. Ohne Linien.«

Niemand sagte etwas. Claire schüttelte wieder den Kopf, diesmal so energisch, daß sich in ihrem Nacken ein paar Strähnen des sorgsam aufgesteckten Haares lösten. »So sehr ich Ihre Tüchtigkeit und Ihren Sachverstand respektiere, Abe, das kann ich nicht glauben.«

»Natürlich überprüfen wir es. Fred ist dabei, eine andere Anordnung von Detektoren aufzubauen, die ich mir von Kembersons Gruppe ausgeliehen habe.«

John sagte: »Angenommen, die Messungen erweisen sich als richtig. Was hätte es zu bedeuten?«

Abe Sprangles freudige Stimmung ließ ein wenig nach.

»Das ist das Problem. Ich kenne nichts, was ein so hohes Energiespektrum ergibt.«

»Dann muß es falsch sein«, sagte Claire energisch.

Aber es war nicht falsch.

Die zweite, mit besonderer Sorgfalt kalibrierte Messung ergab identische Resultate. Der Ausfluß von Strahlung aus dem Block war noch nicht gefährlich, aber er zeigte keine der Spektrallinien, die natürliche Emissionen von Atomen kennzeichneten. Die Überprüfung und Einstellung erforderten zwei Tage ermüdender Sorgfalt.

»Sehen Sie, wie relativ homogen dieses Spektrum ist«, sagte Abe kritisch. »Vielleicht besteht es aus vielen Linien, die einander überlappen?«

»Das bedeutet, daß im Innern entweder viele radioaktive Isotopen sind, oder ...« John verstummte grübelnd.

Abe lächelte. »Oder wir haben einen dummen Fehler gemacht.«

»Und die Strahlung«, fragte Claire, »dringt nur durch zwei Stellen ins Freie – den Zapfen und das Loch gegenüber?«

»So ist es. Die Quelle liegt tief im Innern des Steinblocks.« Abe dachte darüber nach. »Ich vermute, sie begruben etwas in der Mitte des Würfels.«

John nickte. »Aber was?«

»Moment«, sagte Claire. »Ich weiß, wir sind alle neugierig, aber wir müssen Schritt für Schritt vorgehen. Wir brauchen chemische Analysen des Gesteins, des Bernsteins in diesem Zapfen und von dem Material, das das Loch in der Rückseite verstopft.«

»Ich habe bereits mit Dunnsen vom Fachbereich Chemie das Nötige vereinbart«, sagte Abe nachsichtig. »Er hat Erfahrung, hat mit Watkins und Hampton an diesem Zinn und Zink aus Italien gearbeitet.«

»Wir müssen darauf bedacht sein, daß dem Artefakt minimaler Schaden zugefügt wird.«

Abe nickte energisch. »Wir können alles mit passiven Mitteln machen. Keine Beschädigungen.«

Claire nickte. »Gut. Erst wenn wir diese Ergebnisse haben, werden wir in der Lage sein, etwas Vernünftiges zu sagen.«

Intelligenz ist relativ. Sie hat ihre Vorurteile und ihre toten Winkel. John wäre nie auf den Gedanken gekommen, daß zwei Zitadellen der Intelligenz, die er gut kannte – die Rice-Universität, wo er sich lange abgemüht und seine akademischen Sporen verdient hatte, und das Massachusetts Institue of Technology, das er zu einem wichtigen Sprungbrett seiner Berufslaufbahn zu machen hoffte –, von der Gesellschaft hauptsächlich als Fabriken angesehen wurden, die eine bestimmte Art von intelligenten Kobolden erzeugten, welche in der Lage waren, Maschinen zu verdrahten, Lösungen zu titrieren, Chips zu programmieren und die Räder der Industrie anzutreiben.

In ähnlicher Weise war Claire niemals einer Situation begegnet, wo eine sorgfältig ausgeführte Reihe intelligent ausgedachter Versuche die Zahl der Möglichkeiten nicht reduzierte, bis nur eine übrig blieb, und die geheimnisvolle, aus einer alten Grabung geborgene Substanz sich als eine seltene Legierung, eine Spur von Zerfallsprodukten oder ein ungewöhnlich zusammengesetztes Amalgam verschiedener Stoffe erwies. Abe Sprangle war ähnlich voreingenommen. Er hatte sich nie zuvor in einer Situation befunden, wo die aktive, emittierende Substanz unerreichbar war, so daß er sie nicht einmal sehen konnte.

»Diese Zusammensetzungsanalyse ergibt keinen Sinn«, meinte er frustriert. Dunnsen hatte sein Fachwissen aufgeboten und eine detaillierte Liste der Elemente zusammengestellt, die der Zapfen enthielt. Diese chemische Betrachtungsweise war in einer graphischen Darstellung von Verbindungen und Elementen ausgeführt, alle festgestellt durch verschiedene diagnostische Methoden, welche die Fähigkeit der Materie prüften, Licht von einer bestimmten Frequenz zu brechen, zurückzuwerfen oder zu absorbieren. »Dieses Zeug ist verdammt komisch.«

»Lassen Sie sehen!« Claire studierte die mit Kurven in Scharlachrot, Blau und Gelb bedeckten Blätter. Die Gipfel und Täler stellten unterschiedliche Mengen jedes vorhandenen Elements dar und glichen gezackten, vielfarbigen Zähnen. »Aktinium, Boron, Kalzium – lieber Himmel, das hat nichts mit Bernstein zu tun.«

»Was ist Bernstein tatsächlich?« fragte John.

»Baumharz, fossiles Baumharz«, erklärte Claire zerstreut. »Das Harz tropft zu Boden, sammelt sich dort an, und im Laufe der Zeit entweichen die flüchtigen Elemente, bis ein festes Material zurückbleibt.«

»Dann besteht Bernstein hauptsächlich aus Wasserstoff und Kohlenstoff, nicht wahr?« fragte John. Er hatte Chemie immer langweilig und unmöglich zu behalten gefunden. Es schien alles so verworren und kompliziert. Als angehender Student hatte er gern erklärt, daß das Fach trivial sei, weil es bloß die ermüdenden Auswirkungen der Quantenmechanik darstelle, einer bereits verstandenen mathematischen Disziplin, aber in komplizierten und uninteressanten Fällen. Der Umstand, daß diese Fälle von enormem praktischem Nutzen sein konnten, änderte in seiner jugendlichen Unbedingtheit nichts an der grundsätzlichen Situation; der Gegenstand war bloß eine Form von übelriechendem Ingenieurwesen.

»Größtenteils, ja«, antwortete Abe. »Man kann es an Hand der Knötchen, Blasen und Einschlüsse identifizieren, und dieser Zapfen ...« – er kauerte nieder und schaute ihn prüfend an – »glänzt tatsächlich, als enthielte er Einschlüsse und Unregelmäßigkeiten.«

Claire schlug mit dem Handrücken auf die Blätter. »Aber hier steht, daß er allerlei Metalle enthält.«

»Dann kann es kein Bernstein sein«, erklärte Abe.

»Warum nicht?« sagte John. »Bernstein mit vielen Verunreinigungen.«

Abe furchte die Stirn, nahm Claire die Blätter aus der Hand und studierte sie. »Ist das möglich?«

»Wir haben solch einen Fall einmal in der Türkei untersucht«, warf Claire ein. »Das Baumharz müßte sich im Boden mit verschiedenen Mineralen vermischen ... Ich stelle mir vor, daß so etwas geschehen könnte.« Sie glättete ihren olivfarbenen Rock mit gespreizten Händen und lehnte sich zurück. Sie hatten ein kleines Büro gleich neben der Halle mit Beschlag belegt, wo sie einen Datenanschluß hatten. Der Schreibtisch war bedeckt mit Computerausdrucken, Kaffeetassen, Laborberichten und Literatur über Mineralogie. In einiger Entfernung tuckerte die unvermeidliche Vakuumpumpe. »Alles, was ich über die Ablagerung von Mineralen weiß, spricht allerdings nicht dafür. Einschlüsse von Stoffen wie Eisen, gut. Das kommt bisweilen vor und verändert die Farbe. Dieses Material im Zapfen sieht wie der übliche gelbe Bernstein aus, mit Nuancen von Orange und Rot. Eisen, vielleicht. Aber eine ganze Auswahl von Elementen?«

»Vielleicht betrachten wir es falsch«, meinte John. »Der Versuch, eine einleuchtende Erklärung dafür zu finden, wie diese Vielfalt von Mineralen in Bernstein gekommen sein könnte ...«

»Sie müssen gründlich hineingemischt sein«, sagte Abe.

»Gewiß. Aber dieser Zapfen befindet sich seit fünfunddreißig Jahrhunderten nahe der Strahlungsquelle.«

Sie überlegten schweigend. Dann sagte Claire zweifelnd: »Die Röntgenstrahlen?«

»Nein, nur die Gammastrahlen könnten das bewirken«, erklärte John. »Sie könnten Umbildungen verursachen.«

Abe lächelte tadelnd. »Nun, dazu wäre eine enorme Stärke der Gammastrahlung erforderlich. Weit mehr als jetzt herauskommt.«

»Was immer darin ist, es mußte eine Auswirkung auf den Zapfen haben.«

Abe schüttelte den Kopf. »Ich könnte es Ihnen durchrechnen, aber ich sage Ihnen gleich, daß die Stärke nicht ausreichen wird, um Eisen in Kalzium und Sauerstoff und so weiter aufzuspalten.«

John zuckte die Achseln. »Bloß eine Idee. Aber haben Sie eine bessere?«

Abe seufzte. »Nicht aus dem Handgelenk. Meinetwegen mache ich Ihnen diese Berechnung, aber es wird sich nichts ändern.« Er wandte sich zur Dateneingabe und fing an.

Claire betrachtete noch immer die Blätter mit den Kurven. »Wir haben uns wegen des Zapfens Gedanken gemacht, aber sieh dir das an, John – die Analyse des Stöpsels auf der Rückseite!«

Die blauen und karmesinroten Spitzen waren schwierig zu interpretieren. »Ich sehe«, sagte John. »Diese Kurven sehen anders aus als die des Zapfen, aber was ist daraus zu schließen?«

»Ich würde sagen, daß die Zusammensetzung mehr gewöhnlichem Gestein gleicht. Silikate, mit schwerem Material.«

»Die gleiche Zusammensetzung wie der Rest des Würfels – der Kalkstein?«

»Nein. Aber nicht weit davon entfernt.«

»Vielleicht haben sie die Rückseite mit gewöhnlichem Gesteinsmaterial verstopft, einer Art Mörtel. Warum nicht? Niemand sollte sich die Seite ansehen.«

Claire lächelte. »Und wer sollte sich die Frontseite ansehen?«

»Richtig, das wissen wir nicht. Aber wenn sie gewöhnliches Gesteinsmaterial verwendeten und es die letzten paar tausend Jahre in unmittelbarer Nachbarschaft einer Strahlungsquelle war, wie würde es dann aussehen?«

»Nun, hier sind ein paar Kurven ...« Sie zog eine Grimasse. »Vielleicht Unreinheiten vom Beschuß durch die radioaktive Quelle im Innern. Aber der Kalkstein ist ganz und gar nicht durchsetzt mit diesen schwereren Elementen. Ich habe das Gestein selbst untersucht. Warum ist der Kalkstein dann so gewöhnlich?«

John breitete die Hände aus, als ob seine Erklärung die natürlichste von der Welt sei, geradezu unausweichlich. »Er ist zu dick. Nur entlang der Achse, beim Zapfen und dem Stöpsel, ist das Innere lediglich durch eine dünne Schicht von uns getrennt.«

Claire schüttelte ärgerlich den Kopf. »Sieh mal, hier handelt es sich um ein Artefakt. Es muß aus einem Kulturkreis kommen, den wir bereits kennen, der Methoden kannte, die wir im Detail studiert haben, mit einer Geschichte, die wir in Mythologie, Geschichte einfügen können – es gibt die verschiedensten Möglichkeiten der Prüfung und Gegenprüfung. Dieses Ding muß eine Kontinuität mit dem haben, was wir über die mykenischen Griechen wissen. Es kann nicht einfach ein ... ein vagabundierendes Objekt sein, ohne Verbindungen zu irgend etwas anderem.«

»Es sei denn, wir sehen die Verbindungen nicht.«

Sie seufzte. »Dies ist so ... so kompliziert. Es gefällt mir nicht. Ich beginne mich zu fragen, ob es ein Schwindel sein könnte, ein Schabernack?«

John erschrak. »Was? Wie könnte es?«

»Wenn, sagen wir, Kontos es dort hingesetzt hätte, mit dem Wissen, daß wir ... nein, das ist verrückt.«

»Allerdings«, sagte er kritisch. Er blickte forschend in ihr ernstes, nachdenkliches Gesicht. Sie war offensichtlich beunruhigt über die Gegenströmungen von Loyalitäten, hin- und hergerissen zwischen dem Grundsatz der Aufrichtigkeit, den die Wissenschaft verlangt, und den Impulsen, die sie in diese Lage geführt hatten. Nun erwies sich das Artefakt selbst als ein Rätsel, dessen Verzweigungen noch nicht zu übersehen waren.

Abe schlug mit der flachen Hand auf den Tisch neben der Dateneingabe und verkündete: »Da haben wir's! Die gegenwärtige Gammastrahlung könnte ein solches Maß an Umwandlung nicht verursacht haben.«

Sie dachten darüber nach. »Nun ja«, meinte John schließlich, »die Quelle wird wahrscheinlich abnehmende Intensität haben, nicht wahr? Um wieviel stärker könnte sie vor 3500 Jahren gewesen sein?«

Abe tastete ein paar Befehle ins Programm. Das MIT-Rechensystem war algebraisch interaktiv, was bedeutete, daß es eine einfache Frage annehmen, in eine Gleichung umsetzen und diese Gleichung innerhalb eines gegebenen Bereichs von Möglichkeiten lösen konnte. Die Antwort kam nur Sekunden später. »Die Quelle hätte um das Dreimillionenfache stärker gewesen sein müssen. Wie könnte eine Quelle aus verschiedenen Isotopen dazu imstande sein?«

Abe wandte sich um und lächelte breit. Ihm machte das Rätsel offenbar Spaß.

»Eine ziemlich hohe Größenordnung«, räumte John ein.

»Ja«, sagte Claire. »Aber hat jemand eine andere Idee?«

Sie schauten einander an.

Das Telefon läutete.

Claire nahm ab. »Wie? Oh, ja – in Ordnung, ich warte.« Sie blickte stirnrunzelnd zu John. »Ich habe diese Nummer in unserem Fachbereich hinterlassen, aber ich dachte nicht ...« Sie brach ab und lauschte. Dann nickte sie, sagte »Ja« und legte auf.

Bestürzt blickte sie zu den beiden Männern. »Es war

Hamptons Sekretärin. Er will mich sofort sprechen. Sie sagte, er habe gerade einen Anruf von Kontos bekommen.«

4

Prof. Hampton war hinter einem furchteinflößenden eichenen Schreibtisch verbarrikadiert, der zu den schweren Bücherregalen hinter ihm paßte. Vor den langen Reihen wissenschaftlicher Fachzeitschriften und sorgsam geordneter Buchrücken bot sein Tweedanzug und der seidenartige rote Schlips einen farbenfrohen Kontrast. Eingezwängt zwischen den Bücherregalen, wie um deutlich zu machen, daß der Bewohner dieses Büros *au courant* sei, war eines der neuen 3D-Gemälde, das es zuwege brachte, gleichzeitig wie eine Vase mit grellfarbenen Frühlingsblumen und die besonders schlimmen Folgen einer Explosion in einer Glasfabrik auszusehen.

Nachdem Claire sich gesetzt hatte, stützte Hampton die Ellbogen auf die Schreibtischplatte, legte die Fingerspitzen zusammen und blickte konzentriert durch sie hindurch, als liege dort die Lösung eines kniffligen Problems. Claire fragte sich, ob diese Methode womöglich bezwecke, daß sie das Gespräch beginnen würde. Es gab so viele kleine Spielchen dieser Art, daß sie nie genau wußte, was beiläufig oder zufällig und was berechnet war. Sie beschloß abzuwarten und umfaßte instinktiv die gepolsterten Armlehnen ihres Stuhls. Nach einer vollen Minute, als das Stillschweigen sich schier unerträglich hinzog und ihre Nerven zu zermürben begann, seufzte er und ergriff das Wort.

»Vor weniger als einer Stunde erhielt ich einen zutiefst beunruhigenden Anruf von Dr. Kontos. Er war äußerst erregt.«

»Ja?« Sie gab sich erwartungsvoll, unschuldig interessiert.

»Er hat das große Artefakt verloren.«

In ihrem Magen zog sich etwas zusammen. »*Verloren?*«

»Offenbar untersuchte er es am Fundort, da er befürchtete, der Transport könne den ... äh ... empfindlichen Verzierungen Schaden zufügen. Anscheinend handelt es sich um ein sehr schönes Stück.« Hampton sagte es traurig, mit einer Andeutung von Zögern.

»Natürlich war die Ausgrabungsstätte bewacht. Doch als Alexandros von seinen Pflichten in Athen zurückkehrte, war das Stück fort.«

»Diebe?«

»Die Tür war noch verschlossen.«

»Dann muß es die Wachmannschaft gewesen sein.«

»Selbstverständlich werden die Leute ... ah ... vernommen.«

»Erstaunlich, daß diese Leute glauben, sie könnten solch einen Gegenstand auf dem Schwarzen Markt verkaufen. Sie sollten wissen, daß jeder seriöse Käufer erkennen würde, daß es gestohlen ist.«

Hampton nickte bekümmert. »Ja, ja, so ist es immer, nicht wahr? In ihrer primitiven Gewinnsucht begreifen sie es nie.« Er legte wieder die Fingerspitzen zusammen und wandte sich sinnend dem blassen Licht zu, das zum Fenster hereinströmte, durch das sie unter drolligen Wattewolken Rudermannschaften sah, die sich den grauen Charles River aufwärts mühten. »Tst, tst.«

»Eine schreckliche Sache«, sagte sie, um etwas zu sagen.

»In der Tat. Dr. Kontos sagte wenig über etwaige Bemühungen zur Wiedergewinnung. Ich bin jedoch sicher, daß ein Mann mit seinen Verbindungen zu Polizei und ... ah ... Militär in dieser Hinsicht keine Schwierigkeiten haben wird. Er fragte jedoch nach Ihren Aufzeichnungen.«

»Viele davon sind in den Kisten, die er sich aneignete und nach Athen brachte«, sagte sie scharf.

»Ah. Ja, er sagte, daß einige vorhanden seien ... Aber die Mehrzahl davon scheint ... äh ... in Ihrem Besitz zu sein.«

»Es sind meine Aufzeichnungen. George und ich entdeckten schließlich das Stück.«

»Sie wissen, daß die Entdeckung als juristisch anwendbarer Begriff auf Gemeinschaftsgrabungen nicht anwendbar ist«, sagte er mißbilligend und bedachte sie über die Fingerspitzen hinweg, die sich rhythmisch voneinander entfernten und wieder berührten, mit einem ernsten Blick.

»Kontos verdient keine Kooperation. Er wollte die ganze Gruppe um das Verdienst daran bringen.«

»Wie kommen Sie darauf? Ich versichere Ihnen, das wäre nicht geschehen. Die *raison d'être* unserer Expedition war die Festigung der griechisch-amerikanischen Beziehungen. Für Alexandros steht ebensoviel auf dem Spiel wie ...«

»Natürlich wird er nehmen, was wir anbieten. Aber dann wird er dieses Artefakt als allein seine Entdeckung reklamieren.«

»Ich habe mein Konzept unseres Berichts vorbereitet, und wenn Ihre Resultate mit eingeschlossen sind, wird es ein solides Stück Arbeit sein. Dieses Objekt, so faszinierend es sein mag, ist nicht derart bedeutsam. Wie Sie wissen, ist es die langsame Anhäufung von Einzelstücken, von Daten und Beobachtungen, die unseren Beruf ...«

»Hängt dieses Urteil nicht davon ab, als was der Gegenstand sich erweist?«

Hampton schien durch ihre Unterbrechung aus dem Konzept gebracht. »Nun ... ah ... selbstverständlich. Ich glaube jedoch nicht, daß wir das gesamte Gebäude unserer Interpretation einer Neubewertung unterziehen müssen, nur weil ein Artefakt womöglich Einordnungsschwierigkeiten bereitet. Es könnte leicht eine Anomalie sein, ein Import aus Kreta oder einer anderen Gegend.«

»Trotzdem, ich ...«

»Claire, Sie müssen Ihre Aufzeichnungen über diesen Gegenstand Dr. Kontos übergeben«, sagte Hampton eindringlich, als habe er sich von einem Augenblick zum anderen zu einer Veränderung der Taktik entschlossen. Der nachdenkliche, distanzierte Professor war verschwunden. Er beugte sich über den Schreibtisch. »Unverzüglich.«

»Das werde ich nicht tun. Sie gehören nicht ihm.«

»Er wird den Gegenstand bergen und anschließend den entsprechenden Abschnitt unserer Veröffentlichung schreiben. Dazu wird er Ihre Information brauchen.«

»Das war der Grund seines Anrufs?«

»Nicht allein das, nein. Aber ich versicherte ihm unserer rückhaltlosen Unterstützung.«

»Meine Antwort bleibt nein.«

Hampton schien bestürzt. »Sie können sich nicht weigern.«

»O doch, ich kann.«

»Dies widerspricht allem, was wir vereinbarten, als wir die gemeinsame Expedition unternahmen.«

»Ich brauche meine Aufzeichnungen.«

»Ich zweifle daran. Ich zweifle wirklich daran. Sie sind lediglich bestrebt, Dr. Kontos' Arbeit zu behindern. Ich muß Sie noch einmal ersuchen ...«

»Nein.«

»Sie bringen Ihre ... ah ... berufliche Position hier in Gefahr, Claire. Wenn Sie ...«

Sie stand auf. »Berufliche Postition? Ha! Mein Vater pflegte zu sagen: du mußt in der Lage sein, einen Chirurgen, der einen Luftröhrenschnitt macht, von einem Halsabschneider zu unterscheiden. Nun, das kann ich.«

Sie schwang ihren Schirm in einem weiten Bogen, dem beinahe ein Bücherstapel auf dem großen eichenen Schreibtisch zum Opfer gefallen wäre, und marschierte hinaus. Ihre Stiefelabsätze knallten zornig auf die knarrenden Dielenbretter.

Sie hielt sich recht gut, bis sie ihre Wohnung erreichte. Dort begannen ihr die Hände zu zittern, und ein Durcheinander von Zorn und Enttäuschung und Ich-hätte-sagen-sollen ging ihr wie ein Mühlrad im Kopf um. Sie schenkte sich einen Sherry ein, dann noch einen.

Hampton steckte so tief in akademischer Ehrbarkeit, daß ihm gar nicht in den Sinn gekommen war, sie könnte so zügellos, so schreiend irrational gewesen sein, ein Artefakt zu stehlen. Das war der einzige Faktor, der den Augenblick der Vergeltung verzögerte.

Möglicherweise glaubte Kontos tatsächlich, daß die Wachen den Würfel hatten verschwinden lassen. In diesem Fall brauchte er ihre Aufzeichnungen, um einen vorläufigen Fundbericht zusammenzuschreiben, seine Priorität herzustellen und somit Zeit zu gewinnen, bis er dem Artefakt auf die Spur kommen könnte.

Es bestand keine Möglichkeit, daß diese Fiktion lange aufrechterhalten werden konnte. Sie zündete eine Zigarette an und schaltete das Radio an. Eine nasale Stimme winselte, daß ihre Zuckerpuppe fortgelaufen sei, daß sie nicht wisse, was sie dazu sagen solle, sie könne sich nur hinsetzen und weinen, vielleicht würde sie nun sterben müssen. Claire schnitt ein ärgerliches Gesicht. Sie hatte gedacht, daß Cole Porter nicht nur tot sei, sondern vergessen.

Das Sherryglas war leer, und sie füllte es auf. Auf dem Rückweg von der Hausbar bemerkte sie, daß sie ihre Zigarette fast aufgeraucht hatte, und drückte den Stummel aus. Als sie zur nächsten griff, hielt sie ein. Dieses Verhaltensmuster war ihr nur zu gut bekannt. Allein, voller Sorgen, bedrückt von den Ereignissen des Tages und der Ausweglosigkeit ihrer Lage, konnte sie nur zu leicht in einen Zyklus der Abhängigkeit geraten. Sie wollte sich nicht einem Abend neurotischer Ängste aussetzen und griff zum Telefon.

»Weißt du, wo Locke Ober ist?« fragte sie, als John sich nach dem dritten Läuten im Laboratorium meldete. Sie hatte gewußt, daß er dort sein würde, obwohl es sechs Uhr vorbei war.

»Ja, ich glaube schon.«

»Dann treffen wir uns dort um sieben. Ich muß mich wiederherstellen.«

Eine Stunde später saßen sie an einem kleinen runden Tisch im ersten Stock und tranken Whisky Soda. Der Oberkellner hatte sich bewegen lassen, ihnen auch ohne Reservierung einen Tisch zu geben, aber nicht durch Johns beharrliches Drängen, sondern vielmehr – zu ihrer Überraschung –, weil er Claire erkannte. »Das zeigt wieder einmal, daß es seine Vorteile hat, Vorfahren zu haben, die seit einem oder zwei Jahrhunderten regelmäßig hierher kamen«, bemerkte sie.

»Hm. Hübsches Lokal«, räumte John ein.

»Ich mag den Spinat mit Rahm hier.« Sie blickte im Raum umher, der sich rasch mit Gästen füllte. »Touristen und Untermenschen kommen ins Obergeschoß, wo es ein bißchen moderner ist. Bis in die Siebzigerjahre ließen sie Frauen überhaupt nicht ein, glaube ich. Die Kellner sind höflich, aber gewöhnlich auch taub.«

Als wäre es das Stichwort gewesen, kam ein gebrechlich aussehender Mann herangeschlurft und nahm ihre Bestellung an. Claire ließ einen liebevollen Blick über die Speisekarte schweifen. »Hummer frisch vom Boot in Portland, daran erinnere ich mich noch, als ich mit meinem Großvater hier war.«

»Ein alter Seebär?«

»Nein, ein Bankier. Er und meine Großmutter sind das älteste Ehepaar in Vermont; letztes Jahr gab es einen Zeitungsartikel über sie. Mein Großvater erzählte dem Reporter seinen Lieblingswitz: ›Warum kaufen die Leute immer noch Shampoo, wenn sie richtigen Po haben können?‹ Er ist eine Art Original geworden.«

»Ich habe schlechtere Witze gehört.«

Sie bestellten Meeresfrüchte und einen kalifornischen Wein, von dem Claire nie gehört hatte. Sie sagte: »Mir gefällt es hier. Es ist so – nun – ermutigend. Die schweren Vorhänge, sogar der etwas muffige Geruch. Meine Familie kommt hierher, wenn alle in der Stadt sind. Sie sind alle so alt, ich möchte wetten, sie erinnern sich noch an die Zeit, als Pferdedroschken einen hierher brachten.«

»Deshalb Archäologie?«

»Wie? – Ach, ich verstehe. Voreingenommenheit für die Vergangenheit.« Sie starrte verstimmt in die Kerzenflamme. »Ja, vielleicht ...«

»Nun, da wir sitzen und bestellt haben, kannst du mir die schlechte Nachricht erzählen.«

Sie tat es und schloß mit den Worten: »Also hat Kontos entdeckt, daß der Block fehlt, aber es ist ihm nicht klar, wie sein Verschwinden bewerkstelligt wurde.«

»Oder von wem. Aber er verdächtigt uns, würde ich sagen.«

»So sehe ich es auch.«

»Was kann er tun? Ich meine, bis Hampton herausbringt, daß wir das Ding haben.«

»Ich dachte, wir würden mehr Zeit haben.«

»Ich nicht«, erwiderte er. »Kontos fackelt nicht lange.«

»Dann müssen wir uns beeilen.«

»Abe arbeitet angestrengt daran, und ich verbringe praktisch meine ganze Zeit drüben. Nicht, daß ich viel tun könnte. Im Grunde bin ich eine Art Handlanger.«

»Obwohl ich Semesterferien habe, habe ich Verpflichtungen an der Universität. Dummerweise willigte ich ein, während meines Urlaubs als Beraterin für Studentinnen zu arbeiten.«

»Was für Rat gibst du denen?«

»Akademisch, persönlich, was sie bedrückt. Es ist ziemlich entmutigend. Erinnert mich an einen anderen Standardwitz meines Großvaters. Wie nennt man einen Studienberater an einer Frauenuniversität?«

Er zuckte die Achseln.

Sie sagte mit einem ironischen Blick: »Geburtshelfer. Darin steckt mehr Wahrheit, als ich je zugegeben hätte, bevor ich mich damit befaßte. Bei vielen dreht es sich um diese Dinge.«

»Was rätst du Ihnen?«

»Daß sie Kapitäne ihres eigenen Geschicks sein sollen.«

»Tiefsinnig. Wer soll die Mannschaft sein?«

Sie lächelte gegen ihren Willen. »Gut, eine schlechte Metapher. Jedenfalls muß ich diese Beratung machen, und es geht zu Lasten meiner Archäologie. Ich habe noch meinen Teil an unserer Veröffentlichung zu schreiben. Seit einer Woche schickt Hampton mir deswegen Notizen.«

»Der Block ist Teil dieser Veröffentlichung, nicht?« Er brach ein Stück französisches Weißbrot auseinander, das noch dampfte, und begann gedankenvoll zu kauen.

»Nein, ich lasse das Artefakt aus. Ich meine, was kann ich schreiben, ohne zu viel zu verraten?«

»Wenn du es ganz übergehst, machst du Hampton nur stutzig. Er wird sich fragen, ob etwas vielleicht nicht stimmt.«

»Meinst du?«

»Ich glaube es. Unter dieser akademischen Würde und Gespreiztheit steckt ein schlauer Taktiker.«

»Ich weiß nie, wie ich diese Dinge spielen soll.«

»Ich bin überzeugt, daß Hampton bereits einen Verdacht hegt.«

»Kann er etwas Schlimmes tun? Kann er mich eines Verbrechens beschuldigen, mich festnehmen lassen?« Das Winseln war in ihre Stimme gekommen, ohne daß sie es bemerkte; sie trank ihr Glas halb leer.

»Weswegen?«

»Weil ich ein einzigartiges Fundstück aus Griechenland gestohlen habe.«

»Dich dafür zur Verantwortung zu ziehen, ist Sache der Griechen. Und die haben zur Zeit anderes zu tun.«

»Wie meinst du?«

»Heute früh steht im *Globe,* daß Griechenland die diplomatischen Beziehungen zur Türkei abgebrochen hat.«

»Nein! Die Türken sind ihnen zahlenmäßig haushoch überlegen – das ist dumm!«

Er nickte. »Sehr. Aber es bedeutet auch, daß Kontos Wutanfälle kriegen und sich auf den Kopf stellen kann, ohne daß es viel bewirken wird. Seine Regierung hat andere, größere Sorgen.«

»Wenn Kontos die hiesigen Behörden benachrichtigen und einen internationalen Haftbefehl erwirken würde, könnten sie mich festnehmen, nicht wahr?«

»Nun, so etwas wird es nicht geben«, sagte er beschwichtigend. »Unsere Regierung legt in solchen Fällen ihre eigenen Maßstäbe an.« Er langte über den Tisch und legte seine Hand auf die ihre. Sie bemerkte, daß sie, ohne es zu sehen, ihr Brot neben den Teller in Stücke gerissen hatte. Der jähe Zustrom von Blut in ihr Gesicht war noch entnervender.

»Ich ... bist du sicher?«

»Ja.«

»Ich ... wir sind in dieser Sache beide verantwortlich. Wenn Kontos ... es ... macht dir nichts aus?«

Er zuckte betont gleichgültig die Achseln. »Nein.«

»Macho.«

»Verdammt richtig.« Er grinste.

Sie besah seine gefalteten Hände und erinnerte sich, wie sie auf einem Tischtuch in Nauplia geruht hatten – breite Finger, betonte Knöchel, dicke Nägel mit einem seidigen Glanz. Kräftige, doch nicht ungepflegte Hände, die sie an die Hände von Arbeitern erinnerten, aber ohne Schwielen und ohne abgerissene, geschwärzte Fingernägel. Hände, die sich ruhig und beiläufig bewegten, um ein Weinglas zu nehmen, oder ein Stück Brot – nervöses Herumtasten schien ihnen ebenso fremd wie das Zittern innerer Konflikte. Im Kerzenschein schienen sie groß, und ihre Bewegungen hatten die natürliche Zweckbestimmtheit unabhängiger Geschöpfe.

Ihr wurde bewußt, daß sie auf seine Hände starrte. Sie fühlte eine Wärme, die sie von innen her erfüllte, und glaubte, sie komme vom Wein und der Entspannung nach dem Tag. Das Murmeln neu eintreffender Gäste, der Klang von Tafelsilber und Porzellan – sie überließ sich dem angenehmen Gefühl dieses zeitlosen Luxus. Vor dem Hauptgericht entschuldigte sie sich und ging zur Damentoilette. Als sie zurückkehrte, folgte Johns Blick dem Schwung ihrer Hüften, und sie sah, daß er die unter ihrem engen blauen Rock sich abzeichnenden Strumpfhalter bemerkt hatte. Männer fanden sie immer erotisch, erinnerte sie sich, viel besser als die praktischen Strumpfhosen. Seinem Gesichtsausdruck konnte sie entnehmen, daß er in der Benutzung eines Strumpfgürtels durch sie eine Provokation sah. Die unmittelbare und automatische Reaktion war eine strenge Spannung in ihrem Gesicht, aber etwas veranlaßte sie, den Ausdruck zu unterdrükken und die Andeutung eines Lächelns an den Mundwinkeln zupfen zu lassen. Ihre Entscheidung für altmodische Strumpfwaren hatte viel mehr mit einer Neigung zu Hefepilzinfektionen zu tun, aber sie ließ ihn denken, was er wollte.

Sie schlenderten die Tremont Street hinab und nahmen den schmalen Fußweg am Ufer des Charles River. Ein vollbusiges Mädchen trabte vorbei, angetan mit einem Polohemd, das den Aufdruck HÄNDE WEG trug. Normalerweise hätte Claire eine solche Schaustellung mit einem herabgezogenen Mundwinkel quitiert, an diesem Abend aber unterdrückte sie ein Schmunzeln. Brandy wärmte sie gegen den kalten Wind, der böig vom Fluß her wehte, und sie nahm Johns Arm, ohne zu überlegen.

»Du bist in dieser ganzen Angelegenheit soviel selbstsicherer als ich«, sagte sie leise.

»Hat keinen Sinn, sich zu sorgen.«

»Aber warum bleibst du dabei? Archäologie hatte dich früher nie besonders interessiert, du sagtest mir das am Anfang.«

Er zog die Brauen hoch und blickte zu den entfernten Lichtern des MIT hinüber. »Mein Interesse daran wurde geweckt. Aber ... tatsächlich warst du es.«

»Wirklich? Ich?« Sie wunderte sich über den geschmeichelten Ton in ihrer Stimme und tadelte sich wegen solch offensichtlicher Koketterie. Dann aber mußte sie daran denken, daß sie mit diesem Fundstück weit mehr riskierte; sicherlich konnte sie sich hier ein kleines schelmisches Spiel leisten. Sie dachte an seine Hände, die nun an den Seiten herabhingen, als er sich ihr zu wandte. Sie atmete eine perlweiße Wolke aus, und es war, als breche etwas unbekümmert aus ihr hervor, etwas, das sie bisher wirksam blockiert hatte.

Er war ein ragender dunkler Umriß vor den Lichtern der Stadt, scheinbar größer als sie ihn erinnerte. »Sie sind hypnotisch, meine Dame.«

»Also habe ich die Archäologie für dich mit Leben erfüllt?« spottete sie. »Deine Stirnlappen angeregt?«

»Eher ein bißchen weiter unten.«

Ehe sie sich's versah, hatte er sie in die Arme genommen. Ein Instinkt in ihr reagierte abwehrend, aber seine Hände waren fest an ihren Armen, die ruhigen, großen Hände, und sie blickte in sein Gesicht und versuchte in der Dunkelheit seinen Ausdruck zu lesen.

»Dann bist du also kein absoluter Gehirnmensch?« Sie behielt den leichten Ton bei. Vorübergleitende Autoscheinwerfer auf dem Storrow Drive ließen Streulicht über seine Züge gleiten, und sie sah ein erheitertes, beinahe ironisches Lächeln um seinen Mund, aber die Augen waren ernst und dunkel.

»Nein. Aber ich weiß, wie man angelt.«

»Angelt?«

»Meistens ist es bloß ein Warten.«

»Bis etwas an der Leine zupft?«

»Nein. Ein Warten auf den kräftigen Biß.«

»Und nun holst du mich ein?«

Er lächelte nur.

»Du arroganter Soundso!«

»Das sind deine Worte.«

Er küßte sie langsam, damit sie viel Zeit zum Denken habe, zum Akzeptieren. Es dauerte eine gute Weile, und als es vorbei war, fühlte sie seine Hände auf den Armen durch den Mantel, obwohl er sie nicht drückte, sie tatsächlich kaum berührte. Als sie in sein Gesicht blickte, merkte sie, daß die Hände zu ihm paßten, ein wesentlicher Teil seiner Persönlichkeit waren.

Sie hatte Angst, etwas zu sagen, und wünschte sich, der Augenblick werde andauern. Eine kalte Bö biß ihr ins Gesicht, spielte mit ihrem sorgfältig zurechtgemachten Haar, und plötzlich klapperten ihre Zähne.

»Wir werden dich unter Dach und Fach bringen müssen.«

»Ich ... ja.«

»Wo wohnst du eigentlich?«

»Ich dachte schon, du würdest nie danach fragen.«

5

»Es ist richtig, lassen Sie es sich gesagt sein!« sagte Abe Sprangle trotzig.

John schüttelte den Kopf. »Ich sage nicht, daß Sie einen Fehler machen, wohlgemerkt. Aber dieses Bild ergibt einfach keinen Sinn.« Er wies mit dem Finger auf das Röntgenbild, von dem eine harte Kopie auf Papier vorlag. Abe war auf eine andere Methode zur Untersuchung des Würfels gekommen. Er behandelte die emittierten Röntgenstrahlen, als ob sie gewöhnliches Licht wären, und belichtete damit einen Film. Nach einigen Stunden Belichtungszeit entstand ein geisterhaftes Bild, gebildet aus einem Gesprenkel von Punkten.

»Sie ergeben ein Viereck, sehen Sie?« Abe fuhr den diffusen Umriß nach.

»Sind Sie ganz sicher, daß Sie diese Röntgenstrahlen nicht aus einer anderen Quelle empfangen haben? Ich meine, eine viereckige Anordnung von radioaktiven Elementen ...« Seine Stimme verlor sich in Zweifeln.

»Nicht bloß ein Viereck. Sehen Sie die Anordnung der Punkte im Inneren des Vierecks? Außerhalb sind überhaupt keine.«

John nickte. »Also ist es ... was?«

»Ein hohler Würfel, würde ich sagen. Die Seiten enthalten radioaktive Stoffe. Wir blicken entlang der Achse des Hohlwürfels, also sehen wir die gesamte Radioaktivität von den Seiten.«

»Nun gut ... aber was ist das?«

Abe runzelte die Stirn. »Das? Ich weiß es nicht.«

Exakt im Mittelpunkt des Vierecks war ein dunkler Punkt, weitaus intensiver als der Nebel von Punkten darum.

»Ist das etwas im Mittelpunkt Ihres Hohlwürfels?«

»Sieht so aus. Die Unschärfe des Bildes rührt von Überbelichtung her.«

»Ein Hohlwürfel in diesem Gesteinsblock?« fragte John ungläubig.

»Das schließe ich aus den Röntgenstrahlen.«

»Und die Größe dieser ... äh ... Aushöhlung?«

»Ungefähr zwei Zentimeter Kantenlänge.«

»Was? Das ist ...«

»Ich weiß, sehr klein. Aber das ist ...«

»Was die Röntgenstrahlen sagen, ich weiß.«

»Es gibt Erklärungen«, verteidigte sich Abe. »Man könnte sich Verschiedenes vorstellen. Ein im Inneren verborgenes Schmuckstück? Ein Werkstück?«

»Ich weiß nicht ...« John rieb sich das Kinn.

»Wir können Claire fragen.«

»Ich weiß, was sie sagen wird.«

»Was?«

»Lächerlich! Es muß ein Irrtum sein.« Claire befingerte den Abzug von der Röntgenaufnahme. »Die mykenischen Griechen haben solche Objekte nie gemacht. Die Würfelform war sehr selten bei ihnen.«

»Ich habe es ein Dutzend Male überprüft«, erklärte Abe. »Es kann nicht sein.«

»Wenn Sie damit andeuten wollen, daß meine Arbeit ...«

»Sehen Sie«, sagte John eilig und trat zwischen sie, »nie-

RÖNTENGQUERSCHNITT

HOHLANODENRÖHRE, STANDARDMESSUNG
MIT IONISATIONSKAMMER

3CB48579

SPRANGLE

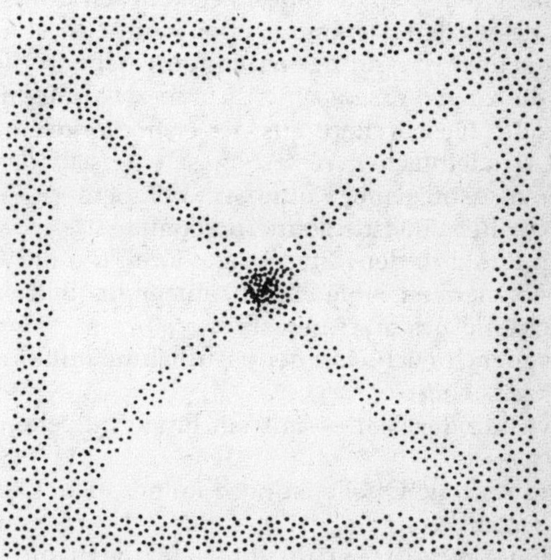

mand will so etwas andeuten. Aber wir müssen dieses Ding verstehen, ohne es auseinanderzureißen. Richtig?«

»Selbstverständlich«, sagte Claire ungeduldig. »Ich sage nur, daß es einen Irrtum systematischer Art geben muß, der uns falsche Resultate erbringt ... irgendwie.« Sie brach ab und biß sich auf die Unterlippe.

John sah, daß sie mit ihrem Latein am Ende war, unfähig vorzuschlagen, was zu tun sei, unfähig auch, den Punkt anzugeben, wo Abe fehlgegangen sein mußte, dennoch nicht bereit, seine Ergebnisse zu akzeptieren. Archäologen behandelten physikalische Diagnostik oft als neumodische, möglicherweise trügerische Hinzufügungen zu ihrer eigentlichen Wissenschaft. Sie waren geneigt und trainiert, ein neues Fundstück in das allgemeine Bild der Gesellschaft, aus der es stammte, zu integrieren. Ein einzelner Gegenstand war oft nicht repräsentativ; spätere Besitzer konnten ihn zweckentfremdet, beschädigt, verändert oder Hunderte von Kilometern von seinem Ursprungsort entfernt haben. Gleichwohl mußten einzelne Wesenszüge sich in den Gesamtzusammenhang der Gesellschaft, aus der er hervorgegangen war, einfügen; ein einfacher Wetzstein sah verschieden aus, je nachdem, ob er aus einer Kultur von Wildbeutern, Ackerbauern oder frühen Stadtbewohnern stammte.

»Dieser Punkt in der Mitte«, sagte John, um die Aufmerksamkeit abzulenken. »Sie sagten, Ihr erstes Bild sei wegen Überbelichtung unscharf geworden.«

»Ja, also machte ich eine neue Aufnahme mit kürzerer Belichtungszeit. Hier!«

In der Mitte des Blattes war ein Punkt zu sehen.

»Das ist es?«

»Ja. Die zentrale Quelle ist noch immer nicht klar erkennbar.«

»Welcher Größe entspricht dies?« fragte Claire.

»Einem Drittel Millimeter, schätze ich«, sagte Abe steif, als mache er sich auf einen neuen Ausbruch brüsker Ungläubigkeit gefaßt.

Aber diesmal schüttelte sie nur den Kopf. Abe sagte: »Um die Fachsprache zu gebrauchen, wir sind bis auf ein Pixel herunter. Wir können nicht genauer sehen. Folglich kann ich nicht garantieren, daß die tatsächliche Quelle nicht noch kleiner ist. Eine genauere Auflösung ist einfach nicht möglich.«

»Ausgeschlossen«, erklärte Claire.

»Aber wahr«, versetzte Abe.

Damit hatte es für den größten Teil einer Woche sein Bewenden. Abe Sprangle setzte seine Messungen fort, nahm weitere Röntgenbilder auf, versuchte verschiedene Techniken der Isotopenanalyse, rief Fachkollegen von Harvard und Cornell und Brown herüber, um gemeinsam mit ihnen die Ergebnisse zu überdenken. Die Ergebnisse änderten sich nicht. Unter dem stetigen Druck des bekräftigenden Datenmaterials mußte Claire zurückstecken und hörte auf, bei jedem neuen Ergebnis ungläubig die Nase zu rümpfen.

Abe schlug eine tiefere Bohrung in den Kalksteinblock vor. Die Idee mißfiel Claire, doch hatten die übereinstimmenden Resultate sie unsicher gemacht. Sie stimmte einer drei Zentimeter tiefen Bohrung nahe dem Rand einer Seitenfläche zu. Abe rief einen Spezialisten namens LeBailly von der Brown-Universität herbei. Jede neue Person, die das Artefakt sah, bedeutete eine Erhöhung des Risikos, denn es war unvermeidlich, daß die Leute redeten. Aber Claire hatte eine halbwegs plausible Geschichte erfunden, um diese neuen Forscher zur Geheimhaltung zu vergattern. Es war eine kunstvolle Umgestaltung dessen, was tatsächlich geschehen war, mit besonderer Betonung von Kontos' persönlichen, politischen und wissenschaftlichen Motiven. Ohne es ausdrücklich zu sagen, implizierte die Geschichte, daß sie das Artefakt durch »Beziehungen« aus Griechenland herausgebracht hätten, und daß alle darüber schwiegen, um die Helfer und Gewährsleute angesichts der sich ständig verschlechternden politischen Lage in Griechenland nicht in Gefahr zu bringen. Diese Fabel sorgte einstweilen für Stillschweigen, aber John und Claire wußten recht gut, daß sie später, wenn die Gastforscher nichts weiter hörten und anfingen, Fragen zu stellen, um so größere Schwierigkeiten heraufbeschwören würde.

Dies alles ereignete sich vor einem Hintergrund anderer Forschungsinteressen, die nicht vernachlässigt werden durften. Claire hatte ihren Bericht fertigzustellen, und dazu kam eine Unzahl kleinerer Arbeiten, wie sie in einer Fakultät ständig anfallen. John war in ein langwieriges Programm von Berechnungen verstrickt, von denen viele bisweilen schwierig, meistenteils aber geradlinig waren und nur Zeit und Geduld und eine gewisse Hartnäckigkeit erforderten. Abe, der als ordentlicher Professor mehr Bewegungsfreiheit hatte, konnte sich jeden Tag mehrere Stunden lang mit der Verfeinerung seiner diagnostischen Methoden beschäftigen. Einzelheiten und auftretende Probleme mit der Elektronik und Datenverarbeitung delegierte er an Techniker und Assistenten, die er je nach Bedarf von anderen Projekten abziehen konnte.

Nicht, daß alles nur Arbeit gewesen wäre. John führte Claire mehrmals zu feinen Abendessen in teure Restaurants aus und demonstrierte die Fähigkeit, haarsträubende Rechnungen ohne sichtbare Wirkung zu bezahlen. Das war nicht leicht. Sein Gehalt war bescheiden, und ihn gelüstete noch immer nach einem Ersatz für sein Auto, das inzwischen zu einem liebevoll erinnerten Luxus geworden war. Wenn er in Claires Alfa Romeo durch Boston sauste, wurde ihm der Verlust nur noch stärker bewußt. Es machte ihm nichts aus, daß sie aus Gründen ihres Selbstgefühls das Lenkrad nicht aus der Hand geben wollte, aber ihr unbewußter Leichtsinn war in einer Stadt enger, überfüllter Straßen entnervend.

Dann gingen sie in stillschweigender Übereinkunft zu einfacheren, billigeren Zerstreuungen über – Fischrestaurants von spartanischer, mit Küchengerüchen geschwängerter Atmosphäre und unhöflichen Kellnern; sie besuchten Sinfoniekonzerte; sie spazierten die mit Ziegelsteinen gepflasterten Bürgersteige um die Garden und Brattle Street in Cambridge entlang, wo graue, klassizistische Häuser aus dem achtzehnten Jahrhundert wie steife Anstandsdamen auf sie herabsahen. Er entdeckte, daß ihm Opern nichts sagten. Sie zeigte eine entsprechende Abneigung gegen die volkstümliche Musik, wie sie im Süden und Westen der Staaten beliebt war – wenigstens in der Form, die in dem einzigen Club geboten wurde, der sich in Boston und Umgebung dieser Musik widmete; zu seiner Verteidigung behauptete er, daß diese verwässerte Version ganz und gar nicht den weichen, authentischen Klängen gleiche, die man im Süden höre. Aber wohin sie auch gingen, früher oder später fand das Gespräch zu dem Kalksteinblock, der in der Abteilung für Materialprüfung im Gebäude Nr. 42 ruhte.

»Ich kann nicht an Abes Messungen der Elementhäufigkeit glauben«, sagte Claire eines Abends, als sie in einem ungarischen Lokal, dem Café Budapest, beim Kaffee saßen. Claire hatte sich erbötig gemacht, ihn auf ihre Kosten in die verschnörkelten, etwas muffigen Kellerlokale am Copley Square zu führen, weil sie meinte, er habe eine Erweiterung seiner gastronomischen Erfahrungen nötig. Gegen die Idee, daß sie zahlte, hatte er nicht einen einzigen Einwand gemurmelt. Hätte er es getan, so wäre ein Vortrag darüber, wieviel mehr sie verdiene als er, die Folge gewesen. Wissenschaftliche Assistenten an der Universität Boston verdienten um einiges besser als am MIT. Und abgesehen davon, war er nie der Meinung gewesen, daß der Mann die gesellschaftliche Bürde allein zu tragen habe. Er war ein Mann, der dem Wandel in der Rolle der Geschlechter, wie er sich gegen Ende des Jahrhunderts immer deutlicher abzeichnete, angepaßt war.

Sie waren beide zugegen gewesen, als Abe eine volle Woche Arbeit an der Tiefenbohrung zu Ende geführt hatte. LeBailly, der Fachmann von der Brown-Universität, hatte ein übermäßiges Interesse an dem Würfel gezeigt und seine Werkzeuge, die John mehr wie die Instrumente eines Juweliers vorkamen, widerwillig und mit dem offen geäußerten Wunsch eingepackt, er könne mehr tun.

Abe hatte verschiedene chemische und physikalische Analysen der im Gestein vorhandenen Elemente durchgeführt und zu diesem Zweck Proben aus der Tiefe der Drei-Zentimeter-Bohrung verwendet, um die Gefahr von Oberflächenkontamination zu vermeiden. Die Proben aus dem Inneren zeigten gegenüber dem Oberflächengestein das Hundertfache an schweren Elementen.

»Das ist äußerst unwahrscheinlich«, sagte Claire heftig.

»Abe hat die Ergebnisse von zwei Spezialisten überprüfen lassen«, sagte John.

»Aber wie kann es sein? Das ist Kalkstein, ein Sediment, das vor vielen Millionen Jahren in einem Ozean abgelagert wurde. Wie kann in bloßen drei Zentimetern ein so großer Unterschied in der Zusammensetzung und Häufigkeit schwerer Elemente entstehen?«

»Ein ungewöhnliches Muster.«

»Ich habe mit Geologen an der Universität Boston gesprochen. Sie haben niemals von etwas Vergleichbarem gehört.«

John rührte in seinem Kaffee und sah ihn in der Tasse kreisen. »Es gibt eine mögliche Erklärung ...«

»Welche? Der Block ist gewachsener Fels, das wissen wir. Kein Mensch aus jener Epoche hätte ihn aushöhlen und anderes Gestein hineintun können.«

»Angenommen, die schweren Elemente rühren vom Beschuß durch die zentrale Quelle von Radioaktivität her?«

Das gab ihr zu denken. John lehnte sich zurück und beobachtete ihre Reaktion; es machte ihm Spaß, ihre Bostoner Zurückhaltung aus dem Gleichgewicht zu bringen. Bisher hatte er keinen Grund gesehen, seine schon vor Wochen geäußerte Vermutung, daß die zentrale Quelle von Gamma- und Röntgenstrahlen vor wenigen tausend Jahren noch erheblich stärker gewesen sein könnte, aufzugeben. Sicherlich nahm sich die Idee auf den ersten Blick unwahrscheinlich aus, doch war auch alles andere an dem Artefakt unwahrscheinlich, wenn man es mit anderen archäologischen Funden verglich. Und seine Vermutung würde erklären, warum der Bernsteinzapfen eine so ungewöhnliche Vielfalt von Elementen enthielt. Zu irgendeiner Zeit in ferner Vergangenheit war eine enorm starke Strahlung vom Kern ausgegangen, hatte den Zapfen, den Stopfen auf der Rückseite und den ganzen Gesteinsblock durchdrungen.

»Ich ... ich gebe zu, daß es die Analyse der Bohrungsproben erklären würde ...« Sie konzentrierte sich in unbewußter Lieblichkeit, und er bewunderte das Spiel der Emotionen in ihren Zügen. Die Unterlippe war in ungläubiger Skepsis vorgeschoben, ein Nasenflügel gebläht. Eine Augenbraue wölbte sich in vorläufiger, widerstrebender Akzeptanz. »Und die Konzentration in dem Zapfen ...« Sie hatte den Zusammenhang rasch erkannt. »Aber das würde einen gewaltigen Strahlungsausbruch voraussetzen.«

»Allerdings.«

Sie nippte an ihrem Kaffee. »Die Geschichte erinnert mich an das Turiner Grabtuch.«

Auf seinen verwunderten Blick fügte sie hinzu: »Ein Stück Stoff, das auf irgendeine Weise Gestalt und Gesichtszüge des toten Christus bewahrt hat. Es war jahrzehntelang ein Streitfall unter den Gelehrten. Religiös orientierte Leute glaubten, es liefere den unumstößlichen Beweis für die Überlieferung der Bibel. Das Problem bestand darin, zu erklären, wie der Abdruck in den Stoff gelangen und dort gleichsam fotografisch fixiert werden konnte.«

»Du meinst, um ein Wunder zu erklären, bedurfte es eines zweiten Wunders.«

»Ja. Ich halte es für richtiger, nach einer weniger komplizierten Erklärung Ausschau zu halten. Aber welche andere Erklärung gibt es in unserem Fall?«

»Die Archäologie erinnert mich an eine Detektivgeschichte, in der es nur Indizienbeweise gibt, und nicht einmal eine klare Vorstellung von der Art des Verbrechens.«

Sie nickte nachdenklich. »Du weißt, was Abe will, nicht wahr?«

»Ich kann es mir denken.«

»Aber eine Bohrung durch diesen Stopfen in der Rückseite ... das würde die Zerstörung möglicherweise wesentlichen Materials bedeuten.«

»Dieses Zeug ist bloß Gestein, eine Art Mörtel. Du hast die Analyse gesehen.«

»Trotzdem, es gefällt mir nicht ... ich hatte nie Entscheidungen dieser Art zu treffen.« Ein etwas kläglicher Ton kam in ihre Stimme. »Ich hätte das Fundstück von Anfang an nicht an mich bringen und entführen dürfen, und wenn ich es nun auch noch zerschneiden und durchbohren lasse ...«

»Du hast das Ding genommen, um es zu untersuchen. Nun hat es sich als ein Rätsel erwiesen, nicht bloß als eine Art Idol oder was immer. Jedenfalls gibt es jetzt kein Zurück mehr.«

»Ich ... irgendwie kommt mir verrückt vor, was wir in Griechenland machten.«

»Daß du so denkst, ist nur natürlich. Boston ist dein innerer Halt. Du bist eine sehr traditionelle Frau.«

»Ja, ich weiß«, sagte sie. »Bis hin zu den Strümpfen.«

Sein Mund verzog sich in der Andeutung lüsterner Begehrlichkeit. »Zugegeben, und mit Vergnügen.«

Er wurde ernst und signalisierte nach einer zweiten Tasse Kaffee. »Aber es gibt zwei Claires – die eine, die mit Bostoner Strenge und Korrektheit imprägniert ist und jetzt hier sitzt, und die geheime Claire. Die ich in Griechenland kennenlernte, die frei war von ihren Verwandten, der Universität und den Freunden und der Last der Traditionen dieser Gegend.« Er machte eine alles umschließende Geste, welche die Balkendecke, die Vertäfelung aus dem neunzehnten Jahrhundert und das gepolsterte Mobiliar des Cafés einschloß. »Die letztere Claire war bereit, sich mit Kontos zu messen, der Polizei ein Schnippchen zu schlagen und das Fundstück zu entführen. Aber hier, eingebettet in die alte Umgebung mit ihren gewohnten Regeln und Prinzipien, kommen die Zweifel auf und nehmen überhand. Der Beruf, die Hierarchie der Universität, die lieben alten Großeltern, die Verwandten und Bekannten – sie alle würden entgeistert sein, wenn sie davon erführen.« Er schaute sie an und sagte: »Ist es nicht so?«

Zu seiner Verblüffung sah er ein verräterisches nasses Glänzen in ihren Augen. »J-ja. Ungefähr so. Ich habe mich nie als … als eine zwiespältige Persönlichkeit …« Sie brach ab und warf ihm ein klägliches Lächeln zu.

»Nun, ich könnte mich irren …«

»Nein, du hast recht.«

»Ich kenne dich noch nicht lange …«

»Ich sehe ein, daß ich von außen diesen Eindruck erwecke, und …«

»Ich wollte nicht … ah … indiskret sein.«

»Nein, nein, du bist es nicht. Ich möchte, daß du offen darüber sprichst.« Wie in stummer Erklärung öffnete sie die Hände.

»Von dieser Claire Nummer zwei würde ich gern mehr sehen«, sagte er und lächelte.

Ein Ausdruck echten Bedauerns kam in ihre Züge. »Ich auch.«

»Man sieht den Unterschied, wenn du ins Labor kommst. Unter dem Druck der Umstände wird die spröde, zurückhaltende Bostonerin mitgerissen und entpuppt sich als diese entschiedene, lebhafte Frau, die sich von niemand etwas vormachen läßt.«

Sie lächelte vage und langte über das gestärkte weiße Tischtuch, um seine Hand zu ergreifen und fest zu drücken. »Ich ... niemand hat sich je soviel aus mir gemacht, die zwei Seiten zu sehen.«

»Du bist eine Meisterin der Verstellung.« Er drückte ihre beiden Hände zwischen den seinen. Das Händehalten bedeutete ihr mehr als jeder anderen Frau, die er gekannt hatte. Er vermochte nicht zu sagen, ob es ein romantisches Symbol für sie war oder etwas Tieferes. Nicht, daß die Antwort wichtig gewesen wäre.

»Dr. Jekyll und Mr. Hyde«, sagte sie, und um ihren Mund war noch immer der Ausdruck von Unsicherheit und Verletzlichkeit. Dies brachte ihn auf den Gedanken, was sie wahrscheinlich von Hampton und den anderen zu erwarten hatte. Nun, da er besser verstand, wie in der Archäologie gearbeitet wurde, wurde ihm klar, wieviel sie auf sich genommen hatte. Seine Kehle zog sich zusammen. Er drückte ihr beide Hände.

6

»Komm schon, steh auf!«

Er ächzte. »Hab Erbarmen mit den Toten.«

»Man braucht bloß ein bißchen auszugehen, und schon wollen sie den ganzen Tag im Heu faulenzen.«

»Ein bißchen ausgehen? Ich erinnere mich genau, daß es zwei Uhr war.«

»Du warst natürlich obenauf, wie ich mich erinnere.«

»Ein Zugeständnis an deine Verfassung. Du hättest nicht soviel Chablis trinken sollen.«

»Das war es? Ich dachte mir doch, daß es besser schmeckte als das Bostoner Wasser.«

»Vorwärts jetzt! Ich mache uns Hafergrütze.«

»Soll das verlockend sein?«

Sie zog die Decke weg und setzte ihn der kühlen Luft aus.

»Ah! Schon recht, ich gebe auf! Wo sind meine Sachen?«

»Du bist wirklich ein Primitiver. Nimm zuerst eine Dusche!«

»Richtig, ich erinnere mich, im Fremdenführer über Boston davon gelesen zu haben. Wenn man nicht duscht, wissen die Eingeborenen gleich, daß man ein Ungeheuer ist.«

Sie lächelte. »Wir haben bereits einen Dr. Jekyll und Mr. Hyde, wie du weißt.«

»Ein großartiger Hüftendreher, dieser Mr. Hyde.«

Das Handtuch traf ihn am Kinn. »Reinige dich, Schänder!«

Als sie mit Tomatensaft zurückkehrte, saß er, geduscht und abgetrocknet, aber noch unbekleidet, über eine Nummer der *Vogue* gebeugt. Eine Katze rieb sich an seinen Knöcheln. »Vor dem Essen zieht man sich etwas an«, sagte sie mit gespielter Prüderie.

»Ich suchte etwas in meiner Größe.« Er wedelte mit der Modezeitschrift. »Ich denke daran, Transvestit zu werden.«

»Meine Mutter schenkte mir ein Abonnement, als ich fünfzehn war.«

»Meine Mutter gab mir eine Gouvernante.«

Sie zog ein Gesicht. »Davon merkt man nicht viel. Leute, die keine rechte Kinderstube hatten, wollen einem immer von ihrem ersten Mal erzählen.«

Er küßte sie. »Morgen, Mr. Hyde. Du kleidest dich um eine Größenordnung besser als hier zu sehen.« Er warf die *Vogue* beiseite.

Während er den Saft trank, brachte sie ihm einen Bademantel aus gelbem Frotteestoff. »Paßt für alle Geschlechter«, sagte sie, legte ihn um seine Schultern und rieb ihm den Nakken.

»Interessant, nicht wahr«, sagte er und gähnte herzhaft, »daß Frauenzeitschriften immer voller Bilder von Frauen sind, und Herrenzeitschriften ...«

»Ja, auch voller Bilder von Frauen. Eine tiefe Kluft zwischen den Geschlechtern. Die Metaphysik unserer Unterdrückung.« Sie lächelte. »Vielleicht solltest du eine Dissertation darüber schreiben.«

»Zu dumm, daß aus Mykene keine Playboy-Hefte erhalten sind. Wir könnten – wie heißt es im wissenschaftlichen Jargon? – vergleichen und gegenüberstellen. Wahrscheinlich wäre es die Nationale Stiftung für verbrauchte Ideen ein Forschungsstipendium wert.«

Sie runzelte die Stirn, und er bedauerte sofort, es gesagt zu haben. Es ließ alle Konflikte wiederaufleben, die seit dem Abend zuvor in Vergessenheit geraten waren; ihre Miene umwölkte sich, und ihre klaren Augen nahmen einen in sich gekehrten Ausdruck an. Dann ermunterte sie sich mit erkennbarer Anstrengung, beugte sich über ihn und küßte ihn mit entschlossener Leidenschaftlichkeit. »Wie wär's, wenn du dir deine Hafergrütze verdienen würdest?«

Die Anordnung von Elektronik und Sensoren um den Kalksteinblock war lückenloser und verwirrender denn je. John hatte sich niemals ganz an die Tatsache gewöhnen können, daß naturwissenschaftliche Arbeit in der Praxis selten ordentlich und übersichtlich war. Seine Sensibilität als Mathematiker empfand ein unordentliches Arbeitsumfeld als störend für die geistige Disziplin, die notwendig war, um eine Idee zu fassen, eine Überprüfungsmethode zu ersinnen und eine saubere Gegenprobe durchzuführen. Doch war nicht zu leugnen, daß Physiker aus solchem Chaos Ordnung und Klarheit gewannen.

Abe Sprangle saß inmitten des Gewirrs und diskutierte eine neue Anordnung, als John zu ihm kam.

»Nun, was gibt es?«

»Ihre Steuergelder am Werk«, erwiderte Abe verdrießlich.

»Sieht wie ein neuer Detektor für Gammastrahlen aus«, sagte John, froh, daß er mittlerweile manche Dinge identifizieren konnte.

»So ist es. Ich dachte, daß mit dem alten vielleicht etwas nicht in Ordnung sei.«

»Warum?«

»Ich bekomme mehr Ablesungen von diesem Stöpsel in der Rückseite.«

»Und war der alte Detektor ...«

»Nein, das ist das Problem!« sagte Abe ärgerlich. »Die Gammastrahlung hat tatsächlich zugenommen.«

»Sind Sie sicher?«

»Ja, ein Irrtum ist ausgeschlossen.«

»Wenn die Gammastrahlung zunimmt«, sagte John diplomatisch, »dann ...«

»Es kann nicht sein, verstehen Sie? Jede natürliche Quelle nimmt ab, nicht zu, das ist offensichtlich.«

»Vielleicht war etwas im Wege? Ich meine etwas, das die Gammastrahlung vorher teilweise blockierte? Wir haben den Wüfel gedreht – könnte das nicht innen einen Gesteinsbrokken gelöst haben, oder was?«

Abe schaute niedergeschlagen drein; sein gerötetes Gesicht wirkte so abgehärmt, daß die fleischigen Wangen herabzuhängen schienen. »Alles ist denkbar. Aber wie wollen Sie es überprüfen? Wenn sich etwas gelockert oder verlagert hat, können wir die Bewegung vielleicht rückgängig machen.«

»Achten Sie auf die Ablesung! Ich werde den Wüfel drehen.«

Er kauerte nieder, stemmte die Schulter gegen den Block und schob mit seinem vollen Gewicht an. So konnte er ihn zentimeterweise kontrolliert bewegen. Als er die Gesteinsoberfläche berührte, ging eine seltsame Wahrnehmung durch seine Hände, ein Gefühl, das er schon in der Grabkammer bemerkt hatte. Dort hatte er es der Umgebung und seiner Nervosität zugeschrieben, aber hier war das Gefühl deutlicher, ein leises Zupfen an seinen Fingern, als sie den rauhen Stein anfaßten. Grunzend bewegte er den Klotz vor und zurück und hörte immer dann auf, wenn der Stöpsel vom Sensor erfaßt wurde. Nach einer halben Stunde dieser Prozedur schüttelte Abe den Kopf. »Immer noch das gleiche, fürchte ich.«

»Wie ist die Ablesung vom Zapfen?«

»Wie vorher. Sie hat niemals die Zunahme registriert, die wir auf der anderen Seite haben.«

John stellte die Arbeit ein und richtete sich schnaufend auf. »Vielleicht wird der Stöpsel dünner? Daß er dadurch mehr Strahlung durchläßt, meine ich.«

»Wie sollte er dünner werden?«

»Weiß ich nicht.«

»*Vielleicht* ist keine Theorie, wissen Sie, es ist bloß *vielleicht.*«

John ignorierte die herablassende Bemerkung. »Der Stein fühlt sich ein bißchen komisch an, wenn man ihn dreht.«

»Er ist schwer«, meinte Abe und wandte sich wieder seiner Elektronik zu. Ein Techniker arbeitete nahebei an einem Steuerpult, das mit Gerät aller Art beladen war und ein Summen von sich gab. Die antiquierte Heizungsanlage der Abteilung kam kaum gegen eine feuchte Kälte an, die so unbarmherzig war wie der Gott der Puritaner. Von der Vassar Street draußen drang ein gereiztes Hupkonzert herein. Etwas ging ihm durch den Sinn, und er wollte es nicht in Vergessenheit geraten lassen.

»Haben Sie schon nach Magnetismus gesucht?«

Abe blickte auf. »Nein. In Kalkstein gibt es keinen.«

»Aber in dem, was darin ist?«

»Unwahrscheinlich. Die Quelle ist klein.«

»Wie fange ich es an?«

Abe seufzte verdrießlich. »Erkundigen Sie sich im Lager der Metallurgischen Abteilung. Ich nehme an, daß man dort ein Meßgerät hat. Sonst müßten Sie im Fachbereich Geologie fragen, dort werden solche Geräte für die Feldarbeit gebraucht.«

Wie jede scheinbar unbedeutende Erledigung, nahm auch diese viel mehr Zeit in Anspruch, als sie sollte. Im Lager gab es eine Nummer und eine Karteikarte für das Gerät, aber dieses lag nicht in seinem Fach. Instrumente und eigenartig geformte Apparate waren in jedem verfügbaren Winkel gestapelt, ein weiteres Symptom einer großen Universität, die ihre physikalischen Grenzen zu sprengen drohte. John gewann einen Techniker, der ihm bei der Suche half, und nach einer Stunde fand er das kleine, flache Gehäuse, nicht viel größer als ein gutes Maniküreetui. Die Einweisung in seine Funktion nahm eine weitere halbe Stunde in Anspruch, und es ging bereits auf Mittag zu, als er die erste Messung machen konnte. Indem er die Ablesung zunächst in einiger Entfernung vom Artefakt machte, bekam er den richtigen Wert für das Magnetfeld der Erde, ein halbes Gauß. Die Anzeigenadel begann bedeutsam zu zittern, als er sich dem Block näherte.

»Annähernd zwei Gauß«, rief er aus.

»*Was*?« Abe hatte seine Rückkehr nicht bemerkt.

»Der Würfel hat ein starkes Magnetfeld.«

»Das glaube ich nicht.«

»Wetten wir?«

Abe ignorierte die Herausforderung und wiederholte jeden Schritt der Messung. »Vielleicht ist was mit der Batterie nicht in Ordnung«, murmelte er und wiederholte die Prozedur. Das Resultat blieb das gleiche.

Die nächsten zwei Stunden blieb Abe schweigsam, während sie Stärke und Richtung des Magnetfelds aufzeichneten. Auch John sagte nichts. Schließlich bemerkte Abe beiläufig: »Ich glaube, es ist ein vierpoliges Feld.«

»Was? Kein zweipoliges?« Eine magnetische Quelle im Würfel würde ein Muster gezeigt haben, das dem der Erde ähnlich war. Die Feldlinien würden vom einen Pol ausgehen und schleifenartig zum anderen verlaufen. Ein vierpoliges Feld war ein kompliziertes Gebilde von Schleifenlinien, als ob an jedem Kompaßpunkt ein Pol wäre.

»Das Muster ist unverkennbar«, sagte Abe beinahe traurig.

»Wenn zwei magnetische Quellen im Inneren wären, die jeweils verschieden orientiert ...«

»Ja, das könnte den Effekt erzeugen. Trotzdem ist es seltsam.«

»Vielleicht gibt es getrennte Magneteisenkerne.«

Abe starrte stumm auf die Skizze, die er vom Magnetfeld angefertigt hatte. »Ein weiteres ... sonderbares Merkmal. Es gefällt mir nicht.«

»Es bedeutet lediglich, daß wir auf etwas Wichtiges gestoßen sind.«

»Aber ich begreife es nicht. Warum sollten die mykenischen Griechen solch ein Ding machen? Wie konnten sie es? Es muß im Innern außerordentlich kompliziert sein.«

»Jedenfalls machten sie es.«

Abe schüttelte beunruhigt den Kopf.

Claire war ebenso aufgeregt. Noch am selben Nachmittag befragte sie ihn ausführlich, sprach mit Abe in seinem Büro und wollte auch dann nicht vom Thema lassen, als sie am Abend zu einem Empfang in die Cambridge-Universität fuhren. Ihre und Abes Einwände verblüfften John; sie ärgerten sich über jede Messung und Entdeckung, welche geeignet war, die Besonderheit des Artefakts hervorzuheben, während sein Interesse dadurch nur vermehrt wurde. Ihre Reaktion schien der Einstellung des Archäologen zu entspringen, die bestrebt war, ein lückenloses Bild zu erhalten. Ein nicht klassifizierbares Objekt mit ungewissen Verbindungen zum bekannten Bild der mykenischen Kultur war wenig geeignet, die Kenntnis jener Zeit zu vervollständigen. Es konnte das Werk eines verschrobenen Menschen sein, oder eines einsamen Genies, oder es konnte aus einer ganz anderen Gegend stammen. John meinte, daß man mit der Auffindung solcher Objekte rechnen sollte, aber die anderen betrachteten es einfach als Pech.

Der Empfang fand in einem weitläufigen Ziegelbau statt, der in einer schattigen Seitenstraße nahe der Harvard-Universität versteckt lag. Lautsprecher, die in allen Räumen angebracht waren, berieselten die Teilnehmer mit Mozart. Einer der örtlichen Radiosender veranstaltete eine Woche »musikalischer Orgien«, in der jeder Tag einem einzigen Komponisten oder einer Gruppe gewidmet war – Mozart, Wagner, den Beatles, Beethoven, Dylan –, wodurch jedenfalls gesichert wurde, daß selbst ein begeisterter Fan endlich zur Sättigung gelangte.

In seiner eigenen zerstreuten Stimmung kam die Erwartung, daß ein Abendempfang im Universitätsmilieu anregende, originelle Gespräche mit sich bringen werde, ungefähr der Hoffnung gleich, daß das Telefonbuch sich wie ein Roman lese. Claire verließ ihn und wanderte in andere Kreise ab, und irgendwie geriet John in eine Gruppe von Literaturwissenschaftlern. Das Heucheln höflichen Interesses fiel ihm schwerer als jede andere gesellschaftliche Pflicht, ausgenommen das Erinnern von Namen, so daß er sich unter dem Vorwand, sein Glas auffüllen zu müssen, wieder entfernte und umherirrte, bis er ein paar Mathematiker und Physiker fand. Er kannte einige von ihnen und kam in ein Gespräch über eine seiner Nebeninteressen, die Quantentheorie der Schwerkraft. Unter den Fakultätsmitgliedern von Harvard und Cambridge gab es immer eine etwas hochmütige Haltung, eine Einstellung, nach der das MIT »diese Technikerschule unten am Fluß« war, um die Worte eines um die Jahrhundertwende veröffentlichten Führers zu gebrauchen. Zur Vergeltung betrachteten die MIT-Wissenschaftler Harvard als eine altmodische, liberale Kunstschule, die alle Mühe hatte, auf dem laufenden zu bleiben. Zwar war es lange her, seit ein Harvard-Professor des achtzehnten Jahrhunderts auf seinem vertraglichen Recht bestanden hatte, eine Kuh auf der Gemeindewiese von Cambridge zu weiden und sie bei schlechtem Wetter in seinem Wohnquartier zu halten, doch betrachtete sich Harvard immer noch als kreativer, exzentrischer und vor allem vornehmer als das MIT und seine mürrischen grauen Langweiler. Man hielt auf stilvolle Individualität. Sidney Coleman, ein berühmter Teilchenphysiker, hatte eine so verschobene persönliche Tageseinteilung, daß er auf das Ersuchen, um zehn Uhr vormittags ein Seminar zu halten, geantwortet haben sollte: »Tut mir leid, so lange kann ich nicht aufbleiben.«

Sergio Zaninetti, ein führender theoretischer Physiker, hatte vollen Anteil an dem Postulat innerlicher Harvard-Überlegenheit, die er nichtverbal durch beredtes italienisches Achselzucken, gehobene Brauen, Herabziehen der Mundwinkel und Blicke überlegener Skepsis vermittelte.

»Sie haben Ihre frühere Arbeit über Vielfache aufgegeben?« fragte Zaninetti ungläubig.

»Ich interessierte mich für Probleme der Festkörperphysik, simultane Integralgleichungen ...«

»Aber Ihre Arbeit war doch wichtig!«

»Diese auch«, verteidigte sich John.

»Sie hätten bei der reinen, der schönen Arbeit bleiben sollen«, verkündete Zaninetti und zog energisch an einer Nazionali, die er sich eigens aus Italien schicken ließ. Er war untersetzt, mit einer gewölbten Brust und dichten blonden Haarbüscheln, die um seinen Hals aus dem Hemdkragen drängten. Sein schmales, blasses Gesicht, das im Persönlichkeitsprofil einer wissenschaftlichen Fachzeitschrift als »künstlerisch« bezeichnet worden war, kam nie zur Ruhe. Als John erwiderte, daß er sein Wissen erweitern wolle, verzog Zaninetti verdrießlich den Mund und blaffte: »Ein junger Mann muß sich konzentrieren. Wer nicht wagt, der nicht gewinnt!«

Darauf hielt er John einen fünfminütigen Vortrag über die Pflicht des Mathematikers – des Liebhabers des Reinen, des Idealen, des Ewigen –, seine besten Jahre der reinen, nicht angewandten Wissenschaft zu widmen. John zuckte die Achseln und ertrug Zaninettis nachdrückliche, anklagende Stimme. Es traf zu, daß Mathematik ebenso wie die Musik schon in jungen Jahren betrieben werden mußte. Die Fähigkeit, mit abstrakten Begriffen zu spielen und neue Wendungen zu finden, tief in Einheiten zu sehen, die nur im Geist bestanden – dies verlor sich rasch und ließ ein anwachsendes Inventar von Kenntnissen und Geschicklichkeiten zurück, aber weniger von der sprühenden Experimentierfreude, die sich einst so mühelos einstellte. John wußte dies so gut wie jeder Mathematiker, aber er kannte auch eine quälende Neugierde gegenüber angewandter Mathematik und, in letzter Zeit, auch der Physik. Im Leben jedes jungen Wissenschaftlers kam eine Zeit, da sich die bedrückende Gewißheit einstellte, daß er nicht der nächste Einstein war, daß er wahrscheinlich nicht einmal den Nobelpreis oder auch nur einen der geringeren Preise erringen, niemals eine aufsehenerregende neue Wahrheit entdecken oder eine fundamentale Einsicht in die Zusammenhänge des Universums enthüllen würde. Mit dieser deprimierenden Erkenntnis ging jedoch eine ausgleichende Freiheit einher. Selbst wenn man seiner Nase folgte und daran arbeitete, was einem am meisten Freude bereitete, blieb einem die großartige Gelegenheit, den Finger am Puls der Welt zu haben. John hatte jenen Wendepunkt der Selbsterkenntnis schon vor Jahren hinter sich gebracht, hatte sich an einem Wochenende gründlich und systematisch betrunken, und begann sich nun über Zaninettis arroganten Vortrag zu ärgern.

Eine Beantwortung hätte bloß mehr vom gleichen nach sich gezogen. Statt dessen verstärkte er seinen Südstaatenakzent und machte ein paar kleine Scherze, wobei er sich auf den langgezogenen, gerundeten Tonfall zur Auflockerung der Situation verließ. Es war ein praktisches Manöver unter diesen Leuten, die unausweichlich zu der Annahme gelangten, der Besitzer solch eines Akzents sei sicherlich ein wenig dickköpfig. Er schlüpfte davon, um sich etwas zu trinken zu besorgen und traf Claire. »Du bist dabei, deine gesellschaftlichen Kletterhaken höher einzuschlagen?« forschte sie ironisch.

»Du meinst ihn? Das läuft eher auf einen Maulwurfshaufen hinaus.«

»Ich sah dich mit ihm reden und fand es am klügsten, auf Distanz zu bleiben.« Auf seinen fragenden Blick erläuterte sie: »Das ist der berühmte Zaninetti, der Frauenheld, nicht?«

»Für mich ist er bloß ein brillanter theoretischer Physiker. Ich wußte nicht, daß sein Ruhm bis zur Universität Boston und der Archäologischen Fakultät gedrungen ist.«

»Oh, er ist ein Wunder. Letztes Jahr gab es eine Schmähschrift, eine Parodie der Schlußexamen. Eine Frage lautete:

›Unangenehm, tierisch und kurz‹, Thomas Hobbes berühmter Ausspruch, bezeichnet

a) Das Leben des Menschen im Naturzustand;

b) Sergio Zaninetti;

c) Sex mit Sergio Zaninetti.«

John merkte sich die Geschichte für einen Brief an seine Eltern und fühlte sich etwas besser. Inzwischen hatte sich eingestellt, was er die Cocktail Party-Instabilität nannte. Er hatte bemerkt, daß das Stimmengewirr im Raum sich im Quadrat zu der Zahl der darin Anwesenden erhöhte, da jedes neue laute Paar die anderen zwang, ihre Lautstärke zu erhöhen, um sich Gehör zu verschaffen. Eine Sättigung war nur möglich, wenn der Lärm Leute aus dem Raum vertrieb. Er wollte dies abwarten und schlug Claires Einladung, ein paar Archäologen kennenzulernen, aus, um auf einen Balkon hinauszutreten. Er überblickte eine Straße, die, abgesehen von den überall parkenden Wagen, aus dem frühen neunzehnten Jahrhundert hätte sein können.

Er liebte dieses Gefühl, mühelos in die Vergangenheit zurückzugleiten. In Texas gab es nichts dergleichen, und obwohl Georgia zu den ursprünglichen dreizehn Staaten gehört hatte, gab es wenige Gebäude, die etwas davon zeigten. Das Stimmengewirr hinter ihm war wie eine Gewalt, die gegen die Glastüren in seinem Rücken drängte. Seine Gedanken wandten sich wieder dem Artefakt zu – es war in diesen Tagen nie weit entfernt vom Vordergrund seines Bewußtseins, wo es wie ein geisterhaftes Wesen schwebte, und er überließ sich dem Verdacht, der in ihm entstanden war. Das Ding würde sich niemals in die Geschichte der mykenischen Griechen einfügen, es sei denn, Abes Messungen wären völlig falsch. Der Vorfall mit den Magnetfeldern hatte eine zentrale Tatsache unterstrichen: sie konnten annehmen, daß nichts an dem Stück alltäglich war. Er würde Abe überreden müssen, alle denkbaren physikalischen Eigenschaften zu überprüfen.

Die Tür hinter ihm ging klickend auf, und Claire sagte: »Ich dachte mir doch, daß ich dich hinausschlüpfen sah.«

»Ich wollte nachdenken«, sagte er, ans Geländer gelehnt. »Gegen das Stimmengewirr dort drinnen kommt nicht einmal Mozart an.«

»Ich sprach mit einem Feldarchäologen, der dieses Jahr Gastvorlesungen in Harvard hält. Er fragte mich nach unserem Artefakt.«

»Was?«

»Er sagt, er habe es von jemandem an der Brown-Universität gehört.«

Er richtete sich auf. »LeBailly schwatzt.«

»Ja.« Ihre Züge waren nervös und verkniffen. Claire Nummer Eins.

»Ich frage mich, wie lange es dauern wird, bis Hampton davon Wind bekommt?«

»Gar nicht lange.« Sie verzog das Gesicht zu einem schiefen Lächeln.

7

Am nächsten Morgen war die Atmosphäre gespannt. Alle waren gefaßt auf den bevorstehenden Sturm und arbeiteten rasch und angestrengt, um noch möglichst viele Messungen vom Würfel zu machen. John hatte anderweitige Verpflichtungen, versprach aber, am Nachmittag wiederzukommen.

Claire trank Kaffee, paffte an einer Zigarette und überlegte Strategien für den Umgang mit Hampton. Wie sie die unvermeidliche Enthüllung handhabte, würde entscheidend sein. Die Kumpanei der »Alten Knaben« war in der Archäologie noch durchaus intakt und arbeitsfähig, und trotz der langsamen Fortschritte, die Frauen seit Mitte der Siebzigerjahre gemacht hatten, veränderten sich die oberen Etagen der Universitätshierarchie naturgemäß am langsamsten. Sie hatte nie besonderes Geschick in der Behandlung von Männern alten Stils gehabt. Berufliche Gleichberechtigung würde erst dann möglich sein, wenn Frauen wie sie – vergleichsweise arglos, ein wenig reizbar, unwillig (oder, wie sie kläglich einräumen mußte, unfähig), sexuell getönte Strategien zum beruflichen Weiterkommen einzusetzen – eine Laufbahn verfolgen konnten, ohne neurotisch und abwehrend zu werden.

Vor drei Jahren, mit fünfundzwanzig, hatte sie sich einer verkürzten Psychoanalyse unterzogen und ihre Chancen für ein konventionelles Leben mehr oder weniger abgeschrieben. Sie hatte gewiß kein großes Verlangen nach Kindern, obwohl es noch Augenblicke gab, die ein Gefühl wehmütigen Nachsinnens oder sogar der Depression auslösen konnten. Ein melancholisches Lied im Radio oder ein Herzenserguß auf cremefarbenem Papier von einer sicher verheirateten alten Studienfreundin konnte so etwas bewirken. Es war nicht fair, leider ...

Es war insbesondere nicht fair, daß sie, wenn sie sich auf eine Konfrontation mit Hampton vorbereiten sollte, in verschwommene Träumereien über ihr Leben abdriften konnte. Sie gab auf, drückte die Zigarette aus und ging, Abe ihre Hilfe anzubieten.

Sie hatte schon mit ihm gesprochen und enthüllt, daß sie das Artefakt ohne amtliche Erlaubnis und die nötigen Papiere aus Griechenland herausgeschmuggelt hatte, aber das schien ihn wenig zu bekümmern. Zu ihrer Überraschung hatte er solche Formalitäten als Papierkram abgetan und sich wieder an seine Instrumente gesetzt.

Er hatte eine neue Methode zur Erforschung des Innern vom Kalksteinblock ersonnen. Dazu gehörte eine unabhängige Quelle von Gammastrahlen, die Abe durch den Stöpsel projizieren konnte. Seine Hoffnung war, daß einige der Gammastrahlen von den dichten Teilen des Kerns absorbiert würden. Der Rest würde durch die weniger dichten Teile passieren und aus dem Bernsteinzapfen austreten. Diese konnte er messen und somit ein projiziertes Bild des Innern aufbauen.

Es verlief wie erwartet, doch war das gewonnene Bild flekkig und unscharf. Es zeigte dasselbe Viereck, das sie vorher durch die Untersuchung der emittierten Gammastrahlen gesehen hatten. Auch der zentrale Punkt blieb. Dies bedeutete, daß die Quelle kompakt war, was nicht überraschte. Die Frage war, wie dicht? Abe versuchte es zu ermitteln, indem er die Energie der Gammastrahlen erhöhte. Je stärker die Strahlen, desto besser konnten sie durchdringen.

Abe und sie arbeiteten den Vormittag durch, wobei Claire einfach den Anweisungen inmitten des Gewirrs von Kabeln und summenden Apparaten folgte. Die viereckige Formation verschwamm, als Abe die Energie erhöhte.

Sie ließen sich das Mittagessen von einem italienischen Lokal an der Ecke Albany und Cross Street bringen. Abe verstärkte die Energie wieder, dann ein weiteres Mal, und zuletzt bis an die Grenze der Leistungsfähigkeit des Geräts. Der zentrale Punkt blieb unverändert.

»Das ist eine mörderische Energiemenge, die wir dort hineingeschossen haben«, sagte er kopfschüttelnd. »Aber das Zentrum absorbiert sie.«

»Verrät uns das nicht, wie groß es ist?« fragte Claire.

»Wenn wir ein geometrisches Modell hätten, sicherlich«, erwiderte er. »Aber sehen Sie, wie die Größe des Punktes niemals variiert? Ein scharfes Profil. Ich würde sagen, man kann daraus schließen, daß wir auf einen Stab blicken, und zwar vom Ende her. Nach der eingesetzten Energiemenge ...« Er kritzelte Zahlen auf einen Block.

»Angenommen, der Stab wäre aus Magneteisen«, sagte Claire. »Das würde Johns Magnetfeld erklären helfen.«

»Eisen ... mal sehen ...« Abe überprüfte seine Zahlen, schüttelte den Kopf.

Claire wartete neben dem Bildschirm, wo der Punkt schwamm, eine blaue Ziffer in einem grünen Kreis. Der Kreis war das Abbild der Gammastrahlen, die von jenseits des Würfels durch den Stöpsel in der Rückseite kamen. Der Kalksteinblock, der die Gammaemission völlig absorbierte, bildete ein blaues einschließendes Feld um den Kreis.

Wieder kam ihr die Seltsamkeit dieser Fusion zu Bewußtsein, die Vergewaltigung eines uralten Gegenstands durch modernste Technologie. Solche Geräte, weit entfernt von den Techniken, die von den Archäologen alten Stils noch gelehrt wurden, entwickelten sich mehr und mehr zur Hauptquelle der Veränderungen auf dem Gebiet – es schien abzusehen, daß sie tatsächlich einmal bedeutsamer werden konnten als die neuen Theorien über Wanderungsbewegungen oder gesellschaftliche Organisation. In Ägypten hatte man mit Hilfe eines komplizierten Netzes akustischer Detektoren die Echos von Schallwellen aufgezeichnet und Gräber gefunden, die so tief angelegt waren, daß sie den Grabräubern von Jahrtausenden verborgen geblieben waren. In China war der bruchstückhafte Rest eines alten Manuskripts an einem Wochenende durch die Computeranalyse der Milliarden von möglichen Kombinationen restauriert worden, eine Arbeit, die früher volle fünf Jahre in Anspruch genommen hätte.

Wieder schüttelte Abe den Kopf. »Etwas stimmt nicht. Nach der Berechnung würde man eine Magneteisenstange von über zwei Meter Länge benötigen. Das ist ...«

»Unmöglich«, vollendete Claire seinen Satz. »Der Wüfel selbst ist kleiner.«

Abe seufzte. »Ich werde alles noch einmal durchprüfen müssen. Irgendwo scheint die Kalibrierung nicht zu stimmen.«

»Könnte der Mittelpunkt aus etwas sein, was Gammastrahlen viel besser als Eisen absorbiert?«

»Ich sehe nicht, was es sein sollte. Man würde dafür etwas *wirklich* Dichtes benötigen.«

»Wie Gestein?«

»Aus Gestein kann man keinen Stab machen. Er würde brechen.«

»Was wäre besser geeignet?«

»Nichts, was plausibel klingt. Dieser Stab oder was immer es ist, muß auch ein Gammastrahlensender sein. Wir haben die Ausstrahlung ja festgestellt. Ein so starker Sender, daß ich in diesem kleinen Punkt keine Einzelheiten erkennen kann.«

»Und wir müssen auch Johns Magnetfelder erklären.«

»Mit diesem ›Stab‹?« Abe lachte mißmutig. »Waren die mykenischen Griechen in der Lage, solch einen Stab zu machen?«

Claire schüttelte den Kopf. »Kann ich mir nicht denken.«

»Dann können wir aus diesem Ding nicht schlau werden. Wir müssen hineingehen.«

Claire biß die Zähne zusammen. »Noch nicht.«

»Dieses Ding ist ... ist unmöglich! Wir können erst verstehen ...«

»He da!« rief Johns aufgeregte Stimme, und er kam durch die Halle getrabt. »Abe! Ich sah gerade Hampton in Ihrem Büro, der sich nach Ihnen erkundigte!« Er sah Claire. »Sieht so aus, als solltest du recht behalten.«

Claire biß sich auf die Unterlippe und fühlte das wohlbekannte schmerzhafte Zusammenziehen in der Magengegend, das Absinken in eine Wolke wortloser düsterer Furcht.

»Ich nehme an, Ihnen allen ist der Ernst dieser Entwicklung klar«, sagte Donald Hampton feierlich.

Er stand vor dem Kalksteinblock, die Hände auf dem Rükken zusammengelegt, und betrachtete das Artefakt. Sein dreiteiliger Anzug aus blauem Wollkammgarn war bespritzt von dem plötzlichen Regensturm, der wie ein triefender Schwamm über Boston gekommen war. Sein Gesicht war rot von der Kälte draußen, und er schnaufte, daß der Knoten seines karierten Schlipses auf und nieder ging. Nach Johns Warnung waren nur wenige Minuten vergangen, bis er erschienen war. Sein finsterer und mißtrauischer Blick wanderte über die betretenen Gesichter zu dem Wirrwarr der diagnostischen Geräte und ihrer Verkabelungen.

»Dies ist ein unglaublicher Verstoß gegen elementare Grundsätze unseres Berufs. Ich kann die Motive von Dr. Bishop und Dr. Sprangle vielleicht verstehen, aber Sie, Claire, eine ausgebildete Archäologin ...!«

»Sie haben nicht gehört, was dazu führte«, sagte John.

»Es war ja auch überflüssig, mich zu unterrichten.« Hampton warf ihm einen düsteren Blick zu. »Professor Kontos hatte recht, was Sie betrifft, das ist alles, was ich im Moment wissen muß. Und wenn ich daran denke, wie Sie unsere Ausschußmitglieder täuschten, dasaßen und logen ...«

»Ich habe nie gelogen«, sagte John aufbegehrend. »Es ist nicht meine Schuld, wenn Sie nicht die richtigen Fragen stellen.«

Hampton schnaubte. »Sie sind also der Meinung, Diebstahl sei erlaubt, wenn er unentdeckt bleibt?«

»Wir holten es von dort zurück, wo Kontos es versteckt hatte«, sagte John.

»Ich bin überzeugt, daß Professor Kontos nicht daran dachte, etwas zu tun, was ...«

»Er steckte den Block wieder in das Loch, wo wir ihn herausgeholt hatten, weil er vermeiden wollte, daß er mit dem übrigen Material nach Athen geschafft würde«, sagte John. »Er wollte ihn als seine eigene Entdeckung reklamieren.«

»Eine recht phantastische Geschichte«, sagte Hampton wegwerfend. »Wie könnte er? Sie und Claire hatten Beweise, Aufnahmen.«

»Nur weil Claire noch einmal zur Grabungsstätte zurückkehrte, um ihre Aufzeichnungen zu holen. Während wir dort waren, in der Grabkammer, sahen wir, was Kontos versuchte.«

»Ich nehme Ihnen solch eine abenteuerliche, *ad hoc* zusammengestoppelte Geschichte einfach nicht ab. Wenn Sie wahr wäre, warum haben Sie während der Anhörung durch unseren Ausschuß nichts davon gesagt?«

»Sie hätten es nicht geglaubt«, sagte Claire.

Hampton starrte erst sie, dann John, dann Abe an. »Sie sollten sich einer derartigen Täuschung alle miteinander schämen. Ihre Unfähigkeit, Ihre Position zu vertreten, unterstreicht Ihre Doppelzüngigkeit. Abe, besonders Sie sollten wissen, daß dies alles untergräbt, wofür unser gemeinsames Programm steht.«

»Moment! Ich habe nur Forschungsarbeit geleistet. Ich fragte nicht nach den Einzelheiten, wie das Ding hierher kam. Das interessiert mich nicht.«

Hamptons Antlitz rötete sich noch mehr. »Was Sie Einzelheiten nennen, betrifft den Diebstahl griechischen Nationaleigentums.«

»Nach allem, was ich hörte«, versetzte Abe ruhig, »gab es mildernde Umstände.«

»Ich fürchte, Sie verstehen nichts von den internationalen Grundsätzen des Respekts vor der Vergangenheit einer Nation und ihrem Erbe ...«

»Ich bin Wissenschaftler«, verteidigte sich Abe. »Ich habe etwas zu erforschen, also tue ich es. Und das ist ein unglaubliches Fundstück, Donald.«

Hampton rümpfte die Nase. Claire bemerkte, daß er seit seiner Ankunft den Würfel noch nicht genau in Augenschein genommen hatte; er sah ihn als eine Schachfigur in einem größeren Spiel. Seine Neugierde als Archäologe war verkümmert. »Daß es ungewöhnlich ist, kann ich sehen«, erklärte Hampton. »Ein schönes Stück Bernstein, ja. Feine Arbeit. Aber die genaue Natur des Fundstücks tut hier nichts zur Sache; wir haben es hier mit Prinzipien zu tun.«

Claire hatte seit seinem Auftreten absichtlich wenig gesagt. Nun murmelte sie: »Ich wünsche eine Anhörung, um mich zu verteidigen.«

Hampton lachte kurz und hart auf. »*Die* sollen Sie bekommen. Seien Sie versichert, junge Dame. Einstweilen ...« Er wandte sich zu Abe. »Ich wünsche, daß dieses Artefakt unverzüglich in die Obhut der Universität Boston übergeben wird. Wir werden seine Rückführung nach Griechenland vorbereiten.«

»Erst wenn ich damit fertig bin.«

»Sie haben kein Recht ...«

»Es ist ein Stück, das eingehende Untersuchung verlangt. Es wurde von einer Angehörigen Ihrer eigenen Fakultät hierher gebracht.«

»Illegal!«

»Mein Standpunkt ist der, daß Ihre inneren Streitigkeiten nichts mit der Zusammenarbeit des MIT und der Universität Boston in archäologischer Physik zu tun haben. Nichts.«

»Ich werde die Auslieferung durch die Polizei erzwingen lassen.«

Abe hob die weißen Brauen. »Kommen Sie, Donald! Die Polizei möchte bestimmt nicht in solche Dinge hineingezogen werden.«

»Das werden wir sehen.«

»Nein, werden wir nicht. Das werden unsere Universitätsverwaltungen miteinander auskämpfen müssen. Sie wissen, Donald, wieviel Zeit das erfordert.«

Abe steckte die Hände in die Taschen und lächelte Hampton an. Claire hatte den sanftmütigen Professor nie in dieser Art gesehen, und auf einmal verstand sie, wie er seine Abteilung mit so lockerer Hand führen konnte. Er war einfach nicht einzuschüchtern, schon gar nicht durch Drohungen.

»Sie sind unvernünftig.«

»Dieser Gegenstand hat Eigenschaften, die in keinem Zusammenhang damit stehen, was wir vom mykenischen Griechenland wissen, Donald. Ich kann Ihnen Gammastrahlen und andere Daten zeigen, die nach einer Erklärung verlangen.«

»Sie erwarten von mir, daß ich mein Fachwissen dazu hergebe?«

»Wir dachten, Sie würden ...«

»Ich kann nicht glauben, daß Sie diese Haltung einnehmen, um eine Frau zu verteidigen, die gelogen und gestohlen hat ...«

»Sie nennen sie eine Lügnerin?« fragte John drohend und trat auf Hampton zu. Claires Augen weiteten sich.

Hampton starrte John ungläubig an. »Sie wollen mich bedrohen?«

John hob die Hand und stieß mit dem Zeigefinger gegen Hamptons Schlipsknoten. »Und ob!«

»Das ist unglaublich!«

Abe trat vor. »Ich denke, Sie sollten jetzt lieber gehen, Donald. Diese Meinungsverschiedenheit wird von der Verwaltung geregelt.«

Hampton sah völlig verblüfft aus. »Aber Sie befinden sich im Unrecht! Ich wiederhole es, auch wenn es dem jungen Mann dort nicht paßt, diese Frau hat gelogen und gestohlen, und Sie helfen ihr, das gestohlene Gut zu verbergen ...«

»Nun gehen Sie schon, Donald.«

Hamptons Miene verfinsterte sich. »Sie befinden sich im Irrtum, wenn Sie meinen, Sie könnten sich einfach hinter Ihrer Universität verstecken. Ihre Aktivitäten können einer gerichtlichen Untersuchung nicht standhalten. Dies ist eine internationale Angelegenheit.«

»Gehen Sie, Donald!«

»Ja, das werde ich tun. Aber sobald ich mein Büro erreiche, werde ich die zuständigen Behörden in Athen und hier verständigen. Ich habe Professor Kontos die letzten Tage nicht gesprochen, aber ich weiß, daß er entsetzt sein wird. Und er wird es nicht bei verbalen Protesten bewenden lassen, verlassen Sie sich darauf!«

Er durchbohrte jeden von ihnen nacheinander mit einem bitterbösen Blick, als wollte er sich ihre Züge einprägen, dann machte er kehrt und stapfte hinaus.

Claire setzte sich. Unter ihrem blauen Anzug schwitzte sie stark, doch ihre Stirn fühlte sich kühl an. Sie versuchte zu überlegen.

»Es ist vorbei«, sagte John ihr ins Ohr, dann bückte er sich und küßte ihre Wange. »Komm schon, werde nicht wieder Claire Nummer Eins.«

Sie brachte ein klägliches Lächeln zustande. »Ich habe soviel daran gedacht ... es nun endlich geschehen zu sehen ...«

»Ich weiß.«

»Er war genauso, wie ich es mir vorgestellt hatte, und er wird Kontos anrufen, mich entlassen und womöglich Anzeige erstatten ...«

»Vergiß ihn! Abe hat es genau richtig gemacht.«

Claire blickte auf. Abe starrte mit undurchdringlicher Miene das Artefakt an. Sie sagte: »Sie wußten, wie Sie sich zu verhalten hatten.«

Abe lächelte. »Ich hatte schon vor zwei Wochen erraten, was geschehen war. Die Art und Weise, wie Sie diese Angelegenheit handhabten, hatte von Anfang an etwas Ungewöhnliches, wissen Sie. Wenn ein Gegenstand von der Universität Boston herüberkommt, gehört meistens ein Stapel Papiere dazu. Das war hier nicht der Fall.«

»Wir hatten nur die Zollpapiere«, sagte John. »Keine Möglichkeit, innerhalb von ein paar Tagen alles zu beschaffen.«

Abe hob die Schultern. »Also sorgte ich für meine Verteidigung vor. Wohlgemerkt ...« – seine Augen wurden schmal

– »ich habe mich nur wegen der ungewöhnlichen Natur dieses Fundstücks darauf eingelassen. Ich billige keineswegs die Art und Weise, wie Sie es an sich gebracht haben.«

Claire nickte stumm. Ein Gefühl von Freude und Erleichterung regte sich in ihr. Das Schlimmste war geschehen, und insgesamt gesehen, war es nicht schlimm. Claire Nummer Eins hatte sich geirrt.

»Sie werden eine Menge Zeit allein dafür brauchen, sich zu verteidigen«, sagte Claire. »Er wird einen Höllenlärm veranstalten.«

»Nicht bevor wir unsere Arbeit getan haben«, sagte Abe zufrieden und nickte zum steinernen Würfel. »Wir müssen jetzt hineinbohren. Das ist die einzige Möglichkeit, eine Antwort auf unsere Fragen zu bekommen.«

Er sagte es so einfach und selbstverständlich, daß Claire nicht gleich Gegenargumente vorbringen konnte. Und sie sah, daß er ihnen in diesem Spiel einen Zug voraus gewesen war und seinen Vorteil arrangiert hatte: MITs Schutz war die Gegenleistung für eine Chance, in das Artefakt zu bohren. Sie seufzte. Es war unvermeidlich.

8

Am späten Nachmittag öffneten sie den Stöpsel. Im Inventar des Instituts für Materialprüfung gab es eine hinreichend gute Bohrausrüstung, also schlug Claire ihren Einsatz vor. Die bessere Alternative wäre ein Anruf bei LeBailly an der Brown-Universität gewesen, der zwar ein großes Mundwerk hatte, aber in diesem Teil des Landes der beste Mann war. Doch würde LeBailly sich Zeit lassen, und Claire wollte ohnedies nichts von ihm wissen, weil sie ihn jetzt als den Mann sah, der die Nachricht Hampton zugetragen hatte.

Abe hatte eine Verabredung, die er nicht absagen konnte, und wollte die MIT-Verwaltung erreichen, ehe Hampton dort sein konnte. Widerwillig überließ er die Bohrung John, der sich mittlerweile die grundlegenden Kenntnisse angeeignet hatte; aber er hinterließ genaue Anweisungen, daß er gerufen werden wollte, sobald sich irgendwelche Ergebnisse zeigten.

John begann mit einem Vier-Millimeter-Bohrer und fing den feinen Gesteinsstaub für spätere Untersuchungen auf. Die Anordnung des Bohrgeräts gestattete eine einfache Einstellung von Höhe und Winkel und hielt den Bohrer, der von einem kräftigen Stahlrahmen getragen wurde, in vibrationsfreier Befestigung. John arbeitete mit äußerster Sorgfalt, bestrebt, jede Strahlungsgefahr zu vermeiden. Ein vier Millimeter großes Loch würde das Einführen eines Leuchtkörpers mit optischer Sonde gestatten, und mit Hilfe einer Computerverstärkung sollte es möglich sein, einen zutreffenden Eindruck vom Innern des Blocks zu bekommen. Die Technologie wurde mit jedem Jahr besser, und MIT hatte die beste.

Der Stöpsel in der Rückwand war nach allem äußeren Anschein aus vulkanischem Basalt. Dies war an sich merkwürdig, da die mykenischen Griechen solches Gestein sonst kaum bearbeitet hatten. Der Stöpsel paßte so genau in sein Loch, daß er praktisch nahtlos darin saß, als sei er mit großer Geschicklichkeit konisch zurechtgeschliffen worden. Doch waren an seiner Stirnseite keine Bearbeitungsspuren zu erkennen.

John ließ den schnurrenden Bohrer allmählich tiefer vordringen und gab acht, daß der Bohrstaub in den Auffangbehälter fiel. Nach jedem halben Zentimeter hielt er den Bohrer an und füllte den gewonnenen Staub in einen Plastikbeutel. Es war ermüdend, ihm zuzusehen, und Claire fand über das Beschriften und Verschließen der Beutel kaum etwas, womit sie sich beschäftigen konnte. Die Nachmittagsstunden veränderten das Licht, das von den großen schmutzigen Fenstern hoch oben in die Halle fiel, zu bläulichen Schatten. Der Bohrer fraß sich mit einem hohen, schrillen Kratzen, das ihr auf die Nerven ging, in den Stein. Und der Stein war hart, was das Vordringen mühselig machte. John hatte das Loch annähernd sechs Zentimeter tief gebohrt und zog das Bohrstück heraus, um es auszuwechseln, als er innehielt, den Kopf zur Seite neigte und lauschte.

»Hörst du was?«

»Nein. Ist der Bohrer abgenutzt?«

John zog ihn ganz heraus. »Hörst du das?«

Claire beugte sich näher. Ein winziges hohes Pfeifen, beinahe wie der Ton, den ein Fernseher macht, wenn der Knopf der Lautstärkeregelung zugedreht ist. »Was ist das?«

John blickte umher. »Ein Gerät irgendwo?«

Claire zog den Kopf zurück, dann beugte sie sich wieder zum Stöpsel. »Nein, beim Loch ist es lauter.«

Vorsichtig deckte John das Bohrloch mit einem Stück Papier ab. »Großer Gott!«

»Was?«

»Es saugt das Papier an.«

»Was meinst du? Wie ...«

»Da drin scheint ein Vakuum zu sein.«

Sie saß schweigend, dann raffte sie sich auf. »Hier, laß mich mal!«

Er nahm das Papier weg, und das dünne hohe Pfeifen fing wieder an.

»Es ... es muß eine Art Blase im Kalkstein sein, die ich angebohrt habe«, sagte John. »Jedenfalls verdammt ungewöhnlich.«

»Ich wußte nicht, daß es so etwas bei Kalkstein gibt. Es stimmt, daß magmatische Tiefengesteine Gasblasen enthalten, die nach späterer Kondensation ein Vakuum hinterlassen. Aber das ist meines Wissens nur bei Eruptivgesteinen der Fall.«

Claire, die sich nahe zum Bohrloch gebeugt hatte, spürte einen feinen Luftzug an ihrem Haar und erkannte plötzlich, daß er zum Artefakt hin wehte, in das Loch hinein.

»Deck es zu!« rief sie.

John arretierte den Bohrer und griff nach einem Stück flachen Aluminiums, das er vorbereitet hatte. Dieses schob er seitlich über das Bohrloch und deckte es zu. Das dünne Pfeifen ließ nach, aber nicht ganz. Das Aluminium paßte nicht genau auf die unebene Oberfläche des angebohrten Stöpsels.

»Was ... was in aller Welt ...«, murmelte John.

»Das ist keine Höhlung. Die müßte sich doch längst gefüllt haben.«

»Um das zu bewirken, müßte drinnen eine Pumpe sein.«

Sie starrten einander sprachlos an. Ohne Beziehung zur Sache – ihre Aufmerksamkeit versuchte diese neue unmögliche Tatsache zu verdrängen – bemerkte Claire das Tuckern einer Diffusionspumpe in einem entfernten Winkel der Halle, das sich mit dem gleichmäßigen Plätschern von Regen an den hohen Fenstern vermischte. Wieder zog von der See her ein Gewitter auf, und grelle Blitzentladungen warfen Schattenbilder strömender Wasserrinnsale in den Raum herab. Der Donner grollte wie ein im Käfig alt gewordener Löwe.

»Es ... es kann nicht sein«, sagte sie.

»Aber es ist.«

Das gedämpfte, feine Pfeifen dauerte an und entnervte sie. »Können wir das Loch nicht besser verschließen? Warte, ich weiß. Warum steckst du nicht die Lichtsonde hinein?«

Er nickte. »Richtig.«

Sie half ihm die dünne, silbrig-flexible Röhre in ihre Befestigungen und den Vorschubmechanismus einzusetzen. Sie war verbunden mit einer Anordnung optischer Ableseinstrumente, die sich in der Arbeitszone um den Würfel drängten. Als John das Aluminium von der Öffnung zog, hatte das Pfeifen einen rauhen Unterton und schien anzuschwellen und den Raum mit seinem irrationalen, unmöglichen Ton zu erfüllen. John schob rasch die Lichtsonde hinein, die mit einem anorganischen Schmiermittel bedeckt war. Dies ergab einen dichten Verschluß und schnitt das schreckliche hohle Pfeifen ab.

Die Lichtsonde lieferte ein trübes, bläulichweißes Bild.

»Ist das eine Seite des Vierecks da drin?«

»Du läßt deine Phantasie mit dir durchgehen. Ich sehe nur Wolken, vielleicht zur Mitte hin etwas mehr Helligkeit.«

»Wir sollten Licht sehen, das durch den Zapfen dringt. Warum ist es bläulichweiß?«

Er musterte die Ablesungen. »Vielleicht ist die Farbeinstellung nicht richtig gewählt. Aber was micht stört, ist das Vakuum. Dieses Ding könnte gefährlich sein. Ja, ich glaube, wir sollten Abe anrufen.«

Sprangle traf eine halbe Stunde später ein, sichtlich aufgeregt, konnte aber an den Einstellungen für Tönung und Farbe nichts Fehlerhaftes entdecken. Er weigerte sich, ihre Geschichte zu glauben, bis John die Lichtsonde aus dem Bohrloch zog und das unheimliche hohle Pfeifen wieder hörbar wurde.

Sie saßen und starrten bestürzt auf das wolkige Bild, das die Sonde aufgenommen und auf einen Bildschirm übertragen hatte, diskutierten die letzte Entwicklung mit nachdenklich gedämpften Stimmen. Es war einfach nicht zu verstehen, daß im Innern eines altertümlichen Fundstücks ein Vakuum sein sollte, und Abe warf widerwillig die Frage auf, ob es sich etwa um einen vorsätzlichen Scherz handle. Könnte jemand das Stück hingestellt haben, vielleicht um das gemeinsame griechisch-amerikanische Ausgrabungsprojekt der Lächerlichkeit preiszugeben? Wer könnte daraus Nutzen ziehen? Warum soviel Arbeit? Und wie hatte man es gemacht?

Niemand glaubte an die Theorie eines Scherzes. Aber niemand hatte Besseres anzubieten.

Die Situation schien stabil; die Versiegelung war dicht. Abe wollte Zeit, um seine Diagnose sorgfältig durchzurechnen, und Claire und John waren müde und nervös, zermürbt zuerst durch Hampton und nun dies. Sie kamen überein, am nächsten Morgen wieder zusammenzutreffen.

Als Claire mit John das Gebäude verließ, fiel ihr auf, daß er ungewöhnlich schweigsam war. Unter Claires hochgewölbtem gelbem Schirm – John hatte seinen vergessen – eilten sie durch Regenböen zu ihrem Alfa Romeo. Auch während des Abendessens in einem Hummerrestaurant sprach er wenig, und als sie später seine Wohnung verließ, gab er ihr einen feierlichen, aber zerstreuten Kuß. Offensichtlich ging ihm eine Überlegung durch den Sinn, aber er wollte nicht darüber reden.

Am nächsten Morgen war Abe erschöpft und mißmutig. Er hatte den größten Teil der Nacht gearbeitet und keine Irrtümer gefunden. Die Resultate der Diagnose waren gültig.

Es gab jedoch ein paar merkwürdige neue Hinweise. Die Gammastrahlung hatte sich bis zum Gefahrenpunkt verstärkt.

»Es hat den Anschein, daß der Stöpsel einen guten Teil der Strahlung aus dem Kern absorbierte«, murmelte Abe. »Nun können wir ihn klarer sehen. Er ist unverändert – ein Viereck, mit dem hellen Zentrum.«

Claire klopfte an den Videobildschirm, wo bläulichweiße, unscharfe Linien ein Quadrat bildeten. »Dies ist das Bild, das die Gammastrahlen ergeben?«

Abe schüttelte den Kopf. »Das ist das Bild der Lichtsonde. Im Laufe der Nacht hat es sich allmählich aufgeklärt.«

»Dann hat sie das gleiche Bild wie die Gammastrahlen ergeben!«

»Richtig.«

»Übereinstimmende Ergebnisse.«

»Ja«, sagte John, »wir haben hier eine ungewöhnlich starke Strahlungsquelle vor uns.«

»Daß etwas mit zwei Zentimetern Durchmesser soviel Energie im Bereich der Gammastrahlen aussendet – unglaublich«, sagte Abe. Claire hatte den Eindruck, daß er seine Spannkraft verloren und durch die unerklärlichen Tatsachen wie betäubt sei. Nicht daß sie selbst sehr viel anders empfand. Sie hatte nur länger geschlafen.

»Um das zu bewirken«, fing Abe wieder an, »müssen radioaktive Isotope ...«

»Nicht Isotope«, sagte John. Er stand von einem Laborhokker auf und reckte sich. Claire sah Müdigkeitsfalten um seine Augen und vermutete, daß er lange aufgeblieben war und nachgedacht hatte. »Es ist überhaupt keine radioaktive Anomalie. Ich glaube, wir sehen hier ein Gebilde aus sehr heißer, sehr dichter Materie.«

»Heißer?« fragte Claire.

»Das erklärt die starke Röntgen- und Gammastrahlenemission. Dort drinnen muß etwas sein, was heißer ist als die Oberfläche der Sonne.«

Abe blinzelte ihn irritiert an. »Ausgeschlossen. Das ist doch Unsinn! Es würde durchschmelzen.«

»Ich weiß nicht«, räumte John ein, »aber die Strahlung reicht nicht aus, um den Würfel stark zu erhitzen – das habe ich letzte Nacht ausgerechnet. Und wir fühlen die hohe Temperatur nicht, weil wir vom Zentrum isoliert sind.«

»Wie?« fragte Claire. »Es ist nur eine Armeslänge entfernt.«

John breitete die Hände aus. »Zwischen uns ist ein starkes Vakuum. Das zieht die Luft hinein, wenn wir den Stöpsel öffnen.«

Sie saßen lange da, schwiegen und dachten darüber nach. Claire konnte keinen Einwand finden, außer dem mittlerweile vertrauten, daß die Idee unmöglich sei, absurd.

»Aber ...«, fing sie unsicher an, »etwas, was in einem mykenischen Artefakt verschlossen ist, in einem Grab ...«

»Das ist der eigentliche Punkt, nehme ich an. Niemand weiß, wie man so etwas machen kann, dies da drin. Niemand.«

Abe zog die Mundwinkel herab. »Sie schlagen vor, daß wir unsere Schwierigkeiten dadurch auflösen, indem wir dieses Objekt irgendeinem übermenschlichen Ursprung zuschreiben? Besuchern aus dem Weltraum, vielleicht?«

»Dieser Däniken-Unsinn?« sagte Claire geringschätzig. »Also wirklich, John, wir ...«

John lächelte. »Ja, daran dachte ich auch. Nicht völlig verrückt, aber ich glaube es nicht. Wenn wir es nicht erklären können, bedeutet das nicht, daß es irgendein Stück Abfall ist, das von einem vorbeifliegenden Überwesen hinausgeworfen wurde.«

»Was dann?« fragte Abe.

»Wir müssen die Idee aufgeben, daß wir es hier mit einem Artefakt zu tun haben. Das hat nichts mehr mit Archäologie zu tun. Wir studieren hier Physik.«

Claire wußte nicht, was sie sagen sollte. »Von Physik wie dieser habe ich noch nie gehört.«

John grinste, müde aber seltsam fröhlich, und seine Augen glänzten. »Ich auch nicht. Aber ich kann Vermutungen anstellen. Ich glaube, was wir hier haben, ist – eine Singularität.«

FÜNFTER
TEIL

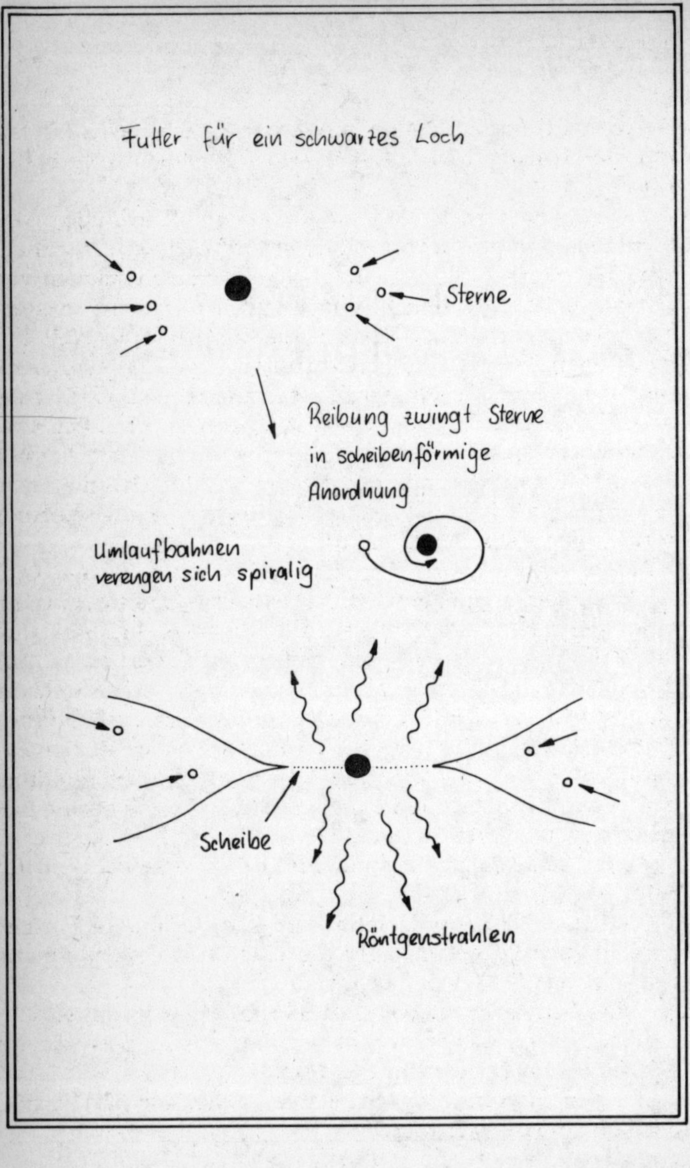
Futter für ein schwarzes Loch
Sterne
Reibung zwingt Sterne in scheibenförmige Anordnung
Umlaufbahnen verengen sich spiralig
Scheibe
Röntgenstrahlen

1

Die bedeutsamste Lektion moderner Einsteinscher Physik war der Umstand, daß Raum sich pathologisch verhalten konnte.

Vor Einstein war die Welt ein Raum von Billardkugeln, unbarmherzig voraussagbarer Bahnen und heiterer Gewißheit. Kein Physiker kann sich heutzutage ohne einen Schauer von Erregung des Augenblicks entsinnen, als er diese wüstenhafte Newtonsche Landschaft verließ und in eine Welt eintrat, die an Lewis Carroll gemahnte, wo die Zeit eine vierte Dimension war, der Raum sich schwindelerregend krümmte, und Wissenschaftler sich in aller Aufrichtigkeit fröhlich über die einfachsten Fragen, was wo und wann geschah, streiten konnten. Einstein verband den Raum mit der Materie, die er enthielt, und gab der Physik eine Tiefe und ein Geheimnis zurück, das sie verloren hatte.

Indem er das Universum zu einem Partner in der Konstruktion seiner eigenen Geometrie machte, räumte Einstein die Möglichkeit ein, daß es Fallgruben, Sackgassen und phantastische Stellen enthielt. Sobald er gezeigt hatte, daß die Materie die Raumzeit krümmen konnte, ergab sich die Möglichkeit, daß die Krümmung grenzenlos sein könnte, unendlich. Ein Partikel, das sich durch solch eine Region der Raumzeit bewegte, mußte jenseits einen Punkt finden, über den es nicht hinaus konnte, eine Stelle, wo seine eigene Existenz endete – eine Singularität.

»Gut«, sagte Claire, »Singularität ist ein anderes Wort für Schwarzes Loch, richtig?«

»Beinahe«, antwortete John. »Es könnte andere Formen von Singularität geben, aber die eine, von der jedermann weiß, ist das Schwarze Loch.«

»Aber Schwarze Löcher sind Sterne. Oder waren es.«

»Richtig. Ich denke, wir haben hier etwas, was wie ein Schwarzes Loch ist, nicht identisch.«

»Es gibt Strahlung ab. Schwarze Löcher tun das nicht – deshalb sind sie schwarz.«

»Nicht doch. Ein Loch zieht Materie an, die in einer Art Spirale hineinfällt. Nehmen wir an, es handle sich um eine Staubwolke oder was immer, die im Anziehungsbereich eines Schwarzen Loches kreist. Hier, ich kann es skizzieren. Teile der Staubmassen werden nähergezogen. Das ergibt eine diskusförmige Scheibe von Materie, die immer rascher um den Anziehungspunkt kreist. Die Abflachung zu einer Scheibe geschieht durch einfache Reibung. Dadurch verliert die Materie Energie und wird noch näher herangezogen. In der Nähe des Loches erfährt sie eine starke Verdichtung und beginnt sich noch mehr an den benachbarten Materieteilchen zu reiben. So erhitzt sie sich durch Reibung. Unmittelbar bevor das Loch sie schluckt, sendet diese erhitzte Materie Wärme und Röntgenstrahlen und so weiter.«

»Also sind Schwarze Löcher nicht schwarz«, sagte Claire zweifelnd.

»Nicht wenn es in der Nachbarschaft Materie zu schlucken gibt. Der beste Beweis dafür ist die Kernregion der Galaxis, wo es massenhaft Sterne aufzuzehren gibt. Diese Skizze könnte zeigen, wie es dort aussieht. Schwarze Löcher, wirklich große, schlucken Sterne und geben enorme Mengen Strahlung ab. Sie sind auffallend hell. Das ist wahrscheinlich, was man unter Quasaren versteht.«

Claire runzelte die Stirn. Sie rang mit der ausgefallenen Idee. »Gut, ich verstehe nichts von Quasaren. Aber dieses Ding, das wir hier haben, ist klein.«

»Richtig. Es gibt keine Grenze für die Größe eines Schwarzen Lochs. Sie können winzig sein. Kleine leben nicht lang, aber es ist möglich, daß eines gebildet wird und nun dasitzt und fleißig versucht, seine Umgebung in sich hineinzuziehen.«

»Und eins soll in dem Würfel drin sitzen?«

»Es könnte sein. Wie willst du sonst die Strahlung erklären?«

Claire zog ein Gesicht, weil ihr die Schlußfolgerung nicht gefiel. »Aber es ist ... es ist verrückt.«

»Allerdings«, sagte John amüsiert.

Abe lauschte ihrem Gespräch mit offenem Unglauben. Sie alle hatten Verpflichtungen anderswo, und der Tag neigte sich dem Ende zu, und so ging John, erleichtert und froh, daß er seine Bombe hatte platzen lassen. Was er den anderen nicht erzählt hatte, war der Umstand, daß er über die Physik Schwarzer Löcher nur unvollkommen im Bilde war und Zeit brauchte, etwas darüber zu lesen.

Er arbeitete die nächste Nacht durch und erschien am Morgen übernächtig und mit geröteten Augen in der Halle.

»Sie wollen *was* messen?« Abe verzog den Mund in einer geringschätzigen Grimasse.

»Die Schwerkraft. Gibt es hier ein Gerät?«

Sie mußten das Gravimeter vom geologischen Fachbereich aus einem anderen Gebäude holen. Es wurde auf der Suche nach möglichen Ölvorkommen zur Untersuchung von Verwerfungen und Massenverschiebungen verwendet. Die Ölsuche hatte zu einer enormen Verfeinerung der Technik geführt, und so konnte John den größten Teil der Arbeit selbst durchführen. Abe war nicht interessiert, seine Zeit mit einem solch wenig erfolgversprechenden Unternehmen zu verbringen, und beschäftigte sich mit seinen eigenen Messungen. Er hatte noch keine Erklärung für den Inhalt des Würfels, tat Johns Vorschlag vom vergangenen Tag jedoch als Wunschtraum ab. Die Idee der radioaktiven Anomalie sagte ihm noch immer zu, doch war das nicht nachlassende Vakuum ein Umstand, den zu ignorieren er einstweilen vorzog. John hatte Verständnis für seine Skepsis. Abe war mit zu vielen phantastischen Ideen auf einmal konfrontiert worden. Er brauchte Zeit, sie zu verdauen.

Das Gerät, das John in der Halle herummanövrierte, war eine spindeldürre Angelegenheit aus Stäben und Spulen, und besaß die Fähigkeit, Abweichungen sowohl in der Stärke als auch in der Richtung der lokalen Schwerkraft mit einer Genauigkeit von eins zu einer Million zu messen. John arbeitete langsam damit, weil ihm das Gerät unvertraut war und seine Übermüdung ihn träge machte, doch blieb er beharrlich bei der Sache. Am Vormittag kam Claire, um zu helfen. Nach dem Mittagessen gewannen sie ihr erstes größeres Ergebnis.

Aus einer Distanz von fünf Metern gab es eine winzige Abweichung zum Würfel. Ging man näher heran, so nahm die Ablenkung rasch zu. Claire konnte wegen der langen Balancierstange am Rahmen das kurze Ende des Detektors nicht näher als zwei Zentimeter an den Block heranbringen, aber schon dort war die Wirkung enorm – nahezu ein Prozent der Schwerkraft.

»Das erklärt«, sagte Claire, »dieses komische Gefühl, wenn du mit der Hand über die Oberfläche streichst.«

»Ja ... ich habe es auch bemerkt.« John starrte angestrengt auf die Skala des Gravimeters. Er hatte das Gerät auf der anderen Seite des Würfels aufgestellt.

»Was gibt es?«

»Die Skala. Hier gibt sie eine andere Ablesung.«

»Du meinst, die Beschleunigung ist von der anderen Seite verschieden?«

»Scheint so. Sie ist nur ungefähr halb so stark.«

»Ich dachte, die Schwerkraft sei in allen Richtungen dieselbe.«

»Ja. Wir nennen es sphärische Symmetrie.«

»Aber diese Schwerkraft vom Würfel ist es nicht?«

»Anscheinend nicht. Und sie ist so stark ...«

»Nur ein Prozent der Erdschwere, das ist nicht so viel.«

»Um die örtliche Schwerkraft auch nur um ein Prozent zu verändern, brauchst du ... – laß mal sehen.« Er stand bei den röhrenförmigen Anordnungen des Gravimeters, sorgsam bedacht, nicht die Balancierstangen zu berühren, und rechnete im Kopf. »Dazu brauchtest du ungefähr zwei Kubikkilometer Fels.«

»Deine Idee ... von einer Singularität ...«

»Ein ganzer Berg! Das kommt nahe an die Masse heran, die ein Schwarzes Loch brauchen würde, um vom Anbeginn des Universums zu überleben.«

»Du glaubst, dies könnte eins sein?«

Er schüttelte den Kopf. »Wo ist die Masse? Die Masse, die derjenigen eines ganzen Berges gleichkommt! Mit diesem Gewicht würde das Ding durch den Boden fallen, als ob der Beton aus Spinnweben wäre.«

»Du hast den Würfel wieder gewogen?«

Er nickte. »Angenommen, es ist ein ziemlich großes Loch da drin, dann wiegt die Singularität vielleicht fünfzig, hundert Kilo.«

Er stand eine Weile in Gedanken verloren. Schließlich fragte sie: »Willst du noch etwas anderes messen?«

»Wie? O ja, gewiß. Ich möchte feststellen, wie diese Beschleunigung aus anderen Winkeln aussieht. Eine dreidimensionale Karte davon machen.«

»Dann kann ich das hier abbauen ...« Sie machte sich daran, den Gravimeter zwischen den Kabeln und elektronischen Meßinstrumenten herauszubugsieren.

»Claire?«

Sie blickte auf, vor Konzentration schwitzend und auf die Unterlippe beißend, eine Haarlocke in der Stirn. Er lächelte und sagte: »Nur weil etwas verrückt ist, bedeutet es nicht, daß es falsch sein muß.«

2

Der Kampf zwischen den Verwaltungen der Universität Boston und des MIT war kurz, erbittert und wurde auf höchster Ebene geführt. Die Universität Boston hatte seit den ruhmreichen Tagen ihres Präsidenten Silber nichts von ihrer kämpferischen Selbstbehauptung eingebüßt, und das MIT war ohnedies gewohnt, seine Interessen zu wahren. Sein Präsident kam in die Halle und nahm das Artefakt in Augenschein. Abe schilderte, daß seine physikalischen Eigenschaften nicht mit seinem Ursprung in Einklang zu bringen seien. Claire und John waren anwesend, hielten sich aber auf Abes Rat hin im Hintergrund. Verschiedene Dekane und andere kamen ins Spiel, Teile einer von Abe, der all seine Dankesschulden eintrieb, organisierten Blockadebewegung.

Abe nahm den Standpunkt ein, daß das Artefakt aufgehört habe, ein allein archäologischer Gegenstand zu sein, und nun in erster Linie wegen seiner physikalischen Eigenschaften interessant sei. Er erklärte dem Präsidenten, daß der Würfel eine radioaktive Anomalie beherberge, eine ungewöhnliche Konzentration, die sich bislang jeder Analyse entziehe.

Dies alles traf zu, änderte aber nichts an der juristischen Sachlage. Abe behauptete, daß das Erscheinen der physikalischen Eigenschaften in dem Artefakt zufällig sein müsse. Die Einrichtungen, die zu ihrem Studium erforderlich seien, stünden am MIT weit vollständiger zur Verfügung als an der Universität Boston. Dem Präsidenten mißfiel der Anschein, man wolle das Stück in arroganter Selbstherrlichkeit einer Schwesterinstitution vorenthalten, begriff aber den wissenschaftlichen Aspekt. Er stimmte zu, dem Präsidenten der Universität Boston eine kurze Studienperiode am MIT vorzuschlagen, worauf der Gegenstand der Universität Boston übergeben und anschließend nach Griechenland zurückgebracht werden sollte. Er trug dies Hampton und den führenden Köpfen an der Universität Boston vor. Alle stimmten darin überein, daß die Angelegenheit im höchsten Maße peinlich sei und auf beide Hochschulen kein gutes Licht werfe. Die Konsequenzen für Claire waren wahrscheinlich ziemlich bitter, aber das war eine Sache, die geregelt werden konnte, wenn das Artefakt wieder in griechischen Händen wäre. Es wäre begrüßenswert, wenn man in der Angelegenheit bis zum Rücktransport Stillschweigen bewahren könnte.

Damit hatte es bis zum nächsten Morgen sein Bewenden.

Claire kam ohne zu klopfen in Johns Büro. Er war mit seiner Arbeit für den Fachbereich Metallurgie im Rückstand und versuchte eine Lösung für ein besonders schwieriges Grenzwertproblem zu finden, dem er mit komplizierten Integralgleichungen beizukommen suchte. Wenn er für diese Woche etwas Konkretes vorzuzeigen hätte, würde er sich berechtigt fühlen, den Rest seiner Zeit auf das Problem der Singularität zu verwenden, das mühsame und langwierige Arbeit mit sich brachte.

»Sieh dir das an!« sagte Claire in scharfem Ton, als sei er für alles verantwortlich, was in der Nummer des *Boston Globe* stand, die sie ihm auf den Schreibtisch warf.

»Gibt es schlechtes Wetter?« fragte John gelassen. Es war

eine stehende Redensart zwischen ihnen; für ihn war immer schlechtes Wetter im Anzug.

»Hampton ist an die Öffentlichkeit gegangen.«

»Was? Aber Abe sagte ...«

»Stillschweigendes Übereinkommen, ha.«

»Dieser Saukerl!«

»Du sagst es.«

Der Artikel im *Globe* war ein Interview mit Hampton, das dieser allem Anschein nach gegeben hatte, bevor das Abkommen zwischen den Universitäten geschlossen worden war. Darin beschrieb er das Artefakt als »ein kostbares Relikt aus den Nebeln im Morgengrauen europäischer Kultur«, und beklagte MITs »Komplizenschaft mit dem Diebstahl eines solch einzigartigen Gegenstandes aus seinem Ursprungsland«. Er ließ durchblicken, daß die ganze Sache MITs Idee gewesen sei, und daß Claire, die nur einmal erwähnt wurde, von jemandem dort, der »in gewissenloser Weise den Mittäter, einen Dr. Bishop, unterstützte, angeführt worden sei«. Die griechische Regierung werde diese Vorgangsweise als einen Affront betrachten, meinte Hampton, »und er würde nicht überrascht sein, wenn diese Angelegenheit sogar Auswirkungen auf diplomatischer Ebene hätte, insbesondere angesichts der Meinungsverschiedenheiten mit dem British Museum wegen der Rückgabe der restlichen Parthenon-Plastiken«.

John hob die Brauen. »Nebel im Morgengrauen europäischer Kultur? Blumige Sprache, nicht?«

»Es könnte die Vereinbarung über den Haufen werfen«, sagte Claire mit Entschiedenheit. Sie zündete eine Zigarette an und warf das Streichholz aus dem Fenster.

»Abe kann das wahrscheinlich beilegen.«

»Siehst du nicht?« Sie paffte wütend. »Hampton gab dieses Interview vor der Abmachung, und dann konnte er es nicht mehr rückgängig machen. Denk daran, was er noch getan haben muß!«

Er furchte die Stirn. Claire hatte erst vergangene Woche einen Anlauf genommen, das Rauchen aufzugeben, aber die dunkelbraune Zigarette mit dem goldenen Mundstück sah nicht wie ein Impulskauf aus. Wahrscheinlich hatte sie sie irgendwo weggelegt. Ihr etwas zerknitterter blaugrüner Hosenanzug ließ im Sitz die sonstige Perfektion vermissen, und sie atmete angestrengt.

»Wie bist du hergekommen?«

»Zu Fuß. Ich war so wütend!«

Drei Kilometer in der Kälte zu gehen, sah Claire nicht ähnlich. »Noch einmal: ich glaube, Abe und der Präsident werden das schon hinbiegen ...«

»Aber begreifst du denn nicht? Hampton muß Kontos angerufen und ihm alles gesagt haben, bevor die Übereinkunft erzielt wurde.«

»Das will er mit dem Hinweis auf die diplomatische Ebene andeuten?«

»So sehe ich es.«

»Das sind Nebenwirkungen.«

»Was?«

»Ich wußte, daß wir Nebenwirkungen bekommen würden, sobald wir den Deckel lüfteten. Abe mußte den Dekan einweihen, was zwangsläufig bedeutete, daß andere Leute anfangen, sich einzumischen.«

Er erzählte ihr von dem halben Dutzend Fakultätsmitgliedern, die in die Halle gekommen waren, und von den anderen, die mehr über die Anomalie erfahren wollten. Damit nicht genug, war die Neuigkeit inzwischen nach Harvard gedrungen, und Sergio Zaninetti hatte sich interessiert gezeigt.

»Ist das schlimm?« fragte Claire verwirrt.

»Nun, besser als ein Stoß ins Gesicht mit einem Spazierstock, nehme ich an.«

Er fühlte sich zwischen zwei wissenschaftlichen Betrachtungsweisen hin und her gerissen. Auf der einen Seite führte die Verbreitung von Ergebnissen und Ideen zu größerer Produktivität und gegenseitiger Befruchtung. Besonders Mathematik und Physik wirkten oft verstärkend aufeinander. Dies traf nirgendwo mehr zu als in der Gravitationstheorie. Die meisten bedeutenden Ergebnisse der letzten Jahrzehnte waren von Leuten erbracht worden, die ursprünglich als Mathematiker ausgebildet gewesen waren.

Diesem idealistischen Modell von der wissenschaftlichen Arbeitsweise stand der einfache Umstand des Eigennutzes entgegen. John verstand viel von der differentialen Geometrie von Vielfachen, und von ähnlichen Techniken, aber er hatte nicht die Sicherheit der Annäherungsmethode, mit der ein Theoretiker wie Zaninetti herangehen konnte. Je mehr Zeit er hatte, um allein zu arbeiten, desto besser.

»Nun, meinst du nicht, daß diese Rivalität weniger wichtig ist, verglichen damit, daß wir im *Globe* gegeißelt werden und ich wahrscheinlich meine Stellung verliere?«

»Klar«, sagte John, aber etwas in ihm zog sich schmerzlich zusammen.

Claires Mutter hatte keine Zweifel. Sie hatten sich eine Woche zuvor für diesen Abend zum Essen verabredet, und trotz Johns Bemühungen, sich zu drücken, besuchten sie Mrs. Anderson in ihrem Haus Commonwealth Avenue 242. Es war ein schmalbrüstiges Stadthaus aus Backsteinen, mit breiten Erkerfenstern, die orangefarbenen Lichtschein in die schrägen Bahnen windgepeitschten Regens hinausließen.

»Brrr!« Johns Zähne klapperten, als sie sich, gegen den Wind gebeugt, dem Haus näherten. »Dieses Zeug ist kaum ein Grad über dem Gefrierpunkt.«

»Ach, ihr verweichlichten Südstaatentypen wißt einfach nicht den Wechsel der Jahreszeiten zu schätzen.«

Mrs. Anderson drückte rasch die Tür ins Schloß, nachdem sie sie eingelassen hatte und führte sie durch die kleine Diele, wo sie ihre Mäntel aufhängten. Sie war eine kleine, freundlich lächelnde Frau, in einer altmodischen Art und Weise gutgekleidet, behängt mit einer Menge altem Schmuck, der einmal viel Geld gekostet haben mußte. Sie sprach mit einem stärkeren Akzent als Claire, und in Johns Ohren nahm es sich beinahe wie Englisch aus, doch mit einem ländlichen Unterton platter New-Hampshire-Konsonanten.

»Ich hoffe, Sie werden solches Wetter überleben, Mr. Bishop«, sagte sie. »Vielleicht möchten Sie etwas zum Wiederherstellen?«

Dies bedeutete nicht den erwarteten Sherry, sondern einen wärmenden Brandy. Wenigstens war Mrs. Anderson eine Realistin, soweit es ihr Klima anging. Sie führte sie von der kleinen, verzierten Hausbar durch einen bogenförmig ausgeschnittenen Durchgang in ein geräumiges, mit Teppichen ausgelegtes Wohnzimmer, dessen Decke dicke Eichenbalken durchzogen. Aus zwei Wandlautsprechern klimperte leise Cembalomusik von Vivaldi. Alles stand voll von Antiquitäten, und auch die Sessel bezeugten ihr Alter, indem sie sich als etwas zu klein für Johns Gestalt erwiesen.

Mrs. Anderson war heiter, beinahe flatterhaft. Dabei bemühte sie sich augenscheinlich sorgfältig darum, einen gelassenen Gesichtsausdruck zu zeigen. Ihre gerunzelte Haut sah gesund aus und ließ auf lange, erfrischende Spaziergänge im Freien schließen. Er erinnerte sich der alten Weisheit, daß die Mutter einer Frau ein guter Hinweis darauf ist, wie sie altern wird, und bemerkte, daß sie kräftig war, mit einem gesunden Muskeltonus, der ihren Bewegungen federnde Spannkraft verlieh. Dann schämte er sich ein wenig seiner kalt-analytischen Betrachtungsweise. Trotzdem war es eigentlich nur fair, betrachtete sie ihn doch genauso kritisch, nämlich als – das Wort schien hier in Boston passend – einen Freier um ihre Tochter.

»Sie kommen aus Atlanta, Mr. Bishop?«

»John. Nein, Athens, Georgia – das ist eine Stadt mittlerer Größe.«

»Und wie kommt es, daß Sie in Boston sind?«

Es wurde alles mit Freundlichkeit und Anstand gesagt, aber um ihren Mund blieb ein konzentrierter, kritischer Zug. Er breitete seine Biographie aus. Frühes Interesse an der Mathematik. Die Entscheidung, entgegen den Vorstellungen seines Vaters, eines Ingenieurs, nicht an die Technische Hochschule von Georgia zu gehen, sondern an die Rice-Universität in Houston. Nein, mit dem Raumfahrtprogramm habe er nichts zu tun gehabt. Nach dem Bakkalaureat weiteres Studium und Promotion. Frühes Interesse an kombinatorischer Geometrie, mit späterer Anwendung auf Teilchenphysik. Ein knappes Jahr in Berkeley. Gegenwärtig wissenschaftlicher Assistent am MIT, beschäftigt mit interessanten Grenzwertproblemen. Dies fügte er hinzu, weil es den üblichen Fragen vorbeugte. Nichts brachte neugierige Leute wirksamer zum Schweigen als unverständlicher Fachjargon.

»Nun, das ist sehr eindrucksvoll«, sagte Mrs. Anderson

mit Herzlichkeit. Er wußte, daß er ihr nicht gegeben hatte, was sie wirklich wollte – ein Gefühl für die Familie, die ihn hervorgebracht hatte –, aber tatsächlich wußte er nicht, wie er das anfangen sollte. Er konnte ihr von einer Seite seiner Familie erzählen, die noch immer in klassischen alten Häusern in und um Charleston lebte. Dort waren die Rasenflächen makellos, und neben den Eingängen standen noch die hundert Jahre alten Statuen von Negerjungen, die den Hausbewohnern und ihren Gästen einst als Aufstiegshilfen gedient hatten, wenn sie ausritten; inzwischen hatte man ihre Gesichter gleichmacherisch weiß gestrichen, die Hände aber vergeßlicherweise schwarz gelassen. Oder er könnte genausogut die Verwandten mütterlicherseits erwähnen, die, wenn sie mit Schnupfen auf dem Feld arbeiteten, sich abwechselnd ein Nasenloch mit dem Daumen zuhielten und das andere ausbliesen. Er beschloß, diese Stückchen Lokalkolorit auszulassen.

Zum Abendessen gab es Roastbeef, Kürbisgemüse, Reis und einen anständigen Bordeaux. Nicht bemerkenswert, aber durch und durch Bostoner Art. Es wurde viel von Onkel Alex und dem Grundbesitz in New Hampshire gesprochen. Erst bei einer erlesenen Nachspeise aus überbackenem Eis sagte Mrs. Anderson: »Ich fand den Artikel im *Globe* sehr bedauerlich«, und blickte ihn erwartungsvoll an.

»Vielleicht ist Prof. Hampton zu weit gegangen«, sagte John diplomatisch.

»Aber solch eine Sache in der Presse breitzutreten ...«

»Wie wir in meiner Heimat sagen, ich bezweifle, daß Hampton Graupen von Haferflocken unterscheiden kann.«

Mrs. Anderson runzelte die Stirn und warf ihm einen argwöhnischen Blick zu. »Nun, ich hoffe wirklich, daß Claires Name in Zukunft herausgehalten werden kann.«

»Ich werde mein möglichstes tun«, sagte er.

»Mutter, du brauchst nicht für mich aufzupassen.«

»Ich habe nur gefragt.«

»John ist nicht für mich verantwortlich.«

»Ich fragte nur, um eine andere Meinung zu hören, Kind. Im übrigen geht es auch um den guten Namen der Familie.« Und sie bedachte ihre Tochter mit einem strengen Blick.

»Ich werde mit Hampton auf meine Weise fertig.«

Darauf zog John die Brauen hoch, denn er wußte, daß sie keinen Geheimplan hatte.

»Alles wegen eines Steinbrockens aus irgendeinem Grab. Ich kann nicht verstehen, daß man wegen einer so unbedeutenden Sache unseren Namen in der Öffentlichkeit angreift.«

Claire nickte in scheinbarem Verständnis, sagte aber nichts. Es war klar, daß Claires namentliche Nennung in dem Artikel des *Globe* für Mrs. Anderson eine Schande war, die sich nur mit einer Verhaftung durch die Polizei vergleichen ließ.

Der Augenblick leitete über zum Stadium des Brandy und der Zigaretten, doch nur Claire rauchte. Mrs. Anderson tat ihre Meinungen über das Bostoner Sinfonieorchester und den gegenwärtigen Präsidenten kund, die in keinem Fall sonderlich günstig ausfielen. Die Nachrichten vom Austritt Griechenlands aus der NATO, der Ausweisung verschiedener Diplomaten durch die Athener Regierung unter dem Vorwurf der Spionage, und geheimnisvoller türkischer Flottenmanöver gingen durch Mrs. Andersons Aufmerksamkeit, wurden mit einem Stirnrunzeln und einem mißbilligenden Schnalzen abgetan und verschwanden aus dem Gespräch. John versuchte sich an einer Taktik der Schadensbegrenzung und vertrat keinen Standpunkt, ehe er den ihrigen erraten hatte. Diese Methode erwies sich als vorteilhaft, aber auch als ermüdend.

Als sie gingen, hatte der Regen aufgehört, und auf dem Weg durch die Commonwealth Avenue glänzte jede nasse Oberfläche im gelblichen Widerschein der Autoscheinwerfer. Die Grünanlagen in der Mitte der Straße waren düster und kahl, die Bäume entlaubt, die Sträucher struppige schwarze Zweige. Ein Polizist jagte einen Obdachlosen auf, der unter einer Plastikplane auf einer der Bänke schlief, und brachte es fertig, gleichzeitig entschieden und höflich zu sein.

»Sie hat ziemlich viel gebohrt«, sagte John in neutralem Ton.

»Ach, das ist so ihre Art.«

»Ich wußte nicht, daß ich eine Meinung würde abgeben müssen.«

Claire lachte. »Das tut mir leid.«

»Sie würde dich gern von den Titelseiten fernhalten, nehme ich an.«

Claire machte eine klägliche Grimasse. »Typisch für die Bostoner Art. Es gibt ein Zitat von Faulkner über die Schriftstellerei, aber es ist hier anwendbar. Er sagte, die ›Ode auf eine griechische Vase‹ sei mehr wert als jede Menge alter Damen.«

»Ach ja. Und so brauchen wir uns, archäologisch gesprochen, nur vorzustellen, wieviel die Vase selbst wert ist.«

»Genau.«

3

»Dio mio!« sagte Sergio Zaninetti. »Sind Sie sicher?«

Als John kam, näherte sich Zaninettis Besuch in der Halle bereits seinem Ende. Abe war von dem berühmten Theoretiker offensichtlich bezaubert. »Ich habe es viele Male überprüft«, sagte er liebenswürdig, mit stummem Stolz.

»Aber dies ist von größter Bedeutung!«

»Darum gehen wir langsam und behutsam vor«, sagte Abe.

Sie wurden auf John aufmerksam, der sich den Weg durch die überall sich schlängelnden Kabel suchte. Zaninetti würdigte ihn einer freundlichen Begrüßung und schüttelte ihm die Hand. »Neulich sagten Sie mir nichts davon, daß Sie solch ein Ding haben.«

»Nun ja, es ist alles ein großes Geheimnis«, sagte John beiläufig.

»Ein erstaunliches Geheimnis, in toto. Sie mögen nicht wissen, was es ist, aber dieser Punkt im Zentrum – könnten Sie mir das noch einmal zeigen, Abraham?«

Abe beeilte sich, ein paar Schalter zu bedienen, und gleich darauf hatten sie die optische Darstellung auf dem größten Bildschirm. »Über Nacht hat es sich ein wenig aufgeklärt.«

John betrachtete das Bild und verglich es mit seiner Erinnerung. Das Viereck war ein wenig schärfer, und es gab Spuren wie Strähnen, die von den Rändern nach innen führten. Fleckige und ungleichmäßige Lichtspuren, vielleicht entlang den Diagonalen.

»Sie sagen, daß Sie den Punkt im Zentrum nicht auflösen können?« fragte Zaninetti.

»Kleiner als ein Millimeter, soweit ich es sagen kann.«

»Selbst beim Einsatz von Gammastrahlen?«

»Ja. Ich kann unter den gegebenen Bedingungen keine bessere Auflösung erreichen.«

»Harte Strahlung, ein Bild wie dieses ...« Zaninetti gestikulierte ausholend zu dem Würfel, der unter den Anordnungen der Prüfinstrumente beinahe verschwunden war. »Es ist schwierig, sich das vorzustellen.«

»Wir brauchen es uns auch nicht vorzustellen«, sagte John etwas vorlaut. »Es ist da.«

Ein kurzer orangefarbener Blitz erschien in der oberen rechten Ecke des Bildschirms. Einen Augenblick später war der Lichtfleck verblaßt und verschwunden.

»He! Was?« sagte Zaninetti.

»Ein Gammastrahl, der in der Lichtsonde zerfällt«, sagte Abe. »Er hinterläßt eine Spur von energieschwachen Photonen, wenn einige der ionisierten Atome sich wieder verbinden.«

»Ich erinnere mich nicht«, sagte John, »so etwas vorher gesehen zu haben.«

Abe hob die Schultern. »Die kommen alle paar Stunden. Die Gammastrahlung nimmt ein wenig zu, glaube ich.«

Zaninetti spähte zu der Stelle, wo die Lichtsonde hineinging. Sie war jetzt von einem Kragen umgeben, der ein ringförmiges Drucksiegel an Ort und Stelle festhielt. Er wandte sich zu John. »Ich denke, Ihre Idee könnte richtig sein.«

»Welche Idee?«

»Daß es eine Singularität ist.«

Also hatte Abe die Katze aus dem Sack gelassen. Verdammt!

Zaninetti lächelte sparsam. »Abraham erzählte mir von Ihren Gravimetermessungen. Sie glauben, daß sie richtig sind?«

»Soweit ich feststellen kann«, sagte John widerwillig.

»Dann werden Sie auf dem richtigen Kurs sein. Ist *pazzo,* finden Sie nicht?« Und er versetzte John einen spielerischen Schlag auf den Oberarm. »Verrückt!«

John mußte grinsen. »Wahrscheinlich.«

»Ich denke, es verdient ernste, sehr ernste Untersuchungen.«

»Es gibt noch viel zu tun.«

»Etwas im Gestein, nicht? Gefangen in diesem bearbeiteten Block. Zufällige Entdeckung. Erinnert an die Quark-Geschichte Ende der Siebziger Jahre, erinnern Sie sich?«

»Die Suche nach minimal geladenen Partikeln?«

»*Si.* Die Leute suchten in verschiedenen Materialien, hofften, solche Partikel könnten dort in den Kernen festgehalten sein. Kein Erfolg, aber eine Idee, die vielleicht weitere Nachforschungen rechtfertigte. Wie hier.«

John blickte zum Würfel. Er schien jetzt kleiner, machtlos, eingezwängt in den Schraubstock eines modernen Laboratoriums. Er erinnerte sich, wie er die Gegenwart in der Höhle neben dem Grab empfunden hatte, groß und im Schatten aufragend, geschichtsträchtig, ein Ding aus uralten Zeiten, aus denen nur noch Legenden in die Gegenwart herüberdrangen.

Er schüttelte sich. Teil dieser Empfindung war der seltsame Wechsel in der örtlichen Schwere an der Oberfläche des Steins. Die Hände spürten es, wenn man den Fels befühlte, und der Geist konnte einem in einem spukhaften Ort wie jener Höhle Streiche spielen. »Ja, wenn dieses Ding in den Fels geraten ist, muß es mit enormer Energie hineingetrieben worden sein, einem kosmischen Strahl oder was, denke ich.«

»Ich sehe«, sagte Zaninetti und tippte mit dem Zeigefinger an seine volle Unterlippe. »Durchbohrte den Boden und kam in diesem Block zur Ruhe.« Ohne seine durchdringende Konzentration hätte er wie ein schlauer Gastwirt ausgesehen, der die Tische überblickte. Die schmalen Augen und der schiefgezogene Mund verrieten die Intensität seiner Überlegungen. »Dann höhlte er eine Kammer aus.«

»Um ein Vakuum zu erzeugen, richtig. Das war der Gedanke, der mich überzeugte.«

»Um soviel Strahlung abzugeben, muß die ... die Singularität etwas – den Stein – in Energie umwandeln, und zwar mit einem hohen Wirkungsgrad.«

John entsann sich, daß Schwarze Löcher auf diese Weise hochwirksam waren. Sie konnten die angezogene Materie mit einer Restmassenenergie von mc^2 aufnehmen und bis zu einem Viertel davon in Hitze und Strahlung umwandeln, die dem Loch entwichen und von außen sichtbar waren. Das war das Paradigma, das die enorm hellen Emissionen der Quasare erklärte. Astrophysiker vermuteten, daß riesige Schwarze Löcher in der Mitte mancher junger Galaxien waren, Sterne und kosmischen Staub anzogen und Partikelstrahlen ausspien. Aber das hatte wenig gemein mit der Behauptung, daß jede Form von raumzeitlicher Singularität das gleiche vermöchte. Abes Daten ließen den Schluß zu, daß es sich hier so verhielt. Das theoretische Problem bestand darin, Lösungen zu finden, die alle Merkmale dieses Objekts beschrieben und dennoch gestatteten, daß Energieextraktion vorkam. John sah, daß Zaninetti dies bereits erraten hatte. Der Mann dachte schnell.

»Sie werden bald veröffentlichen?«

John war verdutzt. Dann verneigte er sich zu Abe. »Das hängt von dem Mann mit den Daten ab«, sagte er höflich.

»Ich möchte absolut sicher sein«, sagte Abe.

»Aber selbstverständlich«, erwiderte Zaninetti. »Ich achte Ihre Vorsicht.«

»Die interessante Frage ist, wo man veröffentlichen soll?« sagte John.

Zaninetti und Abe runzelten die Stirn. »Ich meine«, fuhr John fort, »handelt es sich hier um ein physikalisches Problem? Oder sollten wir uns mit der archäologischen Rolle des Würfels befassen? Dabei wird Claire mitreden wollen.«

Abe sagte: »Nun, ich weiß, was Sie denken, aber das spaltet sich in zwei Probleme, nicht wahr.« Es war keine Frage.

»Diese Sache hat eine archäologische Seite«, sagte John. »Wir können mit dem Ding nicht nach Belieben experimentieren.«

»Natürlich werden wir den Würfel nicht zerstören«, sagte Abe. Er lächelte Zaninetti an. »Schließlich schirmt uns das Gestein gegen die Gammastrahlen ab.«

»Gewiß, aber Sie müssen mit der Universität Boston und den anderen verhandeln.«

»Keine Sorge«, erwiderte Abe mit Überzeugung. »Sobald allgemein bekannt ist, was wir hier haben, wird es seitens der Universität Boston keine weiteren Schwierigkeiten geben. Heute früh habe ich wieder mit dem Präsidenten gesprochen, und glauben Sie mir, er steht auf unserer Seite. Vorbehaltlos.«

John nickte. Abe war auf den bürokratischen Ebenen ein fähiger Stratege. Vielleicht sollte er die Politik einfach vergessen und sich auf seine Mathematik konzentrieren. Zaninetti hatte die Möglichkeit sofort gesehen.

Tatsächlich, dachte er plötzlich, hatte Zaninetti vielleicht sogar die stillschweigenden Folgerungen gewittert, die sich aus dem Datenmaterial ergaben, an dem er arbeitete. Er konnte nicht annehmen, daß es Zaninetti einfach entgangen sei.

Die Dinge waren jetzt in Bewegung geraten. Zu schnell.

Er verließ die Halle und ging geradewegs zu seinem Büro, ohne zu Mittag zu essen. Es gab mathematische Wege, denen er folgen mußte, sich gabelnde und verzweigende Möglichkeiten, durch die er nur mit Geduld und Intuition finden konnte. Zaninetti hatte ihn jovial behandelt und ein paar Scherze gemacht, hatte tatsächlich seinem Ruf als mitteilsamer und bisweilen überschwenglicher Mensch Ehre gemacht und Abe im Handumdrehen für sich gewonnen. Zaninettis frühe Laufbahn hatte sich auf dem Gebiet der Elementarteilchenphysik abgespielt, wo er das Geschick erlernt hatte, wortkargen Experimentatoren und lakonischen Assistenten benötigtes Datenmaterial abzuringen. Eine Studie der Nationalen Wissenschaftsstiftung hatte einmal gezeigt, daß theoretische Physiker die verbal Geschicktesten der gesamten naturwissenschaftlichen Gemeinde waren, und man hatte daraus die Folgerung gezogen, daß dies in irgendeiner Weise ihre mathematischen Fähigkeiten überlappe. Mathematiker waren eher gut in Musik, aber – so wurde in der Studie argumentiert – die theoretische Physik war eine Art Mittelding, bedurfte mathematischer Geschicklichkeit und physikalischer Intuition. Vielleicht korrelierten diese mit Wortgewandtheit, mutmaßten die Autoren des Berichts. Die Studie hatte freilich nicht die Möglichkeit in Erwägung gezogen, daß gute Redner erfolgreicher waren, weil sie es leichter hatten, Gegner für sich zu gewinnen und benötigte Information zu erhalten.

John wußte genug, um sich eine Weile von allem Gerede und aller Spekulation fernzuhalten. Er brauchte Zeit, um auf einen leeren Schreibblock zu starren und allmählich zu sehen, wohin die verworren scheinenden Implikationen der Gleichungen führten, auf der Suche nach gültigen Mustern, die hinter der komprimierten, täuschend einfachen Niederschrift lagen. Die Gleichungen der Physik waren nicht in der Form kompliziert; tatsächlich waren sie verlockend einfach; ihre komplexe Natur verbarg sich in der geheimnisvollen Notierung.

Die Mandarine der Physik waren jene, die nach den grundlegenden Gesetzen suchten, eine Suche, die sie nach innen zu dem sehr Kleinen oder nach außen zur gewaltigen Kosmologie führte. Die wirkliche Lösung der Gleichungen in ihren Myriaden von Anwendungen war ein Problem, das der Masse der Mathematiker und Physiker zu lösen blieb. Obgleich die grundlegenden Gleichungen zur Beschreibung der Sonne, um ein Beispiel zu nennen, seit einem Jahrhundert bekannt waren – Mexwells vier Beziehungen, plus Newtonsche Mechanik –, waren die magnetischen Bogen, die heftigen Ausbrüche und Stürme an der Sonnenoberfläche noch immer kaum verstanden.

Im Zusammenhang mit dem Würfel gab es zwei entscheidende Fakten. Erstens wog er nur ungefähr eine Tonne. Mit so wenig Masse war sein eigenes Schwerefeld sehr, sehr gering. Aber der zweite Umstand – die vierpoligen Schlingen des Schwerefelds – schien dem zu widersprechen. Wie konnte so wenig Masse in ihrem Umkreis ein starkes, kompliziertes Feld erzeugen?

Das war der entscheidende Hinweis, dachte John und kratzte sich abwesend die Oberlippe – diese täuschend schwache Anziehungskraft, wenn man mit der Hand über den Stein strich.

In der menschlichen Erfahrung war Schwere immer einfach. Sterne und Planeten waren sphärisch. Das Sonnensystem und die Milchstraße waren Scheiben, aber das lag daran, daß ihre Rotationsbewegung das Zusammenfallen zu einer großen runden Masse verhinderte. In allen Himmelskörpern verdichtete eine sphärisch wirkende Kraft die Materie.

Das Artefakt verhielt sich nicht so lehrbuchfromm. Es bewies, daß ein Partikel komplizierte Schwerefelder erzeugen konnte. In der Sprache des Mathematikers bedeutete dies, daß in den grundlegenden Gleichungen nichtsphärische Lösungen lauern mußten.

Während der letzten Tage, seit er die zweite Tatsache entdeckt hatte, war John mit Einsteins klassischen Gleichungen für die Schwerkraft beschäftigt gewesen. Alle Welt hatte immer sphärische Lösungen – Sterne, Scheiben – für diese Gleichungen als selbstverständlich angesehen. Selbst das Universum als ganzes wurde sphärisch und symmetrisch gesehen.

Weil es die bequeme Lösung war, dachte John. Wenn man nicht von sphärischer Symmetrie ausging, waren die Einsteinschen Gleichungen ein Durcheinander. Er schrieb die allgemeinere Form aus, eine, die Einstein nie untersucht hatte. Lange starrte er auf das beschriebene Blatt, hörte kaum die entfernte Stimme von jemand, der draußen im Korridor vorbeiging. Hier gab es Möglichkeiten ...

Um ein verzerrtes Feld zu erhalten, mußte man Lösungen finden, welche die Raumzeit wie eine stehende Welle verformten. Die Analogie, die ihn dazu führte, waren die großen, langsam sich bewegenden Anschwellungen von Wassermassen, die manchmal in Kanälen und Flüssen beobachtet werden. Er hatte eine solche Flutwelle einmal in einem kleinen Flußlauf nahe der Golfküste gesehen, kurz vor einem Unwetter. Es war eine unheimliche Anschwellung von Wasser, die an der Oberfläche des Flüßchens landeinwärts gewandert war. Er war damals vierzehn gewesen, und der Anblick hatte ihn aufs Höchste beunruhigt, da ihm irgendwie etwas Bösartiges eigen schien. Seitdem hatte er solche Naturerscheinungen studiert; sie wurden ›Solitone‹ genannt. Anders als gewöhnliche, winderzeugte Wellen hatten sie nur Kämme, keine Täler.

Er hatte einige Soliton-ähnliche Lösungen für Einsteins Gleichungen gefunden, aber sie hatten beunruhigende Eigenschaften. Als er sie nun betrachtete, fühlte er wieder das Unbehagen der Jugendjahre, ein leises Prickeln der Nackenhaut beim Anblick von etwas aller Erfahrung völlig Entgegengesetztem.

Die Solitone benötigten bestimmte mathematische Formen, um überhaupt eine stabile Lösung zu haben. Dies legte den Gedanken nahe, daß eine andere Kraft ins Spiel gekommen war, ein Feld, das in einem extrem kleinen Bereich auftrat. Allein würden Solitone sehr wie gewöhnliche, winzige Schwarze Löcher aussehen. Sie brauchten sich nicht wie Wassersolitone zu bewegen. Sie konnten stillstehen.

Aber zwei Schwarze Löcher zusammen würden einander augenblicklich anziehen, verschmelzen und ein etwas größeres Schwarzes Loch von einem Gewicht bilden, das wenigstens so groß war wie das eines Berges. Das war offensichtlich nicht, was im Mittelpunkt des Würfels war, sonst wäre niemand imstande gewesen, ihn von der Stelle zu bewegen.

Plötzlich sah er den Ausweg.

Die neue Kraft löste dieses Rätsel. Anders als die Schwerkraft, war sie abstoßend. Sie hinderte die Schwarzen Löcher daran, eine gemeinsame Schwere auszubilden, indem sie sie getrennt hielt und keine Verschmelzung zuließ.

Es war eine sehr eigentümliche Kraft. In der Sprache des Mathematikers war sie vom nicht-Abelschen Typ, ähnlich den Kräften, die subnukleare Partikel wie Quarks regulierten. Die einzigen sichtbaren Lösungen waren nicht die punktförmigen Singularitäten, die der gewöhnlichen Feldtheorie vertraut waren. Sie waren etwas Fremdartiges, mehr wie Windungen in der Raumzeit als Punkte.

In der Partikelphysik war es üblich, Lösungen mit Quantenzahlen zu etikettieren und diesen Zahlen Namen zu geben, wie »Farbe« und »Zauber«. Gute Terminologie war selten; heutzutage gebrauchte man sogar »Stil« und »Substanz«, um obskure mathematische Aspekte zu beschreiben. John beschloß diese neue Kraft »Mode« zu etikettieren, nur um eine Spur von ironischem Zweifel zu injizieren. Es war schließlich denkbar, daß dies alles durchaus falsch war.

Die Partikel, die er Einsteins Gleichungen abgerungen hatte, waren massiv, aber die Abstoßungskraft zwischen ihnen kompensierte diese Masse beinahe vollkommen. Fein. Tatsächlich könnte er genausogut die Konfiguration von zwei benachbarten Löchern nehmen und sie ein Partikel nennen, da das alles war, was existieren konnte. Er beschloß, sie Verzerrungen zu nennen. Verzerrungen in der Raumzeit.

Er hatte bis zum Spätnachmittag gearbeitet, unbeweglich auf seinem altmodischen, gepolsterten Drehsessel aus Walnußholz. Schließlich stand er auf, reckte die steifen Glieder und blickte zum Fenster hinaus, wo die Schatten ineinander flossen und zum ersten Mal hörte er das Brausen des Verkehrs vom Memorial Drive. Er hatte etwas, aber er wußte nicht, was es bedeutete. Oder ob es zufriedenstellend beschrieb, was in Abe Sprangles Halle stand.

Er begann auf und ab zu gehen. Er wußte, daß er für diesen Tag verbraucht war; niemand konnte einen ermüdeten Verstand zwingen, anstrengende höhere Mathematik zu treiben. Der Verstand verlor einfach seine Schärfe, seine Fähigkeit, logische Ketten zu überblicken und eine Möglichkeit nach der anderen zu durchdenken. Als an seine Tür geklopft wurde, erschrak er, war aber nicht ärgerlich über die Unterbrechung.

Claire kam mit dem gleichen Elan hereinmarschiert, den sie bei ihrer ersten Begegnung gezeigt hatte. Sie trug ein konservativ geschnittenes, aber modisch rostbraunes Kostüm, aus dem eine rüschenbesetzte, eierschalenfarbene Bluse hervorsah. Ihr Nagellack paßte zur Farbe des Lippenstifts, und sie bewegte sich, als ob sie eine Million Dollar wert wäre. Er hatte das Bild vor Augen, wie sie damals bei ihrem ersten Besuch auf ihn zugekommen war, und es überraschte ihn, als er sich vergegenwärtigte, daß es erst vor ein paar Monaten gewesen war. Es kam ihm wie eine halbe Lebenszeit vor.

»Alles aufgeräumt«, bemerkte sie fröhlich.

»Ah, ja«, murmelte er mit schwerer Zunge.

Sie strahlte und setzte sich auf die Schreibtischkante. »Gewöhnlich hast du hier ein wüstes Durcheinander.«

»Ich habe gerechnet. Ich sorge immer für Ordnung in meinen Papieren, wenn sie etwas bedeuten könnten.« Er lehnte sich gegen das Bücherregal und sah zu, wie sie eine der dunkelbraunen Zigaretten mit dem goldenen Mundstück anzündete. Sie kleidete sich immer gut, aber er erkannte die Zeichen von Unsicherheit; innere Gewißheit war umgekehrt proportional zur Menge des Make-up. »Was gibt es?«

Sie verzog das Gesicht. »Hampton hat eine Akte über mich angelegt.«

»Um dich wegen Fehlverhaltens entlassen zu können?«

»Wenn er mich nicht vorher strecken und vierteilen lassen kann.«

»Die Universitätsverwaltung wird sehen, daß er voreingenommen ist.«

»Und? Sie sind auf seiner Seite. Einer von ihnen nannte mich heute einen Affront der Universität.«

»Komm her!« Sie kam, fast widerwillig. Sie umarmten sich, und John schloß die Augen, ließ die Ermüdung des Nachmittags heraus und atmete den Duft ihres Haares. Es waren nicht die Augenblicke, wenn er den Puls in den Schläfen pochen hörte, die ihm am besten gefielen, sondern Augenblicke wie dieser, wenn sie so kostbar und tief schien, daß er niemals ihr innerstes Wesen vermeinte ergründen zu können. Allmählich kam eine nachgiebige Weichheit in sie, und sie schmiegte sich an ihn. Der lange Augenblick zog sich hin, dann küßten sie einander und lösten sich. Sie drückte ihre Zigarette aus.

»Wenn ich nur wüßte, was ich tun sollte«, sagte sie unbestimmt.

»Gegenstoß.«

»Wie?«

»Hampton ist an die Öffentlichkeit gegangen, hat im *Globe* alles ausgebreitet. Du tust das gleiche.«

»Ich soll sie anrufen und bitten, mich zu interwieven?«

Er schnalzte mißbilligend. Nördliche intellektuelle Steifheit. »Du mußt machen, daß sie zu dir kommen. Das pflegte General Lee immer so zu halten.«

»Gettysburg war ein Versehen?«

»Eine geniale Strategie, die scheiterte.«

»Wie soll ich sie dazu bringen, daß sie geschnüffelt kommen?«

»Du hältst einen Vortrag. Mit Dias vom Artefakt.«

»An der Universität? Das würden sie verhindern.«

»Wäre anderswo nicht besser? Mehr im Blickfeld der Öffentlichkeit?«

»Mal überlegen ... Wie wär's mit dem Museum?«

»Wo ist das?«

»Du bist nie im Museum gewesen?«

»Ich bin ein Fachidiot, vergiß das nicht. Ein ungebildeter, antihumanistischer Wissenschaftler.«

»Ach ja, aus dem Land der Philister. Ich hatte es vergessen.« Sie schritt mit erneuerter Energie im Büro auf und ab. Er bemerkte mit Genugtuung, daß das rostbraune Kostüm ziemlich anliegend geschnitten war. »Das könnte klappen, weißt du ... Das Museum veranstaltet gelegentlich öffentliche Vorträge. Aber wieviel sollte ich sagen?«

»Die ganze Wahrheit und nichts als die Wahrheit.«

»Wirklich?«

»Ja, du solltest mit allem herauskommen.«

»Abe Sprangle könnte Einwände erheben.«

»Wir werden mit ihm reden.«

»Vieles davon ist seine Arbeit; die Veröffentlichung muß er sich vorbehalten.«

»Nicht die archäologischen Aspekte.«

»Ich weiß nicht. Ich habe nie so für die Öffentlichkeit gespielt.«

»Wird Zeit, daß du es lernst.«

4

Als Claire das Bostoner Kunstmuseum verließ, verlangsamte sie ihre Schritte und lauschte dem harten Klang ihrer hohen Absätze auf dem Stein. Kurz vor dem Ausgang folgte sie einer Regung, bog nach links und schlenderte durch die ägyptische Abteilung. Sie war nicht bemerkenswert, aber in diesem Augenblick hatte sie ein Bedürfnis nach ihrer beruhigenden Gewißheit, ihrer Solidität, ihrer stummen Feststellung, daß die Vergangenheit andauerte, noch gegenwärtig war, noch etwas bedeutete.

Das Gespräch mit dem Museumsdirektor war erstaunlich günstig verlaufen. Er war hager und beherrscht, und zuerst hatte er so leise gesprochen, daß sie sich gefragt hatte, ob er Selbstgespräche führte oder sie meinte. Schon nach wenigen Minuten hatte sie gespürt, daß er sie anziehend fand, und es war ihr schwergefallen, diesen Vorteil nicht auszunutzen und alles auf der kühl professionellen Ebene zu halten. Seit ihren Jugendjahren war ihr bewußt, daß sie keine schöne Frau war, und so hatte sie daran gearbeitet, auffallend zu sein. Sie hatte sich für das marineblaue Kostüm mit dem roten Halstuch und den passenden Handschuhen entschieden, und das war in diesem Sinne hilfreich gewesen, das war nicht zu leugnen. Trotzdem haßte sie Charlotte Brontës Bemerkung, daß sie all ihr Talent gegeben hätte, um schön zu sein. Das verurteilte eine Frau dazu, immer anderer Leute Spiel zu spielen – und, wenn die Schönheit verging, schließlich zu verlieren.

MODELL EINER PROZESSION VON OPFERGABEN-TRÄGERN.
GEFUNDEN MIT DEN SÄRGEN
DES DJEHUTI-NEKHT UND SEINER FRAU
IN DER GRABKAMMER VON DEIR EL BERSHEH.

Hölzerne Figuren, die Vorräte für das Leben nach dem Tode trugen. Im Grab waren echte Vorräte und Werkzeuge gewesen. Djehuti-Nekht hatte, wie alle seine Zeitgenossen, von seinem Leben eine gerade Linie zur Ewigkeit angenommen, und so hatten seine Hinterbliebenen darauf geachtet, ihm nützliche Gegenstände mitzugeben. Aber welcher moderne Mensch, auch wenn er völlig gläubig war, würde Gegenstände mit sich ins Grab nehmen, die nur schön waren? Nein, das Äquivalent des zwanzigsten Jahrhunderts würde Kartons mit Konserven einlagern, Gewehre, vielleicht einen elektrischen Generator. Dies rührte sie immer wieder an – die unergründliche Kluft zwischen dem Denken des Gegenwartsmenschen und der Art, wie die Alten gedacht hatten. Sie waren wirklich fremd, nicht bloß unschuldige Landbebauer mit einem albernen Jenseitsglauben. Sie *lebten*, und ihr Eingehen auf ihre Welt war tief. Und, fügte sie in Gedanken hinzu, hoffen wir, sie irrten sich in der Frage des Lebens nach dem Tode, denn ein beträchtlicher Teil ihrer Habseligkeiten hatte nicht in jene Nachwelt gefunden, sondern war nutzlos in Museen gelandet.

Sie wanderte in die griechische Abteilung, wo sie den schwachen, aber beständigen Duft ihres geliebten Altertums atmete. Selbst hier, unter Glas und geschmackvoll beleuchtet, blieb die Fremdartigkeit. Die attischen Wasserkrüge aus der Zeit um 500 v. Chr. waren großartig, in sich selbst ruhende Kunstwerke. Auf einem füllten weiße Frauen in schwarzen Gewändern ähnliche Krüge an einem dorischen Brunnenhaus. Wasser ergoß sich aus tönernen Tierköpfen; die Griechen brachten die Bewegungen der natürlichen Welt gewohnheitsmäßig mit Tieren in Verbindung. Hinter jeder Naturgewalt war eine Persönlichkeit, ein Tier oder ein Mensch, oder auch ein Zwitterwesen. In dem breiten Rand des Kruges, dem geschwungenen Handgriff, dem bauchigen Körper war eine subtile Sinnlichkeit.

Der Krug hatte mehr als zweitausend Jahre in der Erde überdauert. Sie ging zum Höhepunkt der Sammlung, einer minoischen Schlangengöttin. Eine kleine Elfenbeinfrau mit einem nachdenklichen und abwesenden Gesichtsausdruck, die in jeder Hand eine Schlange hielt. Sie hatte 3500 Jahre lang im Staub von Knossos gelegen, und mit ihrer Ausgrabung war ihr Untergang besiegelt. Wer konnte glauben, daß sie weitere 3500 Jahre in Boston überleben würde? Hier war sie allen Zufälligkeiten ausgesetzt. Ein einstürzendes Dach, ein Brand, Krieg. Claire und andere wie sie zerstörten die Zeugen der Vergangenheit in dem Maße, wie sie sie der Vergessenheit entrissen, indem sie sie aus der sicheren Erde gruben und in den rauhen, gefahrvollen Lärm des Lebens zurückbrachten.

Sie runzelte die Stirn. Solche skeptischen Gedanken über ihren Beruf waren ihr neu. Sicherlich waren Fachkollegen wie Kontos und Hampton geeignet, Zynismus wachzurufen, aber sie waren glücklicherweise wenige. Oder nahmen sie sich nur in den Augen einer ehrgeizigen Frau, die sich im entscheidenden Stadium ihrer akademischen Laufbahn befand und nach einer Professur strebte, so unangenehm aus? Vielleicht welkte in diesem Dampfkochtopf jeder ein wenig dahin.

Im Hinausgehen kam sie an dem berühmten Torso des Königs Haker vorbei – die Hände an den Seiten geballt, muskulös, nur mit einem Lendenschurz bekleidet, voll Willenskraft und Macht. Und kopflos, dachte sie ironisch; in vielen ihrer Phantasien kam ein gesichtsloser Mann mit einem ähnlichen Körper vor. Nun bemerkte sie jedoch häufig noch während des Traumes, daß es John war. Er hatte eine ruhige, verschlossene Kraft in sich. Die geballten, nicht mitteilsamen Hände waren das Gegenteil seiner ruhigen, breiten, sicheren.

Sie gab sich einen Ruck und ging. Die anderen Vitrinen streifte sie nur mit einem Blick. Der Direktor war genau das Gegenstück zu John – einnehmend, lebhaft, bleistiftdünner Schnurrbart, so substantiell wie ein Schmetterling, voll von *wirklich! wunderbar! aber natürlich!* Seine Augen hatten hinter den großen Brillengläsern geglänzt, und Claire hatte ihm angesehen, wie sein beweglicher Geist die aufregende Möglichkeit einer Erstpräsentation erwogen hatte, mit prachtvoller Presseberichterstattung, anschließender Kontroverse und vielleicht einer Fernsehübertragung als Zuckerguß. Sie hatte auf diese Vermutung reagiert, indem sie sich noch seriöser gegeben und die »Notwendigkeit« hervorgehoben hatte, die »Streitfrage an die Öffentlichkeit zu bringen« und, selbstverständlich, das Artefakt selbst auszustellen, das ein bedeutendes Kunstwerk sei. Es war einfach gewesen. Sie war ein wenig bestürzt über die Entdeckung, daß selbst hier, in einer ihrer Lieblingsinstitutionen, Bedeutung und Publizität heillos miteinander verzahnt waren.

Langsam fuhr sie den Fenway Drive die Küste der Back Bay entlang. Johns Voraussage hinsichtlich der Reaktion des Museumsdirektors war beunruhigend genau gewesen. Der Direktor hatte für Sonntagabend einen öffentlichen Vortrag angesetzt. Bis dahin war nicht viel Zeit für Werbung, aber die Größe des Publikums war auch ohne Bedeutung; wichtig war, daß ein Berichterstatter des *Globe* anwesend sein würde, und vielleicht jemand von der lokalen Fernsehstation. Jetzt war Freitagnachmittag, und sie mußte Diapositive vorbereiten und ihre Argumente formulieren. Wie die meisten Leute, fürchtete sie Auftritte an der Öffentlichkeit. Sie überlegte, ob die Jahre der Lehrtätigkeit auch ihr jene Unerschütterlichkeit verleihen würden, die andere Professoren wie ein Dienstabzeichen trugen. Dann fiel ihr mit einem jähen schmerzlichen Zusammenziehen des Magens ein, daß sie wahrscheinlich überhaupt keine Vorlesungen halten würde; dies war das Ende. Sie mochte hoffen, irgendwann einmal anderswo eine Professur zu erhalten, aber Boston bliebe ihr mit größter Wahrscheinlichkeit verschlossen. Hampton hatte genug Gewicht, das zu verhindern.

Boston verlassen ... Vielleicht hatte John recht mit seinen Claires Eins und Zwei, und daß sie hier eingeengt sei. Doch sie liebte ihre Heimatstadt. Trotz der Kälte kurbelte sie das Fenster herunter und steckte den Ellbogen hinaus. Zwei Jungen rutschten in der hellen, klaren Luft auf plattgedrückten Wellpappkartons das tote Gras am Rande der Marsch hinunter.

Boston. Voll von scheinbaren Widersprüchen – je reicher man war, desto fadenscheiniger die Kleider; man ging immer über den Hügel zur Arbeit in die Stadt und ließ Taxis unbeachtet; die Teilnahme an Sinfoniekonzerten war ein geheiligter Brauch wie der Kirchgang, und in der Kirche kam man sich vor wie in der gesetzgebenden Versammlung des Staates; die Kriegsauszeichnungen und Klubmitgliedschaften eines Mannes zählten weit mehr als ein Bankkonto oder seine akademischen Würden. Nichts brauchte ausdrücklich festgestellt zu werden; alles war bekannt. Sie fragte sich, wie es außerhalb Bostons sein würde. Johns Heimweh nach dem Süden ließ darauf schließen, daß die Leute dort ähnlich waren, der Vergangenheit verhaftet. Vielleicht würde es nicht so schlimm sein, anderswo zu leben.

Auf einmal merkte sie, daß der Gedanke sich ungebeten in ihre Überlegungen gestohlen hatte: John als Die Zukunft. Erschrocken trat sie auf die Bremse. Hinter ihr dröhnte eine Hupe. Bremsen kreischten. Jemand brauste fluchend vorbei.

Sie war sogar erfreut und erleichtert gewesen, als ihre Mutter am Tag nach dem gemeinsamen Abendessen angerufen und vorsichtig hatte durchblicken lassen, daß sie an John nichts auszusetzen hatte. Fünf Jahre früher hätte Claire das als einen Schlag gegen ihn betrachtet.

Sie schüttelte den Kopf. Nein, daran sollte sie nicht denken. Nicht jetzt.

Der Betonboden schien die Wärme nach unten abzuleiten und Kälte auszustrahlen, die sie an den Beinen fühlte, als sie mit klappernden Absätzen durch die Halle kam, deren kahle graue Wände das Echo ihrer Schritte zurückwarfen.

John saß auf einem Hocker und starrte den Block an. Abe beschäftigte sich mißmutig mit seinen elektronischen Geräten. »Wer ist gestorben?« fragte sie.

»Meine Hypothese«, antwortete John.

»Daß es sich um eine Singularität handelt?«

»Nein, nicht das. Aber ich dachte, die Situation sei statisch, und das ist sie nicht.«

Sie beugte sich vor, die Hände auf die Knie gestützt, die Füße züchtig beisammen, und spähte zum Kabel der Lichtsonde, wo es in den Stöpsel eindrang. »Was ist passiert?«

»Abe kann Klümpchen sehen, winzige Körner von Röntgenstrahlen aussendendem Material. Sie fallen entlang diesen Diagonalen in den Kern.«

Sie richtete sich auf, alarmiert. »Der Würfel fällt in sich zusammen?«

»Nein, keine Sorge, wir sprechen über wenige Gramm von Materie. Oder Zehntelgramm. Es handelt sich um Materie, die von der Schwerkraft der Singularität angezogen wird und langsam nach innen drängt.«

»Wie langsam?« fragte sie argwöhnisch.

»Das ist der interessante Teil. Abe hat diese Körnchen jetzt seit zwei Tagen beobachtet, und sie haben sich ungefähr vier Millimeter bewegt.«

»Was? Das ist nichts!«

»So kann man sagen«, meinte er. »Kennst du etwas, was in Zeitlupe niedersinkt?«

»Federn.«

»Ja. Was noch?«

»Ahhh ...«

Seine Augen blitzten. »Ich gebe dir einen Hinweis. Relativistische Effekte.«

»Was?«

»Genau. Dieses Ding ist eine Wühlkiste der theoretischen Physik. Wir sehen Materie, durch Reibung aufgeheizt, in die Singularität stürzen. Aber sie ist so tief im potentiellen Schacht, daß sie uns verlangsamt erscheint.«

Sie sagte vorsichtig: »Du meinst, wie in dem Gedankenexperiment, wo ein Zwilling mit einer Rakete davonfliegt, und wenn er zurückkehrt, ist er jünger als der andere Zwilling, der daheimgeblieben ist? Weil er sich so schnell durch den Raum bewegt hat?«

»Das ist spezielle Relativität, und dies ist allgemeine Relativität, Krümmung der Raumzeit – aber ja, im Grunde besteht eine Analogie.«

Abe kam gemächlich herüber. »Wie lange dauert es, bis die Materie den zentralen Punkt erreicht?«

Johns beiläufige Selbstsicherheit schwand. »Monate, würde ich sagen, wenn die betreffenden Partikel von der inneren Oberfläche des Würfels fallen.«

»Das könnten wir testen. Lassen wir etwas hineinfallen.«

»Sicher, das können wir machen. Warum nicht?«

»Haben wir das nicht schon getan?« sagte Claire. Die beiden schauten sie an. »Als John das Loch bohrte. Das Vakuum muß etwas von dem Bohrstaub angezogen haben.«

Abe schnippte mit den Fingern. »Natürlich! Wann war das, genau?«

»Ungefähr vier Uhr nachmittags«, sagte John und machte eine Kopfbewegung. »Ich habe es in unser Arbeitsjournal eingetragen.«

»Gut. Es erklärt jedoch nicht diese Zunahme der Gammastrahlung.«

Claire war nicht auf dem laufenden. »Welche Zunahme?«

Abe steckte die Hände in die Taschen seines Laborkittels. »Die Energie der Gammastrahlung ist seit Tagen im Wachsen begriffen. Zuerst glaubte ich an einen Irrtum, daß es vielleicht bloß eine Fluktuation sei. Aber nein, es ist tatsächlich so. Wir bauen einen Strahlenschutz auf.«

»Das sind die Gammastrahlen, die durch die Stöpsel herauskommen, nicht?« fragte John. Als Abe nickte, sagte er: »Könnte es an dem Gestein liegen, das wir mit der Bohrung herausgeholt haben?«

Abe schüttelte den Kopf. »Nein, die Zunahme ist gleichmäßig, nicht sprunghaft. Meine Idee war, daß sie vielleicht vom Staub herrührt, der in die Singularität gezogen wird, wie wir sagten. Dabei erwärmt er sich, gibt Strahlung ab, wir sehen sie.«

»Aber die Einfallszeit ist lang, mindestens Wochen ...«

»Vielleicht stimmt Ihre Berechnung nicht.«

»So falsch kann sie nicht sein«, erwiderte John gereizt.

Claire spürte, daß die beiden schon früher aneinander geraten sein mußten. Wahrscheinlich zehrten die Ungewißheiten ihrer Situation an ihren Nerven. Es war nicht einfach, mit einem Rätsel zu leben und zu arbeiten, das immer schwieriger wurde, je mehr man darüber erfuhr. So war es mit der Forschung bestellt. Aber niemals so schlimm, dachte sie, niemals so lang, ohne daß sich der Nebel ein wenig lichtete.

Und sie hatte ihre eigenen Fragen. Warum hatten die Alten den Würfel gehauen? Wie kam die Singularität hinein? Hatten sie den Block einfach so entdeckt? Und warum hatten sie den Bernsteinzapfen angebracht? Hatte es rituelle Gründe? Oder war es eine Art Orakel, das sie in den Lichterscheinungen des Bernsteins zu sehen glaubten?

»Übrigens«, sagte sie, »ich habe die Analyse des Bohrstaubs mitgebracht.« Sie suchte das Papier aus ihrer großen ledernen Handtasche. »Das Labor fand darin verkohltes pflanzliches Material. Ansonsten ist es bloß Gestein, das erhitzt worden ist, so daß die Schichtung der Sedimentation verlorengegangen ist. Der einzige interessante Punkt ist, daß das pflanzliche Material neueren Ursprungs ist.«

»Man hat es mit der Radiokarbonmethode datiert?« fragte Abe.

Claire nickte.

»Was heißt ›neueren Ursprungs‹?« fragte John und stand vom Hocker auf.

»Für Archäologen, innerhalb des letzten Jahrhunderts. Könnte gestern gewesen sein, soweit die Chemiker es beurteilen können.«

»Also hat jemand mit dem Würfel hantiert«, sagte Abe verdrießlich. »Das kompliziert die Sache ...«

»Warum jemand?« Claires Miene hellte sich plötzlich auf. »Könnte es nicht diese – diese Singularität getan haben?«

»Ich sehe keinen Grund für die Annahme ...«, fing Abe an.

»Ja! Das wäre möglich!« unterbrach ihn John. »Vielleicht geschah es, als wir den Würfel ... ah ... fallen ließen. Das könnte die Singularität ein wenig verlagert haben, nicht wahr?«

»Daß sie heiße Materie ausstieß?« fragte Claire.

»Ja, und etwas vom umgebenden Gestein absorbierte«, fuhr John fort. Dieses Gestein fiel dem Zentrum entgegen und brauchte so lange, um an den Kern heranzukommen, wegen der Zeitdilatation.«

»Verformte Raumzeit«, sagte Claire. »Oder verformte Phantasie.«

»Nein, es paßt«, beharrte John. »Etwas schoß hinaus – glatt zur Rückwand des Würfels hinaus!«

Abe furchte die Stirn. »Und soll dabei das Gestein geschmolzen haben?«

»Genau. Vielleicht verbrannte es Pollen oder Moos oder sonst etwas in der Höhle. Vermischte es alles miteinander. Dann kühlte das Gestein ab. Wir sehen den Rückstand als diesen Stöpsel.«

»Der in seiner Zusammensetzung aus diesem Grund vom umgebenden Kalkstein abweicht?« spekulierte Claire.

»Sie stellen detaillierte Fragen nach etwas, wovon Sie nichts verstehen«, brummte Abe.

»Mehr können wir nicht tun«, versetzte Claire scharf.

»Wenn Sie mich fragen, Sie gehen in rein spekulativer Art Einzelheiten nach, während das eigentliche Geheimnis außerhalb unserer Möglichkeiten bleibt«, fuhr Abe hartnäckig fort. »Ich habe noch einmal mit Zaninetti gesprochen; er ist der Meinung, wir sollten eine interdisziplinäre Forschungsgruppe bilden und mit dieser Hilfe ...«

Von der anderen Seite der Halle drang eine laute und sofort kenntliche Stimme herüber: »Dort!«

Claire wandte sich um und sah Oberst Alexandros Kontos durch den Raum geschritten kommen, das Gesicht zornig gerötet. Ihr stockte vor Verblüffung der Atem, und gleichzeitig zog sich ihre Kehle zusammen.

Kontos war in Begleitung dreier Männer und einer Frau. Alle fünf trugen griechische Militäruniformen. Claire sah mit einem Blick, daß sie alle im Unteroffiziersrang standen, ausgenommen natürlich Kontos, der, seit sie ihn zuletzt gesehen hatte, eine zusätzliche Goldlitze an der Offiziersschirmmütze hatte. Die vier hielten sich einen Schritt hinter ihm, und alle marschierten schnurstracks auf das Artefakt zu. Am Rande ihres Blickfelds sah sie John nach rechts treten, als wollte er den Würfel beschützen. Abe stand in verständnislosem Staunen.

»Siehe da, die kleinen Diebe«, sagte Kontos, als er herankam. »Sehr geschäftig bei der Arbeit, wie?«

John hob die Hand. »Nicht mehr.«

Kontos machte halt. »Sie haben einen griechischen Nationalschatz. Ich verlange ihn zurück.«

Die vier hinter ihm machten gleichfalls halt und sahen sich um, als wollten sie die Situation einschätzen. Claire bemerkte erleichtert, daß sie unbewaffnet waren.

»Abe, rufen Sie 4999«, sagte John.

Abe sagte: »Was? Sind die ...? Ist dies ...?«

»Ja. Machen Sie schon!«

Abe eilte in das kleine Büro. Niemand hielt ihn zurück. Claire vermutete, daß 4999 die Nummer der Campuspolizei sein müsse.

Kontos trat vor. »Gehen Sie aus dem Weg!«

»Nein.«

»Sie könnten verletzt werden.«

»Ich bin entsetzt.«

»Sie wünschen wieder Prügel zu beziehen?« fragte Kontos in eisiger Beiläufigkeit.

»Nur eine Revanche.«

»In einem Laboratorium«, sagte Kontos verächtlich.

»Keine Sorge, genug Platz, wo Sie hinfallen können.«

Kontos biß die Kiefer zusammen. Claire spürte eine knisternde Spannung zwischen den beiden. John schien Kontos absichtlich herauszufordern. Sie begriff, daß er damit Zeit gewinnen wollte, aber das wußten die Eindringlinge sicherlich auch, und einstweilen provozierte er sie. Vielleicht verlangte sein Stolz, daß er sich so benahm. Claire stand wie gelähmt. Schließlich trat sie einen halben Schritt vor, blieb aber wieder stehen.

»Ich sehe, Sie haben Hilfe mitgebracht«, sagte John und hakte die Daumen hinter den Gürtel. Er gab sich betont zwanglos. Es schien Claire eine seltsame Strategie, herausfordernd zu reden und dabei alle Zeichen von Entspannung zu zeigen.

Die Frau bei Kontos deutete mit einem Kopfnicken auf John und sagte auf griechisch: »Er ist ein Wichser.« Sie war sehnig und hielt sich beinahe wie ein Mann, geistesgegenwärtig und wachsam. Ihr schwarzes Haar war zurückgekämmt und zu einem einzigen dicken Zopf geflochten.

Kontos zeigte mit dem Daumen zu ihr, ohne John aus den Augen zu lassen. »Unteroffizier Petrakos gefällt Ihre Haltung noch weniger als mir. Und sie ist eine energische Frau.«

»Was tut sie für das Ministerium für Nationale Kunstschätze und Altertümer? Wände eintreten?«

»Sie hat weniger Geduld als ich.« Claire sah, daß Kontos anfing, Gefallen an der Konfrontation zu finden.

»Kontos, wir behalten das Ding wenigstens noch ein paar Tage. Hampton hat sich damit einverstanden erklärt.«

»Das werden wir sehen. Vergessen Sie nicht, daß eine Regierung ein großes Ding ist, und daß Sie ein kleines Ding sind.«

»Das Orakel von Delphi ist nichts gegen Sie.«

»Und Sie sind ein dummer Junge«, sagte Kontos zornig.

»Ihre Wächter hier ...«, fing Abe an.

»Sie sind Assistenten, diplomatisches Personal. Wir sind gekommen ...«

»Diplomaten in Uniform?« sagte John sarkastisch.

»Viele staatliche Funktionen werden jetzt von Angehörigen des Militärs ausgefüllt. Aber ich bin nicht gekommen, einem Dieb Erklärungen abzugeben.« Er trat wieder vor, den Block zu betrachten. John vertrat ihm den Weg. Sie waren noch eineinhalb Meter auseinander.

»Warum haben Sie den Fund nicht Hampton gemeldet?«

»Welchen Fund? Er war fort.«

»Das wußten Sie nicht. Sie versteckten ihn.«
»Sie lügen.«
»Wünschen Sie, daß ich es Ihrem Ministerium erkläre?«
»Das ist Zeitverschwendung.« Er stieß mit dem Zeigefinger in die Richtung des Blocks. »Ich möchte das Fundstück ansehen.«
»Sie wollen es mitnehmen.«
»Nein. Meine Aufgabe ist, festzustellen, ob es intakt ist. Ob Sie den Block beschädigt haben.«
»Wir haben ihn nicht beschädigt.«
»Wenn Sie haben, wird es noch ernstere Konsequenzen nach sich ziehen.«
»Woran haben Sie gedacht?«
»Wir werden Sie ins Gefängnis werfen.«
»Dazu würden Sie unsere Auslieferung bewirken müssen.«
»Das werden wir!«
»Die Vereinigten Staaten liefern keinen Staatsbürger an eine ausländische Regierung aus, schon gar nicht an Ihr Zinnsoldatenregime.«

Claire hielt den Atem an. Sie fühlte, daß John zu weit gegangen war.

Kontos trat auf ihn zu und versetzte John einen Faustschlag auf die Brust. Er sah nicht besonders kraftvoll aus, aber John wankte rückwärts, dann drehte er sich seitwärts und nahm Kontos' zweiten Schlag grunzend von der Seite. Kontos ließ nicht locker, war beweglich und schnell auf den Beinen, und John hatte Glück, daß er den nächsten Schlag mit dem Unterarm parieren konnte. Kontos trieb ihn zurück.

Die übrigen Griechen standen in wachsamer Bereitschaft. Als Claire dazwischentreten und die Kämpfenden trennen wollte, vertrat ihr Unteroffizier Petrakos den Weg mit einer gutturalen Warnung.

Kontos traf Johns Backenknochen mit einer Geraden, John zuckte zurück und versuchte in Abwehrposition zu gehen, aber Kontos drängte ihn weiter zurück. John gelang eine Finte mit der Linken, worauf er eine rechte Gerade in Kontos Mitte schlug, bemüht, aus der Drehung heraus sein ganzes Gewicht hinter den Schlag zu legen.

Kontos blieb stehen. Seine Augen glitzerten. Der Schlag schien ihn überhaupt nicht beeindruckt zu haben. John war offensichtlich in der Defensive.

Kontos schlug wieder zu, daß John zurücktaumelte, folgte mit zwei Haken in die Rippen. John keuchte. Schnaufend holte er zu einem Schwinger aus, der Kontos' Schulter kaum streifte.

»He! Aufhören!«

Die Campuspolizei.

Sie kamen, ein Dutzend stark, in die Halle geschwärmt, trennten die Kämpfenden und drängten die Griechen von Claire und John ab.

Claire hatte die anderen Griechen während des Kampfes kaum beachtet, und es schien, daß sie einfach abgewartet und zugesehen hatten, überzeugt, daß Kontos die Oberhand behalten würde. Nun versuchte die Campuspolizei festzustellen, was geschehen war. Kontos erklärte lautstark, er sei provoziert worden, und pochte auf diplomatische Immunität. Abe beschuldigte ihn, den Streit angefangen zu haben. John stand schnaufend und rieb sich die Rippen.

Claire sagte: »Dr. Kontos, wir werden das Artefakt zurückgeben und alle Untersuchungsergebnisse teilen.«

Er durchbohrte sie mit einem Blick seiner glitzernden Augen. »Dafür ist es zu spät. Wir werden das haben, ja – und mehr! Von Ihnen!«

Seine kalte Wildheit machte ihr Angst. »Aber Sie brauchen nicht ...«

»Wir verlangen Gerechtigkeit und werden sie uns verschaffen!« Ihr Anblick schien den Zorn erneut anzuheizen; sein Gesicht rötete sich, die Nasenflügel waren gebläht. »Und kein Amerikaner wird je wieder an einer Ausgrabung in Griechenland teilnehmen.«

»Das ist zuviel ...«

»Nie mehr«, sagte er rauh.

»Sehen Sie ...«

Kontos ließ sie stehen, wandte sich zum Leiter der Campuspolizei und sagte: »Ich erhebe eine diplomatische Beschwerde. Gegen diesen Mann – diesen unreifen Menschen – und Ihre Universität.«

»Welcher Unsinn«, sagte John verdrießlich.

Kontos blickte ihn an, und sein Mund verzog sich zu einem wissenden, überlegenen Lächeln. »Wir sind noch nicht fertig, Sie und ich.«

5

Johns Brustkorb schmerzte. Der Arzt sagte, die Rippen seien nicht gebrochen, nur geprellt. Dennoch fühlte er sich lausig – geschlagen, frustriert. Der nächste Tag war Samstag, und bevor er in der verabredeten Arbeitssitzung mit Abe und Zaninetti zusammentraf, unternahm er einen Spaziergang. Die frische Kälte trug dazu bei, daß seine kleinlaute Verärgerung sich allmählich auflöste.

Kontos war schnell. Er kämpfte gut. Und er schien sie immer zu überraschen. Er wußte, wie er ihnen eine Menge Verdruß bereiten konnte. John hatte nicht die leiseste Ahnung, wie er dem Mann Einhalt gebieten könnte.

Und wie er es früher schon so viele Male getan hatte, wenn er sich Probleme der wirklichen Welt gegenübersah, vergrub er sich in theoretischer Physik.

John sah sofort, daß Zaninetti einen unglaublich raschen, zupackenden Verstand hatte. Er hatte die Bedeutung der beiden wichtigsten Tatsachen – des vergleichsweise geringen Gewichts des Würfels und seines komplizierten Schwerefelds – augenblicklich begriffen. Allerdings hatte er sich auf die Aspekte der Partikelphysik konzentriert, statt von der klassischen Relativität auszugehen, wie John es getan hatte.

»Warum das?« verlangte Zaninetti zu wissen. Sein Unterrichtsstil war kampflustig, verlangte stets, daß die Studenten oder Diskussionsteilnehmer sich erklärten, brachte sie immer wieder mit Leichtigkeit aus dem Gleichgewicht, wenn sie versuchten, seinen finsterblickenden Skeptizismus zu beschwichtigen. »Der Hinweis ist die Vierpoligkeit, ja? Fangen wir von da an, halten wir nach Partikelsymmetrien Ausschau. Dann gilt es nur noch, die richtige Gruppentheorie zu

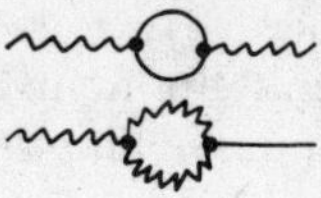

diese Darstellungen zusammenfassen

$$R_S = \frac{G}{mc^2}$$

$$\rightarrow \lambda$$

$$\rightarrow \frac{\hbar}{mc}$$

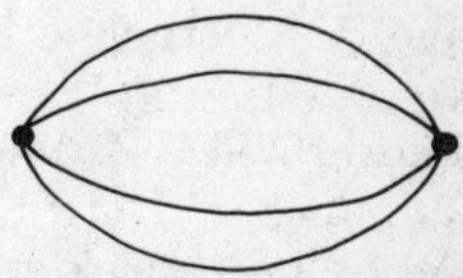

Quarkähnlicher gebundener Zustand

$$M \approx 100\,\text{kg}\,!$$

↑

Laboratoriumsmessung!

wählen, und wir haben es!« Er schloß mit einer opernhaften Gebärde des Triumphs.

John zog sich auf eine distanzierte und beiläufige Diskussionsstrategie zurück. Andernfalls hätte er den Mann überschreien müssen, und das wäre nicht einfach. »Wir können die Symmetrien unmittelbar aus den klassischen Gleichungen der Schwerkraft gewinnen.«

»Dann haben Sie das Partikelspektrum berechnet?« fragte Zaninetti halb spöttisch, halb ungläubig.

»Nun, ich kann die Massen nicht ermitteln, nein, aber ...«

»Dann ist es nichts! Die Masse: wir müssen eine Masse bekommen, die klein ist.«

»Gewiß, kleiner als ein Berg. Aber ich denke, meine Lösung ...«

»Auf die Weise finden Sie nicht einmal eine Krähe in einer Schüssel voll Milch!«

»Ich habe das vierpolige Feld ausgerechnet«, sagte John kühn.

Augenblicklich ließ Zaninetti die Überspanntheit fallen. »Welche Symmetrie? Es ist nicht einfach, aus solch geringer Schwere komplizierte Felder zu erklären.«

Sie begannen die Wandtafel in Johns Büro mit Gleichungen zu füllen. Zaninetti erkannte rasch die Nützlichkeit des Gebrauchs solitonischer Lösungen. Innerhalb einer Stunde hatten sie einander überzeugt, daß die Annäherungsweise des jeweils anderen nicht falsch, sondern nur verschieden war. John hatte mit dem Gedanken an winzige Schwarze Löcher angefangen, während Zaninetti von Partikeln in einer ebenen, ungekrümmten Raumzeit ausgegangen und mit Hilfe des weiten Bereichs mathematischer Techniken, die er beherrschte, zu größeren Massen übergegangen war.

In einem Sinne war die Verschmelzung dieser Gesichtspunkte unvermeidlich. Zaninettis quantenmechanischer Ansatz beruhte darauf, daß er Partikel als wellenartig betrachtete. Die charakteristische Wellenlänge eines Partikels stand in Beziehung zu seiner Triebkraft, und sehr hochenergetische Partikel hatten sehr kurze Wellenlängen.

John wiederum hatte mit dem notwendigen Radius eines Schwarzen Loches begonnen, dem Schwarzschildradius. Für ein Schwarzes Loch von der Masse eines Berges war der Schwarzschildradius unsichtbar klein. Niemand würde jemals ein solch kleines Objekt direkt sehen; man konnte nur Materie beobachten, die hineinfiel und sich erhitzte, und die entstehende Strahlung messen.

Wenn die Wellenlänge eines Partikels kürzer wurde als der Schwarzschildradius, verschmolzen die Disziplinen von Gravitation und Teilchenphysik. Die minimale Masse, wo dies geschah, hatte kaum das Tausendstel eines Sandkornes. Gleichwohl war dies nach den Begriffen der fundamentalen Teilchenphysik unglaublich riesig, ein Millionenfaches vom Gewicht eines Uran-Atomkerns.

Der entscheidende Punkt war, daß Annäherungsweisen, die zu Zwecken der Gravitation entwickelt worden waren, mit jenen verschmolzen, die zur Beschreibung winziger Teilchen dienten. John bezeichnete seine Lösungen als »Verzerrungen« mit einer zusätzlichen Kraft aus der »Mode« genannten Quantenzahl. Zaninetti arbeitete mit dem Teilchenjargon und anderen mathematischen Methoden. Sie bedienten sich verschiedener Sprachen, gelangten aber zum selben Schluß.

»Es ist immer noch komisch«, sagte Zaninetti nachdenklich. »Kubische Verzerrung der Raumzeit. Uh!« Er grunzte ästhetische Mißbilligung.

»Jede Materie, die hineinfällt, muß entlang den Rändern dieser kubischen Faltung wandern.«

Zaninetti verfiel in finsteres Grübeln. »Und Sprangle sieht das? Die kubische Struktur erscheint Sprangle wie ein Quadrat, weil er sie entlang einer Symmetrieachse sieht?«

»Richtig. Wenn die Verzerrungen Strömungen tragen, würde es auch das mehrpolige Magnetfeld erklären, das ich festgestellt habe.«

»Mmmh.« Zaninetti schien nicht überzeugt.

»Was stört Sie daran?« John legte die Kreide aus der Hand und erwartete den Ansturm. Zaninettis Art war, leise zu sprechen, dann einen explosiven Einwand hervorzubringen und mit schnellen Kreidestrichen durch die sauber geschriebenen Gleichungen seines Gegners zu fahren, bis sie vollständig unlesbar waren.

»Diese Stelle gefällt mir nicht«, sagte Zaninetti ohne Umschweife und zeigte auf eine Gleichung, welche die Kräfte zwischen Johns »Verzerrungen« darstellte.

»Warum nicht? Es besteht eine Anziehung zwischen ihnen.«

»Es ist wie mit den Quarks, sehen Sie? Im Laboratorium sind Quarks immer von dieser Kraft zusammengebunden.«

»Gewiß, aber diese Kraft hier ist nicht so stark.«

»*Si,* das ist eine Hilfe. Aber was hält diese Verzerrungen, diese Singularitäten getrennt?«

»Ich weiß es nicht.«

»Ich denke, wir haben hier nur einen Teil der Lösung.«

»Das Ding in dem Würfel paßt zu diesem Modell einer Verzerrung«, sagte John geduldig, überzeugt, daß er darin recht hatte.

»Sie sind schlau, wie?« Zaninettis Blick wanderte von den verschlungenen Gleichungen zu John. »Aber Sie mißachten die Tatsache, daß diese Verzerrungen einander anziehen sollten, was diese hübschen kubischen Formeln, die Sie gefunden haben, ungültig macht.«

»Sagen wir, ich habe sie einstweilen zurückgestellt.«

»Meine Mathematik zeigt, daß sie mitgenommen werden müssen.«

»Nun gut. Aber ich denke, das ist bloß eine Alternative.«

»Etwas ist an Ihrer seltsamen Verzerrung anders. Das Ding in dem Würfel sollte nicht so sein, wie es ist. Es sollte, mit einer anderen Verzerrung gepaart, etwas anderes ergeben, etwas, das stabiler ist als dies.«

»Vielleicht eine andere Kraft, die interveniert? Die Verzerrungen auseinanderhält.«

Zu Johns Überraschung ging Zaninetti darauf nicht zum Angriff über. Statt dessen skizzierte er mit gelber Kreide eilig ein paar unverständliche Symbole. »Vielleicht, vielleicht. Nur ein Idiot ißt jede Beere, die an den Sträuchern wächst. Man muß sorgfältig von der Mathematik ausgehen. Viele Lösungen sehen gut aus ... aber die Natur will sie nicht.« Er hielt inne, starrte nachdenklich auf seine Zeichnung. »Sie sollten einander anziehen, sollten einander heiraten. Quarks existieren nicht isoliert. Uns fehlt hier etwas. Was? Ein Rätsel.«

Zaninetti folgte noch immer den Lebensgewohnheiten seiner Heimat, und so ging er um halb zwei zu einem großen Mittagessen mit Pasta, Hauptgericht und Wein, mit einem anschließenden Verdauungsschläfchen. John arbeitete unterdessen weiter, knabberte tugendhaft an Nüssen und spanischen Orangen, die Claire zu absurd hohen Preisen in einem von den Bostoner Eingeweihten frequentierten Feinkostladen in der Newbury Street zu kaufen pflegte.

Der Punkt, der ihm Kopfzerbrechen bereitete, war auch Zaninetti aufgefallen. Angenommen, diese neue Anziehungskraft, die, wie die Gleichungen besagten, in einem wirklichen mikroskopischen Maßstab wirkte, verhüllte wirklich die Massen der kleinen Schwarzen Löcher. Das System erreichte einen Gleichgewichtszustand, indem es eine gewaltige potentielle Anziehungskraft voraussetzte und davon eine nahezu gleich hohe abstoßende Kraft abzog.

Wie, wenn sie außer Kontrolle gerieten? Wie zerbrechlich war die Balance? Ein kleines Ungleichgewicht, und das Partikel könnte seine stabile kubische Raumzeitformation verlieren. Wenn nur ein kleiner Teil seiner Bergesmasse vernichtet würde, müßte es zu einer unglaublichen Explosion kommen. Weit schlimmer als die einer Wasserstoffbombe.

Im Augenblick war die Singularität im Mittelpunkt des Steinwürfels, anscheinend zufrieden, in dem Vakuum der Aushöhlung zu schweben. Dort hielt sie sich, gehalten von irgendwelchen Restkräften, deren Ursprung vielleicht magnetisch war. Sie mußte seit Jahrtausenden dort verweilt haben, ohne auszubrechen. Dann hatte der Sturz durch den unterirdischen Höhlengang die Dinge aus dem Lot gebracht.

John vermutete, daß das Stabilitätsproblem gegenwärtig der wichtigste Aspekt war. Er machte sich Sorgen wegen Abes stetig ansteigenden Ablesungen von Gammastrahlung. Bedeutete es einen Anstieg der Aktivität, bis diese vielleicht ausreichte, das Gleichgewicht der Kräfte im Innern zu zerstören? Oder wurde das Gestein des Blocks aufgezehrt? Ihm kam der Gedanke, daß die Gammastrahlen die Lichtsonde zerstören könnten. Das wiederum könnte zum Aufbrechen der Versiegelung führen.

Am Spätnachmittag war er der Berechungen müde und beschloß trotz der Kälte einen Dauerlauf den Storrow Drive entlang zu machen. Er rief Abe an, verriet ihm seine Besorgnisse wegen der Lichtsonde, und versprach, am nächsten Vormittag, Sonntag, ins Labor zu kommen. Ohne irgendein Gefühl von Erwartung zog er sich um. Körperertüchtigung in der eisigen Umklammerung des Winters war eine Willensanstrengung, eine Stärkung des moralischen Charakters. Die Muskeln spannten und streckten sich unwillig, und der Schweiß verdunstete, hinterließ einen prickelnden salzigen Überzug. Er lief unter dem starren Blick der Panoramafenster der Beacon Street den Fluß entlang. Der Himmel war kobaltblau, und sein Atem machte große Wolken, als er die schwarzgeteerten Pfade der Esplanade entlangtrabte, die Augen glasig, im Kopf ziellos durcheinandertreibende mathematische Formeln.

So gern er mit Zaninetti arbeitete, er war auf der Hut. Ein bedeutender und bekannter Wissenschaftler wie er konnte sich eines Gegenstandes bemächtigen, indem er bessere mathematische Techniken einsetzte oder einfach indem er ihn sich zu eigen machte, darüber redete und veröffentlichte und weiteren Verzweigungen nachging. Ein solcher Mann konnte sich einladen lassen, in einer wichtigen Konferenz darüber zu sprechen und die eigene Annäherungsweise hervorheben. Er konnte das erste Buch über das Thema herausgeben; Bücher werden immer unter dem Namen des Herausgebers eingeordnet, so daß die eigentlichen Autoren der verschiedenen Beiträge in den Schatten gestellt wurden. Die frühen Tage der Theorie der Schwarzen Löcher hatten solche Manöver gesehen. Lacer, der als erster elektrodynamische Methoden zur Energiemessung Schwarzer Löcher vorgeschlagen hatte, hatte sich unversehens im Abseits wiedergefunden, als ein Mitbewerber das Thema aufgenommen, seine überlegenen Fähigkeiten in der Behandlung von Grenzwertproblemen genutzt, seine Verbindungen in der astrophysikalischen Gemeinde eingesetzt hatte und einfach mehr gereist und mit Reden hervorgetreten war. Obwohl John für Sergio Zaninetti manches übrig hatte, würde er achtgeben müssen, daß er sich und seine Arbeit neben dem prominenten Italiener behauptete.

Zum Abendessen traf er mit Claire zusammen. Ihr auf den

kommenden Tag angesetzter Vortrag warf seine Schatten voraus, und sie war nervös. Sie hatte den ganzen Tag in der Universitätsbibliothek von Harvard daran gearbeitet, weil sie ihrer Universität mißtraute. Die Bibliothek war außerhalb der Examenszeiten, wenn die Studenten sie plötzlich wiederentdeckten, ziemlich leer.

Das Museum hatte Wert darauf gelegt, daß der Würfel selbst zur Schau gestellt werde, doch hatte Abe diese Möglichkeit ausgeschlossen. Dies hatte lange Telefonate mit sich gebracht und endlich zu einem Kompromiß geführt: Claire würde ein paar Diapositive vom Würfel in seinem gegenwärtigen Zustand zeigen, obwohl er größtenteils von Abes diagnostischen Geräten eingekreist war.

»Ich werde am Morgen ein paar Aufnahmen machen«, sagte Claire, zurückgelehnt in einem Korbsessel ihres Wohnzimmers. »Das gibt dem Museum Zeit, die Dias zu entwikkeln und zu rahmen. Du könntest mich begleiten, ja? Ich werde mit der Beleuchtung Hilfe brauchen.«

»Klar.«

»Danke. Gott, was für ein Tag!« Sie drückte ihre letzte Zigarette aus und blickte sehnsüchtig auf den Stummel. »Es gibt soviel, was in dem Vortrag untergebracht werden muß. Ich habe keine Ahnung, welche Bedeutung die kubische Form hat. Und diese metallischen Reste am Grund der Meißelspuren – ich glaube, sie rühren von Farbresten her, die sich dort hielten, und die von der Gammastrahlung aus dem Innern des Würfels chemisch verändert wurden. Aber ich bin nicht sicher, und zu einer chemischen Analyse sind wir noch nicht gekommen. Sollte ich den Punkt in den Vortrag aufnehmen?«

»Ich würde es ruhig tun. Du brauchst dich ja nicht auf eine bestimmte Erklärung festzulegen, weißt du.«

Sie nickte und seufzte. »Außerdem erhielt ich einen Anruf von meiner Mutter.«

»Mmh?« machte John diplomatisch.

»Sie las eine Zeitungsnotiz über den Vortrag. Sie will hinkommen.«

»Gut. Du wirst sie überrumpeln, und die Stadt wird dir zu Füßen liegen.«

Sie verzog das Gesicht. »Oder an die Kehle springen. Ich fürchte, Kontos wird erscheinen.«

»Das ist möglich. Am Montag wird er sowieso diplomatische Schritte einleiten.«

»Ich bin überzeugt, daß er die Rückkehr erwirken kann.«

»Damit werden wir uns später auseinandersetzen.« Es war nicht nötig, daß sie darüber brütete. »Was macht es aus, wenn Kontos zu deinem Vortrag kommt?«

»Er kann im Zuschauerraum aufspringen und mich anklagen. Eine Szene machen. Das wäre erst etwas für die Zeitungen, und er weiß das.«

»Dann mußt du diesen Museumsdirektor veranlassen, daß er Kontos nicht einläßt. Oder ihn bewachen läßt.«

»Warum nicht einen Killer auf ihn ansetzen? Ihm die Beine brechen?«

Sie lächelte matt und blickte in die Flammen ihres Kaminfeuers. Es knisterte lebhaft. »Ich glaube, das macht mir mehr Sorgen als Kontos, weißt du? Vor meiner Mutter eine schlechte Figur zu machen.«

»Du wirst hinreißend sein.«

»Wie würde es dir gefallen, wenn deine Mutter zu einem Vortrag von dir käme?«

»Sie würde nach zehn Minuten nicht mehr zuhören und einen Liebesroman aus der Handtasche ziehen.«

Claire schmunzelte. »Ist das die Art, wie die Frauen im Süden mit Unannehmlichkeiten fertig werden? Flucht in die Phantasie?«

»Sie haben auch ihre starken Seiten«, sagte John zurückhaltend.

»Wie etwa?« In ihren Ton kam eine Spur von Schärfe.

»Weniger Konflikte wegen – wie sagt man doch gleich? – des traditionellen Rollenbildes.«

»Warum hast du nicht eine mit heraufgebracht, daß sie dich hier warmhält?«

»Niedrige Langweiligkeitsschwelle.«

»Ich verstehe. Aber ich sehe dich gut auf Abendgesellschaften, wo du mit Frauen über ihre Kinder redest, was ja im aufgeweckten, auf Wettbewerb eingestellten Cambridge nicht die gängige Praxis ist.«

»Ach, Unsinn!«

»Du ziehst halsstarrige nördliche Frauen vor?«

Er lächelte ironisch. »Feuer und Eis. Auffallende Kombination.«

Später, als sie in ihrem bitterkalten Schlafzimmer zu Bett gingen, sagte Claire: »Mach das Licht aus!«

Er tastete sich zwischen den zerbrechlichen Antiquitäten, die unter einem kräftigen, männlichen Zugriff zu zerfallen drohten, durch das Zimmer. Ihr Arbeitszimmer war spartanisch, aber das Schlafzimmer hatte gekräuselte blaue Gardinen, geblümte Tapeten, üppige Kissen und sogar eine gelbe Plüschgiraffe. Er erreichte das Bett, die Haut prickelnd von der Kälte, und kniete momentan in der Dunkelheit, um sich zurechtzufinden.

Sie sagte: »Hier ist ein Trick, den diese ach-Unsinn-Mädchen bestimmt nicht kennen«, und er fühlte sich von einem warmen Kreis umschlossen, der sich um seine Schultern schlang und in köstliche Wärme zog.

»Ach, Unsinn!« sagte er.

6

Die Sonntagsstille in den Straßen, die John nur während geschäftiger Wochentage kannte, war seltsam beunruhigend. Sie ließen den Wagen auf einem kleinen, mit Ketten eingegrenzten Parkplatz und gingen drei Häuser weit die Vassar Street hinunter. Wolken verhüllten die Sonne, und vom Charles River blies ein schneidender Wind herauf. Die Stille schien um sie zu schweben, ein unsichtbares Stoßpolster gegen das Summen der Stadt jenseits. Sie nahmen eine Abkürzung zwischen zwei anonymen Gebäuden, und John sperrte mit dem Schlüssel, den Abe ihm überlassen hatte, einen Seiteneingang des Gebäudes 42 auf. Sie gingen einen kurzen Korridor mit kleinen Büroräumen entlang und um eine Ecke zur Halle. John mußte die Seitentür aufsperren. Er drückte die Tür auf und trat vor Claire ein.

Fünf Meter vor ihm stand Unteroffizier Petrakos und blickte sie an. John blieb wie vom Donner gerührt stehen. Claire, die nichts sehen konnte, prallte auf ihn.

Sein Blick ging an der Frau vorbei und nahm eine in Unbeweglichkeit erstarrte Szene wahr ... Zwei Männer in Blue Jeans waren gerade dabei, den Würfel mit Hilfe der Laufkatze in seine Kiste zu manövrieren. Kontos hielt das Kabel mit der Steuerung und starrte erschrocken herüber. Ein weiterer Mann arbeitete am anderen Ende der Halle, wo die Bahn der Laufkatze endete, am Schloß der großen vertikalen Hubtür. Alle trugen Blue Jeans und einfache billige Hemden, und hatten die Jeans in ihre Militärstiefel gesteckt. Sie waren natürlich dieselben, die am Freitag dagewesen waren und sich ein Bild von den örtlichen Verhältnissen gemacht hatten.

Kontos fluchte. Unteroffizier Petrakos preßte die Lippen zusammen und nahm wie eine Gestalt aus einem Film Verteidigungshaltung an – die Füße rechtwinklig zueinander in einer Art T-Stellung, und die Arme zu einem weiteren T gewinkelt, den linken hoch und horizontal, den rechten darunter und vertikal, mit offenen Händen. John sah, daß diese Hände dick und schwielig waren.

Keiner rührte sich. Der Würfel hing an seinen Ketten, umgeben von der Polsterung, beinahe schon in der Kiste verschwunden. John faßte sich und sagte in die Stille: »Sie hätten es auch mit Diplomatie zurückgewinnen können.«

Kontos sagte: »Von Ihrem System? Es würde uns berauben. Vorwände erfinden. Wie die Engländer mit den Parthenon-Skulpturen.«

»Die Zeiten haben sich geändert.«

»Sie selbst haben es gestohlen – Sie und dieses Weib!«

»Gerettet trifft die Sache besser.«

Unteroffizier Petrakos machte ein leise zischendes Geräusch, als sie den Atem durch die zu einer dünnen, blutleeren Linie zusammengepreßten Lippen stieß.

Claire trat zur Seite, sprachlos. Kontos streifte sie mit einem Blick. »Ich dachte, Amerikaner gingen um diese Zeit zur Kirche. Oder schliefen ihren Rausch aus.«

John öffnete den Mund, etwas zu erwidern, und Unteroffizier Petrakos trat zwei rasche, präzise Schritte vor und versetzte ihm einen geschickten Tritt in die Hoden.

Er hatte noch nie mit einer Frau gekämpft, war seit seiner Schulzeit nicht einmal in etwas Ernstes verwickelt gewesen, und sie überraschte ihn vollständig. Eine Welle jäher Übelkeit schoß aufwärts durch seinen Leib, und der nachfolgende Schmerz, so betäubend er war, stieß ihn in eine blitzartige Bewußtheit seiner Lage. Er hatte ein fast unwiderstehliches Verlangen, sich zu krümmen und den Teil von ihm zu umklammern, der ihn jetzt mit taumelnder, elender Qual und bodenloser Schwäche erfüllte. Er war beim Rugbyspiel dreimal in dieser Weise getroffen worden. Das Schlimmste war die Gemeinsamkeit von stechendem Schmerz und schwächerer Übelkeit, verbunden mit der schrecklichen Furcht, die wie ein Blitz über einen schwarzen Himmel zuckte und einen krümmte, wieder zum kleinen Jungen machte.

Er beugte sich vornüber und wußte, daß Unteroffizier Petrakos ihm noch übler mitspielen würde, wenn er nichts unternahm. Er hatte es in ihren Augen gesehen, dem entschlossenen Mund – Erwartung, Bereitschaft für etwas, was ihr Spaß machen würde.

Er spürte, daß sie ihn schlagen, wahrscheinlich mit Handkantenschlägen bearbeiten würde, wenn er sich aufrichtete. Sein linker Fuß war vorgestellt, um sein Zusammenbrechen abzufangen. Er zog den rechten Fuß nach und blieb gebeugt, den Kopf unten, bis er sein Gleichgewicht und etwas Vorwärtsbewegung hatte. Dann kam er mit einer schnellen Bewegung hoch, sah Petrakos nahe, zu nahe vor sich, wie sie mit zufriedenem Ausdruck auf ihn blickte. Seine linke Hand faßte ihre Schulter, stieß sie seitwärts, und ihr Gesicht nahm einen überraschten Ausdruck an.

Ehe sie reagieren konnte, hatte er die Rechte nachgezogen und versetzte ihr einen betäubenden Kinnhaken, der allerdings sein Ziel ein wenig verfehlte, so daß er abglitt und sie nicht mit voller Wucht traf. Sie hatte die Rechte zu einem Handkantenschlag auf seine Halsseite gehoben, er erkannte die Gefahr im letzten Augenblick, verlagerte sein Gewicht etwas schwerfällig nach links und versuchte wie jemand auszusehen, der das Gleichgewicht verloren hat. Dann kam sein rechter Haken hoch und über ihre Abwehr und landete massiv an ihrer Kinnlade. Sie fiel rücklings auf den Betonboden und schlug mit dem Kopf auf.

John richtete sich auf und fühlte, wie der Schmerz einer Flutwelle gleich über ihn kam. Vergeblich suchte er seine Gedanken davon loszulösen, um einen klaren Kopf zu bekommen. Unteroffizier Petrakos war betäubt, aber nicht bewußtlos; immerhin würde sie in der nahen Zukunft nicht herumspringen. Er freilich auch nicht. Sie hatte die vernichtendste Eröffnung gebraucht, die es gegen einen Mann gibt, aber dann hatte sie die Wirkung beobachtet, statt gleich reinen Tisch zu machen. Bei vielen Männern hätte es gewirkt, aber nicht bei einem Abwehrspieler, der nur zu oft von zweihundertfünfzigpfündigen Gegnern gerempelt und zu Boden gestoßen worden war, selbst wenn er nur zweitklassig und nicht einmal ein Anfeuerungsgeschrei von den Zuschauern des eigenen Colleges wert gewesen war.

Es war ihm klar, daß es noch eine Menge zu tun gab, aber als es ihm gelang, sich wieder auf das Geschehen zu konzentrieren, kam Kontos mit einer automatischen Pistole in der Rechten durch die Halle. John lehnte sich gegen die Wand, die Arme auf der Brust, atmete tief und versuchte das Nachlassen des Schmerzes durch Willenskraft zu beschleunigen. Claire sagte etwas zu ihm und schrie Kontos an.

Dann sprang sie auf ihn zu, ohne die Pistole zu beachten. Jähe Angst krampfte John das Herz zusammen. Sein Blick ruhte wie gebannt auf der Pistole. Kontos ließ die Mündung sinken, holte mit der anderen Hand aus und gab Claire eine harte Ohrfeige mit der Rückhand. Sie quiekte zornig und überrascht und taumelte zurück. Kontos fluchte und schlug noch einmal zu. Statt zurückzuweichen, sprang sie wieder auf ihn zu und schlug ihm auf die Nase. Ein Mann packte sie von hinten bei den Armen und riß sie zurück. Kontos wandte sich zur Seite, den Kopf vorgebeugt und eine Hand unter der Nase, um die Blutstropfen aufzufangen. Aber mit der anderen brachte er die Pistole in Anschlag, und sein Gesicht war rot.

Er fluchte auf griechisch. Sein Blick war kalt, die Lippen zusammengepreßt. Die Pistole zielte auf Claires Herz.

»Kontos! Wir geben auf!« rief John.

Kontos hielt inne, schien sich zu besinnen. Er wischte sich die Nase, zog eine Grimasse und ließ die Waffe sinken.

Claire zappelte und wand sich in den Händen des Mannes, der ihre Oberarme wie mit Schraubzwingen hielt. »Sie ...«

»Claire, laß es sein!« sagte John.

Sie schnauften alle, starrten einander mit blassen Gesichtern an, waren sich dessen bewußt, was um ein Haar geschehen wäre.

John holte tief Atem. Seine Knie zitterten. Nun, in Ordnung, dachte er. Das Spiel war aus, keine Verlängerung. Kleinere Verletzungen, ein wenig aufgerüttelt. Einfach atmen und abwarten.

»Das ist albern«, sagte John mit Bitterkeit. Er und Claire waren in dem kleinen Büroraum, wo der Datenanschluß stand, auf zwei Stühle gefesselt. Kontos hatte Unteroffizier Petrakos damit beauftragt, sie zu binden, und die Frau hatte die Knoten mit offensichtlichem Vergnügen festgezogen.

»Kontos, damit kommen Sie nicht durch!« rief Claire.

Durch die Glaswand konnten sie den Würfel sehen, wie er, in seiner Kiste vernagelt, auf die Ladefläche eines blauen Ford-Kleinlasters herabgesenkt wurde. Es hatte die Griechen weniger als zehn Minuten gekostet, zu entscheiden, wie sie mit Claire und John verfahren sollten, die Kiste versandfertig zu machen, die Stahltür am Ende der Halle zu heben und ihr Fahrzeug rückwärts hereinzusteuern. Sie arbeiteten reibungslos und mit einem Minimum an Worten zusammen. John mußte ihre Tüchtigkeit bewundern; die gesamte Operation würde, die Unterbrechung mit eingerechnet, weniger als eine Stunde erfordern.

Kontos kam ins Büro, überprüfte Unteroffizier ›Petrakos‹ Arbeit und nickte anerkennend. »Ich nehme an, daß man Sie bald entdecken wird«, sagte er. »Aber nicht zu bald. Bis dahin werden wir abgeflogen sein.«

»Sie werden das Ding nie durch den Zoll bringen«, sagte Claire.

Kontos schnupfte. »Bloß Papierkram. Ich habe auch die Aufzeichnungen hier aus dem Laboratorium an mich genommen. Sie werden mich bei Prof. Sprangle dafür entschuldigen. Er trägt keine Schuld an diesen Dingen, aber er muß darunter leiden.«

»Hören Sie«, sagte John, »all dieses Räuber-und-Gendarm-Spielen ist gut und schön, aber es handelt sich nicht mehr um Archäologie, Kontos, es ist wichtiger. Dieses ...«

»Unser nationales Erbe zählt zum größten und bedeutendsten, was es auf der Welt gibt. Wir werden für seine Erhaltung kämpfen.«

»Sie reden wie eine Presseveröffentlichung. Ich ...«

»Sie sind derjenige, der vor der Presse Erklärungen abgeben wird. Es wird unfreundliche Fragen geben.« Nun, da er gehandelt hatte, gab Kontos sich wieder würdevoll, obwohl ein wiederkehrendes kaum merkliches Lächeln verriet, daß er seine Freude an der Situation hatte.

»Dieser Würfel ist auch aus physikalischen Gründen wichtig«, sagte John. »Sie sollten wissen, daß er gefährlich werden könnte.«

»Nur für Leute, die ihn stehlen«, sagte Kontos mit seinem sparsamen Lächeln.

»Wie Sie?«

»Wir holen zurück, was unser ist. Auf ausdrücklichen Befehl unserer Regierung.«

»Wenn wir mit den Messungen fertig sind ...«

»Das war eine offensichtliche Taktik, eine sehr durchsichtige. Sie würden warten und erklären und eine Million Gründe für weitere Verzögerungen finden.«

»Donald Hampton muß Ihnen erklärt haben ...«, fing Claire an.

»Daß wir warten müssen, ja. Donald ist ein vertrauenswürdiger Mann. Aber für die amerikanische Regierung gibt es zahlreiche Gründe, ein solch schönes und seltenes Stück zu behalten. Sie beleidigt uns dadurch, daß sie es uns vorenthält, und man kann sich denken, daß sie aus der Rückgabe noch etwas wird herausholen wollen, nicht wahr?« Seine Augen glitzerten. »Aber nicht jetzt.«

»In diesem Würfel«, erklärte John, »ist etwas, was wir nicht verstehen. Ich glaube, es könnte eine ... eine neue Art von Partikel sein, potentiell instabil. Es sendet bereits eine Menge

Röntgen- und Gammastrahlen aus und hat sich den Weg durch das Gestein gefressen – warten Sie, die Lichtsonde. Haben Sie die herausgezogen?«

»Den flexiblen Schlauch? Ja.«

Claire sagte: »Dann haben Sie es gehört. Das Vakuum.«

»Einer meiner Leute hat den Schlauch entfernt. Ich hörte nichts. Wo Sie eine Probe entnahmen, ist offenbar ein Siegel.«

»Das ist der selbstversiegelnde Verschluß, den Abe um die Lichtsonde gelegt hat«, sagte John. »Er wird das Loch ausfüllen. Aber es gibt eine gefährliche Strahlung ...«

Kontos blickte ungeduldig auf die Armbanduhr und nickte Unteroffizier Petrakos zu. »Offensichtlich hat sie Ihnen nicht geschadet. Wir werden dieses Ding in Athen untersuchen. Wenn es für die Physik von Interesse sein sollte, um so besser. Am Freitag bemerkte Hampton mir gegenüber, daß dieser Fund uns berühmt machen könnte. Da ist er in Griechenland jedenfalls besser aufgehoben.« Er ging.

Kontos schloß die Bürotür hinter sich, um ihre Rufe zu dämpfen. Und sie riefen ihm beide nach, als er durch die Halle marschierte und umherblickte, ob er in Verbindung mit dem Würfel etwas übersehen haben könnte. Durch die Glaswand sahen sie den Lieferwagen hinausfahren und die Männer rasch das Stahltor herunterlassen, so daß es mit lautem Krachen am Boden aufschlug. Einen Augenblick später hörten sie rasch schwächer werdendes Motorengeräusch. Dann trat Stille ein.

»Scheiße«, murmelte John.

»Ich kann nicht glauben, daß er dazu imstande ...«

»Nun, er hat es getan. Die Frage ist: Was tun wir?«

»Erinnerst du dich an Freitag, wie er so unberechenbar war? Ihr zwei gerietet wieder aneinander, aber die ganze Zeit sahen seine Leute sich um und überlegten, wie sie zurückkommen und einbrechen könnten ...«

»Ich wiederhole: Was tun wir?«

»Versuchen, diese Stühle zum Schreibtisch zu rücken? Das Telefon herunterstoßen? Mit der Zunge die Polizeinummer wählen?« Claire schnaubte.

»Wir können nur hoffen, daß Abe frühzeitig kommen

wird«, sagte John. Er versuchte die Hände zu bewegen, aber Unteroffizier Petrakos hatte sie ebenso fachmännisch wie rachsüchtig fest mit einer Nylonschnur gebunden.

»Gut möglich«, sagte Claire. »Die Polizei könnte diesen blauen Lieferwagen ausfindig machen.«

»Um so leichter, als ich das Nummernschild gesehen habe«, sagte John. »Es spiegelte sich in der Edelstahlverkleidung des Spektrometers – siehst du es da drüben?«

»Wunderbar! Ihr Flug kann nicht sofort abgehen. Der Versand so schwerer Luftfrachtgüter erfordert eine Menge Papierkram, selbst wenn sie manches vorbereitet haben. Ein Anruf bei Logan ...«

»Was macht deine Zunge?«

»Gute Frage. Ich kann nicht mal diesen verdammten Stuhl bewegen.«

John seufzte. Seine Hoden schmerzten ihn noch immer, und auch die Übelkeit war noch nicht ganz gewichen. Er konnte die Füße nicht genug bewegen, um den Stuhl fortzuschieben. Alle Lösungen, die Kinodetektiven aus mißlichen Lagen halfen, schienen hier unbrauchbar. Vielleicht würde ein Wachmann auf seiner Runde in die Halle kommen, aber Sonntags waren die Rundgänge wahrscheinlich reduziert. Kontos hatte unzweifelhaft auch das herausgefunden. Er hatte Möglichkeiten.

»Ein Gutes hat die Sache«, sagte John.

»Was könnte an dieser Geschichte gut sein?«

»Du brauchst nicht mehr nervös zu sein. Kontos wird heute abend nicht zu deinem Vortrag kommen.«

7

Mr. Carmody aus Washington war ein gutgekleideter Mann. Sein dichtes braunes Haar war kurzgeschnitten, und seine Schuhe blitzten von frischer schwarzer Schuhcreme. Er saß bequem an seinem Schreibtisch, doch sorgsam darauf bedacht, die Bügelfalten seines grauen Zweireihers nicht zu verderben. An seinem Kleiderhaken sah Claire einen eleganten Hut nach der letzten Mode über einem rostfarbenen Wintermantel.

Sie waren im achten Stockwerk des JFK-Bundesgebäudes zwischen der Cambridge und der Congress Street. An Wochenenden schien die Heizung ausgeschaltet zu sein. Claire fröstelte. Mr. Carmody hatte das Büro anscheinend mit einem zweiminütigen Telefongespräch in Besitz genommen. Als ein Zeugnis seiner Macht war es eindrucksvoll. Ein dicker Teppich, braune Vorhänge zu pastellfarbenen Wänden, sogar eine Couch. Er hatte ihnen gerade erklärt, wie beunruhigt das Außenministerium über diese Geschichte sei, weshalb er den ersten Flug von Washington genommen habe.

»Es schien mir eine unbedeutende Sache zu sein, bis Dr. Zaninetti zu einigen Persönlichkeiten der Regierung sprach«, sagte Carmody. Er rieb sich die Hände aneinander, als wüsche er sie. Im Gegensatz zu seiner makellosen Kleidung war sein Gesicht pockennarbig und derb, ein Kieselstein in einer Goldfassung.

»Das hat er getan?« Claire war überrascht.

»Er muß gleich zum Telefon gestürzt sein«, sagte John.

»Dr. Zaninetti hat eine Theorie, nach der dieser Gegenstand, der gestohlene Gegenstand, gefährlich sein kann.« Carmody wartete auf ihr bestätigendes Kopfnicken.

Statt dessen sagte John ungestüm: »Es ist nicht seine Theorie, aber er mag recht haben. Ich habe über das Problem viel nachgedacht und gerechnet, mehr als Zaninetti, und bin auch der Meinung, daß die Singularität im Zentrum des Würfels sich wahrscheinlich im Zustand eines höchst prekären Gleichgewichts befindet.«

Claire seufzte. Sie wußte, was als nächstes kam. Carmody stellte die erwarteten Fragen nach Singularitäten, und John antwortete – wie groß? (unendlich klein); Gewicht? (ein paar Hundert Kilogramm, nicht mehr); gebundene Energie? (Megatonnen von TNT); warum blieb sie solange im Würfel? (festgehalten von Magnetfeldern, die das Eisen im Innern des Würfels erzeugte).

Carmody fragte, wie die alten Griechen auf das Ding gestoßen sein könnten, und Claire sagte, daß es ein Geräusch gemacht oder eine Lichterscheinung gegeben habe, als ein Stück Stein in die Singularität fiel. Sie wies darauf hin, daß der Bernsteinzapfen durchscheinend war; vielleicht seien sie von den gelegentlichen Lichtausbrüchen im Innern eingeschüchtert gewesen. Es gebe noch keine definitiven Antworten.

Die Diskussion kehrte zur Frage der gebundenen Energie zurück. Als John sich bemühte, die vorläufige Natur seiner Berechnungen zu erläutern, dachte Claire voraus zum bevorstehenden Abend. Der Vortrag würde einen dramatischen Abschluß bekommen, nämlich die Bekanntmachung, daß der Würfel geraubt worden war. Und seltsamerweise hatten die Aufregungen des Tages bewirkt, daß ihre Nervosität angesichts der zu haltenden Rede verschwunden war. Sie hatte ihre Dias und sah jetzt nicht einmal die Notwendigkeit, etwas einzuüben. Wenn es darum ging, eine wissenschaftliche Entwicklung oder Erkenntnis allgemein darzustellen, war es immer entscheidend, die schmale Meerenge zwischen der Scylla fachlicher Herablassung und der Charybdis eines verwirrten Publikums zu segeln. Vielleicht könnte sie sich eher einen Irrtum auf der Seite strenger Wissenschaftlichkeit erlauben, wenn sie nur die dramatischen Akzente hervorhob, die das menschliche Interesse fesselten.

Abe hatte sie nach ungefähr anderthalb Stunden entdeckt. Die ersten Polizisten, die an Ort und Stelle eintrafen, waren zwei stiernackige Bilderbuchtypen mit einem Streifenwagen. Sie untersuchten das Stahltor nach Hinweisen, als hätten sie nie zuvor eins gesehen, dann standen sie herum und machten gelangweilte Gesichter. Ein Kriminalbeamter erschien, und auch er war nicht sonderlich aufgeregt. Immerhin hatte er den Flughafen angerufen, wo jedoch nichts von einem großen Gegenstand bekannt war, der nach Griechenland verfrachtet werden sollte. Sie versprachen die Sendungen nach anderen Zielorten zu überprüfen. Einstweilen war die Flughafenpolizei alarmiert, und so weiter.

Darüber hinaus war die Polizei nicht übermäßig besorgt. Verglichen mit einem Wochenende voller Verkehrsunfälle, Einbrüche, Diebstähle, Gewalttätigkeiten und einem Mordanschlag in Somerville war der Verlust eines alten Felsbrokkens nicht eben von dem Stoff, der den Pulsschlag beschleunigte.

Claire hatte Hampton angerufen, der angemessen schokkiert gewesen war. Er bekannte, keine Kenntnis von Kontos' wahren Plänen zu haben, und betonte, daß er, Hampton, die Notwendigkeit, die physikalischen Messungen am MIT noch eine Woche lang fortzusetzen, deutlich gemacht habe. Hampton hatte sich sodann ausführlich über Kontos' untadeligen Ruf als Wissenschaftler verbreitet und daß es ein schreckliches Mißverständnis gewesen sein müsse, das den Mann zu dieser Handlungsweise gezwungen hatte.

Nur Zaninetti war über die Neuigkeit in Erregung geraten und hatte gehandelt, indem er seine guten Verbindungen zur Nationalen Akademie und wahrscheinlich zu anderen Stellen genutzt hatte. Zaninetti bemühte sich gegenwärtig, die Bostoner Polizei zu mehr Aktion zu bewegen.

»Mr. Carmody«, unterbrach sie Johns sorgfältig formulierte physikalische Erklärungen, »Sie sind vom Außenministerium?«

»Nein, aber ich erhielt meine Information von dort. Bis heute wurde diese Angelegenheit dort als eine diplomatische ... ah ... Schwierigkeit behandelt.«

»Wen oder was repräsentieren Sie dann?«

Carmody lächelte entwaffnend. »Sagen wir, daß ich ein allgemeiner Trouble Shooter bin. Ich beurteile Situationen, wenn die größeren Behörden etwas länger benötigen, um geeignete Leute auf das Problem anzusetzen.«

»Also glaubt jemand, dies könnte gefährlich sein«, sagte Claire.

»Wenn Dr. Zaninetti und Dr. Bishop die Sache richtig beurteilen, dann ist diese ... ah ... Singularität so etwas wie eine potentielle Bombe, nicht wahr?«

»Und die Griechen sind damit außer Landes gekommen.«

Carmody schüttelte den Kopf. »Nicht durch einen Flughafen im weiteren Umkreis. Vielleicht mit einer Privatmaschine, obwohl ich nicht verstehe, wie sie den Gegenstand hätten durch den Zoll bringen können.«

»Kontos kann die Papiere gefälscht haben«, sagte sie. »Ich habe es auch schon einmal getan.«

Darauf hob Carmody die Brauen und musterte sie einen Augenblick, sagte aber nichts. Dann spitzte er die Lippen und murmelte: »Den Lieferwagen haben wir immerhin ausfindig gemacht.«

»Wo?« fragte Claire.

»Auf einer Straße, die zum Flughafen führt.«

»Sie müssen das Ding auf dem Luftwege hinausgeschafft haben.«

»Aber die Luftfrachtabteilung sagt ...«

»Was ist mit Privatmaschinen?«

»Die müssen genauso durch den Zoll. Niemand hat eine Spur von den Griechen gesehen, oder von einer solchen Luftfrachtsendung.«

»Lassen Sie noch einmal nachprüfen«, sagte Claire kühn.

»Hm. – Nun, es deutet auch darauf hin, daß ihnen ziemlich gleich war, ob der Lieferwagen bald gefunden würde oder nicht. Nach allem, was Kontos zu Ihnen über den Abtransport sagte, muß ihm klar gewesen sein, daß wir zuerst den Flughafen überprüfen würden.«

»Sie glauben also«, sagte John, »daß die Griechen fest damit rechneten, über alle Berge zu sein, wenn der Lieferwagen gefunden würde.«

»Ja. Ein Geheimnis. Sie fuhren zum Flughafen, flogen aber nicht ab.«

»Nein«, sagte Claire, »der Lieferwagen blieb dort stehen, wo wir ihn vermuten würden.«

Carmody saugte an seinen Zähnen. »Und sie schafften den Gegenstand anderswo hin?«

»Ja«, sagte John. »Irgendwohin. Wem gehört der Lieferwagen?«

»Hertz.«

John machte ein finsteres Gesicht. »Wenn sie den Würfel auf einen anderen Wagen umgeladen haben ...«

»Ist das nicht ziemlich umständlich, wenn man auf der Flucht ist?«

»Diese Leute haben ihre Aktion sorgfältig vorbereitet. Sie haben überall in Ihrem Labor Wanzen angebracht. Meine Leute haben bis jetzt ein halbes Dutzend gefunden.«

»Was?« sagte John. »Um uns zu belauschen?«

»Richtig. Sie müssen mitgehört haben, was Sie und Dr. Sprangle besprachen. Natürlich nahmen sie an, daß Sie nicht am Sonntagvormittag zur Arbeit kommen würden.«

»Verdammt!« sagte Claire. »Dieser Streit ...«

»Was?« John schaute sie verdutzt an. »Ach so, ja. Während Kontos und ich aneinandergerieten, brachten seine Leute die Abhörwanzen an.«

»Ich dachte mir doch, daß etwas Sonderbares daran war, wie es geschah«, sagte Claire. »Er schien so verdammt selbstzufrieden.«

»Na und? Das ist er immer«, erwiderte John.

»Je nachdem, wieviel Sie im Laboratorium miteinander besprachen«, sagte Carmody, »kennt Kontos Ihre Vorstellungen von der Singularität. Daß sie eine Waffe sein könnte.« Er betrachtete sie aufmerksam, als erwarte er eine Reaktion.

»Waffe? Derartige Begriffe habe ich nie gebraucht«, sagte John.

»Gut. Der Gedanke kam Prof. Zaninetti.«

»Sehen Sie, wir wissen nicht genug, um uns überhaupt vorzustellen, wie solch eine Singularität als Waffe gebraucht werden könnte«, sagte John. »Es ist alles Spekulation.«

»Kontos hat echte Profis bei sich. Geheimdienstleute. Und wir haben geholfen, sie auszubilden, stelle ich mir vor. Früher oder später werden sie darauf kommen.«

»Selbst wenn sie es schaffen«, meinte John, »ist es ein großer Sprung ...«

Carmody klopfte ungeduldig auf den Schreibtisch. »Die Sowjets sind bestrebt, die Griechen auf ihre Seite zu ziehen und im Mittelmeerraum Fuß zu fassen. Solche Informationen könnten ihnen unter den gegenwärtigen Verhältnissen leicht zugespielt werden. Das können wir nicht erlauben.«

»Ich dachte, wenn beide Seiten ihre Truppen in Europa verringerten, würde es besser aussehen«, sagte Claire.

Carmody wedelte abwehrend mit der Hand. »Was sie an einer Stelle geben, nehmen sie anderswo«, sagte er.

»Die Frage ist«, sagte John mit einem Anflug von Ungeduld, »wo steckt der Würfel? Können Ihre Leute Kontos nicht auf die Spur kommen?«

Carmody lächelte vage. »Wir kommen nicht weiter.«

»Es muß etwas Einfacheres geben«, sagte Claire. »Ich meine, vielleicht hat Kontos seine Pläne geändert, nachdem wir ihn überraschten. Er mußte damit rechnen, daß wir das Nummernschild des Lieferwagens sehen würden.«

»Oder daß jemand anders aufmerksam geworden sein könnte, als sie wegfuhren«, stimmte Carmody zu.

»Es ist zu verwirrend«, meinte Claire.

»Und nicht unsere eigentliche Funktion«, sagte Carmody. »Die Polizei versteht sich besser auf solche Dinge, obwohl es sich natürlich nicht um den üblichen Einbruchdiebstahl handelt.«

»Wir sollten uns die anderen Möglichkeiten, das Ding außer Landes zu schaffen, genauer ansehen«, warf John ein.

»Auf der Straße nach Kanada?« fragte Carmody. »Die Polizei wird routinemäßig ...«

»Nein, auf dem Seewege. Einfach damit wegfahren, wie wir es vorgemacht haben.«

»Hmm. Das scheint mir eine langsame Methode für jemand, der vor der Polizei davonläuft.«

»Kontos hat ungewöhnliche Hilfsmittel. Zum Beispiel griechische Frachter, die im Hafen liegen.« John sah auf seine Armbanduhr. »Claire, ich glaube, es wird Zeit für dich.«

»Wofür?«

Sie erzählten ihm von dem Vortrag. Carmody winkte kurz ab. »Nein, das können Sie nicht machen.«

»Warum nicht?«

»Sie sind nicht die einzigen Wissenschaftler auf der Welt. Kontos mag als Archäologe die Implikationen nicht erkennen, aber anderen werden sie nicht entgehen. Was in diesem Ding steckt, kann von enormer Tragweite sein, und wir wissen nicht, wo es ist. Wenn es instabil ist, und in Boston oder überall sein könnte – verstehen Sie?«

Claire konnte es verstehen, was bedauerlich war. Sie hatte darauf gezählt, daß ihr Vortrag ein erster Schritt zur Rückgewinnung ihres wissenschaftlichen Rufes sein würde, oder wenigstens die Flut der Gerüchte und Klatschgeschichten, die durch jeden archäologischen Fachbereich des Landes, wenn nicht der Welt brandete, würde eindämmen können.

Sie versuchte dies zu erklären, aber Carmody wollte davon

nichts wissen. »Sie müssen begreifen, daß Ihr Interesse und die archäologischen Aspekte sekundär sind.« Carmody saugte wieder an den Zähnen, eine Gewohnheit, die ihr allmählich auf die Nerven ging. »Nationale Sicherheitsinteressen verlangen, daß Sie nicht darüber sprechen. Schließlich werden wir es wahrscheinlich zurückgewinnen, vielleicht schon in ein paar Tagen. Dann ...« – er strahlte – »dann können Sie alles erzählen. Ist das zuviel verlangt?«

Ja, dachte sie und biß die Zähne zusammen. Aber es schien keinen anderen Ausweg zu geben. An einem einzigen Tag hatte sie ihr Artefakt und die Gelegenheit zu einer öffentlichen Stellungnahme verloren.

8

Wenigstens ging es seinen geprellten Rippen besser, dachte John etwas kläglich, als er am nächsten Morgen, einem klaren und sonnigen Montag, den Charles River überquerte. Alle hatten die besondere Erniedrigung vergessen, die darin lag, daß Kontos ihn nicht nur geschlagen, sondern es nur zum Vorwand für das Anbringen von Abhörwanzen getan hatte. Dieser Umstand wurmte ihn am meisten.

Er verdrängte den Gedanken. An diesem Morgen hatte er eine Stunde lang Anrufe von Freunden erhalten, die Gerüchte vernommen hatten. Dann hatte Abe angerufen und gesagt, daß Zaninetti eine Zusammenkunft im Labor wünsche, damit sie sich für den Bericht aufeinander abstimmten. Offenbar sollte dieser nicht nur Carmody als Entscheidungshilfe dienen, sondern auch seinen Herren in der Regierung, um dann unausweichlich der Presse zugespielt zu werden. Hampton hatte seine Zustimmung bereits gegeben. John verständigte Claire und ging.

Am Eingang des MIT sah er eine Menschenmenge. Sie stand bis auf den Memorial Drive heraus. Ein Übertragungswagen des Fernsehens zollte ihr die Aufmerksamkeit und den Respekt, die heutzutage automatisch jedem Menschenauflauf mit einem Anliegen zuteil werden. Einen Augenblick befürchtete er, die Neuigkeit sei irgendwie an die Öffentlichkeit gedrungen, doch als er die Harvard Bridge überquerte, konnte er sehen, daß die Transparente und Spruchbänder das Wort NUKLEAR trugen, in den meisten Fällen rot mit orangefarbener Schattierung, um vielleicht Strahlung anzudeuten.

Als er sich durch die Menge arbeitete, die Sprechchöre angestimmt hatte, kam eine Frau mit einem großen Plakat und einem Bündel Informationsschriften auf ihn zu. Die Aufschrift lautete:

NUKLEARMEDIZIN = NUKLEARENERGIE
= NUKLEARKRIEG

Sie sagte: »Bitte, lesen Sie! Schließen Sie sich uns an!«

»Ist das Ihre unheilige Familie?« erwiderte er und ging weiter.

Einige Wochen zuvor hatte er die Examensarbeit eines Studenten über die Geschichte der Wissenschaft in diesem Jahrhundert gelesen und manches daran überraschend gefunden. In den 20er und 30er Jahren hatte man Radioaktivität vielfach als Heilmittel betrachtet. Radium wurde zum Schlagwort geschäftstüchtiger Unternehmer. Radium konnte nicht nur Krebspatienten heilen, sondern wurde – in geringen Dosen – sogar als ein gesundes Anregungsmitel angepriesen. Kurorte warben stolz mit der natürlichen Radioaktivität ihrer Quellen, und manche legten sich gar den Namen »Radiumbad« zu. Man konnte Radium in Form von Kapseln, Tabletten, Kompressen, Badesalzen, Einreibungen, Inhalationen, Injektionen oder Zäpfchen zu sich nehmen. Man konnte radiumhaltige Pralinen essen und sich anschließend die Zähne mit radiumhaltiger Zahnpasta putzen. Die Hersteller behaupteten, daß ihre zweifelhaften Elixiere gegen Tuberkolose, Rachitis, Tumore, Kahlköpfigkeit und nachlassende Manneskraft helfen würden.

Inzwischen hatte die Menschheit schmerzhaft dazulernen müssen, und das Pendel schlug weit nach der anderen Seite aus. Die Furcht vor monströsen staatlichen Atomprogrammen einte Maschinenstürmer und Pazifisten, Umweltschützer und Landwirte, ängstliche Liberale und Anarchisten im Kampf gegen die teuflischen Windmühlen der Staatsgewalt. John schüttelte den Kopf. Es war in einer Weise traurig, weil die wahren Torheiten des Zeitalters anderswo lagen. Für ihn war es Wahnsinn, kostbares Erdöl in Motoren und Heizanlagen zu verbrennen; er verglich es mit der Herstellung von Kleiderbügeln aus Platin. Das sichtbare Schrumpfen der Ölvorräte machte zusehends deutlich, daß Erdöl als Grundstoff für zahlreiche Produkte und als Schmiermittel bei hohen Temperaturen nutzbringender verwendet werden konnte, zumal es an guten Ersatzstoffen mangelte. Aber das führte auf eine andere Ebene. Er seufzte, als er sich vorzustellen versuchte, was diese Leute sagen würden, wenn sie von der Singularität erführen.

Auf dem Weg zu Abes Labor lief er einem zweiten Kamerateam in die Arme. Es wartete ungeduldig draußen, und ein Mann in einer Lederjacke schlug gegen die Stahltür. Sie sahen ihn kommen und wandten sich ihm zu, um Fragen zu stellen, aber John hatte seinen Schlüssel für die Seitentür schon in der Hand und schlüpfte hinein, ehe sie ihn erreichten.

Der erste, auf den er drinnen stieß, war Donald Hampton. »Ich möchte Ihnen sagen, wie schockiert ich über all dieses Aufhebens bin.«

»Haben Sie diese Fernsehleute hergebracht?« konterte John.

»Wo denken Sie hin? Aber nach Miß Andersons Anruf mußte ich den Präsidenten unserer Universität verständigen, und ich vermute, daß er ...«

»Großartig. Wissen die Fernsehleute etwas über die physikalischen Aspekte?«

»Ich kann nur sagen, was ich unserem Präsidenten mitteilte. Ich mußte ihm natürlich erläutern, warum das Artefakt nicht sofort zurückgegeben wurde, und in dem Zusammenhang wiederholte ich einiges von dem, was Prof. Sprangle gesagt hatte.«

»Noch besser.«

Claire war mit Abe im Gespräch. John forderte Hampton

auf, hinauszugehen und die Fernsehleute mit Informationen über Archäologie und den bedauerlichen Diebstahl abzuspeisen, da es durch die Sorglosigkeit seines Präsidenten hergelockt worden sei. Die anderen waren um den leeren Fleck versammelt, wo Abes Meßgeräte in einem Kreis auf einen Gegenstand warteten, der nicht da war.

Als er zu ihr kam, sagte Claire: »Ah, du bist ihn losgeworden. Erspart mir die Mühe, ihm die Augen auszukratzen.«

»Okay, ja, aber du solltest deine Lage nicht noch verschlimmern. Selbst wenn er einen Irrtum begangen haben ...«

»Ausgeschlossen. Irren ist menschlich.«

»Vor allem müssen wir versuchen, den Deckel auf dem Topf zu halten und die allmächtigen Medien nicht zu alarmieren.«

Claire fragte: »Was macht dein Unterkiefer? Er sieht furchtbar aus.«

John befühlte ihn vorsichtig. »Ist über Nacht steif geworden«, sagte er mit zusammengebissenen Zähnen, um die Bewegung zu verringern. »Das nächste zu einem Harvard-Akzent, was ich je erreichen werde.«

Claire lächelte zärtlich. Abe hob die weißen Brauen, unwillig über die Unterbrechung, und fuhr fort: »Auf keinen Fall Presse und Fernsehen! Diese Kerle haben meine Aufzeichnungen. Wenn ich über ihre Rückgabe verhandeln kann, bevor diese Geschichte von den Medien breitgetreten wird, ist die Chance, sie tatsächlich wiederzubekommen, sicherlich besser. Außerdem sollten wir die griechische Regierung informieren, wenn der Würfel so gefährlich ist, wie Sie und Zaninetti sagen.«

Sie stimmten alle zu. »Ich habe auch die Meßgeräte für Röntgen- und Gammastrahlen überprüft«, sagte Abe. »Das ist Teil der Geschichte. Sie registrierten ein gleichmäßiges Ansteigen der Strahlungsenergie bis zum Schluß.«

»Auf allen Zählern?« fragte John.

»Nein, die hier drüben zeigen ungefähr das Dreifache der Durchschnittswerte.« Abe trat zu fünf Zählern, die einen Quadranten abdeckten. Die Taschen seines Fischgrätjacketts waren bauchig von elektrischen Instrumenten, die er in Gedanken eingesteckt und vergessen hatte. »Der Zapfen wies in diese Richtung, wie Sie sich erinnern werden.«

»Ja ...«, sagte Claire. »Wir waren mit den Emissionen von der anderen Seite beschäftigt, und es mag sein, daß wir die Seite mit dem Zapfen ein wenig vernachlässigten.«

John studierte die Ablesungen an jedem Detektor und runzelte die Stirn. Das Maximum war entlang der Zapfenachse gemessen worden, was an sich nicht überraschend war: hier gab es weniger Gestein, die Emission zu absorbieren. Aber warum war die stärkste Strahlung entlang dem Zapfen, statt beim Stöpsel? »Die Singularität gibt ihre Strahlung vorzugsweise in eine Richtung ab«, sagte er.

»Bedeutet das, daß sie von einer Seite mehr Materie einsaugt als von der anderen?«

»Ich fürchte, ja. Vielleicht nagt sie jetzt den Fels an der Innenseite an.«

»Trotz des Umstandes«, sagte Abe, »daß der Staub von der Bohrung im Stöpsel von der entgegengesetzten Seite kam?«

»Richtig.«

»Du meinst, die ... die Singularität würde zunehmend instabil?« sagte Claire.

»Ja.« Es war nur eine Hypothese, keine Gewißheit, aber er kam auf keine andere Interpretation.

»Das sollten wir unserem Mr. Carmody sagen«, sagte Claire.

»Ja.«

Carmody wußte es bereits. Er traf nur Augenblicke später ein und befaßte sich sofort mit dem Fernsehteam.

»Man kann nicht sagen, daß Sie sich lange mit denen abgeben mußten«, sagte John, als Carmody zurückkam.

»Kein Problem. Meine Leute haben sich darum gekümmert«, sagte Carmody. Er trug einen Trenchcoat und zog ihn nicht aus, als wolle er gleich weiter. Am geknöpften Kragen zeigte sich ein gesetzter roter Schlipsknoten. Er nahm nicht einmal seinen Hut ab.

»Was haben Ihre Leute denen vom Fernsehen gesagt?«

»Was wirkt«, sagte Carmody, womit der Punkt abgeschlossen war.

John machte ihn mit Abe und dann mit Hampton bekannt, der von den anderen Abstand hielt, aber auch nicht gehen wollte; offenbar sah er, daß staatliche Organe eingegriffen hatten, aber er wußte nichts Genaueres, und von ihnen sagte es ihm keiner.

Abe erläuterte die Daten und die sich daraus ergebenden Folgerungen. Er drückte sich in der üblichen vorsichtigen Art des Wissenschaftlers aus und garnierte seine Sätze mit Wendungen wie »scheint wahrscheinlich« und »Arbeitshypothese« und »vielleicht«. Carmody war jedoch kein Mann, der Ungewißheiten schätzte. Er hörte mit zunehmend verfinsterter Miene zu und fragte dann: »Die höchsten Ablesungen sind dort, im Nordosten. Bedeutet das etwas?«

Sie versicherten ihm, daß es nichts bedeute.

»Sie glauben, dieses Ding, diese Singularität, könnte aus dem Gesteinsblock hervorbrechen?«

John bejahte. Es hatte keinen Sinn, übervorsichtig zu sein.

»Ich sprach heute früh mit Professor Zaninetti. Er schätzt die minimale Masse der ›freien Konfiguration‹, wie er es nennt, auf das Äquivalent eines Hundert-Megatonnen-Gefechtskopfes. Stimmen Sie dem zu?«

»Ja.« Das war eine wahrscheinliche Größe. Alles hing jedoch davon ab, wie die Komponenten sich trennten, und wie wirkungsvoll sie ihre Massenenergie in andere Formen umsetzten, aber das alles wollte Carmody nicht hören.

»In Ordnung«, sagte Carmody, als habe er eine Entscheidung getroffen. »Gibt es hier ein sicheres Telefon?«

Als John ihn hilflos ansah, sagte er: »Macht nichts, ich kann im Wagen eine Verbindung durchstellen. Kommen Sie!« Er winkte ihnen zu.

»Wohin?«

»Zum Hafen. Wir haben dort unten einen Hinweis auf Kontos.«

Erst als sie anhielten, die Gebühr für den Callahan-Tunnel zu bezahlen, merkte John, daß sie nicht zum Bostoner Hafen fuhren. Carmody telefonierte noch immer auf dem Vordersitz der Limousine, abgetrennt von einer dicken gläsernen Trennscheibe. Unter dem Armaturenbrett war eine eindrucksvolle Sammlung von Kommunikationsgeräten installiert, und der Lincoln Continental hatte eine besondere schwerfällige Solidität an sich, was auf ein ungewöhnlich hohes Gewicht schließen ließ. Auch konnten sie die unvermeidlichen Schlaglöcher und Unebenheiten der Bostoner Straßen kaum fühlen, was auf zusätzliche Stoßdämpfer hindeutete.

Sie kamen im Osten der Stadt heraus, eine Meile südlich des Flughafens, und bogen sofort nach rechts in die Maverick Street ein, vorbei an dreistöckigen Häusern, die trotz ihres Alters gut instandgehalten waren. Bald bogen sie nach Süden ab und kamen in ein Gebiet moderiger Lagerhäuser, Tankstellen und schäbiger Speiselokale. Nach ein paar Blocks verlangsamte der Fahrer und ließ den nachfolgenden Wagen, einen identischen Zwilling dessen, darin sie saßen, aufholen. Dann bog er links ab und hielt an einem langen Kai. Die Luft roch salzig, und Lastwagen rumpelten vorbei.

Carmody stieg aus, ohne sich umzusehen, ob jemand folgte. Er schritt geradewegs auf ein Backsteingebäude mit dem Schild STAUEREI BRECKENRIDGE zu. Aus dem nächsten Wagen kamen mehrere Männer in langen Mänteln. Sie blieben im Umkreis der Wagen auf der Pier stehen und sahen sich um. Während der Fahrt hatten die drei Akademiker isoliert im Fond von Carmodys Limousine gesessen und wußten nichts von dem, was geschah. Da niemand sie zurückhielt, gingen sie ins Haus.

Das Kontor wurde beherrscht von einem breiten, mit Papieren bestreuten Tresen. Dahinter stand ein Ire in einem Overall, der interessiert, aber verwirrt dreinschaute. Carmody sprach mit einem hageren Mann in einem weiten Wintermantel, der nicht recht paßte. John fragte sich, ob der Mann am Ende eine Maschinenpistole darunter versteckt haben könnte. Carmody wandte sich um, als hätte er sie jetzt erst bemerkt, und winkte Claire mit dem Finger. »Dr. Anderson, werfen Sie mal einen Blick auf diese Schrift!«

Der Hagere hielt ihr ein Rechnungsbuch hin. »Ist Ihnen diese Handschrift bekannt?«

Claire beugte sich darüber. »Ja, ich glaube schon. Diese t's und a's habe ich öfter gesehen. Kontos machte seine Eintragungen zwar in griechischer Schrift, aber die Schreibweise dieser Buchstaben ist gleich. Ich mußte seine Schrift immer für die Inventur entziffern.«

Carmody schien zufrieden. Claire sagte: »Das ist eine Empfangsbescheinigung für Liegegebühren. Hatten sie ein Schiff hier?«

Der Ire hinter der Theke sagte: »Ja, ein ramponiertes altes Bugsierboot. Nichts Besonderes. In Griechenland registriert.«

»Wann ist es ausgelaufen?« fragte Carmody.

»Da steht es, im Buch. Sonntagmittag.«

»Haben sie was an Bord genommen?« fragte Carmody.

»Etwas, ja. Eine Kiste.«

»Ohne Ausklarierung beim Hafenmeister?«

»Müssen sie gemacht haben, die Papiere waren in Ordnung.«

»Haben sie die Kiste auf Deck gelassen?«

»Nein, unter Deck.«

»Natürlich wollten sie die Kiste außer Sicht bringen«, sagte Claire. »Sie verluden sie hier, dann fuhren sie den Lieferwagen zurück zum Flughafen, wo wir ihn finden sollten.«

»Also sind sie entwischt«, sagte John.

»Nein«, erwiderte Carmody, schon auf dem Weg hinaus. »Das Boot ist vor Castle Island untergegangen. Dadurch haben wir den Weg hierher gefunden.«

Bostons innerer Hafen bietet keinen lieblichen Anblick, schon gar nicht an einem kalten Wintertag. Castle Island ist ein Stückchen Land, das im Süden vorgelagert ist und die Mündung markiert. Südlich davon liegt der City Point Beach, wo Leute, denen es zuviel Mühe bedeutet, nach Süden bis Quincy zu fahren, ihre Picknicks veranstalten. An diesem Tag lagen die öden, von Felspartien unterbrochenen Sandflächen des Halbmondstrandes verlassen, bis auf vier Männer in Taucheranzügen, die gerade an Land gekommen waren. John fragte sich, warum jemand an einem Tag wie diesem tauchen sollte, bis Carmody aus dem Lincoln stieg und zu den Männern hinunterging.

Während der Rückfahrt nach Boston und dann durch die Summer Street nach Osten hatte Carmody unaufhörlich telefoniert. Am Broadway war der Verkehr weniger dicht, und sie kamen gut voran. Als Carmody den Hörer in seine Klemme gesteckt hatte, starrte er geradeaus, ohne daran zu denken, den drei Passagieren im Fond irgendwelche Auskünfte zu geben. John begann sich wie ein Gefangener vorzukommen, der zum Polizeipräsidium gebracht wird.

Wieder folgten sie Carmody, diesmal mit fünf Männern aus dem anderen Wagen, die alle den gleichen Eindruck machten: kräftig, unerschütterlich, wachsam. Vor der Küste tukkerte eine Barkasse langsam nordwärts. In ihrem Heck standen zwei weitere Taucher.

»Ist dir gestern auch aufgefallen«, sagte Claire, »daß Carmody nicht ausdrücklich sagte, woher er kommt?«

»Freilich sagte er es«, erwiderte John. »Er erwähnte das Außenministerium. Allerdings sagte er nicht, daß er dazu gehöre.«

»Wer sind diese Männer, vom FBI?«

»Das fällt nicht in seinen Aufgabenbereich.«

»CIA?«

»Vielleicht, doch die kümmern sich nicht viel um interne Angelegenheiten wie diese.«

»Aber wer dann?« Nun näherten sie sich den Tauchern, die Bruchstücke untersuchten. Weitere Trümmer waren von der Brandung an den Strand gespült worden und rollten in den auslaufenden Wellen hin und her. Die Taucher drehten und wendeten ein Stück gestrichener Schiffsbeplankung. Die Spanten sahen an einem Ende verbrannt aus.

»Sieht wie verkohlt aus«, sagte Carmody zu einem der Taucher.

»Achtern ist ein großes Leck, gerade unter der Luke«, sagte der Taucher. Auf seinem Taucheranzug war der Name ARDITTI gestempelt.

»Und das hat zum Sinken geführt?« fragte Carmody.

»Sieht so aus.«

»Aber dann muß Feuer an Bord gewesen sein.«

»Nicht viel, wie es aussieht. Diese Beplankung ist jedenfalls verbrannt, aber sonst sieht man keine besonderen Schäden.«

»Das Feuer hat das Loch gebrannt?«

»Schwer zu sagen. Es sieht komisch aus, nicht wie ein typisches Wrack. Das heißt, keine größeren Schäden außer diesem einen Loch, wie ich sagte.«

»Ist es schwierig, hinunterzukommen?«

»Nein, der Kahn liegt in zwanzig, vielleicht fünfundzwanzig Metern Tiefe. Aber das Wasser ist trübe.« Arditti verzog das Gesicht. Nach der Farbe der Brandungswellen und dem Geruch zu urteilen, der vom Wasser herüberwehte, vermutete John, daß es mehr als trübe war.

»Eine Spur von der Kiste?«

»Nein.«

»Tote?«

»Bisher keine gefunden. Aber die Tidenströmungen werden sie inzwischen verfrachtet haben.«

»Untersuchen Sie das Boot gründlich!«

»Ja, Sir.«

»Und suchen Sie den Umkreis nach der Kiste ab. Aber Vorsicht vor der Strahlung! Fordern Sie Verstärkungen an. Ich werde diesen Bereich von der Hafenwache abriegeln lassen.«

»Jawohl, Sir.«

Arditti's Haltung war militärisch und respektvoll. Er stellte keine Fragen, sprach bloß zu seinen Leuten. Sie schnallten sich die Tauchgeräte wieder auf den Rücken.

Carmody wandte sich zu den drei Akademikern um. »Wir haben einen Bericht von der Hafenwache. Soweit sich feststellen läßt, hat dort niemand den Untergang des Bugsierbootes gesehen. Es war Sonntag, niemand in der Nähe, aber trotzdem muß es rasch untergegangen sein, sonst wäre die Havarie nicht unbemerkt geblieben. Ein Zivilist oben am Castle Rock meldete den Untergang. Die Hafenwache trug diese Meldung in ihre Liste ein, einer unserer Leute sah es, rief mich an. Ich schickte Taucher hinaus. Die Hafenleute wären von selbst darauf gekommen, wenn es ein Fahrzeug gewesen wäre, das als vermißt gemeldet würde, aber wahrscheinlich nicht heute. Die Taucher identifizierten an Bord die Quittung der Firma Breckenridge; sie war in das Logbuch eingelegt.«

»Ein Kapitän nimmt sein Logbuch immer mit sich, nicht wahr?« bemerkte Abe.

»Nicht dieser. Wahrscheinlich hatte er es zu eilig. Wenn der Rumpf solch ein Loch bekommt, sackt das Schiff unter einem weg, und man schwimmt, ehe man weiß, wie einem geschieht.«

»Glauben Sie, daß die Leute ertrunken sind?« fragte John.

»Nein, das Wrack liegt nur vierhundert Meter vom Ufer entfernt. Die Strecke konnten sie auch im kalten Wasser schaffen.«

»Hat der Zivilist, der den Schiffbruch meldete, Überlebende gesehen?«

»Nein. Aber er sagte, die Sicht sei behindert gewesen. Vielleicht ging die Besatzung schon etwas eher über Bord.«

»Wo steckt sie dann?«

»Wahrscheinlich dort, wo sie hinwollten. Ein griechischer Frachter, die *Pyramos,* lag um diese Zeit zufällig draußen vor Nantasket.«

»Aber ihr Boot war gesunken.«

Carmody hob die Schultern. »Sie konnten ein anderes mieten. Sie haben Kreditkarten, falsche Ausweise – Kontos machte bei Breckenridge davon Gebrauch.«

»Oder sie könnten anderswohin gehen.«

Carmody schüttelte den Kopf. Sein pockennarbiges Gesicht war rot von der kalten Seeluft, als ob er schwitzte. Seine Augen verrieten innere Erregung, doch sprach er in der gemessenen, unerschütterlichen Art und Weise, die Claire schon am Vortag aufgefallen war.

»Warum nicht?« fragte sie.

»Die *Pyramos* ist gestern gegen Abend ausgelaufen. Wir haben die Position durch einen Satelliten überprüfen lassen. Er hält Südostkurs und ist schon ein gutes Stück draußen im Atlantik.«

»Sie haben keine Gewißheit, daß die Leute an Bord sind«, sagte John.

»Wir überprüfen derzeit die Bootsvermieter. Die Namen ihrer Kreditkarten werden auftauchen.«

»Kann die Marine sie nicht aufbringen?« fragte Abe. »Es sind Diebe!«

Carmody zuckte die Achseln. »Ein fremdes Schiff auf hoher See aufbringen? Wäre gegen das Internationale Seerecht.«

»Wozu die Mühe?« sagte Claire und wandte sich zur Bucht. »Sie haben das Artefakt dort draußen zurückgelassen.«

9

Claire starrte auf das schmutziggraue Wasser des inneren Hafens hinab. Sie erinnerte sich, daß bei einem Schiffsuntergang immer gemeldet wurde, Suchflugzeuge oder Hubschrauber hielten nach einer Öllache Ausschau. Nun, das war hier kein Problem; die ganze Bucht schien unter einem dünnen, bläulichschillernden Ölfilm zu liegen. Darin schwammen Plastikflaschen von Orangeade, Waschmitteln, Packmaterial, tote Fische, braunes, mit Wasser vollgesogenes Treibholz, rostige Kanister – sogar etwas wie eine bleiche Schlangenhaut, die sie schließlich mit einem angeekelten Schaudern erkannte.

Sie kehrte dem Anblick den Rücken und lehnte sich an die Reling. Sie waren an Bord eines großen, flachbodigen Fahrprahms, auf dessen Deck sich Taucher- und Schleppausrüstungen stapelten. Männer arbeiteten zwischen dem Gerät. Der Hafen war für normale Transporte abgesperrt, und gelegentlich knatterte ein von Presse oder Fernseher gemieteter Hubschrauber über sie hin, nur um durch Leuchtsignale abgewiesen zu werden. Im Umkreis mehrerer Meilen suchten Motorboote, Barkassen und Kutter aller Typen in einem regelmäßigen Muster die graue Wasserfläche ab. Taucher kamen herauf, machten ihre Meldungen und tauchten wieder. Eine träge Dünung hielt den Prahm in langsamer Bewegung. Es war Nachmittag, und ein schneidender landseitiger Wind machte Claires Augen tränen. Sie zog die Daunenjacke, die einer von Carmodys Leuten ihr gegeben hatte, enger um sich. Sie war gerade eben ausreichend.

Sergio Zaninetti kam über das Deck gewankt, obwohl es nicht schlingerte. Er sah elend aus.

»Hoffentlich finden sie es bald«, stieß er zwischen zusammengebissenen Zähnen hervor.

»Sie werden Ihre Seebeine schon noch bekommen«, erwiderte sie.

»Niemals. Ich fliege immer, nie auf dem Seeweg.«

»Sie suchen die ganze Bucht ab, es wird Zeit erfordern.«

»Als Carmody mich anrief, kam ich ohne Überlegung. Nach einer Stunde bin ich erschöpft. Wie geht dieses Sprichwort über die Seekrankheit? Zuerst fürchtet man, zu sterben, dann fürchtet man, nicht zu sterben?«

»Ja. Was passiert, wenn wir es finden?« fragte Claire, den Kopf gegen den scharfen Wind geneigt.

»Carmody glaubt eine Möglichkeit zu wissen. Er sagt, die Taucher schließen die Öffnung mit einer besonderen plastischen Substanz.«

»Und wenn die Singularität aus dem Block entwichen ist?«

Er hob die Schultern. »Dann wird man versuchen, sie in irgendeiner Weise einzufangen.«

»Das Problem scheint Sie nicht sonderlich zu beunruhigen.«

»Doch, doch, es ist nur die Übelkeit.« Er brachte ein dünnes, gequältes Lächeln zuwege. »Diese Dinge sind jenseits meines Faches. Ich kalkuliere die Feldtheorie, die möglichen Bindungszustände, das ist alles.«

Eine Gruppe von Männern machte einen Fischkutter für die Suche klar. Die Winsch senkte ein Grundschleppnetz auf das Heck des Kutters herab. Ein Schiffsdiesel blubberte. »Was ist das für eine Schwierigkeit, die Sie und John haben?«

»Ein Detail, denke ich, aber lästig. Wir bekommen Lösungen, die diese kubische Merkwürdigkeit an sich haben. Sie ergibt sich nur, wenn das Partikel eine Art verborgener Masse besitzt. Die neue Kraft, die wir haben, gleicht die Masse aus. Gut. Das steht in Übereinstimmung mit dem Umstand, daß der Würfel kein hohes Gewicht hatte. Verstehen Sie?«

»Ich glaube schon, auf der Ebene dessen, was John die laienhafte Annäherung nennt. Die Schwerkraft zieht beide Teile an, aber diese neue Kraft, Mode oder was immer genannt, hält sie auseinander.«

»Ja, gut. Das ist das Bild, das man aus einer ungefähren Berechnung gewinnt. Ich bin in einigen dieser mathematischen Kniffe jedoch etwas schneller und bin mit einer besseren

Feldtheorie weitergekommen, einer, die nicht soviel Gefuchtel enthält.«

»Gefuchtel?«

»Wenn wir sprechen, statt zu rechnen. Die Italiener sollen besonders gut darin sein, si?« Er gestikulierte dramatisch und grinste trotz seiner Blässe. Claire erkannte, daß er sich bemühte, galant und unterhaltend zu sein; sie lächelte zurück, um ihm zu helfen, seine Übelkeit zu vergessen.

»Ich verstehe.«

»Die Mathematik zeigt, daß Johns ›Verzerrungen‹ paarweise auftreten. Aber sie ziehen einander an und sollten einen Klumpen bilden.« Er schlug die Hände zusammen. »Das ist die Schwierigkeit.«

»Könnte das Ding in dem Würfel nicht der Klumpen sein?«

»Vielleicht, aber ich weiß nicht, von welcher Art die stabilen Eigenschaften sind. Wie kommen die Verzerrungen zusammen? Es ist Energie gespeichert, die also frei werden muß.«

»Sie meinen, die Singularität im Würfel sei allein?«

»Das ist in Johns erster Arbeit gut beschrieben. Diese Lösung, die er gefunden hat, scheint in Ordnung zu sein. Aber warum ist solch ein Partikel frei? Es sollte sein Gegenstück finden.«

»Vielleicht wird es daran gehindert?«

»Ah, Sie haben diese Idee von John. Ja, es mag sein, daß eine andere Art von Kraft die Vereinigung dieser Teile verhindert. Dennoch muß ich sagen, daß ich eine solch komische Kraft nicht finden kann. Etwas stimmt da nicht.«

Claire war beunruhigt. »Dann kann es eine potentielle Bombe sein? Sie sagten Carmody so etwas.«

»*Si,* das glaube ich. Es ist schwierig zu sehen, wie zwei von diesen Verzerrungen eine stabile Bindung eingehen könnten. Sie müssen Energie abgeben, wenn sie zusammenkommen.«

»Aber eine von ihnen steckte Jahrtausende sicher in diesem Würfel.«

Zaninetti schürzte die Lippen. »Eben das kann ich nicht verstehen. Es gibt hier soviele Ungewißheiten ...«

Hinter ihr sagte Johns Stimme: »Wissenschaft ist nicht Gewißheit, Sergio, sondern nur Wahrscheinlichkeit.«

Er war von einem Gespräch mit Carmody in der schmierigen Kajüte des Prahms zurückgekehrt. Er trug eine Seemannsjacke von einem der Besatzungsmitglieder, und sie war ein wenig überrascht, daß er darin ganz natürlich aussah, als habe er sein Leben mit all diesen anderen verbracht. »Er sagt, deine ersten Lösungen seien ... ah ...«

»Irreführend«, sagte John freundlich. »Ich glaube aber noch immer, daß wir hier einen Zugriff auf die grundlegenden Eigenschaften haben. Schließlich habe ich die Dynamik so konstruiert, daß sie mit den Eigenschaften dieses Artefakts übereinstimmt. Ich habe ihm sein Gesetz gegeben.«

Die Diskussion schien Zaninetti zu beleben; wahrscheinlich war sie eine wirksame Ablenkung von seinem Elend. »Sie können nicht mit der Kraft dazwischen argumentieren! *Capisce?* Die Kraft ist unabhängig von der Entfernung zwischen beiden Zentren, also können enorme Energien gespeichert werden. Die Vereinigung beider Zentren müßte mit einem gewaltigen Knall erfolgen.«

»Kommen Sie, hier auf dem offenen Deck kann man nicht Mathematik treiben«, sagte Claire mit Entschiedenheit. »Besorgen wir uns Kaffee!«

Dieser Vorschlag ließ Zaninetti erbleichen. Claire bemerkte, daß John wider Willen über die mißliche Lage seines Kollegen lächeln mußte. Sie waren Freunde, aber immer auf der Suche nach einem Vorteil. Eine immerwährende Rivalitätsmaschine.

Der Kaffee, ausgegeben in einer hastig aufgebauten Behelfsküche am Bug, war schwarz und bitter. John tat drei Päckchen Zucker in seinen und umwanderte das Deck. Zaninetti saß auf einem wackligen Stuhl und blickte verlangend nach Westen, wo Boston und das sichere Festland lagen. Nach einer Weile schloß er die Augen.

»Gerade ist ein Taucher mit Trümmern heraufgekommen«, sagte John, als er wiederkam, in der Rechten den Kunststoffbecher mit Kaffee, die Linke in der Tasche seiner Seemannsjacke. »Es sieht komisch aus – angesengt.«

»Unter Wasser verbrannt?«

»Richtig. Als ob es erhitzt worden wäre aber nicht Feuer gefangen hätte.«

»Wo war es?«

»Am Grund verstreut. Altes, vollgesogenes Holz, nicht von Kontos' Boot.«

Also bewegt sich der Würfel dort unten umher.«

»Carmody geht davon aus, daß das Artefakt ein Loch durch seine Kiste und dann durch den Rumpf brannte. In kürzester Zeit.«

»Dann könnten die Strömungen ...«

»Es ist ausgeschlossen, daß sie einen so schweren Gegenstand bewegen könnten.«

»Dann müßte der Würfel irgendwo in der Nähe des Wracks sein.«

»Gewiß. Nur ist er es nicht.«

»Was bewegt ihn?«

»Keine Ahnung.« Er blickte hinaus zu den suchenden Kuttern, die ihre Schleppnetze zogen.

»Ich frage mich, ob er in der Bucht bleiben wird.«

»Sicherlich. Einstweilen.«

Sie gingen zu einer Gruppe von Männern, die sich mit Schleppnetzen abmühten. Einige gehörten zur Hafenwache; es war Carmody gelungen, innerhalb von Minuten das gesamte Personal zu mobilisieren. Es waren kräftig aussehende Männer, die unverdrossen an der Arbeit waren. Bis auf die Zurufe von Fragen oder Anweisungen verhielten sich die Arbeitstrupps bemerkenswert still und ernst. Claire beschirmte die Augen gegen die schräg einfallenden Sonnenstrahlen und blinzelte zur Kajüte des Prahms. Dort waren einige Männer der anderen Art versammelt, die meisten in dreiteiligen Nadelstreifenanzügen und Mänteln, mit glänzend geputzten Schuhen und ausdruckslosen, wachsamen Gesichtern.

Arditti, noch in seiner Taucherausrüstung, kam auf John zu und sagte: »Östlich von hier haben wir ein bißchen was gefunden.«

»Was?«

»Komische Strömungen, wie Sie sagten.«

Auf Claires verständnislosen Blick sagte John: »Carmody fragte mich nach Kennzeichen oder Merkmalen, nach denen man Ausschau halten sollte, und ich sagte, sie sollten auf Unregelmäßigkeiten im Strömungsverhalten des Wassers achten.«

»Warum hat er mich nicht gefragt?« sagte Claire.

John hob die Schultern. »Es ist eng in der Kajüte. Er ...«

»Strömungen? Wieviel Wasser kann durch ein Loch von sechs oder sieben Zentimetern Durchmesser?« fragte sie streng.

»Vielleicht genug.«

»Wäre es nicht besser, nach radioaktiven Spuren zu suchen?«

»Auch das tun wir«, sagte Arditti.

»Und?«

»Auch davon gibt es Spuren, ja.«

»Gut.« Besänftigt ging sie mit ihnen zur Kajüte mitschiffs, wo Carmody zu den Männern in Nadelstreifenanzügen sprach.

»... eine Gruppe von sechs Tauchern ausreichend sein, während wir einen Greifer in Position bringen. Jeder von den Leuten trägt einen Geigerzähler und gibt alle zwei Minuten eine Ablesung durch. Ich möchte keine unnötigen Strahlenrisiken. Vorwärts!«

Die Männer gingen auseinander; einige kehrten zurück zu einem transportablen Sender, der auf der Achterplattform des Prahms installiert worden war. Claire fand ihre Schnelligkeit und Gewißheit entnervend; als ob man ihnen in der Ausbildung jedes Zögern wegtrainiert hätte.

Abe stand bei Carmody, und als er Claire sah, sagte er: »Haben Sie gehört? Man hat Kontos' Unterschrift bei einem Motorbootverleih unten beim Columbus Park entdeckt. Nur zwei Kilometer südlich vom Strand.«

»Also hat er sich an Land retten können«, sagte Claire.

»Ja, und vier weitere, sagte der Verleiher. Er war fuchsteufelswild, weil sie ihm das Boot nicht zurückgebracht haben.«

Claire blickte zum Ufer hin. Polizei hatte die Kais abgesperrt, und sie sah Streifenwagen mit ihren kreisenden Lichtern alle Zufahrten blockieren.

Carmody sah hier draußen im Sonnenschein älter aus, das pockennarbige Gesicht wie Pergament, und Claire erinnerte sich an ein bekanntes Zitat: Ab fünfzig ist jeder für sein Gesicht selbst verantwortlich. Unvermittelt fragte sie: »Wen repräsentieren Sie, Mr. Carmody?«

Er blickte säuerlich zurück zu ihr und John und Abe, die in einer Gruppe beisammenstanden. Er steckte die Hände tief in die Manteltaschen, saugte eine Weile an den Zähnen und sagte dann unwirsch: »Nationale Sicherheitsagentur.«

»Sie kümmern sich um Notfälle?«

»Schlimme, ja.«

»Wem machen Sie Meldung?« fragte John.

»Dem Nationalen Sicherheitsberater.«

»Und er?«

»Dem Präsidenten.«

»Ich wunderte mich schon, warum alle hier so herumspringen«, sagte Claire.

»Nicht bloß hier«, versetzte Carmody ein wenig herablassend. »Ich habe mit Thorne vom Caltech und Sherman von Berkeley telefoniert. Sie stimmten Ihren Ergebnissen zu, jedenfalls im Prinzip, sagten sie.«

»Wie haben sie es so schnell herausgefunden?« fragte John.

»Ich ließ von Zaninetti eine Zusammenfassung schreiben. Die haben wir gestern abend ausgesendet.«

»Um uns zu überprüfen.«

»Selbstverständlich. Unglücklicherweise sind die Leute, die wir fragen wollten, nicht alle amerikanische Staatsbürger. Ich durfte ihnen nicht alles sagen. Also mußten wir uns hauptsächlich nach Ihren Schätzungen richten.«

Ein Hubschrauber knatterte über den Prahm hinweg, wie um ein Beispiel zu geben, welche Kräfte Carmody aufbieten konnte. »Thorne sagte etwas über die Energievoraussetzungen dieser Singularität«, fuhr Carmody fort. »Er sah keinen Zusammenhang mit kosmischen Strahlen, wie Sie andeuteten, Dr. Bishop.«

»Nun, die benötigte Energiemenge ist gewaltig, das ist richtig. Deshalb sind sie gefährlich – wenn die Kräfte einen natürlichen Ausgleich suchen, kann es fatale Folgen haben. Sie werden sicherlich nicht häufig entstehen.«

»Wie viele wird es geben?«

John zuckte die Achseln. »Dies ist die erste Singularität, die jemals entdeckt worden ist. Es kann nicht viele geben, oder wir wären früher schon auf eine gestoßen. Aber wenn wir annehmen, daß die Erde von einem energiereichen Partikel getroffen wird, so könnte es sehr tief eindringen; möglicherweise gibt es tief im Erdinneren mehr davon. Sie würden nicht notwendigerweise zur Oberfläche wandern.«

Carmody verzog den Mund zu einer halb skeptischen, halb besorgten Grimasse. »Sie meinen, diese könnte aus der Tiefe emporgedrungen sein?«

»Also, das würde ich für abwegig halten«, warf Claire ein. »Vergessen wir nicht, daß es im Innern eines alten Artefakts war. Die mykenischen Griechen bearbeiteten den Kalksteinblock, in dem die Singularität steckte.«

»Aber vorher?«

»Irgendwo müssen die Griechen sie gefunden haben«, meinte John. »Vielleicht in einem Steinbruch. Claire meint, der Umstand, daß es ein würfelförmiger Block sei, könne kein Zufall sein. Das optische Erscheinungsbild ist kubisch. Vielleicht bohrten die alten Griechen hinein, sahen etwas Helles, Strahlendes darin und bearbeiteten das Artefakt als eine Art Behälter.«

Claire sah ihre Chance. »Darum ist die möglichst unversehrte Erhaltung des Steinartefakts notwendig. Wir müssen seine Geschichte verstehen. Man kann das nicht vom physikalischen Aspekt abkoppeln.«

Zu ihrer Überraschung schien Carmody den Gesichtspunkt zu akzeptieren. »Dr. Sprangle hier meint, die Singularität könne noch immer im Inneren des Gesteinsblocks sein.«

»Ja, das meine ich«, bekräftigte Abe. »Vergessen wir nicht, daß diese Singularität sich langsam herausfraß. Kontos kann sie durch unvorsichtigen Umgang mit dem Block angestoßen und das prekäre Gleichgewicht gestört haben.«

»Wobei Ihre Versiegelung durchbrannte?« sagte John.

»Das ist eine Vermutung«, sagte Abe.

Carmody blickte mißmutig über das Wasser hinaus.

»Rote Boje!« rief jemand.

Einen knappen Kilometer entfernt tanzte ein roter Ball auf dem Wasser. »Sie haben das Ding«, sagte Carmody.

»Ziemlich weit östlich«, bemerkte John. »Es muß sich wenigstens drei Kilometer vom Wrack entfernt haben.«

Carmody eilte davon. Arditti stand bei der Sendeanlage und lauschte über Kopfhörer den Gesprächen der Taucher. Als er fertig war, ging Claire hinüber und sagte: »Ist es, was wir suchen?«

»Ja, es ist die Kiste.«

»Sie können es sehen?«

»Einer unserer Leute kam nahe heran. Sagt, es strahle einen starken blauen Lichtschein aus.«

»Der Würfel?« fragte Claire.

»Das wird wahrscheinlich gedrosselte Strahlung sein«, sagte Abe.

»Von Gammastrahlen?« fragte John.

»Sie werden im Wasser ziemlich rasch aufgehalten.«

»Dann ist der Würfel noch in der Kiste?« fragte Claire.

Arditti nickte. »Offenbar ist die Verpackung ziemlich stabil. Das Ding schleppt die Kiste mit sich.«

»Wie eine Schnecke ihr Haus«, sagte Claire.

»So ungefähr.« Arditti war ein nüchterner, unumwundener Mann, dem diese Jagd offensichtlich gefiel. Seine Leute behandelten ihn mit Respekt. »Sie fanden das Ding, indem sie einer Furche am Grund folgten. Eine gerade Linie, sagten sie.«

John merkte auf. »In welche Richtung?«

»Das sagten sie nicht. Aber ich muß gehen.« Arditti ließ sie stehen. Claire spürte die gesteigerte Geschäftigkeit ringsum. Sie war die einzige Frau an Bord, und die prickelnde Erregung auf Deck hatte etwas spezifisch Maskulines an sich.

Carmody schien die allgemeine Erleichterung nicht zu teilen. »Wird es in die Luft fliegen?«

John schüttelte den Kopf. »Nein, ich sehe keinen Grund. Aber was die Taucher wahrgenommen haben, ist harte Strahlung, die Geigerzähler werden es ihnen gezeigt haben. Hoffentlich sind sie vorsichtig.« Er begann zu erklären, daß das einströmende Wasser die Singularität wahrscheinlich daran hinderte, durch das enge Loch, das sie geöffnet hatte, zu entweichen. Es gab der Singularität auch eine kräftige neue Treibstoffinjektion für seinen zentralen »Motor« – was möglicherweise drastische Folgen haben konnte. Claire hoffte, er habe recht mit seiner Annahme, daß sie im Würfel bleiben werde.

Der Prahm drehte sich langsam vor den Wind und hielt auf die Stelle zu, wo nun drei rote Plastikbojen trieben. Motorboote umringten die Stelle, schaukelnd in den kurzen Wellen, die der stürmisch auffrischende Wind vor sich hertrieb. Taucher sprangen aus den Booten und formierten sich zu Gruppen. Von allen Seiten kamen die Suchfahrzeuge zusammen, und aus der Sendeanlage auf der Heckplattform drang ein quäkendes Durcheinander von Funksprechverkehr. Eine Tauchergruppe manövrierte Transportbehälter mit Materialien zur bezeichneten Stelle, löste die Auftriebskörper und versank mit ihren Lasten in der Tiefe.

»Das sind die Flicken, mit denen sie das Loch verschließen wollen«, sagte John.

Zaninetti, durch die Zuspitzung der Ereignisse aus der Teilnahmslosigkeit seiner Seekrankheit gerissen, lehnte matt bei ihnen an der Reling. »Die Taucher sollten sich nicht länger als unbedingt erforderlich in der Nähe aufhalten«, sagte er zu Carmody. »Selbst Wasser kann auf zu kurze Distanz die Partikelstrahlung nicht bremsen.«

Minuten vergingen. Claire atmete die salzig schmeckende Luft und lauschte dem Gequäke des Funksprechverkehrs. Die Meldungen der Taucher waren unverständlich wie die Antworten, aber sie spürte die wachsende Spannung. Die Taucher konnten sich unten im kaffeefarbenen Hafenwasser nur durch Zurufe verständigen. Der Prahm drehte sich, bis der Bug von der Fundstelle abgewandt war, und alles strömte zum Achterdeck und spähte über Bord, versuchte zu verstehen, was die Taucher taten. Von Zeit zu Zeit kam einer an die Oberfläche und tauchte wieder hinab, aber Claire schien alles ziemlich chaotisch.

Plötzlich rief der Mann an der Sendeanlage: »Es hält! Sie haben es!« und überall wurden Hochrufe laut. Es herrschte ein Eifer, der sie an die Rugbyspiele von Collegemannschaften gemahnte, wo sie sich trotz ihrer festen Überzeugung, daß solche Spiele im Grunde sinnlos waren, zu Beifall hatte hinreißen lassen.

»Alles nach vorn zum Bug!« dröhnte Carmodys Stimme aus dem Bordlautsprecher.

Sie folgten der Aufforderung, und als Claire bei der Kajüte

wartete, sah sie den Grund. Das dicke Stahlkabel lief bereits über die Trommel und senkte die Greifer am Heck des Prahms ins Wasser. Taucher gingen mit hinunter. Aus der Sendeanlage erklang wieder unverständliches Gebabbel, das sich zu heiseren Ausrufen steigerte.

Der Dieselmotor unter Deck begann zu rattern. »Ist festgemacht!« rief eine Stimme. »Sie haben ihn am Haken!« Wieder klang Beifall auf.

Das Kabel straffte sich, spritzte Wasser in die Luft. Der Dieselmotor dröhnte angestrengt, die Winsch drehte sich und wickelte das Kabel auf. An Deck wurde es still; alles starrte wie gebannt nach achtern.

Carmody gab den Motorbooten und Kuttern Befehl, sich aus dem Umkreis zu entfernen. Die Boote nahmen Fahrt auf. Die Taucher, die sie aufgenommen hatten, standen schweigend und blickten zurück.

Arditti kam zu Carmody und machte Meldung: »Wir haben einen Mann mit einer Überdosis.«

»Schlimm?«

Arditti nickte. »Kam zu nahe. Fühlt sich unwohl.«

»Da ist nicht viel zu machen, aber er muß sofort ins Krankenhaus.«

Es dauerte Minuten, bis das Bergungsgut die ölige Oberfläche durchbrach. Kabelschlingen und Haken hielten den Klotz auf allen Seiten, und Claire konnte sehen, daß die Kiste teilweise noch vorhanden war. Eine Seite war vollständig bedeckt mit dem weißlichen Material des Flickens, der auf die anderen Seiten überlappte. Die Kiste war aufgebrochen, hielt aber noch zusammen und schützte offenbar den größten Teil des Artefakts. Es war zu hoffen, daß ein großer Teil des Würfels erhalten geblieben war.

Nun kam die Last von der Wasseroberfläche frei. Die Männer an Deck standen schweigend. Der Würfel sah ziemlich ungefährlich aus, wie er triefend in der Luft baumelte, ein wenig eindrucksvolles Etwas aus schlammigem, durchnäßtem Holz.

Dann sagte John etwas, wiederholte es mit erhobener Stimme, und Claire fragte sich, was so dramatisch sein könne. Die Kiste hing sicher am Kabel – aber nein, sie hing nicht gerade herab. Sie beschrieb einen Winkel gegen die Vertikale.

»*O Dio!*« rief Sergio Zaninetti. »Ich sagte es Ihnen! Bloß haben wir nicht berechnet ...«

»Die Separation!« fiel John ein. »Die beiden Komponenten müssen nicht beisammen sein. Es ist ein gebundener Zustand zwischen ihnen, aber was ist die bindende Länge?«

»Wovon redest du?« fragte Claire.

»Siehst du das? Es hängt nicht gerade herunter, weil etwas anderes eine Kraft darauf ausübt.«

»Und es seitwärts zieht, meinst du?«

John strahlte. »Ja! Die Mathematik ist richtig. Es müssen zwei Komponenten sein, die aneinander gebunden sind. Nur nicht so nahe, das ist alles.«

»Und?«

»Es muß eine zweite Singularität geben.«

10

Die Rotorblätter des Hubschraubers schnatterten und ließen kein Gespräch zu. Leicht hob er vom breiten Vordeck des Prahms ab, und Claire blickte hinab in die blassen, aufwärtsgewandten Gesichter. Die Leute waren mitschiffs zusammengedrängt, in gehörigem Abstand von der Stelle, wo die Kiste auf dem Achterdeck ruhte. Arbeiter sicherten sie mit Kabeln und bedeckten sie mit einer Plane. Man sah, daß sie sich hüteten, in die Nähe des Flickens zu kommen, den die Taucher angebracht hatten.

»Wir hätten Abe mitnehmen sollen«, rief Claire.

Carmody schüttelte den Kopf. »Dr. Sprangle ist am besten qualifiziert, die Untersuchung der physikalischen Eigenschaften durchzuführen.«

»Wann werden diese Meßgeräte eintreffen?« fragte sie.

Carmody blickte auf seine Armbanduhr. Das war ein kompliziertes Ding mit mehreren gleichzeitigen Ablesungen und einem Planüberwachungsprogramm, dessen roter Punkt blinkte, was bedeuten mochte, daß er sich für einen Termin verspätet hatte; er achtete nicht darauf. »Die Sachen werden gerade verladen«, erklärte er, dann erst spähte er aus dem Plexiglasfenster und zeigte hinab. »Dort.«

Claire sah mehrere Lastwagen an einer langen Pier stehen. Streifenwagen der Polizei sperrten nach wie vor die Zufahrtsstraßen zum Hafen, wo sich Schaulustige eingefunden hatten. Aus den Lastwagen wurden mit Gabelstaplern große Pakete entladen und auf das Deck eines langen Prahms gebracht. Alles schien in großer Eile vor sich zu gehen, und die Pakete wurden offenbar nach einem vorgeschriebenen Muster auf dem Deck placiert. Außerdem stand ein langer weißer Wohnanhänger auf der Pier, doch zeigte sich bei näherem Hinsehen, daß er weder Türen noch Fenster an den Seiten hatte.

»Fahrbares Labor und wissenschaftliche Aufklärungsgruppe«, sagte Carmody beiläufig. Als ob er jeden Tag eine zu sehen bekäme, dachte Claire. Aber vielleicht war es so.

»Wie weit werden Sie das Ding befördern?« rief John durch den Motorenlärm.

»Fünfzig Kilometer. Minimum.«

»Halten Sie das für sicher?«

»Das müssen Sie sagen«, entgegnete Carmody ruhig. »Sie und Zaninetti berechneten diese Bindeenergie. Das ergab den Radius des Feuerballs, sollte das Ding losgehen – richtig?«

John nickte, und Claire fröstelte plötzlich angesichts dieser selbstverständlichen Hinnahme dessen, womit sie zu tun hatten.

»Das setzt aber die Umwandlung der gesamten Masse in Energie voraus«, sagte Zaninetti beschwichtigend, als er ihren besorgten Ausdruck sah. »Wahrscheinlich ist es viel weniger.«

Der Prahm mit dem Artefakt lief bereits aus der Hafenmündung. Seine Bugwelle schnitt ein V durch die kabbelige See. Als der Hubschrauber sich nordwärts entfernte, war der kleine Punkt, der die Plane über der Kiste sein mußte, kaum noch zu erkennen.

Sie flogen gerade ins Herz der Stadt, über den Verkehrs-

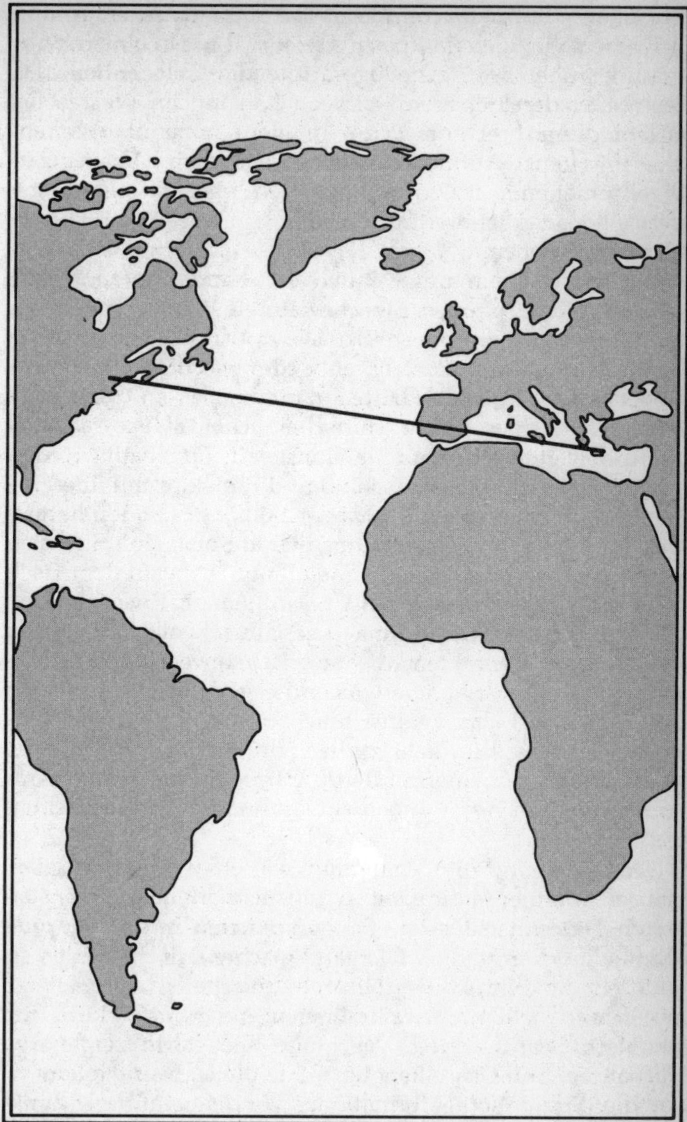

stauungen des Spätnachmittags. Die New Atlantic Avenue glich einem einzigen Parkplatz. Claire war nie in einem Hubschrauber über Boston geflogen, und die Gelegenheit, das gesamte Stadtgebiet vom waldigen Newton im Westen bis zum Siedlungsbrei von Lynn im Norden zu überblicken, nahm ihre ganze Aufmerksamkeit in Anspruch. Die wenigen Hügel schienen sich wie stachlige Tiere über das geordnete, langweilige Schachbrettmuster der Straßen und Häuserblocks zu erheben.

Plötzlich erschien unter ihnen der Landeplatz auf dem Dach des JFK-Gebäudes. Zwei bewaffnete Wächter geleiteten sie hinunter zu Carmodys Büro. Die Korridore, durch die sie kamen, waren menschenleer; entweder war dies ein exklusiver Bereich, oder jemand hatte ihn räumen lassen. Die zweite Möglichkeit schien Claire wahrscheinlicher, als sie sah, daß im Büro weiteres Kommunikationsgerät aufgebaut worden war, darunter ein Datenanschluß und Projektor mit übergroßem Bildschirm. Wo am Tag zuvor Stühle gestanden hatten, bildeten jetzt zwei zusammenpassende Sofas eine Sitzecke. Sie waren von einem angenehmen Braun, und auf dem Tisch stand eine Vase mit frischen Crysanthemen. Zwischen den Kommunikationsgeräten hingen geschmackvolle Drucke von »modernen« Abstrakten, die inzwischen von der Postmoderne überholt waren, überwiegend in gedämpften eisblauen Tönen. Jemand war offensichtlich bestrebt gewesen, Carmody bei seiner Rückkehr zu beeindrucken. Die Bemühung blieb jedoch unbemerkt, denn Carmody marschierte ins Büro, ohne den Neuerungen auch nur einen Blick zu schenken.

Der Durchgang zum Vorzimmer war offen, und dort saßen mehrere Männer in dunklen Anzügen an offenbar neu installierten Datenanschlüssen. Einige sprachen mit gedämpfter Stimme in Mikrophone. Niemand machte sich die Mühe, sie mit den Ankömmlingen bekanntzumachen. Leute kamen herein und stellten Carmody Fragen, die er rasch, kühl und lakonisch beantwortete. Der große Bildschirm zeigte eine Aufnahme, und Claire benötigte eine Weile, bis sie erkannte, daß die Wirbel Wolkenformationen vor dem einförmig dunklen Hintergrund der See waren. In der Mitte, halb verhüllt von grauen Wolkenfetzen, war ein länglicher Punkt: ein Schiff.

»Die *Pyramos*«, sagte Carmody. »Sie ist vor mehreren Stunden auf Südkurs gegangen. Wir vermuten, daß sie Bermuda ansteuern wird. Das ist der nächste Hafen außerhalb den Staaten.«

»Warum fahren sie nicht nach Griechenland?« fragte John.

»Sie werden die Nachrichten verfolgen. Vor ungefähr sechs Stunden haben die Türken einige griechische Kriegsschiffe angegriffen. Es wird einen Krieg geben.«

»Mein Gott«, sagte Claire. »Wie dumm!«

»Nicht, daß es für uns wichtig wäre«, bemerkte Carmody. »Kontos ist nicht mehr von Bedeutung. Verglichen damit, was der Würfel anrichten könnte, ist selbst der griechisch-türkische Konflikt nicht viel.«

»Die nächste Runde in einer dreitausendjährigen Auseinandersetzung«, sagte Claire verdrießlich. »Eine neue Generation von Agamemmnons.«

»Was ich von Ihnen möchte«, sagte Carmody und nickte John und Sergio zu, »ist eine klare Beschreibung von diesem, diesem zweiten Objekt. Und wo es ist.«

»Es ist wie ein Quark«, sagte Sergio ernst. »Nur kann die bindende Distanz sehr, sehr groß sein.«

»Wie groß?«

Zaninetti hob die Hände in ausdrucksvoller Gebärde. »In der Teilchenphysik sprechen wir gewöhnlich von einem Atom, das ist bereits groß. Aber hier haben wir es offensichtlich mit einem anderen Maßstab zu tun.«

»Also?«

»Das will sagen«, erläuterte John, »daß Quarks – die elektrisch geladenen Teilchen – im Prinzip unabhängig sind, nur sehen wir sie nie isoliert. Das liegt daran, daß sie einander mit einer Kraft anziehen, die von ihrer Trennung unabhängig ist. Versucht man demnach, sie auseinanderzuziehen, würde man mehr und mehr Energie einsetzen müssen. Man kann zwei von ihnen nicht weiter als eine winzige, zu vernachlässigende Entfernung auseinanderziehen. Das bedeutet, daß sie uns stets als größere Teilchen erscheinen, zwei zusammengeballte Quarks.«

»Ich kann dem nicht folgen«, sagte Carmody mit einer Spur von Ungeduld.

»Nun, es ist alles ein wenig bizarr«, gab John zu. »Sehen Sie, die Mathematik sagt, daß dieses Paar von Singularitäten von der gleichen Kraft zusammengehalten werden sollte. Einer Kraft, die nicht nachläßt, wenn man beide Teile auseinanderzieht.«

»Wie diese Quarks.«

»Richtig. Wir zerbrechen uns den Kopf darüber, wie es möglich ist, daß wir eine einzige Singularität sehen können. Warum ist ihr Partner, ihr ...«

»Zwilling?« sagte Claire.

»Gut, nennen wir es den Zwilling. Wir fragten uns, warum der Zwilling nicht zu der Singularität hingezogen wird, so daß sie sich in einer neuen Art von gebundenem Zustand vereinigen. Das könnte ein stabiler Zustand sein, das beweisen unsere Berechnungen.«

»Woher wissen Sie, daß das Ding in dem Würfel nicht schon zu zweit ist?«

»Die kubischen Felder sind das Kennzeichen einer Singularität«, sagte Zaninetti. »Zwei ergeben ein anderes Feld. Es könnte sogar sphärisch sein.«

»Vielleicht waren beide vorher zu zweit in dem Würfel«, spekulierte Claire.

»Bevor was geschah?« fragte Carmody.

»Bevor wir ... ah ... den Block bewegten.«

»Bevor Sie ihn verpackten und verschifften?«

»Es gab einen Unfall«, sagte Claire taktvoll. »Der Block fiel durch einen Felskamin, wobei die Kiste aufplatzte.«

»Und dabei könnte die zweite Singularität von der ersten losgerissen worden sein?«

»Möglicherweise«, antwortete Sergio. »Unsere Mathematik zeigt, daß die Kraft zwischen den Zwillingen konstant ist. Also ermöglicht der Winkel, den der Würfel zur Vertikalen beschreibt, eine direkte Messung der Kraft. Hier ...« Er ging zu einer Tafel an einer Seitenwand, nahm gelbe Kreide auf und begann eine Skizze aufzuzeichnen. »Hier in Boston wirken zwei Kräfte auf den Würfel ein. Die eine ist die Schwerkraft, sie weist vertikal abwärts. Die andere ist die Anzie-

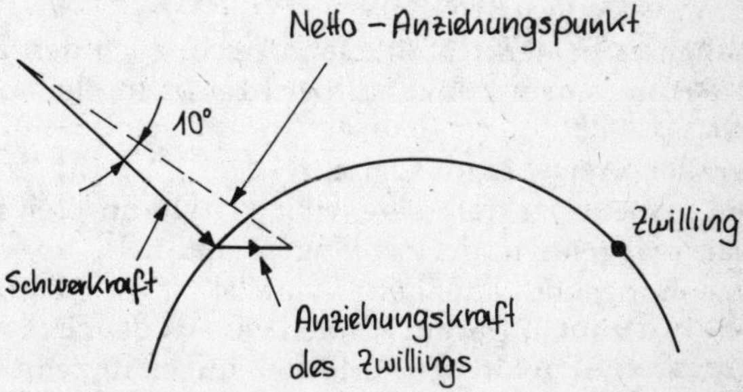

Netto-Anziehungspunkt
10°
Zwilling
Schwerkraft
Anziehungskraft
des Zwillings

hungskraft des Zwillings, die in einem Winkel zur Schwerkraft wirkt und direkt zu diesem weist.«

»Wie ist der Winkel?«

»Ich weiß nicht, wo der Zwilling ist, also ist dieser Winkel unbekannt«, antwortete Zaninetti. »Befindet sich der Zwilling genau auf der anderen Seite der Erde, so wirkt seine Anziehungskraft genau vertikal und verstärkt die Schwerkraft. Aber wir wissen, daß der Würfel ungefähr um zehn Grad von der Vertikalen abgewichen ist. Daraus folgt, daß der Zwilling nicht unter uns ist, in China oder irgendwo dort, sondern anderswo.«

»Irgendwo nordöstlich von hier. Das war die Richtung der Abweichung«, sagte John.

»Sie haben es bemerkt? Gut! Dann zeichne ich den Zwilling hier ein, an einem Punkt auf der Kreisbahn, die um die Erde geht.«

»Ein großer Kreis«, sagte Claire.

»*Si.* Die Anziehungskraft des Zwillings zieht unseren Würfel seitwärts. Sagen wir, der Zwilling ist sehr nahe, so würde seine Anziehungskraft annähernd parallel zur Erdoberfläche verlaufen. Horizontal. Darum können wir aus dem Umstand, daß die Abweichung von der Vertikalen ungefähr zehn Grad betrug, erkennen, daß die seitlich wirkende Anziehungskraft ungefähr ein Zehntel der normalen Schwerkraft ausmacht.«

»Nicht sehr viel«, sagte Carmody.

»Richtig, für subatomare Partikel ist es nichts«, sagte Zaninetti. »Die Theorie besagt, daß sie schwach sein sollte, aber wie schwach, ist schwer zu sagen. John und ich, wir sorgen uns die ganze Zeit darum, was diese Zwillinge daran hindert, zueinander zu finden. Wir dachten, daß es vielleicht eine Anpassung an die Kraft gibt, eine Abschirmung. Aber die richtige Antwort ist, daß wir dumm waren und daß die Kraft nicht blockiert wird. Sie ist schwach, und der Zwilling ist eben weit entfernt.«

»Wie weit?« fragte Carmody.

»Kilometer, Tausende von Kilometern, das können wir nicht sagen. Wir haben nur den Winkel.«

Ein Mann kam herein und flüsterte Carmody etwas zu. »Okay«, sagte dieser, und gleich darauf füllte ein Bild vom

Deck des Prahms, den sie kurz zuvor verlassen hatten, den großen Bildschirm. Im Vordergrund stand Arditti.

»Ich wollte Ihnen dies zeigen, Sir«, dröhnte Ardittis Stimme aus den Lautsprechern in den Ecken des Büros. Der andere Mann verringerte die Lautstärke. Arditti hielt eine Karte hoch, und Claire sah, daß es eine Seekarte vom Bostoner Hafen war. In diese Seekarte waren große rote X-Markierungen eingetragen, die in einer Linie von Castle Island bis zur Hafeneinfahrt verliefen. »Ich ließ unsere Taucher den Weg der Kiste am Meeresgrund verfolgen. Die Spur verläuft schnurgerade, wie Sie sehen.«

»Radioaktivität in der Spur?«

»Ja, es ist eine Art Furche, die das Ding geschnitten hat. Wühlt sich tiefer in den Schlamm, je weiter man hinauskommt.«

»In welche Richtung bewegte es sich?«

Arditti drehte die Karte und vergewisserte sich. »Ich würde sagen, ungefähr dreißig Grad Nordost.«

Carmody nickte.

»Der einzige Grund, daß wir das Ding finden konnten, war, daß es anfing, eine Menge Radioaktivität auszuspucken. Gegen Ende der Bahn muß es verlangsamt haben. War beinahe im Schlamm vergraben.«

»Wühlte sich tiefer«, murmelte John.

»Was?«

»Es grub sich ein, bewegte sich zu seinem Zwilling. Sehen Sie die Zeichnung: die Anziehungskraft zieht es seitwärts und abwärts.«

Carmodys Augen wurden groß. Er wandte sich zu der unauffällig in einem Bücherregal montierten Videokamera und fragte Arditti: »Können Sie diese Wandtafel sehen?«

»Nein, Sir, ich habe hier kein Bildschirmgerät. Aber ich kann eins holen lassen ...«

»Ist nicht so wichtig. Können Ihre Taucher mir sagen, welchen Winkel das Ding im Verhältnis zur Erdoberfläche machte? Dazu müssen sie die Tiefe der Furche messen, die es vor Castle Island machte, und dann bei der Stelle, wo die Bergung stattfand. Aber die Meerestiefe muß möglichst genau mit einbezogen werden.«

»Jawohl, Sir.«

Carmody schaltete den Bildschirm aus und blickte auf seine Uhr. »Noch eine Stunde, bis der Prahm sich der Sicherheitszone nähert.« Er schüttelte den Kopf. »Vielleicht hätten wir es an einen Hubschrauber hängen sollen.«

»Aber wohin damit?« fragte Claire. »Jeder Landeplatz würde in Gefahr sein.«

»Ja, aber der Prahm befördert es nach Osten, zu seinem Zwilling, richtig?« sagte Carmody.

»Richtig, aber dieser Zwilling könnte weit entfernt ...«

»Und er könnte direkt unter dem Prahm sein. Wir wissen nicht genug.«

»Ich glaube nicht, daß diese Tiefenmessungen Ihnen viel sagen werden«, wandte John ein. »Der Würfel sank einmal durch sein Gewicht in den weichen Schlamm ein; zum anderen wurde er von diesem Schlamm gehemmt. Das ergibt keinen sauberen Winkel, wie er im Diagramm zu sehen ist.«

Zaninetti grunzte zustimmend. »Zu schmutzig da unten.«

»Sehen Sie«, sagte Carmody mit deutlicher Ungeduld, »dies alles ist sowieso hypothetisch, aber warum sollte mich dieser Zwilling überhaupt kümmern?«

»Weil beide Singularitäten zur Vereinigung streben«, sagte John. »Sie werden in Bewegung bleiben, bis sie einander finden.«

»Dann sollten wir den Würfel einfach marschieren lassen«, sagte Carmody.

»Nein, ich würde sagen, nicht«, antwortete John. »Es wäre zu gefährlich. Nun, da ich die Theorie zu verstehen glaube, kann ich sagen, daß unsere Ängste unangebracht waren. Das Ding wird nicht einfach explodieren, weil es ein einfaches Partikel und kein Konglomerat ist, wie ich es zuerst dachte. Aber wenn es seinem Zwilling begegnet – nun, ich weiß nicht.«

»Ich erwarte, daß die Wiedervereinigung eine Menge Energie freisetzen wird«, sagte Zaninetti.

»Was ist eine Menge?« beharrte Carmody.

»Denken Sie an die Energie, die das Ding bereits gespeichert hat«, sagte Zaninetti. »Solange der Stöpsel offen war, strömte Materie in das Vakuum, wurde angesaugt und der

Masse hinzugefügt – Luft, Wasser, was in den Anziehungsbereich geriet. Es muß wie das Aufziehen einer Feder gewesen sein. Solange die Zwillinge getrennt sind, muß man gegen ihre Kraft arbeiten.«

»Aber Sie sagten, die Kraft sei gering.«

»Ja, gering, aber die Entfernung! Von hier nach Griechenland ist wieviel?« Er blickte zu Claire.

»Neuntausend Kilometer«, sagte sie.

»Gut. Stellen Sie sich einen Felsblock vor, der soviel wiegt wie ein Mensch, und schießen Sie ihn neuntausend Kilometer in den Raum hinaus, ausgehend von der Oberfläche eines Planeten, der ungefähr ein Zehntel der Schwere hat, die die Erde ausübt. Dann lassen Sie ihn fallen – neuntausend Kilometer – peng!«

»Ich sehe«, sagte Carmody. »Eine Menge Energie.«

»Sie mißverstehen«, sagte Zaninetti kopfschüttelnd. »Das ist nichts, verglichen mit der Energie, die freigesetzt werden kann, wenn zwei von diesen Singularitäten kollidieren. Dann kann ein Teil ihrer Masse in Energie umgewandelt werden. Vorsichtig zusammengeführt, gut – sie gehen einen gebundenen Zustand ein. Aber wenn eine gegen die andere knallt ...«

»Verstehe.«

Claire stand auf und trat zum Bücherregal. Darauf standen säuberlich geordnet allerlei Fach- und Nachschlagewerke. Sie fand einen großen Atlas und blätterte darin. Er enthielt eine Karte des Atlantischen Beckens, die sie betrachtete, während die Männer über die Energieausbeute stritten, die frei werden könnte, wenn die beiden Singularitäten einander mit hoher Geschwindigkeit trafen.

Etwas, was Arditti gesagt hatte, beschäftigte sie. Sie zog einen Bleistift aus der Handtasche und legte die Kante eines Wörterbuchs als Lineal auf die Karte des Atlantik. Von Boston ausgehend, drehte sie die Kante des Wörterbuchs um ungefähr dreißig Grad und zog eine gerade Linie über das Atlantische Becken. Die Linie führte aufwärts durch Neufundland und über den Ozean. Im weiteren Verlauf schnitt sie Frankreich nahe Bordeaux und führte dann, wegen der Erdkrümmung südostwärts. Sie querte die Stiefelspitze Italiens und erreichte südlich von Athen die Ägäis. Ein seltsames Frösteln überlief sie.

»Es paßt alles«, sagte sie.

Carmody merkte auf. »Was paßt?«

Sie zeigte ihm den Atlas. »Obwohl Mykene ziemlich genau östlich von hier liegt, braucht eine Kraft, die zwischen beiden Objekten wirkt, der Erdkrümmung nicht zu folgen. Sie schneidet sie an, etwa so. Ich legte Ardittis Angabe von einem Dreißig-Grad-Winkel zugrunde und zog eine Linie, das ist alles.«

»Und sie führt durch Griechenland.«

»Ja.« Es war ein unbedeutendes geographisches Detail, doch war sie froh, es entdeckt zu haben, während die Männer einander so viel energiereiche Mathematik um die Ohren schlugen. »Also war meine Idee richtig. Das Gegenstück ist in Griechenland.«

»War in Griechenland«, sagte John. »Seit wir den Würfel entführten, ist es in Bewegung, möchte ich wetten. Angezogen von seinem Zwilling hier.«

»Wo ist es dann?« fragte Carmody.

»Irgendwo entlang dieser Linie«, sagte Claire und fuhr sie mit lackiertem Fingernagel nach. »Im Erdinnern.«

»Es saugt alles in sich hinein«, erklärte Zaninetti. »Gestein, Wasser, Erde – alles. So arbeitet es sich vorwärts.«

»Es bohrt ein Loch, sozusagen?«

»So muß es sein«, sagte John. »Das Ding im Würfel wird es genauso machen.«

»Warum ist es dann überhaupt drinnen?« fragte Carmody.

»Ich vermute, daß es dort eine Art zeitweiligen Gleichgewichtszustand gebildet hat«, sagte John. »Seine Magnetfelder waren stark genug, um es drinnen in einem Schwebezustand zu halten; das habe ich vor ein paar Tagen ausgerechnet.«

»Aber jetzt geht es hinaus«, sagte Carmody.

»Bei der Verladung und dem Schiffsuntergang wird es herumgestoßen worden sein, das half wahrscheinlich.«

»Und das Einströmen von Wasser hielt es nach dem Untergang im Würfel fest«, fügte Zaninetti hinzu.

»Und was hält es jetzt zurück?« fragte Carmody.

Claire sah, worauf er hinaus wollte. »Der Flicken. Aber die Singularität wird sich durchfressen und freikommen.«

Carmody nickte einem seiner Helfer zu. »Geben Sie mir den Prahm!«

Augenblicke spähter erfüllte Abe Sprangles Stimme, blechern und von fern, den Raum. Claire war immer wieder verblüfft, wie rasch Carmodys Mitarbeiter begriffen, was er wollte, und augenblicklich die komplizierten Kommunikationswege öffneten. Im übrigen verhielten sie sich still, verfolgten aber die Diskussion. Sie hatte das unheimliche Gefühl, daß sie genau für dieses Ereignis ausgebildet worden seien, oder sich wenigstens mit erstaunlicher Schnelligkeit Notsituationen anzupassen verstanden. Während Carmody sich von Abe unterrichten ließ, blickte sie zu John. Er starrte nachdenklich und besorgt auf die Landkarte mit dem Bleistiftstrich.

»Ja, ich bekomme mehr Gammastrahlen aus dem Flicken«, bestätigte Abe. »Überwachen Sie die Strahlungsintensität«, sagte Carmody. »Verlassen Sie, wenn nötig, das Schiff ...«

»Nein, Moment«, unterbrach ihn John. »Er soll den Würfel drehen.«

»Wie?«

»So, daß der Flicken nach Südwesten weist. Das wird die Singularität abziehen und auf die entgegengesetzte Wand konzentrieren und so die Gefahr vermindern.«

Carmodys Miene hellte sich auf. »Haben Sie gehört?« sagte er zu Abe.

»Ja, aber ich verstehe nicht ...«

»Tun Sie es einfach!« sagte Carmody munter. »Meine Leute hören mit, geben Sie ihnen die Anweisungen.«

»Noch besser würde es sein, wenn Sie den Würfel langsam rotierten«, ergänzte John. »Das wird die Singularität veranlassen, verschiedene Stellen an der Innenseite des Würfels zu bearbeiten. So wird sie länger brauchen, ins Freie auszubrechen.«

Carmody sprach zu den Männern an Bord des Prahms und diskutierte die Möglichkeiten, den Würfel zu bewegen. Er gab Anweisung, daß alle Besatzungsmitglieder, die nicht unmittelbar am Würfel arbeiteten, sich möglichst von ihm fernhalten sollten. Die meisten Leute waren bereits mit den Kuttern und Motorbooten nach Boston zurückgeschickt worden, und es waren nur noch zehn Mann an Bord.

»Das wird uns helfen, Zeit zu gewinnen, wenn Sie recht haben«, sagte Carmody und lehnte sich in seinen Ledersessel zurück. »Aber wieviel?«

»Schwer zu sagen«, gab John zu.

»Ich beginne zu denken, daß es am klügsten sein könnte, das Ding einfach über Bord zu werfen«, sagte Carmody. »Dann kann es sich in die Erde hineingraben und sich zu seinem Zwilling auf den Weg machen.«

»Und wenn ihm das nicht gelingt?« sagte Zaninetti.

»Warum sollte es ihm nicht gelingen?«

»Es ist keine starke Kraft, von der wir hier sprechen. Wie ich sagte, die Berechnungen zeigen deutlich, daß es der Kraft gleicht, die den Quarks eigen ist – gleichbleibend, aber schwach. Viele Dinge wirken stärker.«

»Welche?«

»Magmatische Strömungen«, sagte Zaninetti. »Unter der Erdkruste finden starke Strömungsbewegungen glutflüssigen Magmas statt. Sie bewirken den Vorgang der Plattentektonik, die Verschiebung der Kontinente. Geriete die Singularität in diese Zone, so würde sie wahrscheinlich von den magmatischen Strömungen mitgenommen werden, aufwärts, abwärts, überallhin.«

»Zurück an die Oberfläche?« fragte Carmody.

»Früher oder später einmal, sicherlich. Die Konvektionszellen der magmatischen Tiefenströmungen lassen ständig heißes Material aus dem Erdinneren emporsteigen und entlang den mittelozeanischen Rücken am Meeresgrund austreten. Es ist denkbar, daß die Singularität ihr Gegenstück niemals finden wird.«

»Sahen Sie oder der andere, mit dem Sie in Griechenland waren, damals etwas Ungewöhnliches?« fragte Carmody. »Etwas, was eine zweite Singularität hätte sein können?«

»Nein. In diesem unterirdischen Höhlengang war es finster. Aus einem Seitengang sah ich schwachen Lichtschein, aber ich dachte, es sei bloß ein zweiter Weg hinab zum Wasser.«

»Aber Sie sind der Meinung, daß die zweite Singularität bei der Gelegenheit aus dem Würfel geschleudert wurde oder ausbrach?«

John zuckte die Achseln. »Es ist die einzige Erklärung, die mir einleuchtet. Das Ding machte eine Menge Lärm. Ich dachte, es sei die Kiste, als sie hinunterpolterte.«

»Dieser Stöpsel an der Rückseite des Würfels, erinnerst du dich?« sagte Claire. »Der Stöpsel aus Gestein war mit Lehm verklebt. Aber als ich das Gestein untersuchte, war es amorph. Ich hielt es für Basalt. Das könnte geschmolzener Kalkstein gewesen sein, der nach dem Entweichen des Zwillings erhärtete.«

»Dann wäre die Singularität entlang einer der Symmetrieachsen ausgetreten«, meinte John. »Gewiß, das ist der leichteste Weg hinaus. Also durchdrang sie die Mitte der Rückwand – vielleicht, weil die Kiste rückwärts fiel, nicht? Sie fiel auf die Rückseite und stieß die Singularität hinaus. Vielleicht ...«

Carmody wedelte mit den Händen. »Genug von vielleicht dies, vielleicht das! Ich möchte zu Professor Zaninettis Bemerkung zurückkehren. Sie sind der Meinung, daß diese Singularitäten durch ihr Graben große Schwierigkeiten verursachen könnten?«

»*Si.* Im ungünstigsten Fall könnten sie beispielsweise neue vulkanische Schlote öffnen, um nur ein Beispiel zu nennen. Wenn ...«

Einer der Mitarbeiter kam zu Carmody und flüsterte ihm etwas zu. Carmody runzelte die Stirn, nickte.

»Ich hörte gerade von dem Taucher in Ardittis Mannschaft. Er erwischte eine tödliche Strahlungsdosis.«

Darauf blieb es lange still. Was eine abstrakte Diskussion gewesen war, gewann unversehens eine reale, menschliche Dimension. Schließlich ergriff Carmody das Wort und sagte mit Entschiedenheit: »Dies soll uns eine Mahnung sein, daß wir sehr sorgfältig überlegen müssen, wie wir weitere Exkursionen dieser verdammten Dinger verhindern können. Was schlagen Sie vor?«

Zaninetti schürzte die Lippen, zog die Brauen düster zusammen. »Gäbe es eine Gewißheit, daß die Zwillinge tief in der Erde sicher zusammenkommen werden, so wäre das die beste Lösung. Aber wenn schon der Sturz durch ein Loch beide Komponenten auseinanderreißen kann, dann würde ich mir Sorgen machen. Sie werden frei bleiben, und imstande, an die Oberfläche zu kommen.«

»Gut. Was tun wir?« Carmody machte ein Gesicht, als ging ausnahmsweise auch ihm alles viel zu schnell.

»Gibt es eine andere Wahl?« sagte Claire ruhig. »Wir müssen den Schaden, den wir angerichtet haben, wiedergutmachen und ein friedliches Zusammentreffen der Zwillinge arrangieren.«

SECHSTER TEIL

ÄGÄISCHES
MEER
Lesbos
Theben
Athen
Patras
Korinth
Mykene
Nauplion
Argolis
Peloponnes
Sparta
ARGOLISCHER
GOLF
Andros
Mikonos
KYKLADEN
Thira (Santorin)
Heraklion
Kreta
Knossos
MITTELLÄNDISCHES
MEER

1

Die Spätherbstnacht hüllte das Schiff in Nebel. John Bishop stand auf dem hallenden Stahldeck des Begleitschiffes und spähte voraus in die trübe Dunkelheit, um ein Zeichen von Land zu entdecken. Die Argolische Halbinsel lag nur eine oder zwei Seemeilen nördlich, und bald mußten sie die Insel Spetsai passieren. Er dachte daran, wie er mit George auf diesem öden Eiland umhergewandert war, um den Kapitän der *Skorpio* zu überzeugen, daß sie bloß Touristen seien. Es schien Jahre her zu sein, doch waren es nur etwas mehr als drei Monate. Und damals wie jetzt beschäftigten ihn die bevorstehenden Ereignisse.

Salzige Frische stieg ihm in die Nase, als er sich über die Reling beugte. Das gedrosselte Grollen der Schiffsdiesel vibrierte durch seine Stiefelsohlen. Er war allein an Deck; Arditti und Carmody und die anderen waren unten, tranken Kaffee und beobachteten die Situation über die Monitore. John hatte das Gefühl, schon so aufgeregt genug zu sein, und wollte seinem Blut kein Koffein zumuten. Es war natürlich viel zu spät für andersgeartete Überlegungen, aber er hatte sie trotzdem.

Die letzten neun Tage waren ein verwirrendes, sich überstürzendes Durcheinander von Ideen, Spekulationen und stetig sich einengenden Möglichkeiten gewesen. Carmody war allem Anschein nach imstande, jede Dienstleistung zu bekommen, jede technische Hilfe, bis hinauf zur Ebene des Nobelpreises, indem er sie einfach anforderte. Daß solche Männer in der Regierung existierten, war John neu, doch wurde bei näherer Überlegung klar, daß es unvermeidlich war. Moderne Krisen, in denen nicht selten gefährliche Technologien eine Rolle spielten, verlangten eine rasche Übersicht und das gleichzeitige Erfassen vieler Aspekte. Jemand mußte wissen, wie man Eifersüchteleien zwischen Ministerien und nachgeordneten Behörden überwand, Spuren verfolgte, den wahren Gehalt aus selbstverherrlichenden Darstellungen filterte, fachübergreifende Zusammenarbeit organisierte und alle Beteiligten auf das jeweils anstehende Problem konzentrierte.

Der entscheidende Durchbruch war gekommen, als sie die Größe eines Tunnels berechneten, der von einer Singularität durch gewachsenen Fels gebohrt würde. Das winzige Schwarze Loch erhitzte das Gestein, bis es nach innen floß und der Masse des Loches hinzugefügt wurde. So saugte es einen kleinen Teil des erhitzten Gesteins auf und ließ den Rest hinter sich zurück. Durch diese Erhitzung entstand starker Druck, der das geschmolzene Gestein in benachbarte Risse und Spalten zwang. Somit entstand hinter der Singularität eine etwa armdicke Röhre mit glasigen Wänden. Selbst in größeren Tiefen würde die Last des anstehenden Gesteins einen so entstandenen Tunnel nicht gleich wieder schließen. Wo immer die zweite Singularität sich jetzt befand, sie mußte von der geographischen Position des Kuppelgrabes eine gerade Linie geschnitten haben.

Aber wohin? Die Beantwortung dieser Frage erforderte nicht die eleganten Taschenspielertricks theoretischer Physik, sondern vielmehr den zeittypischen Wirrwarr komplizierter, mühsamer und langweiliger Teiloperationen.

Mit dem Aufkommen immer neuer, halb intelligenter Computergenerationen war auch eine neue Art von Intellektuellen entstanden. Carmody rief eine Anzahl von diesen zusammen, daß sie eine auf Berechnungen beruhende Schätzung der Position des Zwillings machten. Diese Leute kannten kein Fachgebiet genauer, aber sie waren geübt in der Kunst, Spezialisten die richtigen Fragen zu stellen und verstanden sich auf die Integration von Wissen, ohne es in allen Verästelungen zu beherrschen. Da ihnen enorme Computerkapazitäten zu Gebote standen, wurde zur entscheidenden Frage, wie das jeweilige Programm ausgearbeitet und wie die Fragen formuliert werden mußten. Sie übersetzten den Fachjargon, die Syntax, die Vorurteile und den Stil vieler Disziplinen in ihre Programme, so daß die Computer die ermüdende numerische Arbeit ausführen konnten, die zu bestimmten Antworten führte. Diese Fachleute für Korrelationen nahmen sich des Problems an und brachten schlechte Nachrichten.

Der Zwilling befand sich wahrscheinlich unter Frankreich

und bewegte sich mit einer Geschwindigkeit von ungefähr drei Kilometern am Tag.

Die einfachste Art und Weise zur Wiedervereinigung der beiden Singularitäten wäre die Versenkung des Würfels in einen Bergwerksschacht irgendwo in Südfrankreich, wo die beiden sich dann finden könnten. Die Möglichkeit wurde in einer detaillierten numerischen Simulation durchgerechnet, doch zeigte sich, daß sie nicht erfolgversprechend war. Das Aufsteigen der zweiten Singularität aus dem Mantel könnte nachdrängendem Magma einen Weg zur Oberfläche öffnen, und was beide Komponenten dort bis zur erhofften unspektakulären Wiedervereinigung tun würden, blieb der Spekulation überlassen. Mit Sicherheit würden sie tödliche Gammastrahlung aussenden.

Carmody war ein Feind jeder Ungewißheit. Insbesondere mißfielen ihm ungelöste Probleme. Darum hatte er eine kühne Lösung gesucht, etwas, das die zweite Singularität in einer berechenbaren Art und Weise zur Oberfläche bringen würde, wo sich mit ihr fertig werden ließ.

John fröstelte in seinem schwarzen Taucheranzug. Der mediterrane Winter brachte schneidend kalte Nordwinde, die den Wellenkämmen Schaumkronen aufsetzten. Die Böen pfiffen vom Land her um die Schiffsaufbauten und zausten ihm das Haar mit eiskalten Fingern. Das Meer versprach willkommene Wärme.

Er verließ die fliegende Brücke und tappte im Dunkeln um das Signalfall. Über ihm kreisten unaufhörlich die Antennen und suchten den Horizont ab.

Die Positionslampen waren gelöscht, das Schiff verdunkelt. Die USS *Watson* rollte schwerfällig in den kurzen, hochgehenden Seen. Sie war ein Spezialschiff der Sechsten Flotte und offiziell ein Teil der Einsatzgruppe 32. Das ganze Schiff war von oben bis unten vollgestopft mit elektronischen Abhörgeräten, Ultrakurzwellen, Radar, Sonar und Infrarotsystemen. Seine Aufgabe war die Raumüberwachung im Umkreis von Hunderten von Seemeilen und das Abhören land- und seegestützter feindlicher Sender, sowie die verfolgende Ortung feindlicher See- und Luftstreitkräfte, bevor sie in den Aktionsbereich der US-Schiffe kamen. Achtern gab es einen

Hubschrauberlandeplatz, und vor der Brücke befand sich eine Abschußrampe für Flugabwehrraketen. Jeder konzertierte Angriff würde mit Sicherheit zum Sinken des Schiffes führen, doch sollte es dazu normalerweise nicht kommen. Der Flugzeugträger *Eisenhower* bewegte sich knapp hundert Seemeilen östlich. Er hatte startbereite Düsenmaschinen in Katapulten auf dem Flugdeck, die im Bedarfsfall jederzeit starten und innerhalb von Minuten an Ort und Stelle sein konnten.

Vorsichtig tastete John sich den Weg über Niedergänge zurück. Das Wetter war für ihr Vorhaben ausgezeichnet, mit einer dicken Wolkendecke und einer schmalen Mondsichel darüber. Er hoffte, daß es dabei bleiben würde. Ehe er mittschiffs unter Deck ging, hob er noch einmal witternd die Nase in die salzige, etwas nach Seetang riechende Brise, um zu sehen, ob sie auf West gedreht hatte, wie die Meteorologen prophezeiht hatten. Aber das war noch nicht der Fall.

Das rote Licht über der Operationszentrale war die einzige Beleuchtung im Korridor; man achtete streng darauf, jeden vom Land sichtbaren Lichtschein durch momentan geöffnete Luken oder Türen zu vermeiden. John schritt durch den Vorraum in die Zentrale mit ihren Bildschirmen und Konsolen. Carmody saß dort über seine Aufzeichnungen gebeugt. Techniker an den Arbeitsplätzen murmelten in Kehlkopfmikrophone und verfolgten die Darstellungen auf ihren Bildschirmen, wo verschiedenfarbige Punkte in langsamer Bewegung zu erkennen waren. Die Überwachung war auf den nördlichen Sektor über der Argolischen Halbinsel konzentriert. John betrachtete eine Übersichtskarte der westlichen Ägäis, auf die alle wahrgenommenen Bewegungen fremder Schiffe und Flugzeuge mit ihren jeweiligen Positionen kontinuierlich übertragen wurden. Es gab nur wenige blaue Punkte zu sehen, die griechische Flugzeuge kennzeichneten. Vielleicht waren es militärische Patrouillenflüge, vielleicht sogar Privatmaschinen. Die Front war schließlich weit entfernt, und das zivile Leben mußte weitergehen. Eine zweite Übersichtskarte zeigte Infrarot-Satellitenbilder. Er konnte mit den unregelmäßigen Klecksen grüner, orangefarbener und rötlicher Töne nicht viel anfangen. Städte hoben sich scharlachrot ab, aber das Auswerten der übrigen Merkmale war etwas für Sachverständige. Er ließ sich neben Carmody auf einen freien Sitz fallen.

»Ein letzter Segen?« fragte er.

»Gehen Sie und tun Sie Ihre Arbeit!«

»Keine Sorge. Sehen Sie zu, daß das Boot rechtzeitig zur Stelle ist.«

»Es ist kein Boot, sondern ein Schlauchboot.«

»Hauptsache, es ist leise.«

»Das wird es sein. Nicht, daß es darauf ankäme. Der Hubschrauber wird bis dahin alle Aufmerksamkeit auf sich ziehen.«

John warf einen Blick auf die Skizze, die Carmody auf einer Klemmtafel befestigt hatte. Es war dieselbe, die er vor zwei Tagen in Boston zur Verdeutlichung des Planes gezeichnet hatte.

»Glauben Sie noch daran?« fragte er.

Carmody zuckte die Achseln. »Genug, um etwas griechischen Grundbesitz zu riskieren.«

»Und einige Menschenleben«, sagte John.

»Ja.« Carmody war ganz unbesorgt. Er hatte solche und wahrscheinlich schlimmere Operationen früher schon durchgeführt.

Die Zeichnung sah harmlos aus. Die zweite Singularität hatte ihren engen kleinen Tunnel Hunderte von Kilometern vorangetrieben und war jetzt tief unter Europa. Wahrscheinlich hatte sie bereits winzige Spannungen und Bewegungen im Untergrund erzeugt, die womöglich als Auslöser vorhandener Spannungen wirkten und an der Oberfläche als Erdbeben wirksam würden.

Sie kroch unter der Erde dahin und saugte unersättlich geschmolzenes Gestein ein. Eine Merkwürdigkeit, die in Computersimulationen aufgetaucht war, klärte eine entscheidende Frage: Warum sie nicht durch Kruste und Mantel zum Erdkern absank wie durch Butter. Sie war sehr viel dichter als Felsgestein, mithin müßte sie nach aller Logik sinken. Es war kennzeichnend für die Vielseitigkeit der Computerspezialisten, daß sie eine Erklärung fanden, ehe Abe und John das Problem bemerkt hatten.

Materie fiel entlang den Diagonalen ihres kubischen Schwerefelds in die Singularität. Ein Teil wurde verschluckt, der Rest des geschmolzenen Gesteins als umgewandelte Energie abgestrahlt. Dazu kam die gleichmäßige Schwerkraft der Erde. Die Verbindung der beiden Schwerefelder führte zu einer ungleichmäßigen Abstrahlung nach unten. Diese und die gleichmäßige Anziehung der anderen Singularität erzeugten einen Gegendruck aufwärts, der die Singularität wie ein Luftkissenboot polsterte und ein Absinken verhinderte. Die gegensätzlich wirkenden Kräfte trugen aber auch zu der Ungewißheit bei, ob die beiden einander anziehenden Singularitäten angesichts der gegenwirkenden Kräfte jemals wieder zusammenfinden würden.

»Ich würde mich viel besser fühlen, wenn die numerischen Simulationen ein klareres Bild ergäben«, sagte Carmody verdrießlich.

»Na, die Leute hatten nur ein paar Tage Zeit.«

»Und ein paar Millionen Dollar. Für solch eine Rechnung erwarte ich klare Antworten.«

»Alle Simulationen zeigten, daß der Zwilling durch seinen eigenen Tunnel zurückkehrt.«

»Ja. Aber wie schnell?«

»Einige sagen einen Tag, andere sagen eine Woche.«

Carmody schüttelte den Kopf. »Zuviel Spielraum.«

»Wenn Sie Gewißheit wollen ...«

»Ich weiß, soll ich denen noch eine Woche geben. Bis sie alle Massegradienten mit einbeziehen können, und die Erdrotation, und Imponderabilien der Teilchenphysik – Ich habe die Einkaufsliste.«

Die Lösung war nicht elegant. Die beste Möglichkeit, die zweite Singularität aus den Tiefen der Erdkruste zu holen war ihre Rückkehr durch den Tunnel, den sie bereits geschmolzen hatte. Berechnungen und Simulationen zeigten, daß eine Umkehr der Anziehungskraft den Zwilling auf dieser Spur halten würde, weil sie den Weg des geringsten Widerstandes darstellte. Um den unterirdischen Zwilling zur Rückkehr auf seiner Spur zu bewegen, mußte das Gegenstück wieder in Griechenland sein.

Umfangreiche Computerprogramme untersuchten, wie die

Singularität auf Windungen des Tunnels, auf Einstürze oder Magmaflüsse reagieren würde, und die Lösungen ergaben allesamt, daß sie sich entlang ihrer Bahn zurück zum mykenischen Grab arbeiten würde. Die Ankunftszeit wurde allerdings uneinheitlich beurteilt, weil niemand sagen konnte, in welchem Umfang der Tunnel dem Druck und den Bewegungen im Untergrund standgehalten hatte.

Eine Mehrheit glaubte, daß die Singularität Frankreich erreicht hatte. Eine Minderheit glaubte, sie könne den griechischen Raum noch nicht verlassen haben. Sie stritten um Feinheiten der Physik Schwarzer Löcher, und Carmody betrachtete ihre Argumente als talmudisches Gezänk.

Gleichwohl konnte die Minderheit eine starke praktische Wahrscheinlichkeit ins Feld führen. Sie stellte sich vor, daß die Singularität sich langsam durch Fels graben würde und sich wahrscheinlich nur ein paar Hundert Kilometer entfernt habe. Das wiederum bedeutete, daß die Singularität dort im Untergrund keine Gelegenheit gehabt haben konnte, sich in einem vergeblichen Versuch, ihre Schwester am Himmel zu erreichen, aufwärts zu arbeiten.

Die Mehrheit hatte mit diesem Umstand erhebliche Schwierigkeiten. Während die Düsenmaschine flog, könnte die unterirdische Singularität aus ihrem gebohrten Kanal gelenkt werden. Um dies zu vermeiden, hatten sie eine komplizierte Flugroute errechnet, die mit Höchstgeschwindigkeit zurückgelegt werden sollte, um die Abweichung des Zwillings gering zu halten.

Carmody hatte sich für die Meinung der Mehrheit entschieden, obwohl ihn diese Differenzen unter Sachverständigen ärgerten und beunruhigten. Zu John hatte er bemerkt: »Schließlich sind es Wissenschaftler, man erwartet, daß sie sich mit diesem Zeug auskennen!«

Und der Unterton von Entrüstung war unüberhörbar gewesen.

Die Lösung war riskant. Sie umfaßte die Rückführung des Würfels in die Nachbarschaft des Kuppelgrabes, so daß seine Anziehungskraft die zweite Singularität entlang dem zuvor geschmolzenen Weg zurückziehen würde.

Dann konnten beide Singularitäten wieder zusammenkommen. Der Zwilling würde vermutlich wie der Blitz aus seinem Tunnel gesaust kommen, weil er auf freier Bahn keinen Widerstand hätte. Wenn die zwei aber in hoher Geschwindigkeit zusammenträfen, konnte es zu einer gewaltigen Verschmelzung kommen, bei der viele Megatonnen Energie freigesetzt würden. Um das zu vermeiden, mußte jemand den Würfel vom Zwilling fernhalten. Überraschenderweise schien dies nicht allzu schwierig.

John und Zaninetti hatten bewiesen – soweit dies auf Papier möglich war –, daß die Anziehungskraft zwischen den Singularitäten unabhängig von ihrer Trennung war. Mithin würde das gleiche Zehntel der Erdschwere versuchen, beide Komponenten zusammenzuziehen, gleichgültig, wo sie sich befanden. Aber ein Zehntel der Erdschwere würde nicht ausreichen, um eine Singularität in die Luft emporzuheben, nicht, wenn die volle Schwerkraft sie herabzog. Also konnte die unterirdische Singularität nicht vom Boden abheben. Sie konnte wie ein Maulwurf graben, aber nicht wie ein Adler fliegen.

Sie aus dem Grab zu ziehen, erforderte lediglich, daß der Würfel verlockend nahe in der Luft gehalten wurde, während der Zwilling ruhelos darunter kreiste und verausgabte, was er während seiner Reise durch den Tunnel an Energie gesammelt hatte.

Carmody schmunzelte. »Und hier dachte ich, die Wissenschaft sei exakt, könne Gewißheit vermitteln. Zum Teufel, sie ist genauso schlecht wie unsere verdammte Außenpolitik.«

»Die auch nicht funktioniert.«

»Das können Sie zweimal sagen. Wissen Sie, als der Präsident dieses Vorgehen billigte, ließ das Außenministerium bei den Griechen vorfühlen. Erkundigte sich nach den Möglichkeiten einer Verständigung über dieses Ding, Kooperation ...«

»Was?«

»Regen Sie sich nicht auf. Die diplomatischen Fühler haben nichts von unserem Vorhaben verraten.«

»Wenn die Griechen argwöhnen ...«

»Wir haben die Sache ganz unbestimmt gehalten.«

»Trotzdem ...«

»Wir wollten bloß sehen, was sie sagen würden. Und natürlich unseren Hintern diplomatisch bedecken, sollte dieses Vorhaben irgendwie platzen.«

»Wird es bekannt werden? Wenn wir vorsichtig sind ...«

»Ganz bestimmt. Solch ein Ding läßt sich heutzutage nicht geheimhalten.«

»Was werden die Griechen sagen?«

»Sie werden ihre gewohnten Vorwürfe wiederholen. Uns der Nutznießerschaft am türkischen Krieg bezichtigen, der imperialistischen Selbstherrlichkeit, die das Völkerrecht mit Füßen tritt – das übliche.«

»Wozu dann die Mühe solcher diplomatischer Vorstöße?«

»Das Außenministerium möchte sagen können, wir hätten es zuerst auf diplomatischem Wege versucht und seien zurückgewiesen worden. Die Europäer werden sowieso ein großes Aufhebens davon machen, aber die Aufmerksamkeitsspanne ist heutzutage so kurz, daß die Medien nach zwei, drei Tagen auf andere Ereignisse übergehen werden, ganz gleich, was geschieht. Das Außenministerium sorgt sich jedoch wegen Japan und China – die sind wichtig. Es geht um das Panpazifische Handelsabkommen, das jetzt unterschriftsreif gemacht werden soll; man möchte Störungen vermeiden.«

»Hat Athen etwas über Kontos gesagt?«

»Nein, er trat nicht als Unterzeichner der Antwort oder anders in Erscheinung. Schließlich gehört er nicht dem Außenministerium an.«

»Oder vielleicht ...«

»Wir wissen, daß er zurückgekehrt ist. Zwei Stunden nachdem die *Pyramos* in Bermuda anlangte, buchte er einen Flug der British Airways. Flog über Heathrow nach Athen.«

»Wenn er nur ein Bruchstück dessen mitbekommt, was vorgeht ...«

»Gewiß, er vermutet, dieses Ding könnte eine Waffe sein.« Carmody runzelte die Stirn und saugte an seinen Zähnen.

»Und es könnte als Waffe gebraucht werden.«

»Das war der Punkt, der in der Sondersitzung des Pentagon den Ausschlag gab. Ein Grund mehr, daß diese Dinger, wenn sie schon hochgehen sollten, dies außerhalb der

Vereinigten Staaten passiert. Kontos wollte den Würfel ja wiederhaben. Okay, hier ist er – genau wie er es verlangte.«

»Zuerst wollen wir den Würfel nicht mehr hergeben, dann schieben wir ihn den Griechen wie eine heiße Kartoffel zu.«

Carmody lächelte. »Aber wir sind die einzigen, die wissen, daß sie heiß ist.«

»Kontos weiß genug, um die Russen dafür zu interessieren.«

Carmody schüttelte den Kopf. »Seine Regierung hat keine Zeit, auf ihn zu hören. Schließlich scheiterte sein Vorhaben. Er verlor sein Boot, seine Beute, alles. Und sie haben einen Krieg am Hals.«

Dies war tatsächlich die beste Tarnung für das Manöver der *Watson.* Offiziell kreuzte sie als Teil der Einsatzgruppe 32 in der südlichen Ägäis, um die Kämpfe im Norden zu beobachten. Die Griechen behaupteten sich auf See und in der Luft. Sie hatten Vorstöße der Türken in die Ägäis zunichte gemacht, wobei allerdings viele Schiffe und Flugzeuge in einem großen Kampf vor der Insel Chios verlorengegangen waren. Die türkischen Verluste sollten noch beträchtlich höher sein, hauptsächlich weil die Griechen über besser ausgebildete Piloten verfügten, aber die Türken waren zahlenmäßig überlegen.

Der entscheidende Punkt war, wer die Herrschaft über die offene See gewann. Gelang es den Türken, die griechische Marine zu zerschlagen, konnten sie ungehindert amphibische Landungsschiffe über die Ägäis schicken und eine Invasion Mittelgriechenlands durchführen, was vermutlich eine rasche Entscheidung des Krieges zu ihren Gunsten bewirken würde. Vermochten die Griechen sich aber auf See zu behaupten, so bestand angesichts der Wahrscheinlichkeit eines langen und verlustreichen Abnutzungskrieges die Möglichkeit eines Waffenstillstands auf der Basis des Status quo.

Weit im Norden, wo beide Länder eine gemeinsame Grenze in Thrakien hatten, entwickelten sich bereits Landschlachten, doch erwartete man, daß die Griechen im hügeligen Terrain ostwärts der Halbinsel Chalkidike ihren schmalen Landstreifen auch gegen eine starke türkische Übermacht würden halten können.

Unterdessen bemühten sich Diplomaten um einen Waffenstillstand. Die Türkei verlangte den Beistand ihrer NATO-Verbündeten.

Gerüchte wollten von sowjetischen Waffenlieferungen an Athen wissen, wobei es sich vor allem um neuartige Flugabwehrraketen handeln sollte. Die griechische Regierung erbat offen Unterstützung vom sozialistischen Lager, womit nur der Warschauer Pakt gemeint sein konnte.

Carmody zeigte zu der großen Übersichtskarte, die ein Gesprenkel gruppierter Punkte über der nördlichen Ägäis zeigte. »Die Türken sind heute nacht aktiv. Das wird die Griechen beschäftigen.«

»Ja«, sagte John unbehaglich. »Für eine Weile.«

2

Als Claire nach ihrem Nickerchen in die Messe der *Watson* kam, zeigte der Fernseher die Übertragung eines amerikanischen Programms. Nicht die Nachrichten, nicht einmal ein Baseball- oder Footballspiel, wie sie von den Seeleuten erwartet hätte, die bequem herumsaßen, Kaffee tranken und das Programm verfolgten.

Sie mußte zugeben, daß die klischeehaften Vorstellungen über Seeleute, die sie bisher akzeptiert hatte, zumindest im Fall dieser Männer irrig gewesen waren. Sie waren beweglich, intelligent und diszipliniert, ohne starr zu sein. Selbst jetzt wahrten sie bei allen schlauen Blicken, die sie ihr aus den Augenwinkeln zuwarfen, eine geziemende Zurückhaltung. Sie war sich sehr wohl bewußt, daß die Besatzungsmitglieder seit mehr als einem Monat keine Frau aus der Nähe gesehen hatten. Es war wie ein gleichförmiger Unterton an Bord, eine Sache der Körpersprache und zu langer Blicke, nichts, wogegen sie Einwände hätte erheben können, und von seiten der Männer vielleicht nicht einmal bewußt. Aber es war da. Immerhin hielten sie es zurück, so gewissenhaft und ordentlich wie ihre gebügelten blauen Uniformen.

Das Fernsehen zeigte einen Informationsfilm über Mikrobiologie, in dem DNS-Moleküle sich wie bunte, tanzende Schlangen unter einem wachsamen Elektronenmikroskop ringelten. Die Begleitmusik hörte sich wie ein elektronisch verfremdetes barockes Cembalo an. Die Stimme des Kommentators erklärte den einzigartigen Stellenwert, den die Ionen von Phosphorverbindungen in unserer Biologie einnahmen, glaubte darin Ordnungen zu erkennen, die er auf Ideen des 15. Jahrhunderts vom Uhrenbau und Planetenbahnen zurückführte, die er wiederum mit der Entwicklung der bürgerlichen Freiheiten in der modernen Welt verband. Die Musik ging zu Beethoven über. Darwin trat auf, dann modernistische Drucke, die den Lebensüberdruß illustrierten, und dann wurde über Prädestination und Freud gesprochen.

Die heitere, die saubere Wissenschaft. Das sollte offenbar die Botschaft dieses sonderbaren Potpourris von Wissenschaftswerbung sein. Daß man solche Reklame überhaupt nötig zu haben meinte, ließ den Schluß zu, daß der Fortschrittsglaube auch in den Kreisen seiner Verfechter brüchig wurde. Jedenfalls hatte das alles nichts mit dem Herumkriechen in einer Höhle zu tun, oder mit der Suche nach einem Etwas, das tödliche Gammastrahlen aussendete. Damit natürlich nichts. Sie nahm einen Plastikbecher des schrecklichen Kaffees in die Hand und ging auf Deck.

Die Nachtkälte vermochte ihrer dicken Jacke nichts anzuhaben. Sie ging langsam nach achtern, plump und tapsig in den schweren Stiefeln, die sie von der Marine bekommen hatte. Radarantennen verschiedener Formen und Größen rotierten unaufhörlich über ihr, geräuschlose Begleitung zum ewigen Vibrieren der Maschinen und dem Rauschen des Wassers am Schiffsrumpf.

George Schmitt überwachte die Arbeit auf dem Hubschrauberdeck. Arbeitstrupps warteten und betankten die beiden Maschinen, während andere das große würfelförmige Objekt festmachten. Sie dachte an das steinerne Artefakt unter all den Schichten von Metall und speziellen Dämm- und Kunststoffen. Der schmutzigweiße Verschlag, der es nun beherbergte, war von Materialexperten zusammengesetzt worden, weil man die Singularität im Inneren des Blocks so lange wie möglich darin festhalten wollte. Eine besondere Gruppe von vier Mann mit tragbaren Meßinstrumenten überwachte den Würfel ständig. Während Claire zusah, unternahmen sie einen weiteren Rundgang und hielten dabei ihre Instrumente gegen die Seiten.

Soweit hatte es keine Schwierigkeiten gegeben. Dennoch war sie in der Nähe des Würfels nervös. Der lange Flug von Boston an Bord einer Transportmaschine der Luftwaffe war ihr ein Alptraum gewesen, bis John zufällig erwähnte, daß das Artefakt nicht an Bord war. Es wurde separat in einer Maschine mit reduzierter Besatzung befördert.

Sie hatte angenommen, daß ihre Gruppe und Carmodys Spezialisten die Operation allein durchführen würden. Doch als sie auf einem NATO-Luftstützpunkt in Italien landeten, kamen weitere Männer an Bord, und es gab Begleitmaschinen, und allmählich ging ihr auf, wie groß dieses Unternehmen aufgezogen worden war. Und wie ernst man die Berechnungen einiger Physiker und Mathematiker nahm. Es war aufschlußreich für das Maß, in dem der Sicherheits- und der militärische Bereich von den Physikern abhingen, die seit 1945 die Mandarine der Wissenschaft waren.

Vor drei Tagen hatte sie an einer Sitzung teilgenommen und einer detaillierten Studie über die möglichen Folgen einer Wiedervereinigung der beiden Singularitäten tief im Erdinneren gelauscht. Diese Studie war notwendig geworden, weil einige einflußreiche Persönlichkeiten sich dafür ausgesprochen hatten, die beiden einfach unter dem Atlantik zusammentreffen zu lassen, wo die Auswirkungen minimal sein würden. Wenn aber, so erklärten die Verfasser der Studie, nur einhundert Kilo der vereinten Masse in Energie umgewandelt würden, so könnte dies schwere Erdbeben im Bereich des Atlantik erzeugen, gefolgt von Flutwellen, die beide atlantischen Küsten verheeren würden. Die geduldige, vernünftige Art und Weise, wie die Verfasser ihre Gleichungen und graphischen Darstellungen erläuterten, hatte etwas niederdrückend Überzeugendes gehabt. Vor allem war Claire betroffen von der leidenschaftslosen systematischen Weise, wie sie weitreichende Schlußfolgerungen zogen und vertraten. In der Archäologie wurde jedes keinste Fundstück auf seine mögliche Bedeutung untersucht. Die Forscher wußten, daß sie es mit menschlichen Hervorbringungen zu tun hatten, geformt von Regungen und Bedürfnissen, die sich im Laufe der Jahrtausende vermutlich wenig geändert hatten. Es gab ermutigend menschliche Maßstäbe. Eine unerwartete Wendung konnte einen nicht plötzlich an den Rand eines Abgrundes stoßen, wo man in hallende, kalte, unmenschliche Perspektiven hinabstarrte. Der Unterschied war so enorm, daß man kaum geneigt war, beide Gebiete gleichermaßen als Wissenschaften anzusehen.

»Lampenfieber?« fragte eine Stimme neben ihr. George Schmitt lehnte entspannt an der Reling. Er schien immer unbesorgt und gelassen, ob er am Grab oder in Boston oder auch hier arbeitete. Es mußte ein Geschenk des Himmels sein, dachte sie.

»Nein, ich gehe nur die Möglichkeiten durch«, antwortete sie.

Als die ganzen Ausmaße des Vorhabens klar wurden, hatte sie vorgeschlagen, George beizuziehen. Nur er und sie kannten das Grab gründlich, und er allein hatte eine gute Vorstellung von der strukturellen Festigkeit der Wände. Niemand wußte, was geschehen würde, und es bestand ein erhebliches Risiko, daß der Schauplatz der Wiedervereinigung Schaden davontragen würde, und Claire fühlte sich für das Kuppelgrab verantwortlich. Zuerst hatte sie verlangt, hineinzugehen und die Leute zu beaufsichtigen, um allfällige Beschädigungen auf ein Mindestmaß zu beschränken. Carmody hatte das ausgeschlossen, bis Arditti und andere argumentiert hatten, daß es nützlich wäre, jemand dabeizuhaben, der das Grab und seine Umgebung kannte. Der Plan verlangte ein Minimum von zwei Hubschraubern, und sie hatte vorgeschlagen, daß George mit dem ersten und sie mit dem zweiten fliegen sollte.

Zu ihrer Überraschung war George einverstanden gewesen. Zwei Agenten hatten ihn nach Boston gebracht. Da sie ihn gut kannte, entging ihr nicht, daß er unter seiner beiläufigen, kühlen Art aufgeregt war, und daß die Atmosphäre von Geheimhaltung und Macht ihn faszinierte. Carmodys Leute waren praktisch denkende Männer von vielseitiger Tüchtigkeit, und die Beschäftigungen, denen sie nachgingen, mußte für einen jungen Archäologen, der seine Tage an der Columbia-Universität mit der Reinigung, Einordnung und Katalogisierung alter Fundstücke zubrachte, eine willkommene Abwechslung sein.

Claire war auf die Teilnahme an dem Unternehmen geradezu versessen gewesen. Die stärkste Opposition war von John gekommen, der sie überhaupt nicht an dem Vorhaben hatte beteiligen wollen. Aber sie ließ sich von niemand beiseitestoßen. Sobald John das begriffen hatte, war er zu widerwilliger Neutralität übergegangen. Dann hatte sie mit Carmody fertig werden müssen. Seine altmodische fürsorgliche Beunruhigung war bloß ein weiterer müder Vorwand, eine Frau aus der Sache herauszuhalten; sie sah das sofort, und schließlich gelang es ihr, seine vorgeblichen Bedenken zu zerstreuen. Sie war mit dabei. Nicht im ersten Hubschrauber, nein, aber sobald die Verhältnisse sich beruhigt hätten, würde sie ins Grab gehen, um zu retten, war übrig war. Sie schuldete es ihrem Beruf und sich selbst.

»Daß es dazu kommen würde, hätten wir uns nicht träumen lassen, wie?« sagte George. Seine Finger trommelten auf die Reling.

»Archäologie, das Fach mit Zukunft.«

»Obwohl es sich mit der Vergangenheit befaßt.«

»Darüber zerbreche ich mir den Kopf«, sagte sie. Die Männer brachten Kabel an dem Verschlag an, der das Artefakt enthielt. Die Kabel führten zu einer Winde am Bauch des ersten Hubschraubers.

»Was der Würfel bedeutet?«

»Ja. Kubisches Artefakt, kubische Singularität. Kann kaum zufällig sein.«

»Die Hersteller behauten den Fels, daß er von außen wie das Ding im Innern aussehen sollte. Wäre das eine Möglichkeit?«

Sie blickte ihn überrascht an. »Ja, aber warum? Welche Beziehung hatte das Ding zu dem oder denen, die in dem Kuppelgrab bestattet wurden?«

»Vielleicht war der Tote der Entdecker.«

»Und wo sollte er es entdeckt haben?«

»Was weiß ich? Er könnte es ausgegraben haben. Aus einem Steinbruch.«

»Könige arbeiten nicht in Steinbrüchen, und Steinbrucharbeiter haben keine vornehmen Gräber.«

»Vielleicht war es eine Kriegsbeute. Das Elfenbeinplättchen mit der Ritzzeichnung könnte ein Hinweis darauf sein.«

Wieder blickte sie überrascht zu ihm auf. Seit Wochen hatte sie daran nicht gedacht. Die primitive Skizze auf Elfenbein, die Kreta und Santorin zeigte. Kontos mußte sie inzwischen gefunden haben, unter den Ausgrabungsgegenständen, die nach Athen geschafft worden waren.

»Gewiß. Aber die Erbauer des Grabes müssen gewußt haben, daß die Singularität gefährlich war. Ich frage mich, wie sie darauf gekommen sind.«

Auf einmal kam ihr eine Erleuchtung. »Die Meißelspuren an der Vorderseite! Erinnerst du dich? Sie könnten davon herrühren, daß jemand versuchte, die Singularität herauszubekommen.«

Er schaute skeptisch. »Wer?«

»Grabräuber?«

»Das Ding sieht nicht wie etwas aus, was einen Grabräuber reizen könnte. Ganz abgesehen von seinem Gewicht.«

»Oder Johns Idee. Daß, wenn Diener mit dem toten König eingemauert wurden, sie versucht haben könnten, sich zu befreien.«

»Es gibt praktisch keinen Hinweis, daß welche begraben wurden, dachte ich. Außerdem war das bei den mykenischen Griechen nicht üblich, soweit wir unterrichtet sind.«

»Richtig. Aber nur angenommen, es sei so gewesen. Sie konnten sich nicht beim Eingang hinausgraben, der mit Erdreich und Geröll zugeschüttet war; das wußten sie. Also waren sie verzweifelt. Arbeiteten im Dunkeln. Sicherlich hatten sie gehört, daß das Ding in dem Würfel, was es auch sein mochte, Licht von sich gab.«

»Demnach hätten sie versucht, an dieses Licht heranzukommen?«

»Ja! Es kann durch Gestein bohren, nicht wahr?«

»Komm schon, Claire! Damals müssen noch beide Singularitäten beisammen und inaktiv gewesen sein. Woher hätten sie wissen sollen, daß eine abgetrennte Singularität sich durch den Felsen bohren würde?«

Doch sie ließ sich von ihrer Idee nicht abbringen. »Es paßt alles. Die Diener wußten, was im Würfel war. Alle müssen es gewußt haben.«

»Vielleicht. Aber sie kamen nie hinter den ersten Block. Der Mörtel war intakt.«

»Ja. Nicht genug Zeit. Vielleicht dachten sie, sie könnten die Singularität aus dem Fels befreien? Sahen eine Gottheit darin, die ihnen Hilfe bringen könnte?«

George beobachtete die Arbeiten der dunklen Gestalten unter den zwei bananenförmigen Rümpfen der Hubschrauber. »Du gehst nicht logisch vor«, sagte er. »Wenn die eingeschlossenen Bediensteten – angenommen, es habe sie gegeben – das Innere des Kuppelgrabes nicht verlassen haben, können sie nicht an den Würfel herangekommen sein, der jenseits der Mauer lag. Folglich können sie die Meißelspuren am Würfel nicht verursacht haben. Diese müssen bereits vorher entstanden sein, ehe der Würfel an seinen Platz gebracht wurde. Aber ich fürchte, wir werden mit diesen Spekulationen nicht weiterkommen, solange wir keine neuen Hinweise auf den Zweck des Würfels und seines Inhalts finden.«

»Wenn wir hier fertig sind, wird vielleicht nicht mehr viel vom Grab übrig sein.«

»Das werden wir sehen. Dazu sind wir schließlich hier, nicht wahr? Die archäologischen Interessen zu wahren.«

»Und dann zu verschwinden«, sagte Johns Stimme hinter ihnen.

Claire wandte sich um und sah, daß er ganz in einem schwarzen Tauchanzug steckte und in unpassenden blauen Turnschuhen etwas unbeholfen dastand. Eine wortlose, nervöse Erregung sprang zwischen ihnen über, George aber schien vom Anblick des Tauchanzuges ernüchtert und sah auf die Uhr. »Ah, wird allmählich Zeit, nicht?«

»In fünf Minuten. Wenn das Schiff verlangsamt, gehen wir über Bord.«

Claire blickte forschend in Johns Gesicht, konnte aber keine Gemütsbewegung erkennen. Er überspielte seine Nervosität mit Lockerungsübungen. »Die Muskeln müssen warmgehalten werden.«

George lächelte. »Lassen Sie sich nicht stören!«

»Sie fliegen mit Maschine A, wie?« sagte John grunzend zwischen seinen Streckübungen.

»Ja. Wir kundschaften das Grab aus.«

John nickte, verschränkte die Hände hinter dem Kopf und zog die Ellbogen rhythmisch zurück, wobei er den ganzen Körper spannte und auf die Zehenspitzen hob. Es erinnerte Claire an die Aufwärmübungen vor einem Spiel.

Sie glaubte genau zu wissen, was er dachte. Er war hinter ihrem Rücken zu Carmody gegangen und hatte etwas mit ihm ausgehandelt. Sie sollte mit Maschine B fliegen – nicht A, die den Würfel trug. George sollte als Erster zum Grab vordringen. John tat zu ihrem Schutz, was er konnte. Sie hatten wegen ihrer »dickschädeligen Störrigkeit«, wie er es nannte, bereits dreimal Krach gehabt, aber sie hatte sich durchgesetzt. Sie nahm an der Aktion teil, und dafür sah sie ihm diese unbedeutende und eher liebvolle Täuschung kommentarlos nach.

»Ich dachte daran, Zaninetti eine Nachricht zu schicken«, sagte John.

»Carmody hat völlige Funkstille angeordnet«, sagte George.

»Das Telegramm kann hinausgehen, sobald wir fertig sind. Oder, noch besser, dann kann ich es stornieren.«

»Ich folge dir nicht«, sagte Claire.

John grinste. »Es gab einmal einen großen Mathematiker namens Hilbert, der nach Berlin telegraphierte, er habe eines der hervorragendsten ungelösten Probleme der Mathematik bewiesen, die sogenannte Riemannsche Vermutung. Sie hat mit den Wurzeln einer bekannten Funktion zu tun. Er schickte das Telegramm nach Berlin und kündigte an, daß er kommen und einen Vortrag halten wolle. Die Fachwelt geriet in Aufregung. Hilbert kam und hielt seinen Vortrag und sagte nichts über das Problem. Hinterher kam jemand zu ihm und fragte, was ist mit der Riemannschen Vermutung, wie lautet die Lösung? Und Hilbert sagte, er habe keine. Er war das erste Mal mit dem Flugzeug geflogen und ziemlich nervös, und hatte das Telegramm für den Fall geschickt, daß er bei einem Absturz ums Leben käme.«

George lächelte. »Auch ein Weg, sich einen Platz in den Büchern zu sichern.«

»Wie mit dem berühmten verlorengegangenen Bishopschen Beweis der Riemannschen Vermutung, wie?« sagte Claire.

»Du hast es erfaßt«, sagte John mit Heiterkeit. Er hob die Hände und zuckte die Achseln.

Zusammen gingen sie weiter und überließen George seinen Pflichten.

»Fünf Minuten?« fragte sie halblaut.

»Ja.«

»Ich sehe noch immer nicht ein, warum es so schnell gehen muß. Es hat nur ein paar Tage zum Nachdenken gegeben, zum ...«

»Es ist dieser Krieg. Er liefert eine perfekte Ablenkung. Und sollte je etwas schiefgehen, so werden die Leute es als irgendein türkisches Unternehmen abschreiben, das gescheitert ist.«

»Davon sagte Carmody nichts.«

»Brauchte er auch nicht. Es ist offenkundig.«

»Aber du mußt zugeben, daß, wenn wir noch eine Woche Zeit gehabt hätten ...«

»Inzwischen hätte der Geist aus seiner Flasche dort entweichen können«, sagte er mit einer Daumenbewegung zum Hubschrauberlandeplatz. »Und wir hätten alle Hände voll zu tun, ihn wieder hineinzubringen.«

Sie stimmte widerwillig zu. »Ich sehe noch immer nicht, warum einer mathematischen Kuriosität soviel Aufmerksamkeit geschenkt wird.« Nachrichten von einer ebenso wichtigen Entdeckung auf dem Gebiet der Archäologie, überlegte sie, würden eine Figur wie Carmody – wenn überhaupt – allenfalls nach einem oder zwei Jahrzehnten erreicht haben.

»Es ist viel mehr. Die mathematischen Berechnungen legen den Schluß nahe, daß solch energiereiche Partikel von hoher Masse nützlich sein können. Kompakte Energiespeicherung. Eine vielseitige Strahlungsquelle. Könnte man solch ein Ding unter Kontrolle bringen, so wäre es möglich, das ganze Erdinnere zu erforschen.«

»Wie?«

»Wenn du zwei Singularitäten hast, könntest du die zweite genau gegenüber von der ersten auf der anderen Seite der Erde placieren. An Ort und Stelle verankern oder was. Dann würde die gegenseitige Anziehungskraft die andere Singularität durch den Mittelpunkt der Erde herüberziehen. Die Messung der Durchgangszeit und die Rate ihrer Vorwärtsbewegung würde Aufschluß über die Dichteverhältnisse und die materielle Zusammensetzung von Mantel und Kern geben. Zumindest könnte man damit auf kostensparende Weise Tiefbohrungen durchführen.«

»Oder Bomben bauen.«

Er nickte. »Das auch.«

»Dann ist klar, welche Anwendung im Vordergrund stehen wird. Deshalb hält Carmody uns von der Presse fern.«

»Gewiß. Das wird eine Weile klappen. Aber auch er weiß, daß es nicht lange dauern kann. Die wissenschaftlichen Aspekte sind zu interessant. Vielleicht könnte er dich und mich zum Stillschweigen vergattern, aber Zaninetti ist eine zu bedeutende Figur, als daß er ihm einen Maulkorb verpassen könnte.«

»Tröstlich.«

»Ja.«

Sie waren ein Stück zum Vorschiff gegangen, und nun hörten sie das Rauschen der Bugwelle hinter sich. Die Schaumstreifen schienen einen schwachen phosphoreszierenden Schein zu haben. Die *Watson* lief mit halber Fahrt. Ihre Schlingerbewegungen waren träge wie die Dünung. Claire lehnte sich an ihn. »Zwei Minuten«, sagte sie. »Worüber reden wir?«

»Liebe und Tod.«

»Wessen?«

»Unsere.«

»Darf ich zwischen beiden wählen?«

Er küßte sie. »Tust du mir einen Gefallen?«

»Sicher, Matrose. Willst du es gleich hier auf Deck? Ich glaube, es ist dunkel geung.«

»Geh nicht in den Hubschrauber.«

Sie schaute ihn an und sah ein verletzliches, offenes Gesicht, und sie bereute, daß sie so frivol mit ihm gewesen war. Aber es war zu spät, und beide wußten sie es.

»Ich ... du mußt verstehen, daß ich eine Verpflichtung habe.«

»Ich weiß. Ich bin nicht einverstanden, aber ich weiß.«

»Ich ... ich muß.«

»Soviel zum Tod. Halten wir uns an die Liebe!« Er legte die Arme um sie.

»Ist dies, was es damit auf sich hat?«

»Gewiß. Natürlich muß es nach den Regeln des unterkühlten guten Geschmacks geschehen.« Er küßte sie.

»Wir in Boston lassen uns Zeit.«

Er lächelte zu ihr hinab. »Du versteckst dich bloß dahinter.«

Sie sagte nachdenklich: »Das ist wahr.«

Er küßte sie wieder.

»He!« rief Ardittis Stimme vom Achterschiff. »Bishop! Wollen Sie eine Einladungskarte?«

3

Die *Watson* hatte ein Fallreep heruntergelassen. An seinem unteren Ende glitt eine Plattform einen knappen Meter über dem leise rauschenden Wasser dahin. Gischt benetzte das Profilstahlblech der Stufen. John tappte in der Dunkelheit vorsichtig hinab, die Hand am Geländer. Sein Herz pochte bereits aufgeregt.

Mit einem Minimum an Worten legte er seine Tauchausrüstung an, zuletzt den großen Druckluftzylinder, dessen Anzeigegerät auf voll stand. Der Inhalt reichte eine gute Stunde. Wenn alles planmäßig verlief, würde er nicht einmal die Hälfte davon benötigen.

Arditti reichte ihm das Bedarfsventil. Er schraubte es an und überprüfte es zweimal. Arditti nickte zufrieden, wollte

Verlauf des unterirdischen Karstabflusses – John Bishoph für Arditti

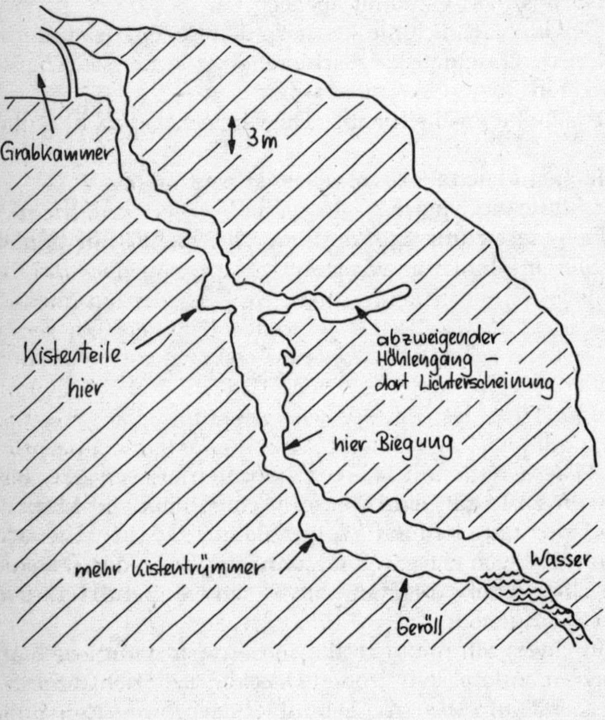

sich abwenden und zögerte. »Haben Sie den Situationsbericht gesehen?«

»Carmody sagte, es gebe nichts von Bedeutung.«

Wieder zögerte Arditti einen Augenblick lang. »Ja ...«

John merkte auf. In der herrschenden Dunkelheit konnte er die Miene des anderen nicht erkennen. »Was gibt es?«

»Wir haben einen Bericht von einem Vermessungsschiff oben an der Küste. Danach sind auf der Küstenstraße von Norden Militärfahrzeuge unterwegs.«

»In welche Richtung fuhren sie?«

»Nach Süden, wie es schien.«

»Wie weit entfernt?«

»Dreißig Kilometer. Aber der Bericht ist inzwischen eine Stunde alt.«

»Die Griechen stehen im Krieg. Da muß es viele Truppenbewegungen geben.«

»Richtig.« Arditti zuckte die Achseln. »Viele.«

Zu Ardittis Gruppe gehörten außer John drei Mann. Die anderen waren ihm nur Namen, schlanke, kräftige Gestalten, die den größten Teil ihrer Zeit bei Kartenspielen und Kaffee in der Messe verbracht hatten. Sie schienen an allem, was nicht ihre Mission betraf, völlig desinteressiert zu sein.

Einer von ihnen half John die Traggurte auf den Schultern zurechtrücken. Er saß auf der Plattform, zurückgelehnt gegen den Druckluftzylinder, und schaute in das schwarz vorbeigurgelnde Wasser. Arditti nahm eine letzte Überprüfung vor. Tauchermesser, Maske, Lampe, Tiefenmesser, bleibeschwerter Gürtel, Druckmesser. Arditti hatte außerdem mehrere Leuchtkugeln bei sich, um die Höhle zu erhellen. Jedes Gruppenmitglied trug ein anderes Bestandteil des Ortungs- und Kommunikationsgerätes. Die schweren Teile sollten mit dem Schlauchboot transportiert werden.

John war sich mit Unbehagen bewußt, daß diese Männer Berufstaucher waren, Spezialisten, die bei Nacht und in trüben Gewässern in große Tiefen getaucht waren, denen nichts fremd war, was der Beruf mit sich brachte. Er war ein Wochenend-Sporttaucher. Sein größtes Erlebnis hatte er unten vor Cozumel gehabt, als er auf fünfzig Meter Distanz einen Hai gesehen hatte. Der Hai hatte ihn vollständig ignoriert, war aber nahe genug gewesen, daß John das Gesicht mit diesem seltsam fixierten, fanatischen Ausdruck deutlich hatte sehen können. Noch immer überlief es ihn kalt, wenn er daran zurückdachte.

»Zwei Minuten«, rief Arditti mit halblauter Stimme. Über ihnen ragte die schwarze Bordwand der *Watson* und löschte jeden Lichtschimmer aus, den der Himmel durchlassen mochte. Es sah so aus, als lockerte sich die Wolkendecke allmählich auf; im Osten lag ein diffuser silbriger Dunst, der offenbar vom Mondlicht herrührte, das die Wolken zu durchdringen suchte. Keine günstige Entwicklung.

John schob die Maske auf die Stirn, steckte das Gummimundstück zwischen die Zähne und öffnete das Ventil. Luft zischte, und er tat einen leichten Atemzug. Gut.

Die *Watson* drosselte ihre Maschinen, was die Vibration in der Plattform des Fallreeps unter ihm vorübergehend verstärkte. Gischtspritzer trafen ihn.

Sie sollten auf Signal alle gemeinsam von der Plattform tauchen, um sich nicht zu verlieren. John rückte näher an die Kante. Der Zylinder saß ihm wie ein massiver Parasit auf dem Rücken. Wieder prüfte er die Luft.

Ardittis Gruppe ging zuerst an Land. Der Plan sah vor, daß die *Watson* verlangsamte, sobald sie in gleiche Höhe mit der Grabungsstätte käme, die Taucher auf der Backbordseite absetzte, wo man sie von der Küste aus nicht sehen konnte, worauf sie wieder Fahrt aufnehmen und mehrere Meilen westwärts laufen sollte, bevor sie wendete. Bei der Rückkehr sollte sie das Schlauchboot und drei Männer absetzen, auch in der Nähe der Grabungsstätte.

Der Schlauchboottransport hatte sich nach einer Signalboje zu richten, die Ardittis Taucher am Eingang des Unterwassertunnels anbringen sollten. Diese Boje war ein Infrarotsender, dem unbewaffneten Auge unsichtbar. An Ort und Stelle angelangt, würden zwei Mann das mitgebrachte Material mit steuerbaren Preßluft-Trägergeräten hinunterbringen.

Johns Hauptaufgabe war die Auffindung des Unterwassereingangs zum Höhlenschacht. Arditti hatte argumentiert, daß seine Gruppe ihn rasch genug ausfindig machen würde, wenn sie nach Johns unbestimmter Beschreibung vorgingen, doch hatte Carmody daran gezweifelt. Daraufhin hatte Arditti vorgeschlagen, sie sollten ein paar Taucher bei Tag in einem Fischerboot an Ort und Stelle bringen, um die Markierungsboje zu setzen. Carmody hatte jedoch befürchtet, daß dies wahrscheinlich Wachen an der Küste aufmerksam machen und womöglich die ganze Mission gefährden würde.

Also war Johns Pfadfinderdienst nötig. Arditti betrachtete seine Fähigkeiten mit Skepsis und hatte ihn in dem im Unterdeck gelegenen Schwimmbecken der *Watson* unnachgiebig trainiert. Wenn John schon mitkommen mußte, konnte er nach Ardittis Auffassung auch eine Nebenaufgabe übernehmen. Sie zeigten ihm den Einsatz der treibenden Antenne und drillten ihn erbarmungslos. Es war eine geringfügige Aufgabe, die John außerhalb der Unterwasserkaverne hielt, während die anderen hineinschwammen. Sobald er die wenigen einfachen Handgriffe an der Antenne ausgeführt hätte, brauchte er nur auf das Schlauchboot zu warten, um dann bei dessen Entladung zu helfen.

Sobald die Ausrüstung jedoch entladen wäre, sollten er und der dritte Mann des Transportkommandos mit dem Schlauchboot zur *Watson* zurückfahren, die mit gedrosselter Fahrt auf ihrem Kurs weiterlaufen würde.

Das bereits beladene Schlauchboot, ein niedriges, flachbodiges Ding mit aufgeblasenen, zigarrenförmigen Gummiwülsten und einem Außenbordmotor, nahm den größten Teil der Fallreepplattform ein. Seine Besatzung wartete in Bereitschaft.

»Zählung beginnt!« rief Arditti.

John zog sich die Maske übers Gesicht. Luft für eine Stunde. Er überlegte, wie hoch sein Sauerstoffverbrauch pro Minute war. Irgendwie war er, ein Mathematiker, nie darauf gekommen, es zu berechnen.

Jemand rief von oben herab, ein knappes Signal. Arditti zählte von fünf rückwärts. John biß die Zähne ins Gummimundstück und atmete die Preßluft durch das Ventil. Er war ein Amateur, diese Leute waren Profis. Er arbeitete mit Kreide an der Tafel, und sie ...

Auf einmal bemerkte er, daß die anderen bewaffnet waren;

sie hatten kompakte Maschinenpistolen an die Körper geschnallt. Ihm hatten sie keine gegeben.

»Null!«

Er verspürte einen jähen Stich sehr realer Furcht und saß wie gelähmt; seine Beine versagten ihren Dienst.

Jemand stieß ihn von hinten. Er hatte gerade noch Zeit, Empörung zu empfinden, bevor er ins Wasser plumpste.

Er hielt sich die Maske mit beiden Händen vors Gesicht, wie die Tauchlehrer es immer forderten. Eingehüllt in eine Wolke von Luftblasen, sank er blind und schwerelos abwärts. In der absoluten Schwärze verriet ihm die Schwere nichts über Orientierung. Er drehte sich um die Achse, hielt Ausschau.

Da, ein rötliches Licht. Plötzlich glitt ein Schatten davor, etwas wedelte ...

Eine Gestalt winkte ihm, gestikulierte. Ein Finger zeigte. Folgen ja.

Er richtete den Körper aus und schwamm auf das trübrote Licht zu. Dabei ließ er seine mit Schwimmflossen bewehrten Beine die Arbeit tun.

Ardittis Handlampe war von einem gedämpften Rot, um eine Entdeckung vom Ufer her zu vermeiden. Die Gruppe erwartete ihn, eine Traube undeutlicher Umrisse, deren Masken ihm ausdruckslos zugewandt waren Arditti hatte sich irgendwie orientiert und zeigte die Richtung zum Ufer. Sie schwammen los. John mußte sich anstrengen, um mitzuhalten. Ein Mann blieb immer hinter ihm; sie wollten ihn nicht aus den Augen lassen.

Sein Herzschlag pochte unnatürlich laut in den wassergefüllten Ohren. Er saugte am Bedarfsventil. Kurze, flache Atemzüge, ja. So war es richtig. Sich Zeit lassen. Die Luft in der Lunge behalten und allen Sauerstoff herausholen, bevor man sie ausatmete.

Wenn er ausatmete, sprudelten die Blasen aufwärts und verloren sich in alles einhüllender Dunkelheit. Ringsum tintiges Nichts. Unter ihnen wogten träge Algen, wie eine undeutliche Vision einer schwelenden, rötlichen Helligkeit.

Ardittis Licht war das Zentralgestirn dieses Westentaschenuniversums. Sie folgten ihm gehorsam. Winzige silbrige

Fische schwebten in einem geordneten Schwarm, standen still, ungestört von den vorbeischwimmenden schwarzen Riesen.

Er wandte den Kopf, um die Fische zu beobachten, und prallte auf den Vordermann, der haltgemacht hatte. Es war nur ein leichter, vom Wasser gedämpfter Aufprall, aber er riß ihn aus seiner Unaufmerksamkeit. Arditti wies nach unten und richtete das rötliche Licht dorthin.

Grünlicher Schlamm machte sandigem, geriffeltem Grund Platz. Sie näherten sich dem Ufer. John versuchte, sich an besonderen Merkmalen zu orientieren, die Richtung zu bestimmen. Die alles durchdringende Finsternis verzerrte Formen und Perspektiven, wenn der schwache Lichtschein über sie hintastete.

Die anderen Taucher traten Wasser und blickten ihn durch ihre Glasscheiben an. Nun los, führ uns hin! Tu das Deinige!

John nickte und blickte umher. War dieser felsige Buckel vertraut? Er vermochte es nicht zu sagen. Schließlich waren seither Monate vergangen.

Er gab den Versuch, die Richtung herauszufinden, schließlich auf. Besser, er schwamm auf das Ufer zu und versuchte sich dort nach dem Augenschein zu orientieren.

Er zeigte einen felsigen Ausläufer entlang, und Arditti wandte sich dorthin; sein roter Lichtschein warf infernalische Schatten. Alle schwammen über den Felsrücken und über eine See aus wogenden Grasalgen. Am Grund drückte sich ein Seestern an einen Stein. Arditti schwenkte den Lichtkegel voraus und ließ das meiste vom Licht im Dunkeln sich zerstreuen, damit es nicht vom Grund reflektierte. Das reduzierte die Helligkeit, die jemand von den Uferhöhen sehen konnte.

John beobachtete das undeutlich erkennbare Terrain. Der Druck auf seine Ohren und die Gehörlosigkeit nahmen zu, als er tiefer tauchte, um genauer nachzusehen. Aber das Zischen der Preßluft, als er auf das Bedarfsventil biß, war so laut, daß es in seinem Schädel dröhnte. Er hob Daumen und Zeigefinger an die Maske, drückte die Nase zu und blies die Ohren frei. Das gurgelnde Rauschen der Blasen hörte sich an wie aufplatzendes Popcorn.

Sie glitten über eine bucklige Region aus Felstrümmern und Meeresalgen hin. Der Lichtkegel tastete über dunkle Höhlungen und enthüllte fette gelbe Fische, deren Mäuler wie in plötzlichem Schrecken gespitzt waren. Voraus wurde der Algenbewuchs dichter, und John begann sich zu fragen, ob er letztes Mal etwas dergleichen gesehen habe. Hielt er überhaupt auf das Ufer zu? Was, wenn ...

Ein niedriger Gesteinsrücken, beinahe gerade. Und jenseits davon noch einer.

Sie waren wie Mauerruinen, die zwei Meter voneinander entfernt aus dem Treibsand ragten. Er kam beinahe im rechten Winkel auf sie zu, und als er ihren Verlauf nach links und rechts zu überblicken versuchte, verlor er sie schon nach einem Dutzend Metern in der Schwärze aus den Augen.

Die Überreste des unterirdischen Wasserlaufes. Desselben Wasserlaufes, der hinter der Grabkammer die Höhle ausgespült hatte, den abwärts führenden Gang, der ihr Ziel war. John spürte einen Strom von Erleichterung.

Die anderen brauchten nicht lange, um seine Gesten zu verstehen. Ihre Gesichter schienen unbeweglich hinter den Glasscheiben, aber ihre Köpfe folgten den Felsformationen am sandigen Boden. Arditti nickte und bedeutete ihnen, in einer Reihe hintereinander zu schwimmen. Dann wendete er mit einer fachmännischen Bewegung seiner Schwimmflossen und folgte den beiden unterbrochenen, ruinenhaften Gesteinskämmen. Nun, da John die Breite der parallel verlaufenden Felsen als Vergleichsmaßstab hatte, wurde ihm erst recht deutlich, daß ihr Gesichtsfeld im schwachen Schein von Arditti̇s Lampe sehr begrenzt war; er konnte kaum mehr als zehn Meter betragen. Es war ein großes Glück gewesen, daß er auf die Steinreste gestoßen war. Sie hätten hier draußen geradesogut eine Stunde umherschwimmen und vergeblich suchen können.

Er zog den linken Arm vorwärts, bis er die Hand weiß und groß vor der Scheibe hatte, die wasserdichte Uhr unnatürlich groß am Handgelenk. Nur sieben Minuten waren vergangen, seit jemand ihn von der Plattform des Fallreeps gestoßen hatte. Wahrscheinlich Arditti.

Er hörte ein knisterndes Geräusch und blickte auf. Hoch

über ihm waren dünne Reihen von Brandungswellen zu erkennen. Sie näherten sich dem Ufer.

Der Grund stieg ziemlich steil an, während sie der Felsformation folgten. Die Brandungsgeräusche wurden lauter. Dann sahen sie voraus braune Felsbollwerke. Hoch oben zwischen ihnen, ein düsterer, schwärzlicher Spalt.

Er schwamm neben Arditti hinauf in die Enge. Seeanemonen sprenkelten die Flanken der massigen Felsen. Er zeigte nach oben, und Arditti ließ den Lichtkegel seiner Lampe über eine aufwärtsgekrümmte Höhle wandern. Der Zugang schien frei, aber für John hatte die Öffnung nichts von dem, was sein Gedächtnis bewahrt hatte. Er vermutete, daß das rote Licht die Perspektiven verzerrte.

Arditti nickte, signalisierte den beiden anderen und machte eine stoßende Bewegung zu John. Dieser paddelte rückwärts, und die anderen zwängten sich vorbei.

Er war fertig. Er hatte den Zugang gefunden. Es war Zeit, nach Hause zu gehen. Ende der Pflicht des Mathematikers. Er brauchte nur noch die Kommunikationskabel zur Oberfläche zu bringen.

Der letzte Mann löste die Sperren an einer Kabeltrommel auf seinem Rücken. Er zog die Enden von drei dünnen schwarzen Leitungskabeln aus den Klemmen, reichte sie John, winkte und schwamm den anderen nach. Die Kabel rollten von der rotierenden Trommel ab, während er sich mit kräftigen Stößen der Schwimmflossen den wassergefüllten Höhlengang hinaufbewegte. Blasen stiegen auf, blieben an der Felsdecke hängen oder rollten daran weiter. Ardittis roter Lichtschein, schon weit oben in der Röhre, wurde schwächer. Zeit, daß er sich aufmachte.

Er machte kehrt, schwamm hinaus und ließ sich treiben. Arditti hatte ihn angewiesen, die Taschenlampe an seinem Gürtel nicht zu gebrauchen, sobald er an die Oberfläche käme. Gut. Der nächste Schritt war der schwierigste, und er brauchte das Licht, also tat er es am besten hier unten. Er schaltete die Lampe ein – rotes Licht, natürlich – und ließ es auf den Sand hinabscheinen. Er war weit genug unter den prallen Felswülsten, um einer Entdeckung zu entgehen.

Die Nationale Sicherheitsagentur gab sich nicht mit zweitklassigem Gerät zufrieden. Die wasserdichte, wachsige Pakkung auf seinem Rücken war hervorragend durchdacht und verarbeitet. Er schnallte sie mühsam los, wobei er sorgfältig jeden Handgriff so ausführte, wie Arditti ihn eingeübt hatte. Seine Schwimmflossen berührten mit den Spitzen den Grund.

Die Kabelverbindungen paßten auf Anhieb genau in ihre Fassungen. Gut. Die fünf Betätigungs- und Einstellschalter waren groß und leicht zu drehen. Er stellte Frequenz und Energie ein, hatte sich die Zahlen gut eingeprägt. Noch keine Sendung, sah er an dem winzigen Monitor, einer Flüssigkristallanzeige in Hellgelb.

Nun der Auftriebskörper. Er entfaltete den gewebeverstärkten Kunststoffbeutel und zog die rote Lasche daran. Mit einem zischenden Rauschen füllte er sich mit Luft. John mußte schnell zugreifen, um zu verhindern, daß ihm die Pakkung aus den Händen gezogen wurde. Der Auftriebskörper und seine Stabilisierungsflossen glichen einem fetten grellen Fisch, der sich einer ziemlich ungenießbar aussehenden Beute bemächtigt hatte.

Er ließ sich vom Auftriebskörper emportragen und steuerte mit kräftigen Beinbewegungen vom Ufer weg. Er zog den pyramidenförmigen Anker und seine Rolle aus Kunststoffschnur aus dem unteren Abteil des Auftriebskörpers. Alles war großartig durchdacht, praktisch und widerstandsfähig. Er ließ den Anker fallen und die Schnur durch die Finger gleiten, bis er fühlte, daß der Zug aufhörte. Der Anker sicherte den Auftriebskörper und seine Fracht gegen Stromversetzungen.

Nun war nur noch ein Schritt zu tun. Er durchbrach die Oberfläche und schaltete seine Lampe aus. Es war stockfinster. Nach dem Gefühl ertastete er den Antennenstab am oberen Ende der Packung, die nun, vom Auftriebskörper gehalten, auf dem leicht bewegten Wasser trieb. Er zog die Antenne heraus und fühlte den leichten Widerstand jedes teleskopischen Teilstücks. Eine klug ersonnene kleine Antenne, imstande, die *Watson* über eine Entfernung von zehn Seemeilen zu erreichen.

Auf der treibenden Antenne war ein Infrarot-Lichtsignal.

Wenn alles planmäßig verlief, würde die Besatzung des Schlauchbootes schon jetzt mit ihrem Suchgerät danach Ausschau halten. John konnte den rotierenden Knopf an der Spitze kaum erkennen, aber er war schwarz wie alles andere, und das war beruhigend. Keine Emission in sichtbarem Spektrum. Nichts, was einen Wachtposten oben am Hang aufmerksam machen würde.

Er ging noch einmal jeden Schritt der Arbeit durch. Eine Welle platschte gegen die Glasscheibe seiner Maske. Etwas war noch zu tun, ehe er einschaltete ...

Ach ja. Er hatte vergessen, das System auf seine Betriebsfertigkeit zu testen. Es war jetzt schwieriger, weil er im unruhigen Wasser trieb und die Antenne ein gutes Stück in die Luft hinausragte. Vorsichtig faßte er den Rand des Auftriebskörpers. Wo war die kleine Armaturentafel mit den Knöpfen und Anzeigen? Er schob die Maske auf die Stirn, um besser zu sehen, ließ aber das Bedarfsventil zwischen den Zähnen.

Da. Er sah jetzt ein wenig besser, denn im Osten sickerte diffuses Mondlicht durch die auflockernden Wolken. Hinter ihm ragte das Steilufer schwarz in den Himmel. Die Einstellungen stimmten, die Antenne war funktionsbereit. Wenn Arditti die Kabel an sein Gerät angeschlossen hatte, sollte die Übertragung funktionieren, sollte ein Signal zur *Watson* durchkommen und die ganze Aktion auslösen.

Er drückte den Knopf MELDUNG an der Seite der Instrumentenpackung. Sofort leuchteten drei gelbe Zahlen auf und zeigten an, daß gesendet wurde. Er war erleichtert. Es war geschafft. Die endlosen Übungsstunden hatten sich ausgezahlt.

Die Leute unten im Felsenloch waren bereits fertig, hatten ihr Übertragungsgerät angeschlossen. Dies war das Signal an die *Watson,* daß die Hubschrauber starten konnten. Sie würden die Grabanlage erkunden und überprüfen, ob die Kommunikationsverbindung Höhle – *Watson* – Hubschrauber im Ernstfall funktionierte. Carmody hatte darauf bestanden, daß jeder Schritt systematisch überprüft würde.

John spähte in die Dunkelheit hinaus. Kein Zeichen von einem Schlauchboot. Er blickte auf die Armbanduhr und nickte. Mindestens noch zehn Minuten, ehe er mit dem Eintreffen der zweiten Gruppe rechnen konnte. Nach ihrer Ankunft konnten sie die großen Strahlungs- und akustischen Detektoren aufbauen. Sobald eine Anzahl von ihnen in den unteren Bereichen des Höhlensystems verteilt wäre, würden die Leute an Bord des Hubschraubers eine ungefähr zutreffende Vorstellung davon haben, wann und von wo sich die zweite Singularität näherte. Und bis dahin würde Ardittis Mannschaft wieder draußen und in Sicherheit sein.

John paddelte vom Auftriebskörper und der Antenne fort. Die gelben Zahlen erloschen, wie es vorgesehen war. Aus zwei Metern Entfernung konnte er kaum die Umrisse der Antenne ausmachen. Niemand würde sie vom Steilufer sehen.

Er bekam eine Welle ins Gesicht und zog die Maske wieder über. Tatsächlich war der Aufenthalt an der Oberfläche sinnlos. Zwar konnte er seinen Luftvorrat strecken, indem er hier oben Wasser trat, aber auf der anderen Seite könnte das Schlauchboot ihn bei der Ankunft in der Dunkelheit überfahren. Er tauchte und sank tiefer in die schwarze Stille. Die Dunkelheit war geradezu erholsam. Einmal war er vor Cozumel bei Nacht tauchen gewesen, und nach der ersten spukhaften Stunde hatte es ihm Spaß gemacht. Dies war nicht schlimmer, wenn er auch kein Licht einschalten durfte.

Träge ließ er sich auf den Grund sinken. Ein Blick auf die Uhr verriet ihm, das siebenundzwanzig Minuten vergangen waren. Sein Luftvorrat war weniger als zur Hälfte aufgebraucht. Inzwischen mußte Arditti den kleinen Geigerzähler angeschlossen haben, den er mit sich führte, und seine Helfer würden Kabel durch den Höhlengang aufwärts ziehen. Er fragte sich, ob das Seil, an dem er sich heruntergelassen hatte, noch an Ort und Stelle sein mochte. Verhielt es sich so, würde es den Leuten gute Dienste als Aufstiegshilfe tun und ihnen die Möglichkeit geben, einige der Detektoren, die das Schlauchboot bringen sollte, weiter oben im Kamin zu installieren.

Aber das war nicht sein Problem. Sollten sich die Spezialisten damit abgeben. Sie hatten ...

Ein heller, orangefarbener Lichtschein erhellte den Meeresboden. Felsen, bleicher Sand, die wulstigen braunen Bastionen, auf denen die Steilküste ruhte, alles wurde ringsum jähe Wirklichkeit, unvermittelt wie im Licht eines Blitzschlages.

Nach einer Sekunde erlosch das Licht, und er sah gelbe und rote Kreise vor den Augen. Sobald sie sich aufgelöst hatten, wandte er sich in die Richtung, aus der die Lichterscheinung gekommen war.

Eine Leuchtkugel. Arditti hatte im Inneren der Höhle eine Leuchtkugel abgefeuert und der Schein war bis hierher gedrungen. Sie mußten sich darüber klar gewesen sein, daß der Lichtschein durch den Zugang unter Wasser hinausdringen würde, und hatten es in Kauf genommen. Er hoffte, daß kein Wachtposten auf dem Steilufer in diese Richtung geblickt hatte.

Er wartete. Die Strömungen waren hier im Brandungsbereich stärker und füllten seine Ohren mit glucksenden, rieselnden Geräuschen. Er atmete langsam, mit einem leisen metallischen Pfeifen des Ventils.

Andererseits war es vielleicht ein Signal gewesen. Sie konnten in Schwierigkeiten geraten sein und brauchten Hilfe.

Um nicht völlig untätig zu bleiben, schwamm er wieder hinauf. Die Ankerschnur des Auftriebskörpers rieb an seinem Arm. Er kam an die Oberfläche und trat Wasser. Die Antenne kam schwankend in Sicht, er zog den Auftriebskörper näher und drückte auf MELDUNG.

Die Funktionen waren in Ordnung, die Kabel noch eingesteckt. Aber es lief keine Sendung.

Er starrte auf das leere Feld der Flüssigkristallanzeige und wünschte, es käme endlich mit seinen Zahlen.

Aber das Feld blieb schwarz.

Es konnte eine ganz gewöhnliche Ursache haben. Vielleicht hatten sie ihre Geräte vorübergehend ausgeschaltet, weil sie mit dem Anbringen des Geigerzählers beschäftigt waren. Oder eines der Kabel war in der Höhle aus seinem Steckkontakt gerutscht. Etwas dergleichen.

Oder etwas Ernstes. Vielleicht war die verdammte Singularität schon angekommen?

Nun, er hatte Befehl, auf den Tansport zu warten. Sollten die Spezialisten sich der Sache annehmen. Sie wurden dafür bezahlt. Und bekamen wahrscheinlich viel höhere Gehälter als ein angehender Dozent am MIT.

Das war eine einleuchtende Überlegung, aber es konnte noch zehn, fünfzehn Minuten dauern, bis das Schlauchboot käme.

Andererseits ...

Arditti hätte nicht ohne Grund eine Leuchtkugel geschossen und die Kommunikation unterbrochen. Er wußte, daß John hier draußen wartete. Es mußte ein Signal gewesen sein, ein Hilferuf.

Wieder tauchte er. Mit Hilfe des roten Lichtkegels seiner Lampe fand er den Eingang. Er würde hineingehen, feststellen, was geschehen war, und den Männern im Schlauchboot Meldung machen. Nur soviel. Nicht mehr.

4

Claire saß fröstelnd zusammengekauert vor dem Funkgerät in der Hubschrauber-Funkleitstelle der *Watson.* Es schien ihr nicht möglich, die Kälte aus den Knochen zu bekommen, obwohl sie nahe bei dem nach heißem Metall riechenden Heizkörper stand. Und trotz dicker Lederhandschuhe waren ihre Fingerspitzen gefühllos.

Von der Funkleitstelle konnte man auf das Hubschrauberflugdeck und die beiden Maschinen hinabsehen. Die Besatzungen waren bereits an Bord und wärmten die Motoren auf. Sie konnten in dem Augenblick starten, da die Funkverbindung mit der ersten Gruppe hergestellt wäre.

Während sie wartete, betrachtete sie die auf dem Kartentisch ausgebreitete Seekarte der Gegend. Sie zeigte den Küstenverlauf, Wassertiefen und unterseeische Erhebungen, alles in verschiedenen Farben. Sie erinnerte sich, daß sie vor Monaten eine beträchtlich einfachere Karte studiert und ausgemessen hatte, wo John auf die Reste des unterseeischen Höhlenabflusses gestoßen war. Sie hatte die Lage in eine Seekarte eingetragen ...

Auf einmal kam ihr zu Bewußtsein, daß sie erst vor ein paar Tagen ähnliches gesehen hatte. Ja, Arditti. Er war zum JFK-Gebäude gekommen und hatte in eine Seekarte des Bostoner Hafens die Bahn eingezeichnet, die der Würfel in den schlammigen Grund gegraben hatte. Inmitten der gerundeten Konturen von Wasser und Land hatte es ausgesprochen künstlich ausgesehen, gerade wie ein Telegraphenmast. Dennoch verhielt es sich gerade umgekehrt – der Hafen war Menschenwerk, und der Würfel folgte einem Naturgesetz.

Sie wünschte, sie hätte in diesen letzten Minuten einen Gesprächspartner. Sie vermißte John, konnte nicht aufhören, sich um ihn zu sorgen. Sergio Zaninetti würde in einem Augenblick wie diesem ein guter Gesprächspartner sein; er hatte ein natürliches Mitgefühl. Der Scherz, den man sich an der Harvard-Universität mit ihm erlaubt hatte, tat ihm unrecht; er war ein feinfühliger, höflicher Mensch. Aber Zaninetti hatte sich geweigert, an diesem Unternehmen teilzuhaben. Nicht aus Mangel an Interesse oder Mut, sondern wegen seiner Seekrankheit.

George kam hereingetrampelt, das Gesicht rot von der Kälte. »Wie lange wird es noch dauern?«

»Signal kann jeden Augenblick kommen«, sagte der Funkoffizier in barschem Ton. »Behalten Sie die Hose an.« Der Mann schätzte keine streunenden Zivilisten in seinem Territorium, soviel war klar.

»Und wenn sie die Öffnung nicht finden?« fragte George.

»Kommen wir morgen wieder«, sagte der andere und beendete das Gespräch.

Claire lehnte sich gegen eine stählerne Verstrebung. Alles hier war dick mit grauer Farbe bedeckt und strömte einen schwachen Emaillegeruch aus. Die Schiffsdiesel liefen auf langsamster Stufe und hielten das Schiff am Wind, um für den Start voraussagbare Bedingungen zu schaffen. Noch immer zeigten die großen Plexiglasfenster nur Nachtschwärze; das ganze Schiff war verdunkelt.

Die Tür ging auf, und Hale kam herein. Er war der Pilot des zweiten Hubschraubers, mit dem Claire fliegen sollte, ein drahtiger Mann mit schnellen Bewegungen und scharfen Augen. Er trug einen gutsitzenden blauen Overall, und von der Mütze bis zu den glänzenden schwarzen Stiefeln war alles an ihm merkwürdig anonym; er trug weder Rangabzeichen noch irgendwelche identifizierenden Merkmale. Claire entnahm daraus, daß er von der Nationalen Sicherheitsagentur war.

»Ich hätte Sie gern auf Ihren Plätzen«, sagte er. Claire konnte keinerlei Anzeichen von Nervosität oder innerer Anspannung an ihm entdecken.

»Mir ist kalt«, sagte sie.

»Wir wollen so bald wie möglich starten«, sagte Hale geduldig.

»Anordnung von Carmody?«

»Selbstverständlich. Ihm liegt daran, dieses große Ding so frühzeitig wie möglich von Bord zu schaffen.«

»Die zweite Singularität wird erst in Stunden erwartet«, sagte Claire.

»Wir wollen, daß alles rechtzeitig an Ort und Stelle und überprüft ist. Es könnte notwendig werden, daß wir den Schauplatz neutralisieren müssen, wissen Sie.« Hale lächelte.

»Die Wachtposten töten, meinen Sie?« sagte Claire.

»He, nur keine Aufregung!« sagte George beschwichtigend. »Der Mann tut bloß seine Pflicht.«

Hale nickte, noch immer lächelnd, und sagte in freundlichem Ton: »Nur wenn sie auf uns schießen, Dr. Anderson. Die Satellitenaufklärung zeigt, daß bei Sonnenuntergang niemand bei der Grabungsstätte war. Wahrscheinlich werden wir keine Schwierigkeiten bekommen.«

»Glaube ich auch nicht«, sagte George. »Was wir hier tun, ist wichtiger als zu Hause im Arbeitszimmer zu sitzen und Tonscherben zu sortieren.«

»Das ist nicht der strittige Punkt«, sagte Claire spröde. Die maskuline Begeisterung, von der das ganze Schiff durchdrungen war, ging ihr gegen den Strich. Kontos würde dies alles amerikanischen Imperialismus nennen, aber für sie stank es nach primitivem Imponiergehabe und Muskelprotzerei.

»Was wir hier haben, ist ein nuklearer Sprengsatz, Madam. In Situationen wie dieser geht Carmody kein unnötiges Risiko ein.«

»Ist das sein üblicher Stil? Er hat wirklich rasch gehandelt.«

Wieder zupfte das Lächeln an Hales Mundwinkeln. »Ja, daß er lange fackelt, kann man ihm nicht nachsagen. Er geht gleich an die Kehle. Deshalb ist er da, wo er ist.«

»Das kann ich mir denken«, sagte Claire mit betontem Sarkasmus, doch schien sie Hale damit nicht zu beeindrucken. Wahrscheinlich kannte er verbale Gesten dieser Art von Zivilisten und hatte gelernt, sie gewähren zu lassen. Und warum nicht? Sie murrten und nörgelten, aber dann ordneten sie sich doch ein.

»Da!« sagte der Funkoffizier. »Ich bekomme Daten von der ersten Gruppe.«

Der Bildschirm zeigte farbige Muster, dann eine graphische Darstellung.

»Sieht wie eine Ablesung der normalen Hintergrundstrahlung aus.«

»Nun aber los!« sagte Hale energisch.

Claire und George stiegen über die hohe Schwelle der Stahltür und eilten im kalten Wind zum Hubschrauberdeck. Bevor sie sich trennten, um ihre Maschinen zu besteigen, wünschte sie George Glück.

»Danke gleichfalls.« George grinste ihr freudig zu. »Da wird es zu Hause an der Universität etwas zu erzählen geben, wie?«

Claire dachte: Ja, wenn die NSA die Schweigepflicht aufhebt. Das mag ungefähr zu der Zeit sein, wenn wir Rentenbezieher sind. Bevor sie es ihm sagen konnte, hatte sie ihn in der Dunkelheit aus den Augen verloren.

Das Flugdeck wimmelte von Aktivität, dunkle Gestalten eilten hierhin und dorthin, das anschwellende Brüllen und Pfeifen der Motoren vermischte sich mit gedämpften Rufen, dem harten Aufklatschen gelöster Stahlkabel. Sie eilte mit eingezogenem Kopf um das Heck ihres Hubschraubers, wie Hale es ihr eingeschärft hatte, dann den Rumpf entlang und die Stufen hinauf durch die Stahlschiebetür und in die Kabine. Der Hubschrauber hatte einen amphibischen Rumpf und war im Innern überraschend geräumig.

Hale schnallte sich bereits an. Der Rest der Kabine war vollgestopft mit elektronischen Ausrüstungen. Zwei Männer in grünen Uniformen saßen auf Klappsitzen und hatten bösartig aussehende Waffen über die Knie gelegt. Lange, gebogene Magazine entragten den Schäften, was offensichtlich bedeutete, daß sie eine Menge Munition zu verschießen hatten. Sie hatte dergleichen in Filmen gesehen, sich bis zu diesem Augenblick aber niemals Gedanken gemacht, wie sie funktionierten. Was das anging, so wußte sie nicht, was an automatischen Waffen automatisch war. Feuerten sie nicht alle, wenn man den Abzug drückte? Die Männer nickten ihr zu und sagten nichts.

Die Flugdeckbeleuchtung flammte auf. Weitere Vorsichtsmaßnahmen waren unnötig; das Dröhnen der auf Touren gebrachten schweren Motoren war kilometerweit zu hören, und jeder am Ufer konnte daran erkennen, daß etwas im Gange war.

Der erste Hubschrauber startete. Mit einem brüllenden Geknatter, das überlagert war von einem hohen Pfeifen, hob er ab und nahm die schlaffen Taue seiner Last auf. Als sie sich strafften, gab der Pilot Vollgas, und der weiße Verschlag hob sich vom Deck, baumelte ein wenig, kam zur Ruhe. Er sah nicht anders aus als jede andere Fracht, beinahe wie ein beliebiger Behälter. Kein Durchschmelzen an den Seiten, keine weißglühenden Funken.

Carmody hatte Physiker aufgetrieben, die in kürzester Zeit eine Sicherheitsvorrichtung ersonnen und aufgebaut hatten. Allem Anschein nach waren die starken Magnetfelder der Singularität geeignet, sie in einem inaktiven Zustand zu halten. Von dieser Überlegung ausgehend, hatten die Physiker einen Satz von Elektromagneten um den Würfel angebracht, deren Wirkung nach ihren Berechnungen ausreichen sollte, die Singularität von den Wänden ihres Hohlraums fernzuhalten.

Abe Sprangle hatte die Meinung vertreten, daß das Eisen im Gestein des Würfels eine Art magnetischer Falle dieser Art abgegeben hatte, und vielleicht hatte er recht. Etwas hatte bewirkt, daß die beiden Singularitäten 3500 Jahre oder länger friedlich im Innern des Würfels geblieben waren. Und wenn niemand sie einen hundert Meter tiefen Höhlenschacht hinabgeworfen hätte, dachte sie kläglich, würden sie noch heute an Ort und Stelle sein.

Selbst damals würde der hinausgeschleuderte Zwilling wahrscheinlich den Weg zurück zu seinem Bruder im Würfel gefunden haben, wenn sie und John ihn am Meeresboden liegengelassen hätten. Die entwichene Singularität mußte in eine der vielen seitlichen Spalten gestürzt sein. Selbst wenn sie damals davon gewußt hätten, wäre nicht genug Zeit gewesen, dem verlorengegangenen Zwilling nachzuforschen, ehe sie den Würfel bargen. Und seitdem war ihnen die einsame Singularität hartnäckig gefolgt, hatte sich blindlings durch alles gefressen, was ihr den Weg versperrte.

Der Umstand, daß sie und George und John nichts vom wandernden Zwilling bemerkt hatten, ließ den Schluß zu, daß er sich nicht rasch durch gewachsenen Fels brannte oder schmolz. Jedenfalls nicht, wenn er eine niedrige Ausgangsgeschwindigkeit hatte. Aber nun mochte es sein, daß er durch seinen selbstgemachten Tunnel zurückgesaust käme, und niemand wußte, wie energiereich er sein würde.

Der weiße Verschlag hob sich in die Nacht, gehalten von vier starken Kabeln. Darüber konnte Claire ein Gesicht durch die großen Fenster in den Schiebetüren sehen. Wahrscheinlich George, der versuchte, die kostbare Fracht unter dem Bauch des Hubschraubers zu erspähen. Sie bemerkte, daß die Maschinen keine Identifikation trugen. Der Motorenlärm ringsum ging in eine höhere, nahezu unerträgliche Tonlage über, und sie fühlte, wie die Maschine abhob. *Wamp wamp wamp* drangen die Vibrationen von unten durch ihre Stiefel, und die *Watson* schwenkte unten weg, ein grauer Splitter in der tintigen See.

Der erste Hubschrauber war ungefähr anderthalb Kilometer voraus und flog westwärts. Die Positionslichter waren aus, aber Claire konnte den schwarzen Punkt vor der zunehmenden Helligkeit des durch die Wolkendecke sickernden Mondlichts sehen. Der Abstand verringerte sich, weil der erste Hubschrauber den Verschlag beförderte. Oben lichteten sich die Wolken. Ein kalter Wind, der den frischen Duft des Landes mit sich führte, blies zum offenen Fenster herein. Sie wollte es schließen, doch hatte Hale es absichtlich offengelassen, vielleicht, um bessere Sicht zu haben. Sie versuchte die Küste auszumachen, konnte aber keinen der dunklen Bergumrisse wiedererkennen. Aus der Luft sah das Land schwarz und fast konturenlos aus. Sie überholten den ersten Hubschrauber und übernahmen wie geplant die Führung.

Während er die Maschine steuerte, blieb Hale über die Kopfhörer und das Kehlkopfmikrophon in seinem Helm in ständigem Kontakt mit der *Watson.* Wiederholt murmelte er Antworten oder Fragen, aber der Motorenlärm war so laut, daß Claire nichts verstehen konnte. Einmal wandte er den Kopf und rief ihr durch das Brüllen des Motors zu: »Unterbrochen!«

»Was?«

»Funkverbindung mit der Höhle. War intakt. Datenanschluß zeigte normale Radioaktivität, dann plötzlich nichts mehr.«

»Vielleicht ein Irrtum? Herausgezogener Stecker?«

Hale machte ein bedenkliches Gesicht. »Vielleicht.« Er wandte sich wieder nach vorn und murmelte in sein Mikrophon.

Claire sah die dunkle Küste vorübergleiten. Die Landschaft im Norden zeigte keine Lichter. In dieser Gegend gab es wenige Dörfer, und keins verschwendete Elektrizität auf eine nächtliche Beleuchtung der Gassen. Wenn sie auf Nordkurs gingen, mußte Nauplia in Sicht kommen; der Winkel wäre ungefähr richtig, und sie waren hoch genug. Die beiden bewaffneten Männer saßen regungslos und hielten ihre Sturmgewehre. Nur ihre Augen schienen lebendig.

Der Hubschrauber legte sich auf die Seite und ging in einem weiten Bogen auf Nordkurs. Das Ziel lag nun gerade voraus. Sie kamen über das Tal herein, westlich des Kuppelgrabes. Der erste Hubschrauber folgte jetzt.

Sie spähte nach Westen hinüber, wo Nauplias ferner Lichterglanz die Silhouette einer zerknitterten Hügelkette heraushob. Dann brannte direkt unter ihnen ein orangefarbener Funken. Sie sah ihn nur momentan durch die Fahrgestellstreben, so hell, daß auf ihrer Netzhaut ein Nachflimmern blieb, als die Drehung vollendet war und die Erscheinung außerhalb ihres Gesichtsfelds geriet. Ein Lagerfeuer? Sie dachte, daß sie es melden sollte, und wandte sich zu Hale, aber auch er mußte es bemerkt haben, denn sie sah, daß seine

Lippen sich bewegten und er in sein Kehlkopfmikrophon sprach.

»Keine Frage, die Verbindung ist unterbrochen«, sagte er. »*Watson* bestätigt. Kein Kontakt.«

»Sollten wir dann nicht ...«

»Wir sind bereits festgelegt. Wer dort unten ist, hat uns gehört.«

Sie überflogen die Grabungsstätte. Claire erkannte die Umrisse des Höhenzuges, wo das Kuppelgrab lag, doch war es unmöglich, das Grab selbst zu erkennen. Sie gingen tiefer, um die Umgebung genauer zu beobachten.

»Aber was nützt uns dies, wenn wir die Ablesungen aus der Höhle nicht bekommen? Wir werden nie wissen, wann ...«

Durch das Pfeifen der Turbine hörten sie etwas wie Kieselsteine, die auf ein Blechdach prasseln. »Wir können es nicht einfach absagen«, sagte Hale. »Übrigens, das ist Gewehrfeuer.«

Das prasselnde Geräusch hörte vorübergehend auf, setzte wieder ein. Durch das offene Fenster hörte sie ein Knattern, und in einer abstrakten Art und Weise wurde ihr bewußt, daß jemand auf sie feuerte.

Hale zog die Maschine nach rechts. Von vorn kam ein schweres, dumpfes Schlagen, und sie vermutete, daß es eine eigene größere Waffe sein müsse, die das Feuer erwiderte. Alles schien sich quälend in die Länge zu ziehen. Absurderweise kam ihr die Angriffsszene aus einem alten Film in den Sinn, *Apocalypse Now* hatte er geheißen, und sie wünschte, sie könne vorn neben dem Piloten sitzen und sehen, was vorging. Kahle Bäume huschten unter ihnen vorbei, im schwachen Licht nur schemenhaft erkennbar. Sie brausten durch das kleine Tal, wo sie Monate mit Ausgrabungen verbracht hatte. Von den Seiten kamen Lichtblitze. Sie zwinkerte, aber das Nachflimmern auf der Netzhaut wiederholte sich.

Obwohl sie alles wie in Zeitlupe erlebte, ging tatsächlich alles so rasch vor sich, daß sie keine Zeit hatte, sich zu ängstigen. Wieder glitten Bäume vorüber, dann erhob sich zur Rechten ein vertrauter Abhang.

»Wir sind klar«, rief Hale, »aber die anderen können nicht so schnell wenden. Sie bekommen Maschinengewehrfeuer vom Lager.«

Während er sprach, legte er die Maschine in eine Rechtskurve und zog sie über das Tal hinaus zur See. Der Boden vibrierte unter ihren Füßen.

Hale lauschte mit gerunzelter Stirn irgendwelchen Meldungen von der *Watson* oder dem anderen Hubschrauber, dann wandte er den Kopf und sagte in ermutigendem Ton zu Claire: »Dieser Feuerzauber kann uns nicht viel anhaben, solange er von leichten Maschinengewehren und Handfeuerwaffen kommt. Diese Maschinen sind gepanzert. Doppelte Hüllen, dazwischen ein neuartiges Fibermaterial. Keine große Gefahr, es sei denn ...« Er brach ab und lauschte.

Claire wandte sich auf ihrem Sitz, um in das Tal hinabzusehen und bekam endlich den ersten Hubschrauber ins Gesichtsfeld, der einen knappen Kilometer hinter ihnen war. Er flog langsam, und der weiße Behälter baumelte wie ein geschwollenes Ei unter seinem Bauch.

Aufblitzendes Mündungsfeuer vom Lager, und Leuchtspurmunition knüpfte ein kurzlebiges Netz von Lichterketten um den Hubschrauber. Claire war überrascht, wie laut das ratternde Geräusch jetzt zu hören war. Mittlerweile feuerte mindestens ein halbes Dutzend Waffen, und das Feuer hielt ohne Unterbrechung an. Ein Maschinengewehr feuerte vom Hügel, aus der Nähe des Grabes. Auch vom Hubschrauber gingen Lichtblitze aus, die auf das Lager hinabstießen. Das Feuer wurde erwidert.

Auf einmal kam ein sehr lautes *Rrrrppp* vom Lager. Der andere Hubschrauber schwankte sichtlich, verlor Höhe, schmierte nach links ab.

»Verdammte Scheiße!« rief Hale ins Mikrophon. »Treffer von SMG. Offenbar Triebwerksausfall.«

Er zog den Hubschrauber in einer scharfen Kurve herum und flog zurück. Claire verlor den anderen Hubschrauber aus den Augen.

»Ist mir gleich«, rief Hale in sein Mikrophon. »Nehme Lager unter Feuer. Muß SMG ausschalten!«

Die dumpfen Schläge von oben begannen aufs neue. Claire begriff, daß es so rasche Feuerstöße waren, daß sie nicht als eine Anzahl von Schüssen zu unterscheiden waren.

Hale hatte offenbar Verbindung mit dem anderen Hubschrauber, denn er rief: »Versucht über die Hügel zu kommen, außer Reichweite.«

Er lauschte. Claire hörte ein unregelmäßiges, schleifendes Geräusch. Es wurde höher, ging in ein Winseln über.

»Sie gehen hinunter«, sagte Hale mit tonloser Stimme.

Kaum hatte er das letzte Wort gesagt, da erhellte ein gelblichweißer Lichtblitz die Nacht vor dem Fenster. Es folgte ein dumpfes Krachen, dann eine vernichtende Explosion. Der Lichtschein verblaßte, erhellte aber weiterhin das Innere der Kabine mit einem geisterhaften Widerschein, der die starren, entsetzten Gesichter sekundenlang bloßstellte.

5

John wand sich aufwärts, die Lampe in der vorgestreckten Hand, Schultern und Beine immer wieder den Fels streifend. Der Zylinder auf seinem Rücken schlug hell gegen die beengende Höhlenwände.

Er hatte sie nicht so eng in Erinnerung. Könnte das Gestein sich verlagert haben? Nein, das war einfältig. Zuvor war er zum Licht hinabgetaucht, hatte nicht darüber nachgedacht, wie eng die Passage war. Und er hatte kein Sauerstoffgerät auf dem Rücken getragen. Die Felsen schienen unmöglich nahe heranzudrängen, von einem nichts Gutes verheißenden Rot, als wollten sie ihn zurückhalten. Es war kaum vorstellbar, daß die Kiste mit dem Würfel hier hinuntergefallen sein sollte.

Er überwand einen vorstehenden Felsknollen, und mit diesem Manöver hätte er um ein Haar alles verloren. Seine Maske kratzte am Stein, Wasser trübte seine Sicht und drang ihm in die Nase. Er riß instinktiv den Kopf zurück und schlug ihn gegen den Felsen. Jähe panische Furcht erfüllte ihn. Salz brannte ihm in den Augen. Er vergaß, daß es auf seine Nase nicht ankam, weil er durch den Mund atmete. Er sog ein, und die Nasenlöcher füllten sich.

Er zog an der Maske, schwamm automatisch aufwärts zur

Oberfläche und stieß schmerzhaft gegen Fels. Es gab keine Oberfläche, nur Gestein ringsherum, keinen Weg hinauf an die Luft. Dies war eine lange Röhre, die zu einem Grab führte, es war alles ein Grab, ein Ort für die Toten.

Laß das Einatmen durch die Nase, sagte er sich. Hör auf! Komm zu dir!

Der Gedanke brachte ihn zur Besinnung, und er folgte der alten Regel, daß man warten soll, bis die Panik nachläßt. Gräber, Tod, für immer im Stein begraben – nein, vergiß das! Geh Schritt für Schritt vor!

Das verschwommene Bild durch die mit Wasser vollgelaufene Maske sagte ihm nichts. Er zählte bis fünf und begann eine alte Übung.

Zurücklehnen. Die Oberkante der Maske gegen die Stirn pressen. Den unteren Teil nach außen biegen. Durch den Mund Luft aus dem Bedarfsventil atmen. Dann den Atem durch die Nase ausstoßen.

Er tat es mit aller Kraft, bis nichts mehr in ihm war. Die Sicht wurde klarer, obwohl die neuerliche Berührung mit Luft das Brennen in seinen Augen verstärkte.

Blasen stiegen empor, und er, schwerer geworden, sank abwärts. Er biß aufs Bedarfsventil und fand das frische Einströmen der Luft beruhigend. So unglaublich es scheinen mochte, seine Maske war klar. Er hatte es erreicht und war stolz. Jeder Taucher wußte, daß man innerhalb weniger Augenblicke sterben konnte, und er hatte diese Gefahr bestanden, ohne die Nerven zu verlieren. Er war doch nicht so schlecht.

Die Glasscheibe vor seinem Gesicht war am oberen Rand beschlagen, aber das hatte nichts zu bedeuten. Wegen einer Geringfügigkeit brauchte er das Manöver nicht zu wiederholen. Er dachte an nichts als so rasch wie möglich wieder ins Freie zu kommen. Einen Blick in die Höhle werfen, dann umkehren. Und eingekeilt wie er war, war es leichter, weiterzuschwimmen, als eine Wendung zu bewerkstelligen.

Er überwand den Felsknollen und ließ sich langsam aufwärtstreiben. Um die Panik zu überwinden, hatte er sich nach Belieben atmen lassen, nun aber war es Zeit, zum gleichmäßigen kurzen Saugen am Bedarfsventil zurückzukehren, die halbe Lunge voll Luft anzuhalten, solange es sich angenehm anfühlte, jedes Sauerstoffmolekül daraus zu ziehen, bevor er die Blasen hinausließ.

Der rote Lichtkegel stieß in undurchdringliche Finsternis. Das Wasser hier war schmutzig, erfüllt von einem Dunst schwebender Partikel.

Eine Wendung nach links. Ja, an die erinnerte er sich. Die Wände klafften weiter auseinander, ließen ihn mit Leichtigkeit durchgleiten. Oben und ein kleines Stück voraus lag der Kiesstrand. Suchend schwenkte er den Lichtkegel herum.

Dann sah er aus dem trüben Dunkel eine Gestalt auftauchen. Der Schwimmer war von ihm abgewandt, die Füße steckten in dem schwarzen wärmenden Material, das Taucher wie Socken in ihren Schwimmflossen trugen. Er hatte gelernt, Formation zu halten, solange er in einer Gruppe schwamm, also führte der Anblick eines anderen voraus ihn automatisch zu der Annahme, der Mann sei mit irgendeiner Arbeit beschäftigt. Schwebestoffe im Wasser absorbierten das Licht, und er konnte nur die Beine sehen. Langsam schwamm er näher, um sich zu vergewissern, als er auf einmal merkte, daß die Beine sich nicht bewegten.

Er war noch auf seine Atmung konzentriert, und das verlangsamte seine Reaktionen auf äußere Ereignisse. Er war auf gleicher Höhe mit den Füßen des Mannes, bevor ihm die Wahrheit dämmerte. Nun konnte er schlaff hängende weiße Hände sehen. Vom Tauchergürtel fehlte Ausrüstung.

Er schwamm längsseits. Am Rücken des Taucheranzugs war kein Kommunikationsgerät. Vor allem aber fehlte der Preßluftzylinder. Keine Maske. Arme und Beine lagen in einem Zustand völliger Entspannung im Wasser. Und in der Brust gähnte ein großes Loch, aus dem schwarze Fäden ins Wasser hingen und sich auflösten.

Das Haar wogte langsam wie Algenbewuchs. Der Körper war abgewandt, das Gesicht nach unten, und John brauchte einen langen Augenblick, bis er das Profil wiedererkannte.

Es war Arditti.

Johns Schwimmbewegungen brachten den Körper in sanfte Bewegung, die vorquellenden Augen starrten geraudeaus. John berührte den Körper, und er drehte sich herum und starrte ihn aus den leblosen Augen an, den Mund halbgeöffnet, als wolle der Tote ihm eine Frage stellen.

Als John die schwarzen Fasern aus Ardittis Brust sich im Wasser auflösen sah, wurde ihm klar, was den trüben Dunst im Wasser verursacht hatte. Er biß auf das Ventil, um ein überwältigendes Gefühl von Übelkeit zurückzudrängen.

Ardittis Augen glotzten, und aus dem halboffenen Mund quoll eine Blase. Sie stieg auf wie eine Frage: Warum? und zerplatzte an der Oberfläche.

Ja, warum. Jemand hatte Arditti erschossen, nachdem er den größten Teil seiner Taucherausrüstung abgelegt hatte. Er konnte nicht weit gewesen sein, denn er war ins Wasser zurückgefallen. Oder geworfen worden.

Das erklärte die Leuchtkugel. Jemand hatte sie als ein Signal für John abgeschossen, oder um die Höhle zu beleuchten und Ziele sichtbar zu machen.

Was immer der Fall war, dies lag außerhalb seiner Spielklasse. Er hatte keine Waffe, nichts. Höchste Zeit, wieder hinauszuschwimmen und die Transportgruppe zu warnen. Sollten sie sich die Köpfe zerbrechen, was zu tun sei. Wahrscheinlich bedeutete es das Scheitern des ganzen Unternehmens. Die Griechen mußten in der Höhle sein, was bedeutete, daß sie auch oben im Lager sein mußten ...

Claire! Die Hubschrauber waren bereits gestartet. Sie würden zum Lager fliegen und auf Funksignale warten, die nicht kamen, weil das Gerät in der Höhle unbemannt war.

Also würden sie oben kreisen, dem Feuer vom Boden ausgesetzt. Und Claire saß in einer der Maschinen.

Er mußte Nachricht geben. Er stieß sich in dem engen Raum ab und streifte Arditti. Der rote Lichtkegel durchschnitt eine schwebende Wolke aus gerinnendem Blut.

Nach dem Wendemanöver drückte er sich mit raschen Paddelbewegungen der Schwimmflossen tiefer. Der Höhlengang schien breiter als er ihn beim Aufstieg gefunden hatte. Die Biegung bei dem Felsknollen kam, und trotz seiner Eile manövrierte er sorgsam hindurch, um nicht noch einmal eine verschobene Maske und plötzlich einströmendes Wasser zu riskieren. Es wäre unangenehm schwierig, die Maske in dieser Position, mit dem Kopf nach unten, vom Wasser zu befreien.

Der Nebel des Blutes lichtete sich, blieb zurück. Er war dem Ausgang am Meeresboden nahe, als unversehens ein greller blauer Lichtschein aufflammte. Er war voraus, am Meeresboden.

Die Lichterscheinung zog langsam von links nach rechts, und gleißende Lichtstrahlen gingen wie Speichen davon aus, um sich im Wasser zu verlieren. Einen Augenblick lang dachte er, es sei die Transportgruppe, die eine Unterwasserfackel gezündet habe, um den Weg zu suchen oder nach ihm Ausschau zu halten, aber als er sah, daß es im Umkreis des Lichtpunktes nichts gab, keine Gestalt, die die Fackel hielt, wußte er, was das spuckende, sprühende grelle Licht war.

6

Der Widerschein der Explosion verlor rasch an Helligkeit. »Der Treibstoff ist hochgegangen«, sagte Hale mit dumpfer Stimme. »Sie brennen.«

In Claire krampfte sich etwas zusammen. Sie beendeten das Wendemanöver, und Claire sah einen gelben Scheiterhaufen in die Dunkelheit emporlodern.

George.

»Funkverbindung weg«, fuhr Hale fort. »Aber vielleicht sind ein paar von ihnen durchgekommen. Sehen wir nach!«

Sie stiegen über den langen Höhenrücken und ließen das Gewehrfeuer vorübergehend hinter sich. Claire konnte jetzt sehen, daß der erste Hubschrauber ungefähr dreihundert Meter westlich des Kuppelgrabes abgestürzt war, nahe dem Fuß des Hügels. Er brannte lichterloh; beißende schwarze Wolken brodelten zum Nachthimmel hinauf.

Sie schlugen einen Bogen über die Küste hinaus, und der Schauplatz des Geschehens kam außer Sicht. Sie blickte hinab und sah einen orangefarbenen Schimmer. Er kräuselte sich, wurde undeutlich, kam wieder als ein intensiv leuchtender orangefarbener Punkt zum Vorschein. Sie schloß die Augen, dachte, es sei eine optische Täuschung, ein Nachflimmern auf ihrer Netzhaut, sah aber nichts. Als sie wieder hinschaute, schien das Licht seinen Ort verändert zu haben. Vielleicht das Positionslicht eines Schiffes? Das Schlauchboot, das John zur *Watson* zurückbringen sollte? Nein, das sollte ohne Licht fahren.

Wieder überflogen sie die Küste, hielten diesmal von Westen her auf das Lager zu. Abermals dröhnten kurze, dumpfe Schläge von oben. Claire sah es im Lager aufblitzen, aber das antwortende Feuer schien nachgelassen zu haben. Vielleicht hatte der Bordschütze oben das schwere Maschinengewehr getroffen, denn sie hörte es nicht mehr.

Lärm, Verwirrung. Auf einmal brüllte Hale wieder in sein Mikrophon. Die Männer in der Kabine entsicherten ihre Waffen. Der Hubschrauber stieß abwärts und hielt direkt auf das Lager zu. Ein schweres, dumpfes Hämmern von der Schnellfeuerkanone über ihnen.

Sie setzten hart auf. »Hier bleiben!« befahl Hale. Als ob es der Anweisung bedurft hätte, sie an Bord zurückzuhalten.

Hale stieß die Stahltür mit einem Klappern und metallischen Schlagen zurück, und die Bewaffneten sprangen hinaus. Sie hatten den Hang vor sich, so daß der Hubschrauber sie gegen Feuer aus dem Lager deckte. Von der brennenden Maschine wehte heiße, rauchige Luft herüber. Claire sah die Männer zum brennenden Wrack laufen, dessen Skelett in geschwärzten Verstrebungen und verbogenem Aluminiumblech aus den Flammen ragte. Ringsum verstreut lagen Trümmer und schwärzliche Klumpen. Hale lief auf den Erstbesten zu, stieß ihn mit dem Fuß an, schüttelte den Kopf.

Einer dieser verkohlten Klumpen mußte George sein. Und als die Männer um das Wrack liefen und die Klumpen von den Flammen fortzogen, wurde ihr klar, daß niemand den Absturz überlebt hatte.

Die Geräusche schienen sich zu verlieren, unwichtig zu werden. Sie dachte daran, wie sie George vor nicht einer halben Stunde an Bord der *Watson* gesehen hatte, selbstsicher, überzeugt vom Erfolg des abenteuerlichen Unternehmens.

Was mochte er gedacht haben, als der Feuerzauber angefangen hatte?

Durch das *Wamp wamp wamp* der Rotoren hörte sie peitschendes Gewehrfeuer. Es wurde Zeit, daß sie von hier verschwanden ...

Der Würfel. Sie sprang auf, lief zur anderen Seite der Kabine und überblickte suchend das vom Feuerschein erhellte Terrain. Dort, fünfzig Meter entfernt. Die Verpackung schien intakt, ein schmutzigweißer Block, in Kabel verstrickt, der unten am Talrand lag.

Sie stieß das Schiebefenster auf und rief Hale, doch er hörte nichts. Die Männer waren noch mit der Bergung der Toten beschäftigt. Das Feuer flackerte jetzt niedriger, nachdem es alles Brennbare verzehrt hatte. Hale brüllte den Leuten etwas zu, und sie rannten geduckt zurück zur Maschine.

»Nichts zu machen«, sagte er, als er in die Kabine sprang. »Sie starben beim Aufprall.«

Er setzte sich an seinen Platz, stülpte den Helm über und schilderte die Situation. Die übrige Besatzung kam schnaufend an Bord und stieß die Tür zu. Claire war wie betäubt, abgelöst vom Geschehen. Sie versuchte die Benommenheit abzuschütteln, aber es war verlockend, das Hämmern der Kanone über ihr zu ignorieren, vor dem ausgebrannten Wrack am Hang die Augen zu verschließen.

Carmody und der Nationale Sicherheitsrat waren so selbstsicher gewesen. Sie hatten darauf gezählt, daß der Türkische Krieg Kontos ablenken würde, hatten sich auf Heimlichkeit, Schnelligkeit und – nicht zuletzt – auf eine Theorie verlassen. Auf Berechnungen, die, wenn sie verstand, was sie gesehen hatte, ernstlich falsch waren.

Hybris. Sie mochten keine Fragen, wenn sie keine einfachen Antworten dafür hatten. Sie glaubten so fest an ihre Methode, daß sie aus unleugbaren Risiken Gewißheit heraufbeschworen.

»He!« rief Hale zu ihr. »Setzen Sie sich an Ihren Platz und schnallen Sie sich an!«

Sie bemerkte, daß sie an der Tür stand und in ihrer Benommenheit zum Fenster hinausschaute. Hale beendete sein Gespräch mit dem Funkoffizier der *Watson*.

»Die Marine schickt zwei Jagdbomber«, sagte er.

»Die Kiste«, sagte sie, wieder zu sich kommend. »Wir müssen sie wieder in die Luft bringen.«

»Ja, ja, ich überlege gerade. Wir warten, bis das Feuer ausgebrannt ist und die Jagdbomber dieses Lager erledigen – sie werfen Napalm –, dann werden wir uns daran machen. Ich denke, wir montieren die Halterung für diese Kabel vom Wrack ab und machen sie bei uns fest.«

»Ist das schnell zu machen?«

»Kein Problem. Zehn, vielleicht zwanzig Minuten.«

»Dann sollten Sie wissen, was ich glaube gesehen zu haben.« Sie erzählte es ihm.

Er machte schmale Augen. »Vielleicht können wir dann nicht warten, bis die Jagdbomber kommen und denen da unten den Rest geben.«

»Bis sie kommen, sollten wir von der Kiste Abstand halten.«

»Gut. Das Gewehrfeuer ist nicht so schlimm, weil auf diese Distanz kein sicheres Zielen möglich ist, aber es gibt nichts, was die Brüder daran hindern könnte, uns auf den Pelz zu rücken.«

Wieder kamen Feuerstöße von der Bordkanone. »Vielleicht unser Bordschütze«, sagte Claire. »Glauben Sie, daß hier viele Griechen sind?«

Eines der Argumente, die sie vorgebracht hatte, um ihre Teilnahme an dem Unternehmen zu rechtfertigen, war ihre Beherrschung des Griechischen gewesen. Nun merkte sie, daß ihre zungenfertige Begründung sich in einer höchst unerfreulichen Art und Weise als triftig erweisen könnte.

Er spuckte mit Bedacht auf den Boden. »Könnte sein.«

»Wir müssen dieses Ding in die Luft bringen.«

»Ja. Ich werde Ihre Beobachtung melden ...«

Er hatte die Funkverbindung kaum hergestellt, als er innehielt. Aus der Richtung des Lagers kam wieder das laute *Rrrrppp*.

»Verdammt! Wieder dieses Satansding. Sie müssen es in Ordnung gebracht haben.«

Drei Geschosse schlugen in den Rumpf des Hubschraubers, jeder wie ein Hammerschlag auf Holz. Claire zuckte zusammen. Von oben antwortete ein weiterer Feuerstoß. Hale schaute verwirrt drein. Sie war froh zu wissen, daß für ihn auch alles ein bißchen zu schnell ging.

Zwei weitere Treffer knallten in den Rumpf, diesmal beim Heck.

»Mein Gott, damit kommen die glatt durch die Wand«, sagte Hale verwundert. »Das ist Kaliber fünfzehn Millimeter. Wir sind ein hübsch großes Ziel.«

»Dann müssen wir hinaus«, sagte sie.

Weitere Geschosse trafen den Hubschrauber, der unter den Einschlägen ein wenig schwankte. Die Männer sprangen hinaus, gingen in Deckung und erwiderten das Feuer mit ratternden Feuerstößen.

Hale sagte etwas in sein Mikrophon – die Worte gingen im Gefechtslärm unter – und nickte. »In Ordnung. Das machen wir.« Er nahm den Helm ab und wandte sich um.

»Was tun wir?«

»Gehen den Hang hinauf zum Kamm und sehen nach, ob dieses Ding da draußen ist.«

»Sie glauben mir nicht?«

»Nicht ich, das ist Carmody. Wir müssen wissen, was vorgeht.«

»Nun ...«

»Noch etwas. Carmody will, daß Sie aus der Nähe des Hubschraubers wegkommen. Das Wrack ist fast ausgebrannt, und jeden Augenblick können wir es mit griechischer Infanterie zu tun bekommen. Carmody sagt, ich soll Sie in Sicherheit bringen, hinter den Höhenzug, bevor diese Singularität hier ankommt. Ihre Beobachtung überprüfen. Dort lasse ich Sie in einem Versteck zurück. Dann werden wir diesen Verschlag festmachen und starten.«

»Ich soll einfach in die Dunkelheit hinauslaufen?«

»Ich gehe mit Ihnen.«

Ein weiterer Feuerstoß brachte den Hubschrauber zum Schaukeln. Das wilde Geratter der Schüsse machte es schwierig, ihn zu verstehen, obwohl er nahe bei ihr stand. »Wir werden den dritten Hubschrauber nachkommen lassen, der wird Sie finden und aufnehmen. Bis dahin werden wir diese Kerle erledigt haben.«

Claire starrte ihn an. Inmitten dieses Getöses war er immer noch überzeugt, daß ihr Vorhaben gelingen könnte.

Hale lächelte. »Besser als hier im Feuer zu sitzen, glauben Sie mir!«

»Aber ich ...«

»Befehl von Carmody, verstehen Sie?« sagte Hale, und in seine Stimme kam eine Schärfe. »Sehen Sie, meine Dame, ich habe zu tun.«

Sie nickte stumm und blickte zur offenen Tür hinaus. Oben gab der Kanonier einen weiteren Feuerstoß ab. Sie bemerkte, daß die anderen Männer zum Hubschrauber zurückgekommen waren und in der Deckung des Rumpfes kauerten. Sie kletterte mit Hale hinunter und kroch zu den anderen. Ein hohes Pfeifen kam aus den Wolken, dann ein tiefes, hohles Brüllen.

»Da ist die Marine«, sagte Hale und grinste. »Halten Sie sich bereit, ja? Ich gehe mit Ihnen, und diese Männer geben uns Feuerschutz. Wir laufen den Hang hinauf, durch die kleine Rinne dort, sehen Sie? Wo es dunkel ist.«

»In Ordnung.«

Das pfeifende Kreischen ging in ein Heulen über, als die Jagdbomber auf das Tal herabstießen. Plötzlich sah sie einen mehrere Kilometer entfernt aus der aufreißenden Wolkendecke kommen, schwarz vor dem dunklen Silbergrau. Er sauste in reißendem Gleitflug wie ein Mauersegler durch das Tal. Claire verlor die Maschine aus den Augen, als sie hinter dem Rumpf des Hubschraubers verschwand, dann flammte jenseits davon eine gelbe Sonne auf, und mit einem tiefen Rumpeln stieg ein Feuerball wie von brüniertem Gold in die Nacht auf. Sie stand geblendet und wie erstarrt.

»He! Los jetzt!« Hale faßte sie beim Arm, und sie stolperte ihm wie betäubt nach.

Es ging gerade den Hang hinauf, zuerst im Laufschritt, dann durch das lose Geröll am Boden einer Rinne, die bald steiler wurde, so daß sie sich an Sträuchern festhielten und weiterzogen. Die ganze Zeit wollte sie sich nach dem gelben Flammeninferno umsehen, aber sie wagte es nicht; selbst in Stiefeln war es schwierig, zwischen Geröll und anstehendem Gestein brauchbare Tritte zu finden, und sie mußte sich abmühen, um mit Hale Schritt zu halten. Ihre Schatten streckten sich vor ihnen aus, die überlang verzerrten Arme schwangen in riesigen Bogen. Obwohl er geduckt blieb, bewegte sich Hale schnell und gewandt wie eine Gemse durch das steinige Gelände; während Claire immer wieder abrutschte und Steine lostrat, die mit verräterischem Gerassel durch die Rinne abgingen, war von ihm fast nichts zu hören. Allmählich ging das Licht in Orangerot über. Das Napalm war nahezu verbrannt.

Sie hörte keine Schüsse mehr, kein Gewehrfeuer. Schnaufend folgte sie Hales undeutlicher Gestalt bergauf. Wieder glitt sie im losen Geröll aus und schrammte sich im Fallen das Gesicht. Der trockene, würzige Duft des mediterranen Buschwalds füllte ihre Nase, und dann wehte ein anderer Geruch vom Tal herauf, wie Feuerzeugbenzin. Napalmdämpfe, mutmaßte sie, während sie sich aufwärtsmühte.

Die Rinne verengte sich weiter oben zu einem steilen, schrofigen Einschnitt. Sie blickte zurück und sah Männer bei den ausgebrannten Resten des ersten Hubschraubers. Offenbar versuchten sie bereits, die Haltekabel loszumachen.

Ein Stück weiter rechts lag das brennende Lager. Ringsum hatte der Buschwald Feuer gefangen, und graue Rauchwolken hingen über einem wachsenden orangefarbenen Kreis.

»In Ordnung, hier ist es richtig«, rief Hale mit gedämpfter Stimme zu ihr zurück. Er hatte in einer Senke knapp unter dem Kamm des Höhenzuges haltgemacht. Sie schätzte ihre Entfernung vom Hubschrauber auf dreihundert Meter. Nur noch vereinzelte Brandherde waren von der Feuersbrunst übrig geblieben und reichten kaum aus, das Tal zu erhellen.

Während sie den Rest des Weges hinaufkletterte, bemerkte sie zu ihrer Verblüffung, daß sie sich an das Steigen gewöhnt hatte und kaum außer Atem war. Sie kletterten über eine Felsbank und blickten vom Kamm hinab zum Ufer.

Ein trüber blauer Lichtschein breitete sich wie ein Fächer von der Basis des steilen Kliffs seewärts aus und erhellte das unruhige Wasser von unten. Die sonst nachtschwarze See vermochte das tiefe Leuchten nicht zu ersticken. Wie ein lebendes Wesen dort unten, dachte sie. Wie ein urzeitlicher Gott.

Sie überblickte den Horizont. Wo war die *Watson?* Seemeilen entfernt, wahrscheinlich, und ohne Positionslichter.

»Sieht so aus, als hätten Sie recht«, flüsterte Hale.

»Und John ist irgendwo da unten.«

»Was? Wer?«

»Ist die Verbindung mit den Männern in der Höhle wiederhergestellt worden?«

»Ah, solange ich an Bord war und Verbindung hatte, nicht.«

»Dann muß etwas ...« Sie konnte nicht weitersprechen. Die geisterhafte Lichterscheinung schien auf unheimliche Weise seitwärts zu gleiten, als suche sie einen Weg in die Felsen des Kliffs.

Dann kam ihr eine Erleuchtung. Die Lichterscheinung bewegt sich viel zu langsam.

Die Berechnungen waren irgendwie fehlerhaft. Die Singularität war frühzeitig zurückgekehrt, doch statt mit hoher Geschwindigkeit zurückzusausen und wie ein Blitz in die Kliffs einzuschlagen, kroch das Ding am Meeresboden dahin.

Wie lang war es schon dort? Kehrte es auf seiner früheren Bahn zurück?

Alles, was sie angenommen hatten, mochte falsch sein.

Hale sprach in ein tragbares Funkgerät und machte Carmody Meldung. Dann brach er ab und winkte ihr. »Sie bleiben hier, wo Sie sind! Die Marine hat unter diesen Bastarden aufgeräumt, also wird es nicht mehr lange dauern, bis wir den Behälter am Haken haben. Fünfzehn Minuten, rechne ich. Dann werde ich einen Mann zu Ihnen heraufschicken, daß er Sie abholt, oder der dritte Hubschrauber wird hier sein. Carmody sagt, Sie sollen sich auf keinen Fall in Gefahr begeben.«

»Großartig.«

»Kommen Sie mit zur Mulde, hier oben sind Sie zu leicht zu sehen!«

Sie krabbelten über die Felsbank hinab, und Hale ließ sie in der Mulde zurück. Als er fünfzig Meter abgestiegen war, hielt er die Hand hoch und winkte. »So ist's recht. Bleiben Sie in Deckung!«

Er stieg weiter ab, die Maschinenpistole in der Armbeuge,

alle Aufmerksamkeit auf den Weg konzentriert. Er hatte ungefähr die Hälfte der Strecke zum Hubschrauber hinter sich gebracht, als ein kurzes *Brrrrrpp* die Nacht durchschnitt, und Hale vornüberfiel. Er kam auf dem abschüssigen Gelände ins Rollen und kollerte ein gutes Stück über Felsen und Geröll, bevor er im Gebüsch verschwand.

Claire machte sich so klein wie möglich. Das furchtbare Geräusch war von links gekommen, von Westen her. Angestrengt spähte sie hinab zu den Sträuchern, wo Hale liegen mußte, aber nichts regte sich dort. Vielleicht kroch er durch das Gestrüpp weiter. Auch die Männer bei dem Hubschrauber hatten den Feuerstoß gehört und liefen auseinander, um Deckung zu suchen. Sie begannen nervös und ziellos um sich zu schießen. Aus der Dunkelheit kam keine Antwort.

Sie kauerte in ihrer Mulde und versuchte einen klaren Gedanken zu fassen. Hale verwundet, vielleicht tot. Die Mannschaft unten in Verwirrung, erwartete einen Angriff. Vielleicht gab es noch einen, der sich bemühte, die Kabel loszumachen, und die übrigen feuerten in die Gegend, um ihn zu decken. Sie lauschte den kurzen, regelmäßigen Feuerstößen. Ja, sagte sie sich, das mußte es sein.

Was sollte sie tun? Bleiben, wo sie war, sicherlich. Wenn die Dinge sich beruhigten und niemand käme, sie zu holen, könnte sie dem Kammverlauf bis zum Kuppelgrab folgen und von dort den Fußsteig zum Ufer hinunter nehmen.

Von links drang ein leises Knacken an ihr Ohr.

Sie spähte über das Gestrüpp hinweg. Aus diesem Winkel konnte sie Terrain einsehen, das die Leute unten nicht überblicken konnten, und sie glaubte eine schattenhafte Bewegung zu erkennen. Es war in der herrschenden Dunkelheit schwierig zu beurteilen, aber dort, ja, verlagerte sich wieder ein dunkler Fleck.

Wieder ein Knacken. Diesmal näher.

Sie gewann den Eindruck einer gleichmäßigen Bewegung parallel zum Hang. Zwei Gestalten, vielleicht drei. Sie feuerten nicht, arbeiteten sich nur vor und kamen in ihre Richtung.

Natürlich. Hale hatte sie diese Rinne heraufgeführt, weil sie Deckung bot. Jemand, der ungesehen ins Tal absteigen wollte, würde denselben Weg nehmen.

Sie würden ihr Versteck und sie finden. Und Hale, falls er noch lebte.

Was als ein sicherer Zufluchtsort für sie gedacht gewesen war, erwies sich nun als Falle. Sie mußte handeln. Diese Leute kamen näher, und wenigstens einer von ihnen würde wahrscheinlich die Stelle passieren, wo sie versteckt war. Sie mußte es verlassen. Doch ihr Instinkt sagte ihr, daß sie sich verbergen, an den Boden schmiegen sollte. Und zugleich wurde sie ein Gefühl von Unwirklichkeit nicht los: daß sie einfach nicht in solch einer Lage sein sollte, daß die Welt plötzlich auf den Kopf gestellt worden sei.

Sie sagte sich, daß es nun darauf ankäme, einen kühlen Kopf zu bewahren und überlegt zu handeln und sich durch nichts ablenken zu lassen. So würde sich ein Mann verhalten: einfach tun, was getan werden mußte, und den Rest auf später verschieben. Analytisch. Vorsichtig. Auf jedes Problem konzentriert, sobald es sich stellte. Und, sagte sie sich, nicht zittern.

Sie kroch aus der Mulde und hielt nach einer Lücke im Strauchwerk Ausschau. Abermals trug ihr die kühle Luft das Knacken eines Zweiges zu, und wieder schien es näher als zuvor.

Sie fand einen Durchschlupf zwischen zwei hohen Sträuchern und einer Gruppe knorriger Bäume. Von dort erreichte sie die steile Rinne und querte sie Zentimeter um Zentimeter, hielt sich an Grasbüscheln und vermied jeden Tritt, der loses Geröll in Bewegung bringen konnte. Vor Angst und Konzentration schnaufte sie so heftig, daß sie befürchtete, das Geräusch werde sie verraten.

Auf der anderen Seite ließ sie sich auf alle viere nieder und kroch durch Lücken im Buschwerk weiter. Die umschließende Vegetation mit ihren Schatten bot nach der ungeschützten Rinne willkommene Deckung. Zweige zerkratzten ihr Gesicht und Hände, aber sie kroch unverdrossen fort von der Rinne und hielt sich schräg aufwärts. Scharfkantige Steine schnitten ihr in Hände und Knie. Kleine Tiere huschten raschelnd fort. Der aromatische Duft des Buschwaldes behauptete sich hier gegen den scharfen Napalmgestank.

Einmal in Bewegung, kroch sie automatisch weiter. Bald

waren ihre Knie wund, das dornige Gestrüpp zerkratzte ihr das Gesicht, aber sie spürte die brennenden Schmerzen kaum, da sie all ihre Aufmerksamkeit auf die Geräusche möglicher Verfolger konzentrierte.

Unten im Tal hatte das Schießen aufgehört. Ein leichter Wind trug ihr ein Gemurmel von Stimmen zu; vielleicht diskutierten die Männer über die Kabel. Den Hintergrund gab das tiefe, gleichförmige Blubbern des Hubschraubers ab, dessen Motor leerlief. Sonst nichts.

Sie erhob sich rasch, um Rundschau zu halten. Im Umkreis des Lagers gab es nur noch wenige kleine Brandherde, die Luft war rauchverhangen. Claire war erstaunt, wie weit sie gekrochen war – mindestens zweihundert Schritte. Sie konnte die Umrisse des Hubschraubers kaum noch ausmachen.

Und jeden Augenblick konnte die Singularität an die Oberfläche hervorbrechen und sie alle verbrennen und verstrahlen. Oder, noch schlimmer, eine Kernexplosion hervorrufen.

Sie wurde angezogen von ihrem Zwilling im sorgsam verpackten und gesicherten Würfel. Wenn richtig war, was John und Zaninetti und die anderen gesagt hatten, dann würde die seltsame Lichterscheinung nicht dort unten in der See bleiben. Ihre beiderseitigen Anziehungskräfte würden die Singularitäten unweigerlich zusammenführen.

Die schattenhaften Gestalten am Hang hinter ihr waren nicht zweifelsfrei zu erkennen, doch glaubte Claire da und dort Bewegungen in dem unebenen, mit Buschwald bewachsenen Terrain auszumachen. Nach ihrem Gefühl hielten sie noch immer auf sie zu, offenbar in einem Versuch, den Hubschrauber zu umgehen. Es konnten nur wenige sein, aber wenn einer von ihnen auf sie stieß ...

Sie wandte sich um, halb entschlossen, wieder zum Kamm aufzusteigen und sich so in Sicherheit zu bringen – und war überrascht, als sie nur zehn Meter entfernt den ansteigenden Weg zum Kuppelgrab sah. Bis zum Dromos konnte es nicht weit sein.

Über steiniges Gelände und durch Gestrüpp kroch sie das letzte Stück zum Weg. Der Eingang zum Grab kam voraus in Sicht, ein vertrauter, beinahe erfreulicher Anblick. Sie schwang die schmerzenden Beine über einen Block, der die Wegböschung bildete, erreichte ebenen Grund und kauerte nieder. Kein verdächtiges Geräusch, nur das leise Rascheln des Windes, das Blubbern des Hubschraubermotors und ihr eigenes Atmen. Gebückt schlich sie den Weg hinauf zum Dromos, folgte diesem bis zum Grabeingang. Das letzte Stück war so dunkel, daß sie sich mit der Rechten an den Blöcken des alten Mauerwerks entlangtastete. Ihr Atem ging rasch, sie stand immer noch unter dem Schock der letzten Ereignisse und war ängstlich bedacht, sich in Sicherheit zu bringen. Die Wand endete, und sie fühlte den mächtigen, aus Kalkstein gehauenen Eingang zum Grab. Sie trat, eng an die Sicherheit verheißenden massiven Steine gedrückt, über die Schwelle, und verspätet fiel ihr ein, daß sie weder auf die Gitterstäbe des eisernen Tores, noch auf die hölzerne Eingangstür gestoßen war; beide mußten offenstehen, und da die letztere auf der anderen Seite eingehängt war, konnten ihre Finger sie nicht ertasten. Sie brauchte ihren Schlüssel nicht. Das Grab war offen.

Ein weißes Licht schien ihr blendend ins Gesicht. Sie keuchte vor Schreck.

»Also sind Sie es doch«, sagte eine Stimme. Die Stimme des Obersten Alexandros Kontos.

7

Lange und wie gebannt starrte John auf das winzige, virulente blaue Licht. Es bewegte sich ungefähr vierzig Meter entfernt über den Meeresboden. Gelbe Fühler gingen wie kleine Blitze davon aus, die in wolkigen, violetten Ausbrüchen endeten. Eine blaue Aureole erhellte Felsen und Spalten, warf ihr unheimliches Licht auf die bräunlichgraue Spur, die das Ding hinterließ.

Überall in seinem Umkreis lösten sich Blasen aus dem Gestein und dem Grund, in denen das blaue Licht funkelte, dann sprudelten sie wie Schwärme silbriger Vögel aufwärts.

Die zweite Singularität. Sie war schon zurückgekehrt, hatte annähernd zweitausend Kilometer zurückgelegt und war Stunden vor der berechneten Zeit eingetroffen.

Aber wie kam sie in die See? Sie hätte in den Höhlengang zurückkehren sollen. Dorthin führte ihr Weg.

Als er die Erscheinung beobachtete, veränderte sie ruckartig den Kurs, prallte gegen einen Felsblock, und gelbe Funken schossen heraus und erblühten wie schweflige Blumen. Der Block wurde entzweigespalten.

Geräuschlos. Geisterhaft still zog die Singularität ihre Bahn, schnitt sich durch Gestein und Sand, verdampfte Meeresalgen zu braunem Rauch. Elfenbeinfarbene Blasen brachen aus dem Meeresboden hervor, Dampfspuren energiereicher Partikel. Die Singularität nahm Wasser auf und fügte einen Teil davon seiner Masse hinzu, während der Rest als heißer Dampf ausgestoßen wurde.

Der Wasserdruck in seinem Ohr schien sich zu verändern. Algen wogten träge und majestätisch in einer frischen Strömung. Von ihr bewegt, kam die Singularität plötzlich auf ihn zu, gegabelte Blitze aus Purpur und Gold speiend.

John machte ein Wendemanöver und suchte das Weite. Das Wasser hielt den größten Teil der Strahlung auf, selbst die Gammastrahlen, dennoch bekam er eine respektable Dosis ab. Er mußte eine Abschirmung suchen.

In dieser Richtung war kein Entkommen möglich, nicht, solange die Singularität sich auf ihn zubewegte. Sie könnte ihn in einem Augenblick einholen und rösten.

Er machte ein neuerliches Wendemanöver und schwamm den Weg zurück, den er gekommen war, diesmal schneller. Es kam nur darauf an, einen sicheren Abstand zwischen sich und die Singularität zu bringen. Der Schlauchboottransport mußte bald eintreffen, und wenn er ihn erreichte ...

Nein, wahrscheinlich würde er noch eine gute Weile auf sich warten lassen, denn die Besatzung würde bei der Annäherung die Singularität sehen und Meldung machen. Und da man an Bord der *Watson* ohnedies seit geraumer Zeit keine Verbindung mehr zum Vortrupp hatte, würde man den Transport zurückbeordern.

Und ihn hier seinem Schicksal überlassen, in der Nachbarschaft von Leuten, die bereits Arditti und vielleicht auch die anderen getötet hatten.

Er hielt an und schaltete seine Lampe aus. Er tat gut daran, die Batterien zu schonen. Außerdem war der Lichtschein wahrscheinlich von oben zu sehen.

Er schwebte in der Dunkelheit und überlegte. Er konnte nicht vor und nicht zurück. Und er konnte auch nicht hier bleiben, nicht für längere Zeit – der Druckmesser zeigte, daß er nur noch für zwanzig Minuten Luft hatte.

Er sollte nicht abwarten, bis der Luftvorrat ganz erschöpft wäre. In diesem Fall bliebe ihm nur noch ein Weg aus der Höhle – aufwärts, durch das Grab. Es sei denn, er wollte mit seiner Taschenlampe im Dunkeln durch den Höhlengang zurückschwimmen, in der Hoffnung, daß die Singularität nicht mehr draußen sein würde.

Er biß die Zähne zusammen. Sei ein theoretischer Physiker, junger Mann! Lerne die Welt kennen, erlebe Abenteuer, begegne interessanten Singularitäten! Sieh deine Gleichungen lebendig werden!

Sie alle hatten den Zeitpunkt, da das verdammte Ding zurückkehren würde, völlig falsch eingeschätzt. Ein feiner Mathematiker war er. Was hatten sie noch falsch gemacht?

Dennoch war es in einer eigentümlichen Weise befriedigend, die spuckende, virulente zweite Singularität zu sehen und zu wissen, daß ihre Ableitungen aus einer sehr verfeinerten Feldtheorie den Geschmack und die Würze der Realität hatten. Er lächelte. Sein imaginärer Drache im mathematischen Garten hatte Krallen, die wirklich aufschlitzen konnten, atmete wirkliches Feuer. Es mochte sein, daß er aus dieser dummen Falle nicht mehr herauskäme, aber er hatte die Wahrheit gesehen: seine grundlegenden Berechnungen waren zutreffend. Das war schon etwas.

Er zuckte die Achseln. Etwas, gewiß. Aber nicht genug.

Wasser gluckste in seinen Ohren. Er mußte zu einer Entscheidung kommen.

Hinter ihm ließ der orangefarbene Lichtschein nach, warf zunehmend schwärzere Schatten. Er tat einen tiefen Atemzug und hoffte, der Sauerstoff werde sein Denkvermögen fördern. Vielleicht nahm die verdammte Singularität einen anderen Weg. Das wäre die Abwechslung, die er brauchte. Er wollte nicht zurück in die Höhle.

Er beobachtete die abnehmende Helligkeit. Aber nein, sie wurde nicht schwächer; das orangefarbene Licht verstärkte sich zusehends, ging in grün über. Es mußte sich der Mündung des unterseeischen Abflusses nähern, auf das Ufer zukommen. Aber warum hier?

Es war keine Zeit, sich darüber Spekulationen hinzugeben. Als er zwischen den flossenbewehrten Füßen hinabspähte, sah er das Licht deutlich stärker werden. Ihm blieb keine andere Wahl; er mußte hinauf.

Er schwamm durch die enge Röhre, erreichte den Felsknollen und überwand ihn mit einem vorsichtigen und zugleich geschickten Manöver. Der Lichtschein wurde kräftiger und trieb ihn vorwärts. Er schwamm so schnell wie die Umstände es ihm erlaubten, orientierte sich an dem Lichtschein von hinten.

Da waren Ardittis Füße. John glitt am Körper des Toten vorüber, vermied es, ihm ins Gesicht zu sehen. Das Wasser war noch immer trüb vom blutigen Nebel, und er bildete sich ein, es schmecken zu können. Sein Magen zog sich zusammen.

Nun gab es kaum genug Licht, um etwas zu sehen. Er ließ sich vom Auftrieb emportragen und durchbrach die Oberfläche. In der Höhle war kein Licht. Er ließ das Bedarfsventil aus dem Mund fallen und tastete umher. Geröll unter den Schwimmflossen. Er zog die Maske ab und kroch aus dem Wasser über den Geröllstrand, versuchte jedes Geräusch zu vermeiden. Jedes Getröpfel von Wasser klang hier im Resonanzkörper der Höhle unmöglich laut. Mit unangenehm klatschenden Schwimmflossen tappte er über den Strand, Geröll gab unter seinen Füßen nach, der Preßluftzylinder rutschte zur Seite. John bekam ihn zu fassen, bevor er gegen den Stein schlagen konnte, wo der Strand endete. Vorsichtig ließ er ihn von den Schultern gleiten und schob ihn schnaufend auf die Felsbank. In fast völliger Dunkelheit kletterte er hinterher. Die Oberfläche des Gesteins war schleimig und schlüpfrig. Er glitt aus und wäre um ein Haar in das von unten her erhellte Wasser zurückgefallen. Wieder zog er sich hinauf, erreichte einen ebenen Platz und wälzte sich herum, die Schwimmflossen auszuziehen.

Noch immer war nirgendwo eine Bewegung zu hören, kein Geräusch. Er hatte halb erwartet, mit einer Salve empfangen zu werden.

Wo waren die anderen zwei? Seine umhertastenden Hände stießen in der Dunkelheit auf Kabel und hielten sie fest. Die Kabel zu seiner schwimmenden Funkstation. Sie führten vorwärts und aufwärts.

Er stand auf und ging vorsichtig über die schlüpfrigen, ansteigenden Felsen weiter. Einen Unterschlupf suchen, dachte er, hielt auf dunklere Schatten zu und fand, daß sie eine Reihe von Blöcken waren. Er überkletterte sie und ging in Deckung. Das Wasser wurde magisch von unten beleuchtet, unheimlich wie ein Fischteich in jemandes Luxusgarten. Der Widerschein in der Höhle war jedoch so schwach, daß er nur wenig sehen konnte. Er wartete. Stille. Nein, ein Knarren. Sehr schwach, etwas zur Rechten, aber wie von oben. Da war es wieder.

Er mußte sich ein Bild von der Lage machen. Jemand, der ihn wirklich töten wollte, hätte beim ersten Geräusch gefeuert.

Es sei denn, sie hielten ihn für einen der ihren.

Einen von Kontos' Leuten. Er hatte irgendwie erraten, daß das Grab von Wichtigkeit war.

Er zog die Lampe aus ihrer Schlaufe an seinem Tauchergürtel und richtete sie nach oben. So ließ sich am besten ein allgemeiner Überblick gewinnen, und es würde seinen Standort nicht ganz so deutlich markieren.

Er schaltete das Licht ein. Plötzlich war die Höhle überall nahe um ihn, ein System von Erweiterungen und Verengungen aus rötlichem Gestein. Keine Reaktion. Er erkannte den ansteigenden Höhlengang, das gewölbte Dach ungefähr drei Meter über ihm, die verstreuten Blöcke, den eingespülten Sand.

Dort, zwei Tote. Er wußte, wer sie waren, ohne sie auch nur aus der Nähe zu betrachten. Sie lagen inmitten der Kommunikationsausrüstung. Beide hatten große rote Flecken auf ihren schwarzen Taucheranzügen. Auch das Gerät war beschädigt, wie von einer Explosion auseinandergerissen.

Keiner der beiden hatte seine Waffe bei sich. Ihre Maschinenpistolen lehnten drei Meter entfernt an einem Block.

Noch immer keine Bewegung, kein Geräusch. Vielleicht waren die Angreifer fortgegangen, wieder hinauf. Er schaltete die Lampe aus und tastete sich zwischen den Felsen weiter, bis er sich ungefähr fünf Meter von den Toten entfernt glaubte. Um eine der Waffen an sich zu bringen, würde er die Deckung verlassen müssen. Er bewegte sich geduckt und so leise wie möglich näher, dann sprang er das letzte Stück vorwärts, griff sich eine der Maschinenpistolen und suchte hinter einem Felsvorsprung Deckung gegen Beschuß von oben.

Als er nichts hörte, schaltete er das Licht wieder ein. Nasses Gestein glänzte zurück. Von hier konnte er den weiteren, steil aufwärtsgerichteten Verlauf des Höhlengangs sehen. Dort hing ein Seil herab, und an seinem Ende baumelte ein Körper in einem Klettergurt.

Die Gestalt trug die gleiche griechische Militärarbeitskleidung, wie er sie in Boston gesehen hatte. Der Körper drehte sich langsam um seine Achse, was im Seil das knarrende Geräusch erzeugte.

Als die Gestalt ihre Umdrehung soweit vollendete, daß sie voll in den Lichtkegel kam, erkannte er das Gesicht. Es gehörte Unteroffizier Petrakos.

Sie hing schlaff und mit leer baumelnden Händen in den Gurten. Zwischen den Felsen unter ihr lag eine Maschinenpistole, und an ihrem Gürtel hingen schwarze Eierhandgranaten. Eine von diesen hatte wahrscheinlich die beiden Männer getötet, und dann hatte sie Arditti erschossen, der weiter zurück gewesen war.

John stand auf und stieg auf den Leichnam zu. Sand und Kiesel knirschten unter seinen Füßen, und er bemühte sich, von weiter oben im Schacht nicht gesehen zu werden. Er befand sich hier in einem ungünstigen Winkel, doch war etwas an dem Leichnam, was er nicht verstand.

Das Drillichzeug war am Rücken und über beide Schultern geschwärzt, und ihr Haar – es gab keines. Sie hatte langes schwarzes Haar gehabt, daran erinnerte er sich, aber dieses Zeug war wie Stoppeln.

Dann kam ihm der Geruch in die Nase. Ein stechender,

säuerlicher Gestank, dessen Intensität ihn unwillkürlich den Atem anhalten und zurückweichen ließ. Ihr Gesicht war auf der Seite, die er sehen konnte, gerötet, und als sie sich am Seil weiterdrehte, brachte die Bewegung geschwärzte Haut in Sicht, aufgesprungen und geplatzt.

Aus einem Auge sickerte klare Flüssigkeit, die ihr über die Nase rann und herabtropfte. Wieder trat er entsetzt zurück, um nicht bespritzt zu werden.

Ihr Gesicht war an mehreren Stellen zerschnitten, der Hals zeigte tiefe Furchen, aus denen noch Blut sickerte. Die Uniform darunter war blutgetränkt.

Ungefähr eineinhalb Meter über der Toten war das Seil teilweise durchgebrannt. Sein Blick ging über die Wand des Höhlenschachtes, und dort bemerkte er ein kleines kreisförmiges Muster, außen braun und in der Mitte schwarz. Ihm gegenüber, an der anderen, etwa drei Meter entfernten Wand, war ein ähnliches Phänomen zu erkennen.

Die Leuchtkugel? Aber nicht von Arditti abgeschossen, nein. Arditti war zu dem Zeitpunkt bereits tot gewesen.

Der gleißende Lichtschein mußte der Durchgang der Singularität gewesen sein. Sie war glatt durch den Fels gegangen, hatte den Höhlenschacht durchquert, Unteroffizier Petrakos mit Hitze und Strahlung geröstet und das Seil versengt.

Sie mußte das Gestein mit schrecklicher Gewalt getroffen und Splitter versprüht haben. Das würde die Schnitte am Körper erklären.

Er untersuchte die zwei kreisförmigen Löcher genauer. Eines befand sich ungefähr eine Handbreit unter dem anderen. Sobald die Singularität die Wand verlassen hatte, mußte die Schwerkraft sie abwärts ziehen. Um eine Handbreit zu sinken, während sie etwa drei Meter freier Luft durchmessen hatte ... Er rechnete rasch. Das Ding hatte sich mit einer Geschwindigkeit von vielleicht neunzig Stundenkilometern bewegt.

Also gut. Das widerlegte die Minderheitentheorie, die behauptete, daß die Singularität nicht entlang ihres früheren Kanals zurückkehren und darum größerem Widerstand begegnen würde. Sie hatten eine Ausgangsgeschwindigkeit von ungefähr dreißig Stundenkilometern berechnet. Eindeutig falsch.

Auf der anderen Seite war die Singularität eher zurückgekehrt als die Mehrheit es für möglich gehalten hatte. Vielleicht hatte sie sich zeitweise noch schneller voranbewegt als die hundert oder mehr Stundenkilometer, die sie vorausgesagt hatten.

Dies bedeutete, daß sie einen großen Teil der Rückreise auf dem einfachen Weg durch den bereits gebahnten Stollen genommen hatte. Gut. John fühlte sich wohler, wenn die Zahlen mehr oder weniger mit ihren Erwartungen übereinstimmten. Abgesehen davon, daß die entscheidende Voraussage – wann die Singularität zurückkehren würde – weit genug daneben gelegen hatte, daß es sie alle das Leben kosten konnte.

Aber Arditti und die anderen waren nicht daran gestorben. Die Politik hatte sie getötet.

Als die Singularität hier hindurchgeschossen war, hatte sie nur Unteroffizier Petrakos erwischt. Und warum war sie hiergewesen? Kontos mußte vermutet haben, daß im Grab oder seinem Umkreis etwas Wichtiges zurückgeblieben war, und er mußte es ernst genug genommen haben, daß er mit seinen Leuten gekommen war, um nachzusehen.

Was den Schluß zuließ, daß Kontos sich oben im Grab befand. Er hatte die Schießerei nicht gehört, andernfalls würde er jetzt hier unten sein.

Hinter ihm wurde es heller in der Höhle. Er warf sich herum, daß Kieselsteine gegen die Wände prasselten.

Das schwarze Wasser leuchtete. Es warf einen diffusen orangefarbenen Widerschein auf die geglätteten, nassen Gesteinswände.

Die Singularität wurde aufwärtsgezogen. Kam ihm nach.

Natürlich. Die Hubschrauber waren jetzt über dem Tal, und die ursprüngliche Schwungkraft der Singularität war verausgabt. Nun fraß sie sich langsam den Weg zu ihrer Schwester durch. Und er war mittendrin.

Auf einmal verblaßte der orangefarbene Lichtschein. Er stand stocksteif, hoffte, es werde ganz dunkel. Möglicherweise waren einige seiner Folgerungen doch falsch. Kontos befand sich nicht notwendigerweise oben im Kuppelgrab.

Der Lärm der anfliegenden Hubschrauber hatte ihn wahrscheinlich hinausgelockt. Der Weg mochte frei sein.

Dann vernahm er ein Summen, schwach zuerst. Eine Vibration im Fels. Es schwoll an und gewann einen Oberton von etwas, was er erinnerte, eine eigentümliche Verbindung von flüssigen Geräuschen und einer Erinnerung ...

An einen Zahnarztbohrer. Das hohe, schrille Pfeifen eines Turbinenbohrers.

Unvermittelt brach ein Hammerschlag von Licht und Lärm in die Höhle ein. John sprang hinter einen Fels und kauerte nieder. Er sah es nur einen Augenblick, bevor der gelblichweiße Schein ihn blendete. Die Singularität kam wenige Handbreit unter dem Wasser aus dem Fels hervor und versprühte Dampfstrahlen. Sie machte ein unheimlich saugendes, schmatzendes Geräusch. Dann begann sie zu fallen, warf lange Schatten mit ihrem wäßrigen Licht, und traf die jenseitige Wand mit einem Schauer bläulicher und gelblicher Funken.

Er zwinkerte. Die Erscheinung war fort. Langsam gewöhnten seine Augen sich an den Lichtkegel der Taschenlampe.

Das war nahe, verdammt nahe, und er hatte wahrscheinlich eine weitere Dosis Gammastrahlung abbekommen. Das Wasser hatte die meisten anderen Strahlen aufgehalten, die Röntgen- und Ultraviolettstrahlen, die Unteroffizier Petrakos versengt hatten.

Die Singularität mußte dem Hubschrauber folgen, und er hatte keine Ahnung, in welcher Richtung dieser sich befand. Aber warum durchkreuzte sie dabei diese Höhle?

Das konnte nur heißen, daß der Hubschrauber sich mehr oder weniger unwillkürlich bald über dem Land, bald über der See bewegte.

Zusätzlich zu der Anziehung zwischen den Singularitäten kam die Kraft der Meeresströmungen, die sie dort unten hierhin und dorthin bewegt hatte und wie ein Schleppanker gewirkt haben mußte.

Und er war hier unten mit dem Ding gefangen.

8

Claire schlug verzweifelt zu. Ihre Handwurzel traf seine Wange, und die Taschenlampe schwenkte ab, warf ihr Licht hoch in die Kuppel des Grabes.

Am Schulterriemen hatte Kontos eine Maschinenpistole, die er mit der anderen Hand im Hüftanschlag hielt. Claire griff danach, doch kam er ihr zuvor und schlug ihr den Lauf über das Handgelenk. Der jähe Schmerz entriß ihr einen erschrockenen Aufschrei.

Kontos trat einen Schritt zurück, lud durch und richtete die Waffe auf sie. Sein Gesicht war gerötet, und er sagte durch die Zähne: »Keine falsche Bewegung! Ich werde Sie niederschießen!«

Die Maschinenpistole hatte ein langes, nach vorn gebogenes Magazin, und die auf sie gerichtete Mündung schien ihr riesig. Plötzlich wurde ihr klar, daß er wirklich feuern würde, wenn sie eine bedrohliche Bewegung machte.

»Zurück! Hinaus!«

»Aber es sind – es ist gefährlich ... Napalm – ich ...«

»Raus!«

Sie machte kehrt, und Kontos gab ihr von rückwärts einen Stoß, daß sie durch den Eingang stolperte. Die Blendung durch seine Lampe hatte sie der Nachtsicht beraubt, und sie tappte wie eine Blinde vorwärts, strauchelte wieder, und er versetzte ihr einen neuerlichen Stoß.

»Vorwärts! Ihre Leute vom Hubschrauber sollen sehen, was ich gefangen habe.«

»Es – es kommt etwas, es ist gefährlich ...«

»Wir werden es sehr gefährlich für Sie machen, ja«, versetzte Kontos. »Sie dachten, der Krieg würde mich vergessen machen. Ich erfuhr von Ihren Schiffsbewegungen, das verriet mir genug.«

»Etwas kommt ...«

Kontos stieß ihr die Mündung ins Kreuz, und sie ging zögernd weiter. In der Ferne brüllte der Motor des Hubschraubers auf. Claire erreichte das Ende der Kalksteinblöcke, die den Dromos markierten, und sie sahen die Maschine knatternd und dröhnend abheben.

»Ihre Leute lassen Sie im Stich!« rief Kontos zornig. Er brachte die Maschinenpistole in Anschlag und gab einen Feuerstoß auf den Hubschrauber ab. Aus dem Busch unten im Tal stimmten andere Handfeuerwaffen ratternd ein. Claire duckte sich hinter einen Steinblock. »Schweinehunde!« schrie Kontos auf griechisch.

Der Hubschrauber kam hoch, und nun sah Claire den Verschlag wild baumelnd unter dem Bauch der Maschine hängen. Das Feuer der versteckten Schützen konnte leicht den Verschlag treffen und würde womöglich die magnetischen Anordnungen beschädigen. »Kontos, schießen Sie nicht auf den ...«

Ihre Worte gingen im dröhnenden Hämmern der Schnellfeuerkanone des Hubschraubers unter. Explosionsblitze legten eine kurzlebige Lichterkette über den Hang. Von irgendwo ertönte ein langgezogener Schrei. Kontos hörte ihn und gab einen Feuerstoß auf den Hubschrauber ab, doch ohne erkennbare Wirkung.

Claire kroch von Kontos fort. Sie fühlte die Steine hinter sich, und ihr Handgelenk knickte schmerzhaft ab. Wenn der Hubschrauber ihn an seinem Mündungsfeuer lokalisierte ...

Kontos schwang herum und richtete die Waffe auf sie. »Dageblieben! Ihre Freunde wollen Sie nicht, aber ich werde Sie nach Athen bringen, der Welt vor Augen führen, was Ihre Regierung für eine schamlose ...«

Der Hubschrauber drehte auf sie zu, und sie gingen beide in Deckung. Aber er drehte weiter, beschleunigte, und seine Maschinenkanone hämmerte auf wirkliche oder vermeintliche Ziele im Tal.

Kontos jagte wieder einen langen Feuerstoß hinaus, ein lautes metallisches Schnattern. Der Rückstoß ließ die Waffe so sehr in seinen Händen springen, daß sie sich wunderte, wie er so etwas treffen wollte.

Das Abwehrfeuer aus dem Busch ließ nach. Der Hubschrauber drehte um und knatterte lärmend wieder über sie hinweg. Er kreuzte über dem Höhenrücken hin und her, von wo er freie Sicht sowohl hinab ins Tal als auch zur See hinaus hatte.

Claire kauerte an der Mauer aus Kalksteinblöcken. Kontos feuerte ein Magazin leer und lud fluchend nach. Sie konnte seine Silhouette kaum ausmachen.

»Oberst, wir müssen fort von hier«, sagte sie in einem Versuch, vernünftig und überzeugend zu sein. »Der Hubschrauber befördert etwas, was gerade jetzt gefährlich ist.«

»Mein Artefakt, das ist es, ja?« Seine Stimme war gepreßt und erregt. Er steckte ein neues Magazin in die Waffe.

»Ja, und im Innern ist etwas, eine nukleare ...«

»Ich weiß, ein wertvolles Etwas. Ich habe die Aufzeichnungen dieses Sprangle gelesen. Das Ding war die ganze Zeit in dem Würfel, wie?«

»Hören Sie zu, es gibt noch eins. Es ...«

»Ich will kein anderes. Ich will nur, was meinem Land gehört.«

»Das Land hat in dieser Frage keine Bedeutung, Oberst. Dieses Ding ...«

»Ich weiß, Sie haben immer ein höheres Motiv, wenn Sie mit Ihren Hubschraubern kommen.«

»Aber wir ...«

Der Hubschrauber drehte um und kam mit dröhnendem Geknatter zurück. Der Bordschütze feuerte unaufhörlich ins Tal. Dort blitzten nur wenige antwortende Mündungsfeuer auf. Auch Schreie waren nicht mehr zu hören, und Claire war froh darüber.

»Nicht viele von Ihren Leuten schießen noch«, sagte sie.

»Es hat Verluste gegeben«, sagte Kontos. »Aber wir werden hier aushalten.«

»Wie lange? Sehen Sie, wir wollen nur ...«

»Ich konnte nur zwei Korporalschaften bekommen, aber aus den umliegenden Städten wird bald Verstärkung hier sein. Glauben Sie nicht, Sie könnten entwischen.«

»Sie haben die Verstärkungen gerufen?«

Er grunzte nur. Seine Funksprüche mußten von der *Watson* aufgefangen worden sein, dachte sie, worauf wiederum die Sechste Flotte Verstärkungen schicken würde. Eine Eskalation bahnte sich an.

Der Hubschrauber feuerte auf etwas unweit von ihnen. Claire hörte die Einschläge und spürte, wie der Fels erzitterte und die Granatsplitter pfiffen. Der Bordschütze mußte über Berge von Munition verfügen. Kontos wechselte das Magazin und brachte die Waffe gegen den Hubschrauber in Anschlag.

»Warten Sie! Der ist gepanzert, mit dieser Waffe kommen Sie nicht durch.«

»Er kann nicht überall gepanzert sein.«

»Die an Bord werden das Mündungsfeuer sehen, und Sie sind hier oben der einzige, der feuert.«

»Still!« Er gab einen Feuerstoß auf den Hubschrauber ab, der südlich von ihnen über einem ebenen Absatz schwebte. Er legte wieder an, und plötzlich stieg der Hubschrauber empor, legte sich auf die Seite und drehte auf sie zu.

»Schnell, laufen wir hinein!« rief Claire. »Bitte!«

Das Motorengebrüll und die plötzliche bedrohliche Wendung schienen Kontos nicht unbeeindruckt zu lassen. Er hob die Waffe, aber sie ergriff ihn am Ärmel. »Kommen Sie, schnell!«

Er starrte aus schmalen Augen der Maschine entgegen, trat dann zögernd zurück, machte kehrt und eilte durch den Dromos zum Grab. Schon bellte die Maschinenkanone und jagte ihre Geschosse über den Kalksteinblöcken in den Busch. Es war ein Glück für sie, daß der Bordschütze zu hoch zielte.

Die letzten Meter zum Eingang der Grabkammer legten sie rennend zurück, dann waren sie im Innern und in Sicherheit. Der Hubschrauber überflog das Grab, schien eine Weile an Ort und Stelle zu schweben und entfernte sich dann nach Westen, wo er offenbar ein neues Ziel entdeckt hatte. Bald war der abschwellende Motorenlärm das einzige Geräusch von draußen. Auch aus dem Buschwald kam kein Feuer mehr.

Kontos murmelte griechische Verwünschungen. Claire begann zu überlegen, ob sie ihm in der Dunkelheit entwischen und draußen ein Versteck finden könnte. Aufgeregt und der Verzweiflung nahe, atmete sie mit schnaufenden schnellen Zügen die kühle, feuchte Luft der Grabkammer. Kontos stand beim Eingang, die Maschinenpistole unter dem Arm, scharrte ungeduldig mit den Füßen und sah dem Hubschrauber nach. Irgendwie mußte sie ihm entkommen.

9

John hatte genug. Er ließ den Lichtkegel der Lampe nach oben gleiten, wo das Seil gleich einer blassen Nabelschnur hing. Es hatte in regelmäßigen Abständen Knoten, um das Klettern zu erleichtern. Dick und rauh, schien es auf einmal äußerst einladend. Vorausgesetzt, es gelänge ihm, an der verbrannten Stelle vorbeizukommen.

Würde er aber dort oben sicherer sein? Die Singularität sank jetzt, allem Anschein nach, aber der Hubschrauber würde sie früher oder später wieder zur Oberfläche ziehen. Und als sie sich in rascher Bewegung befunden hatte, mußte sie eine absolut tödliche Gefahr gewesen sein – Petrakos' blutige Uniform deutete darauf hin, daß sie an den Verletzungen durch Gesteinssplitter gestorben war. Nun, da die Singularität langsamer geworden war, bedeutete Strahlung die Hauptgefahr.

Er konnte sie durch das Gestein kommen hören. Am Seil hatte er wenigstens eine gewiße vertikale Bewegungsfreiheit.

Gut. Also mußte er klettern.

Er hängte sich die Maschinenpistole über die Schulter und dachte dabei an seinen Vater, wie er in seiner undeutlichen, langgezogenen Redeweise sagte: »In einer Lage wie der sollte man was bei sich haben.«

Er packte das Seil, wo es mit ein paar Schlingen am Boden lag. Er dachte daran, sich das Ende für den Fall, daß er den Halt verlöre, um die Mitte zu binden. Aber er mußte irgendwie an der Toten vorbei, die in ihrem Klettergurt hing, und wenn er höher kletterte, würde ein Sturz in jedem Fall tödlich ausgehen. Nein, es war besser, er blieb frei.

Abseits sah er Splitter von der alten Kiste liegen, der er vor

Monaten, am Beginn von alledem, hier hinab nachgestiegen war. Hier war die Kiste zerschellt und weiter über den Kiesstrand ins Wasser gepoltert.

Er umfaßte den untersten Knoten mit beiden Füßen und zog sich am Seil hoch. Es ächzte unter der zusätzlichen Last. Die Vorstellung, an der Toten vorbei oder über sie hinweg klettern zu müssen, war alles andere als ermutigend. Ihr Körper schwang wie ein Gegengewicht zu seinem, schlenkerte mit den Armen und verlieh ihren Händen eine unheimliche Belebung. Er kletterte bis zu ihren Füßen und versuchte an ihr vorbeizukommen, indem er sich Hand über Hand hinaufzog. Es war schwierig, aber er kam mit den Armen vorbei, ohne ihren Oberkörper zu berühren. Als er sich so vorbeiwand, mußte er einen Augenblick die Füße gegen sie setzen, und die Berührung jagte ihm einen Schauer über den Rükken. Sein Abscheu trieb ihn aufwärts zum nächsten Knoten.

Er erinnerte sich, wie er in Georgia an regnerischen Tagen in der Turnhalle Konditionstraining betrieben hatte, angetan mit einem baumwollenen Trainingsanzug, um die Muskeln warmzuhalten, und unter anderem auch am Seil geklettert war. Damals war es ihm leichter gefallen. Er hatte es nicht in einem Taucheranzug tun müssen, nachdem er Hunderte von Metern geschwommen war. Und, ja, damals war er ein Jahrzehnt jünger gewesen. Schon spürte er Ermattung in den Armen, und in den Bauchmuskeln, die die Beine hochziehen mußten, wenn sie am nächsten Knoten Halt suchten. Das Seil brannte in seinen vom Wasser erweichten Händen.

Er war ungefähr zwanzig Meter gestiegen, als er den zweiten Satz Löcher in den Höhlenwänden sah. Sie waren geschwärzt, und er fing aus einem Meter Entfernung einen scharfen, beißenden Geruch auf. Demnach war die Singularität hier mehr als einmal durchgeschossen. Diesmal konnte er keinen Höhenunterschied zwischen den Löchern sehen. Daraus folgte, daß das Ding noch schneller gewesen war, als es diese Löcher gebrannt hatte. Er hatte sich also in den unteren zwei Löchern getäuscht. Sie waren später entstanden.

Er zog sich weiter aufwärts, ließ seine Beine den größten Teil der Arbeit tun. Der tanzende Lichtkegel der Taschenlampe an seinem Gürtel warf trügerische Schatten über das feuchte Gestein.

Endlich erreichte er den großen Absatz. Seine Arme zitterten, und die Maschinenpistole auf seinem Rücken schlug hell gegen den Stein, daß Echos durch den Höhlengang hallten. Er zog sich das letzte Stück hinauf und brachte einen Fuß über den glatten Wulst. Dann hatte er ebenen Boden unter sich und konnte das Seil loslassen. Er legte sich auf den schlüpfrigen, nassen Stein, streckte sich und ließ die Verkrampfung aus seinen Muskeln weichen. Sobald er zu Atem gekommen war, leuchtete er mit seiner Lampe durch die enge Höhle zu dem Seitengang, wo er vor Monaten die blaue Lichterscheinung gesehen hatte. Die Wände waren jetzt glasig, nicht so, wie er sie in Erinnerung hatte. Anscheinend war die Singularität hier durchgekommen.

Er wälzte sich herum und leuchtete hinter sich. Dort war ein kleines geschwärztes Loch im Fels, und rundherum eine glasige braune Verfärbung. Gesteinssplitter lagen auf dem Fels darunter.

Die Singularität war hier mit hoher Geschwindigkeit durchgeschossen und hatte das Gestein mit Druckwellen zersplittert, noch ehe sie sich hindurchgefressen hatte. Dies mußte bei der Rückkehr geschehen sein, als sie von irgendeiner Position unter Europa zurückgekehrt war, wie Carmody es erhofft hatte. Aber viel zu früh! Vielleicht vor einer oder zwei Stunden. Sie hatte eine sengende Bahn durch die Höhle gezogen ... und vielleicht Unteroffizier Petrakos' Aufmerksamkeit erregt.

Darauf war sie schnurgerade in Richtung auf die *Watson* und ihren Zwilling weitergesaust. Doch waren ungefähr zur gleichen Zeit die Hubschrauber gestartet, und so hatte die Singularität kehrtgemacht und war zurückgejagt, durch die Höhle geschossen, hatte Petrakos getötet und war schließlich, verursacht durch die ständigen Kursänderungen der Hubschrauber, am Meeresboden gelandet. Der Höhenunterschied zwischen den beiden Löchern markierte ihre aufsteigende, dem Hubschrauber folgende Bahn, bevor sie in die See gefallen war, als der Hubschrauber über dem Meer gekreist war. Seitdem war sie umhergewandert, von den Strömungen behindert, war wieder in den Fels eingedrungen und hatte, immer auf der Suche nach ihrem Zwilling, mehrfach die Höhle gekreuzt.

Dies erklärte den blauen Lichtschein, den er im vergangenen Herbst im seitlichen Höhlengang gesehen hatte. Er hatte geglaubt, es sei das Licht des Morgens, gebrochen durch die blauen Wasser des Mittelmeeres. Es mußte jedoch die Aureole dieser zweiten Singularität gewesen sein, die sich tief unten durch den Kalkstein gefressen hatte.

Er lächelte. Das schien unglaublich lange her. Eine einfache Beobachtung hatte zuletzt eine einfache Erklärung gefunden.

Er rappelte sich auf und suchte die Umgebung ab. Da waren die zersplitterten Kistenbretter und lagen noch so, wie er sie erinnerte. Offenbar hatte Unteroffizier Petrakos alles unberührt gelassen.

Ein leiser Ton wie vom Anreißen einer Gitarrensaite klang durch die Höhlen. John krabbelte über den schlüpfrigen Stein zur nächsten Deckung.

Das Summen kam. Er drängte sich an die Höhlenwand hinter ihm. Ein schrilles, grelles Pfeifen, viel schlimmer jetzt als ein Zahnarztbohrer, gefolgt von einem gellenden Heulen, einem verzehrenden, gefräßigen Feuersturm. Er spürte die Hitze in der Luft. Ein greller Blitz. Nicht orangefarben jetzt, sondern von einem bläulichen Ton – und dann war die Erscheinung fort, der schrille, zornige Ton entfernte sich durch das Felsgestein.

Er atmete auf. Sein Herz schlug ihm im Halse, vor seinen Augen tanzten farbige Kreise. Kalkstein, der in die Singularität fiel, zeigte ein blaues Spektrum. Seewasser hatte ein oranges erzeugt. Die Singularität hatte in diesen letzten Monaten eine verschiedenartige Diät von Steinen verzehrt, während ihr Gegenstück in der magnetischen Falle des Würfels isoliert geblieben war; dies gab ihnen verschiedene Emissionsspektren. Unter normalen Umständen hätte ihn die vergleichende Analyse fasziniert, doch im Hier und Jetzt schien die Frage weniger interessant.

Die Singularität stieg durch die Felsen aufwärts, angezogen von ihrem Gegenstück. Dieses mußte also in der Nähe sein.

Und er mußte zusehen, daß er hier hinauskam. Da das

Ding emporstieg, war damit zu rechnen, daß es bei jedem Durchgang höher sein würde. Er mochte überhaupt nicht mehr durch diese Gegend kommen, aber wenn es dazu käme, genügte ein Augenblick in seiner Nähe, und er wäre ein toter Mann.

Er faßte das Seil und zog sich rasch weiter empor. Eine Panik überkam ihn, aber er wußte sie zu gebrauchen, ließ ihr freien Lauf, damit sie seine Kräfte beflügle. So mühte er sich aufwärts, ungeachtet der Schmerzen, die das rauhe Seil seinen Handflächen zufügte, der Stiche in den Muskeln seiner erlahmenden Oberschenkel, allein darauf konzentriert, das Seil fest zu ergreifen und den Körper nachzuziehen. Jeder erreichte Knoten war ein kleiner Sieg. Es war nicht mehr weit. Schweiß brannte ihm in den Augen, er schnaufte angestrengt, aber als er nächstes Mal aufwärtsspähte, sah er den Rand nur noch etwa fünf Meter über sich.

Die letzten paar Knoten waren schwierig. Der Adrenalinstoß hatte seine Wirkung eingebüßt, und seine erschöpften Muskeln schmerzten qualvoll. Der Kolben der Maschinenpistole schlug ihm immer wieder ins Kreuz, aber endlich hatte er den Rand erreicht und kroch hinaus auf klebrig-feuchten Lehm.

Eine Weile lag er keuchend und ausgepumpt, unfähig, einen Gedanken zu fassen. Er war mit Schweiß bedeckt, und doch fröstelte ihn, und seine Erschöpfung war vollkommen. Arme und Beine zitterten, sein Gesicht ruhte auf dem kalten, feuchten Lehm. So lag er ungewisse Zeit, bis er die Stimmen hörte.

Ein gedämpftes Gemurmel, unmöglich zu verstehen. Griechen, dachte er, es müssen Griechen sein, die das Grab bewachen und auf Unteroffizier Petrakos warten.

Er setzte sich auf und nahm die Maschinenpistole von der Schulter. Nun, da er sie in den Händen hielt und im Schein seiner Taschenlampe betrachtete, wurde ihm klar, daß er niemals etwas annähernd Gleiches abgefeuert hatte. Hier war die Kammer, mit dem eingeschobenen Patronenmagazin. Die Waffe hatte einen Pistolengriff aus grünem Kunststoff, einen Tragegriff, in den die Kimme eingelassen war, und an der Mündung einen konischen Rückstoßdämpfer. In den Filmen rissen die Leute einfach Waffen hoch und feuerten damit, niemals hatten sie Schwierigkeiten mit dem Laden oder gar eine Ladehemmung. Er zog den Bolzen zurück und sah das schimmernde Messing einer Patrone in der Kammer. Gut.

Er fragte sich, was er tun sollte. War er wirklich imstande, die Männer draußen niederzuschießen? Ohne Warnung?

Sie mußten die Hubschrauber gesehen haben und wissen, daß etwas in Vorbereitung war. Tatsächlich glaubte er in der Ferne das Knattern eines Hubschraubers zu hören. Möglicherweise waren sie nervös und überreizt. Vielleicht sollte er versuchen, sie gefangenzunehmen, bevor es zu Kurzschlußreaktionen kommen konnte.

Vorsichtig stand er auf. Hände, Füße und Taucheranzug waren beschmiert mit dem feuchten, glitschigen Lehm. Er schaltete die Taschenlampe aus und schob sich durch das Loch in der Umfassungsmauer in die Grabkammer. Kein Lichtschein war zu sehen. Er fühlte etwas Steifes, Nachgiebiges im Gesicht und schrak zurück, ehe er begriff, daß es die Zeltbahn war, die noch vor der Öffnung hing.

Im Kuppelgrab herrschte absolute Finternis. Er ahnte den hohen Eingang mehr als er ihn sah, ein kaum helleres Rechteck. Von dort kamen Stimmen.

Er konnte sie noch nicht verstehen. Griechisch? Vielleicht.

Leise trat er hinter der Zeltbahn hervor in die Grabkammer, richtete sich auf und erkannte, daß er gleichzeitig die Waffe schußbereit halten und die Taschenlampe einschalten mußte. Er umfaßte den Pistolengriff und brachte die Waffe in Anschlag, indem er sie mit der Rechten gegen seine Schulter preßte. Gleichzeitig schaltete er mit der Linken die Taschenlampe ein. Ihr Lichtkegel schien in zwei erschrockene Gesichter: Claire und Kontos.

10

Kontos hielt eine Maschinenpistole in der Armbeuge, die Mündung zu Boden gerichtet.

John ließ die von der Fangschnur an seinem Gürtel gehaltene Taschenlampe fallen und war mit ein paar raschen Schritten bei Kontos, schlug ihm den Lauf über den Unterarm und riß seine Hand von der locker gehaltenen Waffe. Kontos grunzte vor Schmerz und Überraschung, doch ehe er reagieren konnte, hob John die Mündung der Maschinenpistole und stieß sie Kontos gegen die Brust. Der Oberst gab auf und ließ seine Waffe zu Boden fallen.

»Eine falsche Bewegung, und ich schieße«, sagte John und trat zurück, so daß Kontos nicht nach der Mündung fassen konnte. »Claire, geh weg von ihm!«

Kontos fluchte. Die Taschenlampe baumelte von Johns Gürtel und erzeugte verrückt taumelnde Schatten.

»Gott sei Dank!« sagte Claire. »Hier oben ist alles schiefgegangen.«

»Unten ist es auch nicht gerade ein Tag am Strand gewesen«, sagte John.

»Unteroffizier Petrakos ...«, fing Kontos an.

»Tot.«

»Ihre Marinesoldaten ...«

»Keine Marinesoldaten. Aber die Leute, die mit mir kamen, sind tot – Petrakos hat ganze Arbeit geleistet.«

Kontos fragte ungläubig: »Dann haben Sie ...?«

»Nein. Sie wurde von einem Stückchen theoretischer Physik getötet.«

»Sie ...«

»Seien Sie still!«

John schob sich zur Tür der Grabkammer und spähte hinaus. Es war unmöglich, etwas zu erkennen.

Sie standen ohne Bewegung im trüben rötlichen Schein der Taschenlampe. Ausrüstungen und Werkzeug von der archäologischen Arbeit lagen noch da und dort am Boden. Die

Kisten, die John vor Monaten hier gesehen hatte, waren fort, nach Athen geschafft.

Kontos rieb sich den Arm und sagte drohend: »Ich rate Ihnen, sich zu ergeben!«

John lachte nur.

»Sie können diese Position nicht lange halten, nicht einmal mit Luftunterstützung. Ich dachte mir, daß Sie kommen würden, daß es hier etwas geben muß, was Sie brauchen.«

»Aber Sie wissen von der Singularität.«

»Ich konnte die Bänder nur teilweise verstehen«, sagte Kontos. »Ist es ein Partikel? Etwas in dem Würfel?«

»Vergessen Sie's! Dafür ist jetzt keine Zeit.«

»Bald werden unsere Verstärkungen eintreffen ...«

»Sie sollen still sein!« John wandte sich zu Claire. »Sag mir, wie es draußen ist. Wird man auf uns schießen? Wie kommt es, daß du hier bist?«

Claire unterrichtete ihn über die Ereignisse und schloß: »Nach dem Napalmangriff scheint der Hubschrauber die meisten von Kontos' Leuten getötet zu haben.«

»Gott, was für ein Gemetzel!«

»Der Hubschrauber ist jetzt dort oben. Kontos hatte sich gerade ausgedacht, wie er mich gebrauchen könnte, als du auftauchtest. Genau zur rechten Zeit.« Sie lächelte matt. Ihre Stimme bebte, und er sah ihr an, daß sie am Rande eines Nervenzusammenbruchs war. Außerdem war sie zerkratzt und blutig, die Kleider zerrissen und schmutzig. Ihre Augen blickten wild, und als er hineinsah, füllten sie sich mit Tränen.

»Hier«, sagte er, hakte die Taschenlampe vom Gürtel und gab sie ihr. »Leuchte ihn an!«

Kontos stand abwartend, in angespannter Ruhe. Er trug Drillich, aber ohne die übliche Pistole am Koppel, die den Offizier kennzeichnete. Statt dessen hatte er ein großes Messer in einer Scheide an der Hüfte befestigt. John beäugte ihn mißtrauisch und überlegte, ob Kontos imstande sein könnte, ihn unbewaffnet anzuspringen.

»Wohin fliegt der Hubschrauber?«

»Er ist jetzt über uns.«

»Verdammt!«

»Wieso, was ...?«

»Könnten wir ihm nicht mit der Taschenlampe Signale geben?«

»Das könnte klappen.«

»Sind draußen noch Griechen am Leben, die auf uns schießen könnten?«

»Ich glaube es nicht.«

»Gut. Dann laß uns hinausgehen!«

Er bedeutete Kontos mit der Waffe, vorauszugehen. Der Mann starrte wie gebannt auf die Maschinenpistole. Beobachtete er Johns Hand, um zu sehen, ob er bei Nichtbefolgung seines Befehls den Finger am Abzug krümmen würde? Im roten Lichtschein sah der Mann wie ein finsterblickender Unhold aus. Kontos warf einen riesigen Schatten, der seine Bewegungen vergrößerte. Er verlagerte sein Gewicht, setzte die Füße weiter auseinander, und sein Schatten glitt über die alten Kalksteinblöcke.

»Vorwärts, Kontos!«

Noch immer der fixierte Ausdruck.

»Bewegung!«

Kontos sprang ihn an.

Wie die meisten Menschen, hatte John sich oftmals die Frage vorgelegt, ob er imstande sein würde, einen anderen Menschen zu erschießen, selbst wenn es in dem Sekundenbruchteil wäre, wo jedes Zögern Unheil bedeuten konnte, und nun war die Frage wie von selbst beantwortet. Er hatte zuviel durchgemacht; die letzte Stunde hatte seine zivilisierten Vorbehalte weggespült.

Er drückte den Abzug durch. Nichts geschah. Der Drücker war festgestellt und gab nicht nach. John begriff, daß er die Sicherung der Waffe nicht überprüft hatte, und nun war der Sicherungshebel in der Sperrposition.

Die Maschinenpistole vor sich im Anschlag, suchte er mit dem Daumen den Sicherungshebel umzulegen, doch ehe er dazu kam, schlug Kontos ihm mit einer Hand die Waffe zur Seite und versetzte ihm mit der anderen einen Handkantenschlag unter das Kinn.

Die Maschinenpistole flog John aus den Händen. Er selbst fiel rücklings zu Boden, und Kontos landete auf ihm. Kontos versuchte ihm das Knie in den Magen zu stoßen, aber John rollte seitwärts und bemühte sich, Kontos mit der linken Hand abzuwehren. Beide versuchten gleichzeitig aufzuspringen und waren noch kaum auf den Knien, als Kontos einen rechten Schwinger an Johns Backenknochen landete, der die Haut aufplatzen ließ und einen dumpfen, betäubenden Schmerz erzeugte.

Im nächsten Augenblick war Kontos auf den Beinen, und John entging dem nächsten Schwinger durch Abducken, dann kam auch er auf die Füße und versuchte einen Kinnhaken anzubringen. Kontos blockte ab, zielte seinerseits einen Haken, fehlte, verlor das Gleichgewicht und strauchelte. John nutzte die Gelegenheit, um nach der Maschinenpistole Ausschau zu halten, sah sie aber nicht. Wenn er sie erwischen und das verdammte Ding entsichern könnte ...

Kontos grabbelte an seiner Seite. Das Messer. John wich zurück, stolperte fast über irgendein Werkzeug. Claire stand im rückwärtigen Teil der Grabkammer und war wie gelähmt, beleuchtete den Zweikampf mit der Taschenlampe. Warum hatte sie nicht die Waffe aufgehoben? Verzweifelt hielt er danach Ausschau, während er vor Kontos weiter zurückwich. Wo lag das Ding? Aber da war noch etwas, etwas, das ihn warnte ...

Kontos riß das Messer aus der Scheide. Sein Blick zuckte von Claire zu John, und er nahm eine breitbeinig geduckte Haltung ein, beide Arme halb vorgestreckt. Plötzlich sah John, daß die Maschinenpistole hinter Kontos lag, verborgen vom Schatten des Mannes. Es gab keine Möglichkeit, sie zu erreichen.

John beobachtete Kontos' stechende schmale Augen, suchte zu erraten, was er als nächstes tun würde. Kontos hatte Nahkampfausbildung, wußte ein Messer zu gebrauchen. Er ging langsam und lauernd gegen John vor.

Während John ihn mit angehaltenem Atem beobachtete, nicht viel anders als das Kaninchen die Schlange, erreichte ein Geräusch den Rand seiner Wahrnehmung, ein Summen, das er als wichtig erkannte.

Kontos kam mit tiefgehaltenem Messer auf ihn zu, die Spitze aufwärtsgerichtet, die kräftige Klinge rasiermesserscharf geschliffen.

John wich weiter zurück. Keine Möglichkeit, die Tür zu erreichen; obwohl Kontos zehn Schritte von ihr entfernt war, würde er ihm den Weg abschneiden können.

»Claire!« John tat zwei schnelle Schritte und entriß ihr die Taschenlampe. Kontos kam unerbittlich nach, bereit zum jäh vorspringenden, zustoßenden Angriff.

John schlug die Taschenlampe gegen die Wand der Grabkammer. Plötzlich war es stockfinster.

»Durch das Loch!« wisperte er Claire zu. »Durch und das Seil hinunter!«

Er streckte die Hand aus und gab ihr einen Stoß in die gewünschte Richtung. Er merkte, daß sie widerstrebte, dann aber hinter die Zeltbahn kroch.

Er schleuderte die Taschenlampe in Kontos' Richtung, hörte sie gegenüber an die Wand schlagen. Kontos stieß etwas hervor, aber John achtete nicht darauf. Sie waren jetzt gleichermaßen blind, und das bedeutete jedenfalls eine Gnadenfrist für ihn. Kontos würde in der Finsternis langsam tastend und lauschend gegen ihn vorgehen, sorgsam bedacht, sich nicht überrumpeln zu lassen.

Aber die Dunkelheit war nicht vollkommen. Es war noch Licht in der Grabkammer. Ein diffuses Leuchten.

Die Wand hinter Kontos glühte allmählich mit einer elfenbeinfarbenen Strahlung auf. John bewegte sich seitwärts zu Claire. Er bückte sich, um hinter die Zeltbahn durch das Loch zu schlüpfen und sah, daß das Licht bereits ausreichte, um Kontos' Schattenriß klar vom Hintergrund der Wand abzuheben. Ein perlfarbenes Lichtmuster kam aus den Steinen, funkelnde Facetten gelber und grüner Töne formierten sich zu tanzenden, strahlenförmigen Mustern.

Ein Summen. Eine tiefe Vibration, die sich vom Gestein auf seine Füße und durch den Körper übertrug.

Auch Kontos wurde aufmerksam; plötzlich drehte er sich um und blickte zur Wand des Kuppelgrabes, verständnislos, seine Beute vergessend. John öffnete den Mund zu einem Schreckensschrei, aber da kam schon das schrille, bedrohlich kreischende Geräusch, und ein bläulichweißer Punkt, der violette Strahlen hinausschleuderte, schoß aus den Kalksteinquadern der Wand, sank im Flug abwärts. Spitze, zuckende Dolche aus Licht, ein schneidendes Winseln.

Die Erscheinung traf Kontos in die Brust. John fühlte eine Hitzewelle im Gesicht und duckte sich, suchte Schutz hinter den Steinblöcken der Wand, kroch in den Höhlenraum dahinter.

Er richtete sich auf, versuchte Claire auszumachen, aber seine Augen waren geblendet, und er wankte und schlitterte im feuchten Lehm. Blauweiße Glut erhellte das Loch hinter ihm, und das schreckliche pfeifende Winseln dröhnte aus der Grabkammer. John fiel auf die Knie, tastete nach dem Strick, der ihn zur Öffnung führte. Als er sie erreichte, konnte er Claire sehen, die bereits zwei Knoten unter ihm am Seil hing. Sie starrte mit angstgeweiteten Augen zu ihm auf.

»Weiter!« Er kletterte durch die Öffnung und ließ sich am Seil hinab, hielt es kaum fest und ließ sich die Handflächen verbrennen. Der blaue Lichtschein über ihnen wuchs. Dumpfes Krachen und Poltern drang herab.

»Ganz hinunter! Schnell!« schrie er durch das Dröhnen und Rumpeln der zusammenbrechenden Steine.

Sie ließen sich rasch hinab, nur von den Knoten gebremst. Sie erreichten die erste größere Biegung, und John blickte hinauf. Noch immer die heiße blaue Glut, aber inzwischen etwas schwächer. Eine Serie schwerer, dumpfer Schläge signalisierte, daß weitere Teile des Kuppelgrabes einstürzten. Die Singularität mußte Blöcke aus dem Verbund gelöst und die innere Stabilität des Gewölbes zerstört haben.

Seine Arme und Hände schmerzten so, daß sie das Seil kaum halten konnten. Wenn seine Füße einen Knoten trafen, ließ er die Knie einknicken und das Gewicht des Körpers abfangen, während er das Seil einen Augenblick mit den Händen hielt, bis die Füße wieder um das Seil geschlossen waren. Der Abstieg schien eine Ewigkeit zu dauern. Blaue und grüne Lichterscheinungen spielten über die glatten nassen Wände. Im schwächer werdenden Licht sah er, daß Claire den breiten Felsabsatz erreicht hatte und wankend auf den Füßen stand. Gleich darauf landete er neben ihr und zeigte durch die Höhle zu dem engen Seitengang mit den glasigen Wänden. »Dorthin! Es ist geschützter.«

Sie zögerte. »Los, mach schon!« Er faßte sie bei der Hand, nahm das Seil in die andere und führte sie über den schlüpfrigen Fels seitwärts, wo sie unter einem wulstigen Überhang Deckung fanden.

»Was ... ich ...« Claire schnappte nach Luft.

Dumpf polternde Schläge ließen den Fels unter ihnen erzittern. Eine große dunkle Masse schoß vorüber, prallte auf, daß Feuer in alle Richtungen stob und ein beißender Rauch die Höhle füllte, verspritzte Gesteinssplitter und polterte weiter hinab. John und Claire zogen die Köpfe ein und schmiegten sich in ihre Deckung. Ein weiterer großer Felsbrocken polterte abwärts, prallte in Hammerschlägen von den Wänden ab.

Der blauweiße Lichtschein von oben ließ weiter nach. Weiteres Krachen und Rumpeln, neue dumpfe Schläge aus der Höhe des Schachts. Geröll rasselte hernieder. Grünliche Lichtfinger. Ein weiteres entferntes Poltern. Diesmal fiel nichts in den Schacht, und es wurde dunkel.

»Kontos ...«

»Vergiß ihn!« murmelte er, von Husten unterbrochen. »Vergiß den Schweinekerl!«

Im letzten verglimmenden Licht krochen sie weiter vom Rand des Felsabsatzes in ihre Deckung zurück.

Er erzählte ihr nicht, was er in dem kurzen Augenblick gesehen hatte, ehe er, von Panik getrieben, durch das Loch in der Wand geflohen war. Der blaue Lichtpunkt hatte Kontos' Brustkorb durchschlagen. Der Körper wankte unter dem Einschlag, blieb aber aufrecht, die Arme halb erhoben, das Messer noch im Griff.

Augenblicklich brach ein Wirbel von Regenbogenfarben aus dem Körper, als würde Kontos von innen beleuchtet. Die Arme erschlafften, der Kopf fiel in den Nacken zurück, während das Ding die Körpersubstanz einsog. Ein fluoreszierender Effekt sandte leuchtend rote Wellen durch Kontos' Arme.

Bevor der Körper in sich zusammenfiel, konnte John in diesem einen Augenblick tief hineinsehen – das Skelett, die Knochen waren durch die verstreute Strahlung klar abgezeichnet. Die Rippen einwärtsgezogen, wie angesaugt von der Quelle unerträglich intensiven Lichts.

Und in der Mitte der Brust rotierte langsam ein starrer

Rahmen. Ein Würfel, funkelnd und vibrierend von einer Kaskade aller erdenklichen Farben – orangegelb, blau, rot, rauchig violett.

Die Singularität war angeschwollen, vollgefressen. Sie rotierte. Gelbe Lichtstrahlen stießen wie spitze Stacheln in den Raum hinaus, verbrannten und verdampften Knochen und Fleisch.

Und noch ehe Kontos zusammenbrach, quoll sein Rücken in einer schwefliggelb strahlenden Blase auf. Die Singularität sog sich während ihres sekundenschnellen Durchgangs durch den Körper mit seiner Materie voll, zerriß Sehnen, Knochen und Fleisch. John wußte nicht, ob er es wirklich gesehen hatte, oder ob es eine nachträgliche Ausschmückung seiner Phantasie war, doch behielt seine Erinnerung das Bild einer von innen erhellten Anschwellung von Fleisch, die in ihrem Anwachsen den Stoff der grünen Drillichjacke aufplatzen ließ und Kontos in einen grotesken Buckligen verwandelte, dann eruptierte die schwärende Anschwellung wie ein Vulkan, sprühte Dampf, Blut und Fleisch mit dem Geräusch einer flüssigen Explosion in die Luft.

John schloß die Augen und sah es wieder, und wußte, daß er den Anblick nie würde vergessen können.

11

Claire drückte sich an den nassen Stein, als die blaugrünen Lichtreflexe an den Höhlenwänden verblaßten und die dröhnenden, polternden Schläge verklangen. Stille und Dunkelheit senkten sich herab, und sie konnte den Herzschlag in ihren Schläfen hämmern hören.

Lange kauerte sie halb liegend in der Deckung, keuchend, unfähig, an etwas anderes als die wundersame Tatsache zu denken, daß sie noch lebte. Allmählich verschmolzen die Schmerzen in ihren Händen, Armen und Beinen, schwollen an zu einem allgemeinen Schmerz, der von allen Körperteilen gleichzeitig zu kommen schien.

»Ich glaube nicht ... daß wir zuviel Strahlung abgekriegt haben«, keuchte John.

»Gut.«

»Das ganze Grab ... wahrscheinlich eingestürzt, wie es sich anhörte. Hat uns wahrscheinlich eingeschlossen.«

»Ja.«

»Ich sehe keinen Lichtschein von oben.«

»Nein.«

»Komm, rück näher!«

Sie tastete in der klammen Schwärze nach ihm und fand ihn. Er zog sie in eine Umarmung. Sein Taucheranzug war kalt und feucht, aber sie schmiegte sich an ihn, froh über die Berührung. Eine lange Weile sagten sie nichts; Claire ließ die fiebrigen Regungen ihres Nervensystems flackernd erlöschen, bis eine tiefe Erschöpfung ihren Platz einnahm.

Nach langer Zeit fragte sie: »Wie ist es ... da unten?«

»Wir könnten uns am Seil hinunterlassen.«

»Glaubst du, der Felssturz könnte diesen Schacht blockiert haben?«

»Möglich wäre es.«

»Sollten wir es nicht erkunden?«

»Ruhen wir noch ein wenig aus.«

Sie blieben noch eine Weile sitzen. Die Kälte des nassen Gesteins begann in sie einzudringen. Claire wartete, und als er auf ihre Anstrengungen, sich enger an ihn zu schmiegen, nicht reagierte, glaubte sie, daß er eingeschlafen sei.

Sie schüttelte ihn und fühlte, wie er zu sich kam und sein Atem schneller ging. »Sollten wir nicht etwas unternehmen?«

»Gut. Ich werde nachsehen ... ob ich das Seil finden kann.«

Er erhob sich langsam auf alle viere und bewegte sich über den Felsabsatz, und sie streckte die Hand aus, um ihn zu halten.

»Hier ist nichts«, sagte er. »Ich fühle den Rand ab und strecke den Arm hinaus in den Schacht, aber das Seil ist nicht da.«

»Vielleicht hängt es weiter weg.«

»Kann ich mir nicht denken. Es war ungefähr in der Mitte.

Ich müßte es fassen können, weil es hier über den Absatz hing.«

»Hast du nichts, womit du weiter reichen kannst? Einen Stock oder was?«

»Nein. Du?«

»Nein.«

Er kam zurückgetappt und legte die Arme um sie.

»Ich werd's versuchen«, sagte sie.

»Deine Arme sind nicht länger als meine.«

»Nein, aber es muß da sein.«

»Nein, es muß nicht. Ich glaube, der Felssturz hat es weggerissen.«

»Oh.«

Eine lange Stille.

»Gibt es eine Möglichkeit, ohne Seil hinunterzukommen?«

»Nein. Es ist viel zu steil. Wir würden abstürzen und uns den Hals brechen.«

»Dann ... was können wir tun?«

»Nichts. Nicht jedes Problem hat eine Lösung.«

»Wir – wir werden hier drinnen erfrieren.«

»Oder verhungern.«

»Carmody wird uns finden.«

»Wahrscheinlich. Aber wer weiß, daß wir hier sind?«

»Sie werden suchen.«

»Ich weiß nicht, ob sie die Zeit und die Ausrüstung haben, um die Kalksteinquader dort oben wegzuschaffen.«

»Zeit?«

»Die Griechen werden zurückkommen.«

»Oh.«

»Könnte sein, daß die Transportgruppe von unten heraufkommen wird. Es sei denn, der Weg herein ist nicht durch den Felssturz blockiert. Ich würde vermuten, daß er zu ist. Das waren mächtige Brocken.«

»Wir müssen etwas tun.«

»Uns warmhalten.«

»Du hörst dich an wie Marc Aurel.«

»Wer?«

»Ein Stoiker.«

»Ach so. Sieh zu, daß du dich warmhalten kannst.«

Eine weitere lange Stille schloß sich an. Seine Akzeptanz ihrer Situation entnervte sie. Ihr Verstand suchte verzweifelt nach einem Ausweg.

»Führt dieser Seitengang irgendwohin?«

»Gewiß. Direkt hinunter zu einer Stelle irgendwo unter Frankreich. Er ist der Stollen, den die Singularität gebohrt hat.«

»Oh.« Sie streckte die Hand aus und fühlte die kalte, glatte Oberfläche entlang.

In der absoluten Schwärze war ihr Tastsinn verstärkt, übertrieb jede Unebenheit zu Tälern und Bergen. Wenn der Schacht und seine Seitenöffnung hier irgendeine archäologische Bedeutung besaßen, dachte sie kläglich, war sie nun verloren; die eingetretenen Schäden hatten mit Sicherheit alle Spuren der Vergangenheit ausgelöscht.

Sie fragte ihn, was mit Arditti und den anderen geschehen sei. Er sagte es ihr mit wenigen Worten, mochte offensichtlich nicht daran zurückdenken. Seine Stimme war tief und rauh, und in der Finsternis konzentrierte sie sich darauf, gebrauchte sie als einen Anker. Die Worte bildeten sich langsam in ihm, und seine Stimme versagte einmal, als er ihr erzählte, wie er die Toten angetroffen hatte. Sie war entsetzt über die wiederholten Durchgänge der Singularität. Sie wollte fragen, wieviel Strahlung er dabei seiner Vermutung nach abbekommen hatte, sah aber ein, daß es nichts nützen würde, daß er es nicht beurteilen konnte und versuchte, nicht daran zu denken.

Er sprach langsamer, und seine Worte fielen in die Stille wie Steine in einen tiefen Brunnen. Er schwieg. Schließlich sagte er wie aus weiter Ferne in schläfrigem Ton: »Komm, ruh dich aus, kuschel dich an mich! Wir haben wahrscheinlich eine lange Wartezeit vor uns.«

Sie schmiegte sich an ihn, schlang die Arme in einer Art Beschützerinstinkt um ihn. Er war erschöpft und stand wahrscheinlich unter einem leichten Schock. Sie war zerkratzt und zerschlagen, hatte aber nichts hinter sich, was den Anstrengungen des Schwimmens und Kletterns gleichkam, zu schweigen von den Schrecken, die er in diesem furchtbaren unterirdischen Schlund ausgestanden haben mußte.

Die Kälte breitete sich allmählich aus. Zuerst versuchte Claire, die zunehmende Gefühllosigkeit ihrer Füße zu ignorieren, aber nach und nach erstarrte ihr ganzer Körper, die Muskeln versteiften sich, und ein dumpfer Schmerz ließ ihr keine Ruhe. Sie konnte nicht schlafen. Die Aufregung hatte nachgelassen, hinterließ aber einen Zustand nervöser Schreckhaftigkeit, den sie nicht unterdrücken konnte. Es wäre besser, sagte sie sich, wenn sie erschöpft wäre wie John. Dann könnte sie schlafen und ihre Energie aufsparen. Aber sie sah sich außerstande, ihre Gedanken von der Beschäftigung mit den düsteren Aussichten ihrer Lage abzulenken. Sie waren in Kälte und Finsternis gefangen, niemand wußte von ihrem Aufenthalt, vielleicht glaubte man sogar, sie seien beim Einsturz des Grabes umgekommen. So oft sie die Tatsachen durchging, es fiel ihr keine Lösung ein, keine wirkliche Hoffnung, je aus diesem stillen Grab zu entkommen. Ganz ähnlich wie andere einmal in dem alten Grab oben den Tod erwartet hatten, sollte es wirklich so gewesen sein, daß Diener mit ihrem Herren begraben worden waren.

Die Überlegung brachte sie von der fruchtlosen Grübelei über ihre Aussichten auf das Grab. Sie lächelte bei dem Gedanken, daß sie selbst an diesem Ort, der wahrscheinlich ihr eigenes Grab sein würde, noch die Zerstörung eines solch guterhaltenen und seltenen Kulturdenkmals wie des Kuppelgrabes bedauerte. Das Artefakt hatte viele mögliche Interpretationen des Begräbnisplatzes eröffnet, Ideen und Hinweise gebracht, denen nachgegangen werden sollte, weil sie eine sorgfältige Untersuchung rechtfertigten.

Es war offensichtlich, daß die Singularität magnetisch in dem Kalksteinblock gefangen gewesen war, bevor er zum Grab geschafft worden war. Möglicherweise bot der Bernsteinzapfen eine Möglichkeit, das schreckliche Licht der Singularität zu sehen, ohne sich als Betrachter in Gefahr zu bringen.

Aber warum den Würfel vergraben? Weil er einem Herrscher gehört hatte, einem großen Mann? Vielleicht. Aber die mykenischen Griechen hatten wie fast alle anderen Völker des Altertums ihren Toten Gerätschaften und Werkzeuge mitgegeben, die ihnen während der Reise in die Unterwelt von Nutzen sein würden. Die Gerätschaften wurden nahe dem Körper zurückgelassen. Warum hatte man den Würfel hinter der Mauer der Grabkammer vergraben?

Weil er gefährlich war? Nicht für die Toten, aber vielleicht für die Lebenden, die mit der Vorbereitung des Grabes für die Beisetzung beschäftigt gewesen waren.

Wenn die Kratzspuren am äußeren Block tatsächlich von Bediensteten herrührten, die mit ihrem Herrn begraben worden waren, dann hatten diese Diener das Artefakt selbst gewollt. Vielleicht hatten sie gewußt, daß es etwas enthielt, was Gestein durchschneiden und eine Öffnung in die Mauern des Grabes machen konnte. Sie hatten sicherlich gewußt, daß an ein Entkommen durch die versiegelte Tür und die Tonnen von Gestein, Sand und Erde davor nicht zu denken war.

Sie hatten versucht, sich der vorhandenen Möglichkeiten zu bedienen. Aber wer immer die Kratzspuren hinterlassen hatte, hatte sein Ziel nicht erreicht und war umgekommen.

Angenommen, jeder hatte gewußt, daß das Artefakt etwas sehr Gefährliches enthielt. Daß etwas darin gefangen war, weil der große Mann es sonst nicht bei sich behalten hätte. Aber die trauernden Hinterbliebenen wollten es nicht in ihrer Nähe haben, sollte es nach dem Tod des Mannes freigesetzt werden, wo es töten und zerstören konnte.

Stolz. Dies alles ließ auf eine gewisse Hybris schließen, den prahlerischen Stolz eines Mannes nach einer Großtat, einem Sieg, der längst im Staub der Jahrtausende verschwunden war. Er mochte das Artefakt als Siegesbeute geschätzt haben, hatte vielleicht die im Stein gefangene Singularität aus gewachsenem Fels herausmeißeln und zu einem Würfel machen lassen.

Auf die Weise konnte er in Größe und Pracht zurückkehren und seinem Volk das gefangene Ungeheuer zurückbringen. Hier, konnte er prahlen, seht meine Beute! Und die Daheimgebliebenen zogen den Kopf ein, ängstlich und ehrfürchtig, als sie den roh behauenen Würfel gewahrten. Seht, konnte er sagen, den Bernstein. In ihm glüht der innere Dämon. Und um zu zeigen, wie unbekümmert er war, konnte er den Würfel mit einer Inschrift in Linear A und einer Elfenbeinkarte als Herkunftszeichen versehen lassen.

Die Karte. Was wäre natürlicher gewesen als die Anbringung eines Zeichens seiner Reisen, seiner Triumphe?

Ein Zeichen für die Herkunft des Würfels. Santorin.

Das Elfenbeinplättchen war die erste Karte irgendwelcher Art aus dem mykenischen Griechenland, aus der fernen Zeit, als die Legenden geboren wurden, die später von Homer zu den unvergänglichen Epen seiner Kultur verarbeitet werden sollten. Die Anfertigung von Karten ergab sich mit größter Wahrscheinlichkeit aus den Notwendigkeiten der Navigation, also zeichnete man sie auf Pergament oder anderes Schreibmaterial. Etwas, was ein Schiffer oder Handelsmann mit sich führen konnte. Kein Schmuckstück, das mühsam in kostbares Elfenbein geritzt war. Dieses zerbrechliche Plättchen war offensichtlich eine Manifestation von Reichtum und Glanz.

Also war der große Mann, der König, aus irgendeinem Grund nach Santorin gereist und hatte das Ding im Stein zurückgebracht. Er mußte es unter der Erde gesucht und gefunden haben, ein Glücksfall, den er in eine große Heldentat umzumünzen verstand.

Sie versuchte sich zu erinnern, was John und Sergio Zaninetti über die beiden Singularitäten gesagt hatten. Zusammen mochten sie sehr viel friedlicher sein. Hatten sie erst zusammengefunden, begraben im Fels, konnte die zufällige magnetische Falle, in die sie geraten waren, sie festhalten. Vielleicht war dies ihr normaler, relativ stabiler Ruhezustand. Bis sie erschüttert wurden, wie John und sie es fertiggebracht hatten. Also hatte der König die Zwillinge vielleicht vereint vorgefunden, gefangen in Felsgestein, hatte sie in einem Block davon heraushauen lassen und auf dem Seeweg in die Heimat gebracht ...

Diese Theorie setzte freilich voraus, daß man mit dem damals verfügbaren Bronzewerkzeug Tonnen von Gestein aus dem gewachsenen Fels geschlagen, zur Küste transportiert, auf ein Segelschiff verladen und über Hunderte von Seemeilen verfrachtet hatte. Und daß man dabei um einiges umsichtiger und sorgfältiger verfahren war als sie und John.

Oder hatte der König am Ende nur eine Singularität gefunden? Eine einzelne Singularität konnte wenigstens über Monate hin relativ ruhig in solch einer Falle verharren; ihre hatte es in Boston gezeigt. Dann hätte der König sie gefunden und nach Haus gebracht ...

... und ihr Gegenstück wäre gefolgt.

Angenommen, der König glaubte das Ungeheuer gefunden und eingefangen zu haben. Tatsächlich aber hatte er nur eines der Ungeheuer in seiner Gewalt. Das zweite befand sich wahrscheinlich in der Nähe, vielleicht auf Santorin selbst. Sie würden einander suchen, bemüht um Wiedervereinigung, aber immer wieder abgelenkt von Meeresströmungen, von magmatischen Bewegungen unter der Erde.

Sie erinnerte sich Johns Bericht über die eingestürzten Ruinen des Höhlenganges am Meeresboden, die eine Fortsetzung des Schachtes waren, in welchem sie jetzt gefangen waren. Eine Singularität, die sich durch Kalkstein fraß, würde einen kleinen Gang öffnen, durch den in der Folgezeit Regenwasser abfließen und den Kalkstein auswaschen und weiter aushöhlen konnte. Mit der Zeit würde er das Aussehen aller durch Auswaschung entstandenen unterirdischen Karstabflüsse annehmen.

Freilich ließ sich heute nicht mehr beweisen, daß eine Singularität den ursprünglichen Gang auf der Suche nach ihrem Zwilling geöffnet hatte. Doch wenn sie die Spekulation weiterverfolgte, so hatte die zweite Singularität ihre Schwester im Grab gefunden, das Loch in den Rücken des Würfels entlang der genauen Linie gebohrt, die zum Zentrum des Würfels führte, und sich dort in einem gebundenen Zustand wiedervereinigt. Und niemand hatte sie gesehen, weil sie ihren Weg unter der Ägäis genommen und sich vom fernen Santorin langsam durch das Gestein gearbeitet hatte. Sie war niemals ans Tageslicht getreten und hatte sich schließlich in einem Grab versteckt und still gewartet, bis sie aufgedeckt worden war.

Claire verspürte eine Aufwallung von Gewißheit. Sie dachte an diesen König aus dem Altertum, einen Mann, der gut den harten Glanz des Sonnenlichts auf dem silbrig grünen Olivenlaub kannte, die vielen kräftigen Gerüche frisch gepflügter Erde, der Winde Geflüster von kommenden Unwettern. Sie sah ihn als einen klugen, welterfahrenen Mann, dem die natürlichen Erscheinungen so vertraut waren wie die Verhältnisse der Menschen jener Zeit, und der nun unversehens mit einem winzigen Punkt virulenten Lichts konfrontiert worden war, eines Lichts, das alles fraß, das in der Erde hauste und sich sogar durch gewachsenen Fels bohrte.

Der König mußte durch das rauhe, schrille Winseln darauf aufmerksam geworden sein, dem Geräusch seiner Materialaufnahme. Vielleicht hatten die Einwohner von Santorin das Ding vorher schon gesehen, oder seinen Zwilling – hatten beobachtet, wie es aus glühendem vulkanischen Gestein hervorgebrochen war und sich durch ihre Felder gebrannt hatte, ihre Häuser. Konnte es sein, daß sie um Hilfe gerufen und einen König angelockt hatten, den die Gefahr reizte, der die Jagd liebte und glaubte, daß Ungeheuer ebenso Bestandteile der natürlichen Welt waren wie Regen und Sonnenschein?

So war er in Höhlen hinabgestiegen und war auf das schrill winselnde Ding gestoßen, das durch den massiven Fels rief. Und als es sich weder bewegte noch hervorkam, vermutete er, daß es gefangen sei. Er brauchte es nicht zu bekämpfen. Er brauchte nur seinen Käfig herausmeißeln und es mit sich nehmen.

Aber ein mutiger Mann mußte wissen, was er hatte. Also hatte er in das kleine Loch gespäht, durch das die erste Singularität eingedrungen war, und aus dem die Lichterscheinung und das Geräusch kamen.

Und er konnte nichts von der tödlichen Strahlung gewußt oder gespürt haben, die aus der Öffnung drang und ihn Monate oder Jahre nach diesem Augenblick zu einem qualvollen Ende verurteilte. Damit war sein Schicksal besiegelt gewesen, bis hin zu seinem Begräbnis in einem Kuppelgrab aus Kalksteinquadern, zusammen mit dem mörderischen alterslosen Ungeheuer, das ihn getötet hatte.

Sie bewegte sich ruhelos, halb erstarrt vor Kälte, aber beschäftigt mit Ideen und Möglichkeiten. John regte sich, suchte ihre Wärme. Die Dunkelheit lastete schwer.

Was hatte der König sich unter der Singularität vorgestellt? Welche Überlieferung hatte er mit dieser Ruhmestat begründet, während seine Steinmetze den Würfel behauen hatten, die kubische Falle? Sie versuchte sich das Ende des Königs vorzustellen, dahinsiechend von der Strahlenkrankheit, von nässenden Schwären bedeckt, kahlköpfig, zum Skelett abgemagert, phantasierend im Delirium, vielleicht endlich erratend, daß das Ding im Stein ihm die schweißigen, erhitzten Fieberträume eingebracht hatte, die quälende Übelkeit, den körperlichen Verfall.

Sie schüttelte John schwach. Er ächzte, mühte sich aus irgendeiner Tiefe nach oben. »Ja?«

»Der Bernsteinzapfen, John. Ich weiß, welche Bewandtnis es damit hat.«

»Was? Ich weiß nicht ...«

»Er ist golden, verstehst du? Erinnerst du dich an den Stierkopf im Museum auf Kreta?«

Er streckte die Hand aus und tastete mit eiskalten Fingern in der Dunkelheit nach ihrem Gesicht. »Quäl dich nicht ... Leg dich wieder hin!«

»Nein, mir fehlt nichts, ich möchte es dir nur erzählen. Hör zu! Die goldenen Hörner haben bei den mykenischen Griechen eine zeremonielle Bedeutung, und dieses Horn ließ der König, dieser tote König oben im Grab, an seiner Beute anbringen. Ein Horn. So entstand eine Legende um dieses Vorstellungsbild von einem gehörnten Ding in der Erde.«

»Ich sehe nicht ...«

»Dem gehörnten Ungeheuer, das der König jagte und zur Strecke brachte. Mit sich heimführte, verstehst du? Du und Zaninetti, ihr habt immer darüber geredet, als wäre es ein neues Stück der Teilchenphysik. Aber auch damals sahen Menschen die Singularitäten, einzelne müssen dann und wann an die Oberfläche gekommen sein, die Menschen geängstigt haben, und ... Es war wichtig, es war Geschichte.«

»Hör mal, ich bin müde, ich ...«

»Geschichte, die uns als Legende überliefert wurde! Nur ist sie ganz verdreht auf uns gekommen. Was kannst du von Bauern erwarten, die versuchen, etwas zu beschreiben, was so schrecklich ist wie eine vagabundierende Singularität? Der König war wirklich ein großer König, weil er das Ungeheuer tötete. Oder jedenfalls fing.«

»Was redest du da?« murmelte er benommen. »Ungeheuer?«

»Das Ungeheuer oder den Gott oder den Dämon, den wir wieder freigesetzt haben. Wir ließen sein Gefängnis in den Schacht hinunterfallen, so daß eine Hälfte durch den natürlichen Ausgang – die ›Symmetrieachse‹, wie du sagtest – ins Freie schoß. Genauso wie es hineingekommen war, kurz nachdem der König begraben worden war. Beide Singularitäten lebten in den Höhlen von Santorin und versetzten die Bewohner in Angst und Schrecken. Vielleicht hatten die vulkanischen Schlote sie aus dem Untergrund heraufgetragen. Und der König hörte davon, er kam und fing eine – hörte sie summen, bereits im Felsgestein gefangen! Eine große Tat! Er wußte nicht, daß es einen Zwilling gab. Sie suchten einander, und von Zeit zu Zeit werden sie an die Oberfläche gekommen sein. Wie hätten die Bewohner sie unterscheiden sollen? Sie dachten, es gäbe nur ein Ungeheuer.«

»Du meinst also, wir ...«

»Ja! Und als der König sie einfing, entstand daraus eine Legende. Eine veränderte, verständlich aufbereitete Version der Wahrheit. Das Ungeheuer war in der Erde, und als der König starb, kehrte es in die Erde zurück. Mit seinem Horn! Dem Bernsteinhorn!«

»Ich weiß nicht ...«

»Das Horn ist der Schlüssel.« Sie lachte. »Die Singularität – war der Minotauros.«

12

Kälte, die bis auf die Knochen schnitt, den Körper seines Willens zur Bewegung, seines natürlichen Dranges, Blut in die tauben Gliedmaßen zu pumpen, sogar seiner Lust zu atmen beraubte. Er fror schon so lange, daß er die Schmerzen und die Starrheit der Unterkühlung aus dem Bewußtsein verloren hatte, und die Kälte wie den Schmerz als eine separate Einheit empfand, eine Gegenwart, die in seinem Körper mit ihm hauste, sich von ihm nährte und ihn nie wieder verlassen würde.

Er öffnete die Augen, aber es war so stockfinster, daß er sie geradesogut geschlossen hätte halten können. Von Claire kam eine schwache, diffuse Wärme, sie war eine matte Sonne, um die er in ewiger harter Dunkelheit kreiste. Er drückte sie an sich und fühlte ihren langsamen, beinahe widerwilligen Herzschlag.

Sie hatte noch eine Zeitlang weitergeplappert, und er hatte halb verstanden, worauf sie hinaus wollte, aber es schien alles so entlegen, Geschichte und Legenden, Ideen und Abstraktionen, so fern wie die kalten Sterne. Er hatte versucht, ihr zu folgen, aber die Müdigkeit entzog ihm alle Kräfte, und er konnte sich kaum wachhalten. Dann war sie zum Schluß gekommen, hatte das Gesagte noch einmal bekräftigt, und ihre Stimme hatte in einer Weise glücklich geklungen, ein angenehmes Geräusch in der endlosen völligen Finsternis, und schließlich war auch sie vom Schlaf überwältigt worden.

Er hatte längere Zeit geschlafen, das war gewiß. Wie lange sie schon hier waren, wußte er nicht. Er hatte während des Abstiegs nicht auf die Uhr gesehen, und jetzt war ihm nicht einmal die Willenskraft geblieben, das Leuchtzifferblatt vor die Augen zu heben. Diese Bewegung würde kostbare Wärme entweichen lassen, und die Zeit war sowieso nicht mehr wichtig. Zeit, das bedeutete einfach Ertragen, und wenn man aufhörte, zu ertragen, würde es Zeit nicht mehr geben, ganz gleich, was die Uhr sagte.

Aber nun war er aufgewacht, wo er lieber weitergeschlafen hätte. Im Schlaf kauerte nicht der zupackende, bleierne Schmerz auf der Brust und atmete einem ins Gesicht und ließ eisige Messer von den Beinen aufwärts in die Gedärme stoßen. Schlaf war besser. Wachen hieß leben und wissen, was als nächstes kam.

Er zwinkerte und sah Lichtreflexe. Wandernde Muster, die wie ziehende Wolken kamen und gingen, lautlos und unbeeinflußbar. Die Wolken – er hatte nie wirklich aufmerksam zum Himmel aufgeblickt und sie betrachtet, nie versucht, ihre vielgestaltigen Formen und Bedeutungen zu verstehen. Er hatte sein Leben damit verbracht, daß er auf beschriebenes Papier gestarrt oder Formeln auf Wandtafeln geschrieben oder endlos darüber diskutiert hatte, wenn er statt dessen die

Wolken hätte betrachten sollen, in der warmen Sonne liegend und die Fülle ewigen Lichts aufzunehmen, die aus dem Himmel herabstrahlte, Wärme ohne Ende …

Gelbe, geriffelte Lichtstrahlen. An den Wänden.

Er bewegte die Hand und konnte Finger sehen, die, vollkommen ohne Gefühl, zur Faust geballt waren, von der Kälte zusammengezogen. Sie hoben sich schwarz vom Höhlendunkel ab.

Er öffnete den Mund und brachte keinen Laut hervor. Seine Brust war wie zusammengeschnürt und ließ ihm keine Luft.

»He! Arditti! Anderson! Jemand da unten?« Ein ferner hallender Ruf.

»Ah!« krächzte er. Er schüttelte Claire.»Ja!«

Undeutlich: »Hast du das gehört?«

Noch leiser: »Nein.«

»Ah! Wir … wir sind hier!«

»Verdammt! Hast du gehört? Da unten ist jemand.«

Als John aus den Ruinen der Grabkammer wankte, weigerte er sich, auf die Tragbahre zu warten, die heraufzuholen man ihm anbot. Seine ersten Schritte ohne fremde Hilfe hatten heftige prickelnde Schmerzen in den Beinen erzeugt, aber da er wußte, daß die wieder in Gang kommende Blutzirkulation in jedem Fall Schmerzen verursachen würde, war er auf den Beinen geblieben und von einem Fuß auf den anderen gestiegen, um den Vorgang zu beschleunigen und draußen zu sein. Seine Beine waren steife, schwere Klumpen, die mit geronnenem Blut gefüllt schienen. Die Last auf seiner Brust war verschwunden. Die Mühsal, mit fremder Hilfe in die Rettungsgurte zu kommen und sich am Seil festzuhalten, während sie ihn wie einen nassen Sack hinaufgezogen hatten, waren wenigstens geeignet gewesen, ihn aus der Erstarrung von Kälte und Schmerz zu reißen.

Er stolperte an den durcheinandergeworfenen Blöcken des eingestürzten Gewölbes durch den noch stehenden Eingang hinaus und tappte den langen Dromos entlang, eine Hand an der Wand. Hale stützte Claire, die vor ihm ging. Also war Hale doch durchgekommen. Gut.

Jemand sagte ihm immer wieder, er solle sich tragen lassen, doch er ignorierte die Stimme und wankte weiter, die Zähne zusammengebissen. Man hatte Lampen gebracht und das ganze Gebiet war hell beleuchtet. Über ihnen schnatterten Hubschrauber, und Düsenmaschinen kreuzten mit drohendem Gebrüll über den Wolken. Die Sechste Flotte war in massiver Stärke anwesend. Carmody hatte die Maske fallengelassen.

John erreichte das Ende des Zugangs und sank gegen die letzten, roh behauenen Kalksteinblöcke. Was vom Lager übrig war, lag geschwärzt und tot unter den Lichtern, und der Rauch hatte sich über das Tal verbreitet und eine dünne, trübe Decke gebildet. Auf einer ebenen Fläche im Osten standen Hubschrauber. Offensichtlich waren die Retter mit ihnen gekommen; die Träger mit den Bahren kamen von dort. Karmesinrote Dämmerung ließ die Kämme ferner Höhenzüge scharf hervortreten.

Aber seine Aufmerksamkeit wandte sich augenblicklich dem grellen, bläulichen Lichtfunken zu, der im Westen am Ende des Tales zu sehen war. Über ihm hing Claires Hubschrauber mit dem klobigen Behälter. Die Maschine flog ganz langsam nordwärts, und unter ihr folgte wie angetrieben von einem unwiderstehlichen Liebeszauber, der heiße bläulichweiße Lichtpunkt, vollzog jede Wendung nach. Es war, als hätte der Hubschrauber die Singularität an einer Leine, wo sie nun gehorsam den unausgesprochenen Befehlen des Piloten folgte.

Man hatte sie vom Grab fort und in eine Gegend gelockt, wo man sie manövrieren und ihre Rekationen erproben konnte. Nun, als John hinübersah, ging der Hubschrauber tiefer, und die Unterseite des Behälters klappte auf.

Die Ingenieure hatten einen einfachen, narrensicheren Mechanismus eingebaut, aber tatsächlich wußte niemand, wie es weitergehen würde. Jahrzehntelange Forschungen auf dem Gebiet der Fusionsenergie hatten die Technik magnetisch festgehaltener Plasmaströme enorm vorangebracht. Die Plasmaphysiker konnten heiße ionisierte Materie in magnetisch beherrschten Räumen, die wie Krapfen, Wurstringe oder Brezeln geformt waren, einfangen und festhalten. Aber dieses Ding war kein Plasma, und die Erfahrungen der Physiker mochten hier nicht anwendbar sein. Die Erfahrung erbrachte nur primitive Daumenregeln, Annäherungen.

Die an seiner und Claires Rettung beteiligten Männer hatten sich um ihn versammelt, ließen ihn aber in Ruhe. Er steckte die noch gefühllosen Hände in die Taschen der Daunenjacke, die sie ihm gegeben hatten. Claire und Hale saßen ein Stück weiter oben am Hang neben dem Weg. Es wurde nicht gesprochen. Der Hubschrauber ließ den offenen Verschlag langsam herab. Die Unterseite des Behälters war ein kompliziertes Arrangement von Magneten und leitfähigen Oberflächen. Stahlplatten sollten den Hubschrauber gegen die sprühende Gammastrahlung der Singularität abschirmen.

Die bläulichweiße kleine Sonne rollte auf ihrem eigenen Feuer, versengte das Land und ließ eine Bahn von orangefarben flackernden Feuerbränden und grauem Rauch hinter sich. Ein leises, aber durchdringendes Pfeifen erfüllte die Luft, und wenn die Singularität sich tief durch Unebenheiten des Bodens fraß, ging das Pfeifen unter, und ein langgezogenes, tiefes Brummen ging durch das Tal.

Vielleicht hatten die Bewohner des einstigen Santorin die Singularität so gesehen. John dachte, daß es nicht schwerfallen könne, in diesem Ding ein Ungeheuer der heißen vulkanischen Tiefen zu sehen, das wütend an der Oberfläche herumfuhr und die Unterlassung der Menschen, ihm Opfergaben zu schicken, es in seinem ungeheuren schwefligen Labyrinth aufzusuchen und zu beschwichtigen, mit sengendem Tod bestrafte.

Der Behälter senkte sich tiefer, und seine weiße Farbe ging nun in ein rauchiges Blau über, als er das Feuer der Singularität reflektierte. Näher, näher – ein helles Aufblitzen, ein Donnerschlag. Plötzlich war der Schauplatz des Geschehens in Dunkelheit getaucht.

Der Schock des Verschwindens war erschreckend, und allen stockte der Atem. Dann aber sah John, daß die Positionslichter des Hubschraubers noch brannten. Die zweite Singularität war in die Falle gezogen worden, hatte ihre Schwester wiedergefunden, und nun schlummerten sie zusammen. Die

Bindeenergie der Wiedervereinigung war sehr gering, verglichen mit den Megatonnen, die er und Zaninetti berechnet hatten. Aber sie hatten den schlimmsten Fall angenommen, wenn die beiden einander mit hohen Geschwindigkeiten begegneten. Verlangsamt, fand die Wiedervereinigung sanft statt. Die Flamme war gelöscht.

Die Zuschauer brachen in Jubelrufe aus. Der Hubschrauber stieg mit triumphierend brüllendem Motorenlärm.

Bei niedriger Geschwindigkeit war der Energieverlust aus der Bindung der Zwillinge also relativ gering. Das hätte er wissen sollen, wenn er Zeit oder Verstand genug gehabt hätte, Claires Theorie zu durchdenken. Wenn die beiden Singularitäten sich schon vor 3500 Jahren innerhalb des Würfels vereinigt hatten, dann konnten sie damals offensichtlich nicht viel Energie freigesetzt haben; andernfalls wäre der Würfel zerstört worden. Claire und er und der arme tote George hätten niemals mehr als Bruchstücke entdeckt. Er schüttelte den Kopf. Hätten er und Zaninetti der Archäologie mehr Aufmerksamkeit geschenkt, so wäre ihnen vielleicht einiges von alledem erspart geblieben.

Nun konnten sie, solange sie die beiden Zwillinge vereint hielten, mit ihnen experimentieren und ein gänzlich neues Gebiet der Physik erschließen. Das Problem bestand in der sicheren Einschließung der beiden Komponenten. Es gab viel zu tun. Er versuchte sich auf die Möglichkeiten zu konzentrieren, merkte aber bald, daß sein Kopf ein rauchiger, verschwommener Ort war, wo Ideen kreuz und quer herumflogen und sich allzubald im diesigen Nichts verloren.

Hale und Claire waren aufgestanden und nähergekommen. Die Bahrenträger eilten im Laufschritt den Weg herauf. Er fand, daß die breite weiße Liegefläche der Bahre und die wohligen Decken tatsächlich einen unwiderstehlichen Reiz ausübten.

»Fühlst du dich ... einigermaßen?« fragte Claire.

»Fünf minus, wie wir im Lehrerberuf sagen«, antwortete John mit matter Stimme.

»Teufel noch mal«, sagte Hale staunend und zeigte zum Hubschrauber. »Es klappt.«

»Ja«, sagte John. »Bis jemand es fallen läßt.«

Epilog

Sie war drauf und dran, sich zu verspäten.

Hastig ordnete Claire die fotokopierten Blätter, steckte sie in den an die Wissenschaftszeitschrift *Science* adressierten Umschlag, leckte die gummierte Klappe und klebte sie zu. Fertig. Sie hatte sich selbst das wahrscheinlich ganz und gar neurotische Ziel gesetzt, den Artikel bis zu diesem Datum fertigzustellen, und nun war »Ethnohistorische Zusammenhänge zwischen dem Minotauros-Mythos und einer ungewöhnlichen mykenischen Grabbeigabe« bereit für den Druck. Sie hatte eine knappere, beschränktere Fassung geplant gehabt, gefolgt von einem ganzen Buch, in welchem sie die verschiedenen Stücke des Puzzlespiels ausführlich zusammensetzen wollte, reichlich garniert mit Vorbehalten, Einschränkungen und den gebotenen wissenschaftlichen Anmerkungen.

Doch in dem Maße, wie während der Monate Februar und März mehr und mehr Informationen durchgesickert waren, hatte sie erkannt, daß eine stückchenweise Veröffentlichung die akademischen Raubtiere nur noch rascher auf den Plan rufen würde. Jemand würde die Zusammenhänge sehen und eine kurze Notiz in der Zeitschrift *Ethnoarchäologie* oder anderswo veröffentlichen und damit den allgemeinen Gedanken festhalten. Um sich zu schützen, mußte sie auf Anhieb ein großes Aufhebens machen. Ein paar Telefongespräche mit bedeutenden Fachgelehrten hatten ergeben, daß die Redaktion der *Science* einen Artikel über die geheimnisvollen Ereignisse auf der Peloponnes begrüßen würde. John war vergattert worden, nächste Woche in New York ein wissenschaftliches Interview über seine Theorie zu geben, und beides würde gut zusammenpassen.

Claire suchte ihre Sachen zusammen und verließ den Arbeitsraum, ohne sich die Mühe zu machen, Ordnung in das Chaos auf ihrem Schreibtisch zu bringen. Dafür war später Zeit genug, viel später, irgendwann im Rest ihres Lebens. Sie fummelte mit dem Schlüssel, unvertraut mit der verzogenen Tür. Der Fachbereich hatte ihr großmütig ein neues Büro angeboten, das ungefähr dreimal so groß war wie ihre frühere klaustrophobische Kammer, und mit freiem Blick auf den Charles River. Die Zeit hatte nicht gereicht, ihr Material zu ordnen. Sie hinterließ dem Reinigungspersonal eine Notiz mit der Ermahnung, während der Wochen ihrer Abwesenheit alles zu lassen, wo und wie es war.

Die Commonwealth Avenue schimmerte in spätem Frühlingsgrün. Ramponierte Studenten latschten dahin, bedrängt und auf sich selbst zurückgeworfen von den bevorstehenden Schlußexamen. Sie sog die feuchte Luft tief ein; ihr Geschmack verhieß einen regenreichen Sommer. Der willkommene Druck auf ihre Lungen erinnerte sie an das Rauchen, das sie vor Monaten aufgegeben hatte und noch vermißte, ein nervöses Verlangen. Sie ging zum Briefkasten. Das dumpfe Plumpsen, mit dem er das Manuskript aufnahm, interpunktierte ihr Leben. Getan und fertig.

Sie fand ihren Alfa Romeo, warf den unter dem Scheibenwischer steckenden Strafzettel fort und fuhr mit quietschenden Reifen hinaus in den Verkehrsstrom. Sie hatte ihre Aktentasche absichtlich im Büro zurückgelassen; während der Arbeit an der Veröffentlichung war die Aktentasche zu einem Symbol für die Last des vergangenen Jahres geworden.

Wütendes Hupen ertönte, als sie unbekümmert auf den Storrow Drive hinausjagte. Sie sah auf die Uhr. Wahrscheinlich wäre es am besten, zur Cambridge Street hinaufzuschießen und einen Bogen in die Stadt zu machen. Früher Nachmittag an einem Samstag im Mai, da fuhren die Massen der Baseball-Zuschauer in die entgegengesetzte Richtung, nach Fenway Park. Sie kam gut voran und überholte Volkswagen mit ihrer gewohnten Geringschätzung.

Die anwachsende, zeitraubende Arbeit an dem Artikel war gekommen, als sie versucht hatte, erhärtende Beweise zu finden. Mochten späterhin Fachleute für minoische Ethnologie und Geschichte und die archäologische Geologie von Santorin mit ihren vermuteten Verbindungen und vergleichbaren Ideen kommen, die auf Tonscherben und verstreuten Resten von Metall und Holz beruhten. Das war alles schön und gut. Aber die Überzeugungskraft mußte aus neuen Forschungsergebnissen erwachsen.

Sie hatte Carmody überredet, die am Meeresboden in Überresten erkennbare Fortsetzung des Höhlengangs kartographisch aufnehmen zu lassen. Im Anschluß an Carmodys Operation und ihre mißlungene Geheimhaltung hatte die Sechste Flotte eine Woche lang die Küste der Argolischen Halbinsel blockiert und einer Gruppe von Wissenschaftlern, welche die Auswirkungen der Singularität auf das Gelände im einzelnen erforscht hatte, ein ungestörtes Arbeiten ermöglicht. Während dieser Zeit hatten Taucher festgestellt, daß die unterseeische Fortsetzung des Höhlengangs eine gerade Linie beschrieb, die, auf eine größere Karte übertragen, genau durch Santorin schnitt. Damit nicht genug, führte die Linie durch die gewaltige Caldera des explodierten Vulkans, nicht durch den verbliebenen Halbmond der gegenwärtigen Insel. Das legte den Schluß nahe, daß die Singularität Santorin vor der endgültigen Eruption auf der Suche nach ihrem Zwilling verlassen hatte.

War es ein zufälliges Zusammentreffen, daß die Bewegungen der Singularitäten, die Suche des toten Königs nach einer von ihnen, und die Eruption des Vulkans Santorin von 1426 v. Chr. alle ungefähr zur gleichen Zeit stattfanden? Oder war der König nach Santorin gesegelt, das mythische Ungeheuer zu finden und zu bändigen, weil die Bewohner der Insel mit vorbestimmter Intuition einen Zusammenhang zwischen den sonnenhellen, alles verbrennenden Erscheinungen und der ruhelosen Erde unter ihren Füßen sahen? War es möglich, daß die Singularitäten die Eruption verursacht hatten?

So war die Minotauroslegende vielleicht aus dem vergeblichen Bemühen des Menschen erwachsen, sein Schicksal zu lenken und das achtlose Achselzucken der Erde zu blockieren, das ihn und all seine Schöpfungen zerschmettern und zu Staub machen würde. Das machte dem erstaunlichen Mythos vom Minotauros zu einer Geschichte stolzen, hart erkämpften zeitweiligen Erfolges, in mündlicher Überlieferung umgewandelt in eine Legende von einem Wesen, das halb Mensch und halb Tier war.

›Vielleicht‹ war, wie John sagte, freilich keine Theorie, ›vielleicht‹ war nur ›vielleicht‹. Darum hatte sie nach substantiellen Anhaltspunkten gesucht, nach bekräftigenden Argumenten, die etwas vom harten Glanz naturwissenschaftlicher Beweisführung an sich hatten. Gebeine und Grabbeigaben des Königs waren in einigen der Kisten, die frühzeitig im Verlauf der Ausgrabungen von Hampton in die Vereinigten Staaten gebracht worden waren, und an diesen hatte sie gearbeitet. Eine radiologische Analyse der Knochen ergab ein deutliches Übermaß an mehreren radioaktiven Isotopen. Der König war einer tödlichen Strahlungsdosis zum Opfer gefallen. Andere Gebeine aus demselben Kuppelgrab, aber von anderen Toten, zeigten keine über die minimalen natürlichen Werte der damaligen Zeit hinausgehenden Konzentrationen. Dies war für sie das entscheidende Argument. Die Singularität hatte ihn schon getötet, als er noch seinen großen Triumph gefeiert hatte.

Die Archäologie war ein ruhiges, methodisches Arbeitsgebiet. Wie alle Wissenschaften belohnte sie Umsicht. Claire brachte eine Theorie vor, die weitgehend auf Spekulation beruhte, um scheinbar isolierte Fakten miteinander zu verbinden und zu erklären. Das war immer gefährlich, und sie war sich dessen ebenso bewußt wie der Möglichkeit, daß spätere Erkenntnisse sie zum Rückzug zwingen könnten. Aber die Kühnheit war ihr jetzt ins Blut übergegangen, und sie fand Gefallen an der Herausforderung.

Die Cambridge Street war ungewöhnlich verstopft. Immer wieder schaute sie auf ihre Armbanduhr. Noch war genug Zeit, sich fertigzumachen, aber nur knapp.

Sie passierte das JFK-Gebäude, bog in die Tremont Street, hielt sich rechts und stellte den Wagen in einer Zone mit Parkverbot ab. An der Kreuzung Tremont und School Street machte sie ihren Onkel Alexander aus, der mit zwei irischen Polizisten redete. Sie umarmte ihn, zeigte zu ihrem Wagen, und aus der Art und Weise, wie die Polizisten an ihre Mützen tippten und nickten, erkannte sie, daß Onkel Alexander sie bereits bestochen hatte. Außerdem bemerkte sie jetzt, daß das Parkverbotsschild provisorisch war, nur vorübergehend aufgestellt; dieser Block war sonst frei, und es gab genug

Platz. Onkel Alexander machte einen Scherz, und sie lachte, atmete befreit auf und spürte, wie die verkrampfte Beklemmung von ihr wich.

Die King's Chapel hockte wie eine unbezähmbare Bulldogge der Vergangenheit, gedrungen, eckig und grau, zwischen den geistlosen Hochhäusern der School Street mit ihren endlos wiederholten, monotonen Fensterreihen. Claire eilte über die Tremont Street, als die Ampel umschaltete. Vor der King's Chapel sprach Onkel Charlie mit Tante Edna, so vertieft in den Klatsch, daß sie Claire nicht zwischen den ehrfurchteinflößenden Säulen hindurch und ins Hauptportal schlüpfen sahen.

Ein kleines Schild warnte PRIVATE FEIERLICHKEIT. Gut; keine Touristen. Ihre herumtappende, ahnungslos glotzende Aufmerksamkeit hatte für Claire immer die Stimmung von Kirchen beeinträchtigt und ihnen in krassen Fällen eine Atmosphäre verliehen, die an Öffentlichkeit einem Bahnhof nicht nachstand. Die King's Chapel war ein historischer Ort. Ihre Granitquader waren 1749 auf Barken von den Steinbrüchen in Quincy herbeigeschafft worden. Ihre bedeutungsschwere Feierlichkeit hüllte Claire ein, und sie stand eine Weile und ließ den Raum auf sich wirken, unbemerkt von den frühen Besuchern in den vorderen Bänken. Die steinernen anglikanischen Werte, die der König in die Neue Welt eingeführt hatte, waren längst zu dem stoischen Bostoner Kompromiß mit der Zukunft, der Lehre der Unitarier, verblaßt. Der Kirche fehlte noch immer ihr weißer, neugotisch-protestantischer Kirchturm, obwohl hartbedrängte Bauausschüsse noch immer von Zeit zu Zeit die über hundert Jahre alten Pläne für einen hervorzogen. Die Vergangenheit erschien hier unausweichlich melancholisch, als erinnerten sich die harmonischen, gedämpften Räumlichkeiten jener Tage, als sie noch der Angelpunkt eines theokratischen Boston gewesen waren. Doch in der Vorhalle gab es Zeichen eines anhaltenden Erfolgs: die chaotische Veranstaltungstafel und der hoffnungsvoll mit religiösen Druckschriften gefüllte Zeitschriftenständer kündigte von innerem Leben.

Sie wandte sich um und stieg die Treppe hinauf, die steil genug war, eines jeden Puritaners ernste Zustimmung zu finden. Hier waren die anderen – ängstlich und nervös, weil sie sich verspätet hatte. Sie brachte die üblichen Entschuldigungen vor und ergab sich ihnen: Mutter, verschiedenen Tanten, Cousinen, alle in geschmackvollem Hellviolett oder Mattgelb oder Braunrot. Die meisten waren von Vermont oder New Hampshire heruntergekommen, wohin so viele der alten Familien sich zurückgezogen hatten; die Anreisezeit hatte eine Trauung am Nachmittag vorgeschrieben. Sie hatten das alte Kleid, von der Urgroßmutter weitergegeben, noch immer schmuck und blendend weiß. Ihr eigenes Kleid verschwand, und der alte Stoff hüllte sie ein, zurechtgezupft von ungeduldigen Fingern. Die Luft hier oben war muffig, trocken von der Zentralheizung und durchdrungen von einem Geruch nach Möbelpolitur. Claire hatte am Vortag drei Stunden in den Frisiersalon investiert und war erleichtert, im Spiegel eine wohlmodellierte Kappe von braunem Haar mit einem leichten Stich ins Blonde zu sehen. Ihre Mutter umschwebte sie, verkürzte den Saum, steckte etwas an den Schultern zusammen, damit die Träger nicht zu sehen seien. Der mit kunstvoller Stickerei geschmückte Schulterumhang schien geradezu übertrieben, beruhigte sie aber mit seiner behaglichen, bergenden Drapierung. Sie drehte sich vor dem Spiegel hin und her, betrachtete sich kritisch und stellte erfreut fest, daß die Falten sich elegant den Konturen ihres Körpers anpaßten; Urgroßmutter mußte die gleiche selbstgefällige Befriedigung empfunden haben.

Ringsum wurde geschwatzt, erinnert, gebilligt, alles mit einem Unterton verordneter Erregung. Diese Frauen ließen ihre Zustimmung in gurrenden Ausrufen der Bewunderung ertönen, und Claire sah sie liebevoll in ihren pastellfarbenen Kleidern, eingetaucht in ihr Element. Sie hatte sie immer bewundernswert gescheit in den Einzelheiten des Dahinlebens gefunden, und seltsam passiv im größeren Rahmen ihrer Existenz. Nun war sie ihrer Sache nicht so sicher; vielleicht war es möglich, aus so vielen Blütenblättern einen Strauß frischer Bedeutung zu sammeln.

Von der Orgelempore drangen die ersten langsam anschwellenden Akkorde. Unten geleiteten pflichtschuldige Cousinen Verwandte zu ihren Plätzen. Die erwartungsvolle

Atmosphäre wurde fühlbar; sie wählte einen Perlenring, verzichtete jedoch auf eine Halskette, weil der Kontrast zu der elfenbeinfarbenen Eleganz des Schulterumhangs zu groß gewesen wäre.

Es wurde Zeit. Sie stieg die steile Treppe hinab, auf den Rat ihrer besorgten Mutter unbeschuht, damit sie nicht stolpere. Unten auf den Steinplatten machte sie halt, und eine Cousine half ihr in die weißen Seidenpumps. Die Kirchenbänke waren beinahe gefüllt, ihre roten Polster bildeten einen farbenfrohen Kontrast zu den mächtig aufstrebenden weißen korinthischen Säulen. Das Orgelvorspiel brach ab. Sie blickte auf und sah den Organisten lächelnd zu ihr herabnicken, worauf er mit beiden Händen in die Manuale griff und kraftvoll den Einzug der Braut umrahmte, und sie dachte mit einem Schock, daß, so unglaublich es scheinen mochte, sie selbst es war.

Am Arm ihres rotbackigen Großvaters schritt sie durch den Mittelgang. Vorbei an der getäfelten und mit Pilastern geschmückten Kanzel, die mit ihrem Schalldeckel ein Symbol der Autorität war, das für diese Zeremonie unbenutzt blieb. Der Geistliche lächelte ihr zu, und die Orgelmusik brandete auf, und da war John, kam in einem weißen Smoking auf sie zu, um vor dem Geistlichen Aufstellung zu nehmen. Sie sagte die archaischen Gelübde auf, zeitgemäß abgeändert, um die Gehorsamsversprechen zu umgehen, alles in einem gedämpften heiseren Ton, der von dem freien Kirchenraum ringsum verschluckt wurde und für die Hochzeitsgäste in den Kirchenbänken unhörbar blieb.

Als sie zu einem auf der Orgel begleiteten Trompetensolo von Vivaldi hinausschritten, blickte sie zurück, um sich das Bild des Raumes und der Gäste einzuprägen. Dann, ehe sie sich's versah, war sie bei dem Empfang im Eliot House, Mount Vernon Place 6. Sie und John trafen, chauffiert, als erste ein und wurden vom Festausrichter willkommen geheißen und mit vollen Champagnergläsern und Brötchen mit Hummersalat versorgt. Bevor sie Zeit gehabt hatte, die Blumen zu bewundern, hatte sich die Reihe der Teilnehmer am Empfang formiert, und Johns Vater, strahlend in seinem Smoking, bat um den ersten Kuß. Onkel Alex umarmte sie kraftvoll und wiederholte seinen alten Scherz, daß Archäologen Leute seien, deren Zukunft in Trümmern liege.

Alle waren da, die selten gesehenen Bewohner entlegener Farmen und Dörfer, und John bewegte sich lächelnd unter ihnen, ganz gleich, welche lokalen Klatschgeschichten sie zum besten gaben. Betagte Onkel fragten ihn, ob es wirklich wahr sei, daß Atome wie kleine Sonnensysteme seien, in denen die Elektronen wie Planeten kreisten. Tanten bewegten sich unsicher umher, tappten vorsichtig über spiegelndes Parkett und Teppiche, und vorbei an dem gefährlichen ungepolsterten Mobiliar. Claire merkte, daß er an allem interessiert teilnahm, und daß er noch immer dem selbstverständlichen Glauben der Südstaatler anhing, daß Familien ihrem Wesen nach faszinierend seien.

Sergio Zaninetti trat strahlend auf sie zu, um seine Glückwünsche auszusprechen. »*Esquisito.* Ich hätte nicht gedacht, daß die Bostoner sich auf diese Dinge verstehen.«

»Wir haben viele Italiener gehabt, die es uns beibrachten.«

»In der Tat. Ich hoffe, Sie werden nach Ihrer Rückkehr einmal meine Gäste sein. Und im Herbst wird John zur Abteilung gehören.«

»Natürlich.« Mit »der Abteilung« meinte er offensichtlich Harvard.

Das Angebot war John vor sechs Wochen aus heiterem Himmel auf den Tisch geflattert. Eine Entdeckung dieser Größenordnung ließ die Fachwelt aufmerken, brachte Ruhm und Sicherheit. Sie war so in ihre Probleme verstrickt gewesen, so besorgt und ärgerlich wegen ihrer Verletzung der Berufsehre und der Ethik, daß ihr die wahre Bedeutung entgangen war. In einem einzigen Monat hatte John ein Dutzend Angebote erhalten, unter denen das von Harvard die Bekrönung gewesen war. Er würde dort als außerordentlicher Professor anfangen; die Berufung zum ordentlichen Professor schien gesichert.

Zaninetti beglückwünschte ihn überschwenglich, und Abe Sprangle tat es ihm beinahe gleich. Abe und Claire wollten nach ihrer Rückkehr gemeinsam an einer ausführlichen Veröffentlichung über das Artefakt arbeiten. Schon jetzt war es Abes bekanntestes Werk, dabei war es noch nicht einmal geschrieben, geschweige denn publiziert. Die Gerüchteküche tat mehr für das Ansehen als die Fachzeitschriften.

Das Stimmengewirr wurde lauter, und die Kapelle begann aufzuspielen. Sie tanzte mit Hingabe Walzer, erinnerte sich zwar nicht bewußt der Schritte, fand aber mit Leichtigkeit hinein. Sie hielt den Kopf hoch erhoben, und die Lichter der Kronleuchter wirbelten wie Sternbilder um sie, bis sie in momentanem Schwindel die Stirn an Johns weißen Smoking lehnte, eine saubere Fläche, wo sie Ruhe finden konnte, so willkommen wie die Tragbahre es an jenem fernen Morgen gewesen war.

Ihre Mutter versammelte die Hauptpersonen für die obligatorischen Fotografien um sich. Ein wieselflinker Mann arrangierte Lampen und Menschen, manövrierte sie dann durch die vorgeschriebenen Konfigurationen der Familie, steife Gruppenaufnahmen, Nahaufnahmen mit statischem Lächeln. Obwohl dies das am wenigsten natürliche Ereignis von allen war, fühlte Claire sich davon erhoben, eingehüllt in den gedämpften Schein von Atelierlampen, in einer seltsamen Weise imstande, sich selbst und alle anderen wie von dritter Warte aus zu sehen, als ob sie für alle Zeit fixiert wären. Ihre Mutter brachte einen Toast auf das Brautpaar aus und hielt ein Glas mit geheimnisvoll wirkkräftigem Punsch in die Höhe: »Auf eure Zukunft, liebe Kinder!« Etwas schwappte über den Rand des hocherhobenen Glases, wurde zu bernsteinfarbenen Tropfen, und der flinke Fotograf hielt sie in einem Schnappschuß fest – kleine Bernsteinkugeln, die im schräg einfallenden gelben Sonnenschein hingen und durchsichtig glänzten, zu ihrer Mutter nicht ganz vornehmer, gaffender Überraschung.

Prof. Hampton trat auf sie zu, lächelnd, das Gesicht gerötet, entweder vom Champagner oder der Peinlichkeit seiner Pflicht. »Ich freue mich darauf, Sie wieder in der Abteilung zu haben«, sagte er mit erzwungener Leutseligkeit. »Dies alles war das *pièce de resistance* für ein wahrhaft unglaubliches Jahr.«

Sie lächelte und antwortete mit einer bedeutungslosen Höflichkeit. Vielleicht würde sie noch ein Jahr an der Universität Boston aushalten, aber eher wollte sie verdammt sein, als noch länger unter Hamptons Fuchtel zu bleiben. Wenn er nicht ging, würde sie es tun. Aber das war ein anderer Kampf, sagte sie sich, für eine spätere Zeit.

»Ich glaube, ihr solltet euch für euer Flugzeug umziehen«, sagte ihre Mutter. Die Hochzeitsgäste wirbelten um sie her, Stimmen, Gelächter, eine glückliche Fülle ... sie wollte nicht gehen. Sie wollte sich an diesen Nachmittag klammern und ihn genießen, einen Augenblick, von dem sie niemals geglaubt hatte, daß er je kommen würde, den sie sowieso mehr gefürchtet als ersehnt hatte. Aber es war alles gut ausgegangen, sie hatte das jenseitige Ufer erreicht, und die Zeit brauchte nicht stillzustehen.

»Ja, es ist Zeit«, sagte John neben ihr.

Der Sommer hatte sich durch die Marienfäden des New Yorker Frühlings gedrängt und den Nachmittagen eine drückende, bleierne Hitze gebracht. Sie machten das Abendessen zum gemütlichen Mittelpunkt des Tages und verbrachten die heißesten Stunden in ihrem Zimmer im Astor, wo sie die Zeit in einem erotischen Dunst vertändelten. Eine Woche verging, ohne daß sie das Gefühl hatten, es sei Zeit vergangen, vielmehr war es wie die gleichmäßige Bewegung eines Flusses, die endlos ziehende Strömung, die den Fluß dennoch nie veränderte.

Sie hatten ihr Ziel niemandem verraten. Johns Vater hatte sie in einem Wagen, der mit Rasierwasser und Parfüm besprenkelt und mit NEUVERMÄHLT-Schildern verziert war, zum Flughafen gebracht. Am Callahan-Tunnel zahlte der Fahrer vor ihnen die Gebühr für sie, hupte und winkte ihnen zu. Johns Vater hatte ihnen mit dem Gepäck geholfen und John dann zum Abschied einen festen Händedruck von Mann zu Mann gegeben. Im Flugzeug stimmten sie beide darin überein, daß der Empfang wundervoll gewesen sei, und tatsächlich bedauerten sie, daß sie ihn vorzeitig hatten verlassen müssen.

Die umfassende, geradezu verschwenderische Geschäftigkeit New Yorks verschlang sie. Sie besuchten Kunstausstellungen, aßen gut, sahen das Erfolgsstück der Saison: *Ich würde, wenn ich könnte, aber ich kann nicht, also werde ich nicht.* John fand es gut, Claire nicht. Sie verbrachten einen Vormittag in dem neuen Vergnügungspark zwischen der 130. und 142. Straße. Es war alles aufwendig und kunstvoll gemacht, ein bunter Karneval, der wie aus der Phantasie eines Künstlers in die Mitte einer Grünfläche von der Ausdehnung eines Blocks gepflanzt war. Die kleinen Hügel und Senken gemahnten Claire an einen Golfplatz, und man konnte nicht mehr sehen, daß sich darunter Schutthaufen von Mietshäusern verbargen, die einst hier gestanden hatten. Zwei Wolkenkratzer darstellende Kulissen ragten über den Verkaufsbuden und Fahrgeschäften, dienten als Blickfang für eine furchteinflößende Bahn, die im Volksmund als *Das Tier mit zwei Rücken* bekannt war. Claire fuhr einmal mit und kam blaß und zitternd heraus.

Die Sensation kam, als sie an diesem Abend in ihrem Hotelzimmer lagen und Claire keuchend aus dem Schlaf auffuhr.

»John, ich ... ich ...«

Er wachte auf und begriff sofort. Lange hielt er sie in den Armen, streichelte sie und hörte zu, was sie an zusammenhanglosen Vorstellungsbildern bedrängt hatte. Das Hinabstürzen der Achterbahn verschmolz mit dem baumelnden, schreckenerregenden Abstieg durch den Schacht. Und ihr panikartiger, pfeifender Absturz endete in einem Maul, dem klaffenden Loch, das von glänzenden Hörnern bekrönt war und brüllend feurigen Atem schnob, die Zähne scharf und reißend, glutäugig und erfüllt von verzehrender Wut.

»Solche Träume werden dich noch eine gute Weile plagen«, sagte er leise. »Aber mit der Zeit werden sie vergehen. Ich hatte sie auch.«

»Wirklich?«

»Natürlich.«

»Du hast es nie gesagt.«

»Für uns schickt es sich nicht. Es ist der Preis, den man dafür zahlen muß, daß man einen Penis hat.«

Sie lachte. »Idiot!«

»Nur soweit es dich betrifft.«

Am nächsten Tag lud sie der Vorsitzende der New Yorker Sektion der Amerikanischen Physikalischen Gesellschaft zum Essen in ein neues vegetarisches Restaurant ein, dessen

Ausstattung in opulentem Gegesatz zu dem sparsamen Menü stand. Claire erfuhr, daß das Lokal Geschäftsleuten eine Gelegenheit bot, sich mit einem moralisch erhebenden Essen zu kasteien. Jedes bißchen Gemüse wurde mit einer schwungvollen Verbeugung serviert, als ob es ein neuer Gang wäre. Beim Vorgericht – einem hühnchenförmigen Ding aus zerdrückten Nüssen – fragte der Vorsitzende John, ob er einverstanden wäre, wenn im Anschluß an den Vortrag, zu dem man ihn eingeladen hatte, eine Pressekonferenz stattfinden würde.

»Ach nein.«

»Sie würde nicht sehr lange dauern müssen«, sagte der andere besorgt.

»Gut. Führen wir das zur asymptotischen Grenze von überhaupt nicht«, erwiderte John fröhlich.

Am Nachmittag, während sie wartete und John in einem Nebenraum seine graphischen Darstellungen ordnete, schweifte Claire unter den Physikern umher. In mehreren großen Räumen waren Korridore von Schautafeln aufgebaut, und an jeder waren Schriften und graphische Darstellungen befestigt. Davor standen Männer und Frauen wie Basarhändler, eingerahmt von den Schriften, die sie verfaßt hatten, beantworteten Fragen, verteilten Vorabdrucke und verteidigten ihre Ideen. Das ganze hatte wenig gemein mit den Zusammenkünften von Archäologen, die gewöhnlich lange Vorträge hielten, die sie in abgedunkelten Räumen mit Diapositiven illustrierten und in denen Fragen nur kurz am Schluß beantwortet wurden. Dieses Platzhirsch-Verhaltensmuster der Vortragenden, die ihre Position hinter einem erhöhten Lesepult hinaustrompeteten, hatte sie immer irritiert. Die Physiker mit ihren anspruchslos aufgemachten Schriften und Tafeln, die sie offen zur Schau stellten, um ein Publikum anzulocken, schienen in dieser Hinsicht aufrichtiger und demokratischer als die Humanisten.

Johns Vortrag wurde gut aufgenommen. Er sprach mit einem deutlichen Südstaatenakzent und erläuterte in knapper Form die wesentlichen Punkte seiner Darstellungen, die bereits von Gleichungen eingerahmt waren. Er hatte seine Annäherung an das Problem der Singularitäten mit Hilfe mathematischer Einheiten eigener Erfindung formalisiert, deren schwindelerregende Kompliziertheit von einer vereinfachten Notation Lügen gestraft wurde. Sie hatte eine Informationsschrift über diese vereinfachten Symbole, die als »Bishop-Funktionen« bezeichnet wurden, draußen in der Vorhalle gesehen; auch hier hatte die Mundpropaganda die für jede Wissenschaft notwendige Armee von Pedanten und Kleinigkeitskrämern angezogen.

Die wiedervereinten Singularitäten waren in die Staaten zurückbefördert worden, isoliert gegen Stöße jeglicher Art und zusätzlich festgehalten von überlappenden magnetischen Systemen. Ein paar Monate des Studiums am MIT hatten einige ihrer Eigenschaften geklärt, doch blieb die Frage nach der Stabilität der Anordnung. Johns mathematisches Modell war eine vereinfachte Annäherung, die mehrere lokale Einflüsse, wie denjenigen der Erdschwere, außer acht ließ. John und Zaninetti hatten sich mit der Vervollkommnung des Modells bemüht, mit begrenzten Ergebnissen.

Das ärgerliche Problem der Stabilität wurde schließlich bis hinauf vor die Nationale Sicherheitsagentur gebracht. Niemand wußte genau, wie gut die magnetische Falle war. John und Zaninetti waren ziemlich sicher, daß die gepaarten Singularitäten keine Gefahr darstellten, weil sie keine Bindeenergie mehr aufzubieten brauchten. »Sie sind ungefährlich wie zwei gewöhnliche Steine«, hatte John bei einer Geheimsitzung in Washington erklärt.

Die Nationale Sicherheitsagentur war für weitergehende Maßnahmen. Sie ordnete an, daß die magnetischen Fallen verbessert werden sollten, indem man sie in eine zusätzliche Schicht stärkerer, eng angeordneter Elektromagneten bettete. Kaum war dies geschehen, ordnete sie an, daß weitere Forschungsarbeiten in dem erst vor kurzem fertiggestellten Weltraumlabor ausgeführt werden sollten. Von den konsultierten Teilchenphysikern hielten die meisten diese Maßnahme für unnötig und lästig, gab es doch keinen Anhaltspunkt dafür, daß das Paar ausbrechen würde, und bessere Zugänglichkeit würde die Forschungen beschleunigen. Keines dieser Argumente vermochte die NSA zu überzeugen. Der Start der Weltraumfähre war eine Woche zuvor erfolgt, und gegenwärtig wurde die vielfach verpackte Sendung langsam an das Weltraumlaboratorium herangeführt.

Carmody hatte sich für diese Vorsichtsmaßnahmen eingesetzt. Durch den griechischen Zwischenfall war er zu seinem Mißvergnügen erstmals in seiner Laufbahn in die Schlagzeilen geraten. Insgesamt war Claire jedoch überrascht, wie wenig internationales Aufsehen der Angriff erregt hatte. Die NSA war bestrebt, den Vorfall herunterzuspielen, die militärische Führung hielt sich ohnedies bedeckt, und die Griechen zeigten, nachdem sie die USA der imperialistischen Aggression und der völkerrechtswidrigen Willkür bezichtet hatten, offenbar kein Verlangen, ihre Niederlage hinauszuposaunen. Sie hatten durch italienische Vermittlung einen unsicheren Waffenstillstand mit den Türken geschlossen, und noch immer drohte ein Wiederaufflammen der kriegerischen Auseinandersetzungen, doch gaben beide Parteien sich einstweilen damit zufrieden, ihre Wunden zu lecken und Wortkanonaden abzufeuern. Gegenwärtig galt ihre Hauptsorge der Beschaffung modernerer Waffensysteme aus welchen Quellen auch immer, um darauf vorbereitet zu sein, was viele Beobachter als die zweite Runde voraussagten.

Der Vortragssaal war gut besetzt, und der Applaus dauerte ungewöhnlich lange für ein akademisches Publikum, wie Claire meinte. Sie und John gingen bald darauf. Am Eingang wurden sie von drei Reportern gestellt, von denen einer mit einer Videokamera ausgerüstet war. John machte abwehrende Handbewegungen. Der Mann, der die Videokamera im Schulteranschlag hatte rief: »Dr. Bishop! Dr. Anderson! Darf ich Ihnen nur eine Frage stellen?«

»Das haben Sie gerade getan«, erwiderte Claire, und John geleitete sie schmunzelnd hinaus in Manhattans stachelige Hitze.

Sie schlief unruhig und erwachte rasch, als aus dem Badezimmer würgende Geräusche kamen. Das Gurgeln und Ächzen hallte verstärkt von den Fliesen wider, und in jäher Angst fuhr sie im Bett hoch. John lag auf den Knien, das Gesicht war rot und verzerrt, die Augen glasig.

»Mein Gott! Bist du ...?«

Er schüttelte matt den Kopf und erbrach wieder. Nach ihrer Rückkehr aus Griechenland war er eine Woche lang so gewesen. Die Strahlenfachärzte am amerikanischen Militärkrankenhaus in Wiesbaden sagten, sie könnten nicht ohne weiteres schätzen, wieviel Strahlung er abbekommen habe; anders als Arditti und seine Leute hatte er kein strahlungsempfindliches Plättchen getragen, aus dem sich die Dosis hätte ablesen lassen. Das Erbrechen und die abnehmende Zahl der roten Blutkörperchen deuteten auf eine mäßige Kontamination hin, aber in diesen Dingen gab es keine Gewißheit; sie schwammen in einem grauen Grenzbereich vieler Unbekannter.

»Alles ... draußen«, keuchte er. Tränen rollten ihm über die Nase, der Mund schnappte nach Luft.

»Du meinst ...« Sie wagte nicht weiterzusprechen, wußte nicht, wie sie der Angst Ausdruck geben sollte, die ihr das Herz abdrückte.

»Dieses verdammte Brathuhn zum Abendessen. War verdorben. Ich merkte gleich, daß etwas damit nicht in Ordnung war.«

Diese Worte stießen ein Fenster in den Sonnenschein auf; sie seufzte, merkte, daß sie den Atem angehalten hatte. »Bist du ... sicher?«

Er stand wankend auf. Seine Haut, schweißnaß und blaß von einem nördlichen Winter, gewann im Schein der Leuchtstoffröhre und ihrer Reflexe von den Kacheln eine elfenbeinfarbene Totenblässe. »Wissenschaft ist nicht Gewißheit, weißt du«, sagte er mit einem geknickten Lächeln. »Es sind nur Wahrscheinlichkeiten.«

Die Ärzte hatten ihn vielerlei Untersuchungen unterzogen, Proben genommen und sich wegen des unbekannten Strahlungsspektrums der Singularität gesorgt. Ihre bruchstückhaften Ungewißheiten hatten schließlich, aufeinandergestapelt, ein wankendes Vorhersagegebäude ergeben. Die unmittelbaren Auswirkungen würden wahrscheinlich kurzfristig sein und mit dem normalen Stoffwechsel ausgeschieden werden. Langzeitschäden waren schwieriger einzuschätzen. Sicherlich bestand ein erhöhtes Krebsrisiko. Wenn bestimmte Symptome wiederkehrten, war die Prognose nicht gut.

Sie biß sich auf die Lippen und beschloß nichts zu verbergen und ihre Befürchtungen auszusprechen. »Wann hast du zuletzt eine dieser Blutuntersuchungen machen lassen?«

»Erst vorige Woche.« Er beugte sich über das Waschbekken, ließ kaltes Wasser in die Hände laufen und warf es sich ins Gesicht. Er schnaubte. »Die Zählung war normal. Äh! Ich habe den Geschmack noch immer im Mund.«

»Das ist ... das ist gut.« Es schien verdächtig spät, um vom Abendessen Übelkeit zu verspüren. »Ich meine ...«

Er lächelte. »Ich weiß. Frag mich ruhig, Claire! Lade deine Gefühle auf mich ab! Das möchte ich.«

»Ich ...« Sie zwinkerte Tränen zurück. »Danke.« Sie legte ihm die Arme um die Schultern.

»Laß mich erst die Zähne putzen«, sagte er, »sonst wirst du mich am Morgen weniger lieben.«

Sie lächelte. »Komm zu Bett, und ich mache dir ein Geschenk.«

»Oh, schon als Kind mochte ich immer Geschenke. Sag mir, was es ist. Kann ich es reiten?«

»Soviel du willst.«

Zwei Stunden später läutete das Telefon. Als Claire von einem Ort warmer Geborgenheit emportauchte, sprach John in den Hörer.

»Verstehe. Welche Art von Bewegung?«

Sie stützte sich auf einen Ellbogen und blinzelte zur Uhr. Es war vier Uhr früh.

»Also wirken die gepaarten Singularitäten gemeinsam? Es treibt sie nicht auseinander?«

Er preßte die Lippen zusammen und furchte nachdenklich die Stirn.

»Gut, was immer geschieht, stört wenigstens nicht die Stabilität des Paares. Aber was könnte sie dazu veranlaßt haben? Ich meine, sie sollten in dem Raum herumschweben, genauso wie jede gewöhnliche Materie.«

Sie entnahm seinen Worten, daß sie über die Singularitäten oben im Weltraumlabor sprachen. Die Fähre mußte inzwischen angedockt haben.

»Nein, ich verstehe es nicht. Kann man sie nicht unter

Kontrolle halten? Daran hindern, daß sie gegen die Wand prallen?«

Er lauschte, schüttelte den Kopf. »Nun, mir fällt im Augenblick auch nichts ein. Meine Güte, wissen Sie, wie spät es ist?«

Wieder lauschte er, diesmal längere Zeit. »Nein, gewiß, ich kann darüber nachdenken, aber ich werde nicht weiterkommen.«

Mehr Hin und Her. Schließlich: »Nein, Sergio, ich fürchte nicht.« Er legte auf.

»Sergio? – Was hatte er?« fragte Claire.

»Die Besatzung schaffte die Singularitäten ins Laboratorium, oder vielmehr, sie versuchte es zu tun. Sobald die Singularitäten die Freiheit hatten, sich zu bewegen, begann die Vorrichtung, in der sie sind, an den Wänden des Labors festzukleben.«

»Was?«

»Soweit ich seinen Worten entnehmen konnte, hat sich die gesamte Anordnung – Singularitäten, magnetische Fallen, Isolierungen, alles miteinander – an der Innenwand festgemacht.«

»An der Wand? Es bewegt sich nicht?«

»Es sei zur Ruhe gekommen, sagt er. Es hat sich an der Wand festgesetzt, die der Erde am nächsten ist.«

»Warum?«

»Ich weiß nicht. Sergio sagt, Carmody habe ihn angerufen. Er wußte nicht, wo er uns erreichen konnte, also dachte er sich, daß Sergio es wissen könnte.«

Claire runzelte die Stirn. »Sergio muß meine Mutter angerufen haben.«

»Richtig. Carmody möchte, daß ich gleich nach Florida fliege. Das nächste Shuttle startet in drei Tagen.«

»Was?« Claire saß aufrecht, alarmiert. »Sie wollen dich in die Umlaufbahn schicken?«

»Bis hinaus zum Weltraumlabor.«

»Um Experimente zu überwachen und für sie auszuknobeln.«

»Richtig. Bloß gehe ich nicht.«

»Ich will auch nicht, daß du es tust.«

»Während meiner Flitterwochen? Kommt nicht in Frage!«

Sie redeten noch weiter, schläfrig, und John schlief noch vor Claire ein. Doch zwei Stunden später läutete das Telefon wieder, und wieder nahm John den Hörer ab. Als sie munter wurde, sah sie, daß er bereits wach gewesen sein mußte, denn er hatte einen gelben linierten Block auf dem Schoß und bedeckte ihn mit den Kringeln seiner Gleichungen.

»Ja, Madam, ich weiß das, Madam, aber ...«

Eine Pause.

»Ich bin gerade zu einer ziemlich ähnlichen Schlußfolgerung gelangt. Beide Singularitäten müssen von einer sehr weit wirkenden Kraft angezogen werden. Sie werden zu etwas auf der Erde gezogen. Oder in der Erde, das ist in diesem Fall das gleiche.«

Eine weitere Pause.

»Selbstverständlich legt das ein weiteres Zusammenwirken nahe, etwas, was wir noch nicht verstehen. Sie werden zur Erde zurückgezogen, das ist richtig, darum haften sie an der inneren, der Erde zugekehrten Wand und ...«

Die Stimme am anderen Ende wurde lauter.

»Ja, ich stimme Ihnen darin zu, daß es potentiell von großer Bedeutung sein kann. Nein, ich sehe keine unmittelbaren Implikationen, vorläufig nicht ...«

Mehr Argumente vom anderen Ende.

»Aber ich bin auf meiner Hochzeitsreise, um Himmels willen ...«

Claire kuschelte sich an ihn. In seine Stimmung kam Spannung. »Ich fürchte nein, Madam. Das werde ich nicht tun.«

Er preßte die Lippen zusammen, während er lauschte, und ein Zug unerschütterlicher Entschlossenheit kam in die knotig hervortretenden Backenmuskeln.

»Ich bin früher schon hier gewesen. Nein danke.« Er lauschte nur kurze Zeit, dann sagte er mit erhobener Stimme: »Ich sagte nein, und dabei bleibt es!« worauf er den Hörer auf die Gabel knallte. Dann blies er dramatisch die Backen auf und schnaufte aufgebracht.

»Wer war es diesmal?«

»Der Präsident.«

»Der Präsident des MIT? Warum sollte ...«

»Nein, der Vereinigten Staaten.«

»Was?«

»Ich sagte ihnen doch, daß ich nicht gehen würde.«

»John ... du ... und da hast du einfach aufgelegt?«

»Ja.« Er dachte einen Moment lang nach und starrte in die Ferne. »Ja, das habe ich tatsächlich, nicht?« Er schmunzelte vergnügt. »Sie wollen sich einfach nicht mit einem Nein als Antwort abfinden. Eine willensstarke Dame. Aber was hätte ich ihr noch sagen sollen?«

Obwohl sie eine weitere halbe Stunde lang darüber diskutierten, sah John keinen Grund, anderen Sinnes zu werden. Er blickte verdrießlich ins Leere und dachte nach.

»Weißt du«, sagte er schließlich, »es muß so sein, daß diese Zwillinge nicht die Grundeinheit sind, das fundamentale gebundene System. Unsere Gleichungen besagen, daß sie es sind, aber diese Anziehung zur Erde bedeutet, daß wir zu sehr vereinfacht und zuviel vorausgesetzt haben.«

»Dann ist deine Theorie falsch?«

Er grinste. »Die Tragödie der Wissenschaft ist die herzlose Ermordung schöner Theorien durch häßliche Tatsachen.«

»Wie falsch?«

»Das läßt sich noch nicht beurteilen. Seit Griechenland laufe ich herum wie ein Huhn, dem man den Kopf abgehackt hat. Keine Zeit zu denken. Aber eine Sache habe ich mir durch den Kopf gehen lassen: Sergio und ich haben eine Theorie über Singularitäten in flachem Raum entwickelt, ohne die schwerkraftbedingte Krümmung der Raumzeit insgesamt. Über Entfernungen, die so groß sind wie der Abstand des Weltraumlabors, ist das keine gute Annäherung. Die Veränderung in der von der Erdgravitation hervorgerufenen Krümmung ist beträchtlich. Wir sollten das mit einbeziehen.«

»Wie schwierig ist das?«

»Es sollte nicht so überaus schwierig sein. Vielleicht wird es die grundlegenden Gleichungen hinreichend verändern, daß dabei ein neuer Kraftbegriff herausspringt.«

»Was zieht das Paar zur Erde?«

»Weitere Paare. Oder vielleicht einzelne, ungepaarte Singularitäten. Ich wette, dies ist das erste Mal, daß ein Paar für längere Zeit von der Erdoberfläche entfernt worden ist. Wenn es eine Anziehungskraft zwischen allen Singularitäten dieses Typs gibt, einen Aspekt des ganzen Gesetzes, den wir übersehen haben, dann werden die Singularitäten auf Erden zur Oberfläche heraufgezogen und versuchen den Satelliten zu erreichen.«

»Von unten?«

»Wenn es dort unten welche gibt, die sich durch den Untergrund wühlen. Und es muß welche geben. Zugegeben, es erfordert eine enorm hohe Energiekollision, um diese Dinge entstehen zu lassen. Aber Sergio integrierte die Gleichungen für die Rate kosmischer Strahlungsereignisse, die zur Entstehung massiver Singularitäten wie der unsrigen führen könnten, und er berechnete danach, daß im Innern des Erdkörpers wenistens ein paar hundert entstanden sein müßten, seit der Planet sich bildete. Ausbrüche kosmischer Strahlung erreichen die Erde, treffen auf Atomkerne, und es entsteht eine Singularität.«

»Im Erdinnern?«

»Nun, mit Ausnahme deines toten Königs hat noch niemand eine an der Erdoberfläche gefunden. Die übrigen müssen in der Tiefe umherwandern.«

»Dann könnten sie jederzeit hervorkommen. Paarweise ...«

»Richtig. Oder einzeln.«

»Das wäre schrecklich.«

»Sicher.«

»Was können wir tun?«

»Ich weiß nicht recht. Ich hatte mit Möglichkeiten wie über weite Entfernung wirkenden Kräften nicht gerechnet. Die Gleichungen ...«

»Glaubst du, du könntest eine Methode finden, sie zu, nun, zu befrieden? Ein kompliziertes Arrangement, ein neuer gebundener Zustand?«

John lächelte. Sie kannte inzwischen den Ausdruck, der eine Wendung nach innen signalisierte. Er erinnerte sich, wie das pfeifende, kreischende Ding Kontos verzehrt hatte, und an das Vermächtnis, das es ihm in seinem eigenen Körper und Blut hinterlassen hatte und das sein weiteres Leben mit Ungewißheit überschattete. Für sie beide war jene Nacht das Ende des langen Sommers der Jugend gewesen, ein Ende der unbekümmerten Selbstsicherheit – ein Verlust, den sie ohne wirkliches Bedauern trugen, denn beide spürten jetzt ein neues Bedürfnis, das nur im Miteinander befriedigt werden konnte. Aus dem behaglichen kleinen Wirkungskreis ihres akademischen Lebens waren sie in die rauhe Welt geworfen worden und hatten am heulenden Abgrund gestanden. Doch lag gerade darin eine eigentümlich reife Freiheit, eine beruhigende bittersüße Freude. Ihr Leben wurde jetzt von erfrischenden Unbekannten berührt, zeigte sich, wie die Wissenschaft selbst, provisorisch und elementar und in Entwicklung begriffen.

»Klar«, sagte er. »Eine Zeitlang.«

Ein technisches Nachwort

Unsere Beziehungen als Experimentatoren zur theoretischen Physik sollten denen zu einer schönen Frau gleichen. Wir sollten dankbar alle Gunstbezeigungen annehmen, die sie uns erweist, aber wir sollten nicht zuviel erwarten noch alles glauben, was gesagt wird.

LEV ARTSIMOVICH

Schreibt man romanhaft über Wissenschaft, so ist es schwierig, sich in die Bereiche hoher Theorie zu erheben, ohne ein Nasenbluten zu riskieren. Ich habe dieses Buch in einer spielerischen Stimmung geschrieben, als wollte ich sagen: Seht nur, wie sonderbar die Welt sein könnte! Dieses Nachwort füge ich an, um dem Leser, der ein bißchen mehr wissen möchte, die wesentliche Frage zu beantworten: wie imaginär ist dieser Drache, den ich in eine relativ reale Wirklichkeit eingeführt habe?

Quarks in einem menschlichen Maßstab

Eine entscheidende Eigenschaft der Singularität ist, daß die zwischen ihr und ihrem Zwilling wirkende Kraft konstant ist, unabhängig von der Entfernung. Sie ist genauso stark, wenn beide 5000 Kilometer getrennt sind, wie wenn sie bloße Zentimeter auseinanderliegen. Dies ist für alltägliche Objekte allerdings seltsam, aber durchaus nicht in der Welt der Teilchenphysik.

Im Jahre 1964 wurden Hunderte von neuen Teilchen entdeckt. Sie alle waren der »starken Wechselwirkung« unterworfen, der Kraft, welche die Protonen in einem Atomkern zusammenhält. Murray Gell-Mann und George Zweig wiesen darauf hin, daß dieser Zoo von verschiedenen Teilchen aus mehr fundamentalen Bausteinen gemacht sein könnte, die sie Quarks nannten. Nur drei Quarks, in geeigneter Weise kombiniert, würden die Hunderte von scheinbar verschiedenen Teilchen erklären. Dies war ästhetisch erfreulich, und jedermann fand Gefallen an der Idee.

Sie war auch erfolgreich. Die Theorie prophezeite Partikel, die bisher noch nicht gesehen worden waren, und Experimentatoren fanden sie dann auch, mit all den vorausgesagten Eigenschaften. Es bestand allerdings ein ernstes Problem, das sich um das Paulische Ausschließungsprinzip dreht.

Einfach ausgedrückt, besagt dieses Prinzip, daß sich in einem abgeschlossenen System wie im Atombau niemals zwei Elektronen im genau gleichen Zustand befinden können. Alles, was ein Teilchen bestimmt, ist ein Satz von Quantenzahlen, die Energie, Impuls, Umdrehung und andere Eigenschaften beschreibt. Dies bedeutet, daß keine zwei Elektronen auf der Welt genau dieselben Zahlen haben können. Da sie in wenigstens einer Quantenzahl differieren, können sie in verschiedenen Atomen ausgemacht werden; das kommt Paulis Erfordernissen für nahezu alle Elektronen nach. Für Elektronen in ein und demselben Atom führt das Prinzip jedoch ein sehr wichtiges Element neuer Physik ein.

Ein Heliumatom beispielsweise hat zwei Elektronen. Das Prinzip, das sehr gut verifiziert ist, besagt, daß sie, da sie viele Eigenschaften gemeinsam haben (Masse, Energie, Ladung, Orbitalimpuls) in ihrer Umdrehung differieren müssen. Und tatsächlich tun sie das.

Betrachtet man die nächsthöhere Ebene in der periodischen Tabelle, so findet man beim Lithium, daß von seinen drei Elektronen zwei genau wie die eines Heliumatoms sind, das dritte aber einen höheren Energiezustand einnehmen muß; es kann keines der anderen nachahmen.

Man kann auf diese Weise alle Elemente aufbauen, berücksichtigt man das Erfordernis, daß jedes hinzugefügte Elektron sich unterscheiden muß. Das erklärt den Unterschied in der Chemie zwischen Atomen und damit die gesamte periodische Tabelle. Dies war das revolutionäre neue Verständnis, das die Quantenmechanik mit sich brachte.

Quarks laufen dem Pauli-Prinzip zuwider, weil man scheinbar identische Quarks nicht in einem größeren Teilchen unterbringen kann. Doch gab es Teilchen, die solch eine Erklärung verlangten. Um die verwirrenden Schwärme beobachteter Teilchen vollständig zu erklären und dennoch dem Pauli-Prinzip zu gehorchen, mußten die Physiker eine neue Quantenzahl einführen, die eine zusätzliche Eigenschaft, ›Farbe‹ genannt, beschrieb. Eine vielleicht unglückliche Wortwahl, weil diese Facette nichts damit zu tun hat, was wir gemeinhin unter Farbe verstehen.

Dies läßt den Zusammenschluß von Quarks zu einem größeren Partikel zu und bestimmt seine Eigenschaften, denn die Quarks konnten in ihrer Farbe-Quantenzahl immer differieren. Zuerst waren die drei Farbwahlmöglichkeiten ›rot‹, ›weiß‹ und ›blau‹. Einige Europäer wiesen mit Recht darauf hin, daß Weiß keine Farbe ist und schlugen eine Veränderung zu ›gelb‹ vor. Ich habe mich immer gefragt, ob sie diesen Einwand insgeheim deshalb vorbrachten, weil es die Farben in der US- und der Britischen Flagge sind, nehme aber an, daß dies ein unfachmännischer Verdacht ist. Auch ›gelb‹ wurde jedoch nicht von allen gebraucht, aus dem einfachen Grund, daß Grün bei Vorträgen, in denen ein Episkop verwendet wird, besser zu sehen ist.

Diese farbkodierte Theorie funktionierte einwandfrei, und mit ihrer Hilfe ließen sich erfolgreich Teilchen voraussagen, die dann auch beobachtet wurden. Es ist interessant, daß alle beobachteten Teilchen »farblos« sind – die drei Farben ergeben zusammengenommen keine Farbe. Nun schien dies alles wie eine Buchhaltungshilfe, und viele Physiker betrachteten ›Farbe‹ und sogar die Quarks selbst als mathematische Krükken, bloße Rezepte. Erfolgreiche Voraussagen in einer Vielzahl von komplizierten Experimenten haben jedoch die meisten Physiker überzeugt. Aber eine verdrießliche Frage stellte sich immer wieder: Warum sehen wir keine einzelnen, nackten Quarks?

Auch hier wieder war ›Farbe‹ die Rettung. Es stellte sich heraus, daß sie eine ebenso grundlegende Facette der Teilchen ist wie ihre Ladung. Wir alle wissen, daß Ladung den Teilchen die elektrischen und magnetischen Kräfte mitteilt, deren Wirkungsweise wir täglich in allem sehen, angefangen von Toaströstern bis zum Blitzschlag. Farbe ist jedoch subtiler. Sie regelt die ›starke‹ Kraft, die winzige, subatomare Teilchen zusammenhält. Sie ist der Unterbau unserer ganzen Welt, und wir verlassen uns blindlings darauf, daß sie die Materie zu unserem Wohlergehen im Innersten zusammenhält.

Der Unterschied ist, daß elektrische Kräfte die Ladung nicht auszutauschen brauchen, obgleich sie sie gebrauchen. Wenn ein Radiosignal von einem Sender zum Empfänger geht, übermittelt es keine Ladung. Statt dessen bringt es die Elektronen in der Antenne in Schwingungen, und der Empfänger verstärkt diese Schwingungen so, daß der Inhalt der Sendung herausgezogen werden kann. In der drahtlosen Sendung gibt es keine Nettoladung.

Farbe stellt höhere Anforderungen als Ladung. Sie muß von einem Punkt zum anderen fließen, bevor die starke Kraft wirken kann. Dieser einfache Unterschied macht es möglich, freie Quarks zu sehen.

Elektronen, die eine Ladung haben, ergeben einfache Felder. Wir können diese Feldlinien vom Elektron in ihrer sphärischen Ausbreitung zeichnen.

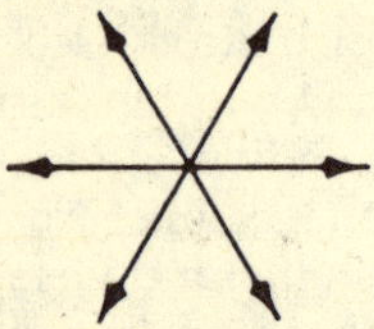

Die Stärke der elektrischen Kraft ist proportional zu der Zahl dieser Linien, die eine gegebene Fläche kreuzen. Weit entfernt vom Elektron gibt es weniger Linien in einer gegebenen Nachbarschaft, also ist die Kraft schwächer. Genauso wirkt die Schwerkraft. Das erklärt, warum die nahe Erde uns weit stärker anzieht als die Sonne es tut, obwohl diese viel mehr Masse besitzt.

Zwei benachbarte Elektronen haben Feldlinien, die sie miteinander verbinden und von einem zum anderen führen:

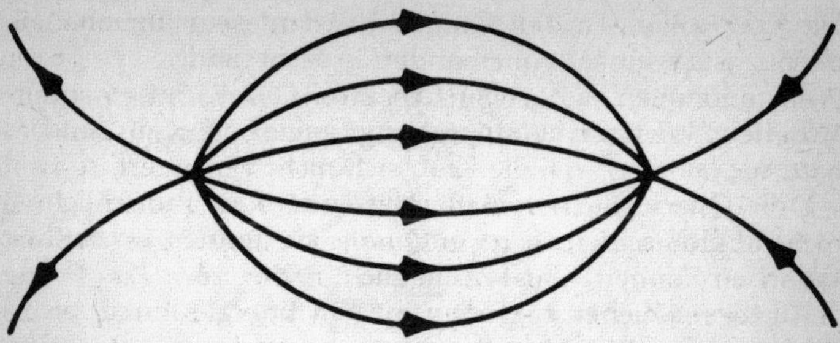

Wieder bestimmt sich die Stärke der Kraft aus der Zahl der Feldlinien, die eine gegebene Fläche kreuzen.

Betrachten wir nun zwei Quarks, Q und Q', die Farbe, aber keine Ladung haben. Die Farbe muß stetig zwischen den Quarks fließen, wie eine Strömung. Wir können eine Analogie herstellen, indem wir sagen, daß dieser Farbfluß sich verhält wie der elektrische Strom, der Magnetfelder erzeugt. Wir können uns Drähte zwischen den beiden Quarks vorstellen, die elektrischen Strom leiten. Diese erzeugen Magnetfelder, und die Felder drücken die Drähte enger zusammen (der »Quetscheffekt« genannt.) Die Drähte drängen sich enger zusammen und ergeben eine geschlossene Gruppe von Feldlinien:

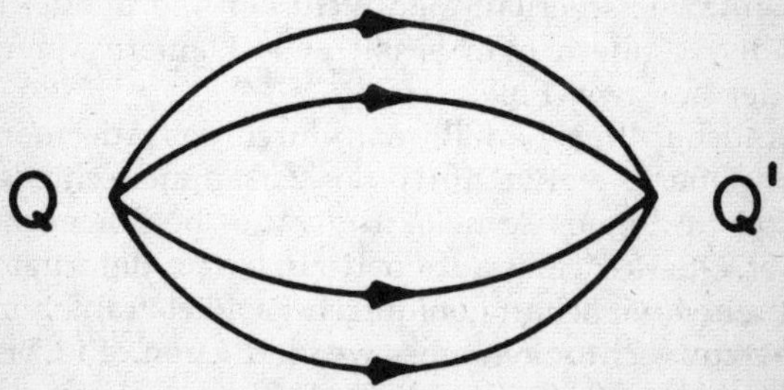

Nun ist die Zahl der Linien, die eine gegebene Fläche kreuzen, größer als in dem elektrischen Beispiel. Tatsächlich ist die Zahl konstant, da die Linien sich entlang der Achse zwischen den Quarks zusammendrängen. Da die Zahl der Feldlinien, die eine Fläche überspannen, konstant ist, muß auch die Kraft zwischen den Quarks konstant sein, unabhängig davon, wie weit sie voneinander entfernt sind.

Angenommen, wir versuchen zwei Quarks auseinanderzuziehen. Wir arbeiten angestrengt gegen die Kraft, und es wird nie leichter, weil die Kraft sich nicht verringert, so weit wir die Quarks auch voneinander entfernen. Tatsächlich ist es nicht bloß schwierig, zwei Quarks zu trennen, so daß wir sie sehen können; es ist unmöglich.

All dieses Ziehen fügt dem System Energie hinzu, bis es schließlich genug gibt, mehr Quarks zu erzeugen – ein weiteres Q-Q'-Paar, das mir nichts dir nichts aus dem Vakuum erscheint. Dann zerbricht das Modell der Drähte, und wir haben:

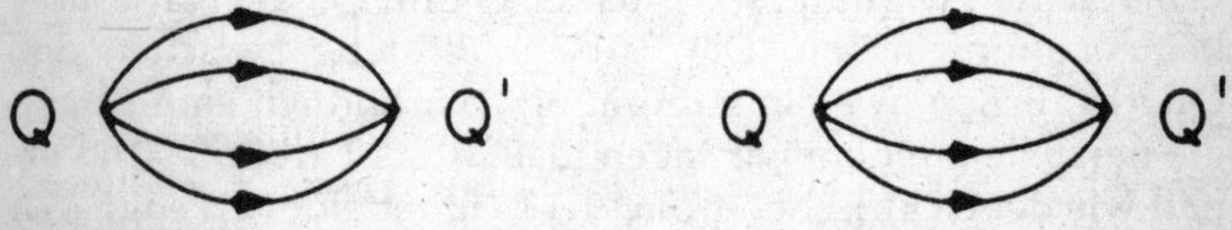

Wieder zwei Paare eng miteinander verbundener Quarks! Der Versuch, ein Q-Q'-Paar – das wirklich ein Paar ist, bestehend aus einem Quark und einem Antiquark, um es technisch auszudrücken – zu trennen, gleicht dem Versuch, einen Pol eines Magneten zu isolieren. Schlägt man eine Magnetstange entzwei, so erhält man nicht ein ›Nordende‹ und ein ›Südende‹, sondern man erhält zwei kleinere Magneten, – und jeder hat zwei Pole.

In ähnlicher Weise erhält man durch das Auseinanderziehen von Quarks – etwa durch das Zusammenschießen eines Elektrons und eines Antielektrons, um die Folgen zu beobachten –, Quark-Antiquark-Paare. In einem derartigen Experiment sehen wir scharf gebündelte Partikelstrahlen in entgegengesetzte Richtungen auseinanderfliegen. Sie begannen als ein einziges Q-Q'-Paar, das wiederum zu einer Menge anderer Trümmer zerfiel.

Man kann sich das elektrische Feld als einen Schwarm von ›Photonen‹ vorstellen, die eine Ladung umgeben. In ähnlicher Weise gibt es um einen Quark einen ›Gluonenschwarm‹. (›Gluon‹, weil sie in starker Wechselwirkung befindliche Objekte fest zusammenbinden; abgeleitet aus dem englischen Verb to glue = kleben: Die Terminologie der Physik ist nicht so hochgestochen, wie mancher denken mag.) Aber Gluone lassen keine Quarks frei werden, wo wir sie sehen können.

Oder vielmehr sind sie nicht frei in einem Maßstab, den Menschen sehen können. Die starke Kraft ist so machtvoll, daß Quarks sich nicht weiter als eine unendlich geringe Distanz voneinander entfernen können.

So begann ich nachzudenken ... Wie, wenn es eine Kraft gäbe, die sehr, sehr schwere Partikel regulierte? Wenn sie schwach genug wäre, würde sie eine Trennung der schweren Teilchen gestatten. War dies möglich?

Quadratische Kräfte in einer runden Welt.

Die erste Schwierigkeit stellt sich schon am Anfang ein. Für eine schwache, jedoch quarkähnliche Kraft muß die Masse des Teilchens groß sein – ungefähr eine Tonne. Gleichwohl ist es ein Elementarteilchen – und die Quantenmechanik sagt uns, daß Elementarteilchen auch als wellenförmig gedacht werden können. Die Wellenlänge eines Teilchen ist kürzer, je größer die Masse ist. Ein Teilchen von einer Tonne würde eine so kurze Wellenlänge haben, daß seine Masse in einen unvorstellbar kleinen Raum zusammengepreßt wäre. Seine Dichte würde so hoch sein, daß an der Oberfläche eine enorme Anziehung durch Schwerkraft entstünde – so stark, daß nicht einmal Lichtstrahlen entweichen könnten. Kurzum, es würde ein Schwarzes Loch *en miniature* sein.

Daraus folgt, daß die Sache sehr exotisch wird. Die Übereinstimmung mit unseren Vorstellungen über Quarks ist nicht von der Hand zu weisen. Es gibt Theorien der Schwerkraft, die anwendbar sein mögen, wenn die Quantennatur der Matrie auf die gleichen Dimensionen wirkt, wie es die Schwerkraft tut. Diese ›Superschwerkraft-Theorien‹ haben Quantenzahlen ähnlich der ›Farbe‹.

Nehmen wir an, die Superschwerkraft sei richtig. Dann könnten Leute wie John Bishop und Sergio Zaninetti durch bekannte Rechenmethoden die Quantenzahlen bestimmen. Anstelle des langweiligen alten Gesetzes der Schwerkraft käme eine äußerst interessante Kraft zum Vorschein, die quarkähnliche Eigenschaften hätte. Zuerst wissen John und Sergio nur, daß das Teilchen ungeheuer massiv ist. Dann erkennen sie, daß es die Raumzeit in seiner unmittelbaren Umgebung kubisch verformt – eine weitere exotische Eigenschaft! Alles in unserer gewöhnlichen Erfahrung ist beherrscht von sphärisch wirkenden Kräften wie der Schwere. Aber dieses Objekt zieht nicht mit gleicher Kraft in alle Richtungen. Wie sind diese Facetten miteinander zu vereinbaren?

John erinnert sich seiner Jugenderfahrung mit einer seltenen, wandernden Wasserwelle. Sie war ein ›Soliton‹, eine Wellenerscheinung, die in den Dreißigerjahren des neunzehnten Jahrhunderts entdeckt wurde, als man beobachtete, wie eine sich durch einen Kanal bewegte. Ein solches Soliton ist eine Konzentration von Energie, die eingeschlossen bleibt und sich nicht auflöst, so daß ein Soliton seine Größe und Form konstant beibehält.

Es ist einfach, Lösungen des Solitonentyps in der theoretischen Physik zu übersehen. Lösungen, die wellenartige Bewegungen darstellen, sind technisch einfacher zu beschreiben und wurden daher stets bevorzugt. Erst in letzter Zeit haben wir angefangen, uns für die schwierigen Lösungen zu interessieren, und viele argwöhnen, daß solch exotische Wesen in den Einsteinschen Gravitationsgleichungen lauern.

Bisher wurde auf dem Gebiet der Gravitation wenig mit Wellengleichungen gearbeitet. Obwohl die komprimierten Formulierungen von Einsteins Gleichungen elegant sind, verbergen sie eine verwirrende Komplexität – einen Satz von zehn gekoppelten, nichtlinearen Differentialgleichungen. Um mit diesen umgehen zu können, nehmen die Mathematiker fast immer sphärische Symmetrie an. Schließlich sind alle Sterne und Planeten sphärische Körper, und vielleicht ist auch das Universum in einem allgemeineren Sinn sphärisch.

Die Gleichungen verraten einem nicht, wie sie gelöst werden können. Bisher haben sie einfache Annahmen wie die sphärische Symmetrie in den resultierenden Objekten belohnt. Aber es ist durchaus plausibel, daß kubische Symmetrie gleichfalls ›natürlich‹ ist und durch die Gleichungen gedeckt wird. Niemand hat die Möglichkeit bisher erkundet. Es gibt keine Hinweise dieser oder jener Art für solche Typen von Lösungen, also stellte ich sie mir als gegeben vor. Sie fügten sich gut in die ›Tatsache‹, daß das Artefakt selbst kubisch war, und nicht bloß durch eine Laune des Handwerkers, der es machte.

John geht von dieser Annahme aus. Die kubischen Formen, die er findet, erlauben eine Masse von ungefähr einer Tonne. Mathematisch ergibt sich die Kraft aus einer erhaltenden Quantität, die John ›Mode‹ nennt, welcher Begriff eine ähnliche Rolle spielt wie ›Farbe‹ in der starken Kraft. Seine Gespräche mit Sergio enthüllen im weiteren Verlauf die quarkähnliche Natur der Kraft, die er entdeckt hat, aber keiner von beiden nimmt den Hinweis auf. Schließlich sehen sie ein einziges Teilchen. Niemand jedoch sieht nackte Quarks. Beide glauben an einen Fehler, rätseln daran herum.

Erst als sie das Artefakt in einem Seil hängen sehen und bemerken, daß es von der Vertikalen nach Nordosten abweicht, sehen sie beide die Lösung. Die Kraft ist quarkähnlich, aber so schwach, daß die ›Quarks‹ weit genug voneinander getrennt sein können, daß sie einzeln gesehen werden. Damit nicht genug, können sie, von ihrer Anziehungskraft bewegt, Wanderungen unternehmen.

Nach dem Abweichungswinkel des Seils von der Senkrechten bestimmen sie die Kraft auf ungefähr ein Zehntel der Erdschwere. Die zur Trennung beider Hälften benötigte Energie ist danach das Produkt dieser konstanten Beschleunigung (O,1 G) mal ihrer Trennung. Um eine neues Paar aus diesen Singularitäten zu machen (die mathematisch unteilbare Punkte sind), sind 2Mc Energie erforderlich. Teilt man diese durch die Trennungsenergie, so stellt sich heraus, daß die Entstehung eines neuen Paares eine Trennung von zehn Lichtjahren erfordert.

Dies bedeutet, daß John und Sergio niemals ein neues Paar wie von ungefähr aus dem Nichts auftauchen sehen. Aber die zwei Singularitäten können sich wieder vereinen, wobei eine Menge Energie freigesetzt wird – vielleicht Hunderte von Megatonnen.

In dem Maße, wie John und Sergio diesen Fragen weiter nachgehen, erweist sich die neue Kraft doch nicht als so verrückt. Die Masse der Singularität ist ungefähr eine Tonne, das heißt, die Kraft zwischen beiden beträgt ungefähr ein Prozent der Kraft zwischen Quarks. So betrachtet, macht die Kraft allein die beiden Theorien nicht so sehr verschieden voneinander; sie unterscheiden sich hauptsächlich in den beteiligten Massen. Dies erlaubt, daß die Teilchen auf einer menschlichen Entfernungsskala zu sehen sind.

Ein weiterer entscheidender Hinweis für John war der Umstand, daß die Berührung des Artefakts mit der Hand ein eigentümliches prickelndes Gefühl erzeugte. Es wurde verursacht von den Vibrationen des Schwerefelds nahe der Singularität und war ein direkter Beweis, daß die Kraft des kubischen Gravitationspotentials bei weitem die der Nettomasse der Singularität überstieg.

Technisch ausgedrückt, übertraf der achtpolige Begriff in dem Potential (in dem Sinne, daß Kräfte beschrieben werden, die Pole haben wie die magnetische Kraft) den einpoligen Begriff (der sphärische Kräfte wie die Schwerkraft beschreibt) um Größenordnungen. Dies konnte nur auf eine verformte Lösung des Solitonentyps zutreffen.

Zusammenfassend kann gesagt werden, daß die Physik, die den Rahmen dieser Erzählung abgibt, nur ein paar Annahmen erforderlich macht, von denen wir keine als falsch kennen:

1. Eine solitonische Lösung der Gravitationsgleichungen mit kubischer Symmetrie existiert.
2. Die beteiligte Kraft hat eine Quantenzahl, die derjenigen des Begriffs ›Farbe‹ der Quarks ähnlich ist.
3. Sie ergibt eine große Masse (eine Tonne).
4. Die Kraft entspricht ungefähr einem Zehntel der Schwerkraft an der Erdoberfläche.

Ich habe so fair gespielt, wie ich es verstehe – der Rest der Geschichte folgt aus diesen Bedingungen.

Aber man beachte, welch ein Reichtum an Umständen aus solch einem scheinbar abstrakten Satz von Annahmen fließen kann! Die menschliche Geschichte beruht auf der Annahme einer ziemlich eintönigen Welt, in der wir alle Regeln kennen.

Wird nur ein Aspekt verändert, so gerät unser ganzes Weltverständnis in eine prekäre Schieflage.

Mit der Archäologie bin ich in dem Roman sehr viel vorsichtiger umgegangen. Meine einzige größere Täuschung liegt in der Implikation, daß in den Grabkammern der mykenischen Griechen Diener geopfert und mit ihren Herren begraben wurden. Es gibt keinerlei Beweise für oder gegen diese Praktik, obwohl bekannt ist, daß sie dem griechischen Kulturkreis fremd war. Überhaupt ist diese Annahme für den erzählerischen Gang nicht wirklich notwendig, obwohl sie ihm ein wenig Würze verleiht.

Dr. Marc Sher hat mir in zahlreichen Diskussionen über die relevanten physikalischen Fragen und insbesondere durch seinen Beitrag zu diesem Nachwort sehr geholfen. Prof. Hara Georgiou, ein griechischer Archäologe, tilgte meine Irrtümer aus einer frühen Fassung des Manuskripts. Ihnen gebührt mein Dank, obwohl sie selbstverständlich nicht verantwortlich für irgendwelche Fehler sind, die sich bis in die endgültige Fassung gehalten haben.

Gregory Benford
Athen – Laguna Beach – Kairo
März 1984